中世の戦乱と文学

松林靖明　著

和泉書院

目　次

松林靖明　略年譜

昭和　十七　年（一九四二）十一月九日　誕生

昭和三十六年（一九六一）三月　東京都立志村高等学校卒業

昭和四十一年（一九六六）三月　早稲田大学教育学部国語国文学科卒業

　卒業論文「承久記試論」（指導教授・佐々木八郎教授）

昭和四十四年（一九六九）三月　早稲田大学大学院文学研究科日本文学専攻修士課程修了

　修士論文「応仁記序論」（指導教授・佐々木八郎教授）

昭和四十六年（一九七一）四月　京北学園高等学校教諭

昭和四十七年（一九七二）三月　早稲田大学大学院文学研究科日本文学専攻博士課程単位取得満期修了

昭和四十九年（一九七四）九月　単著『承久記』（新撰日本古典文庫1　現代思潮社）刊行

昭和　五十　年（一九七五）四月　目白学園女子短期大学非常勤講師

昭和五十一年（一九七六）四月　帝塚山短期大学専任講師

昭和五十二年（一九七七）四月　帝塚山短期大学助教授

昭和五十八年（一九八三）四月　帝塚山短期大学教授

昭和六十二年（一九八七）四月　甲南女子大学文学部国文学科教授

平成　元　年（一九八九）四月　甲南女子大学文学部国文学科長（平成三年四月まで）

平成　二　年（一九九〇）四月　甲南女子大学大学院文学研究科教授

平成　七　年（一九九五）三月　単著『室町軍記の研究』（和泉書院）刊行
平成　九　年（一九九七）四月　甲南女子大学教務部長　（平成十二年三月まで）
平成十二年（二〇〇〇）四月　甲南女子大学文学部国文学科長　（平成十三年三月まで）
平成十三年（二〇〇一）四月　甲南女子大学日本語日本文学科（学科名称変更）教授
平成十四年（二〇〇二）四月　甲南女子大学図書館長　（平成十五年三月まで）
平成十五年（二〇〇三）四月　甲南女子大学教務部長　（平成十七年三月まで）
平成十五年（二〇〇三）四月　甲南女子大学大学院人文科学総合研究科（文学研究科名称変更）教授
平成十七年（二〇〇五）四月　甲南女子大学文学部長　（平成二十一年三月まで）
平成十七年（二〇〇五）四月　学校法人甲南女子学園理事・評議員　（平成二十一年三月まで）
平成二十一年（二〇〇九）四月　甲南女子大学副学長　（平成二十三年三月まで）
平成二十三年（二〇一一）四月　甲南女子大学長
平成二十三年（二〇一一）四月　学校法人甲南女子学園理事・評議員
平成二十八年（二〇一六）四月二十日　逝去。享年七十四歳
平成二十八年（二〇一六）七月十六日　学校法人甲南女子学園による
「故松林靖明学長 お別れの会」が行われた。

松林靖明　著述一覧並びに本書収録題目

著書

『承久記』新撰日本古典文庫1（現代思潮社　一九七四年九月）
『室町軍記の研究』（和泉書院　一九九五年三月）
『新訂　承久記』古典文庫（現代思潮新社　二〇〇六年九月）

『室町軍記総覧』（共著　明治書院　一九八五年十二月）
『畿内戦国軍記集』（共著　和泉書院　一九八九年一月）
『室町軍記 赤松盛衰記――研究と資料――』（共著　国書刊行会一九九五年九月）
『別所記――研究と資料――』（共著　和泉書院　一九九六年三月）
『戦国軍記事典　群雄割拠篇』（共著　和泉書院　一九九七年二月）
『将門記 陸奥話記 保元物語 平治物語』新編日本古典文学全集（共著　小学館　二〇〇二年九月）
『戦国軍記事典　天下統一篇』（共著　和泉書院　二〇一一年十二月）

論文……………………本書に収めたものには、＊を付した。

＊「〈教材研究〉殿上闇討」（早稲田大学教育学部中世文学研究会「軍記文学研究」2　一九六七年一月）
↓「殿上闇討――教材研究――」と改題して収録。

＊「承久記試論（一）――冒頭より実朝暗殺までを中心として――」（「古典遺産」18　一九六八年五月）
↓「『承久記』試論――冒頭より実朝暗殺までを中心として――」と改題して収録。
「応仁記試稿――類従本の成立と性格を中心に――」（「古典遺産」20　一九六九年十二月）
「曽我物語と謡曲――『小袖曽我』『伏木曽我』を中心として――」（「古典遺産」22　一九七一年六月）
「『太平記』と『応仁記』――『太平記』の影響――」（「太平記研究」2　一九七二年七月）
「応仁の乱と軍記――応仁別記の場合――」（「軍記と語り物」11　一九七四年十月）
「『細川勝元記』考」（「古典遺産」26　一九七五年五月）
「『応仁記』の将軍義政批判をめぐって」（「青須我波良」13　一九七六年十一月）
＊「前田家本『承久記』の一側面（上）」（「青須我波良」15　一九七七年十一月）
＊「軍記物語の中の女人」（『日本女性の歴史4　源平悲劇の女性』暁教育図書株式会社　一九七八年一月）
「『応仁記』と『野馬台詩』」（伊地知鐵男編『中世文学 資料と論考』笠間書院　一九七八年十一月）
＊「前田家本『承久記』の一側面（下）」（「青須我波良」17　一九七八年十一月）
↓「同（上）」とともに「前田家本『承久記』の一側面」と改題して収録。
「『八幡蒙古記』の成立とその関連について」（「古典遺産」30　一九七九年八月）
＊「『承久記』に見る乱直前の後鳥羽院周辺」（「青須我波良」19　一九七九年十一月）
＊「『承久記』伊賀光季合戦記事をめぐって」（「青須我波良」21　一九八〇年十一月）
＊「この世の妄念にかかはられて――後鳥羽院の怨霊――」（「帝塚山短期大学紀要―人文・社会科学編―」18　一九八一年一月）　なお、原論文末尾には「執筆中に恩師佐々木八郎先生の訃報に接しました。謹んで先生の御冥福をお祈り申し上げます」とある。

「解説」（神郡周校注『信長記下』古典文庫59　現代思潮社　一九八一年十月）

「御伽草子『あきみち』と『義残後覚』」（「帝塚山短期大学紀要―人文・社会科学編―」19　一九八二年一月）

「「観世又次郎」覚書――その御伽衆的〝環境〟について――」（「青須我波良」24　一九八二年七月）

＊「平家物語の人脈」（梶原正昭編『別冊国文学15　平家物語必携』學燈社　一九八二年八月）

↓「『平家物語』の人脈」と改題して収録。

「『応仁記』の天狗流星記事をめぐって――『太平記』の影響――」（「青須我波良」26　一九八三年七月）

＊連載・古典教材研究講座16「平家物語1――祇園精舎――」（「月刊国語教育」一九八三年三月号）

＊連載・古典教材研究講座17「平家物語2――殿上の闇討（巻一）――」（「月刊国語教育」一九八三年四月号）

＊連載・古典教材研究講座18「平家物語3――足摺（巻三）――」（「月刊国語教育」一九八三年五月号）

＊連載・古典教材研究講座19「平家物語4――橋合戦（巻四）――」（「月刊国語教育」一九八三年六月号）

＊連載・古典教材研究講座20「平家物語5――入道死去（巻五）――」（「月刊国語教育」一九八三年七月号）

＊連載・古典教材研究講座21「平家物語6――維盛の都落ち（巻七）――」（「月刊国語教育」一九八三年八月号）

＊連載・古典教材研究講座22「平家物語7――木曾最期（巻九）上――」（「月刊国語教育」一九八三年九月号）

＊連載・古典教材研究講座23「平家物語8――木曾最期（巻九）下――」（「月刊国語教育」一九八三年十月号）

＊連載・古典教材研究講座24「平家物語9――敦盛最期（巻九）――」（「月刊国語教育」一九八三年十一月号）

＊連載・古典教材研究講座25「平家物語10――那須与一（巻十一）――」（「月刊国語教育」一九八三年十二月号）

＊連載・古典教材研究講座26「平家物語11――先帝身投げ（巻十一）――」（「月刊国語教育」一九八四年一月号）

＊連載・古典教材研究講座27「平家物語12――大原御幸（灌頂巻）――」（「月刊国語教育」一九八四年二月号）

↓同16～27を「古典教材研究　『平家物語』」と改題して収録。

＊「慈光寺本『承久記』の土御門院配流記事をめぐって――日付の検討から――」（「青須我波良」28　一九八四年十二月）
＊「公武の合戦記――『承久記』『太平記』――」（北川忠彦編『軍記物の系譜』世界思想社　一九八五年四月）
＊「『承久記』と後鳥羽院の怨霊」（「日本文学」34-5　一九八五年五月）
＊「源平合戦と奈良」（「帝塚山叢記」10　一九八五年十月）
＊「『五代帝王物語』の怪異譚――後鳥羽院の影――」（「青須我波良」30　一九八五年十一月）
＊「大江広元とその子――軍記における京下り官人――」（「青須我波良」32　一九八六年十二月）
＊「慈光寺本『承久記』の合戦叙述――後人加筆説にふれて――」（「甲南国文」37　一九八八年三月）
「世阿弥と結崎・田原本」（帝塚山短期大学日本文芸研究室編『奈良と文学　古代から現代まで』和泉書院　一九八八年一月）
＊「軍記物語の哀話――承久記の場合――」（甲南女子大学「オルビス」5　一九八九年四月）
→「軍記物語の哀話――『承久記』の場合――」と改題して収録。
「『重編応仁記』考――〝事実〟への執着――」（「甲南国文」37　一九九〇年三月）
「解題『応仁記』」（『軍記物語集』早稲田大学蔵資料影印叢書　第17巻　早稲田大学出版部　一九九〇年六月）
＊「『承久記』の三浦胤義」（「甲南国文」39　一九九二年三月）
「嘉吉の乱関係軍記の一考察――『赤松盛衰記』をめぐって――」（「甲南国文」40　一九九三年三月）
「『赤松記』考――嘉吉の乱関係軍記の一考察　続――」（「甲南国文」41　一九九四年三月）
＊「後期軍記における諸本の様相――三木合戦関係軍記を中心に――」（「軍記と語り物」33　一九九七年三月）
＊「『別所記』の虚構性」（「甲南女子大学研究紀要」33　一九九七年三月）
＊「神大本『別所記』と『中国兵乱記』」（梶原正昭編『軍記文学の系譜と展開』汲古書院　一九九八年三月）
＊「『赤松盛衰記』の真実　赤松氏と軍記」（熱田公監修・播磨学研究所編『赤松一族の盛衰』神戸新聞総合出版センター

二〇〇一年一月）

＊「摂津北部の戦国軍記——軍記の在地化と変容——」（「同志社国文学」62　二〇〇五年三月）

＊「籠城・落城の日記と軍記」（「日本文学」55-7　二〇〇六年七月）

「物語の鑑賞」（共著　小林保治 編『平家物語ハンドブック』三省堂　二〇〇七年二月）

＊「『別所記』拾遺」（「甲南女子大学研究紀要　文学・文化編」43　二〇〇七年三月）

＊「夜話と武辺咄」（小林保治監修『中世文学の回廊』勉誠出版　二〇〇八年三月）

＊「戦国軍記における体験談——『伊達日記』と『山口道斎物語』——」（「古典遺産」59　二〇〇九年十二月）

＊「田辺籠城軍記の展開」（「古典遺産」62　二〇一三年一月）

資料紹介・翻刻など

「軍記物作品複製翻刻目録」（共著　北川忠彦編『軍記物の系譜』世界思想社　一九八五年四月）

「〈翻刻〉内閣文庫蔵『明徳記』（二冊本）・上」（共著　「古典遺産」37　一九八六年十月）

「〈翻刻〉内閣文庫蔵『明徳記』（二冊本）・下」（共著　「古典遺産」38　一九八七年十二月）

「『中古日本治乱記』目録〈翻刻〉」（共著「甲南女子大学研究紀要」30　一九九四年三月）

「内閣文庫一冊本『明徳記』〈翻刻〉」（『室町軍記の研究』和泉書院　一九九五年三月）

「鈴鹿文庫本『明徳記』〈翻刻〉」（『室町軍記の研究』和泉書院　一九九五年三月）

「翻刻 内閣文庫本『承久記』（乾）」（「甲南女子大学研究紀要」37　二〇〇一年三月）

「翻刻 内閣文庫本『承久記』（坤）」（「甲南女子大学研究紀要 文学・文化編」38　二〇〇二年三月）

「翻刻『新撰信長記』（加賀市立図書館聖藩文庫蔵）」（『日本文芸論叢』和泉書院　二〇〇三年三月）

「甲南女子大学蔵『丹後田辺御籠城覚書』翻刻と解説」(「甲南女子大学研究紀要 文学・文化編」47 二〇一一年三月)

研究史的整理・展望

「平家物語研究上の諸問題に関する諸説一覧 一 作者・成立 二 諸本」(市古貞次編『諸説一覧 平家物語』明治書院 一九七〇年六月)
「『太平記』最近の研究動向――昭和四十八年秋~昭和四十九年末――」(「太平記研究」4 一九七五年三月)
「後期軍記物語研究の軌跡と課題」(「解釈と鑑賞」53-13 一九八八年十二月)
「『太平記』研究の手引き」(「国文学」36-2 一九九一年二月)
「後期軍記研究史と課題」(軍記文学研究叢書10『承久記・後期軍記の世界』汲古書院 一九九九年七月)
「陸奥話記研究史の考察と課題」(軍記文学研究叢書2『軍記文学の始発 初期軍記』汲古書院 二〇〇〇年五月)

書評

「永積安明著『軍記物語の世界』を読んで」(「日本文学」28-7 一九七九年七月)

回想・随想など

「佐々木先生の思い出」(「わせだ国文ニュース」34号 一九八一年五月)
「最前列での聴講」(『聴雨追想』一九八六年九月)
「帝塚山短大赴任の年」(「青須我波良」第40号 一九九〇年十一月)
「室町軍記・戦国軍記研究会のことなど――加美宏さん追悼――」(「古典遺産」61 二〇一二年三月)

一　『平家物語』の世界

古典教材研究『平家物語』

1 祇園精舎

祇園精舎の鐘の声、諸行無常の響あり。
沙羅双樹の花の色、盛者必衰の理《ことわり》をあらはす。

古来あまりにも有名な『平家物語』の書き出しである。古典文学の冒頭としても、最も人口に膾炙したものであろう。しかも諸本間の異文が著しいことでも知られた『平家物語』の数多くの異本にあっても、近世に成った一部の譜本（平家琵琶のテキスト）を除き、ほとんどの本がほぼ同文で巻頭に置いていること、つまり後人がみだりに手を加えなかったところからも、この一節が『平家物語』の単なる書き出しにとどまらず、まさに全編の「序」としての位置を早くから与えられ、尊重されてきたことが分かるのである。

ところで、この名調子の序章をどう読むかということは、『平家物語』全体をどう読むか、どのような作品として理解するかという問題と密接な関わりを持つ、実はなかなか難しい問題なのである。かつて、文芸評論家小林秀雄氏は『無常といふ事』の中で、平家のあの冒頭の今様風の哀調が、多くの人々を誤らせた。平家の作者の思想なり人生観なりが、其処にあると信じ込んだが為である。一応、それはさうに違ひないけれども、何も平家の思想はかくかくのものと仔細らしく取上げてみるほど、平家の作者は優れた思想家ではないといふ処が肝腎なので、彼はただ当時の知識人として月並な口を利いてゐたに過ぎない。

と、序章の持つ意義を否定的に評価されたことがあった。もちろんこれに対する反論も多く出されたが、小林氏のような見方もこの序章の解釈をめぐって存在するのである。あとで見るように、たしかに小林氏の言うとおり、この「祇園精舎」の段に用いられている語句は、当時の他の作品にもしばしば見えるもので、それ自体としては珍しいものではない。しかし『平家物語』の作者が「優れた思想家」であったか否かは別にしても、本当に「月並な口を利いてゐたに過ぎない」と言えるのか、どうなのか。やや煩雑にはなるが、その説明もこの序章を理解するためには、やはり避けて通れないであろう。

そこでまず、この序章を対句的表現を中心に段落に分けてみると図表のようになる。

さて、ここで一番問題になるのは、Aの部分である。その第一句について説明しておこう。「祇園精舎の鐘の声、諸行無常の響あり」の「祇園精舎」とは、中部インド舎衛国にあった仏教道場のことで、この国の王子祇陀太子所有の庭園「祇陀林樹園」に、「給孤独長者」と呼ばれた須達多という富豪が釈迦に帰依して寺院を建立、これを受けた釈迦が二人の名にちなんで「祇《ぎ》樹給孤《じゅきっこ》独園《どくおん》」と名づけたもので、これを略して「祇園」と呼んだのである。また「精舎」とは僧侶の修業道場の舎屋のことである。この祇園精舎に無常院なる寺があり、その一隅にある無常堂は、病僧が臥して死を待つための堂で、中の僧が死ぬと堂の四隅につるされた頗梨の鐘が自然に鳴ったと云い伝えられている。次に「諸行無常の響あり」の「諸行無常」は、『涅槃経』聖行品の「諸行は無常にして、是れ生滅の法なり。生滅滅し已《をは》りて、寂滅なるを楽と為す」を典拠としており、これを「無常偈」あるいは「雪山偈」と呼ぶ。

A　祇園精舎の鐘の声、諸行無常の響あり。
　　沙羅双樹の花の色、盛者必衰の理をあらはす。

B　奢れる者久しからず、只春の夜の夢の如し。
　　猛き人も遂には滅びぬ、偏に風の前の塵に同じ。

C　遠く異朝をとぶらふに（秦の趙高／漢の王莽／梁の周伊／唐の禄山）是等は皆（旧主先皇の政にも従はず／楽しみを極め、諫をも思ひ入れず／天下の乱れん事をも悟らずして／民間の憂ふる所を知らざりしかば、）久しからずして亡じにし者どもなり。
　　近く本朝を窺ふに（承平の将門／天慶の純友／康和の義親／平治の信頼）是等は（奢れる事も／猛き心も）皆とりどりなりしかども、

D　間近くは（六波羅の入道／前太政大臣／平朝臣清盛公）と申しし人の有様、伝へ承るこそ、（心も／詞も）及ばれね。

（梶原正昭氏『鑑賞日本の古典　平家物語』より作成）

全てのものは変転して止まることはない、の意である。つまり、この一句は「祇園精舎の無常堂の鐘の音色には、この世のものはすべてはかなく移ろいやすいという真理を示すひびきがあり」（梶原正昭氏訳）という意味になるのであるが、この祇園精舎無常堂の伝承と、「無常偈」とを結びつけて日本に紹介したのは、源信の『往生要集』が最初という。

　或はまた大経の偈に云はく、諸行無常、是生滅法、生滅滅已、寂滅為楽已上。祇園寺無常堂の四角に頗梨の鐘有り。鐘の音の中にまた此の偈を説く。病僧、音を聞き、苦悩即ち除きて清涼の楽を得ること、三禅に入るが如くして浄土に垂生す。

ところが、この『往生要集』の「無常偈」のとらえ方は、『平家物語』とずい分違っている。『往生要集』は、無常堂の頗梨の鐘の音がこの偈を説き、これを聞く病僧の苦悩を取り除け、清涼の楽を得さしめるというのである。また、「無常偈」自体も本来は、下の二句「生滅滅已、寂滅為楽」即ち無常変転の相を見極めた後の「楽」＝悟りの境地に主眼を置いたものなのである。その意味では、『栄花物語』巻十七の、

　かの天竺の祇園精舎の鐘の音、諸行無常、是生滅法、生滅滅已、寂滅為楽と聞ゆなれば、病の僧この鐘の声きゝて、皆苦しみ失せ、或は浄土に生るなり。

は、『往生要集』に忠実な本来的な姿と言えよう。やや下って、『雑談集』巻五に見える次の文、

　祇園精舎ノ無常院ノ鐘ハ、諸行無常ノ音《コエ》アリテ、聞《ク》レ是《ヲ》病人多ク愈ユト云ヘリ。是レ苦ヲ除ク先蹤也。

というのも、かなり変形しているとはいえ、基本的には『往生要集』の系列に属するものであろう。また、最も人々の口の端にのぼることが多かったであろう『梁塵秘抄』巻二の、

　迦葉尊者は石の室、祇園精舎の鐘の声、醍醐の山には仏法僧、鶏足山には法の声

というのも、『往生要集』のいう〝悟りへ導くもの〟としての本来的な意味を持ったものである。このほか『平家物語』に対し大きな影響を与えたと考えられている『宝物集』に見える用例も、本来的な意味のものであって、『平家物語』のように「祇園精舎の鐘の声、諸行無常の響あり」に人の世の移ろいやすさ、この世のはかなさを象徴させているのはむしろ例外的と言えるほどである。まずこの点に『平家物語』序章の特色の一つがあるのである。

さて次の「沙羅双樹の花の色、盛者必衰の理をあらはす」であるが、これも『大般涅槃経』などが伝える釈迦入滅にまつわる伝承を踏まえたものである。「沙羅」はインド原産の常緑樹で淡黄色の花をつけ、三十余メートルにも達する木である。八十余歳で釈迦が拘尸那《くしな》城外の跋提河《ばつだいが》のほとりで入滅した時、その横臥した釈迦を囲むように四隅に生えていた双生の沙羅の木も、その別れを悲しんで枯れ、一瞬にして白く変じたというのである。その白く枯れた沙羅の木がまるで鶴のようであったことから、「鶴林」「鶴の林」とも呼ばれた。『栄花物語』巻三十に、

「煙絶之雪降りしける鳥辺野は鶴の林の心地こそすれ」となんありける。かの沙羅林の涅槃の程を詠みたるなるべし。

とあるのも、この伝承を受けているのである。この「沙羅双樹」の説話が広く知られていたらしいことは、「祇園精舎」説話と同様であって、平安時代末の歌謡集『梁塵秘抄』巻二の「涅槃歌」の中にも、

拘尸那城には西北方、跋提河の西の岸、沙羅や双樹の間には、純陀《ずだ》が供養を受けたまふ。

沙羅や林樹の樹の下に、帰ると人には見えしかど、霊鷲山の山の端に、月はのどけく照すめり。

などと歌われている。

ところでこの釈迦入滅について、金刀比羅《ことひら》本『保元物語』上巻に「釈迦如来、生者必滅のことわりを示さんと、沙羅双樹の本にして、かりに滅を唱へ給ひしかば」とあるところから、冨倉徳次郎氏は「本来は沙羅双樹云々には生者必滅と続くのが、仏教的無常観を示すものとしては、穏当なのである。……「沙羅双樹云々」の句は「盛者必衰」の理を現わす譬えとしては、不当である」と評された（『平家物語全注釈』上）。しかし「沙羅双樹」は「生者必滅」と結びつけて考えられて来ただけでなく、例えば『涅槃和讃』には、

跋提河ノ波ノ音、生者必死ヲ唱ヘツツ、沙羅双樹ノ風ノ声、会者定離ヲ調ブナリ。

と、「沙羅双樹」を「会者定離」を象徴するものとしてあげているし、また『今昔物語集』巻三では、

其ノ後、毗舎離国ヨリ拘尸那城ニ至リ給テ、沙羅林ノ双樹ノ間ニ、師子ノ床ニ臥シ給ヒヌ。阿難ニ告テ宣ハク、「汝ヂ当《マサ》ニ知ベシ。我、今、涅槃ニ入《イラム》トス。盛《サカリ》ナル者ハ必ズ衰フ、生《シヤウジ》ヌル者ハ定メテ死ヌル事也」。

とあるように、釈迦自身が「生者必滅」と並べて「盛者必衰」の理を説いているのである。

つまり、釈迦入滅の伝承としての「沙羅双樹」説話は、ある場合は「生者必滅」の道理を示すものとして、またある時は「会者定離」を象徴するものとして、そしてあるいは「盛者必衰」の理をあらわすものとして理解されてきたように、その解釈は一様ではなかったのである。極端な言い方をすれば、それらの中から『平家物語』は「盛者必衰」をとったのである。

以上見てきたように、冒頭の二句を少し詳しく調べてみると、確かに使われている語句自体は当時の他の文献にも見られるものばかりであるが、しかしその語句の用い方には『平家物語』の独自性が窺えるのである。それはまた、「祇園精舎」と「沙羅双樹」との二つの仏教説話的伝承を組み合わせたところにも見出されるのであるが、ふり返って「諸行無常」と「盛者必衰」という二つの言葉を並べてみると、これはどうも本来対等の重みを持つものとは言い難いようである。「諸行無常」は仏教的世界観の根本的な原理であるが、「盛者必衰」のほうは無常の具体的な一現象に過ぎないとも言えるからである。ところが『平家物語』は、これを原理的・法則的な「理《ことわり》」ととらえているのであるから、必ず衰える「盛者」とはどんなものなのかが問題になってくる。

『平家物語』は、冒頭の二句に続けて、

奢れる者久しからず、只春の夜の夢の如し。
猛き人も遂には滅びぬ、偏に風の前の塵に同じ。

と書いているが、これこそが「盛者必衰」の具体的説明なのである。この場合の「奢れる者」「猛き人」という表現は、「盛者」の内容を説明したものと解してよいだろう。「盛者」に至るための闘争的側面を〝猛し〟といい、「盛者」に至ってからの専横の振舞いを〝奢れる〟と言ったのである。その〝奢れる猛き盛者〟が、いかにはかなく滅んで行くか、それを「春の夜の夢」「風の前の塵」と譬えたのである。この譬えも『往生講式』に「一生は是れ風前の燭、万事は皆春夜の夢」などとあるように類似の句を外に見出すことができる。

次いで『平家物語』は、久しからずして遂には滅んで行った「奢れる者」「猛き人」達の例を、秦の趙高以下四名の異朝の人々、平将門以下四名の本朝の人々に求めるのである。これらの人々の事蹟については省略するが、この人々が久しからずして滅んで行った原因を、『平家物語』は、「旧主先皇の政にも従はず、楽しみを極め、諫をも思ひ入れず、天下の乱れん事をも悟らずして、民間の憂ふる所を知らざりしかば」という点に見ているのである。覇を競い、奢侈にふけり、驕慢に陥って、政治をおろそかにしたために滅亡という報いを受けたとする考え方である。言い換えれば、〝奢れる猛き盛者〟はその驕奢・驕慢のゆえに「必衰」の運命を辿るのだという、いわば因果応報の思想が、この『平家物語』の「盛者必衰の理」なのである。

さて、本文を丹念に読んで行くと、序章の終わり近くで対句形式が崩れていることに気づくであろう（図表のCの部分）。平将門らの本朝の例をあげたあと、〝これらの人々も間もなく滅び去ったのである〟とあるべきところが、「間近くは、六波羅の入道前太政大臣平朝臣清盛公と申しし人の有様、伝へ承るこそ心も詞も及ばれね」と、叙述が清盛のほうへ向かってしまうのである。それは、将門・純友達をはるかに越えた清盛の「奢れる事」「猛き心」を、作者が強調して語ろうとしたために起こったものと考えられる。清盛こそが、他の誰よりもその驕慢・横暴なことで抜きん出た「盛者」であったというのである。「盛者」は「必衰」の運命を辿らねばならない。しかし、巻六「入道逝去」の清盛の死の場面に「盛者必衰の理」の顕現を認めることは難しい。『平家物語』全体を読めば、清盛個人を越えて、平家一門の滅亡に「盛者必衰の理」が働いていると見るのが正当であろう。『平家物語』の中には、清盛の子宗盛や孫の資盛らの驕慢が描かれているが、やはり清盛に比べればものの数ではない。序章の論理で言うなら、清盛の筆舌に尽くしがたい驕慢・横暴が、平家一門までをも滅亡させてしまったということになる。清盛個人の〝悪因〟が、一門に〝悪果〟として報いたのである。『平家物語』は、その〝飛躍〟を「父祖の善悪は、必ず子孫に及ぶと見えて候。積善の家には必ず余慶あり、積悪の門には必ず余殃《よわう》とゞまるとこそ承れ」（巻二「小教訓」）と説明している。『平家物語』が〝清盛の物語〟でなく、〝平家の物語〟となれたのも、この〝飛躍〟があったからと言えるかも知れない。

『平家物語』が、古代末期の内乱の歴史を、滅亡した平家一門を中心にすえて描き、しかも高い文学性をかち得たのは、序章に見られる作者のものの見方、姿勢と決して無縁でないことは確認しておいてよいだろう。

2　殿上の闇討（巻一）

『平家物語』の序章「祇園精舎」の後半は、諸行無常、盛者必衰の理を自ら体現した多くの〝奢れる猛き人〟たちの中でも、他に抜きん出た平清盛の父祖についての叙述である。「その先祖を尋ぬれば、桓武天皇第五の皇子、一品式部卿葛原親王九代の後胤、讃岐守正盛が孫、刑部卿忠盛朝臣の嫡男なり」に始まり、「国香より正盛に至るまで、六代は諸国の受領たりしかども、殿上の仙籍をばいまだ許されず」で終わるこの叙述、平曲の章段分け（句という）では「祇園精舎」の中に入るものであるが、内容的には今回とりあげる「殿上闇討」の書き出しと見なし得るのである。

ここに述べられている系譜であるが、『尊卑分脈』等によって図示すると、左のようになる。

桓武平氏略系図

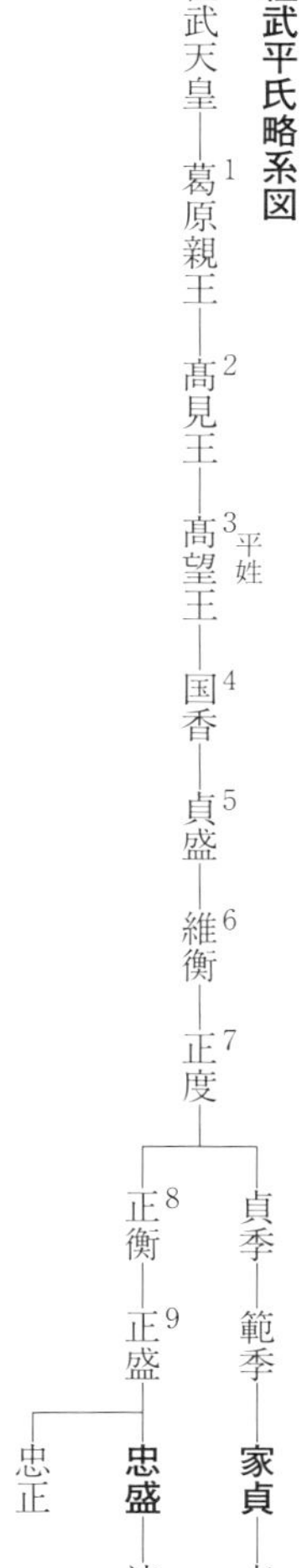

『平家物語』は、桓武天皇の裔でありながら平家は長く殿上人としての地位を得ることができなかったが、正盛の子忠盛、つまり清盛の父の代に至って、初めて「昇殿」が許されたというのである。その〝事件〟を描くのが本章「殿上闇討」なのである。その書き出し、

　しかるを忠盛、備前守たりし時、鳥羽院の御願、得長寿院を造進して、三十三間の御堂を建て、一千一体の御仏を据ゑ奉る。供養は天承元年三月十三日なり。勧賞には闕国を賜ふべき由、仰せ下されける。をりふし但馬の国のあきたりけるを賜びにけり。上皇御感のあまりに内の昇殿を許さる。忠盛三十六にて初めて昇殿す。

を見ると、その昇殿は忠盛三十六歳、天承元年（一一三一、正しくは天承二年）のことで、これによって平家一門が堂上貴族の仲間入りをしたというのである。父忠盛が三十六にしてやっと昇殿したのに対し、子の清盛はわずか一代の間に従一位太政大臣にまで至りつき、あの栄花・権勢を誇ったのである。『平家物語』は、平家一門の滅亡の早さを驚きをもって描くだけでなく、地下《ぢげ》人にすぎなかった一門の栄達の早さ、異例の出世の早さを読者に印象づけるのである。そのためか、『平家物語』は清盛の祖父正盛や父忠盛の営々たる努力は記さない。それどころか、清盛自身の保元・平治の乱での活躍までも全て省いてしまうのである。平家一門繁栄の第一歩となった忠盛の昇殿に至るまでの父正盛の努力とは、例えば永長二年（一〇九七）、伊賀国の私領を六条院（白河上皇の皇女郁芳門院媞子の菩提所）に寄進したことなどである。これによって正盛は白河上皇に接近を計ったのであり、事実これは功を奏

し、それまでの隠岐守から実入りの多い若狭守へ、さらに因幡守へと転ずることができた。白河上皇は正盛を寵用し、天仁元年(一一〇八)には源義家の子で乱暴者であった義親を追討させ、その賞に但馬守に任じた。しかもまだ正盛が都へもどる前の除目であったため物議をかもし、権中納言中御門宗忠はその日記『中右記』に「正盛最下品の者、第一国に任ぜらるるは殊寵に依るものか」と記した。正盛が貴族たちからいかに低く見られていたかを物語っている。実際、正盛は自らが受領になる前は、「正盛、蔵人五位の家に仕へて諸国受領の鞭を執る」(『平家物語』巻四「南都牒状」)というように受領階級の人々に仕えていたのである。その正盛が従四位下に叙せられた時もまた貴族たちを驚かせたのであるが、しかし彼は生涯昇殿を許されることはなかった。

子の忠盛も、父とともに北面の武士として白河上皇から任用されていたが、白河上皇が崩じ鳥羽上皇の時代になってもその寵は変わらず、海賊討伐などで武名をあげ、諸国の受領を歴任していた。その忠盛は二十代前半に早くも正四位下に叙せられた。これも貴族たちにとっては不愉快極まりないことだったようで、『長秋記』の筆者源師時は忠盛をやりだまにあげ、この時の除目・叙位を「無縁の貧者はたのむところなし」と批判している。鳥羽上皇に縁もなく、貧しい者は除目に何ら期待できないと言っているのは、鳥羽上皇の寵を受け、上皇のため多くの寺院等を造進できる富裕な忠盛だからこそ正四位下に叙せられたのだということであり、財力を背景に次第にのし上がって行く忠盛の姿と、それに反発する貴族たちの思いを読みとることができる。正盛・忠盛が二代にわたって築きあげてきた財力がついに忠盛を殿上の間に昇らせることになる。正盛が但馬守に任ぜられた時ですら、〝最下品の者が〟と驚かれたのであるから、まして今度の「昇殿」はなおさらのことであった。『中右記』の筆者は、「此の人の昇殿、なお未曽有の事なり」と記している。まさに、いまだかつてなかった一大事だったのである。

忠盛の昇殿は、正盛が私領を六条院に寄進してから実に三十四年後のことであり、また清盛が太政大臣従一位にのぼったのは、忠盛昇殿から三十五年ののちであった。三代にわたる努力が最高位という形で報われるのに七十年近い歳月を要したのである。それに対し、平家一門が壇の浦で滅亡したのは清盛が従一位に叙せられた年から数えてわずか十八年後のことである。築くに遅く、滅びるにあまりにも早い平家の栄花であった。

ところで「昇殿」であるが、これには「院の昇殿」と「内《うち》の昇殿」の二通りがあり、院の御所（仙洞御所）への昇殿と、内裏・殿上の間への昇殿という違いがある。「院の昇殿」を許された武士としては源義家がおり、正盛はそれさえ許されていない。まして「内の昇殿」を許された武士はかつて一人もいなかったのである。「内の昇殿」を許されると殿上人の仲間入りをすることになる。普通「殿上人」というと、四位・五位の者および六位の蔵人と説明されるのだが、これは正確でない。勅許を得たものだけで、四位・五位の者の全てが昇殿を許されたわけではないのである。だから武士にとって昇殿は大変名誉なことと考えられた。例として『保元物語』の源義朝をあげることができよう。親兄弟と別れて後白河天皇方についた義朝に向かって信西が、このたびの合戦で戦功をたてたなら昇殿を許そうと告げる。義朝は合戦に出て生きて帰ろうとは思わない。同じくは今昇殿を許されよと申し出て認められ、「下野守義朝は日来《ひごろ》の昇殿ゆるされたるぞ。陣頭に屍《かばね》をさらさむこと只《ただ》今なり」と語り、皆で涙を流したというものである。忠盛の昇殿より四半世紀後のことである。この話、義朝が乱後昇殿を許されているのは事実だが、このようないきさつで昇殿したか否かは不明で、むしろ『保元物語』作者の虚構かとも思われるが、武士がいかに昇殿に憧れていたかを語っている点で見過ごせない話である。

忠盛の昇殿という事件は、見て来たように二代にわたる長い努力の積み重ねの上にもたらされたものであるが、これに対する貴族たちの驚嘆・反発も大変なものであったろう。そこで忠盛の昇殿を快からず思う貴族たちが、その年の五節豊明の節会の夜、闇討ちにしようと計ったと『平家物語』は書き記すのである。〝闇討ち〟といっても殿上のことであるから、寄ってたかって袋だたきにするといった程度のことであろうが、忠盛にとっては大変なことであった。なぜなら彼は「われ右筆の身にあらず、武勇の家に生まれて、今不慮の恥に会はんこと、家のため身のため、心憂かるべし」と思っていたからである。以下、「武勇の家」に生まれた者の自覚、兵《つわもの》の心ばえが、この章段の中心となって展開して行くのである。忠盛はこの危機を回避するために、大きな鞘巻きを用意し、束帯の下にこれ見よがしに差し、それだけでなく闇討ちを計画している人々を次のようにして威嚇するのである。

火のほの暗き方に向かつて、やはらこの刀を抜き出だし、鬢に引き当てられけるが、氷なんどのやうにぞ見える。諸人目を澄ましけり。

その上、忠盛の家来平家貞が狩衣の下に腹巻（簡略な鎧）をつけ、太刀を持って殿上の小庭にひかえ、いくら出て行けと言っても、主君忠盛の今夜の成行きを見とどけるまでは退出しないと答えて、一歩も引かないので、機先を制せられた貴族たちはその夜の闇討ちを結局中止してしまったというのである。

腹の虫がおさまらない貴族たちは、忠盛が帝の召しによって舞った時、途中から拍子を変えて、「伊勢平氏はすがめなりけり」と囃し立てる。忠盛の〝すが目〟と伊勢産の〝酢瓶〟を掛けた嘲弄である。『平家物語』はこの話のあとに、五節の舞の場で拍子を変えて人をからかった例を二つほどあげているが、それらはいずれも軽い冗談のようなものである。だが忠盛に対するものは、明らかに意趣返しの悪意に満ちたものである。だから忠盛も耐えられず宴席を中座するのである。その時、差していた刀を主殿司に預けておくことを忘れない。外に出た忠盛を待っていた家貞は、まっさきに「さていかが候ひつる」と尋ねる。忠盛は家貞に無念な思いを伝えたいとは思ったが、それを抑えて「別《べち》のことなし」と答えるのである。それは家貞が主君の恥辱を看過しえぬ郎等であり、「言ひつるものならば、殿上までもやがて切り上らんずる者」だと忠盛が判断したからであった。この部分、異本（百二十句本など）では「殿上までも斬り上らんずる者の面魂にてあるあひだ」となっていて、その時の家貞の主君を案ずる緊張した面もちを伝えている。

ところで、この家貞であるが、『平家物語』は「忠盛の郎等、もとは一門たりし木工助《もくのすけ》平貞光が孫、進の三郎大夫季房が子、左兵衛尉家貞」と紹介している。家貞の世系については『尊卑分脈』等によっても混乱があって必ずしも明確にしがたいが、今は忠盛の郎等であるが先祖は平家一門の者であったのである。この家貞を『平家物語』は他の箇所で「年ごろの家人《けにん》」とも呼んでいる。「郎等」とは主従関係の根幹に関わる語で、その概念はかなり広いものである。この頃の主従関係は、主君に絶対的服従を強いられる〝家人《けにん》型家人〟と、安堵・恩賞などで結びついた〝家礼《けらい》型家人〟との二つに分類できるが、ここでいう「郎等」とは、まさに「年ごろの家人」（長年仕えている家人型家人）であり、『平家物語』ではしばしば「家の子・郎等」として出てくる従者である。「家の子」とは、もと一門であった者が、ある時より臣に下って主家に仕えている者のことであるから、家貞の場合、正確には「家の子」と呼ぶべきである。もと一門であっただけに誇りも高く、主家を思う気持ちはより強烈であるのが、『平家物語』に登場する「家の子」たちに共通した性格である。この家貞、のちに保元の乱で叔父忠正を処刑した清盛を涙ながらにいましめて、人々から「物の情を知ること、必ずしも高き賤きによらず、家貞よくこそ恥しめけれ」とほめられたと『保元物語』に記されているが、それも主家を思うが故のことであった。

その家貞が主君忠盛の危機を聞き知って、密かに殿上の小庭にひかえたのである。家貞の年齢については全く記されていないが、「薄青の狩衣の下に萌黄縅の腹巻」を身につけていたとあるから、年若い印象を受ける。延慶本『平家物語』には、薩摩半六家長という十七歳の弟をつれていたと書かれているのも、この想像を助けてくれるだろう。退去を命ぜられた時の家貞の返答、

相伝の主《しゅう》、備前守殿、こよひ闇討ちにせられたまふべき由承り候ふあひだ、そのならんやうを見んとて、かくて候ふ。えこそまかり出づまじけれ。

は、言葉の上ではきわめて丁寧でありながら、テコでも動かない「郎等」の意志がはっきり述べられているのである。家貞がそのような「郎等」であるからこそ、またそれを忠盛がよく知っているからこそ、宴席で嘲弄された忠盛はその無念な思いを家貞には語れないのである。武士の世界の「主従」という新しい人間関係が生んだこの二人の間の強い精神的な紐帯が、陰険な貴族たちのくわだてを打ち砕いたのである。彼らの目には「主従」という人間のつながりが不気味なものと映ったはずである。

闇討ちに失敗した貴族たちは、後日忠盛の非法を訴え出る。刀を差して節会の座に出たこと、許しもなく郎等を小庭に召しおいたこと、この二つが「格式」「先規」に違背するというのである。貴族たちは自分たちの世界に忠盛を引きずり込んで罰しようというわけである。五節が「格式」「先規」を重んずる宮中の行事である以上、この貴族たちの訴えは当然のことで、「両条希代、いまだ聞かざる狼藉」であり、しかも「事すでに重畳」しているのだから罪科はのがれがたいところである。驚いた鳥羽上皇は忠盛を召して尋問する。忠盛の答えは、家貞のことは家来が主人を助けようと密かにやったことで自分としてはどうしようもない、もし罰するというのなら身柄を差し出そうというのであり、刀の件は預けてあるから実否を確かめてほしいというものであった。刀は木刀に銀箔を押したものだったのである。

これを聞いた上皇は、恥辱をのがれるため刀を帯したふりをし、しかも後日の訴訟を考えて木刀にした用意のほどに感心し、また家貞の件は郎等の当然の行為であると認めてしまうのである。従来諸家によって指摘されているとおり、訴えられた忠盛の弁明は筋が通っていない。彼はただ武士というものはこういうものなのだと、〝武士の論理〟を述べているにすぎないのである。ここで大事なことは、上皇が忠盛の言い分を「弓箭に携はらん者のはかりこと」「武士の郎等の習ひ」として、そっくり認めてしまうことである。『平家物語』は、このように宮廷世界の中で〝武士の論理〟が認められた出来事として、「殿上闇討」事件を描いているのである。

これに関連して思い出すのは『古事談』の伝える忠盛と彼の家人加藤成家の話である。白河上皇が殺生禁断のふれを出した頃、忠盛の家人成家が相変わらず鷹狩の鷹を飼っていたので、召し捕られ尋問された。成家は祇園女御に進上する鳥を捕るよう忠盛から命令され、もし怠れば「重科」に処すと言われている。源平両家で「重科」というのは首を切られることである。上皇の禁制は破っても禁獄か流罪、命を失うことはないからだと答えたというのである。ここにも形は違うが、武家の法が優先された一つの姿が見られるのである。


忠盛昇殿、平家栄花のきっかけとなった得長寿院は、三十三間の長大な堂の中央に丈六の聖観音像を安置し、左右に五百体ずつ観音を並べ、その胎内に小仏を納めた壮麗なものであった。この堂は元暦二年（一一八五）の大地震で倒壊した。それは平家一門が壇の浦に沈んだほぼ三ヶ月ののちのことであった。

3　足摺（巻三）

今回とりあげる「足摺」は、後白河法皇による平家顚覆計画「鹿《しし》の谷事件」の後日談であり、絶海の孤島に一人とり残された俊寛僧都の姿を描いている点、『平家物語』全編中でも特異な章段である。

最初に簡単に鹿の谷事件について触れておこう。清盛を中心に平家一門が中央政界で官位を独占し始め、一方権柄づくの横暴が目に余るようになって、人々の反平家感情が高まった頃、後白河法皇とその近臣たちが平家を倒す陰謀を企てたのである。その近臣たちとは、西光・藤原成親・平康頼らである。『平家物語』は、東山の麓、鹿の谷に法勝寺の執行俊寛僧都の山荘があり、そこに寄り集まっては謀略をめぐらしたというのである。その陰謀が多田蔵人源行綱の裏切りによって発覚する。多田行綱はその武力を頼まれたのであるが、全盛を誇る平家に対抗できるとは思わず、密かに清盛に告げ知らせたのである。主謀者が続々と逮捕された。治承元年（一一七七）六月一日のことである。初め西光が清盛の前に拘引され、拷問のあげく一味与同の人々の名を白状したため、次々と清盛の西八条の館へ連行されたのである。この後、西光は口を裂かれて殺された。次いで捕らえられた藤原成親は、妹を清盛の嫡男重盛に嫁がせ、また子息成経の妻に清盛の弟教盛の娘を迎える等、平家と深い姻戚関係を結んでいたばかりでなく、以前にも平家によって命を救われ、現在の地位を得ていたこともあって清盛の怒りは激しく、備前国に流され、その地で殺害された。それでも清盛の怒りはおさまらず、成親の子丹波少将成経も鬼界ヶ島へ流された。この時一緒に流されたのが平康頼と法勝寺執行俊寛僧都の二人である。俊寛は「京極の源大納言雅俊の卿の孫、木寺の法印寛雅には子なりけり。祖父大納言させる弓箭を取る家にはあらねども、あまりに腹あしき人にて、三条坊門京極の宿所の前をば、人をもやすく通さず、つねは中門にたたずみ、歯をくひしばり、怒りてぞおはしける。かかる人の孫なればにや、この俊寛も僧なれども、心も猛くおごれる人」（巻一「鵜川軍」）であったと書かれている。父の寛雅も法勝寺上座法印権大僧都であったから、父の跡を継いだものであろう。俊寛も姉妹が平頼盛に嫁しており、また彼自身も清盛に引き立てられたりして、平家との因縁は深い。その俊寛が、自分の所有する鹿の谷の山荘を陰謀の場として提供したかどに問われ、拘禁されたのである。もっとも『愚管抄』には、法勝寺の前執行で平治の乱の時斬殺された信西の子静賢法印の別荘だと書かれてあって、いずれであるかは明確にしがたい。

俊寛ら三人が流された鬼界ヶ島は、現在の硫黄島で、『平家物語』（巻二「大納言死去」）には、

彼島は、都を出て遥々と波路を凌《しの》いで行く所なり。おぼろけにては船も通はず、島には人稀なり。自《おのづか》ら人はあれども、この土の人にも似ず。色黒うして牛の如し。身には頻に毛生ひつつ、言ふ詞《ことば》をも聞き知らず、男は烏

帽子もせず、女は髪も下げざりけり。衣裳なければ人にも似ず。食する物も無ければ、ただ殺生をのみ先とす。賤《しづ》が山田をかへさねば、米穀の類もなく、薗《その》の桑を採らざれば、絹帛《けんぱく》の類も無かりけり。島の中には高き山あり。鎮《とこしなへ》に火燃ゆ。硫黄といふ物充満《みちみ》てり。かるが故に硫黄が島とも名付けたり。雷《いかづち》常に鳴上り、鳴下り、麓には雨しげし。一日片時《へんし》、人の命堪へてあるべきやうもなし。

と、その様子が描かれている。食料のないこの島で生命を維持できたのは、流人の一人成経の妻が平教盛の娘であったので、その領地肥前国鹿瀬《かせ》の荘から衣食を送って来たからであるという。

ところで、この島に流される時、康頼は出家し法名を性照と名のったし、また島へ着いてからも康頼、成経の二人は熊野信心があつかったので、島内に熊野三山に似た場所を探し出し、これを熊野三所権現に見たてて、毎日〝熊野詣〟をしては帰洛を祈っていた（巻三「康頼祝言」）。またある時、康頼は千本の卒都婆《そとば》を作り、帰洛の思いを歌に書き付け海に流したところ、その内の一本がたまたま平家一門の守り神、厳島明神の前の渚に打ち上げられるという奇瑞があり、その話は法皇や清盛の耳にも入ったという（巻二「卒都婆流」）。これら成経と康頼の信仰心のあつかった話を『平家物語』が熱心に語っていくのは、言うまでもなく彼等二人が許されて都にもどり、俊寛一人が鬼界ヶ島にとり残される伏線になっているのである。

その俊寛は、法勝寺の執行という僧職にありながら、先に引用したとおり「心も猛く、おごれる人」で、その生まれついての剛毅な性格の上に、「天性不信第一の人」であったために〝熊野詣〟にも出かけないのである。

その頃、都では清盛の娘建礼門院徳子が高倉天皇の子を身ごもるという、平家待望の出来事が起こった。ところが徳子の容態が思わしくないので祈らせてみたところ、平家によって滅ぼされた人々の怨霊や「鬼界島の流人共の生霊」などが取り憑いているというので、この際これらの流人を赦免しようということになった。しかし、清盛は、

俊寛は随分入道が口入《こうじゆ》を以つて、人と成りたる者ぞかし。それに所しもこそ多けれ、わが山荘鹿谷に城廓を構

へて、事にふれて、奇怪の振舞ひどもがありけんなれば、俊寛をば思ひもよらず。（巻三「赦文」）

と、俊寛一人は決して許そうとしないのである。俊寛に対し清盛がどの程度の恩誼を施したのか、他に資料を見出せないのであるが、『平家物語』は、いわば飼い犬に手を噛まれた清盛の怒りが原因だとしているのである。

鬼界ヶ島へ使者が発った。使者の名を丹左衛門尉基康といい、治承二年七月下旬に都を出て、島に着いたのは九月二十日頃だったという。

舟より上がつて、「これに都より流されたまひし丹波少将殿、法勝寺執行御房、平判官入道殿やおはする」と、声々にぞ尋ねける。

都からの使いは、口々に成経・俊寛・康頼の名を呼んでその行方を探し求めるのであるが、ここで注意したいのは「法勝寺執行御房」俊寛の名を呼んでいることである。引用した本文は、南北朝時代の応安四年（一三七一）に琵琶法師明石覚一が弟子に書き取らせたテキスト、いわゆる覚一本であるが、これより時代が下った本、例えば葉子十行本・流布本などになると、「法勝寺執行御房」の名が除かれてしまうのである。つまり島に上陸した都の使いは、成経と康頼だけを探すという設定になっているのである。これはもちろん、二人が赦免され、俊寛一人が残されるこの話の結末と照応させるための改作であるが、あとの悲劇性を高めるためには、前後のつじつまを合わせていない覚一本の方が優れている。

都の使いの呼ぶ声を聞きつけて、飛び出して来たのは皮肉なことに俊寛であった。成経と康頼は「例の熊野詣」をしていて、その場に居合わせなかったのである。赦免船を迎えたのが、許されぬ俊寛であったとする設定は、「不信第一」の彼を罰するかのようで残酷である。それを知らぬ俊寛は、

あまり思へば夢やらん。また天魔波旬の、わが心をたぶらかさんとて言ふやらん。うつつとも覚えぬものかな。

と思うのである。あまりに思へば夢やらん――あるいは俊寛は成経らと違って、熊野詣で紛らわすことなく望郷の思いを募らせていたと言えるかもしれない。しかし、赦免の使いを迎えた俊寛の喜びは、清盛の赦《ゆる》し文《ぶみ》が読み上げられた瞬間に驚愕に変わる。そこには成経、康頼とだけあって、俊寛という文字はないのである。俊寛は何度も繰り返し読み、礼紙《らいし》（上包みの紙）にまで自分の名前を探すのであるが、もちろんどこにもない。そこへもどって来た成経・康頼がかわるがわる読んでも二人としか書かれていないのである。

この場面、実は延慶本、長門本、『源平盛衰記』などの増補系（読み本系）の諸本においては、やや趣きを異にしている。それによると、ある晴れた穏やかな日、成経と康頼が海を眺めていると近づいて来るものがある。何かと見ていると、それは船であり、硫黄取りの船かと考えた二人は自分たちのみすぼらしい姿を恥じて物陰から様子を窺っていると、そこへあとから俊寛も加わり、三人で使者を迎えたという設定になっている。また四部合戦状本では、島についた使者が流人の住居を探したところ、粗末な草庵の内に見る影もなく衰え汚れた三人が身を寄せあって泣いていたとなっていて、覚一本などの語り本系統の諸本のように俊寛一人が使者を迎えた設定にはなっていない。つまり、語り本は許されない者が真先に赦し文を見るという形で、俊寛の皮肉で苛酷な運命を浮き彫りにし、その悲しみを強調しているのである。

夢にこそかかることはあれ、夢かと思ひなさんとすればうつつなり。うつつかと思へばまた夢のごとし。

苛酷な運命を俊寛は受け容れられない。望郷の思いの強さが現実を拒絶し、しかし拒絶しきれない重い現実なのである。

『平家物語』は、自分の名を赦免状の中に見出せない俊寛の驚愕と混乱を書き連ねるのであるが、そこにさりげなく次のような一文を挿入する。

そのうへ、二人の人々のもとへは、都より言《こと》づけ文どもいくらもありけれども、俊寛僧都のもとへは、事問ふ
文一つもなし。

俊寛のもとへは、安否を気づかう私信の一つさえ届けられなかったのである。覚一本系の別本（高野本など）には、右の文に続けて、

されば、わがゆかりの者どもは、都の内にあとをとどめずなりにけりと、思ひやるにも忍びがたし。

と記している。俊寛は都に妻と二人の子供を残して来ており、その消息をいつも気がかりに思っていたのである（巻三「有王」）。だから自分宛の私信が一通もないことから、すぐに家族の最悪の状態を思い浮かべるのである。そのことは、俊寛が帰洛を許された成経に向かって、自分がこんな目に会うのは、あなたの父（成親）のせいなのだから、他人事と思わないでくれと訴えるところにも出ている。俊寛は、

おのおののこれにおはしつるほどこそ、春はつばくらめ、秋は田の面《む》の雁のおとづるるやうに、おのづから故郷のことをも伝へ聞いつれ。今より後、何としてかは聞くべき。

と掻き口説くのであるが、平教経から成経に時々送られて来る衣食に添えられた便りが、鬼界ヶ島と都を繋ぐ唯一の糸であった。俊寛にとって、成経たちが帰ってしまうということは単に一人とり残されるということだけでなく、妻子の消息を教えてくれるかもしれない細い糸が、断ち切られてしまうことを意味する。だからこそ俊寛は、せめて九州の地まで自分を連れて行ってくれと成経らに嘆願するのである。

成経は悲嘆にくれる俊寛に深く同情しながらも、そのために折角の好機がフイになることを恐れる。「うち乗せ奉つても上りたう候ふが、都の御使ひもかなふまじき由申すうへ、赦されもないに、三人ながら島を出でたりなんど聞こえば、なかなか悪《あ》しう候ひなん」という成経の言葉には、俊寛を案じる気持ちより、我身を大事に思う防衛意識が強く感じられる。

船出の準備が整う。俊寛は船に乗ったり降りたり「あらましごと」をするのである。そうありたい、そうしたいという願望が思わず知らず行動になってしまう哀れさがここにある。出て行く船に取りついて海に引かれて入って行った俊寛は、その手を振り払われて仕方なく汀にもどる。

> 僧都せん方なさに、なぎさに上がり倒れ伏し、幼き者の乳母や母なんどを慕ふやうに、足摺りをして、「これ乗せて行け、具して行け」と、をめき叫べども、こぎ行く船の習ひにて、あとは白波ばかりなり。いまだ遠からぬ船なれども、涙にくれて見えざりければ、僧都、高き所に走り上がり、沖の方をぞ招きける。

この章段の名にもなった「足摺り」の場面であり、俊寛の悲しみが絶望に転じて行く場面でもある。幼児のように身悶えして泣き悲しむ様は、哀れを通り越して凄絶である。その俊寛が、まだ遠くない船が涙にくれて見えなかったので、高い所へ走り上がり、沖に向かって手招きしたというのである。俊寛は、船が見えなくなったのを、遠く沖に出てしまったからだと思ったのである。だから少しでも良く見えるところへと、急いで高い所へ上がったのである。しかし船が見えないのは遠く離れたからではなく、彼の滂沱たる涙のためであった。俊寛は自分が泣いていることにさえ気がついていない。気づかぬほどの悲しみなのである。

　俊寛は渚に倒れ伏し、波に足を打ち洗わせて、その夜一夜をそこで明かす。

> さりとも少将は情け深き人なれば、よきやうに申すこともあらんずらんと、たのみをかけ、その瀬に身をも投げざりける心のほどこそはかなけれ。

絶望の淵にいながら俊寛は、死ねずにいつしか成経の「時機をみて清盛に頼んでみる」という、あてにならない言葉に頼みをかけ始めるのである。断ち切れぬ生への執着。平知盛が一の谷で我子を見殺しにして逃げのびて語った「よう命は惜しいもので候ひけり」と同様、人間存在そのものの哀しさが描かれていると言えよう。

一人島に残された俊寛に、あれほど知りたがっていた妻子の消息がもたらされたのは、成経らが島を去った翌年の夏であった（「有王」）。長年召使っていた有王が苦難の末に鬼界ヶ島へ渡って来たのである。そこで彼が知ったのは妻と息子の死という悲しいものであった。ついに俊寛は自ら食事をとどめ、命を断つのである（巻三「僧都死去」）。時に俊寛三十七歳であった。

4　橋合戦（巻四）

平家打倒を図った鹿《しし》の谷陰謀事件は、あえなく潰え去った。前回も触れたとおり、この事件の陰には後白河法皇がおり、清盛も当然それを知っていたが、子の内大臣重盛が報復をねらう父清盛を諫めていたため、事は近臣たちの処分だけで済み、一応は落着したかに見えていた。ところが治承三年（一一七九）七月、その重盛が死ぬと、清盛の専横は一層激しくなり、その十一月には福原から軍勢を率いて入京し、関白藤原基房以下の公家を解任し、法皇を鳥羽殿に幽閉するという、いわばクーデターの挙に出たのである。『平家物語』は、その理由を、法皇が子の重盛の死に哀悼の意を表さなかったこと、重盛が賜った越前国を召し上げられたこと、女婿藤原基通を無視して基房の子で当時八歳の師家を中納言に据えたこと、そして鹿の谷事件で法皇が裏で糸を引いていたことを挙げている（巻三「法印問答」）。しかし『百錬抄』には、「或記に云ふ、上皇・関白と平家党類を滅さしむるべきの由、密謀有るの由、其の聞え有り」と書かれていて、後白河法皇が鹿の谷事件後も平家顛覆を図っていたことになり、多分これが事実であったのだろう。

そのような中で年が改まり、平家一門にとっては大変な年、治承四年を迎える。この年の二月、高倉天皇が譲位、安徳天皇が三歳で即位するのである。清盛は外祖父となるのである。これら一連の清盛の動きに、新たに反旗を翻したのが源三位入道頼政である。源頼政は後白河法皇の皇子、高倉宮以仁王を擁して立ち上がるのである。頼政は同じ清和源氏とはいえ、頼朝らとは別の系統で、保元の乱・平治の乱でも官軍について、頼朝の祖父為義や父義朝と敵対している。つまり平清盛と行動を共にしているのである。以後、平家全盛の時代に細々と朝廷に仕え、それでも三位に至っており、歌人としての名声は得ていたのである。その頼政が七十七歳で挙兵したわけである。頼政は東国の源氏を中心とする反平家勢力に蹶起を促すために、以仁王の令旨を配らせる。その一通を受け取った熊野別当湛増が平家に通報したことによって、この計画もまた事前に発覚してしまうのである。

平清盛は、危険を察知して園城寺（三井寺）へ逃げ込んだ以仁王を討つため、軍勢を差し向ける。この時の様子を記した九条兼実の日記『玉葉』を見ると、清盛が以仁王追捕を命じた人々の中に、何と張本人の頼政の名が入っているのである。清盛が毫も頼政を疑っていないことを物語る面白い資料である。ところで、老齢の頼政が何故平家に対して謀反を企てたのか、実はよく分からないのである。『平家物語』によれば、清盛の次男宗盛の横暴な振舞いが原因だとしている。それは、頼政の子仲綱の持っていた「木の下」という名馬をほしがった宗盛が、出し渋る仲綱から権柄づくで取り上げ、その上、惜しんだからといって馬の名を仲綱と改め、鞭打っては仲綱を辱しめたため、父頼政の勘忍袋の緒が切れたというのである（巻四「競」）。

以仁王・頼政が逃げ込んだ三井寺には大勢の僧兵たちがおり、畿内で平家に対抗できる軍事勢力といえば、これら大寺院の僧兵をおいて外にはなかった。また三井寺は、これまた大勢の僧兵を抱える延暦寺と奈良の東大寺・興福寺の間に位置しており、いずれも反平家の感情を強く持っているこれらの寺院が連帯して戦ってくれれば、その間に東国の源氏たちが以仁王の令旨に呼応して参戦するであろうという読みが頼政にはあったのであろう。ところが延暦寺の中に、清盛によって懐柔された一派がおり、このため以仁王・頼政を支援する動きがとれないでいる隙に、平家の軍勢が三井寺に押し寄せて来たのである。頼政らは、味方についてくれる奈良の東大寺、興福寺を頼って、三井寺から南へと逃げるのである。

　宮は宇治と寺との間にて、六度まで御落馬ありけり。これは去んぬる夜、御寝《ぎょしん》のならざりしゆゑなりとて、宇治橋三間引きはづし、平等院に入れ奉つて、しばらく御休息ありけり。

本章「落合戦」の書き出しである。「宮」は勿論高倉宮以仁王。その以仁王が三井寺と宇治の三里程の間に六回も落馬した記事から始まるのである。この部分、梶原正昭氏が指摘されたとおり、「寺と宇治との間にて」とあるべきところであるのに、「宇治と寺との間にて」と、宇治の方が先に書かれているのは、作者の意識が早くもこの章段の舞台に向いていることを表している（鑑賞日本の古典『平家物語』）。それにしても三里余のうちに六回の落馬は多すぎる。『源平盛衰記』が「宇治と寺との間、行程纔《わづか》に三里計《ばかり》也。六箇度まで御落馬あり。（中略）御運の際とは申ながら、加程《かほど》の御大事の中に、睡落《ねぶりおち》させ給《ひ》ける御事、云《いひ》がひなし」と批判しているのも当然といえよう。しかし、事実は知らず、ここでは以仁王を合戦の舞台〝宇治〟へ止めさせる言葉と読んでおこう。

宇治橋の橋板を三間（「間」は柱と柱の間《あいだ》をいう）取り除いて通行不能にし、頼政の軍勢三百余騎が平等院で休息しているところへ、平知盛・重衡たちを大将軍に総勢二万八千余騎の大軍が押し寄せて、『平家物語』最初の本格的な合戦描写になって行くのである。

　敵《かたき》平等院にと見てんげれば、鬨《とき》を作ること三が度。宮の御方にも、鬨の声をぞ合はせたる。

合戦の最初は、戦闘意欲をかき立てるために鬨の声を揚げることである。続いて矢のとどく距離に互いに近づき、敵の上空めがけて鏑《かぶら》矢を射合うのである。

　橋の両方のつめに打つ立つて矢合はせす。

この「矢合はせ」が合戦開始の合図であり、立て並べた楯の間から矢を射放つ「矢軍《やいくさ》」が始まる。

宮の御方には、大矢《の》俊長・五智院《の》但馬・渡辺省《はぶく》・授《さづく》・続《つづくの》源太が射ける矢ぞ、鎧もかけず、楯もたまらず通りける。源三位入道は、長絹の鎧直垂《びたたれ》に、科皮縅《しながはをどし》の鎧なり。その日を最後とや思はれけん、わざと甲《かぶと》は着たまはず。嫡子伊豆守仲綱は、赤地の錦の直垂に、黒糸縅の鎧なり。弓を強う引かんとて、これも甲は着たまはず。

三井寺の僧兵・頼政一党の奮戦を描くこの部分は、「橋合戦」の中の「矢軍」に相当する戦闘を叙したものである。この時、頼政・仲綱父子は兜を着けていない。敵の矢に当たるのを顧みず、一人でも多くの敵を殺傷するためである。兜の吹返《ふきかえ》しや眉庇《まびさし》などに弓の弦が触れてしまって、弓を強く十分に引き絞ることができなくなるから兜を脱いだのである。ところで、『平家物語』に描かれたこの「矢軍」の場面では、頼政の子は仲綱だけしか登場して来ないが、『玉葉』には、

その中に兼綱の矢前《やさき》に廻る者なし。あたかも八幡太郎のごとしと云々。

と、頼政の次男兼綱の奮闘が源氏の伝説的英雄八幡太郎義家に比して語られたと書かれている。

弓矢の戦いだけで勝負が決することは殆どない。矢種が尽きると太刀等の打物を持っての戦い、それが平場《ひらば》であるなら馬に乗って「駆け込みの軍《いくさ》」になる。本章「橋合戦」では、「ここに五智院但馬、大長刀《なぎなた》のさやをはづいて、ただ一人、橋の上にぞ進んだる」のくだりからが、いわゆる「駆け込みの軍」に相当する。そして、ここで大活躍するのが五智院但馬以下の荒法師たちである。

さて、橋の上に進んだ五智院但馬に、平家の方から雨のように矢が射かけられる。その矢を躍り越え、身をかがめ、長刀で切り落として戦ったので「敵も味方も見物す。それよりしてこそ、矢切りの但馬とは言はれ」たのだと書かれている。敵も味方も見物している中での、はなばなしい活躍、そして付けられたアダ名。このアダ名の由来を、のちのち彼は誇らしげに語ったことであろう。『平家物語』に出てくる僧兵たちの中には、大矢の俊長・鉄挙《かなこぶし》の玄永・成喜院の荒土佐・法輪院の鬼佐渡などといういわくありげな名を持つ者も多く、これらの人々も矢切りの但

馬と同様、アダ名の由来となったエピソードを持っていたのであろう。

次に登場する荒法師は、筒井浄妙明秀である。この明秀の奮戦が本章前半のヤマである。

堂衆《だうじゆ》の中に、筒井浄妙明秀は、褐《かちん》の直垂に、黒皮縅の鎧着て、五枚甲の緒を締め、黒漆の太刀をはき、二十四差いたる黒ぼろの矢負ひ、塗籠籐《ぬりごめどう》の弓に、好む白柄の大長刀とりそへて、橋の上にぞ進んだる。

彼は三井寺の筒井谷の浄妙房に属する「堂衆」であった。堂衆とは「学生《がくしやう》」（学問僧）に奉仕する身分低い半俗の僧のことである。登場の最初は彼の〝軍装束〟である。直垂の色の「褐」は、濃紺色。また弓の「塗籠籐」も黒い漆で塗ったものであるから、明秀のいでたちは黒づくめ。その中で長刀だけが白柄という、極めて視覚的な描写がなされている。次いで明秀の〝名乗り〟が記されており、彼の登場場面は合戦描写の基本的形式をきちんと備えているのである。さて、明秀の戦いは弓矢から始まっている。二十四本の矢で二十三人を射倒し、一本残して弓を捨て、長刀を振るって橋桁を渡り、五人の敵をなぎ伏せ、長刀が折れると太刀を抜き、八人を切り倒した後、太刀をも折って、残る腰刀を手に大奮闘するのである。弓矢・長刀・太刀・腰刀と、持てる武器の全てを用いての明秀の戦いぶりは痛快で、それは指摘されているとおり、「やにはに十二人射殺して、十一人に手負ほせたれば、箙《えびら》に一つぞ残つたる」というような数字の使い方、あるいは「目貫のもとよりちやうど折れ、くつと抜けて、川へざんぶと入りにけり」といったような巧みな擬声語の使用などに負っているのであろうが、

貫《つらぬき》脱いではだしになり、橋の行桁《ゆきげた》をさらさらと走り渡る。人は恐れて渡らねども、浄妙房がここちには、一条・二条の大路とこそふるまうたれ。

と、明秀にとって狭い橋桁は一条大路（幅三六メートル）、二条大路（幅五一メートル）と同じようであったという、明秀の「ここち」に立ち入った描写が、読む者をして全く危なっかしさを感じさせないことにも注意したい。

この後、一来法師の討死の場面があり、その間に逃げ戻った明秀は傷の手当てをすると、勝敗の行方を確かめも

せず、念仏を唱えながらさっさと奈良の方へ行ってしまう。同じ武装集団といっても武士とは全く性格を異にする僧兵の姿をよく描いている。同じ僧兵で円満院大輔源覚という者、この宇治川の合戦で以仁王が逃げのびた頃あいを見計らって、太刀と長刀を両手に持ち、敵をかけ破って宇治川に飛び込み、水の底を潜って向かい岸に上がり、大声で「いかに平家の君達、これまでは御大事かよう」と叫んで、三井寺へ帰って行ったという（巻四「宮御最後」）が、二人の行動には共通するものがある。

ここまで本章の前半は、以仁王・頼政側の視点から、特に僧兵の戦い、それも個人戦が描かれているのであるが、後半は一転して平家の側に視点が移行する。「橋の上のいくさ、火出づるほどぞ戦ひける。これを見て、平家の方の侍大将上総守忠清」云々のところからであるが、ここからは武士による集団戦が描かれ、前半と後半はまさに対照的である。

後半は、橋の上の合戦が一進一退なのに業を煮やした平家の侍大将上総守忠清が、大将軍平知盛らの前へ出て、橋も渡れず河も増水して渡れぬので迂回すべきかと申し出たところ、下野国の住人足利又太郎忠綱が、敵を目の前に置いて迂回などとはとんでもないと、馬筏《うまいかだ》を組み、細かい指示を与えながら一気に河を渡したという話である。橋を渡ることができず、平家の軍勢が馬筏を組んだのは事実だったらしく、『山槐記』にも「深淵といへども、馬筏をもつて郎等二百余騎、河を渡す」と書かれている。ところが、この渡河作戦を指揮した人物については、『山槐記』では「忠景」なる者になっており、また『玉葉』には「忠清已《い》下《か》十七騎、先づ打入る。河水あへて深きことなし。つひに渡るを得」とあって、『平家物語』では迂回説を唱えた上総守忠清その人になっているところが面白いが、事実はどうあれ、『平家物語』はこの時十七歳の足利又太郎忠綱という一人の若武者にスポットを当てることにより、「坂東武者の習ひ」が浮び上がっていることが大事な点であろう。この場合、「坂東武者の習ひ」とは、

「ただ今ここを渡さずは、長き弓矢のきずなるべし。水に溺れて死なば死ね。いざ渡さん」ということである。それは斎藤別当実盛が坂東武者について語った「いくさはまた、親も討れよ、子も討れよ、死ぬれば乗越え乗越え戦ふ候」（巻五「富士川」）という言葉を想い起こさせる。

宇治川渡河作戦を指揮する足利忠綱の言葉を、『平家物語』はかなり長く記している。

強き馬をば上手に立てよ、弱き馬をば下手になせ。馬の足の及ばうほどは、手綱をくれて歩ませよ。はづまば掻い繰つて泳がせよ。さがらう者をば、弓のはずに取りつかせよ。手を取り組み、肩を並べて渡すべし。（中略）かねに渡いて押し落とさるな。水にしなうて渡せや渡せ。

極めて具体的である。川の流れ、川の深さに応じて手綱の使い方、鞍の乗り方、敵との対応の仕方等を細かく指示したものであり、従来指摘されてきたとおり、実戦の体験によって得られた知識・教訓に裏打ちされているものと考えられる。しかし、承久の乱（一二二一）後、間もなく成立したとされる慈光寺本『承久記』にも、

河ヲ渡スニハ強キ馬ヲバ上手ニ立、弱キ馬ヲバ下手ニタテ、水ヲヨドマセテ甲ノ袖アラハスガリニ引懸テ、弓ノウラハズ馬ノ首ニ引副テ、手綱鞍ノ輪口ニ引附テ渡サセ給へ。

と、似たような表現が見え、軍記物語の流れの中で次第に彫琢が加えられたものであることが窺える。とにかく、『平家物語』のこの場面、状況により刻々と変化する集団の動きを、忠綱の言葉だけで描ききっているところを味わうべきであろう。

頼政は負傷して平等院の門内に入り、自害する。辞世の歌は「埋木の花咲くこともなかりしにみのなる果てぞ悲しかりける」であった。また以仁王も奈良へ逃げる途中、平家の古兵《ふるつわもの》、飛驒守景家に追いつかれ、馬より射落とされ、あえない最期をとげた。その三ヶ月後、源頼朝が伊豆で挙兵し、時代は大きく動き始めるのである。

5　入道死去（巻五）

治承四年（一一八〇）五月二十六日、源三位入道頼政は平家打倒を果たさず宇治に敗死した。頼政に擁立された高倉宮以仁王も奈良に向かう途中、矢に当たって戦死した。こうして平家はまた反対勢力を叩きつぶしたのであるが、この事件によって平家の孤立が一層進んだのも事実であった。そこで平清盛は、かねてからの計画どおり遷都を強行する。六月二日、宇治の合戦が収まって十日とたたぬうちの慌しい都遷《うつ》りであった。これがまた平家に対する人々の不満を増大するところとなったのは、『方丈記』が詳しく描いているとおりである。

その二ヶ月後、源頼朝が伊豆に挙兵した。平治の乱（一一五九）に敗れ、十三の年から二十年の歳月を配流の地で送っていたのであるが、遅れ馳せながら以仁王の令旨に応じて立ちあがったのである。頼朝は挙兵したものの八月二十三日の石橋山の合戦に敗れて、房総に逃れる。一方、頼朝に続いて信濃で源義仲が挙兵したのが九月七日であった。その間、頼朝も千葉氏をはじめ関東の武士団を配下に従えて、再び勢力を盛り返して来ていた。これに対し清盛は孫の維盛を大将軍として追討軍を関東に向け進発させる。十月二十日、源平両軍は富士川で対戦することになるのであるが、合戦の前夜、水鳥の飛び立つ羽音を源氏の襲来と思い込んだ平家軍は、戦わずして敗走してしまったのである（巻五「富士川」）。このように追いつめられ、孤立の度を深めて行った平家は、ついに十一月二十六日には都をもとの京都にもどすのである。わずか半年の間の福原京であった。そしてその年も押しつまった十二月二十五日、清盛は子の重衡《しげひら》に命じて日頃から平家に従わず、頼政に味方した南都東大寺・興福寺の僧兵らを鎮圧するため軍勢を差し向けるのである。南都の僧兵の抵抗は激しく、二十八日は夜に入っても合戦が続き、重衡が放たせた火が折からの強風にあおられて人家を焼き尽くし、東大寺・興福寺まで延焼したのである。大仏殿は猛火に包まれ、金銅十六丈の盧遮那仏の首は溶けて落ち、僧侶をはじめおびただしい数の人が焼死した（巻五「南都炎上」）。この事件を聞いた九条兼実は、その日記『玉葉』に、この悲しみは父母をなくした時より甚しいと記しているが、氏寺である興福寺を焼かれた藤原氏の嘆きをよそに、「入道相国ばかりぞ、憤り晴れて喜ばれける」と『平家物語』は書き記している。なお、この南都焼打ち事件は、あとで触れるように本章「入道死去」と深いかかわりを持っているのである。

年が明けて治承五年（七月改元、養和元年）の一月十四日、高倉上皇がなくなり、世間は悲しみに包まれた。その間にも頼朝・義仲に続き、九州でも四国でも次々と平家を背く者が出た。『平家物語』の「入道死去」の章は、「およそ東国北国悉く背きぬ。南海西海かくのごとし。夷狄の蜂起耳を驚かし、逆乱の先表頻りに奏す。四夷忽《たちま》ちに起これり」と、各地の平家離反を描くところから始まるのである。二月二十三日、東国の不穏な動きを鎮めるため、今度は平宗盛が大将軍となって下ることが決まり、その準備が急がれた。

> 同じき二十七日、前右大将宗盛卿、源氏追討のために東国へすでに門出と聞こえしが、入道相国違例の御ここちとて、とどまりたまひぬ。明くる二十八日より重病を受けたまへりとて、京中・六波羅、「すは、しつることを」とぞ、ささやきける。

宗盛が東国に発向する日、清盛が発病、出発が中止されたというのである。『玉葉』によれば、「伝へ聞く、関東の徒党、其勢数万に及ぶ。官兵尫弱、よって俄かに前将軍宗盛已下《いか》、一族の武士、大略下向すべし。来月六、七日のころと云々」とあって、翌閏《うるう》二月の上旬に出発の予定であった。それを『平家物語』は、出発を二月二十七日の清盛発病の日に当てているのは、切迫した状況と清盛発病が突然であったことを印象づけるためであろうか。二十七日発病、翌二十八日には重病との噂が流れると、人々は「すは、しつることを」とささやいたというのであるが、この言葉は何か起こるにちがいないという予感が現実のものとなった時に発せられるものであり、ここに怨嗟の的であった清盛が象徴されている。

病に冒された清盛は、水も喉に通らぬほどで、火を焚いたような高熱のため、そばへ近づく者は熱さに堪えられず、清盛が発するのはただ「あた、あた」という言葉にならぬものであったという。

> 比叡山より千手井の水をくみ下し、石のふねにたたへて、それに降りて冷えたまへば、水おびたたしく涌き上がつて、ほどなく湯にぞなりにける。もしや助かりたまふと、掛樋の水をまかせたれば、石や鉄《くろがね》なんどの焼けたるやうに、水ほとばしつて寄りつかず。おのづから当たる水は、火《ほ》むらとなつて燃えければ、黒けぶり殿中に満ち満ちて、炎うづまいて上がりけり。

高熱のさまを描いたこの文章、やや誇張がすぎて現実感が乏しいと言われかねないが、清盛の受けた苦しみのすさまじさを表現しようとしたのであろう。清盛が高熱のため苦しみ抜いたのは事実で、藤原定家の『明月記』も「去る夜、戌の時、入道前太政大臣已《すで》に薨ずるの由、所々より其の告げあり。或は云ふ、臨終動熱悶絶の由、巷説あり」と書いているし、慈円の『愚管抄』も「温病大事にて程なく薨逝しぬ」と記している。この高熱の苦しみをやわらげようと、冷たいことで有名な千手井の水をたたえた水槽に清盛の身体を浸したところ、たちまち湯になったというのであるが、『養和元年記』に「この後以来、五内焦《や》くがごとし。雪を器に盛り、頭上に置かしめ、水を船に洪《くだ》し、身体を寒《ひや》すといへども、煙毛穴より騰《あが》り、雪水湯のごとし」と書かれているところから、『平家物語』が全くの作りごとを述べているのではないことが分かるのである。もちろん「おのづから当たる水は、火むらとなつて燃えければ、黒けぶり殿中に満ち満ちて、炎うづまいて上が」ったなどということはありえないことであるが、この描写は死後清盛が赴くべき地獄のイメージと重ね合わされていることに注意しておきたい。つまり清盛は生きながら地獄の苦しみを味わっていると言えるのである。

清盛が高熱で苦しんでいるころ、北の方二位殿（時子）は大変恐ろしい夢を見たのである。その夢というのは、猛火に包まれた車が門の中へ入って来るという奇怪なものであった。その火の車の前後に立っている者の顔は、馬や牛のようであった。

車の前には、無という文字ばかり見えたる鉄の札をぞ立てたりける。二位殿、夢の心に、「あれはいづくよりぞ」と御尋ねあれば、「閻魔の庁より、平家太政入道殿の御迎ひに参つて候ふ」と申す。「さて、その札は何という札ぞ」と問はせたまへば、「南閻浮提金銅十六丈の盧遮那仏、焼き滅ぼしたまへる罪によつて、無間の底に堕したまふべき由、閻魔の庁に御定め候ふが、無間の無を書かれて、間の字をばいまだ書かれぬなり」とぞ申しける。二位殿うち驚き、汗水になり、これを人々に語りたまへば、聞く人みな身の毛よだちけり。

無間地獄とは、八大地獄（等活・黒縄・衆合・叫喚・大叫喚・焦熱・大焦熱・無間）の最底辺に位置する地獄で、別名を阿鼻地獄ともいい、五逆罪（父を殺す、母を殺す、羅漢を殺す、仏体を損傷する、教団分裂の策動をする）のような重い罪を犯した者が堕ちる地獄である。苦しみの休まる間が無いところから無間と名づけられたものである。『往生要集』によれば、この無間地獄はさらに十六の付属の別所を持ち、その中の一つで最も苦しみが激しい鉄野《てつや》干食《かんじき》処《しょ》は「仏像を焼き、僧房を焼き、僧の臥具（床や衣など）を焼きし者、この中に堕つ」という所で、直接手を下したのは重衡であったが、南都焼打ちを命令した清盛が死後赴くのは、この無間地獄の鉄野干食処だったのである。

ところで、先に引用したとおり語り本系の『平家物語』では、この地獄の使者の夢を見たのは清盛の妻二位殿時子である。しかし同じ『平家物語』でも四部合戦状本・延慶本・長門本・『源平盛衰記』などの読み本系の諸本では、「入道失《うせ》給はむとて先七日に当りける夜半計《ばかり》に、入道の仕《つかひ》給《ひ》ける女房、不思議の夢をぞ見たりける」（延慶本）と、この夢を見たのは清盛が召使っていた女房であったとなっている。しかもこの話は、清盛の死を描いたあとに付属的に置かれている点でも語り本系と異なっている。さて、地獄からの迎えということで想い出されるのが『古事談』巻四に載る源義家の話である。

義家朝臣、懺悔の心無きによつて遂《つひ》に悪趣に堕ち畢《おわ》んぬ。病悩の時、家の向ひなりける女房の夢に、地獄絵に書きたるやうなる鬼形の輩、その数、彼の家に乱入して家主を捕へ、大札を先に持ちて将《ゐ》て出でけり。札銘には「無間地獄の罪人、源義家」と書きたり。後朝に「かかる夢ぞ見つる」とて案内せしむるところ、守の殿（義家）この暁に逝去してけりと云々。

義家が獄卒に拉致された話であるが、この夢を見たのは「家の向ひなりける女房」であった。「同じき源氏と申せども八幡太郎は恐ろしや」（『梁塵秘抄』）と歌われた義家と清盛の二人の死に共通する地獄の影。義家堕地獄の伝承が、本章「入道死去」の形象に影響を与えたものと言われている。

『平家物語』の〝地獄の使者〟の話であるが、夢を見たのが二位殿でなく、召し使っていた女房であるとする延慶本などのような形が本来のものであったろうと考えられている。語り本系の『平家物語』は、この話の位置を清盛死去の前に置きかえ、二位殿が見たものとしたのであり、そのために清盛臨終の場面がより印象的になったと言えよう。それは、夢の中で二位殿の問いに獄卒が「無間の底に堕したまふべき由、閻魔の庁に御定め候ふが、無間の無を書かれて、間の字をばいまだ書かれぬなり」と答えているところにも関連するのであるが、これについて水原一氏は、火の車の行先表示が「無」とだけしか書かれていないのは、清盛の無間地獄行きのなだめられる可能性がかすかに残されていたからなのではないか、少なくとも周囲の人々は、そんな一縷の望みを持って祈ったであろうと指摘された（『平家物語の世界』上）。この一条の光をも消してしまい、車の札に「無間」と書き込まれる決定的な言動を清盛自らが行ってしまうのである。清盛臨終のその時にである。

二位殿時子は夫清盛の病状を見るに、とても助かりそうにないと思い、閏二月二日、清盛に言い遺《のこ》すことはないかと尋ねるのである。

入道相国、さしも日ごろはゆゆしげにおはせしかども、まことに苦しげにて、息の下にのたまひけるは、「われ、保元・平治よりこのかた、度々《どど》の朝敵を平らげ、勧賞《けんじやう》身に余り、かたじけなくも、帝祖・太政大臣に至り、栄華子孫に及ぶ。今生の望み、一事も残るところなし。ただし思ひおくこととては、伊豆の国の流人《るにん》、前兵衛佐《さきのひやうゑのすけ》頼朝が首を見ざりつるこそ安からね。われいかにもなりなん後は、堂塔をも建て、孝養をもすべからず。やがて討手をつかはし、頼朝が首をはねて、わが墓の前に掛くべし。それぞ孝養にてあらんずる」と、のたまひけるこそ罪深けれ。

位《くらい》人臣を極め、栄花の絶頂を経験した清盛は、頼朝の首を見ること以外、思い残すことは何もないのである。死期に臨んで後世を願わぬどころか、殺生を命令する清盛は、堕地獄を免かれるかもしれない唯一の機会を永遠に逃してしまったのである。この清盛の言動を、『平家物語』は「罪深けれ」と指摘しているのである。ところで、清盛の遺言は『吾妻鏡』にも一部触れられているが、『玉葉』治承五年八月一日の条に見える宗盛の言葉にも、「故禅門（清盛）閉眼《へいがん》の刻《きざみ》、遺言に云ふ、我が子孫、一人生残る者といへども、骸《かばね》を頼朝の前に曝《さら》すべしと云々」と見えており、頼朝と徹底的に戦えと命じているところは『平家物語』と共通性がある。しかし、かつて佐々木八郎氏が述べられたとおり、『平家物語』の清盛の遺言はまだ子孫を励ます自信に満ちた積極的な面があるのに対し、『玉葉』に載る遺言は敗戦を予知したかのような絶望的な抗戦といった一面が窺える点に大きな違いがある（『平家物語評講』上）。

　こうして清盛は死んだ。「悶絶躄地して、つひにあつち死ぞしたまひける」という無惨な死にざまであった。命に代わろうという数万の家来たちも、清盛の命を奪う「死」を追い返すことはできなかった。たった一人で死出の山へと旅立っていったのである。「日ごろ作りおかれし罪業ばかりや、獄卒となって迎へに来たりけん」という『平家物語』作者の推測も、受けた病苦の激しさ、夢の告《つげ》の恐しさ、死にざまのすさまじさを知る者には容易に納得できるのである。

清盛が病苦のあげく悶死したのは、東大寺の大仏を焼いたその報いであると『平家物語』が語っているのは見て来たとおりであるが、当時の人々も同じように平家の南都焼打ちとの因果関係を考えたようである。『百錬抄』は清盛の病気を「身の熱火のごとし。世以つて東大・興福を焼くの現報となす」と言っているし、『養和元年記』も「都の庶人、春日大明神の御祟りと称す」と記している。しかもともに「世以つて」「都の庶人」というように、世の人々が噂し合ったいわば巷説を記しているわけで、清盛の病気とその死をめぐってさまざまな〝話《はなし》〟が広くあったのである。先に引いた『明月記』にも「臨終動熱悶絶の由、巷説あり」と定家が言っているように、これらの巷説を汲み上げ、文芸化したものが『平家物語』の本章「入道死去」なのである。

6　維盛の都落ち（巻七）

治承五年（一一八一）閏二月の平清盛の死は、一門の衰微に拍車をかけることとなった。反平家勢力はこれによって力を得、次々と攻撃をしかけて来たのである。例えば源頼朝や義仲の叔父に当たる十郎蔵人行家が尾張まで進攻して来たのは、清盛の四十九日も済まぬ三月のことであった。『平家物語』は、これを「入道相国うせ給ひて後、わづかに五旬だにも過ぎざるに、さこそ乱れたる代といひながら、浅ましかりし事どもなり」といい、「運命の末に成る事あらはなりしかば、年来恩顧の輩のほかは、随ひ付く者なかりけり。東国には草も木も皆源氏にぞ靡《なび》きける」（巻六「州俣合戦」）と述べている。特に源義仲の活躍はめざましく、北陸は義仲によって席巻されて行った。平家もこれら反乱軍を手をこまねいて見ていたのではなく、七月（この月改元、養和元年）には平通盛が北国《ほっこく》に義仲追討のため向かったし、九月には行盛、忠度らが援軍として出発した。さらに翌養和二年（五月寿永に改元）の二月には平教盛までもが北国に向かったが、義仲の進撃は止めることができず、信越は彼の支配するところとなった。

一方、清盛なき後、宗盛が一門の棟梁となり、その官位も内大臣従一位まで進んでいた。宗盛は次第に勢力を増す義仲を一挙に鎮圧しようと大軍を北国に投入するのである。寿永二年（一一八三）四月十七日、平家は十万の追討軍を出発させたのである。大将軍は小松三位中将維盛、越前三位通盛、但馬守経正、薩摩守忠度、三河守知度、淡路守清房の六人であったが、その筆頭に名を挙げているのは、清盛の長男重盛の子維盛である。治承四年（一一八〇）の富士川での頼朝軍との対戦で、水鳥の羽音に驚いて逃げ上り、清盛が〝鬼界ヶ島へ流してしまえ〟と言うほどの激怒を蒙った維盛が、この度の北国合戦の大将軍の第一に任ぜられているのは何とも不可解である。あるいは長野甞一氏のいうように、汚名回復のため維盛自身が望んだものであろうか（『平家物語の鑑賞と批評』）。ともあれ、この十万の亘勢をもってしても義仲軍の勢いを押しとどめることはできず、五月には倶利伽羅峠で大敗を喫し、以後は志保・篠原の合戦に敗退、総崩れになった平家は都へ逃げ帰るのである。中でも篠原の合戦では老齢の斎藤別当実盛が、後退を続ける平家の中にあってただ一人残りとどまり、討死をとげたのは人々の涙を誘う出来事であった。この実盛は重盛に仕えた小松家の侍であった。

このように維盛は富士川に続いて、平家がその家運を賭けて行った北国の合戦にも敗れてしまったのである。もちろん維盛一人の責めに帰すわけには行かないが、どうやら維盛は大将軍としての器ではなかったようである。この二回にわたる敗戦で、維盛の平家一門内における位置が低くなったのは想像にかたくない。それにしても維盛や彼の兄弟たち、いわゆる小松家の人々は合戦の最前線に派遣されることが多いように思う。例えば一の谷合戦の前哨戦となった三草山の合戦や藤戸の海戦等においても維盛の弟たちが大将軍に任ぜられているといった具合である。維盛は清盛の長男重盛の子であるから、いわば平家の嫡々のはずである。そこで左に系図を掲げておく。

『尊卑分脈』によれば、清盛の長男重盛と次男基盛は右近将監高階基章の娘を母として生まれており、清盛の正室時子の子供ではない。基盛は若くして死に、重盛も父に先立って治承三年（一一七九）に没しており、宗盛、知盛、重衡ら時子の子供たちが次第に主流にのしあがってくる。それにともなって、維盛以下小松家の人々は平家一門中の傍流になり下がっていったのである。つまり小松家の人々が合戦の最前線に送り出されているのも、傍系という一門内での彼らの位置に関係しているのである。

北国での合戦に連勝した義仲は、破竹の勢いで都へ攻め上って来る。この義仲の勢いは、比叡山延暦寺までも味方に引き入れたため、平家は遂に都落ちを決意するのである。『平家物語』巻七は、その前半に北国での義仲の快進撃を、後半はうってかわって平家の都落ちの種々相を描くのであるが、中でも維盛の都落ちは殊の外哀れであった。

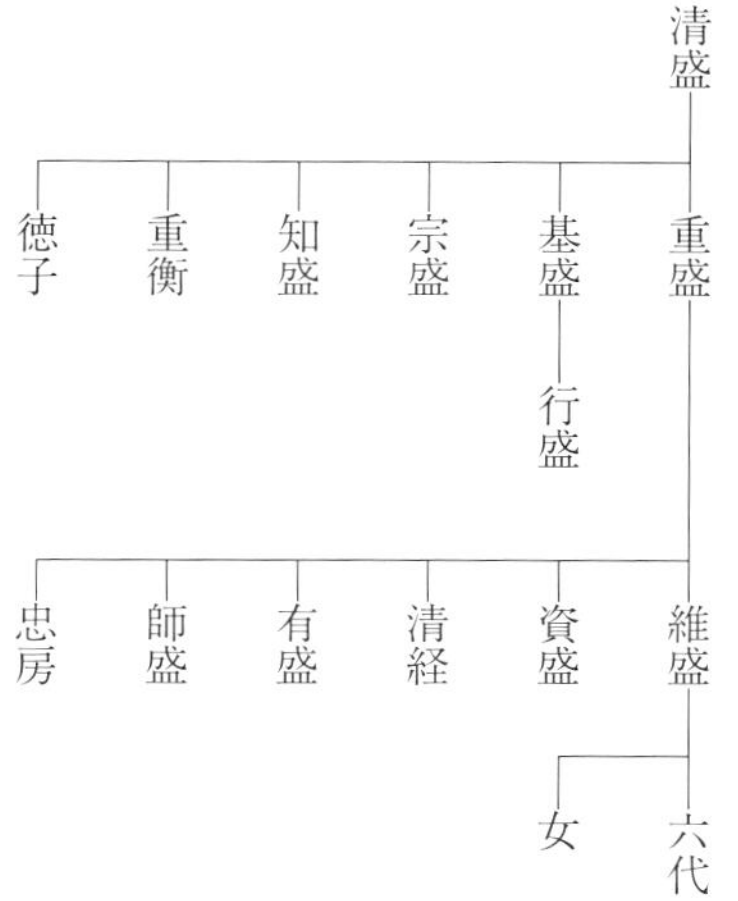

本章「維盛の都落ち」は、「小松三位中将維盛は、日ごろよりおぼしめしまうけられたりけれども、さしあたつては悲しかりけり」と、維盛の悲しみから書き始める。ここで維盛が〝平素から覚悟していたこと〟というのは、平家一門の都落ちをさしているのではない。維盛にとって一門が都を捨てるのはいわば決まっていたことで、その時、妻子を同道しないと決心していたことが「日ごろよりおぼしめしまうけ」ていたことなのである。それが今、現実のものになった悲しみを述べているのである。

三位中将のたまひけるは、「日ごろ申ししやうに、われは一門に具して西国の方へ落ち行くなり。いづくまでも具し奉るべけれども、道にも敵待つなれば、心安う通らんこともありがたし。

たとひわれ討たれたりと聞きたまふとも、様なんど変へたまふことは、ゆめゆめあるべからず。そのゆゑは、いかならん人にも見えて、身をもたすけ、幼き者どもをもはぐくみたまふべし。情《なさけ》をかくる人もなどかなかるべき」と、やうやうに慰めたまへども、北の方とかうの返事もしたまはず、ひきかづきてぞ伏したまふ。

維盛は、行く先の不安を理由に北の方に都に留まるよう説得しているのであるが、自分の討死のあとの再婚のことまでも語るこの言葉は遺言と同じである。それにしても、「平家は小松三位中将維盛卿のほかは、大臣殿《おほいどの》以下妻子を具せられけれ」（巻七「福原落ち」）とあるように、一門の者は皆妻子を連れての都落ちであったのだから、維盛の場合は特別といわざるをえない。その特別の理由とは、彼が度重なる敗戦の結果、一門内での評価を低め、肩身の狭い思いをしていたためということもあるであろうが、何よりも北の方自身に連れて行きたくとも行けない理由があったようである。

北の方と申すは、故中御門新大納言成親卿の御むすめなり。桃顔露にほころび、紅粉眼に媚をなし、柳髪風に乱るる装ひ、また人あるべしとも見えたまはず。六代御前とて、生年十になりたまふ若君、その妹八歳の姫君おはしけり。

維盛の妻は、藤原成親の娘である。先年、平家を傾けようと計った鹿の谷事件の張本人として清盛の怒りを受け、備前に流されたあと谷底へ突き落とされて殺された成親の娘である。このことは、維盛の一門内における立場をかなり悪いものにしたことであろう。

維盛ばかりでなく、成親と小松家の因縁は深く、維盛の異腹の弟たち——清経、有盛、師盛、忠房は成親の妹が母であり、特に清経に至っては成親のもう一人の娘を妻に迎えている。成親が鹿の谷陰謀事件に加担したことの影響は深く小松家の人々の運命に影を落としているのである。維盛ら小松家の人々がしばしば最前線に送られているのも、一門に対する忠誠心を試めされていたともいえるのである。

出発しようとする維盛の袖にすがって、北の方は次のようにかきくどく。

都には父もなし、母もなし。捨てられまゐらせて後、またたれにかは見ゆべきに、いかならん人にも見えよなんど承るこそうらめしけれ。前世の契りありければ、人こそあはれみたまふとも、また人ごとにしもや情をかくべき。（中略）せめては身一つならばいかがせん、捨てられ奉る身の憂さを思ひ知つても留まりなん。幼き者どもをば、たれに見譲り、いかにせよとかおぼしめす。うらめしうも留めたまふものかな。

義仲軍の入京を目前にして、身寄りのない北の方は置いて行かれる恨みを訴えるのである。

維盛が妻子を都に残したことを、初めから彼が密かに都に舞いもどって来ることを考えていたからではないかとするむきもあるが、『平家物語』は決してそのようには描いていない。維盛は自分の置かれている立場、謀反人成親の娘である北の方に対する一門の態度、義仲軍の入洛と平家残党の探索等々を考えに考えたあげく、妻子を都に残して行こうと決心したのである。あるいは彼は、平家顚覆を計った成親の娘だからこそ、かえって源氏も妻の命を助けるのではないかと考えたかもしれない。そうでなければ維盛は自分が討死したあとも出家するな、どのような人の妻にでもなれと言うであろうか。彼がどう判断したかは分からぬが、少なくとも妻子を思えばこそ連れて行かなかったことだけは確かであろう。また北の方を連れて行ける状態でもなかったであろう。一門の都落ちに遅れて駆けつけた維盛に向かって、宗盛は「などや心つよう六代殿をば具し奉り給はぬぞ」と問うのだが、北の方については一言も触れていないところにもそれが感ぜられるのである。

さて、北の方に泣きくどかれた維盛は、「ゆくへも知らぬ旅の空にて憂き目を見せ奉らんもうたてかるべし。そのうへ今度は用意も候はず。いづくの浦にも心安う落ち着いたらば、それよりしてこそ迎へに人をも奉らめ」となだめるのであるが、そんな日が来ることを彼自身は信じていない。源氏の強さを一番よく知っているのは、度重なる敗軍の将の維盛であるはずだ。

維盛と北の方の出会いは、彼が十五歳、彼女が十三歳の時のことであったと『平家物語』は書いている。若き維盛は美しい少年で、その頃の維盛のことを伝える資料としてよく知られた『安元御賀記』には、十七歳の維盛の美しさ、その舞のすばらしさが光源氏のようだと賛嘆をこめて述べられており、後白河法皇、建春門院をはじめ人々の賞賛に父の重盛も涙を流して喜んだと記されている。北の方も「また人あるべしとも見え」ぬほどの美人であったというから、出会った頃の二人は花のように美しく、平家全盛を背景に夢のような日々を送ったことであろう。それから十三年後の別離である。

すがりつく若君（六代御前）と姫君を振り切って出発しようとしているところへ、資盛、清経ら弟たちが迎えにやって来る。あまりの遅さにしびれを切らしたのであるが、維盛は泣きながら縁のきわに寄り、弓のはずで御簾《みす》をザッとかき上げて、「これ御覧ぜよ、おのおの。幼き者どもがあまりに慕ひ候ふを、とかうこしらへおかんとつかまつるほどに、存のほかの遅参」と涙にむせんだので、弟たちも皆もらい泣きをした。こうして維盛をはじめ小松家の人々は一門の都落ちに遅れてしまった。維盛らの姿が見えぬことに不審を持った宗盛が、人に尋ねてみるとまだ来ていないとの返事。宗盛は「さこそあらんずらめ」と心細げにつぶやくのである。これを聞いて弟知盛が「皆思ひまうけたることなり。今更驚くべきにあらず」と言ったという話が長門本『平家物語』に載っているが、ここにも平家主流の人々が小松家の人々に根強い不信感を持っていたことが窺われる。また同じ長門本や南都本などには、維盛が北の方に向かって、「程もふれば、大臣殿さらぬだに維盛をば二心ある者とのたまふなるに、今まで打出でねば、いとどさこそ思ひ給ふらめ」と言ったと記されているが、これは維盛自身が一門の者から自分がどのように思われているか痛いほどよく知っていたことを物語る話である。それでも維盛は一門と運命をともにしようとするのである。

遠ざかって行く維盛に、北の方は「年ごろ日ごろ、これほど情なかりける人とこそかねても思はざりし」と泣き嘆く。一緒にいること――それは一緒に死ぬことでもあるのだが、それを望む北の方と、たとえどんな相手であろうとも再婚して生き抜いてほしいと願う維盛との隔たりは大きい。北の方には維盛の「情《なさけ》」は全く理解できないのである。若君も姫君も御簾の外へまろび出て、人目もはばからず大声で泣き叫ぶ。『平家物語』は、この章段を「この声々耳の底に留まつて、西海の立つ波の上、吹く風の音までも聞くやうにこそ思はれけめ。」と結ぶのである。

これはまさに、この後の維盛の運命を予言する言葉である。彼は都に残して来た妻子のことが忘れられないどころではなく、「小松三位中将維盛卿は、年隔たり日重なるに随ひて、故郷に留め置き給ひし北の方、幼き人々のことをのみ歎き悲しみ給ひけり」（巻九「三草勢揃」）と、時間がたつにしたがって妻子への思慕が募るのであった。ついにその思いが嵩じて寿永三年（一一八四）三月、一門のいる屋島を密かに抜け出して都へ向かったのであるが、警戒の厳しい都に入ることはできず、高野山、熊野とさすらい、滝口入道の勧めもあって恩愛の苦しみを断ち、その月の二十八日に熊野の沖に入水してしまったのである（巻十「維盛入水」）。

維盛が自殺したことは、『建礼門院右京大夫集』に「また維盛の三位中将、熊野にて身を投げてとて人のいひあはれがりし」と、都にも伝わり人々の同情を誘ったと記されているが、『平家物語』は都にいた北の方が、この知らせを聞いたのは四ヶ月も後の七月末のことだったという。悲しみに堪えられず、北の方は維盛の言い遺した言葉に背き、出家を遂げてしまったのである。

7　木曾最期（巻九）上

本章は木曾義仲の悲劇的な最期を描いたもので、「敦盛最期」などとともに『平家物語』中でも有名な場面である。したがってこの章段についてのすぐれた鑑賞や批評が多く出されているが、ここではそれらを踏まえて、この名篇を味わってみたいと思う。

義仲は源為義の次男義賢の子である。父が甥の悪源太義平に討たれた時、義仲はわずか二歳であり、『源平盛衰記』等によれば畠山重忠や斎藤実盛らに助けられながら信濃国へ逃げ、中原兼遠にかくまわれ、そこで成長したという。『平家物語』では巻六の「入道死去」の直前、「廻文《めぐらしぶみ》」の章に初めて登場して来る。そこで義仲は、

> やうやう長大するままに、力も世にすぐれて強く、心もならびなく剛なりけり。ありがたき強弓精兵《つよゆみせいびやう》、馬の上、徒歩《かちたち》、すべて上古の田村、利仁、余五将軍、致頼、保昌、先祖頼光、義家の朝臣といふとも、いかでかこれにはまさるべきとぞ人申しける。

と、いかに秀れた武人に成長したかが語られている。

挙兵した義仲は、信越から北陸へ、北陸から都へと破竹の勢いで攻め上り、平家に都落ちを余儀なくさせるのであるが、都に入った義仲はその功によって後白河法皇から左馬の頭と伊予の守とに任ぜられ、朝日将軍と称せられるようになる。義仲が入京した寿永二年（一一八三）七月は、前年・前々年と二年続きの酸鼻をきわめた養和の大飢饉の直後で、その傷あとも生々しいころであった。そこへ五万の大軍を率いて入京したのであるから、士卒の食料にもこと欠くありさまであった。

> およそ京中には、源氏の勢満ち満ちて、在々所々に入り取り多し。賀茂・八幡の御領ともいはず、青田を刈りて馬草《まぐさ》にす。人の倉を打開けて物を取り、持て通る物を奪ひ取り、衣裳を剝ぎ取る。

といった始末であった（巻八「鼓判官」）。かつて平家の横暴に悩まされた都の人々は、この義仲軍の乱暴に、「平家に源氏替へ劣りしたり」と言って嘆いたという。都に入った義仲が急速に人々の支持を失って行ったのは、入京の時期が悪かったことにも一因があったのである。

それにしても義仲の評判はすこぶる芳しくなかった。三十余年を木曾の山里で育った義仲の「立居の振舞ひの無骨さ、もの言ふ詞《ことば》続きのかたくななること」（巻八「猫間」）も、都の人々にとっては侮蔑の原因となった。しかし義仲の不人気の最たる原因は、彼が平家を追うでもなしに飢饉直後の都に居すわり続けたことであろう。義仲にしてみれば、次第に勢力を回復し、都に近づく平家を前にし、後には強大な軍事力を持つ頼朝を背負っているので、身動きがとれなかったのである。義仲は平家を討ちに都を出れば、入替りに頼朝が入洛することを恐れたのである。しかもこの間、後白河法皇と頼朝との間には、さまざまな政治的かけひきが行われており、ややもすると義仲は頼朝の配下のごときあつかいを受けかねない情況になっていた。そのため義仲は従兄弟の頼朝と対立し、法皇に対する警戒を強めなければならなかった。そのような中で、都を動けぬ義仲の軍勢は食料難も重なって次第に脱走者が増え、最後にはわずか六、七千騎になっていたという。都にとどまった者はますます暴徒化して行った。義仲自身それを肯定したようで、

いくらも有る田ども刈らせ馬草にせんを、あながちに法皇の咎《とが》め給ふべきやうやある。兵粮米もなければ、冠者ばらどもが、片辺《かたほとり》について、時々入り取りせんは、何かはあながち僻事《ひがごと》ならん。

と言ったという義仲の言葉には、追いつめられた者の最後のあがきが感ぜられる（巻八「鼓判官」）。義仲の乱暴に耐えかねて、後白河法皇は頼朝に上洛を促すのであるが、それを知ってか義仲は、法皇の御所法住寺殿を攻めてこれを陥し、公卿四十九人の官職を剝奪するというクーデターの挙に出たのである。この法住寺の合戦に勝った義仲は、「主上にやならまし。法皇にやならまし。」と放言したという。また義仲は西国の平家に頼朝に対し共同戦線を張ろうとまで提案したと『平家物語』は伝えている。もっともこれは平家の拒絶にあってしまうのであるが……。こうして義仲は平家・頼朝・後白河法皇、その上京都の民衆までも敵にまわし、戦う以前にその敗北は決定されていたのである。それは木曾の自然児が、権謀術数のるつぼである〝都〟に敗れたといってよかろう。

『平家物語』巻八は、「平家は西国に、兵衛佐（頼朝）は東国に、木曾は都に張り行ふ。（中略）あぶなながら歳暮れて、寿永も三年《みとせ》になりにけり」と結ぶのであるが、その三者鼎立は年明けとともにその一角が崩れて行く。寿永三年一月、頼朝が弟の範頼、義経に命じて六万の軍勢を都に向け出発させたのである。義経の勢は宇治を破って都の南から攻め上って来る。範頼は大手の軍勢を率いて勢田（瀬田）を攻撃し、都に迫っていた。

都にいて、軍勢を方々に派遣してしまった義仲は、わずか百騎ほどの手勢をつれて鴨川の河原を北へ向かって逃げて行く。それを義経の勢が執拗に追いかけてくる。六条河原から三条河原まで繰り返し襲って来る大軍を、五度六度と追い返したものの、大津へ抜ける粟田口を通過するころには、義仲はほとんどの兵を失っていた。

去年信濃を出しには、五万余騎と聞えしに、今日四の宮河原を過《す》ぐるには、主従七騎になりにけり。まして中有の旅の空、思ひやられてあはれなり。

本章の前、「河原合戦」の章の結びである。五万余騎の軍勢で上洛したものが、今は義仲を含めて七騎。たった一人で赴かねばならぬ死出の旅の出発は、もう目前に迫っているのである。

「木曾最期」の章は、この主従わずか七騎のうちに一人の女性がいたことを記している。女武者巴《ともえ》である。『源平盛衰記』等によれば、巴は中原兼遠の娘となっているから、義仲の育ての親の子であり、義仲腹心の樋口次郎兼光や今井四郎兼平の妹に当たる。彼女は容姿美しい義仲の愛妾であったが、兄たちに劣らぬ剛力の持ち主でもあった。巴は「一人当千のつはもの」であり、「度々《どど》の高名、肩を並ぶる者なし」といわれるほどの勇士であるから、多くの武士が討たれ、逃げて行ったなかで、七騎のうちにまで生き残っていたのである。

義仲・巴ら七騎は逢坂山を越えて、大津の勢田へ向かって駒を進めるのであるが、その点について、『平家物語』は、木曾は長坂を経て、丹波路へおもむくとも聞こえけり。また竜花越《りゆうげごえ》にかかつて、北国へとも聞こえけり。

と、義仲退路の風説を載せている。都から地方へ通じる七つの道のうち、東と南は範頼・義経の軍勢が攻め込んで来ているし、西には平家が勢いを盛り返し、摂津福原に控えているから、義経の逃げる道は北にしかなかった。丹波に通じる道か、北国へ向かう道かである。当時の日記『玉葉』にも、

義仲、院を棄て奉り、周章対戦の間、相《あひ》従ふところの軍、わづかに三四十騎、よつて敵対に及ばず、一矢を射ずして落ち了《おは》んぬ。長坂の方にかからんと欲し、さらに帰りて勢田の手に加はらんがために、東に赴くの間、阿波津野の辺において討取られ了んぬ。

と記されているとおり、丹波に向かったという噂があったのは事実である。ところが義仲は、勢田を目差して進んで行ったのである。何故であろうか。『玉葉』は単に「勢田の手に加はらんがために」としか言っていないが、『平家物語』は義仲が「今井がゆくへを聞かばや」と思ったから、つまり今井兼平が気がかりであったから勢田へ向かったのであると説明している。勢田はいうまでもなく、大手の大将軍範頼が三万五千余の軍勢を率いて攻撃しているところである。最も敵の多い場所へ義仲は赴くのである。まさに自殺行為である。

今井四郎兼平は、義仲の乳母子《めのとご》である。この当時、貴族、武士の家では子が生まれると、これを傅《めのと》に預けるのが一般であった。授乳の関係上、主人とほぼ同じころに子を儲けた家臣が選ばれることが多かったようで、乳母《めのと》は主人の子と我が子を同じ乳で育てたのである。その乳母の子が〝乳母子〟であるから、乳幼児の時から一緒に育った子供たちは、片方が主人でもう一方が従者の関係であっても、兄弟以上に親しくなるのは当然のことであった。

この時、今井兼平は八百余騎で勢田を守っていたのであるが、大軍を防ぎきれず、五十騎ほどになっていた。兼平もまた義仲のことが気がかりで、都へ退却しはじめていたのである。その二人が大津の打出の浜でばったりとめぐり逢う。戦乱のさなかでの主従の邂逅は、ほとんど奇蹟といってよかろう。

互ひに中一町ばかりより、それと見知つて、主従駒を速めて寄り合うたり。木曾殿、今井が手を取つてのたまひけるは、「義仲、六条川原でいかにもなるべかりつれども、なんぢがゆくへの恋しさに、多くの敵の中を駆けわつて、これまではのがれたるなり。」今井四郎「御諚《ごぢやう》まことにかたじけなう候ふ。兼平も勢田で討死つかまつるべう候ひつれども、御ゆくへのおぼつかなさに、これまで参つて候ふ」とぞ申しける。

今井の手を取って言う義仲の言葉の素直さは驚くほどである。何の見えもてらいもなく、真情を吐露している。「六条川原でいかにもなるべかりつれども（討死すべきであったが）」というところに大将軍としての矜持を窺うことができるが、それをもかなぐり捨てて今井を気づかった心根が哀れでさえある。この部分、葉子十行本などは、「義仲、六条河原にていかにもなるべかりしかども、所《ところ》々で討たれんより、汝と一所《いつしよ》でいかにもならんと思ふために、多くの敵《かたき》に後《うしろ》を見せて、これまで遁れたるはいかに」となっている。〝敵に後を見せる〟という武士にあるまじき行為を強調し、あえてその行為をおかす義仲の心情を語っているのであろうが、やや饒舌にすぎるきらいがある。「なんぢがゆくへの恋しさに」だけの方が私は好きである。

今井に出逢った義仲は、「契りはいまだ朽ちせざりけり」と言って喜ぶ。この「契り」を前世の因縁とする注釈もあるが、そのように一般的にとる必要はあるまい。「河原合戦」の章で、

木曾涙を流いて、「かかるべしとだに知りたりせば、今井を勢田へはやらざらまし。幼少竹馬の昔より、死なば一所で死なんとこそ契りしに、所々で討たれんことこそ悲しけれ」

と語っている義仲の言葉の〝一所で死のう〟という二人の約束が、この「契り」である。義仲は今井と一所に死ぬためにだけ、敵の最も多い勢田へ来たのであり、最後の最後まで義仲は一所に死ぬことにこだわり続けるのは、本章の後半が克明に描くところである。

今井に逢って勢いを得た義仲は、巻いていた旗を掲げさせる。すると三百騎ほどが集まって来た。義仲はその軍

勢を見て、最後のいくさを決意する。いくさの相手は甲斐の一条次郎忠頼である。甲斐源氏武田の一族であり、この一族が頼朝に味方したから源平の内乱に勝つことができたと言われるほどの大豪族である。この時も一条次郎は六千余の大軍を率いているのである。その大軍に向かって義仲は先頭に立って突っ込んで行く。

義仲最後の華々しい合戦が始まるところで、『平家物語』は義仲のその日の軍装束を詳しく描き、続いて義仲の名乗りを記す。これを聞いて敵がどっと押し寄せるのである。

木曾三百余騎、六千余騎が中を縦さま・横さま、蜘蛛手・十文字に駆けわつて、うしろへつつと出でたれば、五十騎ばかりになりにけり。そこを破つて行くほどに、土肥次郎実平、二千余騎でささへたり。それをも破つて行くほどに、あそこでは四、五百騎、ここでは二、三百騎、百四、五十騎、百騎ばかりが中を、駆けわり駆けわり行くほどに、主従五騎にぞなりにける。

従来、たびたび指摘されていることだが、ここの数詞の使い方の巧みさは特筆すべきであろう。三百余騎が六千余騎と戦って五十騎になる。その五十騎が次々と襲い来る敵を駆けわって進んで行く。敵は二千から四・五百、二・三百から百四・五十と次第に減って行くものの、最後の百騎を駆けわった時、義仲軍は主従五騎になっているのである。三百騎が五騎になる経過を、敵の数だけで示す方法は、義仲の滅亡を動かしようのない数字で確認することであり、滅びをモチーフとする『平家物語』の新しい表現方法でもある。

最後に残った五騎。その五騎の中に巴は討たれずに生き残っているのである。その巴に向かって義仲は落ち延びるよう命令する。義仲はその理由を、「木曾殿の最後のいくさに女を具せられたりけりなんど言はれんことも、しかるべからず」と言うのであるが、これは益田勝実氏が言われるように、言葉とは裏腹な「愛する者を生かす」義仲の気持ちを読みとるべきであろう（「木曾の義仲」日本古典鑑賞講座十一『平家物語』）。巴はなかなか落ちようとはしない。死に行く義仲へのはなむけとでも思ったのであろうか、巴は最後のいくさを義仲に見せるため、その場に現れた大力で有名な御田八郎師重に組みつき、これを簡単に討ち取ってしまうのである。巴は「その後、物の具脱ぎ捨て、東国の方へ落ちぞ行く」と書かれて、『平家物語』の中から姿を消して行く。その後の巴の消息を伝える『源平盛衰記』等とは大変な違いである。

手塚太郎討死す。手塚別当落ちにけり。

本章前半の最後に至って、手塚太郎、別当の名が現れる。信濃の国諏訪神社の神官金刺氏の一族で、手塚太郎は北陸の合戦で平家の侍斎藤別当実盛を討ち取った武士である。それはともかく、この二人の名が出て、最後まで生き残った五人、義仲・兼平・巴・手塚太郎・同別当がそろったのである。このうち巴と手塚別当は落ち延び、手塚太郎は討死した。五人の中から三人が欠けたのである。残るは義仲と今井兼平のたった二人だけになったのである。

8　木曾最期（巻九）下

わずか七騎で都から大津の勢田へ逃れて来た源義仲は、今井兼平と劇的な再会を遂げ、そこで最後のいくさを試みたあげく、再び主従五騎に討ちなされてしまう。その五騎の中から一人二人と討たれ、あるいは落ち延びて、残ったのは義仲と今井兼平のたった二人だけになったのである。

今井四郎、木曾殿、ただ主従二騎になつて、のたまひけるは、「日ごろは何ともおぼえぬ鎧が、けふは重うなつたるぞや。」今井四郎申しけるは、「御身もいまだ疲れさせたまはず、御馬も弱り候はず。何によつてか一領の御着背長を重うはおぼしめし候ふべき。それは味方に御勢が候はねば、臆病でこそ、さはおぼしめし候へ。兼平一人候ふとも、余の武者千騎とおぼしめせ。矢七つ八つ候へば、しばらく防ぎ矢つかまつらん。あれに見え候ふ、粟津の松原と申す。あの松の中で御自害候へ。」

今井兼平とたった二人になった時、義仲は「ふだんは何とも思わぬ鎧が、今日は重く感ぜられる」と弱音を吐くのである。弱音というよりは、子供の頃から心に隔たりのない者同士の本音と言ったほうがよいかも知れない。一日戦い暮らし、昨夜はもとよりここ数日ほとんど睡眠もとっていないであろうから、義仲の疲労はその極に達していたはずである。その上、甲冑一式を装着すると六〇キロにも及ぶというから、義仲の言葉はまさに本音であったのであろう。義仲が本音をもらすというのは、相手が今井兼平だからであって、いわば甘えである。兼平は言下にこの甘えを否定する。「御身もいまだ疲れさせたまはず、御馬も弱り候はず」。勿論、これは義仲を励ますための嘘である。綿のように疲れきっているのは兼平もまた同じだからである。兼平は、味方に軍勢がなくなったため、気後れがしてそう感じるだけだと言ってのける。私は一人当千《いちにんとうせん》の武士なのです、だから私一人を他の武者千人と思って下さい。兼平の自負が義仲を励ましているのである。

　では一体、何のために兼平は疲れきった義仲を激励しているのか。『平家物語』の一異本である南都本には、

> 大事ノ手モ小事ノ手モ一所モ負ハセ給ハズ。イカナレバ御着（背）長ノ今更重クモ軽クモ成リ候フベキ。ツカレサセ給ヒタルニコソアンナレ。マタ御方《みかた》ニ人ノ候ハネバ、君ハ臆病ノ御心ニテバシ、サハ思召《おぼしめ》サレ候フヤラン。兼平ガ一人候ハンズルヲバ、余ノ者千騎万騎トモ頼モシク思召シ候へ。今、箙ニ矢七八ハ候フラン。タトヒイカナル敵ニテモ候へ、恥アル箭《や》一ツ射テ、ナドカ落トシマヰラセデ候フベキ。

となっていて、兼平は義仲を落ち延びさせるために心を配っているのである。しかし、語り本系の覚一本などでは、先にも本文を引用したとおり、「あれに見え候ふ、粟津の松原と申す。あの松の中で御自害候へ」と、義仲に自害を、大将軍らしい立派な自害をしてもらうために励ましているのである。気落ちし、心細くなっている状態では立派な自害は思いも寄らない。頼朝の軍勢が義仲の死体を検分した時、あっぱれ大将軍の自害のさまよと言わしめるためには、気をしっかりと持ってもらわねばならないと兼平は考えているのである。その兼平に導かれて、義仲は

自害をするため粟津の松原へと駒を進めて行くのである。

松原へ向かう二人の前に、新手の武者が五十騎ほどで現れる。兼平は「君はあの松原へ入らせたまへ。兼平はこの敵防ぎ候はん」と言うのだが、義仲は、

「義仲、都にていかにもなるべかりつるが、これまでのがれ来るは、なんぢと一所で死なんと思ふためなり。ところどころで討たれんよりも、ひとところでこそ討死をもせめ。」

と言って、敵に向かってすでに駆け出そうとするのである。たった今、鎧が重く感じると弱気になっていた義仲が、敵が出現するや猛然と向かおうとする姿に武将の本能的行動を見ることができるのだが、この時の義仲が考えていたことは、兼平と〝一所で死なん〟ということだけであった。そのために彼は最も敵の多い勢田へやって来たのである。それが二人の子供の頃からの約束でもあった。最後が近づいた時、「別々の場所で討たれるより、一所で討死しよう」と言った義仲は、まさに真情を素直に吐露したのである。

今井四郎、馬より飛び降り、主の馬の口に取りついて申しけるは、「弓矢取りは年ごろ日ごろいかなる高名候へども、最後の時不覚しつれば、長ききずにて候ふなり。御身は疲れさせたまひて候ふ。続く勢は候はず。敵に押し隔てられ、言ふかひなき人の郎等に組み落とされさせたまひて、討たれさせたまひなば、『さばかり日本国に聞こえさせたまひつる木曾殿をば、それがしが郎等の討ち奉つたる』なんど申さんことこそ口惜しう候へ。ただあの松原へ入らせたまへ。」と申しければ、木曾、さらばとて、粟津の松原へぞ駆けたまふ。

兼平は馬から飛び降りると、義仲の馬の口を押える。馬の口とは、手綱《たづな》を結ぶために馬に噛ませる轡《くつわ》の水付《みづつき》のことで、ここを押えると馬は動きがとれない。兼平は、「御身は疲れさせたまひて候ふ。続く勢は候はず」と、先程とは正反対なことを言うのである。身体も疲れきり、馬も弱り、軍勢もない今の義仲が戦ったならば、ふだんなら寄

せつけもしない「言ふかひなき人」（武士としてとるに足らぬ人）の、しかもその郎等にさえ組み落とされてしまうであろう。日本国中にその名を知られた義仲がそのような取り返しのつかない事態になることを、兼平は最も恐れているのである。兼平と一所で死ぬことを望む義仲と、大将軍らしい立派な自害を願う兼平の、互いを気遣いながらどうしようもない差がそこにある。それでも兼平の熱意に負けて、義仲は仕方なく粟津の松原へと向かうのである。

兼平は義仲が粟津の松原で立派な自害を遂げるまでの時間を稼がねばならない。自害をしようと鎧を脱いでいるところを襲われて生け捕りになった平重衡の例が『平家物語』巻九に描かれているが、大鎧は着るにも脱ぐにも時間がかかるのである。しかも敵の目から見て、義仲と兼平の二騎は、遠く離れたところからでも、どちらが大将軍でどちらがその家来であるかすぐに見分けがつくのである。言うまでもなく、二人が身につけている甲冑等の軍装束が違うからである。兼平がこの日どのようなものを装着していたかは記されていないが、義仲は、

> 木曾左馬頭、その日の装束には、赤地の錦《にしき》の直垂に、唐綾縅《からあやをどし》の鎧着て、鍬形《くはがた》打つたる甲の緒締め、厳物《いかもの》作りの大太刀はき、石打ちの矢の、その日のいくさに射て少々残つたるを、かしら高に負ひなし、滋籐《しげどう》の弓持つて、聞こゆる木曾の鬼葦毛《おにあしげ》といふ馬の、きはめて太うたくましいに、金覆輪の鞍置いてぞ乗つたりける。

といういでたちであった。義仲は赤地の錦の直垂を着ているのである。錦の直垂といえば思い出すのが斎藤別当実盛討死の場面である。平家の侍実盛は、義仲軍と戦うため北国の篠原へ下り、その地で手塚太郎光盛によって討たれたのであるが、討ちとった手塚はこれが一体誰であるかが分からない。義仲の前で「光盛こそ奇異の曲者《くせもの》組んで討つて候へ。侍かと見候へば、錦の直垂を着て候ふ。また大将軍かと見候へば、続く勢も候はず」と言ったと『平家物語』に書かれている（巻七「実盛」）。これからも分かるとおり、錦の直垂は大将軍が着用するもので、侍は着

ることを許されていなかったのである。実盛が錦を着ていたのは、死を決意して故郷の北国へ向かう実盛が特別に平宗盛に願い出て、その着用を許されていたのであった。また義仲がつけていた甲は「鍬形打つたる甲」で、その鍬形も大将軍のものであるから、義仲、兼平を見つけた敵は、たとえ夕暮れ間近な時分であっても、一目瞭然、自分が討つべき相手がどちらであるか一瞬にして見抜いてしまうのである。

　義仲に襲いかかる五十騎の軍勢を、兼平は一人で阻止しなければならない。兼平が敵の注意を一身に集中させるための方法は名乗りしかない。言葉によって敵を自分にひきつけるのである。

　今井四郎ただ一騎、五十騎ばかりが中へ駆け入り、鐙ふんばり立ち上がり、大音声あげて名のりけるは、「日ごろは音にも聞きつらん、今は目にも見たまへ。木曾殿の御乳母子《めのとご》、今井四郎兼平、生年《しやうねん》三十三にまかりなる。さる者ありとは、鎌倉殿までも知ろしめされたるらんぞ。兼平討つて、見参《げんざん》に入れよ。」とて、射残したる八筋の矢を、差しつめ引きつめさんざんに射る。死生《ししやう》は知らず、やにはに敵八騎射落とす。

普通、戦場における武士の名乗りは、自からがいかにすぐれた者であるか、その家系や過去の戦功を述べたてるものであるが、この時の兼平の名乗りは自分がお前たちの主君鎌倉殿頼朝にまで知られた武士であること、自分を討ちとれば恩賞に与かれるのだということを強調した名乗りである。本章の前半にあった義仲のいかにも大将軍らしい誇りに満ちた名乗りと対比してみると、兼平の名乗りがいかに必死なものであったかがよく分かるであろう。

　名乗りのあとの兼平は、獅子奮迅の活躍をする。あれに馳せ合い、これに切りかかり、孤軍奮闘するのである。少しでも時間を稼ぐために。

　木曾殿はただ一騎、粟津の松原へ駆けたまふが、正月二十一日、入相《いりあひ》ばかりのことなるに、薄氷は張つたりけり。深田ありとも知らずして、馬をざつと打ち入れたれば、馬のかしらも見えざりけり。あふれどもあふれども、打てども打てども働かず。今井がゆくへのおぼつかなさに、ふり仰ぎたまへる内甲《うちかぶと》を、三浦の石田《の》次郎為久おつかかつて、よつ引《び》いてひやうふつと射る。痛手なれば、真向《まつかう》を馬のかしらに当ててうつぶしたまへるところに、石田が郎等二人落ち合うて、つひに木曾殿の首をば取つてんげり。

義仲はたった一騎、粟津の松原へ向かって馬を走らせる。陰暦一月二十一日の夕方、早春の日没は急速に冷え込んで、田には薄氷が張りはじめる。あたりが暗くなって来たこともあって、義仲は道を見間違えて深田に馬を乗り入れてしまう。見る見るうちに馬は深く沈んで身動きがとれなくなる。天下に知られた木曾の鬼葦毛という名馬も、終日の合戦に疲れ弱っていたのであろう、いくら腹を蹴り上げても鞭打っても動かなくなってしまう。進退きわまったこの危機をいかに逸早く脱するか、義仲が第一に考えねばならないことであるのに、この期に及んでなお今井のゆくえを気遣うのである。うしろを振り向いて、今井をさがす義仲の内甲（兜の内側、顔）を三浦の石田次郎為久に射られてしまうのである。内甲は無防備な部分であるから、敵に内甲をさらすなどは武士にとって「不覚」以外の何ものでもない。義仲は木曾の育ちであるが、色が白かったと記されているから、夕闇が迫った薄暗い中でも顔だけは白く恰好の的となったことであろう。そこを後から追いかけて来た三浦の石田次郎為久が「よつ引いて」（十分ねらいをつけて）矢を放ったのである。延慶本等の読み本系の『平家物語』には、ただ一人粟津の松原へ向かう義仲に、石田は「敵に背を見せるとは卑怯、もどって戦え」と声をかけ、これを聞いた義仲は射残した一本の矢をつがえて石田に放ったところ、矢が馬に当たり、転げ落ちた石田が義仲の隙をねらっていたと記されている。しかしいずれにせよ石田次郎為久は、『平家物語』の中ではこの「木曾最期」の章段にしかその名を現さない人物であり、鎌倉幕府の記録『吾妻鏡』においても、寿永三年一月二十日の条に「近江国粟津辺において、相模国住人石田次郎をして、義仲を誅戮せしむ」と、義仲を討ち取ったところにその名を見出すだけで、これまた他には全く現れてこない。つまり、石田次郎為久はこれ以前にも以後にも武士としての名声をあげることのなかった人物であり、兼平の言う「言ふかひなき人」であったということになる。しかも義仲の討死は敵に内甲をさらすという「不覚」が原因であるから、これは兼平にとって最も恐れていた事態であった。

石田の郎等二人がほとんど虫の息であった義仲の首を取り、石田はこの首を刀の先に刺して高く上げ「この日ごろ日本国に聞こえさせたまひつる木曾殿を、三浦の石田次郎為久が討ち奉りたるぞや」と名乗ったのである。

今井四郎、いくさしけるがこれを聞き、「今はたれをかばはんとてか、いくさをばすべき。これを見たまへ、東国の殿ばら。日本一の剛の者の自害する手本。」とて、太刀の先を口に含み、馬よりさかさまに飛び落ち、貫かつてぞ失《う》せにける。

兼平は戦いの最中に主君義仲の討死を知る。兼平はもう戦う必要がなくなってしまうのである。「今はたれをかばはんとてか、いくさをばすべき」という言葉は、自分の願いが全て無になったことを知った悲しみにあふれている。どこへももって行きようのない悲しみと、おのれの無力に対する憤りが凄絶な自害を遂げさせる。太刀のきっさきを口に含んで、馬からさかさまに飛び降り、自らを自らの刀で貫いて死んで行くのである。『平家物語』に描かれた多くの自害の中で、どれよりもすさまじい死に方である。

木曾の風雲児義仲とその軍団は、こうして壊滅して行った。義仲が近江の粟津で敗死して数日後、その首が都大路を引きまわされた。義仲を討った範頼、義経は都でゆっくり休むこともせず、同じ一月の二十九日には早くも平家との決戦に臨むべく、一の谷に向かうのである。都に居すわって滅んで行った義仲の轍を踏まぬためでもあるが、都落ちした平家が再び勢力を盛り返して、都からは一日の距離の摂津国福原にもどって来ていたからである。

9　敦盛最期（巻九）

寿永三年（一一八四）正月、木曾義仲は源範頼・義経軍によって大津の粟津に倒れた。範頼・義経は、都にとどまることなく摂津国福原に拠を占めていた平家追討のため発向した。月末の二十九日のことであった。大手の大将軍は範頼、五万の軍勢を率いて生田の森を攻め、義経は一万で搦手《からめて》の一の谷の攻撃を受け持った。義経は間道を一の谷へ向かう途中、軍勢を二つに分け、七千騎を土肥次郎実平に預けて一の谷に向かわせ、自らは精鋭三千騎を選《すぐ》って鵯越《ひよどりごえ》から奇襲攻撃をかけようと計るのであった。この中に武蔵国大里郡熊谷郷から子供と従者と自分のたった三騎でこの合戦に参加した熊谷次郎直実がいた。数百・数十の家来を引き連れてこの戦いに出て来た「大名」に対し、彼ら「小名」は、「大名は我と手を下《おろ》さねども、家人の高名をもつて名誉をす。我等は自ら手を下さずは叶ひがたし」（巻九「二度之懸」）と言った河原太郎高直の言葉どおりであって、この戦いに遥々東国から出て来たのは、自分の所領を源氏の棟梁頼朝に保証（安堵）してもらうためである。だからこの合戦で何としてでも、高名・手柄を立てて「名誉」をしなければならない。所領安堵をかちとるために身命を賭して出陣して来ているのであり、まさに「一所懸命」なのである。熊谷直実自身について言うなら、彼は義経の奇襲作戦である鵯越の坂落としの軍勢に編入された時、困ったことになったと思った。敵の背後を集団で崖の上から一きょに攻撃する「打ち込みの軍《いくさ》」では、誰が先陣（敵陣への一番乗り）か問題にならないからである。そこで彼は夜陰に紛れて、義経のもとから脱け出し、土肥実平率いる一の谷攻撃軍に密かに加わり、夜明け前から平家の籠もる一の谷西の城戸口《きどぐち》をめがけて先陣を試みるものである。二月六日の夜半のことである。七日の夜明けとともに総攻撃が開始され、義経の奇襲攻撃が功を奏し、その日のうちに平家は敗れたのである。

熊谷直実はこの日、一の谷で平山武者所季重と先陣争いを繰りひろげたのであるが、後の論功行賞の席でも平山と論争になったほど微妙なもので、明確な高名・手柄とは言い切れぬものであった。また戦闘が始まってからもこれという敵にめぐり会えなかった。そこで、熊谷は「平家の公達、助け船に乗らんと、みぎはの方へぞ落ちたまふらん、あはれ、よからう大将軍に組まばや」と思って、海岸のほうへ馬を進めて来たのであった。平家が敗走し、一日の合戦もやま場を越えた。何とかしなければならぬと熊谷はあせり始めている。彼が海の方へ来たのは平家の落ち武者を討つためであった。本章「敦盛最期」は、そのような熊谷の姿から始まるのである。南都本『平家物語』のように、

若狭前司経俊ハ熊谷ノ次郎ニ討レニケリ。熊谷、アハレ猶《なほ》ヨカラン敵ガナ、組ンデ今一人頸《くび》トラント思ヒテ、渚ヲ一《の》谷の方へ歩マセケル程ニ……

と、一応の高名をたてた上に、さらにもう一人と思って海岸へ向かったとするものもないではないが、やはりここは覚一本などのように熊谷の心のあせりを窺わせる描写のほうがよい。この熊谷の目に一人の武者が映る。「練貫に鶴縫うたる直垂に、萌黄の匂ひの鎧着て、鍬形打つたる甲の緒締め、こがね作りの太刀をはき、切斑《きりふ》の矢負ひ、滋藤の弓持つて連銭葦毛なる馬に、金覆輪の鞍置いて乗つたる武者」が、沖の船めがけて馬を泳がせていたのである。錦の直垂こそ着ていないが（延慶本は赤地の錦、『源平盛衰記』は紺錦の直垂となっている）、前回も述べたようにこの装束は大将軍のいでたちである。そこで熊谷はこの武者を呼び止める。

あはれ、大将軍とこそ見まゐらせ候へ。まさなうも敵にうしろを見せさせたまふものかな。返させたまへ。

大将軍ともあろうものが、敵にうしろを見せるとは卑怯、と言われてその武者は引っ返して来たのである。

みぎはに打ち上がらんとするところに、押し並べて、むずと組んで、どうど落ち、取つて押へて、首をかかん

と、甲を押しあふのけて見ければ、年十六、七ばかりなるが、薄化粧してかね黒なり。わが子の小次郎がよはひほどにて、容顔まことに美麗なりければ、いづくに刀を立つべしともおぼえず。

渚に上がろうとする武者に熊谷が馳け寄り、馬を押しならべ、組みうちになったまま馬から落ち、組み伏せて首を取ろうとするまでの一連の動作がきわめて簡潔に描かれているのは、この武者が関東の荒くれ武士熊谷に全く敵対しえず、簡単に押さえつけられてしまったことをもの語っている。その点では延慶本などが、「上になり下になり、三はなれ四はなれ組みたりけれども、ついに熊谷上になりぬ」と互角に近い描き方をしているのとは大変な違いである。

熊谷は簡単にこの武者を組み敷いてしまう。首を取ろうと兜を押しのけた時、熊谷は初めてこの武者の顔を見るのである。薄化粧、お歯黒のこの武者は、彼の息子の小次郎と同じくらいの十六、七ほどの若者であった。この「わが子の小次郎がよはひほどにて」という一句は、この武者に対する説明的叙述ではなく、熊谷の認識を描いたものであることに注意しなければならない。自分の子供と同じ年頃だと思った瞬間、それまでの何としてでも手柄をたてようという気持ちが、ウソのように消え失せてしまうのである。熊谷は刀を突きつけながら、それをふり下ろすことができなくなって行く。

「そもそも、いかなる人にてましまし候ふぞ。名のらせたまへ。助けまゐらせん。」と申せば、「なんぢは誰《た》そ。」と問ひたまふ。「物その者で候はねども、武蔵の国の住人、熊谷次郎直実。」と名のり申す。「さては、なんぢに会ふては名のるまじいぞ。なんぢがためにはよい敵《かたき》ぞ。名のらずとも、首を取つて人に問へ。見知らうずるぞ。」とぞのたまひける。

熊谷とこの若武者とのやりとりは、いくつかの点で興味深い。熊谷はこの若武者を身動きできぬように組み敷いて、今まさに刀を突き立てんとしているのである。その相手に向かって敬語を用いているのはともかく、自らを

「物その者で候はねども」とへり下った態度をとっているのに対し、組み伏せられている若武者は「なんぢは誰そ」「首を取つて人に問へ」といったように、優位に立った者の言い方をしている。つまり、闘いの優劣が言葉の上では完全に逆転しているのである。以後の熊谷は所期の目的とはうって変わって、若武者を助けようと努力するのである。

ところで、本章「敦盛最期」は、『平家物語』の異本間においてかなりの相違がある。今まで述べて来たのは語り本系の覚一本をもとにしているのであるが、語り本系統の『平家物語』の大きな特色は、この若武者の正体が最後まで明かされていないことである。もちろん我々は「敦盛最期」という章段名から、これが平敦盛であることを知っているのであるが、少なくとも語り本『平家物語』の作者は意図的に読者（あるいは聞き手）が、熊谷同様のちにその正体を知るという構成をとっている。これに対し読み本系の諸本では、例えば『源平盛衰記』などでは、熊谷に呼びとめられたところで早くも「敦盛何とか思はれけん」と、この武者の名を明かしているし、熊谷に組み敷かれて名を尋ねられた時も、二度目には「無官大夫敦盛」と名乗ってしまう。この語り本系と読み本系の相違は、そのもたらす劇的な効果の上で大きな差になって現れて来るのである。

さて、熊谷が「お助けいたしましょう。お名乗り下さい」と頼んでも、敦盛は名乗らない。ただ名乗らないだけでなく、敦盛は「なんぢがためにはよい敵ぞ」と一言つけ加えている。この一言から名乗りの持つ意義を窺い知ることができる。つまり名乗りには、お互いに「よい敵」であるか否かを確認する働きがあるのである。同じ巻九の「越中前司最期」に、猪俣小平六則綱が平家の侍越中前司盛俊に向かって言った言葉として、「敵を討つといふは、われも名乗つて聞かせ、敵にも名乗らせて、首を取つたればこそ大功なれ。名も知らぬ首取つては、何にかはし給ふべき」と書かれているが、まさに名乗りとはこういうものであった。だから敦盛は名乗りはしないが、自分はお前にとって「よい敵」だとわざわざ断っているのである。

それにしても助けようとする熊谷に、敦盛は「首を取つて人に問へ」と、全く生命への執着を見せない。それがまた熊谷の〝父親〟の心情を揺さぶるのである。

熊谷、「あつぱれ大将軍や、この人一人《いちにん》討ち奉つたりとも、負くべきいくさに勝つべきやうもなし。また、討ち奉らずとも、勝つべきいくさに負くること、よもあらじ。小次郎が薄手負ひたるをだに、直実は心苦しうこそ思ふに、この殿の父、討たれぬと聞いて、いかばかりか嘆きたまはんずらん。あはれ、助け奉らばや。」と思ひて、うしろをきつと見ければ、土肥・梶原、五十騎ばかりで続いたり。

熊谷は、この人ひとりを討とうと討つまいと合戦の勝敗に影響ないと考える。合戦の趨勢よりも個人の手柄のために、配属された奇襲部隊から脱け出して来た熊谷であってみれば、大変な変わりようである。それもこれもみな熊谷の〝父性〟から発しているのは前述のとおりであるが、ここでも彼はわが子の小次郎が軽傷を負ったのでさえ心配なのに、この殿の父は子が討たれたと知ったらどんなにお嘆きになることだろうと思うのである。小次郎直家が負傷したのは、夜明け前のことであった。平家が籠もる城戸《きど》で父子ともに名乗りを繰り返し、敵を挑発して門を開かせて馳せ入り、先陣の高名をたてようとしていた時のことである。これをうるさく思った城内の平家が矢を射かけ、その矢の一本が小次郎の腕に当たったのであった（巻九「一二之懸」）。その時、自分が心痛めたことが、敦盛の父の嘆きを十二分に理解させるのである。この部分、城方本には、

この人の父母、定めてましますらん、軍場《いくさば》へ出したてて、いかばかりのことをか思ひ給ふらんに、はや討たれたりと聞き給ひたらば、さこそは嘆かせ給はんずらめ。直実が小次郎とうち連れて軍をするだにも、おぼつかなきぞかし。けさ一の谷の西の城戸へ寄せたりつるに、小次郎が妻手《めて》の小肘《ひぢ》を箆《の》ぶかに射させて、矢抜いてたべといひつるを、不覚仁かな、今しばしこらへとて抜かざりつるが、その後は大勢に押しへだてられて、死《し》生《しやう》知らず。人の親の子を思ふならひ、直実が小次郎を思ふやうにこそ思ひ給ふらんに……

と、長々とわが身に照らして相手の心中を察する様子が描かれている。ついでながら小次郎と離ればなれになったことは『源平闘諍録』にも「折節、小次郎見えざれば、討たれてやあるらんとおぼつかなかりけれ」とあって、いずれも子を気づかう姿をより強く印象づけようとしたものであろう。

熊谷は敦盛を助けようと決心し、うしろをふり返る。そこには味方の軍勢が近づいて来ていたのである。

熊谷、涙を押へて申しけるは、「助けまゐらせんとは存じ候へども、味方の軍兵雲霞のごとく候ふ。よものがれさせたまはじ。人手にかけまゐらせんより、同じくは、直実が手にかけまゐらせて、後の御孝養をこそつかまつり候はめ。」と申しければ、「ただ疾《と》く疾く首を取れ。」とぞのたまひける。

自分が助けても味方の軍勢が敦盛を殺すであろう、同じことならわが手にかけて菩提を弔おうと心に決め、涙ながらに敦盛に告げるのである。敦盛は相も変わらぬ態度で、熊谷に早く首を取れとせかすのである。熊谷はあまりの悲しさに「目もくれ心も消え果てて、前後不覚」に思われたのであるが、ついに泣く泣く敦盛の首をかき落とす。熊谷は心ならずも敵の首を取ったのである。何とかして敵の首の一つでも取って高名・手柄にあずかろうとしていた熊谷は、本来の目的を達しながら皮肉なことに心理的には逆の立場に置かれてしまうのであった。討たれる者の悲劇は『平家物語』をはじめ他の軍記物語にいくらもあるが、これは討つ者の悲劇を描いているのである。延慶本などが「土肥が見るに、この殿を助けたらば熊谷手取りにしたる敵をゆるしてけりと、兵衛佐殿にかへり聞かれ奉らんこと口惜しかるべし」と、頼朝に報告されることを憚る気持ちが働いて敦盛を逃がさなかったとするのは、あるいは事実に近いかも知れないが、この悲劇性を薄めることにしかならない。語り本系の単純さがむしろ熊谷の苦悩を描き切っている。だから、

あはれ、弓矢取る身ほど口惜しかりけるものはなし。武芸の家に生まれずは、何とてかかる憂き目をば見るべ

き。情《なさけ》なうも討ち奉るものかな。

という熊谷の述懐も生きて来る。

熊谷は敦盛の首を包むために直垂を解くと笛が出て来る。その笛を見て彼は今の今まですっかり忘れていたことを思い出す。それはその日の明け方、彼と小次郎の二人が平家の城を攻めようとしていた時、その城の中から笛の音が聞こえていたことである。最後まで名乗らず、りりしく死んで行った若武者は軍の陣へ笛を持つ優雅な人でもあった。今、味方の数万の武士のうち、笛を持つ人は一人もいまい、先ほどまでの自分がそうであったように殺戮を目的として合戦に出て来ているのだから。

それよりしてこそ、熊谷が発心《ほつしん》の思ひは進みけれ。

熊谷直実はのちに出家する。法然上人の弟子となり、蓮生と名乗った。『吾妻鏡』には領地争いが原因であったと記されているが、『平家物語』は彼の出家の機縁となったのはこの敦盛を討った一件であり、そして敦盛が身につけていたこの笛が、「狂言綺語の理といひながら、つひに讃仏乗の因」となったのだと言うのである。

10　那須与一（巻十一）

『平家物語』の数多い章段の中で、特に有名なものといえば、前回とりあげた「敦盛最期」とこの「那須与一」（百二十句本などでは「扇の的」）になるであろうか。一の谷合戦の悲話「敦盛最期」と屋島合戦の高名譚「那須与一」とは、時間的にはちょうど一年間の隔たりがある。寿永三年（一一八四）二月、一の谷で敗れた平家は海路讃岐の屋島に逃れる。源範頼がその跡を追うが、船を持たぬ悲しさ、一向に戦果をあげえぬまま月日を送ることになる。『平家物語』は「三河守範頼、やがて続いて攻め給はば、平家は亡ぶべかりしに、室・高砂にやすらひて、遊君遊女ども召し集め、遊び戯ぶれてのみ月日を送られけり」（巻十「大嘗会の沙汰」）と範頼の武将らしからぬふるまいのせいに帰しているが、これは酷で、船を操り瀬戸内海を九州にかけて出没する平家軍を陸路で追う範頼軍は、食料の補給さえままならぬ始末であった。この頃義経は頼朝と不和になっており、京都守護の閑職にあったが、戦果のあがらぬ範頼に業を煮やした頼朝が義経を再び登用することになる。義経は元暦二年（一一八五）二月三日、都を出発し摂津国渡辺の津から暴風雨の中、船出する。渡辺の津には二百艘の兵船が結集していたのだが、この時義経に従ったもの僅か五艘にすぎなかった。二月十六日の夜半に出帆、翌日の早朝に阿波の勝浦に到着した。普通なら三日かかる船路を六時間ほどで渡った、まさに嵐の中の決死行であった。

義経軍は阿波と讃岐の国境の大坂越《おおさかごえ》を夜を徹して越え、十八日の寅刻（午前四時頃）には平家が籠もる屋島の背後に迫り、得意の奇襲攻撃をかける。平家はあわてて船に取り乗り、沖へ逃れる。義経は味方の小勢《こぜい》を悟られまいと、五六騎・七八騎といった具合に軍勢を小出しにして大軍に見せかけようと計る。虚を突かれた平家も敵が意外と小勢であることに気づき、平宗盛などは「あな心憂《う》や。髪の筋《すぢ》を一筋づつ分けて取るとも、この勢には足るまじかりけるものを。中に取り籠め討たずして、あわてて船に乗つて、内裏を焼かせつることこそ安からね」と言ってくやしがった（巻十一「嗣信最期」）。そこで平家は反攻に出る。平家随一の武将能登守平教経の奪戦もめざましく、そのため義経の郎等佐藤嗣信が主《しゅう》に代わって討死を遂げたのもこの時のことであった。本章「那須与一」登場は以上の経緯があってのことである。

小勢で上陸した義経は次第にその勢いを増して行く。それは、阿波や讃岐の国々の者が平家を背いて義経のもとへ「あそこの峰、ここの洞《ほら》より、十四五騎、二十騎、うち連れうち連れ参」ったからで、その勢は間もなく三百騎余りになった。この三百余騎でこの日一日を戦い暮らしたのである。

「今日は日暮れぬ。勝負を決すべからず。」とて引き退くところに、沖の方より、尋常に飾つたる小舟一艘、水際へ向いて漕ぎ寄せけり。磯へ七八段ばかりになりしかば、舟を横様になす。「あれはいかに」と見るほどに、舟の中より齢《よはひ》十八九ばかりなる女房の、まことに優に美しきが、柳の五衣《いつつぎぬ》に、紅の袴着て、皆紅《みなぐれなゐ》の扇の日出したるを、舟のせがいに挟み立てて、陸へ向いてぞ招いたる。

二月十八日、日暮れて陣を引くところへ沖から一艘の舟が近づいて来る。陸から八十メートル程の所で舟は止まり、美しく着飾った女房が舟のせがいに扇を立てて、源氏に向かって手招きする。——本章の書き出しは陸にいる源氏方からの視点で描かれる。巻九の一の谷合戦が主に敗れた平家の側から書かれているのに対し、この屋島の合戦は「嗣信最期」や「弓流し」の章も含め、源氏の側から描かれている。本章の場合、この視点はなかなか効果的である。沖の方から漕ぎ寄せて来た扇を立てた一艘の舟の行動は、何とも不可解だからである。「あれはいかに」という言葉は、義経をはじめとする源氏の全員の感想であると同時に読者（聴衆）の感想でもある。

判官、後藤兵衛実基を召して、「あれはいかに」とのたまへば、「射よとにこそ候ふめれ。ただし、大将軍矢面《やおもて》に進んで、傾城を御覧ぜば、手だれにねらうて射落せとの謀《はかりごと》と覚え候ふ。さも候へ、扇をば射させらるべうや候ふらん。」と申す。

不可解な舟の行動を義経は後藤実基に尋ねる。後藤実基は「古つはもの」、歴戦の勇士である。さまざまな合戦に参戦し、体験を通して身につけた知恵や知識が尊重されて義経に呼ばれたのである。実基の活躍について触れるなら、この屋島の合戦でも義経の奇襲に驚いて平家が海上へ逃げ出した時、「後藤兵衛実基は、古つはものにてありければ、軍をばせず、まづ内裏に乱れ入り、手々《てんで》に火を放つて、片時《へんし》の煙と焼き払ふ」（巻十一「嗣信最期」）といった具合に「古つはもの」の知恵を発揮している。だからこの時も義経の問いに答えて、後藤実基は平家の意図——大将軍義経が矢面に進んだら弓の上手に狙わせる謀を見破り、進言しているのである。

義経は扇の的を射ることのできる者がいるか実基に尋ねる。実基は「上手どもいくらも候ふ中に、下野国の住人、那須太郎資高が子に、与一宗高こそ、小兵で候へども、手利きで候へ」と答える。那須与一宗高が真先に推薦されたのである。実基の答えには、いかにも「古つはもの」らしく、味方の武士たちの力量を熟知している様子がうかがえる。それは義経の「証拠はいかに」との問いに、「かけ鳥なんどあらがうて、三つに二つは必ず射落す者で候ふ」と答えたことからも言えるであろう。『平家物語』が実基をそうした人物として描いているのは、壇の浦合戦の場面でも同様である。義経の舟に射込まれた矢を射返すために適当な武士を選び出すことになり、その時にも後藤実基が呼ばれる。

　判官、後藤兵衛実基を召して、「この矢射つべき者の味方に誰《た》れかある。」とのたまへば、「甲斐源氏に阿佐里《あさりの》与一殿こそ、精兵にてましまし候へ。」「さらば呼べ。」とて呼ばれければ、阿佐里与一いで来たり。

「古つはもの」実基の知恵と知識がここでも生きたのである（巻十一「遠矢」）。

いよいよ那須与一の登場である。与一は年の頃二十ばかりの青年であった。呼ばれて判官義経の前にひかえる。

「いかに宗高、あの扇の真中射て、平家に見物せさせよかし。」与一畏つて申しけるは、「射おほせ候はんことは不定《ふぢやう》に候ふ。射損じ候ひなば、長き御方《みかた》の御瑕《きず》にて候ふべし。一定仕らんずる仁に仰せ付けらるべうや候ふらん。」と申す。判官大きに怒《いか》つて、「鎌倉を立つて西国へ赴かん殿ばらは、義経が命を背くべからず。すこしも子細を存ぜん人は、とうとうこれより帰らるべし。」とぞのたまひける。

いったんは辞退するが、思いがけぬ義経の怒りにあって与一は「重ねて辞せば悪《あ》しかりなん」と思ったのであろうか、「外れんは知り候はず。御諚《ごぢやう》（お言葉）で候へば、仕つてこそみ候はめ」と言って立ち上がり、弓矢を取り直し、馬に乗って水際へ向かうのである。

夕方の海上を沖から小舟が近づいて来る場面から、与一が的に向かって馬を進めるところまで、語り本系の『平家物語』はたたみ込むように一気に物語を展開させる。ところで今まで『平家物語』を読み進めて来た中で、何度も読み本系（増補系）の諸本を引用し、その描き方の相違を比べてきたが、いずれも部分的な描写であったので、今回は『源平盛衰記』を例にとり、「那須与一」のここまでの展開を掲げて語り本系と比較してみよう。

『源平盛衰記』巻四十二の「那須与一」は次のようになっている。

㈠　沖から一艘の舟が渚に近づく。舟に女房が乗っており、扇の的を立てて「これを射よ」と源氏を招く。

㈡　この女房は玉虫《の》前とも舞前《まひのまへ》ともいう美女であった。

㈢　この扇は高倉院が厳島に奉納したもので、軍《いくさ》の占形《うらかた》（勝敗を占う道具）として的に仕立てたのである。

㈣　義経は畠山重忠を召し、敵の意図は見とれる自分を射ることにあると語り、畠山に扇の的を射るように命ずる。

㈤　畠山は役目の重大さと脚気などによる体の不調を理由にして辞退する。

㈥　義経、畠山に誰れか射ることのできる者はないかと問う。畠山は那須十郎兄弟を推し、十郎呼ばれる。

㈦　十郎、一の谷合戦での負傷を理由に辞退し、弟与一を推薦する。与一召される。

㈧　与一は辞退しようとするが、伊勢三郎義盛らに「次々と支障を述べたてては日が暮れる。兄が推した以上辞退は許さぬ」と言われ、与一引き受ける。

㈨　与一渚に立ち、まわりを見渡すと、左手の沖には安徳天皇・建礼門院らの御座船が、右手には平宗盛・教盛らの兵船が、後には義経はじめ源氏の武士たちが手を握って観戦している。

と、このような中で与一は扇の的に向かうのである。

『平家物語』に比べ、記事が多く煩雑である。女房の名前やその美しさの記述、扇の由来と戦況の占いとして使われた扇の的の謎解きなどは、いかにも『源平盛衰記』らしい考証趣味であるが、後半の扇の的を射る者を選出するところでも次々と辞退して三人目に与一が仕方なく承諾する顚末を記すのは詳細というより冗漫である。また渚に立った与一の目に映った光景を、海上の左右と陸でこれを見る源平の人々の人名を長々と列挙して描いているのも感興をそぐ結果となっている。このように『源平盛衰記』は説明的・解説的な記述方法をとっているのである。それは語り本系の『平家物語』が読者（聴衆）を物語が進行しているその時点へ引き連れて行き、物語の中の人物と一緒になって事件の推移・なりゆきを体験させるといった〝語りもの〟の方法と本質的に異なっている。このような説明的記述の『源平盛衰記』は、沖から近づく一艘の舟の行動を、不可解なものとは描かない。最初から「これを射よ」と種明ししている。従って不可解を解く「古つはもの」後藤実基の知恵も出る幕を失うのである。これに対し語り本系の『平家物語』は「古つはもの」が、扇を立てた舟の謎を解き、那須与一を選び出すという物語の展開の要《かなめ》として、しっかりと実基の存在感をうち出しているのは前に述べたとおりである。

さて、義経はじめ源氏の面々に与一は、「この若者、一定仕り候ひぬと覚え候ふ」と頼もしげに見送られる。

> 矢ごろすこし遠かりければ、海へ一段ばかりうち入れたれども、なほ扇の間《あはひ》七段ばかりはあるらんとこそ見えたりけれ。頃は二月十八日の酉の刻ばかりのことなるに、折節北風はげしくて、磯打つ波も高かりけり。舟は揺り上げ揺り据《す》ゑ漂へば、扇も串に定まらずひらめいたり。

しかし与一にとって条件は不利なものばかりである。海中に馬を進めたものの矢ごろはまだ遠い。時間は酉の刻、あたりは暗くなって来たその上に、北風までが激しく吹き、そのため波が高く舟が上下に揺られて的が定まらない。人々の期待とは反対に与一の不安は高まる。そんな与一の気持ちを知らずに、「沖には平家、舟を一面に並べて見物す。陸には源氏、轡《くつばみ》を並べてこれを見る。いづれもいづれも晴《はれ》ならずといふことぞなき」といった具合である。このあたり『平家物語』は、見物の人々の期待と与一の心の中を交互に描く。与一は目をつぶり、神々に祈念し、「これを射損ずるものならば、弓切り折り自害して、人に二度面《ふたたびおもて》を向かふべからず」と決意する。目を開いてみると風も弱まり、扇も射よげになっていた。

与一鏑《かぶら》を取つて番《つが》ひ、よつぴいてひやうど放つ。小兵といふ定《ぢやう》十二束《そく》三伏《ぶせ》、弓は強し、浦響くほど長鳴りして、誤たず扇の要際一寸ばかり置いて、ひいふつとぞ射切つたる。鏑は海へ入りければ、扇は空へぞ上がりける。しばしは虚空にひらめきけるが、春風に一揉み二揉み揉まれて、海へさつとぞ散つたりける。夕日の輝いたるに、皆紅の扇の日出したるが、白波の上に漂ひ、浮きぬ沈みぬ揺られければ、沖には平家、舟端《ふなばた》をたたいて感じたり、陸《くが》には源氏、箙《えびら》をたたいてどよめきけり。

与一は十二束三伏（「束」は一握り、「伏」は指一本の幅のことで、矢の長さをいう）の鏑矢を弓につがえて放つ。ところでこの部分「小兵といふ定十二束三伏」を、「小兵とはいうものの」と解釈するものもあるが、例えば巻十一「遠矢」の章などに、十三束二伏、十四束三伏、十五束の矢が見え、十二束三伏は標準をやや上まわる程度の必ずしも大きな矢とは言えないので、「小兵だから」と解釈したほうが適当かと思う。

与一はみごと扇の的を射抜く。扇は空に上がり、春風に揉まれて海へ落ちる。梶原正昭氏が指摘されているとおり、与一が扇の的に向かった時には「折節北風はげしくて」と書かれていた同じ風が、射当てたあとは「春風に一揉み二揉み揉まれて」と表現されている巧みさに注意を払う必要がある（鑑賞日本の古典『平家物語』）。これは扇の的に向かう与一の緊張した気持ちと、みごと射おおせた安堵感とを表しているもので、『平家物語』の〝自然〟描写は単に情景描写で終わらないことが多いのである。

また、「よつぴいてひやうど放つ」「ひいふつとぞ射切つたる」「海へさつとぞ散つたりける」といった擬声語・擬態語、「夕日の輝いたるに、皆紅の扇の日出したるが、白波の上に漂ひ」といった視覚的・絵画的描写も効果的であり、「鏑は海へ入りければ、扇は空へぞ上がりける」「沖には平家、舟端をたたいて……陸には源氏、箙をたたいて……」といった対句表現も文章の調子を整えていて、この章の終わりにふさわしい語りおさめになっている。

「那須与一」は屋島合戦の華々しい一エピソードであるが、この戦いにも敗れた平家は滅亡への道を瀬戸内海の西、壇の浦へと取るのである。平家の命運はあと一ヶ月余を残すだけとなっていた。

11 先帝身投げ（巻十一）

源義経の活躍によって屋島を追われた平家は、再び船で海上に逃がれ、長門国の彦島に着いて体勢を整える。一方の義経は兄範頼の軍勢と合流して、これも長門の追津（満珠島）に到着する。決戦が近づいたこの頃、平家重恩の者たちも次々と平家を裏切って源氏に味方し始める。

源氏の船は三千余艘、平家の船は千余艘、唐船少々あひ交《まじ》れり。源氏の勢は重なれば、平家の勢は落ちぞ行く。元暦二年三月二十四日の卯の刻に、門司赤間の関にて、源平矢合せとぞ定めける。（巻十一「鶏合せ 壇の浦合戦」）

『平家物語』では源氏の船が三千余艘、平家の船が千余艘となっており、数の上では源氏が圧倒的に優勢である。もっとも平家には大型船の唐船が少々まじっているのに対し、源氏は小型の兵船ばかりであったようである。ところで『吾妻鏡』などによれば、実際の数はもっと少なかったようで、源氏の船八百四十艘、平家は五百余艘であったという。それでも源氏の方が優勢であった。

源氏が追津に着いたと聞いた平家は彦島を出て、田の浦へ軍を進める。田の浦は関門海峡をはさんで壇の浦と向かいあう場所である。平家は海戦が得意である。潮の流れをも読んでの布陣で臨んでいる。

源平の陣の交《あは》ひ海の面《おもて》三十余町をぞ隔てたる。門司・赤間・壇の浦は、たぎりて落つる潮なれば、源氏の船は潮に向かうて心ならず押し落とさる。平家の船は潮に追うてぞいで来たる。（同）

潮の流れに乗った平家は勇猛果敢に攻めまくる。新中納言平知盛も船の屋形に出て、大音声で「軍は今日ぞ限り。者ども少しも退く心あるべからず。天竺震旦《てう》にも、日本わが朝にも、双《ならび》なき名将勇士といへども、運命尽きぬれば力及ばず。されども名こそ惜しけれ。東国の者どもに弱気《よわげ》見ゆな。いつのために命をば惜しむべき。」と叱咤し、まさに怒濤のように源氏に攻めかかる。

源氏の敗色が濃くなって来る。その時、二つの奇瑞が起こったと『平家物語』は語る。一つは持ち主もいない白旗が一流れ源氏の船に空から舞い降りたというものであり、もう一つはイルカが出現したというものである。イルカの大群が源氏の方から平家に向かって遊泳して来たことに不安を感じた平宗盛が占わせたところ、イルカがもと来た方へ泳ぎ返れば源氏が滅び、このまままっすぐ泳ぎ過ぎたなら平家の敗戦と言い終わらぬうちに平家の船の下を泳ぎ通ってしまったのである。これらの奇瑞ののち、形勢は逆転するのであるが、このような予兆記事は『平家物語』にしばしば見えるもので、例えば木曾義仲が八幡宮へ参拝したところ山鳩が旗の上に飛来し、倶利迦羅峠の合戦の大勝を示した（巻七「願書」）といった具合である。

しかし、壇の浦合戦について言えば、この奇瑞譚は単に『平家物語』の創作とは言い切れず、『吾妻鏡』元暦二年四月二十一日の条に梶原景時の飛脚がもたらした手紙を載せているが、その中に平家滅亡を予言するかのごときいくつかの不思議な出来事を報告している。その一つは、大亀の出現で、一昨年範頼が六人がかりでも持てぬほどの大亀を逃がしてやったところ、平家滅亡の折、源氏の船の前にその亀が浮かび上がったというものである。またこのほかにも白鳩二羽が源氏の船の上を飛び舞ったといい、源氏の武士たちの見守る中、虚空から白旗一流れが舞い降りたとも記されている。これらの不思議を『平家物語』の作者ならずとも当時の人々は信じたのである。

これらの奇瑞のせいであろうか、永年平家に忠義を尽くしていた阿波民部重能が、子息が生け捕られたことによって平家を裏切って源氏につく。この日の平家の計略としては、身分の高い主だった平家の人々を小型の兵船に、雑人どもを大型の唐船に乗せて源氏を欺こうとしたのだが、阿波民部の寝返りによって源氏の知るところとなり、形勢は一転して平家の劣勢となる。阿波民部の裏切りを知った知盛は「やすからぬ。重能めを切つて捨つべかりつるものを」と大変な悔しがりようであった。この日、知盛は重能の挙動に不審を感じ、宗盛の前で「重能の首を刎ねましょう」と進言しており、その時は宗盛が確たる証拠もなしに切るわけに行かぬと斥けられたが、阿波民部をたたき切らんと太刀の柄《つか》も砕けんばかり握りしめていたのである。知盛がにらんだとおり重能は密かに源氏に通じていた。『平家物語』の壇の浦合戦の主役の一人は平知盛である。知盛はこの合戦の当初は剛毅な闘う武将として描かれている。

さて『平家物語』の「先帝身投げ」の章は、平曲の章段分けの流派による相違なども加わって、諸本間において本章が含む範囲はかなりのバラつきがある。その中で覚一本は、勝ちに乗じた源氏が平家の船に襲いかかる場面から始まる。

源氏のつはものども、すでに平家の船に乗り移りければ、水手・梶取《かんどり》ども射殺され、切り殺されて、船を直すに及ばず、船底に倒れ伏しにけり。新中納言知盛卿小船に乗つて御所の御船に参り、「世の中、今はかうと見えて候ふ。見苦しからん物ども、みな海へ入れさせたまへ。」とて、艫舳《ともへ》に走り回り、掃いたり拭うたり、塵拾ひ、手づから掃除せられけり。女房たち「中納言殿、いくさはいかにやいかに。」と、口々に問ひたまへば、「珍しき東男《あづまをとこ》をこそ、御覧ぜられ候はんずらめ。」とて、からからと笑ひたまへば、「なんでうの、ただ今のたはぶれぞや。」とて、声々におめき叫びたまひけり。

攻守所を替え、見る見るうちに平家が追いつめられて行く。知盛は今はこれまでと見てとると、安徳天皇の御座船へ参り、平家の敗北を告げ、覚悟を促し、死後人の見る目の恥ずかしくないよう取りしたためる。御座船の内を走り回って、自ら塵一つ落ちていないように清めるのである。合戦当初の激しい〝動〟の知盛（多くの教科書ではこの部分省略されている）と、敗北を確認したあとの知盛とは対照的ですらある。一人の人間に内在する不思議な多面性を『平家物語』作者は知っているのであろう。

御座船を掃き清めている知盛は、自分の死の準備をしているのではなく、安徳天皇と一門の人々の美しい死を演出しようとしているのである。その知盛に女房たちが口々に戦況を尋ねる。それに答えて知盛は「珍しき東男をこそ、御覧ぜられ候はんずらめ」とからから笑う。女房たちは「こんな時に、何という冗談を」とヒステリックに叫ぶ。女房たちには理解できぬ知盛の心境である。

しかし、平家の多くの女性たちの中で、少なくとも一人は知盛と同様に一門の最後がついに訪れたことを静かに受けとめた者がいる。二位の尼時子、清盛の妻であった人である。

二位殿は、このありさまを御覧じて、日ごろおぼしめし設けたることなれば、鈍色の二つ衣うち被き、練袴の稜《そば》高くはさみ、神璽をわきにはさみ、宝剣を腰にさし、主上をいだき奉つて、「わが身は女なりとも、敵の手にはかかるまじ。君の御供に参るなり。御志思ひまゐらせたまはん人々は、急ぎ続きたまへ。」とて、船ばたへ歩み出でられけり。

時子は安徳天皇を抱いて、入水するために船ばたへ歩み寄る。安徳天皇は「ことしは八歳にならせたまへども、御年のほどよりはるかにねびさせたまひて、御かたち美しく、あたりも照り輝くばかりなり。御髪黒うゆらゆらとして、御背中過ぎさせたまへり」という御様子であったが、時子に向かい「私をどこへ連れて行こうとするのか」と問う。時子は涙ながらに、すでに運が尽きたことを告げ、伊勢大神宮に御いとまを申し上げるよう、また阿弥陀仏の救いを求めるため西に向かって念仏を唱えるよう勧め「この国は心憂き境にてさぶらへば、極楽浄土とて、めでたき所へ具しまゐらせさぶらふぞ」と答えるのである。そうすると安徳天皇は「山鳩色の御衣に、びんづら結はせたまひて、御涙におぼれ、小さく美しき御手を合はせ、まづ東を伏し拝み、伊勢大神宮に御いとま申させたまひ、その後、西に向かはせたまひて御念仏」なさったので、時子はお抱きしたまま「波の下にも都のさぶらふぞ」と申し上げて海に身を沈めたのであった。

以上が『平家物語』が語る安徳天皇入水の場面であるが、幼帝安徳の描写におやっと思われた人も多いであろう。先に「御髪黒うゆらゆらとして、御背中過ぎさせたまへり」と書かれていた髪が、あとでは「びんづら結はせたまひて」と描かれているのである。「びんづら」とは古代の男性の髪型で、髪を左右二つに束ね、耳のあたりに垂らしたもので、この時代には高貴な少年の結髪法であった。だから「びんづら」を結ったなら、髪が背中過ぎまでゆらゆらと垂れることはありえないのである。また言葉尻をつかまえるようであるが、安徳天皇の「どこへ行くのか」との問いに、時子は「極楽浄土」と「波の下の都」との二とおりの答えをしているのも不審と言えば不審である。

これらからも推察できるように、この場面は本文的に問題がある箇所であり、『平家物語』の諸本において異同の多いところでもある。その点を詳しく検討された冨倉徳次郎氏は、屋代本『平家物語』の記述が古態を示しているものと考えられた（『平家物語全注釈』下の一）。その屋代本の本文は、

先帝ハ今年八歳ニナラセ給フ。御歳ノ程ヨリモ遥カニヲトナシク、御髪《ぐし》黒クユラユラト御背過ギサセ給ヘリ。アキレサセ給ヘル御様ニテ、ココニマタ何《いづ》チヘゾヤ尼ゼト仰セラレケル御詞《ことば》ノ未ダ終ラザルニ、二位殿是ハ西方浄土ヘトテ、海ニゾ沈ミ給ヒケル。

となっており、素朴であるが矛盾はない。前述の矛盾は、この屋代本のような本文に長文の加筆改訂が施されて、覚一本のような本文に成長変化をとげる過程で出て来たものと考えられるのである。矛盾を生ぜしめてまで本章を

成長変化、加筆改訂した理由は、言うまでもなくこの一節が『平家物語』全編中でも最も重要な、哀切きわまりない荘重な場面と見なされたからである。

　ところで船ばたに出で立った二位尼時子の様子であるが、「練袴の稜高くはさみ、神璽をわきにはさみ、宝剣を腰にさし、主上をいだき奉つて」いたと記されているが、すでに指摘されているとおり、片手で袴のももだちをつかみ、もう一方の手で三種の神器の一つ八坂瓊曲玉《やさかにのまがたま》の箱をかかえ、その上安徳天皇を抱くことは事実上不可能である（屋代本などは帯で幼帝をわが身に結び付けたとしている）。『吾妻鏡』は「二位禅尼宝剣を持ち、按察局先帝春秋八歳を抱き奉りて、共に海底に没す」と書いているが、これもまた信をおきがたい。この時代を生きた慈円の『愚管抄』に「主上をば、祖母の二位抱き参らせて、神璽、宝剣とり具して、浦に入りにけり、ゆゆしかりける女房なり」と書かれているからである。

　この箇所、事実を詮索しても仕方あるまい。それより大事なことは、安徳天皇の入水に際して二位尼時子が三種の神器を携えようとしていたことである。神璽・宝剣・神鏡のいわゆる三種の神器は皇位の象徴であり、正統な皇位の証明である。慈円の兄九条兼実も、その日記『玉葉』に「わが朝の習ひ、剣璽の主を以つて国主となす」と記している。時子は最後まで安徳の皇位を放棄しなかった、その意志の現れが三種の神器の携行であった。これについて角田文衞氏の興味深い研究がある（「安徳天皇の入水」、『王朝の明暗』所収）。角田氏によれば、内裏において神鏡は内侍所に置かれていて、御所が変わる時以外には動かされることはなかったという。これに対し、剣と璽は普段は夜御殿にあって、天皇の行幸がある場合、たとえその日限りの行幸であっても天皇の乗る輿の中に納められ、昼夜片時も天皇の身辺から離れることはなかったというのである。

　となると、時子が安徳天皇の入水の時に三種の神器を携えていたのは、地上の世界から海底への行幸を型どおり行ったことを示していることになる。つまり時子の意識としては、入水は単なる自殺ではなく、行幸であったということになる。安徳天皇に尋ねられて、時子が「極楽へ」と言ったか、「波の下の都へ」と言ったか、あるいはその両方であったかは知るすべもないが、『平家物語』が伝える時子の最後の言葉「波の下にも都のさぶらふぞ」は、海底への行幸を語っているのであろう。ちなみに都とは宮（天皇）のいる処の意味である。

　安徳天皇の地上から海底への行幸は、現実的には生から死への道行である。『平家物語』は本章を「いにしへは槐門棘路の間に九族をなびかし、今は船の内、波の下に、御命を一時《いっし》に滅ぼしたまふこそ悲しけれ」と結ぶのである。「先帝身投げ」の章は以上で終わるのであるが、知盛・教経らの平家一門の人々の最期の様子を、本章に続く「能登殿最期」「内侍所都入り」の章に見ておこう。

　安徳天皇の入水を見て、建礼門院徳子も海へ飛び込む。宗盛父子も経盛・教盛兄弟も、小松家の人々も次々に海中に入る。その中で能登守教経だけは大奮戦するのであるが、知盛に「そんな罪作りなことをなさいますな」と言われ、それではと義経一人に目をかけて追い回すが、討ち果たすことができず、ついに敵兵二人をわきにはさんで海に沈んだ。一方、知盛も「見るべきほどのことは見つ、自害せん」と言って鎧二領を身につけて海に飛び込んで行く。「見るべきほどのことは見つ」という言葉は、平家一門の運命の果てを見とどけた者の爽快ささえ感じさせる。石母田正氏の言われるとおり、この知盛が見たものこそ『平家物語』が語った全体なのであろう（岩波新書『平家物語』）。海に飛び込んだ人々のうち、ある者は沈み、ある者は救い上げられる。宗盛父子や建礼門院のように、一門の人々とともに壇の浦で死ぬことができなかった人たちのその後の運命もまた哀れであった。

12　大原御幸（灌頂巻）

平家一門が壇の浦に沈んだ時、建礼門院徳子も懐中に硯などを入れて海に飛び込んだのであるが、源氏の武士で渡辺党の源五馬允眤《うまのじょうむつる》（八坂本などでは、その子の番《つがふ》になっている）が女院と知らずに熊手で髪の毛をからめ、助け上げてしまう。これを見ていた女房たちが「あなあさまし、あれは女院にてわたらせたまふぞ」と悲鳴を上げたため、建礼門院と知れて義経に保護されてしまったのであった（巻十一「能登殿最期」）。

文治元年（一一八五）四月の末、都に入った女院は東山の麓の吉田に身を寄せる。荒れはてた僧坊であった。五月一日には、そこで出家剃髪した。戒師は長楽寺の阿証房印誓であったと『平家物語』は記しているが、『吉記』（吉田経房の日記）の伝える大原本成坊湛斅《たんごう》というのが本当であろう。出家後、女院はしばらくそこで生活するのであるが、その年の六月なかば、壇の浦で生け捕られた宗盛父子と一の谷でこれも生け捕りになっていた重衡が護送されて来て、宗盛は近江で、重衡は木津（京都府相楽郡）で殺された。しかも彼らの首が女院のいる都の大路にさらされ、特に重衡の首は大卒都婆《そとば》に釘で打ち付けられるというむごさであった。宗盛・重衡は徳子と同じく二位尼時子を母とする実の兄弟である。

七月九日、都を中心に起こった大地震のため、ただでさえ荒廃していた住まいは傾き、築地も崩れた。その上、吉田は人の往き来も頻繁で、静かな住居には程遠いありさまであったから、女院は早くから人里離れた山の奥に引っ込みたいと思っていたようである。そんなところへある女房が「大原山の奥、寂光院と申す所こそ、静かに候へ」と勧めたので、大原入りを決意したのである。文治元年の九月の末のことと言う。その時の様子を『平家物語』は、

道すがら四方《よも》の梢《こずゑ》の色々なるを、御覧じ過ごさせたまふ程に、山陰《やまかげ》なればにや、日も既に暮れかかりぬ。野寺の鐘の入相《いりあひ》の音すごく、分くる草葉の露しげみ、いとど御袖ぬれまさり、嵐はげしく木の葉乱りがはし。空かき曇り、いつしかうち時雨《しぐれ》つつ、鹿の音かすかに音信《おとづれ》て、虫の恨みも絶え絶えなり。とにかくに取り集めたる御心細さ、たとへやるべき方もなし。（灌頂巻「大原入り」）

と描いている。晩秋のもの寂しさは、とりもなおさず建礼門院の心細さである。西海流浪の時でさえ、これほどではなかったと、女院は思うのである。大原に入った女院は寂光院のかたわらに方丈の庵を結び、一間を寝所、一間を仏所に決め、明け暮れ念仏三昧の生活を送るのである。

ところで建礼門院徳子は、清盛を父に、その正妻時子を母として保元の乱の前年久寿二年（一一五五）に生まれた（一説には保元二年とも言う）。十七歳で高倉天皇の后として入内する。この時、高倉天皇は十一歳、元服したばかりであり、しかも入内の直前、後白河法皇の養女となったため、結果的に姉弟の婚儀となり、世間の批判を受けたりもした。平家一門の期待を集めて入内したにもかかわらず、徳子はなかなか懐妊せず、なんと七年もたった治承二年（一一七八）になってやっと身ごもり、その年の十一月、安徳天皇を出産した。翌々年、安徳天皇は三歳で即位、徳子は国母になったものの、その頃は父清盛と養父後白河法皇との対立は深まっており、心を痛める日々であった。さらに治承五年一月には、夫の高倉上皇が病でなくなった。父母の清盛・時子は高倉上皇崩御の後は、徳子を後白河法皇に輿入れしようというとんでもない計画を進めていた。これは徳子の強固な反対にあって実現しなかったが、皇室に強くつながっていたいがための常軌を逸した父清盛の行為に彼女は深く悲しんだにちがいない。その父もそれからひと月余り後には病没し、平家の凋落に拍車がかけられることになる。一門の都落ちで西海に漂ったあげく、壇の浦で子の安徳天皇に死に遅れ、今、大原へ籠もったのである。

建礼門院徳子の半生は政争と戦乱にもてあそばれた悲しいものであった。大原に入った女院は一門と安徳幼帝の菩提を弔う毎日を送ることになるのであるが、それはむしろ静寂な落ちついた日々ではなかったろうか。

建礼門院が大原寂光院に入った翌年、文治二年（一一八六）の夏、後白河法皇が大原に御幸なった。この時のありさまを描いたのが本章「大原御幸」である。

法皇は春の頃から女院のもとを訪れたいと思っていたが、意にまかせず四月下旬になってしまったのである。夜をこめての忍びの御幸であったが、公卿六人、殿上人八人が付き従ったもので、鞍馬通りから江文峠にかかって大原に入るコースをとったのは、この御幸を「世の聞えを憚らせたまひつつ、補陀落寺《ふだらくじ》の御幸と披露」(『源平盛衰記』巻四十八)したからである。

遠山にかかる白雲は、散りにし花の形見なり。青葉に見ゆる梢には、春の名残ぞ惜しまるる。頃は卯月二十日あまりのことなれば、夏草の茂みが末を分け入らせたまふに、はじめたる御幸なれば、御覧じ馴れたる方もなし。人跡絶えたるほどもおぼしめし知られてあはれなり。

女院の大原入りの文章と比較して、法皇の大原御幸には、「名所見物を兼ねての、いわば物見遊山の旅の趣きもあり、期待に胸を躍らせるような浮き浮きとした気分が、その文脈に立ちこめている」と指摘されたのは梶原正昭氏である(鑑賞日本の古典『平家物語』)。氏の言うとおり、しみじみとした趣きの中にも明るさが行間に感じられる文章である。これに続く「西の山の麓に一宇の御堂《みだう》あり。すなはち寂光院これなり。古う作りなせる泉水《せんすい》、木立、よしある様の所なり」以下、寂光院に到着した法皇の眼を通して描かれるあたりの風景も美しい。季節は初夏、時間は早朝である。

大原の女院を訪ねた一人に、かつて女院に仕え、今は西山の兄のところに身を寄せている右京大夫と呼ばれた女性がいた。彼女が大原を訪れたのは、大原御幸と同じ文治二年のことだろうと言われているが、季節は晩秋であった。これもまた美しい文章なので引いておこう。

女院、大原におはしますとばかりは聞きまゐらすれど、さるべき人に知られでは参るべきやうもなかりしを、深き心をしるべにて、わりなくて尋ね参るに、やうやう近づくままに、山道の景色より、まづ涙は先立ちて言ふかたなきに、御庵のさま、御すまひ、ことがら、すべて目もあてられず。昔の御ありさま見まゐらせざらんだに、おほかたのことがら、いかがこともなのめならん。まして夢うつつとも言ふかたなし。秋深き山おろし、近き梢に響きあひて、懸樋の水のおとづれ、鹿の声、虫の音、いづくものことなれど、ためしなき悲しさなり。

(『建礼門院右京大夫集』)

右京大夫の大原訪問は、女院を思う深い心に支えられたものであったが、法皇の御幸と違い悲しみにあふれている。

女院の庵を見出した法皇は、「誰か人はいないか」と声をかけるのだが返事をする者とてない。だいぶたってから、老い衰えた尼が一人姿をあらわす。法皇は「女院はいづくへ御幸なりぬるぞ」と尋ねる。その返事は「この上の山へ花摘みに入らせたまひてさぶらふ」というものであった。法皇にとって女院が自ら花を摘みに山へ入ることは理解しがたいことであったから、「さやうのことに仕へ奉るべき人もなきにや。さこそ世を捨つる御身といひながら、御いたはしうこそ」とつぶやく。すると老尼は、釈迦が人間であった時、難行苦行の末、悟りを開いたことを例にあげながら、「捨身の行はなじかは御身を惜しませたまふべき」と語るのであった。

法皇の大原御幸の話は、よく知られているように『閑居友《かんきよのとも》』にも載っているので、ここで少しばかりこの作品に触れておこう。鎌倉時代初め慶政上人の手に成ったと言われる『閑居友』の下巻「建礼門女院御庵に忍びの御幸の事」がそれで、『平家物語』の「大原御幸」とほぼ同じ内容の話である。この話の最後に「これは、かの院の御あたりの事を記せる文に侍りき。なにとなく見過ぐしがたくて、書きのせ侍るなるべし」と書かれているところから、『閑居友』が『平家物語』の直接的な典拠なのか、「かの院の御あたりの事を記せる文」が典拠なのか、対立した意見が出されている問題の話なのであるが、この『閑居友』の話では、文治二年の春のこととなっている。法皇が女院の庵(『閑居友』には、大原・寂光院の名が全く出て来ない)を訪れ、老尼に女院の所在を尋ねるやりとりも『平家物語』と同じである。この老尼のことを『閑居友』は「いとあやしげなる尼の、年老いたる」と言い、法皇との会話を聞いていた供の人々は「姿よりは、あはれなるもの言ひかな」と感じたと書かれている。しかしこの老尼が誰であるかは記されておらず、『平家物語』とこの点が少し違っている。『平家物語』は、老尼の言葉に感心した法皇がその名を問うのである。

　この尼のありさまを御覧ずれば、絹《きぬ》・布《ぬの》の分きも見えぬ物を結び集めてぞ着たりける。「あのありさまにてもかやうのこと申す不思議さよ。」とおぼしめし、「そもそもなんぢはいかなる者ぞ。」と仰せければ、さめざめと泣いて、しばしは御返事にも及ばず。

しばらくして、涙を抑えて返事をする。平治の乱で殺された少納言入道信西《しんせい》の娘で阿波《あは》の内侍であった。彼女は「母は紀伊の二位、さしも御いとほしみ深うこそさぶらひしに、御覧じ忘れさせたまふにつけても、身の衰へぬるほども思ひ知られて、いまさらせん方なうこそ覚えさぶらへ」と泣くのである。彼女の母紀伊の二位は法皇の乳母であったから、法皇は彼女をよく見知っているはずである。西走流浪の苦しみと平家滅亡の悲しみが容貌を変えてしまったのか、法皇は彼女が阿波の内侍であることに気づかなかったのである。あまりの変わりように法皇も夢の心地がして涙誘われるのであった。『閑居友』にはないこの話は、女院登場の前に置かれているだけに、女院の変わりはてた姿をも予想させて効果的である。

　ところが延慶本『平家物語』になると、この阿波の内侍が次のように書かれている。

　少納言入道の子に弁入道貞憲と申しし者候ひし娘に阿波弁内侍と申し候しは尼が事にて候ふと申しければ、法皇驚き思し召して、さてはこの尼は紀二位が孫ごさんなれ。かの二位と申すは法皇の御乳母なり。されば殊に御身近く召しつかはれ奉りしかば、幾年を経るともいかでか御覧じ忘るべきなれども、ありしにもあらず変りはてたりければ、御覧じ忘れけるも理《ことわり》なり。年も僅かに二十八九の者なり。

延慶本によれば、阿波の内侍は信西の娘ではなく孫であると言う。しかもこの方が正しいだろうと角田文衛氏は言う（『平家後抄』）。娘であるか孫であるかはともかくとして、この時彼女が二十八九歳であったという記述には注目したい。しかも延慶本でも三十歳に満たない阿波の内侍を「かすかに老いたる尼」と言っているのは、苛酷な運命が彼女を早く老《ふ》けさせてしまったのであろう。そう言えば、右京大夫も、

都は春の錦をたちかさねてさぶらひし人々、六十余人ありしかど、見忘るるさまに衰へたる墨染めの姿して、わづかに三四人ばかりぞさぶらはるる。

と、大原で女院に仕えている人々を「見忘るるさまに衰へ」ていたと記している。

法皇は女院の庵室の中を御覧になる。阿弥陀三尊が安置され、経文の一節を書き写した色紙が所々に貼られていて、求道の生活がうかがわれるが、それらの中に安徳天皇の遺影が飾られているのが悲しい。法皇をはじめ供奉の人々も涙を誘われる。

さるほどに、上の山より濃き墨染めの衣着たる尼二人、岩の懸路を伝ひつつ、下りわづらひ給ひけり。法皇これを御覧じて、「あれは何者ぞ。」と御尋ねあれば、老尼涙を抑へて申しけるは、「花筺《はながたみ》ひぢにかけ、岩つつじ取り具して持たせたまひたるは、女院にてわたらせたまひさぶらふなり。爪木に蕨《わらび》折り具してさぶらふは、鳥飼中納言維実の娘、五条大納言邦綱卿の養子、先帝の御乳母、大納言典侍《すけ》。」と申しもあへず泣きけり。

案の定、法皇は女院を見分けることができない。その女院が手に持つのは、花籠と岩つつじ、もちろん仏に供えるためである。大納言典侍が持っているのは薪にする爪木と食膳にのせる蕨である。山里の世捨人の生活がさりげなく書かれている。女院に仕える大納言典侍は前年木津で処刑された重衡の北の方である。彼女もまた女院に劣らぬ苛酷な運命を生きて来た女性である。そのような女性たちが身を寄せあうようにひっそりと大原に籠もっているのである。

山から降りて来た女院は、法皇に気づいた瞬間、その場に立ちつくす。「山へも帰らせたまはず、御庵室へも入

らせたまはず、御涙にむせばせたまひ、あきれて立たせましましたる」と、立ちつくして泣く女院の姿を『平家物語』は描いている。その女院を阿波の内侍が誘《いざな》って庵室に入り、法皇との対面が始まるのである。

日一日、女院と法皇は昔今のことどもを語りあう。特に女院がわが身の半生の苦しみを六道輪廻の苦しみに喩えて話された時は、聞く者皆袖をしぼった（「六道の沙汰」）。

さるほどに寂光院の鐘の声、今日も暮れぬと打ち知られ、夕陽《せきやう》西に傾けば、御名残惜しうはおぼしけれども、御涙を抑へて還御ならせたまひけり。（「女院死去」）

女院は法皇をいつまでも見送ったあと、今さらに昔の思い出が悲しく、本尊に泣く泣く「先帝聖霊、一門亡魂」の菩提を祈るのであった。

その後、幾年かして女院はなくなる。その願いが通じて極楽浄土に往生したと『平家物語』は語りおさめるのであるが、女院の没年は諸説区々《まちまち》で定かに決めがたい。

参考文献

佐々木八郎氏『平家物語評講』（明治書院　昭38）
冨倉徳次郎氏『平家物語全注釈』（角川書店　昭41）
水原一氏『平家物語の世界』（日本放送出版協会　昭51）
梶原正昭氏『鑑賞日本の古典 平家物語』（尚学図書　昭57）

殿上闇討
――教材研究――

一 「殿上闇討」の位置

「祇園精舎」につづいて『平家物語』が語るのは、清盛の父忠盛の初昇殿とそれによってひきおこされる忠盛闇討未遂事件である。この「殿上闇討」をとりあげるにあたって、教授者がこの章段を如何にうけとめるかが第一の問題と思われるので、まずその点について述べ、ついで具体的な教材研究に入りたいと思う。そのため簡単に「祇園精舎」との関連をみておく。

「祇園精舎」の段はその求心的な叙述の方法によってまぢかき例としての〝おごれる人、たけき者〟清盛を前面に押し出し、それを糸口に以下の雄大な物語を語ろうとする。この時、『平家物語』は清盛の先祖にまでさかのぼって、平家一門の人々がなし来たったことに眼をむける。それが「其先祖を尋ぬれば……」にはじまる「祇園精舎」の後半部である。しかし清盛の先祖たちが在地において営々と築きあげてきた勢力、財力にも、あるいは正盛、忠盛らが追討使としてたてた戦功の数々、つまり武力にも『平家物語』の関心はむいていない。平家作者の関心はただ平氏の〝初昇殿〟という一事にむけられていることに注目する必要がある。『平家』の作者が、清盛のおごり（一門の栄華）という目の前に起こった事実をとらえるためにその先祖にまでさかのぼっていったものとしてこの一節を考えると、単なる常套的修辞として片付けることはできない。また、忠盛の話を引き出す序としてとらえることも正しくないだろう。なぜなら『平家』作者の立脚点は、あくまでも清盛を描くというところにあるからである。それでは「殿上闇討」が語られる契機は何なのか。それは先にのべたように、『平家』作者が平氏一門の栄華は宮中のまじわりを許された時点をもって始まるととらえたからであり、その時必然的に「殿上闇討」が語られるのである。要するに、「祇園精舎」から「殿上闇討」への展開の主要なモチーフは、栄華（清盛のおごり）の端緒たる「昇殿」事件を語ることにあるわけである。従って「殿上闇討」の「しかるを忠盛備前守たりし時……」という唐突な語り出しは、「祇園精舎」の最後「国香より正盛に至る迄、六代は諸国の受領たりしかども、殿上の仙籍をばいまだゆるされず」との文章上のつながりだけでなく、内容的な関連をまず把握しなければならないであろう。

以上見て来たとおり、「殿上闇討」は内容的に言えば、忠盛の昇殿と闇討事件との二つに分けられるが、現在我我が見る覚一本などにおいては、この「昇殿」がほとんど数行で片付けられ、付随的であったはずの「闇討」に多くの筆が費されている。このことから教材としての「殿上闇討」の中心は当然闇討事件になるわけだが、昇殿の持つ意味を「祇園精舎」との関連の上で説明する必要があろう。

二　通読・解釈

通読する上で、注意しなければならない点については「御堂」（みだう）、「節会」（せちゑ）等の旧仮名遣い、「武勇」（ぶよう）、「且は」（かつうは）、「預つし」（あづかつし）等の慣用語の読み方などがある。

解釈上の注意の第一は、この章の内容上から来る公家的なものと武家的なものをあらわす用語である。まず公家的な用語であるが、「内の昇殿」（清涼殿の殿上の間に昇ること、なおその時に「院の昇殿」と並べてみることもよいだろう)、「雲の上人」、「五節豊の明の節会」(十一月辰の日の宴会、五節はもと舞の名)、「右筆」(「武勇の家」の対としてとらえさせる）、「束帯」、「木工の助」（木工寮の次官）、「貫首」（蔵人頭）、「六位」、「御遊」、「主殿司」（主殿寮に仕える女官）等、宮中生活、官職に関する語。これは、『枕草子』など王朝文学に多少とも接したことのある者には比較的近づきやすいであろうが、あまりくどくどしい説明は興味を減退させかねない。次に同じ公家的なものであるが、「うつほ柱」（雨水を流すため中空の柱、殿上の間の前にある）、「鈴の綱」、「殿上の小庭」、「紫宸殿の御後」等、宮中の建造物に関する語がある。これは教科書、副読本の図を参考にするか、板書して人物の位置をとらえさせる。

次に武家的な用語であるが、この章においては装束に関するものが多い。「鞘巻」、「萌黄縅の腹巻」、「弦袋つけたる太刀」等である。武具が出てくる最初の章であるから、この機会にカラースライドで説明すれば、学習者の興味は倍加されるであろう。それが許されない時は、色刷りの図鑑ぐらいの用意はほしい。そのほか、「相伝の主」、「郎従」、「年来の家人」（としごろのけにん）、「郎等」（郎従と同じ意味に使われている）といった武家の主従関係をあらわす語には特に注意が必要だろう。また武士そのものをあらわす語としての「弓箭に携はらん者」が初めて出てくるのも、この章であり、「弓矢取り」、「弓馬の道」などしばしば使用される語とともに説明を加えるとよいと思う。合戦における武具、とりわけ当時の主要武具である弓矢と馬が武士を示す語になっていることを、合戦方法に触れながら指摘すれば、学習者の中に出来あがっている「刀は武士の魂」的な後代の武士概念を打ちこわすことにも役立とう。以上、武家的なものについて述べて来たが、このほかの解釈上注意すべき箇所を挙げておこう。

貫首以下あやしみをなし＝とがめるの意

地下にのみ振舞な（ツ）て＝地下人としてばかり行動するようになっての意

こぜむじの紙＝濃染紙か小宣旨か修善寺か未審

播磨よねは……＝多くの解釈があり決定的なものはない

但近日人々あひたくまるる子細ある歟の間、年来の家人事をつたへきく歟によ（ツ）て＝解釈しにくいが、断定を避けて礼儀を守る言い方である点に注意

且は……＝二つのものを並べて「一方は、又一方は」の意、ここでは例外的な使用。ただし、省略があるとも思われる。

三　構成・内容

「殿上闇討」の構成を考えてみると、先に述べたように大きくは二つに分けられる。

㈠　忠盛の昇殿

㈡　闇討未遂事件

このうち㈡については、更にいくつかに分けて考えられる。

(イ)　闇討の失敗

(ロ)　節会の場

(a)　忠盛嘲笑さる

(b)　同様な前例

(ハ)　節会後の訴訟

ということになる。個々にその内容を見ると、第一の忠盛の昇殿のところでは、久しく地下として振舞っていた平氏が、旧態依然たる公家社会へ得長寿院造進という財力をもって進出し、ために殿上人の猜みをかうに至る事情が極めて簡単に述べられる。ここでは、再び「祇園精舎」の最後に戻り「正盛に至る迄、六代は諸国の受領たりしか

ども」の「受領」階級というものについて、『今昔物語集』などの話をあげながら説明するのも学習者の理解を助けるだろう。次に第二の闇討未遂事件に入るわけだが、(イ)の部分においては、闇討の計画を事前に察した忠盛の用意をおさえておく。「大なる鞘巻を用意して束帯のしたにしどけなげにさし」たふてぶてしい姿と、「火のほのぐらき方にむかひて、やはら、此刀をぬき出し、鬢にひきあて」るといった行動、そして氷のような刀。臆病貴族はふるえあがった。「諸人目をすましけり」がどんな状態か学習者に話し合いをさせるのも一案だろう。またここで家貞という郎等が出てくる。この家貞の装束が軽装ながら戦いの装束であり、「弦袋つけたる太刀脇はさんで」いるところがきいている。「罷出よ」との言葉に対し「……其ならむ様を見むとて、かくて候。えこそ罷出まじけれ」と返答する、その語調の強さ、その裏にある意志を読みとらねばなるまい。忠盛と家貞に完全に圧倒された殿上人たちを「よしなしとやおもはれけん」と『平家』は記す。この「よしなし」を単に辞書的な意味で解釈してしまってはだいなしだ。度胆を抜かれた彼らに、その夜の闇討は全く不可能なのである。

老獪で陰険な殿上人は闇討が叶わぬと知ると節会の御遊の場で「伊勢平氏はすがめなりけり」と忠盛の身体的欠陥を嘲笑する。この皮肉の説明もできるだけ簡単にすます事が肝要。「いかにすべき様もなく」会を中座する忠盛を待ちうけているのは家貞である。「さていかが候つる」という家貞の言葉に間の抜けた解釈をつけないこと。そして「かくともいはまほしう」思う忠盛の気持ちの中には単に会における無念さだけでなく、家貞といる時の安心感があることを見落としてはならない。忠盛は言えば家貞が「殿上までもやがてきりのぼらんずる者」であることを熟知しているので、その安心感をひきしめる（八坂本・流布本等は「……きりのぼらんずる者の面魂にてある間」となっていて、その時の家貞の緊張した面もちを伝えようとしている）。以上が(ロ)の(a)にあたるところであり、次いで(b)では五節における同様な前例が二つあげられる。

さて最後の(ハ)は、殿上人が後日、家貞を具したことと刀を帯して公宴に連なったことの二つが格式から外れ先例がないとの理由で、忠盛の闕官停任を院にせまったところである。これに対する忠盛の陳述は先学の指摘されたとおり筋の通った反論になっておらず、内容的には武士とはこのようなものだということを主張しているにすぎない。また忠盛の言葉を全面的に認めた院の判断からして格式に基づくものではない。このような点を学習者から引き出しつつ、院は何故忠盛を認めたのか、あるいは何を認めたのかを討論させてみることも効果があろう。「弓箭に携らむ者のはかりごと」「武士の郎等のならひ」がそれである。

四　終わりに

後半駆け足になってしまったが、一応全体を見渡したわけである。ではこの章の評価ということになるが、この章が「旧門閥家対新興階級、公卿対武人、藤原氏対平氏の間に於ける此の時代感を」（五十嵐力『軍記物語研究』一五六頁。早稲田大学出版部。昭和六年）象徴的にあらわしたとか、「平家の作者は、この時代の史的展開の実相を捉えて」具体化した（學燈社「國文學」第一巻第五号。六四頁）という評価が一般的になされて来ている。それはその通りなのだが、新興階級の具体的内容はあまり問題にされていないようだ。文学としての『平家物語』が形象した〝新興〟はこの章に見る限り財力でも個人的な武力でもなさそうだ。それは忠盛と家貞に見られる精神的な紐帯、主従という新しい人間関係だと思う。この中世的な人間関係を抜きに新興階級と旧体制とを比較してもはじまるまい。そのような理由で私はこの教材研究をかなり恣意的に忠盛と家貞の二人に向けてしまった。しかし、『今昔』の馬盗人の話が口語訳ではあるが、中学のある教科書には載ってもいるので、このような人間のつながりを古典の中で学ぶことが学習者にとってむずかしすぎるとは思わない。そして初め「昇殿」を語るはずの『平家』の作者が「闇討」を中心に語ってしまったのも、忠盛と家貞の人間関係にむしろひかれてしまったからだろうと私は思っている。

『平家物語』の人脈

後白河院とその近臣

近衛天皇の急死で思いがけず帝位に即いた後白河天皇は、在位わずか三年の保元三年（一一五八）突然二条天皇に譲位。以後、五代四十年に及ぶ院政を開始する。その間、後白河院に近臣として侍仕した者はかなりの数にのぼるが、『平家物語』に描かれる院の近臣の筆頭は**藤原成親**であろう。成親は、鳥羽上皇の近臣として辣腕をふるった家成の三男であるが、生涯しばしば事件をひき起こした点でも異色の存在である。平治の乱では藤原信頼と組んで処刑されかかったが、妹の夫である平重盛に助けられ、応保元年（一一六一）には後白河の皇子憲仁親王の立太子を図り、左中将を解かれ、備中に流されたし、嘉応元年（一一六九）に起こった「台山衆徒騒動」事件でも重要な役割を果たし、ついに朝廷から解官・配流の宣下がなされた。この事件は成親の尾張国目代と日吉社神人との抗争に端を発し、比叡山延暦寺と院の対立にまで発展した事件である。ところで、成親は妹が重盛に嫁いでいるだけでなく、二人の娘は重盛の子供の維盛・清経とそれぞれ結婚しているし、子の成経は清盛の弟教盛の娘を娶っているなど、小松家を中心に平家一門と深く姻戚関係を結んでいる。

この成親と肩を並べる後白河院の近臣が**西光**である。『尊卑分脈』には、西光は家成の養子、つまり成親と兄弟とある。西光は俗名を藤原師光といい、平治の乱で殺された後白河の近臣信西（藤原通憲）の家従であった。この西光が後白河の寵を得て、「法皇第一近臣也」（『玉葉』）と呼ばれるまでになったのである。この西光も成親の「台山衆徒騒動」事件とよく似た事件をひき起こしている。治承元年（一一七七）の白山事件である。西光の子で加賀守師高と弟で目代の師経が、白山の末寺涌泉寺と事を起こし、白山の本寺延暦寺と西光一族を庇護する後白河院との対立にまで発展した事件である。

白山事件の決着がまだついていない治承元年六月一日の暁、西光が清盛によって召し捕られた。成親もほぼ同時に逮捕され、翌々日には西光の白状にもとづき、院の近臣たちが一斉に逮捕された。『玉葉』によれば、法勝寺執行僧都俊寛・基仲法師・散位章綱・山城守中原基兼・検非違使左衛門尉惟宗信房・同平佐方・平康頼・木工頭成房らであった。京都東山鹿の谷で院を中心に平家を倒そうと謀った計画が露見したのである。『平家物語』は、陰謀に荷担した多田蔵人行綱が寝返ったための発覚としている。この鹿の谷事件の首謀者が成親と西光の二人であった。捕らわれた西光は拷問のあと口を裂かれ殺された。また成親は備前有木の別所に配流のあと惨殺された。

陰謀に加わった院の近臣のうち、**俊寛**は鹿の谷の別荘を謀議の場として提供したかどで逮捕されたのであるが、この俊寛の姉妹（『尊卑分脈』では娘とする）が、平家一門の中でも異端のふるまいが多かった平頼盛の妻となっているところから、俊寛が鬼界ヶ島へ流されたのも単に彼の忘恩を清盛が怒ったというだけでなく、この頼盛へのあてつけもあったという。いずれにせよ俊寛の母は平家を嫌う八条院の乳母であり、頼盛室となった彼の姉妹も八条院の女房であったから、俊寛のまわりには反平家の雰囲気が早くからあったものと思われる。また『源平盛衰記』などは、成親の侍女であった鶴の前なる女性のもとに俊寛が通うようになり、女子をもうけたために成親の誘いを拒みきれなかったと伝えている。

『愚管抄』に「サルガウクルイ者」と呼ばれた**平判官康頼**と後白河院との結びつきは、芸能がきっかけであったようである。後白河は『梁塵秘抄』の編纂でも知られるように今様を好んだ。康頼も天性の美声で院にとりたてられ、近臣の列に加わったのである。そのときの今様の仲間に成親もいたのである。康頼も鬼界ヶ島へ流されたが、のち許されて帰京している。

鹿の谷事件を機に清盛は院の近臣を一掃したのであるが、その後も後白河にとりたてられ近臣になる者は尽きなかった。

参考文献

村井康彦氏『平家物語の世界』（徳間書店　昭48）
橋本義彦氏『平安貴族社会の研究』（吉川弘文館　昭51）
梶原正昭氏「『平家物語』の一考察――〝鹿の谷〟と白山事件」（「早稲田大学教育学部学術研究」10　昭36・11）
山田昭全氏「平康頼伝記研究（その一）――後白河院近習時代」（「大正大学研究紀要」61　昭50・11）
角田文衞氏『平家後抄』（朝日新聞社　昭53）

治承・寿永の宮廷

古代末期の貴族社会は急激に伸長してきた平家一門と後白河院政によってふりまわされたといって過言でない。保元三年（一一五八）に後白河天皇が退位し、二条天皇が即位したころは、藤原惟方・経宗らの親政派貴族が強く、『平家物語』巻一「二代后」に記されるような上皇と天皇の対立があったのであるが、それも二条天皇の死をもって終わり、二歳の六条天皇が即位するに至って後白河の本格的な院政が始まる。一方、平清盛は後白河・二条の対立の間をうまく立ちまわり、以後も後白河について一門の繁栄を築きあげていった。しかし後白河と清盛の蜜月時代は長く続かず、六条天皇が幼くして亡くなり、高倉天皇が即位、清盛が娘の徳子を中宮として入内させたころには両者の関係は冷たいものになっていた。

ところで摂関家は、保元の乱で忠通・頼長兄弟が分立抗争し、忠通の勝利に終わったものの、その忠通も間もなく没し、そのあとを基実・基房・兼実の三子が争うようになり、ただでさえ衰退の摂関家に拍車をかけることとなった。**近衛基実**は父忠通を継いで関白を、六条天皇即位後は摂政をつとめたが、二十四歳の若さで急逝した。基実の妻は清盛が政略的に嫁がせた娘の盛子で、夫が死んだとき彼女はわずかに十一歳であった。基実と他の女性との間に生まれた嫡子**基通**が幼少であったので、基実の弟の**松殿基房**が氏の長者となり、摂政になった。このとき、五条大納言藤原邦綱が近衛家の家司でありながら清盛に入れ知恵して摂関家の所領を基房にわたさず、ほとんどを基実の未亡人盛子と継子基通に相続させると称して清盛の管理下に置いたと『愚管抄』は伝えている。邦綱はいち早く摂関家を見限り、清盛に鞍替えしたのである。基房をはじめ摂関家の人々が反平家の感情を高めたのも当然のことであった。基房と清盛の孫資盛が衝突、喧嘩となった「殿下の乗合」事件が起きたのもこうした背景があったのである。

そのような中で後白河院を中心に「鹿の谷」事件が起こり、未然に発覚して大事に至らなかったものの、後白河院はその後ますます反平家の姿勢を明らかにしていく。それは平家と親しい近衛家に対する反発ともなって、盛子が死ぬとその所領を召し上げ、重盛の死去に際してはその知行国を没収するとともに、近衛家をさしおいて松殿基房とその子師家を重用するという挙に出たのである。これに対抗して治承三年（一一七九）十一月、清盛はクーデターを起こし、院を鳥羽殿に幽閉し、関白基房をやめさせ太宰権帥として左遷し、師家の権中納言を解き、太政大臣藤原師長を尾張へ流すなど反平家の貴族たちを放逐する。清盛は関白に二十歳の近衛基通をすえ、一門の人々を大量に任官したのである。この一件は『平家物語』巻三「大臣流罪」以下に記されているが、『愚管抄』で慈円は

「摂籙ノ臣ト云者ノ、世中ニトリテ三四番ニ下リタル威勢ニテキラモナク成ニシ」と嘆いている。

翌治承四年二月に高倉天皇の退位をうけて三歳の安徳天皇が即位し、関白基通が摂政になった。基通は次第に後白河院の信任・寵愛を得るようになる。一方、前年のクーデターで追放された松殿基房は、その折に出家したため政治的活動の途は断たれ、子の師家に希望を託していた。木曾義仲が都に進攻し、平家一門が西走したときには、わが子を摂政にしようと頼朝に推挙を頼んだり、病をおして院参して懇願し、その運動は常軌を逸したものであった。この執念は義仲が追いつめられて起こした寿永二年（一一八三）十一月の法住寺合戦のときにようやく成就する。義仲が後白河院を幽閉、基通を廃して師家が摂政になったのである。師家十二歳、大臣にも至ってなかったため内大臣藤原実定から大臣を借りたので「かるの大臣」と嘲笑され、しかも義仲の没落とともにわずか六十日で摂政も降ろされ、基通が復した。

忠通のもう一人の子**九条兼実**は、のちに頼朝と義経が対立し、後白河院の頼朝追討宣下をめぐって宮廷内がわかれたとき、強く反対を唱えたことで頼朝の信任を厚くし、その推挙で文治二年（一一八六）摂政になるのであるが、近衛基実・松殿基房・九条兼実の三人の兄弟は、後白河院・平清盛・源義仲・源頼朝らに翻弄され、昔日の摂関家の面影は微塵もなかったのである。

参考文献

梶尾正昭氏「近臣と政治感覚——惟方」（「國文學」昭51・9）
多賀宗隼氏『玉葉索引』（吉川弘文館　昭49）
多賀宗隼氏『慈円の研究』（吉川弘文館　昭55）
村井康彦氏『平家物語の世界』（徳間書店　昭48）

平家一門の人々

「惣じて一門の公卿十六人、殿上人卅余人、諸国の受領、衛府、諸司、都合六十余人なり。世には又人なくぞみえられける」（巻一「吾身栄花」）といわれ、清盛を中心に固い同族的結合をほこった平家一門の人々も、主流・傍流の違いによってその立場はさまざまであった。それを清盛の兄弟たち、小松殿重盛の子孫、宗盛ら主流の人々の三つに分けて見ることにする。

清盛は忠盛の嫡子である。実は白河法皇の落胤、母は祇園女御などというが、はっきりしない。その清盛の弟たちには、源信雅女を母とする経盛、藤原家隆女を母とする教盛、藤原宗兼女（池の禅尼）を母とする家盛・頼盛、そして名は不明だが鳥羽院の女房を母とする忠度がいる。このうち家盛は早世している。経盛・教盛はいずれも兄清盛に従って宮廷内で昇進し、清盛没後は一門と運命をともにしている。**経盛**の子供たちが**経正**・**敦盛**で、二人とも琵琶や笛をよくしたように経盛もまた管絃に秀で、和歌の方面でも活躍した。門脇中納言と呼ばれた**教盛**は、一門の中でも特に深く貴族社会の中へ入り込んだ人物といわれているが、その子息たちが**通盛**・**教経**・**業盛**らである。清盛の末弟**忠度**は武力もすぐれていたが、むしろ「忠度都落」に描かれるように歌人として著名である。清盛の弟の中で**頼盛**ひとりが一門の都落ちにも加わらず特異な存在である。母の池の禅尼が忠盛の正妻的地位にあったため、早くから清盛とは対立していたようである。この頼盛を除いた清盛の弟とその子供たちについていえば、源平合戦の早い段階で戦死した者が多いのが特徴である。清盛亡きあとの一門の長老格である経盛・教盛は壇の浦まで生き延びるが、その子供たちは教経（一の谷で戦死したとの説もある）以外はほとんど一の谷で死んでいる。

次に**重盛**とその子孫についてであるが、重盛と弟**基盛**とはともに母が高階基章の娘であり、清盛の正妻時子の子ではない。また重盛・基盛はいずれも父清盛より先に死んでいる。特に重盛の子孫、小松家の人々は重盛亡きあとは平家一門の中で完全に傍流になりさがる。重盛の長子**維盛**は、治承四年（一一八〇）の富士川の合戦、寿永二年（一一八三）の倶梨迦羅峠の合戦で大将軍として参戦したものの、いずれも大敗を喫し、一門の中での評価を低めた。また一門の都落ちに際し維盛は妻子を都に留め、弟たちと出発するのであるが、彼の妻は鹿の谷事件の首謀者藤原成親の娘であったことが、彼の立場に影響を与えたものと思われる。そういえば維盛の弟たちのうち**資盛**を除いて、**清経**・**有盛**・**師盛**・**忠房**の母は藤原家成の娘、つまり成親の姉妹であって、小松家と成親との関係はきわめて深いものがある。維盛はのちに屋島で一門から離脱、都に入ることもならず熊野で入水自殺を遂げる。この維盛に先立って、弟の清経は西走のはてに柳が浦で入水しており、師盛は一の谷で十四歳の命を散らしている。また資盛・有盛・忠房は三草山の合戦、藤戸合戦などしばしば前戦に配備されているのも、重盛死後の小松家の衰退を物語っている。忠房は屋島から落ち、のちに降人となって殺され、資盛・有盛はともに壇の浦に沈んだ。

　これら平家傍流の人々に対し、清盛の正妻時子の子供たち、宗盛・知盛・重衡らが主流の人々である。清盛の死後一門の棟梁になった**宗盛**は、宮廷における官位の昇進も特に早く、従一位・内大臣にまで進んだが、『吾妻鏡』に「内府は極て臆病におはする人」と頼朝の宗盛評が載っているように、『平家物語』でも重盛に対比してその凡庸さが強調されている。壇の浦でも満足に自害できず子の**清宗**とともに生け捕りにされてしまう。この宗盛を輔佐したのが**知盛**である。知盛も兄宗盛同様官位の昇進は早く、一門の主流たるにふさわしい人物である。武略にも長じており、『平家物語』は知盛を「運命」を見通せる特別な人物として描いているのは、早く石母田正が指摘したところである。宗盛・知盛の弟**重衡**は、一の谷で生け捕られ、平家の手にある三種の神器と交換するための人質となるのであるが、実現せず木津川で首を刎ねられる。東大寺大仏殿炎上の責任を問われたのである。一門の人々のさまざまな運命の中でも、ひときわ数奇な運命をたどった人物である。

参考文献
石母田正氏『平家物語』（岩波書店　昭32）
安田元久氏『平家の群像』（塙書房　昭42）
山田昭全氏『平家物語の人びと』（新人物往来社　昭47）

平家の侍たち

古代末期の武士社会では、「家人」に二通りあったようである。主家に絶対的な隷属をする「家人《けにん》型家人」と、隷属性が比較的弱い「家礼《けらい》型家人」とである。平家の家人には後者の「家礼型家人」が多かったようで、太宰府に落ちた平家を襲った**緒方維義**も「彼維義は小松殿の御家人也」（巻八「太宰府落」）といわれているが、これも家礼型であったのであろう。一方の「家人型家人」は「家の子」「郎等」とも呼ばれる人々である。

「家の子」は、もとは一門であった者が末流であるため総領に隷属している侍たちのことである。『平家物語』巻一「殿上闇討」の平忠盛昇殿に密かに付き従った**平家貞**は、「もとは一門たりし木工助平貞光が孫、しんの三郎大夫季房が子、左兵衛尉家貞」と記されている。家貞は忠盛の身を案じ、命ぜられてもいないのに殿上の小庭に祗候し、主人の危機を未然に防いだのも家の子なればこそであった。この家貞の子が**平田冠者家次・肥後守貞能・平三郎家実**の三人である。この三人の兄弟の中でももっとも活躍するのは貞能である。

貞能は『吾妻鏡』にも「平家一族、故入道大相国専一腹心者也」と記されている侍で、平重盛に近侍し、重盛没後はその子資盛に従った。末期の平家一門からは深く頼まれ、養和二年（一一八二）に肥後守になり九州で平家の勢力挽回に尽力し、寿永二年（一一八三）七月、都落ちを目前に動揺する平家一門の前に九州から一千騎の軍勢を引き連れて帰還した。都落ちする宗盛に対し都での決戦を主張、斥けられると暇を乞い、一門の人々とは反対に東国へ落ちていったという。また平頼盛の侍でありながら、頼盛が平家一門を離脱し関東へ下る折、同行を拒み暇を申し出た**弥平兵衛宗清**は、この貞能の従兄弟にあたる。貞能・宗清は家の子として、主家の落ちぶれはてた現実を認められなかったのであろう。

『平家物語』に登場するもう一つの重要な家の子に**平盛国**とその子**盛俊**がいる。盛国は清盛の側近で、その手足となって活躍した人物である。一門とともに西海に漂い、壇の浦で生け捕りになったのち出家を許されている。子の盛俊は猪俣小平六則綱に欺し討ちされ、一の谷で落命している。この盛俊の子が**越中次郎兵衛盛嗣**であり、平家の侍大将として諸戦で活躍し、壇の浦からも落ち延び最後まで抵抗し、由比ヶ浜で斬られた。

平家の「郎等」の代表格は、**上総守忠清**・**飛驒守景家**の兄弟とその子供たちである。忠清・景家の父は景綱、伊勢国の住人で藤原氏であり、保元の乱に参戦し『保元物語』に古市伊藤武者景綱とその名が見える。この一族は平家が伊勢に勢力を伸ばしたころ従属したものと思われる。

上総守忠清の子供たちには、義仲との合戦で倶梨迦羅が谷で命を落とした**上総大夫判官忠綱**、平家の侍大将の一人として転戦、平家滅亡後も頼朝をつけねらった**上総五郎兵衛忠光**、錣引きで勇名を馳せ、兄の忠光同様壇の浦でも逃げ延び、のちにさまざまな伝説を生み出した**悪七兵衛景清**らがいる。また平家の郎等の中でも「ふる兵物《つはもの》」（巻四「宮御最期」）と呼ばれ、戦い巧者の飛驒守景家の子には、倶梨迦羅が谷で戦死した**飛驒太郎判官景高**や平宗盛の乳母子の**飛驒三郎左衛門景経**がいる。景経は主の宗盛が生け捕りになるのを阻止しようと伊勢三郎と戦っている最中、堀弥太郎親経に内甲を射られて命を落としている。三代にわたって平家に仕え、ほとんどが平家一門と運命をともにし、生き延びた者も最後まで敵頼朝をつけねらうなど、この一族の平家に対する忠誠心は強烈である。

このほか平家の侍として活躍する人物としては、**難波次郎経遠**と**妹尾太郎兼康**がいる。難波経遠は備前国の住人、妹尾兼康は備中国の住人で、いずれも清盛近侍の郎等である。難波は平治の乱で活躍、悪源太義平を処刑したため、義平の怨霊にたたられて死んだとされる侍であるが、『平家物語』では鹿の谷事件の藤原成親を有木の別所で殺害した人物となっている。妹尾は倶梨迦羅が谷で義仲軍に捕らわれたが、義仲を欺いて脱出し、生国備中に帰り義仲軍と戦い、子供たちとともに戦死した。平家をそむく武士が多かった中で最後まで平家に忠節を捧げた侍であった。

参考文献
梶尾正昭氏「郎等の世界」(『國文學』昭47・2)
以倉紘平氏「平貞能像——その東国落ちについて」(『谷山茂教授退職記念国語国文学論集』塙書房　昭47)
角田文衞氏『平家後抄』(朝日新聞社　昭53)
飯田悠紀子氏「平家に従う人びと」(『歴史公論』昭56・4)

義仲とその軍団

源義仲は、帯刀先生義賢の次男、父が同族の悪源太義平に討たれたとき、義仲はわずか二歳であった。『源平盛衰記』によれば、義仲は畠山重能・斎藤実盛らに助けられ、信濃の中三権頭兼遠のもとに匿われ、そこで成長したという。義仲の兄弟には、源頼政の養子となり、頼政とともに宇治で戦死した仲家と『吾妻鏡』にその名が見える妹宮菊がいる。

この義仲に付き従った人々は、兼遠の一族のほか、当初は義仲の本拠地である信濃と父義賢ゆかりの地上野の武士たちであった。上野国の那波太郎広純・西七郎・物井五郎ら、信濃国の根井小弥太・楯六郎親忠・八島四郎行忠・根津次郎貞行・海野弥平四郎行広・小室太郎・望月次郎・諏訪次郎・茅野太郎光広・手塚別当・手塚太郎らの名が『源平盛衰記』等の横田河原合戦の条に見えている。のちに義仲が北陸に入ると、林六郎光明・倉光三郎成澄・稲津新介・富樫入道仏誓・石黒太郎光弘・宮崎太郎・入善小太郎・斎藤太らの名が現れてくる。義仲の軍勢が破竹の勢いで進攻するに従って、その地の群小武士団が加わってますます強大になっていったのである。

義仲の軍団の中核は、**中原兼遠**を筆頭とする一族とその郎等である。『源平盛衰記』は「木曾党には、中三権守兼遠が子息、樋口次郎兼光、今井四郎兼平、与次与三、木曾中太、弥中太」らの名を挙げている。兼遠の子供たちは**樋口次郎兼光・今井四郎兼平・落合五郎兼行**らである。義仲の妻で清水冠者義高、次男義基を生んだ女性も兼遠の娘である。『源平盛衰記』に女武者**巴**も兼遠の娘とするのは誤伝であろう。兼遠の子供たちの中でも今井兼平は義仲の乳母子であり、強い絆で結ばれているのは『平家物語』巻九「木曾最期」に見られる通りである。この兼遠の一族が義仲を育てあげ、その挙兵から死に至るまで影のように付き従い、支えていたのである。

今井・樋口とともに「木曾が四天王」と呼ばれたのが**根井小弥太行親**と**楯六郎親忠**である。根井小弥太は信濃国の豪族滋野の一族で、義仲挙兵時から従っている。楯六郎は、根井小弥太の子で、父とともに法住寺合戦などで活躍している。また延慶本などには楯六郎の弟として八島四郎行忠の名が見える。滋野の一族の者としては、根津・望月・海野の各氏が義仲軍に名を連ねている。この滋野一族の中でも、**海野弥平四郎行広**は義仲軍の大将軍**矢田判官代義清**と並んで合戦のときには副将軍か侍大将として出陣している。海野行広が滋野一族を率いて参戦したからであろうか。この海野行広も矢田判官代義清も水島の合戦で平家のため討死を遂げている。矢田判官代は源氏で足利氏、義仲と血縁関係にあり、『源平盛衰記』等には信濃国住人とある。義仲の血縁といえば伯父の**十郎蔵人行家**がいる。頼朝とけんか別れをして義仲のもとに身を寄せたのであるが、のち都に入ってから義仲とも対立した。また変わったところでは、清盛を痛烈に罵倒したため平家に追われ、この行家とともに義仲軍に身を投じた**太夫房覚明**がいる。覚明は手書きとして活躍する。

連勝を続ける義仲軍に参じた北陸の人々を国別に見ると、越中の宮崎・入善、加賀の林・富樫・倉光、能登の土田・武部、越前の稲津などがいる。この中で加賀の**倉光成澄**は林の一族で倶梨迦羅峠の合戦で平家の武将妹尾太郎兼康を捕らえ、のちに欺かれて殺される。越中の宮崎太郎の子が**入善小太郎行重**で、篠原合戦で高橋判官長綱を隙をついて討ち取るなどの活躍をしている。

勝ち続け、五万余にもなかった軍勢を率いて入洛した義仲も、最後に従った者は巴・今井兼平のほか、手塚別当と手塚太郎といったいずれも信濃の武士のわずか四騎であった。

参考文献

下出積與氏「源平抗争期の〈北陸〉」（「國文學」昭47・2）
梶原正昭氏「軍僧といくさ物語――太夫房覚明の生涯」（鑑賞日本古典文学『平家物語』角川書店　昭50）
畠山次郎氏『木曾義仲』（銀河書房　昭56）

義経と手郎等

『平家物語』巻九「三草勢揃」には、一の谷に向かう源氏軍の搦手の大将軍義経配下の武将たちの名が列記されている。その最後に載せられている人々が義経の手郎等、子飼いの郎等たちである。伊勢三郎義盛、奥州の佐藤三郎嗣信・同四郎忠信・江田源三・熊井太郎・武蔵房弁慶といった面々であるが、『源平盛衰記』にはこのほか、城三郎・片岡八郎為春・備前四郎・鈴木三郎重家・亀井六郎重清らの名が見えるし、ほかに鷲尾三郎義久・堀弥太郎景光・鎌田藤太盛政・同藤次光政・常陸坊海尊・駿河次郎らがいる。

これらの手郎等は、例えば鎌倉御家人にもとりたてられた**伊勢三郎**にしても、巻十一「嗣信最期」で越中次郎兵衛盛嗣に「さいふわ人どもこそ、伊勢の鈴鹿山にてやまだちして、妻子をもやしなひ、我身もすぐるとはきゝしか」と暴露されているように、その前身は山賊であり、義経と主従の縁を結んだのも、『源平盛衰記』によれば、伊勢三郎はもと江《えの》三郎義盛といい、伯母聟を殺して獄につながれ、釈放ののち伊勢から上野に移り住んでいたところへ、偶然義経が旅の途中立ち寄り、同居するようになる。その後、頼朝の挙兵を機に主従の契りを結んだという。また**鷲尾三郎義久**の場合も、鵯越に向かう途中、山中に迷った義経のもとへ弁慶が連れ出して来た猟師の子供であり、道案内として召し連れたものが、そのまま義経の手郎等の一人に加わって義経とともに平泉で討死したという（巻九「老馬」）。

義経の手郎等の中で、その出自や前歴、義経との出会いなど、『平家物語』に具体的に触れられている人物はこの二人以外には**佐藤嗣信・忠信**兄弟ぐらいである。その佐藤兄弟も『平治物語』には奥州藤原秀衡の郎等信夫小大夫の子供とされている。有名な弁慶にしても出身・経歴などは全く記されておらず、のちの『義経記』等をまたなければならないのである。いずれにせよ、彼らの誰をとってみても得体の知れないいわくありげな影をひきずっている人々である。そのためか戦場において重視されなかったようで屋島合戦の折、義経をねらう能登守平教経に彼ら手郎等は「矢面の雑人原そこのき候へ」といわれている。

『平家物語』の中で、彼ら義経の手郎等が活躍するのは、かなり後半になってからであり、宇治川の合戦や一の谷の合戦などでは全く登場しない。巻十一「逆櫓」で義経が梶原景時と決定的な対立を開始したころから、つまり義経がその孤立を深めるのと比例するかのように彼の手郎等の登場が多くなる。彼らの義経に対する忠誠心は強く、義経のために命を失うことをも辞さぬ強い主従の連帯を描く好個の例が巻十一「嗣信最期」である。この嗣信と義経の関係は、『吾妻鏡』によれば、頼朝挙兵を平泉の藤原秀衡のもとで聞いた義経が秀衡の再三の制止にもかかわらず、ついに一人密かに出発したので嗣信・忠信の二人にあとを追わせたことに始まったという。弟の忠信も城方本の巻十二「吉野軍」には、吉野の大衆に追われる主人義経の身替わりとなって奮戦、のち粟田口に忍んでいたところを襲われて自害したとある。この事件、『吾妻鏡』では文治二年（一一八六）九月のこととする。同じ日に義経の家人**堀弥太郎景光**が捕らえられたとも記している。この堀弥太郎、『平治物語』は金売商人吉次のことであると伝えている。

義経とその手郎等とのつながりは、義経が「身を在々所々にかくし、辺土遠国をすみかとして、土民百姓等に服仕せら」（巻十一「腰越」）れていた苦難の時代に培われたものであろうから、それだけにまたその連帯も強かったのである。

参考文献
高橋富雄氏『義経伝説——歴史の虚実』（中央公論社　昭41）
角川源義氏『語り物文芸の発生』（東京堂出版　昭50）
梶原正昭氏「伊勢三郎譚の展開」（「成蹊国文」13　昭54・12）

源平合戦と奈良

一　治承四年という年

治承四年（一一八〇）という年は、変動著しい年であった。二月には高倉天皇が譲位、平清盛の孫にあたる安徳天皇が即位するという平家一門にとってはめでたい出来事から始まったものの、四月には以仁王を奉じて源頼政が平家打倒のため立ちあがった。五月下旬、頼政たちを破って平家は一応の安定を得たにもかかわらず、以仁王生存の報がしばしば都にもたらされ、その度に平家の不安を煽った。六月の初めになると清盛は福原への遷都を強行し、人々の恨みを買った。八月には頼朝が伊豆に、九月には木曾で義仲が相続いて挙兵し、世上の騒動は次第にその度あいを深めて行った。そのような中、さすがの清盛も人心を繫ぎとめるため、再び都を平安京にもどさなければならなくなる。福原遷都から半年もたたない十一月の終わりのことであった。

京都にもどったものの平家に敵対する勢力は跡を絶たず、中でも寺社勢力は最大の敵であった。特に奈良の東大寺・興福寺の僧兵は、五月の頼政・以仁王の挙兵の際にも加担し、以前から平家に反抗的態度をとり続けていたこともあって、平家はこれを制圧することを決めたのである。

二　南都焼燼

『平家物語』（巻五）によれば、清盛は瀬尾太郎兼康を大和の検非違使に任じ、五百騎の軍勢を添えて奈良へ向かわせたという。その時、瀬尾に「相構へて衆徒は狼籍をいたすとも、汝等はいたすべからず。物具なせそ。弓箭な帯しそ」と命じていたのを知らぬ東大寺・興福寺の僧兵が襲いかかり、瀬尾の軍兵六十人の首を斬り、猿沢の池のほとりに懸け渡したという。この瀬尾兼康派遣・南都僧兵の乱暴は『平家物語』以外に記録されたものが見えず、事実か否か不明だが、これに激怒した清盛が四万の大軍を奈良に差し向けたのだと『平家物語』は記している。大将軍には平重衡、副将軍は平通盛。『玉葉』、『山槐記』等の当時の記録には、治承四年十二月二十五日、重衡率いる「数千軍兵」が都を発ったと伝えており、『平家物語』の四万騎とは大差があるが、これは『平家物語』一流の誇張であろう。重衡軍は二十五日は宇治泊まり、翌二十六日も雪が降ったので出発せず、二十七日天気が回復したため進軍、その日は狛（京都府相楽郡）に泊まった。しかし先陣の阿波民部大夫成良は木津に至り、東大寺・興福寺の僧兵と合戦に及んだが、日が暮れたので引き退いた。

明けて二十八日、平家軍の一斉攻撃が開始される。守る僧兵たちは、奈良坂・般若寺の二ヶ所の路に堀を掘り、逆茂木をひいて待ち構える。午前六時頃に戦闘を始め、一日戦い暮らしたが、奈良僧兵の強固な抵抗にあってなかなか決着がつかず、ついに夜までもちこされることになった。『平家物語』巻五「奈良炎上」は、

夜いくさになつて、暗さは暗し、大将軍頭中将、般若寺の門の前にうつ立つて、「火を出だせ」と宣ふ程こそありけれ、平家の勢の中に、播磨国住人、福井庄下司、二郎大夫友方といふ者、楯をわり、続松にして、在家に火をぞかけたりける。十二月二十八日の夜なりければ、風は激しし、火元は一つなりけれども、吹き迷ふ風

に、多くの伽藍に吹きかけたり。

と、この時の様子を描いている。夜軍《いくさ》になっては地の利が大きくものをいう。そこで頭中将重衡は民家への放火を命じたのであるが、折しも師走の烈風に火は般若寺あたりから奈良を総舐めにし、全てを灰燼と化したのである。興福寺・東大寺の伽藍が焼け落ち、「煙は中天に満ち満ち、炎は虚空にひまもなし」という有様で、戦闘を避けて大仏殿や興福寺に逃げ込んだ老僧・女性・子供が猛火に焼かれて行くさまは、さながら地獄であった。『山槐記』の筆者中山忠親はこの日の日記に「未剋（午後二時頃）南方に当り煙有り、若《も》しこれ官兵、南都に放火か。夜に入り、なほ火の光有り」と書いているから、京都からもこの南都焼燼の様子がうかがえたのであろう。

三　大仏炎上

なかでも東大寺大仏殿の炎上は衝撃的であった。『平家物語』は、「東大寺は常在不滅、実報寂光の生身の御仏と思し召しなずらへて、聖武皇帝、手づから身づから磨き立て給ひし金銅十六丈の盧遮那仏、烏瑟《うしつ》たかくあらはれて、半天の雲に隠れ、白毫新たに拝まれ給ひし満月の尊容も、御頭《みぐし》は焼け落ちて大地にあり。御身はわきあひて山のごとし」と、かつての偉容を見るかげもない今の溶解した姿を対比的に描いている。『東大寺造立供養記』等に見える重源上人の言葉にも、「烏瑟の首は落ちて後《うしろ》にあり。定恵の手は折れて前に横たわれり。灰燼は積もりて大山のごとし」と、崩れ落ちた大仏のさまが語られている。大仏の首がうしろに落ちたことについて、『東大寺続要録造仏篇』には、「治承の炎上の時、大仏の御頭、落ちて仏の後にあり。行客これを見て、敵を伏すべきの由を相す。而して清盛・重衡を始めとして、一家即時に滅亡。悪業の現報、これ新たなり。大仏の霊験、地に落ちざるものか」とあって、大仏殿炎上の張本人平清盛・重衡父子に仏罰を加える相を示したものと解されたのである。

周知のように大仏再建は俊乗房重源の指揮のもと、全国的な規模で展開するのだが、大仏の復原は、『東大寺造立供養記』等を見ると、養和元年（一一八一）十月六日、頭部の改鋳から始まったようである。次いで寿永二年（一一八三）二月には右手の鋳造がなった。何故〝右手〟から鋳造したのか、『玉葉』等の当時の記録にも、『東大寺造立供養記』等の寺伝にも語られていないが、『平家物語』の一異本『源平盛衰記』巻三十七には、

多くの人の中に、重衡卿一人いけどられ給へること、大仏焼失の報いにや。（中略）去んぬる頃、東大寺大仏上人の夢に、我が右の手急ぎ鋳成すべし、敵を討たせんがためなりと示し給ふと見えてければ、急ぎ鋳奉りてけり。去んぬる七日、右の御手成り給ひけるに、かの卿いけどられけること、測り知れぬ大仏の御方便なりといふことを、末代なりといへども、霊験まことに著しくぞ覚えける。

と書かれている。寿永三年（一一八四）の一の谷合戦で生け捕りになった重衡と大仏の右手鋳造とが結びつけられた話である。重源の夢の中に現れた大仏が、早く右手を鋳よと告げ、出来上がったのが「去んぬる七日」であったという。一の谷合戦は寿永三年二月七日のことであるから、『東大寺造立供養記』の記す右手完成の時期（寿永二年二月）とほぼ一年のズレがある。しかし、重衡生け捕りの事実の裏に大仏の意志が働いているのだと、当時の人々が意識していたことは間違いあるまい。

四　さまざまな報い

話は前にもどるが、大仏殿炎上の翌年、治承五年（養和元年）の一月十四日、安徳天皇に位を譲った高倉上皇がなくなった。『平家物語』巻六「新院崩御」には、「東大寺・興福寺の亡びぬる由、聞こしめして、御悩いとど重らせおはします」と、その死の一因として奈良焼燼があげられている。『東大寺続要録』にも、高倉上皇は日頃から

深くこの世を厭い、仏に早く命終わることを祈っていたが、「伽藍の焼失を聞き、厭離の御心を増し」、ついに崩御になったと記して、高倉上皇崩御と大仏殿焼失の関係を語っている。

さらに、それから一ヶ月後の閏二月四日の突然の清盛の高熱とその死は、当然のことながら大仏殿炎上事件の仏罰であると考えられた。『玉葉』を書いた九条兼実は、清盛の死を「ただに仏像堂舎を堙滅するにあらず、顕密正教、悉く灰燼と成し、師跡相承の口決、抄出、諸宗の深義、秘密の奥旨、併しながら回禄（火災）に遭ふ。（中略）但し神罰冥罰の条、新たに以つて知るべし。日月地に堕ちず」と記し、また父清盛の死の悲しみがまだ薄らぐことのない同月十五日、美濃・尾張の反乱を鎮めるため出陣する重衡に対して、兼実は父の喪中に合戦の場に赴かねばならぬのは東大寺・興福寺を焼滅させた報いだと言っている。

また『平家物語』は「入道死去」の章で、清盛の妻時子が見た恐ろしい夢の話を載せている。それは、「南閻浮提金銅十六丈の盧遮那仏、焼き亡ぼし給へる罪によつて、無間の底に沈み給ふべき由、閻魔の庁に御定め候ふ」という地獄からの迎えの使いが来た夢であった。

さらに『源平盛衰記』巻二十四は、興福寺焼失の時に起こった不思議な出来事を書き留めている。興福寺の東北の隅に一言主を祠る社があり、その前に大きな無患子《むくろじ》の木があった。この木の幹の空洞に興福寺炎上の火が飛び込み煙が立った。水をかけても煙は絶えず、いつまでも燻り続けてきた。その後、「遥かに七十余日を経て、太政入道（清盛）病付きたりと言ひける日より、煙おびたたしく立ちけるが、入道七日といふに死に給ひたりける日よりして、かの煙立たず、火かき消すやうに失せにけり」。それだけでなく、七十日余りも燃え続けたにもかかわらず、もとのように葉も繁っていたという。この伝承も興福寺を焼いた火が清盛の体内に入り、高熱となって身を焦がし、ついに「あつち死」という報いを受けたのだと語っているのである。

五　重衡の怖れと救い

清盛の死後、平家一門は急速に滅亡の道を転がり落ちて行く。木曾義仲の上洛と平家の都落ち、一の谷の大敗戦と続くのである。先に述べたとおり、その一の谷合戦で重衡が生け捕られたのである。重衡は一時、安徳天皇が西海へ持って行った三種の神器との交換の具に使われたりしたが、それも失敗すると鎌倉に護送され、頼朝の訊問を受けたあと再び上洛、奈良の僧兵の手に引き渡されて、木津で首を刎られるのである。この間の重衡は、自分の犯した罪の深さに怖れ、苦しみにさいなまれる毎日であった。

『東大寺続要録』『東大寺造立供養記』等によれば、重衡が殺されたあと、妻の大納言佐《すけ》が遺品の中から金銅製品を大仏鋳造のために差し出したことが載っている。それによれば、「かの妻室、重衡所持の物の内、金銅具をもつて、これを奉加せしむ。上人、慈愍を垂れて、かの銀銅等をもつて大像に鋳加え奉らんと欲すのところ、爐たちまち破裂せしむ。即ちかの金銅の類、本質を変へず、皆もつて流出す」と、金銅を溶かす爐が破裂し、重衡の遺品は溶けなかったというのである。『東大寺続要録』は、これを「深重の罪業、なほ如来の慈悲に漏るるか」と仏の慈悲にもあずかれない重衡の罪業の深さを記している。

これと似た内容のものに室町時代末期頃の成立と思われる謡曲『鑪《たたら》重衡』（現在は廃曲）がある。重衡が興福寺の鐘を鋳る重源上人のもとに現れる。すると不思議なことに、それまで溶けて沸き上がっていた銅が突然固まってしまう。上人はこの場に仏法に背く者がいるためと考え、その者はすぐ退出せよと命ずる。重衡は自ら名のり出て、父の命令で図らずも仏敵となったこと、せめて蹈鞴《たたら》を踏む手伝いをしたならば罪も軽くなろうかとここまで来たことを語る。上人はこの懺悔を聞き、ともに蹈鞴を踏むことを許す。再び銅も溶けて無事に鐘を鋳ることができた。

「この鐘は、取わき無量の罪を滅し、悪人も善に帰す。（中略）重衡も後の世の罪を滅し、重衡も後の世の、罪や滅すると、悦び旅立て、帰りけり」と結ばれる。この謡曲では、重衡の罪は許されたことになっている。

ところで『平家物語』では、自らが犯した罪業の深さに怖れおののく重衡に救済を与えたのは法然上人であった。重衡は、どのような悪人でも弥陀の慈悲に漏れることはないと説く法然に深く帰依するのである。

この重衡が死地である木津へ赴く途中、その一行と道ですれちがった人物がいた。その人範源法印が、その時の様子を語ったことが慈円の『愚管抄』に書かれている。この範源法印は人の相を見る達人で、吉野から都へ上る途中、重衡の一行と行き逢った。範源は「只今死ナンズト云者ノ相コソヲボツカナケレ、見テン」と思って、重衡のそば近くへ寄って見たが「ツヤツヤト死相ミエズ。コハイカニト思ヒテ立廻リツ、ミケレド、ヱ見出サデ過ニキ。不可思議ノ事哉」と人に語ったというのである。重衡の顔に死相が出てなかったのは、あるいは法然のおかげであったのかも知れない。

軍記物語の中の女人

女はひとつ身なり

「われらかひがひしき身ならねば、謀叛《むほん》の人に同意したりとて、咎《とが》めなんどはよもあらじ。貴《たか》きも賤《いや》しきも女はひとつ身なり」(『平治物語』下)

雪の夜ふけに一夜の宿を頼んだ家の女房が、常盤《ときわ》に言ったことばである。平治《へいじ》の乱《らん》に敗れた源《みなもとの》義朝《よしとも》の愛妾であったため、幼い子供三人をかかえての逃避行の途中のことである。はじめに出て来たその家のあるじは、後の咎《とが》めを恐れて常盤を追い払おうとするのだが、立ち去りかねている母子を見て、女房が声をかけたのである。「貴きも賤しきも女はひとつ身」。単なる同情でなく、自分を含めて戦争が女性を不幸にすることを、この女房はよく知っていたのであろう。そういえば軍記物語にあらわれる女性の多くが、戦争によって悲劇的な運命をたどっているのである。

ところで軍記物語は、本来〝軍《いくさ》〟を物語の中心にすえ、武士の活躍とその生死を描くことに重点があるため、女性が物語の骨格を支えるような重要な役割をになって登場することは、ほとんどない。むしろ女性は男性にまつわる副次的な存在として描かれるのが普通である。たとえば、権力者 平《たいらの》清盛《きよもり》にその運命をもてあそばれた女性として有名な祇王《ぎおう》の話も、『平家物語《へいけものがたり》』の諸本の中には、これを欠くものも多く、のちに挿入された話と考えられているといったように、軍記物語における女性の話は、かなり付加的なものが多いのである。しかし、そうはいっても女性の話が軍記物語の文学性に深みと幅を与えていることも、疑いようのない事実なのである。

それでは、軍記物語の流れにしたがって、その女性像を見て行くことにしよう。

夫たちの政争の裏で

『将門記《しょうもんき》』は十世紀の半ば関東に起こった平将門《たいらのまさかど》の叛乱の顚末《てんまつ》を描いたものであるが、そこに登場する女性は、将門の妻と将門の仇敵平貞盛《たいらのさだもり》の妻の二人だけといってよい。将門の妻は平良兼《たいらのよしかね》の娘であったが、良兼と将門は敵対し、襲撃をくりかえしていたのである。あるとき彼女は捕らえられて監禁される。彼女は貞節な心の持ち主で死を願うが、弟たちが同情し脱出させてくれた。なお将門の死後、彼女は路頭にさまよったという。また貞盛の妻は、将門軍の兵士に捕らわれ、凌辱《りょうじょく》される。屈辱の涙にくれる彼女を将門は釈放する。『将門記』は、この二人の女性を描くことより、将門の妻に対する愛情、貞盛の妻への恩情を語ることに力点がおかれているため、女性像としては物足りなさを覚えるのである。

武人の妻の悲しみ

『将門記』から百年後、十一世紀半ばに東北地方で起こった前九《ぜんく》年《ねん》の役《えき》を描いた『陸奥話記《むつわき》』にも、ほとんど女性は登場しないが、ただ一人、安倍則任《あべののりとう》の妻については、やや筆を費している。源頼義《みなもとのよりよし》の軍に攻撃され、最後の厨川《くりやがわ》の柵《さく》が落ちるときのことである。則任の妻は、三歳になる男の子を抱いて、夫に「あなたが討死《うちじに》なさろうとしているのに、私一人生きて行くことはできません。私を先に死なせてください」と言いおいて、子をつれ、深淵に身を投げたというのである。『陸奥話記』は「烈女と謂《い》ひつべし」と、この女性を評している。夫に殉ずるため、自分の意志で運命（死）を選びとって行く女性の姿は、『将門記』にもなかったことで、武人の妻の一つの姿が軍記物語の中にあらわれたといえるだろう。

さらに百年ほどのち、都に戦乱が起こった。保元《ほうげん》の乱である。これを描いた『保元物語《ほうげんものがたり》』は、源為朝《みなもとのためとも》や崇徳院《すとくいん》などの強烈な個性をみごとに描き出しているが、女性については多くを語っておらず、わずかに源為義《みなもとのためよし》の北の方《かた》ぐらいなものである。夫為義は崇徳院に味方して敗れ、敵方にまわった子の義朝に処刑される。為義の北《きた》の方は、夫と十三をかしらに四人の子供たちが首を刎《は》ねられたとき、石清水八幡宮《いわしみずはちまんぐう》へ参拝に出ており、その知らせを聞いたのは帰路においてであった。「私も殺してほしい」と泣き叫ぶ彼女の姿は、人々の涙を誘った。子供の死骸なりとも、ひと目見たいと、処刑場へ向かう途中の桂川《かつらがわ》のほとりで、供の人々の目をぬすみ、彼女は懐に石を入れていたのである。八幡宮へ参らなければ最後の別れぐらいはできたものをと思い、このまま生きながらえれば死んだ子の年を数えたり、似た子を見ては心動かされたりして、ひとときも心安らかな日はないであろうと思い、入水《じゆすい》の覚悟を供の女房に語るのである。女房たちは、これをとめようと、さまざまに説得する。人は生前の行いの善悪によって、死後赴く世界が異なるから、死んでも夫・子供と会えないだろうという仏教的な説得には、さすがの北の方も、「あの世へ行っても会えないのならしかたがない」と答えたのである。ところが、人々が油断したすきに、川へ飛び込んでしまうのである。

八幡宮は源氏の守り神であるが、その神が源氏の正統の夫や子供たちを守ってはくれなかった。また仏も死後の世界ですら再び会わせてくれないという。神仏に頼ることさえできない北の方の絶望感は、どんなものであったろうか。死んでも夫や子供に会えないことを知りつつ、それでもなお死んで行く彼女の死は、あわれを超えて凄絶《せいぜつ》ですらある。戦争の悲劇を女性の内面から描いている点に、それまでの軍記物語にない『保元物語』のすぐれた一面を見るのである。

保元の乱から三年後に起こった平治の乱を描いた『平治物語《へいじものがたり》』には、『保元物語』より多くの女性が登場する。はじめにあげた常盤も、その一人で、三人の幼児をつれて大和国《やまとのくに》へ逃げのびたものの、平清盛によって母親が拷問されていると聞き、自ら六波羅《ろくはら》へ出頭し、清盛の思い者になることによって、母と子供たちの命を継ぐのであるが、そのために払った受難と犠牲の重さ、忍従の長さは、『保元物語』の為義の北の方の悲嘆と、あまり変わりはなかったろう。

誇り高き武家の娘

『平治物語』にあらわれる女性に、二人の少女がいる。二人とも源義朝の娘であるが、一人は家来の鎌田正清《かまたまさきよ》に預けておいた十四歳になる「江口腹の御女《むすめ》」である。戦いに敗れた義朝は、鎌田に、この娘を殺すよう命じる。娘は、やって来た鎌田に軍の様子を問う。味方の敗北と聞くと、娘は鎌田が何も言い出さないうちに、「敵に探し出され、義朝の娘だなどと引っぱりまわされ、恥ずかしいめに会うのはいやだ。殺してほしい」と言うのである。生まれてから今日まで育ててきた鎌田は、殺すことができない。すると娘は、「敵が近づく、早く私を殺しなさい」と促《うなが》すのである。鎌田は泣く泣く彼女の首を取るのであった。

もう一人は青墓《あおはか》の宿の長者（遊女のかしら）延寿《えんじゅ》の娘で、十一歳になる夜叉御前《やしゃごぜん》という名の少女である。都から落ちのびて来た当時十三歳の源頼朝《みなもとのよりとも》は、この青墓の宿でかくまわれていたが、ついに平家によって探し出され捕らわれる。このとき夜叉御前は、「私も義朝の子。女子であっても生かしておいては具合いが悪いでしょう。私も殺してください」と、泣きながら訴えた。しかも、頼朝が連行されてからは湯水も飲まず、母や乳母のすきをうかがって、夜一人宿を抜け出し、杭瀬川《くいぜがわ》に身を投げてしまったのである。

この二人の義朝の娘たちは、幼いながら武家の娘の誇りを貫こうとしたわけで、そのけなげさが哀れを催すのであるが、江口腹の娘が鎌田に向かって、「あはれ貴きも賤しきも女の身ほど口惜《くちをし》かりけることはなし」と言っているように、自分では何もすることができず、若すぎる身で死んで行く女の身の口惜《くや》しさに、同情を禁じえない。

『平治物語』には、もう一人の女性、鎌田正清の妻が登場する。鎌田は主君の義朝を導いて、妻の父長田庄司《おさだのしょうじ》のもとに逃れて来る。ところが長田は、義朝と鎌田をだまし討ちにする。父によって夫を殺された鎌田の妻は、夫の刀を胸に突き立てて夫の死骸にとりついて死んだ。その際に言った「親子なれどもむつましからず」のひとことは、父親に対する精いっぱいの非難だったのだろう。

平重衡の死と三人の女性

さて『平家物語』になると、登場する女性たちは約五十人にも達し、皇后、貴族の妻、武士の妻、女房、乳母、遊女、白拍子等々、多彩である。しかし、そのほとんどが悲しい運命に泣く女性たちなのである。夫・恋人・子供あるいは父に死なれ、仏道に救いを求めた女性は、建礼門院徳子《けんれいもんいんとくし》をはじめ、平維盛《たいらのこれもり》の妻、大納言佐《だいなごんのすけ》、鹿ケ谷《ししがたに》事件に関与した新大納言成親《なりちか》や俊寛《しゅんかん》の妻、娘など数多い。また悲恋その他、この世の憂《う》さから出家をとげた女性には、小督《こごう》、横笛《よこぶえ》、祇王《ぎおう》たちがいるし、出家こそしないが討死した夫のあとを追って入水した小宰相《こざいしょう》や処刑された平義《たいらのよし》宗《むね》に殉じた二人の乳母、そして死地に赴く夫源義仲《みなもとのよしなか》に最後の軍をしてみせた巴御前《ともえごぜん》など、さまざまな女性像が描かれるが、そのいずれもが悲しい。

『平家物語』のこの多彩な女人群像の中から三人の女性を選び、少し具体的に見てみよう。その三人とは、平重衡《たいらのしげひら》にまつわる女性たちである。重衡は清盛の第四子として生まれるが、彼の生涯の大事件は、治承《じしょう》四年（一一八〇）十二月南都攻撃の際に東大寺大仏殿を炎上させたことにつきるであろう。その重衡が一《いち》の谷《たに》で生け捕りになったのである。彼の母が二位尼《にいのあま》――平時子《たいらのときこ》である。時子は夫清盛臨終のときの態度といい、壇《だん》の浦《うら》において安徳《あんとく》天皇を抱いての入水といい、清盛なきあとの平家一門の支柱といえるほどの毅然とした女性であるが、重衡と三種の神器との交換を申し込まれたときは、母としての情にかてず、一門の棟梁平宗盛《たいらのむねもり》に応ずるよう泣いて頼むのであった。宗盛は、これを拒否する。子を思う母の気持ちが、一私情として拒絶されたのである。

重衡は鎌倉の頼朝のもとへ護送され、尋問のあと狩野介《かののすけ》に預けられる。暗澹《あんたん》たる日々を送る重衡のところへ頼朝から一人の女性が遣わされる。手越《てごし》の長者の娘で千手《せんじゅ》という美人である。ただでさえ沈みがちな重衡の心を引き立たせるため、千手は機に応じ、たくみに朗詠や今様をうたい、琴をひく。重衡も次第に心慰められ、酌を重ね琵琶を取るのであった。千手と重衡の出会いは、この一夜だけのことであったが、のちに重衡の処刑を聞いた千手は出家し、その菩提《ぼだい》をとぶらったという。

重衡は大仏殿焼失の張本人として奈良へ送られるが、途中、日野《ひの》において妻と再会することができる。重衡の妻は大納言佐《だいなごんのすけ》といい、安徳天皇の乳母である。一門が滅んだ壇の浦では、入水直前に源氏の武士にとどめられて死ねなかったのだが、その後は、夫にもう一度会いたいという気持ちが、彼女を生きながらえさせていたのである。再会は短く、夫は木津川《きづがわ》のほとりで殺される。彼女は夫の亡骸《なきがら》を荼毘《だび》に付したあと出家する。そして建礼門院徳子のいる大原に入り、女院に仕えて、その生涯を終えるのである。

重衡をめぐる三人の女性を見ただけでも、一人は自殺、二人は出家をしている。まさに『平家物語』女人像の縮図を見る思いがするのである。

戦争と女性

『平治《へいじ》物語《ものがたり》絵巻《えまき》』の「三条《さんじょう》殿夜討巻《どのようちのまき》」や『後《ご》三年合戦《さんねんかっせん》絵巻《えまき》』には、戦場において殺害される女性の姿が、なまなましく描き出されている。とくに『平治物語絵巻』は、後白河《ごしらかわ》院の御所三条殿に仕える女房たちが、敵兵に追われ、猛火に逃げまどって井戸に飛び込むという、悲惨な場面が描かれている。もちろん、この場面は『平治物語』にも記されているが、直接視覚に訴える「絵巻」の印象は強烈である。

ところで『平治物語』には、このほかにも敵が女装して脱出するのを防ぐため、女装をも無差別に射ち殺す話を載せているし、『奥州後三年記《おうしゅうごさんねんき》』には、敵城の兵糧を早く尽きさせるため、本来なら見逃す女・子供の落人《おちうど》をも捕らえて殺す記事がある。

また、殺されないまでも、敗戦ともなれば女性は戦利品のごとく扱われ、『陸奥話記《むつわき》』には「城中の美女数十人……これを出して各《おのおの》軍士に賜《たま》ふ」とあるし、『源平盛衰記《げんぺいじょうすいき》』にも、源　義仲《みなもとのよしなか》が後白河院の御所法住寺殿《ほうじゅうじどの》を襲ったとき、兵士たちが女房に暴行をはたらいたと書かれてある。

戦争による女性の悲劇は、生きながらえても続く。源頼朝《よりとも》の娘大姫《おおひめ》は七歳のおり、義仲の子義高《よしたか》と政略結婚させられる。ところが、義仲が頼朝と対立し、粟津《あわづ》の松原で討死すると、頼朝は義高を密《ひそ》かに殺させたのである。これを知った大姫は父を恨み、二十歳前後で死ぬまで義高を一途《いちず》に追慕し続けたと『吾妻鏡《あずまかがみ》』『清水冠者物語《しみずのかんじゃものがたり》』は伝えている。幼い愛を戦争がひき裂いた悲劇である。

また髑髏尼《どくろのあま》御前《ごぜん》と呼ばれた女性も戦争の犠牲者である。平家の残党狩りが各地で行われていたころ、この女性も平家ゆかりの者であったため、子供を殺される。彼女は子をいとおしむあまり、葬ることなく、刎《は》ねられた我が子の首を常に懐に入れて持ち歩いていたという。『源平盛衰記』は、彼女が天王子《てんのうじ》の沖で、ついに我が子の首を抱きながら入水したと語っている。「髑髏尼」という異様なあだ名が、彼女の悲しみを物語っているのが哀れである。

二　『承久記』の論

『承久記』試論

――冒頭より実朝暗殺までを中心として――

一

『蔗軒日録』の文明十七年二月七日の条に、「宝元四巻、平治六巻、平家六巻、承久、謂之四部合戦書也」という有名な記事があり、古くから『保元』・『平治』・『平家』とこの『承久記』が四部合戦書として並び称せられていたことが知られる。ところが、文学作品としては、『保元』・『平治』・『平家』より一段も二段も低い評価がこの作品になされてきた。

一方、研究史の面から言えば、『承久記』に対する研究は必ずしも始まったばかりとは言えず、特に成立、書誌の研究は、龍粛氏「承久軍物語考」（大正七年）から、原井曄氏「前田本承久記の作者の立場と成立年代」（昭和四十二年）に至るまで、後藤丹治氏、五十嵐梅三郎氏、冨倉徳次郎氏、友田吉之助氏、村上光徳氏、益田宗氏等の研究の積み重ねを持っている。その過程で明らかにされた面も多く、それは「解釈と鑑賞」第二十八巻第四号の「軍記物語事典」の村上光徳氏「承久記」の項、東大中世文学研究会編『中世文学研究入門』の山下宏明氏「承久記」の項に手際よくまとめられている。その中で村上氏は、今後の問題点を列記したあと、「しかしなんといっても承久記に関した新資料の発見が、この問題への大きなカギとなろう」と述べられ、又、山下氏は、益田氏が作品に一歩踏みこみ、史観、政治観を検討した外は本格的な作品論がまだ見られないことを指摘されている。その時点での『承久記』の研究は行きづまりの様相を呈していたと言えるだろう。しかし、この『中世文学研究入門』が出版された昭和四十年の後半に杉本圭三郎氏が、「承久の乱と文学」をはじめとする『承久記』の作品論を次々に発表する(1)に及んで『承久記』研究は新しい段階に入ったかと思われる。杉本氏は特に『承久記』の後鳥羽院批判に注目し、その批判精神を積極的に評価されようとしている。ただ、杉本氏も断っておられるとおり、作品の成立もかなり遅い『承久兵乱記』と同系の国民文庫本『承久記』に限っている点、多少の問題が残りそうである。

そこで私は、以上のような研究の成果をなるべくふまえながら、『承久記』の前半、特に冒頭から実朝暗殺にいたるまでを中心に、各本におけるその取り扱い方を見ることによって、それぞれの本の性格の一端をこころ覚えとして書いてみたいと思う。

二

『承久記』の諸本は、四つに分類される。

(1)　慈光寺本『承久記』
(2)　前田家本『承久記』（『承久兵乱記』も同系）
(3)　流布本『承久記』
(4)　『承久軍物語』

この内、(1)〜(3)までは各上下二巻、(4)の『承久軍物語』は六巻本である。しかし『承久軍物語』は江戸に入ってからの成立が明らかであるので、本章の対象から外すことにする。残りの三本の内、慈光寺本『承久記』は特異な存在で、前田家本、流布本との直接の親子関係は認めがたく、成立も他の諸本に比して早いと思われる。慈光寺本の特異性を見るため、比較対照表を作ると第Ⅰ表のようになる。

第Ⅰ表

	慈光寺本	前田家本	流布本
A	過去・現在・未来の三世劫	×	×
A	仏法・王法の始まり	×	×
A	天神七代・地神五代神武より承久三年まで八十五代	×	×
A	其の間国王兵乱十二ヶ度（綏靖・開化・仲哀・用明・斉明・文武・鳥羽・安徳の計八例）	×	×
B	――	後鳥羽院のこと	○
B	×	土御門に譲位	○
B	×	西面設置	○
B	×	弓・相撲の上手を関東より召す	○
B	×	土御門を譲位させ順徳を即位さす	○
B	×	王法衰退の理由（地頭領家の相論）	○
C	頼朝征夷大将軍となる	○	○
C	頼朝、頼家遺言	×	×
C	頼家失政により殺さる	○	○
C	実朝将軍となる	○	○
C	実朝の官位昇進	○	○
C	×	実朝右大臣拝賀の大饗について公卿僉議	×
C	×	拝賀参列の貴族達	○
C	×	拝賀直前の仲章の行動に対する批判	○

D

慈光寺本	前田家本	流布本
○（簡略）	実朝、公暁に斬らる	○
×	鎌倉の混乱	○
×	公暁について	○
×	公暁の最後	○
×	実氏の和歌	○
×	阿野冠者討たる	○
×	源頼茂、院によりほろぼさる	○
×	後鳥羽院、京童に呪文を謡わす	×
×	院、最勝四天王寺を建て呪咀さす	○
×	院、六條の宮の将軍となることを拒否	○
義時のこと（天下掌握のくわだて）	――	――
将軍として頼経が決まる	○	○
○（時房とだけあり）	×	関東より迎えの武士達上洛

慈光寺本	前田家本	流布本
×	頼経関東下向	○（詳細）
後鳥羽院のこと（討幕決意・院の横専なるふるまい）	――	――
――	義時のこと	○
×	仁科盛朝、院に参仕	○
×	義時、盛朝の所領を没収す	○
院、亀菊に長江の庄を与えんため義時に院宣を下す	○	○
義時、院宣に従わず	○	○
院の憤り	○（詳細）	○
公卿僉議	×	×
院、秀康に命じ、胤義の所存を問わしむ	○	○
院、胤義を召す	○	○
秀康に命じ、武士を召す	○	○

（表中の○×は記事の有無を示し、――は同様な記載が他の箇所にあることを示す。）

この第Ⅰ表は、冒頭より後鳥羽院の討幕決意、軍兵召集までをとりあげたものであり、表のA・B・Cに大きな違いが見られ、Dになると諸本間共通の記事が多くなる。又、Bの部分の前田家本・流布本の記述は、それぞれの書き出しに当たるわけで、この本の性格や後鳥羽院のとらえ方を見る時、重要な箇所になるのだが、内容的に言えば後鳥羽院の気質等慈光寺本のDの記述と重なると思われる。又、後鳥羽院のとらえ方、描き方については改めて考えたいので、本章では第Ⅰ表のAとCとを中心的にとりあげる。

三

慈光寺本が他書と大きく異なっているのは、言うまでもなくその冒頭においてである。

娑婆世界ニ衆生利益ノ為ニトテ、仏ハ世ニ出給フ事、総ジテ申サバ、無始無終ニシテ不レ可レ有二際限一。別シテ申サバ、過去ニ千仏、現在ニ千仏、未来ニ千仏、三世ニ三千仏出世有ベシト承ル。(2)

と、慈光寺本は仏教による三世劫の宇宙観から説きおこしている。そこには前田家本が、

人皇八十二代の御門をば、隠岐法皇とも申し、後鳥羽院とも申けり。高倉院の第四の御子、後白河院の御孫なり。

と、後鳥羽院のことから説きおこし、院の気質を述べ、すぐに実朝暗殺事件へと展開してゆき、一直線に承久の乱を語るのとは違った作者の姿勢といったものを見ることができると思う。慈光寺本はこの三世劫に続いて、釈尊の出世とその入滅にふれ、その後「二千余年ノ春秋ハ夢ノ如クニシテ過ヌレド、今教法盛ニシテ、世間モ出世モ明ニ習学スル人ハ、過去、未来マデ皆悟ル」と述べている。そこには全く末法の意識などない、仏教讃美である。次に、南閻浮提の中に沢山の国々があるが、「仏法、王法始マリテ、目出度所」の一つである「我朝日本日域ニモ、劫初

ノ当初ヨリ今ニ至ルマデ、仏法ニカクレゾ無」いと言い天竺・中国の王の始めを述べたあと、日本の天神七代、地神五代、「其ヨリ以来、人王百代マシマスベキト承ル」と言っている。さらに、その人王の始め神武天皇より承久三年までの「其ノ間ニ、国王兵乱今度マデ具シテ已ニ十二ケ度ニ成」ることを指摘し、その兵乱の回顧が長々と展開するのである。

　慈光寺本の冒頭は、かつて冨倉徳次郎氏が指摘されたとおり(3)、内容的にはかなり杜撰であるが、何故このような序をつけたかという観点に立つと単に知識の披瀝としてのみ考える訳にはゆかない。たとえば、三世劫について述べたあとに記されている釈尊をはじめとする拘留孫仏・拘那含（含が正しい）牟尼仏・迦葉仏といったいわゆる過去七仏中の四仏もそれぞれが世に出た時が問題になっており、特に釈尊については出家・成道、入滅の時、及び入滅後現在まで二千余年たっていることを述べている点、又、天竺の王の始め人主王から釈尊の父浄飯王まで八万四千二百一十王といったように、中国・日本の王統とその始まりを述べている点等、作者は仏教の教義を説くのではなく、一貫して「時」と「始まり」を序の中心としている。それは不完全ながら、現在の娑婆世界を認識するための歴史意識のあらわれと考えてよいと思う。もちろんその歴史意識は、引用箇所からも分かるように作者が仏教的立場に立っているので仏教による「無始無終ニシテ不㆑可㆑有㆓際限㆒」る三世劫の宇宙観を根底にすえている。しかもこのことが作品を仏者にありがちな無常感(4)、末法思想に陥らせなかったと考えられる。従って、慈光寺本は無常感や終末観としての末法思想・百王思想によりかかることなく、承久の乱を「国王兵乱」として定義づけ、後鳥羽院を冷静な眼で批判的に描くことが出来たのである。

四

慈光寺本は、承久の乱を説くにあたって、神武以来承久三年までの「国王兵乱」十二ヶ度（実際は綏靖天皇の震旦との戦いより、源平の戦いまで八例をあげるのみである）を回顧したあと、源家三代について述べる。他本に比べると、二代将軍頼家の記述が詳しいが、他本と決定的な違いを見せるのは、三代将軍実朝の記述である。

舎弟千万若子、果報ヤマサリ玉ヒケン。十三ニテ元服有テ実朝トゾ名ノリ給ヒケル。次第ノ昇進不ㇾ滞、四位、三位、左近ノ中将ヲヘテ、程ナク右大臣ニ成玉フ。徳ヲ四海ニ施シ栄ヲ七道（ニ脱カ）耀シ、去建保七年己卯正月廿日、右大臣ノ拝賀ニ勅使下向有テ、鎌倉ノ若宮ニヲキ拝賀申サレケル時、舎兄頼家ノ子息若宮別当悪禅師ノ手ニカヽリ、アヘナク被ㇾ誅給ケリ。

以上が頼家死後、実朝の死に至るまでの慈光寺本の全記述である。ところが第Ⅰ表で見たとおり、前田家本・流布本では、この部分が非常に拡大され、冒頭の後鳥羽院の記述に続いて述べられている。そこで、この部分が他本でどのようになっているかを見るため対照表を作ると次のようになる。

第Ⅱ表

流布本	前田家本	承久兵乱記	吾妻鏡
実朝将軍となる	○	○	○
実朝の官位昇進	○	○	○（散在）
×	任右大臣大饗について公卿僉議	○	×
拝賀参列の人々	○	○（詳細）	○
拝賀に当たっての広元の進言	○	×	×
文章博士仲章に対する作者の批評	○	×	×

流布本	前田家本	承久兵乱記	吾妻鏡
×	×	義時、拝賀直前病と称し、役を仲章にかわる	○
実朝、公暁の一の太刀を笏で合わせ二の太刀で斬らる	○	○	×
三浦平六左ヱ門尉公暁の坊を探す	○	×	×
×	×	雪の下坊の戦	○
ある人の言う公暁の最後	○	×	×
×	×	公暁、備中阿闍梨の所へ赴き殺される迄	○

流布本	前田家本	承久兵乱記	吾妻鏡
×	×	公暁が実朝を敵とする理由	×
×	×	出発の際実朝、公氏に髪を与え禁忌の和歌を詠ず	○
×	×	北の方及び家人百余人出家	○
実氏卿、帰洛の途中の和歌	○	○	×
×	×	義時大倉薬師堂に参詣	○

（『承久兵乱記』は前田家本系に属す本であるが、実朝に関する記述は大きな違いを見せているので、この表に加えた。）

第Ⅱ表を見て気づくことは、実朝の記事に関して前田家本と流布本は二、三の箇所を除けば大体一致しているが、『承久兵乱記』は他の二本と大きくかけ離れていることである。このことに着目した五十嵐梅三郎氏は、大正十五年六月の「史学雑誌」に「承久兵乱記の成立について」という論文を発表し、その中で、『承久兵乱記』にあって前田家本にない記事のすべてが『吾妻鏡』に見え、しかも文章が酷似しているところから、『承久兵乱記』が前田家本と『吾妻鏡』をもとにして作られたことを実証した。この実朝の事件に関する限り確かに『承久兵乱記』は

『吾妻鏡』をそのまま読み下した文章であり、事件の展開も全く『吾妻鏡』に従っている。そこで次に、『承久兵乱記』がどのように『吾妻鏡』と前田家本を使っているか見ることによって、『承久兵乱記』の性格の一端にふれてみたいと思う。

五

『吾妻鏡』は実朝暗殺を次のように伝えている。

及二夜陰一。神拝事終。漸令二退出一御之処。当宮別当阿闍梨公暁。窺二来于石階之際一。取レ剣奉レ侵二丞相一。其後随兵等雖レ馳二駕于宮中一。（武田五郎信光進二先登一）無レ所レ覔二讎敵一。

この部分を『承久兵乱記』では、

夜陰に及びて。神拝事終つてやう〳〵退り出しむるところに。いづくよりともなきに。女房。中の下馬の橋の辺より。うす絹きたるが。二三人ほど走るとも見えし。いつしかよりけん。石はしの間に。うかがひ来りて。薄絹うちのけ。ほそみの太刀をぬくとぞみえし。右大臣殿を切たてまつる。一の太刀をば笏にて。合させ給ふ。次の太刀にて。切られ伏せさせ給ひぬ。広元やあるとぞ。仰せられける。次の太刀に。文章博士きられぬ。次の太刀に。伯耆の守もりのり切られ。疵をかうぶつて。つぐの日死す。是をみて。一同に。あとばかりをのゝきけり。供奉の公卿。殿上人はさておきぬ。辻々の随兵。所々のかゞりび。東西にあはて。南北馳走す。そのをと。億千のいかづちのごとし。そのゝち随兵。宮中にはせかすといへども。讎敵をもとむるに。ところなし。(5)

と詳しく描写している。引用文中に付した傍線部は、前田家本と全くと言ってよいほど同文の箇所である。つまり前田家本と『吾妻鏡』とを融合したところに『承久兵乱記』が成立しているのである。このことは、『承久兵乱記』における創造性の欠如として考えられるであろうが、『承久兵乱記』が前田家本をもととしながら『吾妻鏡』によって改変を試みているのは、この実朝暗殺事件とその前後の部分だけと言ってよく、何故ここに史料的正確さを作者が要求したのかは当然問われてよい問題だと思う。そのことについて考える前にもう少し『承久兵乱記』を見ておく必要があると思われるので、公暁に関する部分を検討しておこう。

公暁の最期について、前田家本、流布本が誰のものとも分からない野犬に食い散らされた死体を公暁のものと、ある「人の推して申」した話をのせているのに対し、『承久兵乱記』は『吾妻鏡』の説を全面的に容れて、公暁の最期を詳細に描いている。しかも、『承久兵乱記』の作者は公暁という人物に大きな関心を寄せたらしく、『吾妻鏡』・前田家本のいずれにもない『承久兵乱記』のみに見える記述三ヶ所のすべてが公暁に関するものである。その中でも、「そも〳〵この公暁と申は」と始まる公暁その人についての記述(6)は注意を要する。

> 御ちゝ頼家の卿。御あとを長子一万殿にゆづり給ふところに。建仁二年九月に。おぢ北条の平の時政が沙汰として。義時を大将軍として。発向せしめ。これを討ち奉る。このとき御とし六歳なり。をぢ比企の判官藤原の能員が郎等百余人。防ぎ戦ふといへども。かなはずして。をの〳〵自害してけり。これによつて。右大臣にをひては。しんきやう《（親兄カ）》の御かたきなれば。今度かかる謀叛をくわだて給ひけり。

これは言うまでもなく公暁が実朝暗殺を企てた理由を述べているものであるが、『承久兵乱記』が「これによつて。右大臣にをひては。しんきやうの御かたき」とするのは飛躍がありすぎる。ここではむしろ、北条時政、義時父子が表面に出ているといえるだろう(7)。この『承久兵乱記』だけに見られる記述をさかいにして、そのあとは義時及び北条一門に関する記事が多くなる。その最初は、『吾妻鏡』建保七年二月八日の条に拠ったもので、実朝暗殺があった拝賀の直前、御剣の役を急な病で仲章に替わったため一命を助かった義時が、その感謝のため大倉薬師堂（覚園寺）に詣でた記事である。その中で、公暁はあらかじめ義時が御剣の役であることを知っており、狙っていたが、直前に義時が仲章と入れ替わったことには気づかず、仲章を殺したのだと述べている。実朝の次に仲章が殺されたという記事は前田家本にも流布本にも見えるが、公暁が実は義時を狙っていたのだということは、『吾妻鏡』に材を得た『承久兵乱記』だけに記されたものである。『吾妻鏡』によって実朝、仲章暗殺事件の真相を知った『承久兵乱記』作者が公暁に関心を寄せるのは必然で、『吾妻鏡』、前田家本にも、ましてや他の『承久記』諸本にもない『承久兵乱記』のみの記述の三つが三つとも公暁に関するものであることも、その点から理解できよう。

義時の大倉薬師堂参拝につづいて、『承久兵乱記』は、『吾妻鏡』同年二月十五日、十九日、二十三日の阿野次郎時元討伐の記事を選び書き記している。これは、源氏の血を引く阿野次郎が宣旨を受け、東国を管領するという飛脚の伝えが鎌倉に入り、政子の言によって義時が軍兵を遣わして討ち平らげたという内容である。さらに、頼朝の遠い血を引く当時二歳の藤原頼経が将軍を嗣いだことを簡単に述べたあと、『承久兵乱記』は「これによつて。二位殿《（政子）》の代として。義時天下の執権たりき」と結んでいる。この部分の展開は『承久兵乱記』独自のものであり、『承久兵乱記』の親本である前田家本が簡単にふれた程度の阿野次郎討伐記事を『吾妻鏡』によって補足し、また頼経が将軍として東下する記述を前田家本によって、あとで長々と述べているといった重複をも省みず、ここへもって来ている。また、さきに引いた「これによつて。……義時天下の執権たりき」という文は他本には全く見られないし、このあと『承久兵乱記』は眼を「又みやこには……」と京都の情勢に転じている。

以上、『承久兵乱記』は前田家本をもととしながらも、『吾妻鏡』によって大幅な修正、変更を試みているが、それは単なる融合でも、部分的修正でもなく、意識的な操作であったことが判る。また『吾妻鏡』による改変が実朝暗殺事件とその前後だけであることは、前田家本であいまいだった事件の真相を正すことによって、義時の登場とその位置を明確にするためであることを示している。さらに言えば、『吾妻鏡』による改変の過程で、『承久兵乱記』作者は公暁を見つけ、多大な関心を寄せた。そして公暁を描くことによって、事件の背後にいる義時を浮かびあがらせることにもなった。

六

第Ⅰ・Ⅱ表で特に顕著な違いが見出せる慈光寺本・『承久兵乱記』を中心に述べて来たので、流布本には全く触れることができなかったが、本章の対象である『承久記』発端に関する限り前田家本とほぼ同様と見てよい。さて、実朝暗殺の記述は慈光寺本が最も簡略で、前田家本・流布本では詳細になっており、『承久兵乱記』においてはさらに膨脹しているのは先に見たとおりである。そのことは述べ来たったように単に作者の興味としてだけはかたづけられないものがあると思う。それは承久の乱のとらえ方によるのではないかと考えるのでその点を整理してみたい。

勿論、承久の乱は後鳥羽院と北条義時の対立・抗争によるのだが、慈光寺本は乱全体を説きおこすにあたって、過去の「国王兵乱」を歴史的に回顧し、その中に今度の乱を位置づけようとしている。それに対して前田家本・流布本は、この後鳥羽院と北条義時の対立のよって来たるところ、つまり義時が後鳥羽院の対立者として登場してくる時点から筆をおこしている。義時が政治の表面に登場してくる時点とは、とりもなおさず実朝暗殺事件である。そのことに関して、慈光寺本も、実朝の死後、義時が「朝の護源氏ハ失終ヌ。誰カハ日本国ヲバ知行スベキ。義時一人シテ、万方ヲナビカシ一天下ヲ取ラン事、誰カハ諍フベキ」と心中に思ったと述べている。しかし前田家本・流布本は義時の心中のものとせず具体的な歴史的展開の中で義時の登場を描こうとしている。それをさらに『吾妻鏡』によって徹底したところに『承久兵乱記』が成立する。今までの研究で指摘されたとおり、『承久記』諸本の成立を慈光寺本→（前田家本・流布本）(8)→『承久兵乱記』の順に考えるとすると、そこに仏教理念による歴史意識

→乱の根元を具体的に述べる歴史意識→史料的正確さの補充といった展開が考えられるのではないか。このことを逆に言えば、「軍記もの」に人々が要求したものの一端を知ることができるのではないかと思う。言うまでもなく、それは「一端」にしかすぎず、『承久記』の場合をとってみても、その「物語性」は改めて論ぜられなければならないだろう。

『承久記』諸本間における慈光寺本の位置は、過去において多々論ぜられて来たが、いずれも他本と直接的に結びつけるものはない。たとえば冨倉氏は慈光寺本の次に増補訂正本を置き、それから前田家本・流布本が岐れてできたという仮説をたて、(9) 益田氏は「慈光寺本をもって他の諸本と同一の書とみなし、かつそれらのもとになった祖本に先行するもの、原本の俤を多く伝えている本とみる説に就いては、両者を比較しながら読む限りでは従いえぬゆえ却け、同名異書と考える(10)」方がよいと述べているといった具合である。いずれにせよ、現存の諸本間において直接的関係を認めえぬ慈光寺本にも、又、前田家本・流布本にも、後鳥羽院に対して批判的である点は共通している。諸本間の関係については何も言う資格を持たないが、冨倉氏のように慈光寺本と他本とに何らかの関係を見出す根拠の一つは後鳥羽院批判等の共通性であろうが、第Ⅰ表のA・Cのような決定的な違いが生ずる理由は判らない。また益田氏の言うように同名異書とすれば、この共通性をどのように考えたらよいのであろうか。つまり、異書ならば成立のおそい前田家本・流布本等の諸本はもっと別な書き方があったのではないかと考えられる。『平戸記』・『吾妻鏡』・『後鳥羽院御霊託記』等に見えるように後鳥羽院は死後、怨霊として発動し、京・鎌倉の人々を恐怖におとし入れているが、(11) 後鳥羽院の形象のしかたいかんによれば、『保元物語』における崇徳院のようにも描けたはずである。しかし、どの『承久記』も申し合わせたように全くそのような形象はしておらず、失政者として批判的に描いている。

この共通性は、『承久記』作者達の執筆姿勢、動機の共通性と見た方が有効だろうと私は考えている。あるいは承久の乱以後の実録性の強い後期軍記作者達にも言えるかも知れないとも考えている。それはともかくとして、『承久記』を『保元』・『平治』・『平家』の基準でのみ簡単に評価してしまうことは、危険だと思うのである。その意味での『承久記』の研究はまだ手がつけられていないといえるだろう。

注

（1）「承久の乱と文学」（『日本文学誌要』昭40・6）「『増鏡』と『承久記』」（『文学研究』昭40・11）「承久記をめぐって」（『軍記と語り物』昭40・12）
（2）国史叢書本による。以下引用は同書。
（3）「慈光寺本承久記の意味」（『国語国文』13・8　昭18・8）
（4）実朝暗殺につづき、慈光寺本は「凡三界ノ果報ハ風前ノ燈、一期ノ運命ハ春ノ夜ノ夢也。日影ヲマタヌ朝顔、水ニ宿レル草葉ノ露、蜉蝣ノ体ニ不レ異」とあるが、無常感が全篇を支配していることはない。
（5）続群書類従本による。ただし多少ひらがなを漢字に直した。以下同じ。
（6）この部分の最初数行は『吾妻鏡』と同文であるが、それは『承久兵乱記』の公暁の説明全体の五分の一程度であり、引用箇所は『承久兵乱記』だけのものである。
（7）『吾妻鏡』建仁三年（『承久兵乱記』は二年とする）九月二日条に「依二尼御台所之仰一。為レ追二討件輩一。被レ差二遣軍兵一。所謂。江馬四郎殿。云々」とあり、政子が義時等を遣わしたことになっている。
（8）従来は前田家本の成立を流布本より先とする考えが一般だったが、原井暲氏「前田家本承久記の作者の立場と成立年代」（『歴史教育』昭42・12）ではその成立をかなりあとに見ているため、一応ここでは（　）を付した。
（9）冨倉氏前掲論文。
（10）「承久記――回顧と展望――」（『国語と国文学』昭35・4）
（11）藤井貞夫氏「後鳥羽上皇御霊の発動」（『神道宗教』32号　昭38・9）龍粛氏「承久の変の遺響」（『鎌倉時代　下巻』春秋社　昭32所収）

前田家本『承久記』の一側面

一

　承久の乱（一二二一）の顚末を描いた軍記『承久記』にも、他の諸軍記同様、かなり質を異にする異本がある。これを、

　慈光寺本『承久記』
　前田家本『承久記』
　流布本『承久記』
　『承久軍物語』

の四つの系統にわけるわけ方が一般的であるが、この中にはきわめて古い形を持っているとされる慈光寺本から、流布本と『吾妻鏡』を編集して江戸時代に入ってから成った『承久軍物語』まで、かなりの幅がある。従ってそれぞれの系統の本には、その本に固有の性格の問題や解明されるべき成立の問題等があるであろうが、中でも近年は慈光寺本に関する研究が進み、その特色も次第に明らかにされつつある。これに比べて、他の諸本についての研究は一歩たち遅れていると言わざるをえないだろう。

本章で考察を加えてみたい前田家本についても、流布本や『承久兵乱記』との関係などの文献学的研究[1]はそれなりの成果をあげているが、作品論になると未だしの感を受けるのである。その数少ない作品論の中でも、特に示唆に富む御論を発表されたのが杉本圭三郎氏と桐原徳重氏である。杉本氏は国民文庫所収の『承久記』（前田家本の系統に属する『承久兵乱記』である）をとりあげて、「全体的にみれば、確かに軍記に新しい展開をもたらしたとは言えない。文体の面でもきわだった特色がなく叙述は概して平板である。合戦は詳細に語られるが、むしろ煩瑣になって、状況の迫真性を欠いている。（中略）ひとつの作品として訴えてくる力は乏しいといわざるをえない」と否定的立場に立たれながらも、『承久記』の新しさを、後鳥羽院を「卑劣な人物としたてて、これを批判」したり、「畏怖感をもって崇敬された古代的権威の敗北後の姿を、戯面化」した点に認められた[2]。これに対し、桐原氏は「政治に対する自覚が深まり、真の意味で古代的、貴族的権力に武力をもって対決した、そういう歴史の転換期に、ま正面から立ち向かった『承久記』が文学性の第一の条件である主題の選択において的を射て、まさに中世そのものであるのに、（中略）この作品の文学的評価がひどく低いのはどういうことであろうか」という問題提起のもとに、『承久記』の構成・表現・人物形象等々、多面にわたってその文学性を積極的・肯定的に論じておられる。しかも桐原氏がよられた本文も、杉本氏と同じ国民文庫所収『承久記』がその主なものなのである。また後鳥羽院の形象についても、杉本氏の「戯画化」の評に納得できずとされ、「飛躍的に前進したリアリズムの成果」と見るべきだと反論されているのである[3]。

このように相反するとも見える評価が、同じ『承久記』に対して行われているのであるが、その評価の問題を論ずるのがこの章の目的ではなく、むしろ杉本氏が『承久記』を論じた別の論文で「作者が、どのような位置にたって、何を目的に、いかなる読者を予想して書いたのか、という問題」「とくに、軍記という形態の作品において、その創造と享受の最初の段階のサークルの実態を明らかにするのは困難である。作品内部の形象からさぐって仮説をたてるよりほかに、この問題に接近するてだてはない」(4)と述べておられるその仮説のための作業を試みようとするにすぎないのである。その手がかりとして、成立が近世のものである『承久軍物語』を除いた慈光寺本・前田家本・流布本の三本に見える後鳥羽院像の差異に注目しながら、従来の研究成果に導かれて前田家本の持つ問題の一端に触れてみたいと思う。

二

前田家本において後鳥羽院が初めに登場するのは、流布本と同様にその冒頭の部分である。少し長いがその箇所を引用しておく。

人皇八十二代の御門をば隠岐法皇とも申し、後鳥羽院とも申けり。高倉院の第四の御子、後白河院の御孫なり。寿永二年八月廿日、御とし四歳にて御即位、御在位十五年が間、芸能二を学びまします。建久九年正月十一日御位をおりさせ給ひて、第一の御子に譲り給ふ。土御門院是なり。其より以来、あやしの民に御肩をならべ、いやしき下女を近づけ給ふ御事もあり。賢王聖主の道をも御学ありけり。又弓取てよき兵をも召つかはばやと叡慮をめぐらし、武勇の者を御たづね有しかば、国々よりすゝみ参る。白河院の御宇に北面と云ふものをはじめさせ給て、侍を玉体に近づけさせ給ふ御ことありき、此御時より西面と云ことを始めらる。はやわざ、水練に至まで淵源をきはめましします。

これに続けて、後鳥羽院が鎌倉幕府に命じて、「弓取てよからん勇士」や「相撲の上手」を進上させた話が載せられているのだが、これは大筋において流布本と同趣である。しかし流布本は「賢王聖主の直なる御政に背き、横しまに武芸を好ませ給ふ」とはあっても、前田家本のように「はやわざ・水練に至まで淵源をきはめ」たと、具体的には記してない。この点では、むしろ慈光寺本の「凡御心操コソ世間ニ傾ブキ中ケレ、伏物・越内・水練・早態・相撲・笠懸ノミナラズ、朝夕武芸ヲ事トシテ、昼夜ニ兵具ヲ整ヘテ兵乱ヲ巧マシ〳〵ケリ」に近いといえるだろう。慈光寺本のこの記事は、やはり後鳥羽院登場の箇所であり、これに続いて「御腹悪テ少モ御気色ニ違者ヲバ、親ク乱罪ニ行ハル。大臣・公卿ノ宿所・山荘ヲ御覧ジテハ、御目留ル所ヲバ召シテ御所ト号セラル。都ノ中ニモ六所アリ、片井中ニモアマタアリ、御遊ノ余ニハ、四方ノ白拍子ヲ召、結番寵愛ノ族ヲバ十二殿ノ上、錦ノ茵ニ召上セテ、踏汚サセラレケルコソ、王法王威モ傾キマシマス覧ト覚テ浅猿ケレ」という、後鳥羽院の専制君主的な面を具体的にかつ批判的に描写している。一方流布本は比較的前田家本に近いのであるが、後鳥羽院が武芸を好んだこと、また身分の低い女性を近づかせたことを指して、「呉王剣革を好しかば、宮中に疵を蒙らざる者なく、楚王細腰を好しかば、天下に餓死多かりけり。上の好に、下したがふ習なれば、国の危らん事をのみぞ奇みける」と、比喩をもって表現している。この文章は『平家物語』等にもとられているが、流布本の直接的典拠は『六代勝事記』の、

隠岐天皇は高倉三子。（中略）御宇十五年、芸能二をまなぶなかに、文章に疎にして弓馬に長じ給へり。国の老父ひそかに、文を左にして武を右にするに、帝徳のかけたるをうれふる事は、彼呉王剣客をこのみしかば天下に疵をかぶるもの多く、楚王細腰をこのみしかば宮中にうへてしぬる者おほかりき。そのきずとうへとは世のいとふ所なれども、上のこのむに下のしたがふゆへに国のあやうからん事をかなしぶ也。

であろうと思われる。前田家本には、この呉王楚王の故事は見えないが、しかしこれまた『六代勝事記』を参照していたであろうことは、先の引用文中に傍線を付した箇所「御在位十五年が間、芸能二を学びまします」からも窺えるのである。このように前田家本・流布本は、ともに『六代勝事記』を見ていたにもかかわらず、その依拠の度合いはかなり違っている。流布本は、『六代勝事記』が「帝徳のかけたる」例として出した呉王楚王の故事を使って、いわば『六代勝事記』とは逆に、「帝徳のかけたる」ことを象徴させようとしているのである。これら慈光寺

本・前田家本・流布本のそれぞれ後鳥羽院について最初に触れた部分を比較してみても、かなりの差異を感ずるのである。図式的にいうならば、前田家本のこの部分は、流布本と慈光寺本の間、しかも流布本寄りに位置していると思われる。

次に後鳥羽院が描かれるのは、討幕の決意を固める場面である。これは所領をめぐる二つの事件に端を発したと『承久記』は描く。つまり、後鳥羽院が寵妃亀菊に所領を与えたところ、その地には幕府の地頭がおり、院宣をもってしても地頭が立ち退かないため、後鳥羽院は北条義時に地頭改易を命ずるが、義時がこれを拒否したという事件と、幕府の御家人仁科盛朝とその子供が後鳥羽院のとりたてで西面の武士となったが、義時はこれを認めず、所領を没収した事件がそれで、後鳥羽院は討幕を決意するに至る。その決意の部分を前田家本は、

一院日来の御憤に、盛朝・亀菊そゝのかし申ける間、弥々御腹立させ給て、抑右大将頼朝を鎌倉殿となす事、後白川法皇の御許なり。率土の王土は皆是朕がはからひ也。然るを義時、過分の所存に住して院宣を違背申こそ不思議なれ。天照太神・正八幡もいかでか御力を合せ給はざるべきとて……

と描き、後鳥羽院の立腹のさまから討幕決意までを一気に書き流している。流布本が「一院弥々安からず思召しければ、関東を亡ぼさるべき由定めて、国々の兵ども、事に寄せて召されける」としか描かないのに比べて、後鳥羽院の憤りの程が具体的に描けている。ところで、最古態本の慈光寺本は「一院ハ此由聞食、弥々不㆓安カラ㆒奇怪也ト思食」し、公卿僉議を開かせ、「義時ガ再三院宣ヲ背コソ奇怪ニ思食ルレ、如何アルベキ、能々計申ト仰出サル」ことになる。そこで後鳥羽院の乳母で当時威勢を振るった卿二位藤原兼子が「木ヲ切ニハ本ヲ断ヌレバ末ノ栄ル事ナシ。義時ヲ打レテ日本国ヲ思食儘ニ行ハセ玉へ」と言ったので、「院ハ此由聞食テ、サラバ秀康メセトテ御所ニ」召して、作戦に入る。後鳥羽院の憤りから討募決意に至るまでの過程は、前田家本に比べかなり複雑である。そればかりでなく、慈光寺本はそのあと後鳥羽院が事の吉凶を陰陽師に占わせる記事がある。占いの結果は「不

快」、つまり凶と出る。それを知った後鳥羽院は「思食煩セ給ケル」と記すように、躊躇逡巡してしまうのであるが、ここで再び卿二位が登場し、あとへは引けないことを力説、「只疾々思食立候ベシ」と決断を迫る。後鳥羽院は「サラバ」と近臣藤原秀康を召し、関東代官伊賀光季を討つ用意をさせるのである。この占いと、それに続く後鳥羽院の動揺の記事は、前田家本・流布本等他の諸本には見えない慈光寺本独自の記事である。ここに描かれた後鳥羽院は、前田家本の〝憤り〟―〝討幕決意〟という直情径行とでもいうべき後鳥羽院の造形とは、かなり趣きを異にしており、いわば自ら決断できず、周りの勢いに流される人物として形象されているのは注目される。

三番目は合戦の直前である。義時追討の院宣が出され、その使いとして押松なる者が鎌倉へ密かに向かうが、捕らえられ、逆に義時の後鳥羽院への伝言を携えて帰洛、御前で逮捕から釈放までのいきさつ、逃げ上る海道で見た鎌倉方の軍勢のおびただしさなどを語るが、その場面を前田家本は、

> 是を聞て、みな色をうしなひ魂をけす。院は押松の申状左ぞ有らん。臆すべからず。縦又、味方に志あらん者も鎌倉出をば、義時方とこそ名のらめ。日月いまだ地に落給はず。早く御方よりも討手を向べしとて……

と京方武士の手分けをするのである。周囲の者の不安動揺をよそに後鳥羽院はひとり強気であり、楽観的である。流布本は「一院へらぬ体に、よし〳〵物な言ひそ、武士共上らん跡に義時が首をば取つて進らする者の有らんずるぞと仰せける」とあって、内容的には近いが、前田家本に見える「日月いまだ地に落給はず」の一文がない。これは先の後鳥羽院の討幕決意の場面でも、前田家本の「率土の王土は皆是朕がはからひ也」とか、「天照太神・正八幡もいかでか御力を合せ給はざるべき」といった後鳥羽院のことばが流布本には見られないのと同じ傾向のものであろう。前田家本は流布本に比べて、王権王威に関する語句が多く見られる。従って前田家本のこの場面にあらわれた後鳥羽院の強気・楽観性は、天皇の権威を背景としたものと考えられるのである。ところで慈光寺本は、

> 上下万人是ヲ聞、皆伏目ニコソハ成ニケレ。十善ノ君宣旨ノ成様ハ、ウタテカリトヨ和人共、サテモ麿ヲバ軍

セヨトハ勧メケルカ、今ハ此事、如何ニ示ストモ叶フマジ。トクトク勢ヲ汰ヘテ手ヲ向ヨ。

と描いている。これは前田家本・流布本の強気の後鳥羽院とはまったく反対で、自分に軍を勧めた者達を責めるほどの狼狽ぶりであったというのである。このあたりにも慈光寺本の後鳥羽院像の特色がある。

次は戦闘が開始され、鎌倉勢が尾張川・抗瀬川で京方の軍勢を打ち破ったとの報が後鳥羽院のもとに入った場面である。その時の様子を前田家本は次のように描いている。

君も臣もあはてさはがせ給き。唯今都に敵打入たるやうにひしめきけり、一院は合戦の習、一方はかならず負也。さればとて、矢も射ぬことやはある。今は世はかうにこそ。愁の軍せんよりは、山門に移て三千人の大衆を頼て、吾は相綺はぬよしを関東へ怠状せんとぞ被レ仰ける。即坂本へ御出なる。

流布本が「一院何と思召分けたる御事ともなく、六月九日酉刻に、一院・新院・冷泉宮引具し進らせ日吉へ御幸なる」、慈光寺本が「院イトヾ騒セ給ヒテ、院々宮々モ引具シ奉テ、二位法印尊長ノ押小路河原ノ泉ニ入セ給フ」と、ともにあっさり書き流しているのに比べると、いかに前田家本が細かく後鳥羽院の様子を描いているかわかる。特に、それまでの後鳥羽院の強気一点張りの高姿勢とうって変わった周章ぶりは、前田家本の独壇場ともいうべきで、強い印象を読む者に与える。しかも前田家本は、後鳥羽院のいなくなった都のことを、「都には君も臣も武士もみえず。関東の勢もいまだ参らず、あきれはてたるけしき也」と評しているのである。

そしていよいよ鎌倉勢が都に近づき、宇治・勢多の守りも破られる。京方の武士三浦胤義・山田重忠等が、最後の奉公をと院の御所へ参った時の後鳥羽院の様子を、前田家本は、

一院いかに成ぬとも思食れぬ所へ、四人参りければ弥々さはがせ給て、我は武士向はゞ、手を合て命ばかりをば乞んとおぼしめせども、汝等参籠て防戦ならば中々悪かりなん。何方へも落行候へ。さしもの奉公空くなしつるこそ不便なれども、今は力及ばず。御所の近隣に在べからずと仰出されければ、各々心のうち、云も中々

をろか也。

と描いている。流布本が後鳥羽院の言葉として、「武士共は是より何方へも落行け」とのみ記し、慈光寺本が「男共御所ニ籠ラバ、鎌倉ノ武者共打囲テ、我ヲ攻ン事ノ口惜ケレバ、只今ハトクトク何クヘモ引退ケ」と心弱げに仰せがあったと記すのと比べるまでもないであろう。特に「我は武士向はゞ、手を合て命ばかりをば乞ん」の一句は前田家本が描かんとした後鳥羽院像の骨格を示唆しているように思える。ところで、後鳥羽院によって門前払いをくった武士達の姿が、このあと続いて描かれる。前田家本は、

山田次郎ばかりこそ、されば何せんに参けむ。叶はぬ物故、一足も引つるこそ口おしけれとて、大音声を上て門をたゝき、日本一の不覚人をしらずして、うきしづみつる口おしさよと訇て通るぞかひもなき。

と、山田次郎の口をして、「日本一の不覚人」と言わしめている。流布本も「山田次郎門を敲いて高声に、大臆病の君に語らはされて憂きに死せんずるは事口惜しく候と訇りける」と、ほぼ同じであるが、慈光寺本は山田次郎でなく、三浦胤義の言葉になっており、「口惜マシマシケル君ノ御心哉。カ、リケル君ニカタラハレマイラセ謀反ヲ起シケル胤義コソ哀ナル」と、味方の武士に向かって嘆いたものであって、後鳥羽院に向かって発せられた怒りのことばではないのである。そこで前田家本と流布本との比較であるが、この山田次郎の言葉だけからはその違いを見出だすことは難しい。しかし前田家本には、流布本にない山田次郎に関する話がこれ以前のところにあって、その部分とこの山田次郎の言葉とを関連させて考えるべきかと思うのである。それは、京方の軍評定の場で山田次郎が自分の意見を述べるところである。

中にも山田次郎重忠進み出て申けるは、敵の近づかぬ先に、御方より院々、宮々を大将として、敵の逢ん所まで御下候はゞ其内の国々は御方に参候べし。此義あしく候はゞ、宇治・勢多を堅られて、人馬の足をつからかして、閑に宮古《みやこ》にて御合戦有て、若シ王法つきさせ給はゞ、各々陣頭にて腹を切、名をとめ、骸をうづむべし

と、詞を放てぞ申ける。

山田次郎の意見は、要するに出撃にしろ迎撃にしろ、院々、宮々を先頭に徹底抗戦以外勝ち目はないというところであろう。ところがこの意見は、一応はもっともだとされながらも後鳥羽院によって拒否されてしまい、「只々敵のあはん所まで発向すべし」という消極的出撃論にとってかわられてしまうのである。他の武士達はこの後鳥羽院の断に賛成したが、山田次郎「重忠ばかりは領掌申さずつぶやきける」と前田家本は伝えている。この記事の有無によって、先の山田次郎の後鳥羽院に対する怒りのことばの重みが違ってくるのではなかろうか。だから前田家本が山田次郎の口をかりて言わしめている「日本一の不覚人」の言葉は、後鳥羽院に対する痛烈な批判となっていると思われるのである。

戦いは京方の完敗に終わる。鎌倉方の大将軍北条泰時が雲霞の勢を率いて院の御所四辻殿へ押し寄せるとのうわさが流れた。その時の様子を前田家本は、

一院東西をうしなひ給ふ。月卿雲客前後を忘れてあはてさはぐ。責ての御ことに院宣を泰時に遣はされけり。秀康朝臣・胤義已下徒党可レ令二追討一之由、宣下既畢。又停二止先宣旨一、解劾輩可レ令二選任一之由、同被二宣下一訖。凡天下之事、於二于今一者雖レ不レ及二御口入一、御存知趣争不二仰知一乎。就二凶徒浮言一、既及二此御沙汰一、後悔不レ能二左右一、但天災之時至歟。抑亦悪魔之結構歟。誠勿論之次第也。於二自今以後一者、携二武勇一輩者不レ可二召仕一。又不レ稟レ家好二武芸一者、永可レ被二停止一也。如レ此故自然及二御大事一由、有二御覚知一者也。悔二先非一被レ仰也。御気色如レ此。仍執達如レ件。

と描いている。藤原秀康や三浦胤義等の後鳥羽院の手足になって働いた武士達を追討せよとの院宣を泰時に与えたのである。この院宣を召次に持たせ、「唯枉《まげ》てそれに候へ」と泰時が院の御所に発向せぬよう懇願しているのである。しかも、この院宣は慈光寺本、流布本には見えず、前田家本にのみ記されているのである。

続いて泰時が公家の首謀者探索にかかるところであるが、前田家本は、

去程に武蔵守（泰時）、しづかに院参して謀反を進め申されつらん雲客をめし給らんと申されければ、急ぎ交名をしるし出させましく〳〵けるぞ浅ましき。

と書き記している。この記事は慈光寺本には見えず、流布本には同様な記事があるが、そこでは泰時が院参する由を聞き、後鳥羽院は下家司をもって、「な参りそ、張本に於ては名を註し出さんずるぞ」と伝えたとするのみで、前田家本のような「浅ましき」といった評語は見えない。

さて、後鳥羽院像ということでいえば、このあと隠岐配流のさまが連綿と続くのであるが、それは敗者の悲哀の叙述であって後鳥羽院を批判的に形象しているわけではないので省略する。そこで以上本文を引用しつつ述べてきた登場から敗戦までの後鳥羽院の造形を振り返ってまとめてみると、諸本によってかなりの相違があることがわかる。最古態本の慈光寺本では、その登場場面においてこそ、専制君主的暴君として紹介されるが、直接この乱にかかわってくるところにおいては、卿二位等近臣に押されて立ちあがるといった、消極的な人物像しか浮かんで来ず、とりたてて作者が後鳥羽院を批判的に形象しているとは思えないのである。これが前田家本になると様相が一変する。前田家本における後鳥羽院、王威王権を過信するあまり、幕府の実力をあなどり、敗戦が現実のものとなってからは周章動顚し、自らの生命のため味方の武士や公家を切り捨てて行く人物として描かれている。これに比べると流布本は、同様な傾向は持ちながらも、前田家本にある記事を欠いたり、あるいはあっても簡略であったりして、後鳥羽院の批判的形象には何か遠慮めいたものを感じるのである。それはともかく、慈光寺本と前田家本の後鳥羽院像の差異を考える時、承久の乱のもう一方の立役者北条義時の両本における形象が気になってくるのである。

三

前田家本における北条義時像は一貫している。

抑右京大夫兼陸奥守平義時は、上野ノ守直方が五代の末葉北条時政が嫡子、二位殿（政子）の御弟、実朝の御伯父なり。権威重くして国郡に仰がれ、心正しくして王位を軽くせず。

とか、あるいは、

義時申されけるは、将軍の御後見として罷過候に、王位を軽じ奉ることなし、自勅命をうけたまはること、是非みな道理の推所、衆中の評定なり。然を尊長・胤義等が讒言に付せましまして、率爾に宣旨を下され、既に誤りなきに朝敵とまかり成候条尤不便之至也。

といったように、心正しく、王位を軽んずることなく、人々に仰がれるような人物であったと、いわば理想的人間に描かれている。また京方武士の一人、城四郎兵衛某は後鳥羽院に向かって、「代々将軍の後見、日本副将軍にて候時政・義時父子二代の間、おほやけ様の御恩と申、私の志をあたふること、いく千万か候らん」といい、畠山・三浦なきあとの義時の権威はますます重く、なびかぬ草木もない、自分も義時の恩を蒙った者であるから、東国にいたら義時のために命を捨てたであろうとまでいい放って、京方の人々を驚かせたという。このように前田家本は、義時を日本副将軍とさえいっているところからしても、武士層の理想的指導者として義時を見ていると思われる。

ところで、慈光寺本の義時は、必ずしもそのようには描かれていない。捕らえた後鳥羽院の密使押松に向かっていった義時のことば「都ニ上リ、十善ノ君ニ申上ン様ハヨナ、是ヤ此数ノ染物・巻八丈・銀・金・夷ガ隠羽・貢馬・上馬、一年ニ二三度マヒラセ候、面目ニテ候ラン、此上ニ何ノ御不足有テカ義時御勘気ニ預リ候ラン」とか、あるいは、勝利の報を聞いていった「是見給へ和殿原、今ハ義時思フ事ナシ。義時ガ果報ハ王ノ果報ニハ猶マサリマイラセタリケレ。義時ガ昔報行、今一足ラズシテ、下﨟ノ報ト生レタリケル」のことばに見られるように、王位を軽んずるとまではいえないにしろ、尊長・胤義等の讒言のため誤りなくして朝敵になったと嘆くような義時では決してない。前田家本の義時に比べ、はるかに積極的で、王権王威をも恐れることのないふてぶてしい人物として形象されているといってよいだろう。

前田家本と慈光寺本におけるこの王権王威に対する畏怖感の相違は、単に義時像についてのみあらわれるのでなく、他の場面にも見られる。例えば、西上を続ける鎌倉の軍勢がいよいよ宇治川まで攻め寄せたところ、激しい雨に降りこめられたことを描いて前田家本は、

雨車軸ばかり也。兵ども目をも見開ず。弓をとる手もかがまりけり。天の責を蒙にこそ、十善ノ帝王に弓を引にやと、心細くぞ成にける。

と記している。また宇治川を渡さんと馬を川に入れたところ、激流に押し流された場面を、

都合八百余騎わたしけるも、又共みえず失にけり。武蔵守此を御覧じて、泰時が運已に尽にけり。帝王に弓を挽故也。

と描いているなど、いずれも〝帝王〟に弓を引く罰として受けとめている。ところで慈光寺本は、どうした訳か、この宇治川の合戦記事を欠いており、従ってこれらの語句があったか否か比較のしようがないのであるが、次のような記事が他の部分に見えるところから、「帝王に弓を引く罰」といった意識はなかったのではないかと思われる。それは、尾張川大井（炊）渡の合戦の部分に描かれた小笠原の郎等市川新五郎と薩摩左衛門なる京方武士との間にかわされた〝ことば戦い〟の記事である。薩摩が「己等ハ権大夫ガ郎等ナリ、調伏ノ宣旨蒙ヌル上ハ、ヤハスナホニ渡スベキ、渡スベクハ渡セ」と声をかけたのに対し、市川は「誰カ昔ノ王孫ナラヌ、武田・小笠原殿モ清和天皇

ノ末孫ナリ。権大夫モ桓武天皇ノ後胤ナリ。誰カ昔ノ王孫ナラヌ。其儀ナラバ渡シテ見セ見サン《ママ》」とひどく腹を立てたというのであるが、ここには王権王威に対する畏怖感は微塵も見られない。また慈光寺本全体を通して見ても、この畏怖感は見出せず、前田家本・流布本に至ってあらわれるのだが、流布本には先に引用した二つめの例の「帝王に弓を挽故也」の語句はなく、その点でいえば前田家本が、もっともこの畏怖感を前面に出しているといえよう。また、慈光寺本には一例も見ることができない〝朝敵〟の語が、前田家本・流布本になるとあらわれてくるのも、この王権王威に対する畏怖感のあらわれ方と対応しているようである。

四

前田家本の成立時期については、他の『承久記』諸本と同様、あまり多くは論ぜられていない。ほかに決め手らしいものもないところから、昭和十四年七月に後藤丹治氏が発表された「六代勝事記を論じて承久記の作成問題に及ぶ」[5]という論文のなかの、

> 前田家本承久記には、「後鳥羽」「土御門」の外に、「順徳院」及び「後嵯峨院」の御諡号が現はれてゐる。「順徳」の御諡号は建長元年、「後嵯峨」の御諡号は文永九年に奉つたのである。故にこの前田家本はずつと後年（少くとも文永九年以後）の作成であることが窺はれる。前田家本の文末に土御門上皇の御事を記し「御末めでたくして、今の世に至るまで、此院の御末かたじけなし」と言つてゐるのを思ひ合はすべきである。

という部分が、いわば定説として認められて来た。村上光徳氏も、「軍記物語事典」[6]の『承久記』の項において、「成立年代はやはり内部徴証により文永九年（一二七二）以後であろうとする説以外に手がかりはなさそうだ」と述べておられる。ただ諡号を成立年代の根拠とすることについていえば、後藤丹治氏は流布本『承久記』の成立年

代を判定するにあたっても、後鳥羽院・土御門院の諡号が仁治三年七月八日のことであるから、それ以降の成立と考えたのである。しかし友田吉之助氏は、「後鳥羽院・土御門院は追号か(7)」の中で、後鳥羽・土御門の称号が追号ではなく、両上皇の在世中において、すでに院号として用いられていたものであることを論じ、流布本『承久記』成立年代判定の根拠となりえないとしている。前田家本の場合の「順徳院」「後嵯峨院」の称号については、友田氏も何も触れておらず、また私もその用意がないので、これが成立年代判定の根拠としてどの程度有効なのか論ずることはできないが、ただ後藤氏の前田家本文永九年以降成立の説は、いわば上限を示したにすぎないので、できうるならば他に徴証を求めることが望まれるのである。その点で、前田家本作者（改作者）の立場を検討し、成立年代を推定された村上光徳氏の「流布本承久記と前田本承久記の関係――その性格をめぐって――(8)」は、きわめて貴重な論文であった。村上氏は、前田家本に使われている〝御謀反〟の語に着目し、普通は君主にそむいてたたかう場合に用いられる〝謀反〟の語が、前田家本においては後鳥羽上皇が東国、つまり鎌倉に対してそむく意で使われているとされ、

当時承久の乱直後の社会はこうしたことがゆるされた時代であったかも知れないが、これは明らかに無謀きわまりないことで、こういうことばづかいをあたりまえのように使うことのできた人、つまり前田本の作者または改作者とおぼしき人物は、京都方に関係ある人ではないであろう。鎌倉、とくに北条氏にゆかりのある人で、しかも北条氏執権の時代でないとこうした表現はゆるされなかったのではないだろうか。――やはり年代は後藤氏のいう文永頃までの成立であろうか。

と、北条氏ゆかりの人の作で、その成立は北条氏執権の時代との推定を下されたのである。もっともこの村上氏の説には、〝御謀反〟の語の用いられ方について、桐原徳重氏の異見(9)が出されているのであるが、前田家本の成立年代推定の試みとして興味深い。

さらに前田家本の成立年代を一歩進めて考察されたのが、原井曄氏である。原井氏は「前田家本承久記の作者と成立年代」[10]と題する論文のなかで、注目すべき意見を発表されたのである。原井氏は『承久記』の流布本・慈光寺本・前田家本・承久兵乱記を読み比べるなかで、登場人物に対する敬称の違いに着目され、特に登場人物の誰に「殿」をつけているかを調査された。前田家本で特徴的なことは、足利氏に対する「殿」のつけ方であって、八例に及ぶ。これに対して、流布本や慈光寺本では、足利氏に「殿」をつけているのはそれぞれ一例ずつ。「この数字だけからも明らかなように、前田本では、足利『殿』の立場が濃厚である」と判断された。もちろん足利氏のすべてに「殿」がついているわけではないが、ついていない場合でも「足利氏を引立てて言うことは、はっきりしている」として、その具体例を列挙された。例えば、推松が所持した後鳥羽院の院宣のあて先が、流布本・慈光寺本では「武田・小笠原……」となっているのに、前田家本は「足利・武田・小笠原・笠井・三浦・宇都宮・筑後入道已上七人にあてらる」と、足利をその筆頭に置いている。また、北条政子が諸将を集めて演説する場面においても、前田家本には他の諸本にない次のような記事がある。

　宣旨に随はんと思はれれば、先《まつ》尼を殺して鎌倉中を焼払て後、京へは参り給ふべしと、泣々宣ひければ、大名共ふしめに成て居たる処に、赤地のにしきの袋に入たる金作の太刀二振、手づから取出して、是ぞ故殿の身をはなち給はぬ御はかせとて、形見に持たれども、是が鎌倉のあるかどでなればとて、足利殿に進らせらる。

足利に続いて、宇都宮には馬・鞍・鎧、千葉介には鎧・太刀を与えた記事がある。しかし、その一番初めに頼朝秘蔵の金作りの太刀を足利殿が賜っているのは、やはり注意してよいだろう。このことを原井氏は、「（足利）義氏が頼朝の太刀を与えられる記事は、平家物語の成立年代推定の根拠ともなったところの、かの青侍の夢、厳島明神（平氏）から八幡大菩薩（源氏）へ、さらに春日明神（藤原氏）へという節刀の話を思い出させる。前田本のこの記事も政権の行方の必然性を暗示したものと受取って間違いないのではなかろうか」と考えた。そして前田家本が足利氏を「副将軍」と呼んだり、宇治橋平等院の軍の場面で「足利氏の貫録をおとすようなことばをとりかえ、自己本位のことばを目立たぬように使い込んでいる態度」等は、「足利氏が重く見られていた」ように見せたいからであって、そのような前田家本の成立は、「足利将軍の必然性を宣伝しなければならない時期、それは足利氏の幕府開設からそう遠くない前後に求められるはずである」とされた。

前田家本の成立年代を内部徴証から推定した先学の説を少し詳しく、その論拠をあげてふり返ってみたのであるが、これらのほかに前田家本の特徴的な記事にどのようなものがあるか、気がついた範囲で一・二とりあげてみよう。

五

前田家本の特徴的記事の一つにその結文が挙げられるであろう。もちろん流布本にも結文として、まとまりのある一文が添えられているので、初めに流布本の結文を引用しておく。

承久三年、如何なる年なれば、三院・二宮、遠嶋へ趣せましまし、公卿・官軍、死罪・流罪に逢ぬらん。本朝如何なる所なれば、恩を知る臣もなく、恥を思ふ兵も無るらん。日本国の帝位は伊勢天照太神・八幡大菩薩の御計ひと申ながら、賢王逆臣を用ひても難レ保、賢臣悪王に仕へても治しがたし。一人怒る時は罪なき者をも罰し給ふ。一人喜ぶ時は忠なき者をも賞し給にや。されば、天是にくみし不レ給。四海に宣旨を被レ下、諸国へ勅使を遣はせ共、随奉る者もなし。かゝりしかば関東の大勢、時房・泰時・朝時・義村・信光・長清等を大将として、数万の軍兵、東海道・東山道・北陸道三の道より責上りければ、靡かぬ草木も無りけり。

この流布本の結文は、『六代勝事記』の「我国はもとより神国也。何によりてか三帝一時に遠流のはぢある。（略）

本朝いかなれば名をおしみ恩に報ずる臣すくなからん。」や、『吾妻鏡』承久三年閏十月十日「天照大神者、豊秋津洲本主、皇帝祖宗也。而至二于八十五代之今一、何故改二百皇鎮護之誓一、三帝両親王、今懐二配流之恥辱一御哉」などが下敷きになっているかと思われるが、この流布本の結文の要点は、日本国の帝位を司るのは伊勢の天照太神と八幡大菩薩の神々であるとはいえ、賢王賢臣がそろわなければ国家の安泰はないこと、又、今度の承久の乱について言うならば、後鳥羽院が感情的・恣意的に罪なき者を罰し、忠なき者を賞したため、天の擁護を受けられず敗戦の憂目にあったということであろう。ここに見られるのは、〝帝徳論〟〝君臣論〟的な立場からの乱のまとめといえるだろう。これをさして玉懸博之氏(11)が「朝廷側の敗北は、君（後鳥羽院をさす）が不徳で天の助けを得ることができなかったが故だというのであり、徳治主義的立場からの論である。しかし、この部分は『承久記』のそれまでの記述をみてきた者にとってかなり唐突な感じを与える」と言われたのも、もっともなことである。「かかる徳治論からの解釈は、義時がその武力決起にあたって朝敵とせられ、それ故に天命に背くものとせられていた前述の事実」と照応しないからであると玉懸氏は、『承久記』（この場合は流布本）が、承久の乱を同一の原理乃至見方によって統一的にとらえていないことを指摘されている。

これに対して、前田家本の結文はどうなっているであろうか。

抑々承久いかなる年号ぞや。玉体こと〴〵く西北の風に没し、卿相みな東夷の鋒にあたる。天照太神・正八幡の御はからひなり。王法此時かたぶき、東国天下を行べき由緒にてや有つらん。御謀反の企のはじめ、御夢に黒き犬御身を飛越ると御覧じけるとぞ承る。かく院のはてさせ給しかども、四条院の御末たえしかば、後嵯峨院に御位まいりて後院と申。土御門院の御子なり。御うらみは有ながら、配所にむかはせ給き。此御志を神慮もうけしめ給ひけるにや。御末めでたくして、今の世に至るまで、此院の御末かたじけなし。承久三年の秋にこそ物の哀をとゞめしか。

この前田家本の結文を流布本のそれと並べて、まず最初に気づくのは、ともに天照太神・八幡大菩薩の名があらわれていることであろう。しかしその意味するところは、両者で相当な違いがある。まず流布本であるが、これは先に見たとおり、帝位つまり皇位の継承を司るのは天照太神であり、八幡大菩薩であるとするのである。この考え方はかなり一般的であったと思われ、他にもいくつかその用例を見出すことができる。例えば『渋柿』には「此御位を改て、別の君を以御位に即申べし。天照太神、正八幡宮も何の御とがめ有べき」とあるし、『椿葉記』にも「かたじけなくも天日嗣を受けさせ給事、天照太神・正八幡大菩薩の神慮とは申ながら、ふしぎなる御果報にて渡らせ給へば」などというのが、それであるが、前田家本の場合は一体どうであろうか。

前田家本の場合は、後鳥羽院が隠岐で没したのをはじめとして、上皇や皇子たちが配流の地にその生を終えたこと、また乱の企てに参画した貴族たちが幕府の御家人の手によって処刑されたことをさして「天照太神・正八幡の御はからひなり」と言っているのである。これについて杉本圭三郎氏(12)は、後鳥羽院が討幕決意のところで「そもそも右大将頼朝を、鎌倉殿となすこと、後白河の法皇の御許なり、卒土王土は、皆これ朕がはからひなり、然るを義時、過分の所存に住して、院宣違背申すこそ、不思議なれ、天照太神・正八幡もいかで御力を合せ給はざるべき」と言っているのをとりあげ、

ことに後鳥羽院が「いかで御力を合せ給はざるべき」とたのんだ天照太神、正八幡の「御計なり」とこの敗北を断じたのは皮肉である。このような作者の視点が、畏怖感をもって崇敬された古代的権威の敗北後の姿を、戯画化したのである。

と論評された。しかし、「皮肉」と見、「戯画化」と見るのはいかがであろうか。何故ならば、このような前田家本の見方は、作者の視点として重要な意味を持つことは勿論であるが、ただこの前田家本の見方が、前田家本個有のものではどうもないようなのである。それは、『八幡愚童訓』(13)の承久合戦の条に見えるのであるが、そこでは、「但

此合戦、神慮ヨリ事起テ京都ノ負給事、頗不審残レリ」という問題提起から論が展開されて行く。つまり「帝王ヲ守護シ奉ントノミ御誓願深キ」八幡大菩薩が、どうして承久の乱では帝王を敗北せしめたのであろうかというのである。そして結論を先に言うならば「縦《たとい》非道ノ御企也トモ、縦武家ノ氏神也共、何ゾ帝運ヲ継治フ正統ヲ捨ン。争《いかでか》王氏ヲ出タル武将ニ替給ハンヤ。就之閑《しずかに》思ヘバ神恵深也」（群書類従本には「冥慮殊勝也、神慮甚深也」とある）ということになるだろう。後鳥羽院の敗北が八幡大菩薩の深い恵みによるという、その理由を『八幡愚童訓』は次のように述べている。長文になるが引用しておこう。

上代ハ加様ニ王位ヲ遁レ財宝ヲ貪ザリシカバ、謀反悪逆ノ輩少ク、弓箭兵杖ノ恐レ稀也。然レ共濁世ニイタリテハ、民挿《ミ》二異心《ヲ》一、人梟悪ヲ巧テ、文ヲ以テハ不レ随、武ヲ以ハ可レ平《グ》、以《テ》二武威《ヲ》一添二帝運《ニ》一坐セリ。天照大神・八幡大菩薩ノ御苗裔、御裳濯河ノ流久ク不レ絶《ル》、行末マデモ継躰守文ノ君ト被レ仰可《キ》レ給故ニ、君臣ノ礼儀ヲ不レ乱、仏神ノ帰依ヲ致ス。賢武将之時、国家ノ繁務ヲ差分テ、刑法ノ式条ヲ定置キ、天下海内ニ反逆ノ煩ナキ事往代ニ過グ。「法正《キ》則《ンバ》民愨《ツヽシム》、罪当《ル》則《ンバ》民従」ト云ヘリ。若公家一円ノ率土ナラマシカバ、辺境ノ凶徒強力ノ勇士乱逆無《ク》二止事一、合戦隙ナカルベシ。或ハ王位ヲ恣シ、或東西ヲ塞ギ、将門・信頼ガ如クノ者不レ絶、趙高・王莽之類多ルベシ。然ニ当世ハ、素都《ソト》ノ浜ヨリ初テ鬼界嶋ニ至マデ、武威ニ靡ケル事ハ、只風ノ草ヲ靡如シ。若違反ノ輩在レバ不レ廻二時尅《ヲ》一誅罰ス。宝治・文永・弘安・正応、度々ノ怨敵猛勢也ト云ヘ共、片時ノ合戦煩ナク諸国治ル事ハ、只大菩薩ノ御計ニテ、末代ノ狼籍止ントノ御方便也。公家ハ武家ヲ憚リ、又武家ハ公家ニ恐テ、専不《ル》レ可レ有二自由之政務一者也。然者文武二道ノ徳化アリ。東関破テハ洛陽難《ク》レ得二安全一、将率衰ヘバ民烟ノ荒廃無レ疑。

文中に傍点を付したとおり、その論は末代濁世における「武」の重要性の主張である。もし「公家一円ノ率土ナラマシカバ（中略）合戦隙ナカルベシ」とまで言っており、国内に反逆や合戦の煩いがないのは八幡大菩薩のはからいであり、また北条泰時の制定にかかる貞永式目を指すと思われる「賢武将之時、国家ノ繁務ヲ差分テ、刑法ノ式条ヲ定置」いたからであると言っている。従って承久の乱において「東関破テハ洛陽難レ得二安全一、将率衰ヘバ民烟ノ荒廃無レ疑」ということになるので、八幡大菩薩は東関つまり鎌倉幕府を勝利させたと言うのである。これこそが「神恵深」きことの内容なのである。この『八幡愚童訓』の捉え方は、前田家本の結文の「玉体こと〴〵く西北の風に没し、卿相みな東夷の鋒にあたる。天照太神・正八幡の御はからひなり」という言葉と重なりあっている。

そういえば、前田家本の結文には「御謀反の企のはじめ、御夢に黒き犬御身を飛越ると御覧じけるとぞ承る」という、後鳥羽院が敗北を予言するかのごとき不吉な夢を見た話を載せている(14)。『八幡愚童訓』にも、乱以前に、後鳥羽院の敗北を予言する記事が三つほど列記されている。その一つは、戦勝を祈願するため「憑思食ス御祈師検校法印」を召したところ、既に死去したとの返事があったこと。第二は、若宮の御前で敵方に向けて立てた御剣が味方のほうへ倒れたというものである。三つめは、合戦の夜、住吉明神の社頭に京都から遁れてきた群衆に向かって、「今度ノ戦ハ京方ノ可レ勝ニテ有ツルヲ、八幡ノ余ニ仰在ル程ニ、関東ノ勝ツル事ヨ」との声があって、馬の轡の音が高く聞こえ、それが宝殿の内へ入って行ったというものである。これら「不吉ノ瑞共」を載せている点も共通している。

さらに注意してみたいのは、『八幡愚童訓』の後鳥羽院の描き方である。

凡此君ハ和漢ノ才芸ヲ兼、詩歌ノ淵原ヲ極メ、諸道ニ奥義ヲ伝へ、仏神ニ凝《こらし》二敬信一給ガ故、一日中ニ一切経ヲ書供養シ、法勝寺ノ九重ノ塔ヲ造営シ、熊野山ノ客僧食ノ料所ヲ御寄進アリ。造仏写経ノ御勤モ多ク、恒例臨時ノ神事ヲ執行シ、政道モ正ク才人ヲモ賞シ給シカドモ、忽人ノ失事滋ク、民ノ煩隙《ひま》無カリシカバ、一天恨周ク、四海不レ隠(穏カ)。

と、和漢の才芸・詩歌の練達・宗教心の篤いことなどをほめ、「政道モ正ク」と述べたあと、一転してすぐ人を処刑すること、民の煩いの多かったこと等をあげて後鳥羽院を批判している。これも、前田家本の序に「御在位十五年が間、芸能二を学びまします」とか、「賢王・聖主の道をも御学ありけり」という点でほめながら、後鳥羽院が「武」に近づいたことを批判しているのに一脈通じるものを感じるのであるが、群書類従本『八幡愚童訓』には、この後鳥羽院批判が具体的かつ詳細に描かれ、徹底した批判が行われているのである。

就中、早態・飛越・水練・相撲・猟漁・競馬・流鏑馬・酒宴・乱舞・白拍子・博奕・武芸・兵杖・太刀・刀・折烏帽子ノ御遊行、常ニハハヤル鴨合ナンドノ事ノミ相続シテ、人臣安事コソ無カレ。軽操御振舞天子ノワザニ背キ、非愛御行宗廟ノ照覧タガハセ給ラント覚タリ。

これなどは、前田家本の序の「此御時より西面と云ことを始めらる。はやわぎ・水練に至まで淵源をきはめましまず」、あるいは、「あやしの民に御肩をならべ、いやしき下女を近づけ給ふ御事もあり」を具体的に述べたものと考えてよいほどである。さらに、

君子之過也如二日月之蝕一、過則人皆見レ之、更則皆仰レ之イヘリ。聖主トシテ如何ニモ可二慎給一。聊モ憚セ玉フ事ナク、故御所愛物不調事有トテ、彼女房ヲ南庭ニシテ白昼密会セサセテ叡覧アリ。其夫児ヲバアガリ馬ニ取ノセテ、大路ヲ被レ渡シ。諸卿意見ヲ被レ召。長兼中納言広採二史晴一、集二其要言一、被二持参一タリシヲ、叡慮ニ背シ故トテ四手付テヲハシケリ。其後大臣重レ禄不レ諫、小臣畏レ罪不レ言。以レ水済レ水誰食レ之。独智二其智一、顚覆シテ無、道路以レ目シテ上足亡ン事ヲサ、ヤキケル。

と書き記している。これらのことが事実であるかどうか、にわかに確かめがたいが、いずれにせよ強く後鳥羽院を批判しており、その限りでは前田家本をはじめとする『承久記』より厳しいものがある。このように『八幡愚童訓』と前田家本とでは、八幡大菩薩と乱との関わり、敗北予言記事、後鳥羽院批判等々、相通ずるいくつかの要素がある。これをもって両書の交渉を云々することはできないが、時代的あるいは思想的な共通基盤を考えることは

許されるだろう。

しかし、前田家本と『八幡愚童訓』の承久の乱の捉え方には多少の差異を感ずるのである。それは『八幡愚童訓』に見える〝臣〟の責任についての記述である。

天地開闢ノ後、懸ル様ヲ見モ聞ザリキ。是偏女姓《（ママ）》ノ恨、或ハ近臣曲レルニ依ル故也。「妬婦ハ毀《リ》㆑家《ヲ》、讒臣乱《ル》㆑国《ヲ》。牝鶏朝《アサトキスルトキンバ》時其家必尽。好臣在㆑朝賢者不㆑進」ト云ヘル事。当㆓其時㆒、興亡ノ術知リ安危ノ端ヲ存ズル、四儒三納言ヲ始トシテ先代ヨリモ多カリキ。去共逆㆑耳之辞難㆑受、順㆑心之説《ハ》易㆑従。彼《ノ》難㆑受者薬石《ノ》苦㆑喉也。此易㆑従者鴆毒之甘㆑口《ニ》也。故、「明王納《イル》㆑諫《ヲ》病就《テ》㆑苦《ニ》能消、暗主従㆑詇《フヘツラヘルニ》命因㆑甘《ニ》而致《ス》㆑殞《フヲ》」ト如㆑云《ガ》、女人讒臣ノ鴆毒御口ニ甘ク、賢人智臣ノ薬石ハ御喉ニ苦ク坐セバ、前後ヲ弁ヘタル人々ハ、四皓ガ籠シ商山ノ月ニ望ヲ懸ケ、三閭ガ放レシ湘南ノ沢ニ吟《ナマヘル》ニゾ似タリケル。理ナル哉、主憂《ルトキンバ》臣辱《ハヅカシメラル》ト云事ヲ。衆人皆酔我独醒タル益ゾナキ、トコソ悲ミ相《アハ》レケレ。

承久の乱が後鳥羽院の敗北に終わったのは、妬婦・讒臣の甘言のせいであるというのである。耳に逆らう忠言、口に苦い薬のような賢人智臣の諫言を受け入れぬ暗主への批判がその裏にあるのは勿論であるが、『八幡愚童訓』は乱の主原因を、〝讒臣〟の存在に求めているのである。従って、ほかのところでも「讒佞ハ国ノ暴賊ナリ」と言っているし、また「叡智聡明ノ君トシテ無㆑隠トハ申セドモ、非㆑難㆑知、行《コトノ》難也、非㆑難㆑行、修《コトノ》難也。御慎アラマシカバ懸ル世ニ無《マシ》㆓成《ル》事㆒。光親・宗行ニ増リタル讒人コソ無リケレ」と言っている。ここからもわかるとおり、後鳥羽院を一応は「叡智聡明ノ君」とし、近臣の按察使光親・中御門宗行の讒に責めを帰しているのである。

ところで前田家本は、義時が院宣の返事を押松に言いわたすところに「将軍の御後見として罷過候に、王位を軽じ奉ることなし。（中略）然を尊長・胤義等が讒言に付せまし〳〵て、率爾に宣旨を下され、既に誤りなきに朝敵とまかり成候条、尤不便之至也」と見えるなど、讒臣を指弾はしているが、後鳥羽院の討幕の決意はあくまでも後鳥羽院個人の義時に対する憤怒から発したものと描いており、讒佞の徒の言について立ちあがったようには描いていない。従って乱後に主謀の貴族達が次々と幕府の御家人の手によって処刑されるのであるが、彼らがこの乱の企てのどこにどう関わって殺されなければならなかったのかは、前田家本（流布本もこの点は同様であるが）を読むかぎりでは判らないのである。このように前田家本には、乱の原因を主に讒臣に求める姿勢は『八幡愚童訓』に比べて稀薄であるといえよう。

六

前田家本と『八幡愚童訓』の相違で、さらに重要だと思われるのは、前田家本の結文の「王法此時かたぶき、東国天下を行べき由緒にてや有つらん」の一文に見られるこの乱のとらえ方である。つまり前田家本の作者は、この乱を朝廷にかわって鎌倉幕府が天下を統治するようになった、その出発点と見なしていたということなのである。このような見方は、『八幡愚童訓』にはない。しかしながら承久の乱を朝廷にかわる鎌倉幕府（あるいは武家による）政治の確立と見る見方は、前田家本だけのものではないであろう。『増鏡』が鎌倉時代の歴史を描くにあたって承久の乱から筆を起こしたのも、『梅松論』が保元・平治の乱や治承・寿永の源平の内乱よりも、承久の乱にもっとも筆を費しているのも、このような見方によるものかと思われる。また『太平記』にもその巻一の巻頭近くで、承久の乱にふれ、

前陸奥守義時、自然ニ執《リ》二天下権柄《ヲ》一勢漸欲レ覆二四海《ヲ》一。此時ノ太上天皇ハ、後鳥羽院也。武威振レ下、朝憲廃レ上事ヲ歎思召テ、義時ヲ亡サントシ給シニ、承久ノ乱出来テ、天下暫モ静ナラズ。遂ニ旌旗日ニ掠テ、宇治・勢多ニシテ相戦フ。其戦未レ終二一日一、官軍忽ニ敗北セシカバ、後鳥羽院ハ隠岐国ヘ遷サレサセ給テ、義時

弥八荒ヲ掌ニ握ル。

とあって、頼朝の覇権よりも義時のそれを強調しているのも、このような承久の乱のとらえ方によるものであろうか。

ところで『梅松論』であるが、この書は「尊氏の威徳を賞揚し、彼が政権を掌握することの正当性と、その足利政権樹立のために奮闘した諸武将（細川・少弐・赤松ら）の勲功とを、事実に基づいて書きとめておこうとするところに、大きな眼目がある」[15]とされるものであるが、この『梅松論』の序論とでもいうべき、南北朝時代の前史に承久の乱の記述がある。その部分に北条政子が諸将に向かって幕府の危機と御家人の団結を訴える演説の場面が描かれている。

> 二位禅尼は舎弟右京亮幷に諸侍等をめして宣ひしは、我なまじゐに老の命残て、三代将軍の墓所を西国の輩のひづめにかけん事、甚《はなはだ》、口おしき次第なり。残存命してもよしなし。先、尼を害して君の御方へ参ずべしと、泣々仰られければ、侍共申けるは、我等皆右幕下の重恩に浴しながらいかでか御遺跡を惜み奉らざるべき。西を枕とし命を捨べきよし、各、申ければ、同廿一日十死一生の日なりけるに、泰時幷に時房、両大将として鎌倉を立給ふ。

この政子の演説は『承久記』の諸本にも描かれており、しかも諸本間において異同のかなり著しいところであるが、五十嵐梅三郎氏はこの『梅松論』の記事を前田家本に拠ったものと考えられた[16]。前田家本の相当箇所は次のようになっている。

> 故殿の御恩をば、いつの世には報じ尽し奉るべき。身の為恩の為、三代将軍の御墓を、いかでか京都の馬の蹄にかくべき。唯今各々申切らるべし。宣旨に随はんと思はれば、先《まづ》尼を殺して鎌倉中を焼払て後、京へは参り給ふべしと、泣々宣ひければ、大名共ふしめに成て居たる処に（中略）各々申けるは、争か三代将軍の御恩を

ば思ひわすれ奉べき。其上源氏は七代相伝の主君也。子々孫々までも其御よしみを忘奉るべきにあらず。頓《やが》て明日打立て命を君に進らせて、首を西に向てかゝれ候はんずると申て、一同に立にけり。

とあって慈光寺本や流布本よりも、はるかに『梅松論』に近い。五十嵐氏の御指摘どおり『梅松論』のこの部分は前田家本によったものと考えて差しつかえなかろう。

また『梅松論』は、「よし時良暫《やや》くありていはく、此儀、尤神妙なり。但それは君主の御政道正しき時の事也。近年天下のをこなひをみるに、公家の御政古にかへて実をうしなへり。其子細は朝に勅裁有て夕に改まるに、一処に数輩の主を付らる間、国土穏なる処なし」と、後鳥羽院の朝令暮改の乱脈な政治を批判し、その一方において執権北条氏を「従四品下を以て先途として、遂に過分の振舞なくして政道を専にして仏神を尊敬し、万民をあはれみ育みしかば、吹風の草木をなびかすがごとくに、したがひ付しほどに、天下悉く治りて代々目出度《（ぞカ）》とありける」と賞揚しているのも、基本的に前田家本の姿勢と共通している。

このように本文上の近似のみならず、『梅松論』と共通の姿勢を持ち、原井氏の御指摘のとおり足利氏に敬称を用いている前田家本は、足利政権下にできあがったものと考えるのが、やはり順当であろう[17]。足利氏は言うまでもなく後醍醐天皇に与して北条高時を頭とする鎌倉幕府を滅ぼしたのであるが、その後、後醍醐天皇と対立し、公武の抗争が繰りひろげられるのだが、その足利幕府は武家政権である北条氏全体を否定したのでは勿論なかった。『建武式目』の中で「近くは義時・泰時父子の行状をもって、近代の師となす。ことに万人帰仰の政道を施されば、四海安全の基たるべきか」（原漢文）と北条氏の継承をうたっているところからも、それは知られるのである。そして「武家全盛の跡を逐」うことは、とりもなおさず後醍醐天皇と決定的に対立することでもあった。このような足利氏にとって、かつて後鳥羽院と対立した北条義時・泰時はきわめて身近な存在となったことと思われる。こうした立場から承久の乱を回顧するならば、後鳥羽院をより批判的に、義時らをより理想的に描き、この乱をもってりなかったのである。

南北朝時代の初め頃は、『増鏡』・『神皇正統記』・『梅松論』等立場は異なっても、それぞれがそれぞれに承久の乱を回顧し位置づけを試みている、いわば政治の季節であった。前田家本『承久記』もその季節風の圏外ではやはり「東国天下を行べき由緒」とみなすのも、また自然の勢いであったろう。[18]

注

（1）五十嵐梅三郎氏「承久兵乱記の成立に就いて」（「史学雑誌」昭15・6）、友田吉之助氏「承久記諸本の系譜について」（「島根大学論集・人文」7号　昭26）、村上光徳氏「流布本承久記と前田本承久記の関係――その性格をめぐって――」（「駒沢大学文学部紀要」昭42・3）等。
（2）杉本圭三郎氏「承久の乱と文学」（「日本文学誌要」昭40・6）
（3）桐原徳重氏「『承久記』の文学性試論」（「国語と国文学」昭47・9）
（4）杉本圭三郎氏「承久記をめぐって」（「軍記と語り物」3号　昭40・12）
（5）「文学」7－7　昭14・7、『中世国文学研究』磯部甲陽堂　昭18所収。
（6）「解釈と鑑賞」昭38・3
（7）「島根大学論集」昭30・2
（8）「駒沢大学文学部研究紀要」昭42・3
（9）「『承久記』の文学性試論」（「国語と国文学」昭47・9）
（10）「歴史教育」昭42・12
（11）「『梅松論』の歴史観」（「文芸研究」68　昭46・10）
（12）「承久の乱と文学」（「日本文学誌要」12　昭40・6）
（13）以下特に断らないかぎり日本思想大系『寺社縁起』所収の甲本による。
（14）前田家本上巻の実朝暗殺事件の記事の中に「是のみならず、御拝賀の時、黒き犬の御前を過る事ありけり」と黒犬による凶兆を載せる。また『吾妻鏡』建保七年二月八日条には義時は白犬の霊夢によって同事件の時、難をまぬがれたとある。

(15) 新撰日本古典文庫三『梅松論・源威集』（現代思潮社　昭50）解説。

(16)「梅松論の基礎的研究」（「立正史学」12　昭15）

(17) 兵藤裕己氏「承久記改竄本系の成立と保元物語」（「軍記と語り物」14　昭53・1）でも、「〝語り〟によって成熟する前期軍記物の一応の完成期以降、つまり南北朝期以降」の成立とされている。

(18)『建武式目』の「なかんづく鎌倉郡は、文治に右幕下はじめて武館を構へ、承久に義時朝臣天下を并呑す。武家に於ては、もっとも吉土と謂ふべきか」も、この考えに近いものか。

『承久記』に見る乱直前の後鳥羽院周辺

一

度重なる北条義時の勅命違背に、後鳥羽院は遂に討幕を決意したちょうどその折、三浦胤義が大番の次でとはいえ、関東伺候の身にもかかわらず京都に長期の滞在を続けていた。そこで後鳥羽院は近臣の能登守秀康に命じて、胤義の真意を探らせる。秀康は胤義を招き酒宴を催して、どのような所存によるものか問い糺す。胤義が、義時に対する恨みを口にするのを聞き、秀康は胤義に討幕の志あることを打ちあける。胤義はその企てに賛同、兄の三浦義村を味方につけることを進言する。これを秀康はすぐに後鳥羽院に報告する。後鳥羽院は喜んで胤義を御所高陽院へ召し、直談ののち兵の召集を断行する。もっともこれは鳥羽の城南寺の流鏑馬揃えと銘打って行われたものであるが、大和・山城・近江等の十四ヶ国から宗徒の兵が千七百人も集まったので、勢いを得た後鳥羽院は親幕派の公家西園寺公経の誅殺を思いたつ。しかし徳大寺公継の諌言にあって殺害だけは思いとどまり、監禁する。また一方、幕府から派遣され京都の守護を勤めている伊賀判官光季と少輔入道大江親広の処置を後鳥羽院は再び胤義に尋ねる。胤義は両人を一応召集し、召しに応じなかった時、討ちとるよう建議する。その結果は、胤義の予想どおり親広はやって来たが、光季は義時の縁者でもあり、また公経が監禁される直前、使者をよこしていたこともあって、

	流布本	前田家本	慈光寺本
1	後鳥羽院の立腹、討幕決意	○	○
2	×	近臣に討幕の意を伝える	公卿僉議
3	秀康に胤義の真意を探らす	○	○
4	秀康の報告を聞き、胤義を召す	○	○
5	流鏑馬揃えと称し軍兵を召す	○	○
6	×	×	陰陽師の御占凶と出る
7	×	×	卿二位の叱咤
8	×	×	藤原基通ら同意せず
9	西園寺公経を討たんとす	×	×
10	徳大寺公継の諌言	×	×
11	公経召さるとき光季に使者を送る	○	×
12	公経と子息実氏監禁さる	○	×
13	院、胤義に親広・光季の処置を問う	○	×
14	親広、召しに応じ院方に参る	○	×
15	×	親広、光季に使者を送る	×
16	光季、召しを拒否、朝敵となる	○	光季追討の院宣発す
17	×	×	軍評定

後鳥羽院のもとに参上しない。そこで後鳥羽院は伊賀光季追討の命を発するのである。――以上が流布本『承久記』による後鳥羽院の討幕決意から伊賀光季追討までの事件の展開である。

ところで、この同じ部分を『承久記』の他の諸本、慈光寺本・前田家本によって見ると、それぞれにいくつかの差異があり、合戦直前の後鳥羽院周辺の動きにかなりの違いを見せているので、それを表によって示しておく。

これを見ると、大体において流布本と前田家本は構成、人物ともに共通するところが多く、ひとり慈光寺本が著しい違いを示している。もっとも流布本と前田家本も詳しく見るとそれなりに重要な相違があるので、以下いくつかの点にわたって三本間の比較を行ってみたい。

表中の2について。地頭改易問題等にか

らんで、後鳥羽院が義時追討・討幕を決意したあと、流布本には見えないが、前田家本・慈光寺本には、それぞれ個有の記事がある。最古態本の慈光寺本では、義時が三度までも院宣を背いたことに対する後鳥羽院の怒りはすぐに討幕の決意につながってはおらず、本文を引用するならば「（義時は）院宣ヲ三度マデコソ背ケレ。院ハ此由聞食、弥不二安《カラ》一奇恠也ト思食ケルモ御理ナルベシ。公卿僉議アルベシトテ……」と記されており、公卿僉議の結果が義時追討であったことになっている。さてその公卿僉議のメンバーであるが、慈光寺本は「催サレケル人々ハ、近衛殿基通・九条殿下道家・徳大寺左大臣公継・坊門新大納言忠信・按察中納言光親・佐々木野中納言有雅・中御門中納言宗行・甲斐宰相中将範茂・一条宰相中将信能・刑部僧正長厳・二位法印尊―ナドヲゾ召サレケル」とその名を列記している。公卿僉議の場で出た意見を慈光寺本は二人に代表させて描いている。つまり慎重論としての近衛基通の意見と、「木ヲ切ニハ、本ヲ断ヌレバ末ノ栄ル事ナシ」とする断行論の卿二位の意見である。この卿二位の発言を聞いて後鳥羽院は能登守秀康を召し、「義時ガ数度ノ院宣ヲ背コソ奇恠ナレ。打ベキ由思食立、計申セ」と命じるのであるが、後鳥羽院の討幕の決意を書き記しているのは、慈光寺本においてここが最初であり、卿二位が重要な役割を果たしているのは、表の7において示したように、討幕の成否を陰陽師が占い、凶と出たのを叱りとばし、「十善ノ君ノ御果報ニ、義時ガ果報ハ対揚スベキ事カハ。（中略）只疾々思食立候ベシ」と後鳥羽院の決意を遂行に追い立てるという役割を荷っているのと同様である。

このように慈光寺本は、後鳥羽院の立腹が討幕の決意へと変わって行く踏み切り台として公卿僉議が置かれているのである。もっともこの僉議が、いつ行われたのか、あるいは実際に行われたのかを証する資料は他に見出だし得ないのであるが、流布本はこれを全く載せず、前田家本は公卿僉議という形でなく、

……義時過分の所存に任して院宣を違背申こそ不思議なれ。天照太神・正八幡もいかでか御力を合せ給はざるべきとて、内々仰合せられける人々には、坊門大納言忠信・按察中納言光親・中御門中納言宗行・日野中納言

有雅・甲斐中将範義・一条宰相能信・池三位光盛・刑部卿僧正長厳・二位法印尊長、武士には能登守秀康・三浦平九郎胤義・二科次郎盛朝・佐々木弥太郎判官高重等也。是はみな義時をうらむるもの共也ければ、神妙の御はからひなりとぞ申ける。摂政関白殿など位をもき人には仰合られず、時々聞給ては思召さるゝことは理也。と、近臣の者に相談をしたとしているのである。しかも前田家本ははっきりと「摂政関白殿など位をもき人には仰合られず」と書いているのは、慈光寺本の公卿僉議の条に「近衛殿基通・九条殿下道家・徳大寺左大臣公継」と重臣が列記されているのと対照的である。ともあれ、公卿僉議とする慈光寺本、側近への相談とする前田家本、全く載せない流布本と、三本三様の記述になっているのであるが、前田家本は「内々仰合せられける人々」の中に、三浦平九郎胤義の名があり、厳密に言うと不自然である。なぜなら後鳥羽院が討幕を決意したこの段階では、まだ胤義は登場しておらず、このあと近臣の一人秀康に命じて胤義の真意を探らせる話へ続いていくのであって、ここに胤義の名前を出すのは、いわば話の先取りであるが、これはこの人々の名前を挙げたあとに「是はみな義時をうらむるもの共也ければ」とあるように、義時に恨みを持つ点では人後に落ちない胤義をこのグループに入れたものであろうか。もちろん後鳥羽院の討幕計画に参与した人々をさして、「義時をうらむるもの共」と言い切っているのは前田家本だけである。

二

さて討幕を決意した後鳥羽院は、能登守秀康に命じて三浦胤義を味方につけるべく真意を探らせるのであるが、その時胤義が述べた長期在京の理由は、義時に恨みがあるからだということで、それは彼の妻がもとは二代将軍頼家の妾で一子を儲けたのであるが、北条氏によって頼家が殺害された時、その子も殺され、のちに胤義の妻となってからもその悲しみが忘れられず、涙の日々を送っていたので、胤義もそれを遺恨に思っていたというのである。この胤義の恨みは流布本・前田家本・慈光寺本の三本ともに共通しているが、なかで慈光寺本は他本に比べ胤義の言葉が長く、

……胤義契ヲ結デ後、日夜ニ袖ヲ絞ルムザンニ候。「男子ノ身也セバ、深山ニ遁世シテ念仏申メレ、後生ヲモ弔マヒラスベキニ、女人ノ身ノ口惜サヨ」ト申シテ、流レ涙ヲ見ニ付テモ、万ヅ哀ニ候也。三千大千世界ノ中ニ、黄金ヲ積テ候共、命ニカヘバ物ナラジ。勝《マシ》テ惜キハ人命也。ワリナキ宿世ニ逢ヌレバ、惜命モ惜カラズ。去バ胤義ガ都ニ上テ、院ニ召サレテマイリ、謀反起、鎌倉ニ向テヨキ矢一射テ、夫妻ノ心ヲ慰メバヤト思ヒ候ツルニ、加様ニ院宣ヲ蒙コソ面目ニ存候へ。

と、妻の言葉と妻に同情する胤義の心情が述べられている。ここなども流布本には、

……「憂き者に朝夕姿を見する事よ」と、余に泣嘆候間、さて力不レ及、角て候なり

とだけ書かれるにすぎないし、前田家本においても、

……此故に「鎌倉に居住して、つらきものをみじ」と申間、且は心ならぬ奉公仕也

とあるだけである。慈光寺本においては、胤義の妻の言葉も単なる子を失った悲しみではなく、北条氏によって殺された夫頼家や子供の菩提を、女であるがゆえに弔うことのできぬ悲しみを訴えている点に特色がある。しかしこのように胤義の言葉を長く書きとめている慈光寺本でも、胤義が鎌倉へ戻らず密かに北条氏に対して反感を抱いていた理由は、いわば〝妻への同情〟ということだけになっているのである。これは流布本でも同じである。ところが前田家本では、理由を二つ挙げており、〝妻への同情〟は二番目の理由として挙げられているのである。その一番目の理由を前田家本は、

胤義が俗姓、人みなしろしめされたる事なれば、今更申に及ばず、故右大将家をこそ重代の主君に頼奉りしが、

此君にをくれ奉て、二代の将軍を形見に存ぜしに、是にも別奉て後は、鎌倉に胤義が主とてみるべき人があらばこそ別の所存なし。大底みな是也。

と言っている。胤義にとっては「重代の主君」と呼べるのは、源頼朝と頼家・実朝でしかなく、北条氏は「胤義が主とてみるべき人」ではないからだというのである。

胤義がどの程度源氏将軍と親密であったか、『承久記』諸本が伝えるように、妻がもと二代将軍頼家の妾であったことのほかには、これといった資料はないのであるが、ただ『系図纂要』の「平朝臣姓三浦」系図によれば、胤義に「頼朝卿為猶子」の注が付いておりその関係の深さを推測させる。言われているように[1]、承久の乱で後鳥羽院方についた人々に、かなりの数の源氏将軍ゆかりの者がいるので、この前田家本のみが載せる胤義の言葉は、胤義個人の言葉というだけでなく、院方についた人々のある部分を代表する言葉と受け取ることが可能であろう。前田家本の性格の一端をうかがわせる箇所である。

ところで胤義は、何故鎌倉に帰らず久しく在京しているかを説明したあと、言葉を続けて自分の兄三浦義村を味方にするよう勧めるのであるが、この部分もまた諸本によってかなりの違いを示している。次にそこをとりあげ比較してみよう。

流布本

一天の君の思召立せ給はんに、何条叶はぬ様の候はんぞ。日本国重代の侍共、仰を承りて、如何でか背進《まゐ》らせ候べき。中にも兄にて候三浦の駿河守、きはめて嗚呼の者にて候へば、「日本国の惣追補使にも被レ成ん」と仰候はゞ、よも辞申候はじ。さ候ば、胤義も内々申遣し候はん。

前田家本

京・鎌倉に立別て合戦せんずるには、いかにおもふ共叶候まじ。謀を廻してはなどか本意を遂げざるべき。胤義が兄にて候義村は、謀ゴト人にすぐれて一家蔓て候。義時が度々の命に代りて、心安き者に思はれたり。内々胤義、消息を以て「義時討てまいらせ給へ。日本国惣御代官は疑ひ有べからず」と申物ならば、余の煩になさずして、やすらかに打べきものにて候。

文中に付した二ヶ所の傍点部だけを比べてみても、その違いは明瞭である。一つはこの後鳥羽院の討幕の企てを胤義はどううけとっているかということである。流布本の胤義は、一天の君の権威に何らの疑問を感じていない人間に描かれている。従ってこの企てが叶わぬはずがない、日本国の侍共は皆、院の仰せに背くはずがないと言っているのであるが、前田家本の胤義は京・鎌倉の合戦になったなら、どう考えても勝めはないと言っているのである。そしてこの勝めのない戦いに勝つための要件は、謀《はかりごと》を廻すことをおいて外にないと考えているのである。その謀にかけては兄の三浦義村は人にすぐれているから、これを味方に加えたらどうかというのである。しかも一族も多く、義時の信任も厚いので、これを引き入れることができれば義時を討つことは容易である、というのが胤義の考えである。これに比して流布本は、義村は愚か者であるから甘言をもってすれば簡単に味方に加わると胤義は提言しているのである。この二本を比較する限り前田家本のほうがより真実味があるように思われる。流布本のいうように義村が〝嗚呼の者〟であるなら、これを味方に引き入れる必然性があまりないのである。流布本は、胤義の認識の甘さ、またそれを喜々として受け容れる後鳥羽院の認識の甘さを強調するあまり胤義の造形を卑小化してしまっている。

この点から見ると、慈光寺本はむしろ前田家本と同じような認識に立っているように思われる。

慈光寺本

胤義が兄駿河守義村ガ許へ、文ヲダニ一下ツル物ナラバ、義時打取ランニ易候。其状ニ、「胤義ガ都ニ上リテ、院ニ召レテ謀反ヲコシ、鎌倉ニ向テ好矢一射テ、今日ヨリ長ク鎌倉ヘコソ下リ候マジケレ。去バ昔ヨリ八ケ国ノ大名・高家ハ、弓矢ニ付テ親子ノ奉公ヲ忘レヌ者ナレバ、権太夫ハ大勢ソロヘテ都ニ上セテ、九重中ヲ七重八重ニ打巻テ、謀反ノ輩責玉ハンズラン。駿河殿ハ権太夫ト一ニテ、三浦ニ九・七・五ニナル子共三人乍、権太夫ノ前ニテ頸切失給へ。サヤウニ成ヌル物ナラバ、殿ト権太夫殿中ハ隔心ナクシテ、諸国ノ武士ハ上《ノボル》トモ殿ハ上ズシテ、三浦ノ人共勧仰セテ、権太夫ヲ打玉へ。打ツル物ナラバ、胤義モ三人ノ子共ニヲクレテ候ハン。其替《カハリ》ニ、殿ト胤義ト二人シテ日本国ヲ知行セン」ト、文ダニ一下《ヒトツクダシ》ツル者ナラバ、義時討ンニ易候。加様ノ事ハ延ヌレバ悪候。急ギ軍ノ僉議候ベシ。

慈光寺本のこの文には、流布本や前田家本に見られたような討幕の企てに対する評価や三浦義村の人物評はないが、そのかわり極めて具体的な義時暗殺計画が語られているのである。胤義の言葉の大半を占めるのは、「其状ニ」以下の義村に宛てる手紙の内容であって、流布本がその手紙の内容を「日本国の惣追補使にも被レ成ん」といい、前田家本が「義時討てまいらせ給へ。日本国惣御代官は疑ひ有べからず」としているのは、慈光寺本の胤義の言葉の末尾の「殿ト胤義ト二人シテ日本国ヲ知行セン」という部分に相当するにすぎない。また『吾妻鏡』承久三年五月十九日条には、「亦同時に廷尉胤義（義村の弟）の私の書状、駿河前司義村の許に到著す、是勅定に応じて、右京兆を誅す可し、勲功の賞に於ては、請に依る可きの由、仰下さるるの趣之を載す」（原漢文）と、胤義が兄義村に宛てた書状の概要を伝えているが、これによるかぎり内容的には流布本・前田家本に近い。慈光寺本に見える義時暗殺計画――兄に我子三人を殺させ、義時が油断し軍勢が上洛した手薄な時期をねらって、その首を取るというこの計画は、この本の作者の創作であるかもしれない。しかしながらこの計画の持つ具体性、生々しさが、和田合戦をはじめ幕府内抗争の数々を巧みに潜り抜けて来た三浦一族の生きざまの一端を如実に物語っているという印象を受けるのである。

　いずれにせよ後鳥羽院が胤義を味方に引き込もうとしたのは、胤義自身の武人としての力量もさることながら、

「三浦一族といえば、相模国の三浦半島を本拠地にして、強力な武士団を統率し、幕府内部で、北条氏につぐ勢力を占めていた。もしこの三浦一族が真正面から北条氏と争うような事態が到来すれば、幕府の崩壊もたやすいであろう[2]」といわれる三浦氏の棟梁、三浦義村を自軍に引き入れようという魂胆があったからにほかならない。この点からも『承久記』三本のうちで、もっとも本質を把握しているのは、やはり前田家本であり、流布本のこの箇所は完全に真相をつかみそこなっているといわざるをえないであろう。

三

胤義の話に続いて、意を強くした後鳥羽院が兵を召集する話を諸本ともに載せている。

慈光寺本

去《サ》テ触催ケル趣ハ、来四月廿八日、城南寺ニシテ御仏事アルベシ。守護ノ為ニ甲冑ヲ着シテ、参ラルベシトゾ催ケル、坊門新大納言忠信・按察中納言光親（中略）近江国ニハ佐々木党少輔入道親広ヲ始トシテ一千余騎、承久三年辛巳四月廿八日、高陽院殿ヘゾ参リケル。上皇・中院・新院・六条宮・冷泉宮、皆一所ニゾマシマシケル。其日ヨリ廳テ諸国ノ兵ヲ手々ニ分テ、四面ノ門ヲ固メサセラル。

前田家本

既に此事思召立て、秀康に仰て近江国の武士をめさる。鳥羽の城南寺の流鏑馬の為にと披露す。承久三年五月十四日、在京の武士、畿内の兵共、高陽院殿にめさる。内蔵権頭清憲《範イ》承て交名を注す。一千五百余騎とぞしるしたる。

流布本

今は角と被二思召一て、鳥羽の城南寺の流鏑馬汰へと披露して、近国の兵共を被レ召けり。大和・山城・近江・丹波・美濃・尾張・伊賀・伊勢・摂津・河内・和泉・紀伊・丹後・但馬、十四箇国、是等の兵参りけり。内蔵権頭清範、承て著到を付。宗徒の兵一千七百人とぞ註したる。

ここにも三本間の多少の差異が存在する。まず慈光寺本であるが第一に兵を集めた日時が違っている。四月二十八日に城南寺の仏事の警固のためと称し召集し、一千余騎が高陽院へ参集したという。また引用箇所では中略としたが、この部分に七十名にも及ぶ人名が列記されていて、他本と大きく異なっている。次に前田家本であるがやや意味のとりにくいところがあるが、前田家本では兵の召集は二回にわけて行われたと読めるのである。つまり、最初は鳥羽の城南寺の流鏑馬のためとして近江国の武士を集めたのであり、それに続いて五月十四日には、在京の武士と畿内の兵を一千五百余騎、高陽院殿へ召集したというのである。そして流布本であるが、これは日時を付さないが、城南寺の流鏑馬汰えとして近国十四ヶ国の武士、一千七百人を集めたとするものである。

これについてもその事実を確かめる資料は乏しいのであるが、『吾妻鏡』承久三年五月二十一日条に、京都から鎌倉へ下向した一条大夫頼氏が語ったところとして、

十五日の朝、官軍競ひ起りて、高陽院殿の門々を警衛す。凡そ一千七百余騎と云々。内蔵頭清範之を著到す。次に範茂卿御使として、新院を迎へ奉らる。即ち御幸御布衣、彼卿と同車なり。次に土御門院御烏帽子直衣、彼卿二品と御同車、六条・冷泉等の宮、各密々に高陽院殿に入御。

と書き記している。この記事によれば、日時は五月十五日の朝であり、軍勢千七百余騎が院の御所高陽院殿を警固し、そこへ順徳・土御門・六条・冷泉の院々宮々が入御したというのであり、軍勢を集める名目については流鏑馬のためとか、仏事のためとかは言っていない。またこれを『承久記』と比べてみると、内蔵権頭清範が着到状に記した数字が一千七百余騎であったことは流布本と同じであり、高陽院に順徳・土御門等が入御、武士がこれを警固

したとするのは慈光寺本に近いのであるが、日時の点では前田家本がもっとも近く、内蔵権頭清憲（範）が記した着到の数は一千五百と少し違っているが、全体的には『吾妻鏡』の内容に近いわけで、各本それぞれに一条大夫頼氏の話に部分的に照合するのである。しかし、慈光寺本が兵の召集を四月二十八日とするのは、やや不自然な感がしないでもない。後鳥羽院はこの時集めた兵で、関東代官伊賀光季を討つのであるが、それは諸本ともに五月十五日のこととしており、また史実的にも十五日の出来事なのであるが、そうなると慈光寺本は軍勢を集めてから半月以上もの期間を置いていることになる、しかも慈光寺本は、召集した兵一千余騎を、その日から手々に分けて院御所高陽院の四面の門を警固させたというのであるから、それが関東代官の任にある伊賀光季の耳に入らぬはずはない。伊賀光季がどのような任務であったかを具体的に伝える資料が、『吾妻鏡』に載っているので、例として挙げておこう。

それは承久元年三月十一日条に見えるもので、

申刻、伊賀太郎左衛門尉光季の飛脚参着す。去月（閏二月）晦日、江州に謀叛の輩有るの由、風聞するの間、今月一日より同四日に至るまで、捜し求むと雖も、其実無し。但し疑貽有り。一両輩を生虜る。是刑部僧正長賢（厳）の一族の由之を申す。

というものであるが、謀叛の噂が入るや近江国まで出動し、四日間捜索活動し、その報告を鎌倉に提出しているのである。この時逮捕された者の中に、刑部僧正長賢（厳）の一族の者がいたことは、二年後の討幕計画の主謀者の一人に長厳がいることを思い合わせると興味あるところであるが、それはともかく光季の京都での任務が明瞭に語られている記事である。この時、光季が四日まで捜索し、五日に書状を出したとしても、鎌倉へは七日間で着いており、従って、後鳥羽院が一千余騎の軍勢を四月二十八日に召集したのであるなら、五月十五日までの間に当然何らかの手が打たれたであろうし、あるいは鎌倉もその動きを察知したはずである。やはり四月二十八日とする慈光寺本の記述には無理があるように思う。

四

後鳥羽院が軍勢を召集したあとの動きについても、諸本にかなりの異同がある。初めに掲げた表の6から10までを見ても、流布本にだけ載せる記事、慈光寺本に個有の記事がそれぞれにあり、合戦直前の錯綜した情況を伝えている。

まず慈光寺本であるが、後鳥羽院は陰陽師七人を召し、事の成否を占わせると、凶と出た記事を記している。凶と聞いて躊躇してしまう後鳥羽院を見て、卿二位藤原兼子が陰陽師を叱りつけ、院を激励するのである。この話は他本に見えない。続いて、

其比普賢寺入道殿下・中山ノ太政入道、此人々世ノ鎮ニテマシマシケルガ、内々申サレケルハ、哀《アハレ》君ハ悪ク御計アル者哉。義時ハ、故頼朝卿ノ時ヨリ度々ノ合戦ニ遇ヒ、此道ニ於テハ智恵モ計モアラン。叶フマジキ事ト、兼テ知レニケレバ、各朝議ニモ後ザマニハ綺ハレザリケリ。係《カヽリ》ケレバ此人ニハ君モ隠セトゾ仰ハ下ケル。

とある部分も他本には全くない。普賢寺入道殿下とは藤原基通、中山太政入道は藤原頼実のことであり、基通は承久三年には六十二歳頼実は六十七歳、ともに出家しており、政界の現役は退いている。これらの人々は後鳥羽院の討幕計画に批判的であり、後鳥羽院もまたそれを察してか、この二人には計画を隠したというのである。先に少し触れたことであるが、後鳥羽院の計画に批判的あるいは非協力的な人物が、慈光寺本には公卿僉議の場面に登場している。つまり「義時ガ再三院宣ヲ背コソ奇恠ニ思食ルレ。如何アルベキ、能々《ヨクヨク》計申ト仰出サル」後鳥羽院の命を受けての公卿僉議の席上、

近衛殿申サセ給ケルハ、「昔利仁将軍ハ、廿五ニテ東国ニ下、鬼搦メテ、我ニ勝サル将軍有マジトテ、大唐責ント申ケルニ調伏セラレ、大元明王ニ蹴ラレマヒラセテ、将軍墓ヘ入ニケリ。其後、都ノ武士未二聞ヘ一。只能《タダヨク》義時ヲスカサセ玉ヘ」トゾ申サレケル。

というものであるが、ここで近衛殿は昔の利仁将軍が力に奢って自滅した例をひき、武力で対抗するよりも義時をすかすことを提唱しているわけで、これが卿二位の強硬論によって斥けられたのは、先に述べたとおりである。ところでこの「近衛殿」というのも、藤原基通のことで、「普賢寺入道殿下」その人である。すなわち慈光寺本においては、公卿僉議（表の2）のところでは「近衛殿」として登場し、軍勢を集めいよいよ伊賀光季追討の直前（表の8）のところでは「普賢寺入道殿下」として登場して、ともに後鳥羽院の計画に批判的な言辞を吐いているのである。うっかり読み過すと、別人であるかのような印象を、「其比普賢寺入道殿下……此人々世ノ鎮ニテマシマシケルガ……」という改まった書き方から受けてしまうのである。しかも基通を「普賢寺入道殿下」としているのは、ここ一ヶ所だけであり、あとはすべて「近衛殿」となっているところから、何故このような書き方になっているかその理由は分からぬが本来ならやはり訂正統一されるべき不整合箇所であることは間違いあるまい。

慈光寺本における基通・頼実の役割を流布本で果たしているのは、徳大寺公継である。それは後鳥羽院が親幕派の西園寺公経を討とうとしたのを諫めるところにあらわれている。その言葉の中で公継は「大形、今度の御謀叛、於二公継一は、可レ然とも不二覚候。一」と直言している。この公継の諫言によって後鳥羽院は公経を討つことを思いとどまり、召し出して監禁するということになるのである。後鳥羽院に召された時、公経は伊賀光季のもとに主税頭長衡を使者として出し、「御辺、被レ召共無二左右一参り給ふべからず」と通告するのである。

これに対し前田家本は、後鳥羽院が公経を殺害しようと考えたことも、それを公継が諫めたことも載せず、初めから公経を監禁するつもりで呼び出したことになっている。召された公経が長衡を使い光季へ「左右なく参るべか

らず」と告げたのはほぼ同じであるが、前田家本は公経拘禁の理由を、

是は御謀反を領掌せず、いかにも関東亡しがたきよし申て、御謀反に与せざるによて也。今の西園寺の先祖也。さてこそ関東には、西園寺の御子息をば、忝事にはし奉りけれ。

と述べている。「いかにも関東亡しがたきよし申て」とあるところから、公経が流布本の公継のように後鳥羽院を諫めたがごとき書きぶりである。

流布本と前田家本とでは、このような違いを持っているものの、物語の展開としては、後鳥羽院兵を召集す→公経父子を監禁す→胤義を呼び、京都守護大江親広・伊賀光季の処置を問う→光季を攻める、という順序になっている。ところが慈光寺本では、公経が監禁されるのは、伊賀光季が攻め殺されたあとのところに書かれているのである。つまり、光季を討ち取ったとの報が後鳥羽院に入り、それを聞いた院が、「哀、光季ヲバ御方ニシテイケテ置、大将軍ヲサセバヤ」とその死を惜んだと記した次に、

去程ニ右大将公経・子息中納言実氏召籠ラセサセ給フ。其謂ハ関東ニ心カハス御疑トゾ承ル。朝ニ恩ヲ蒙、夕ニ死ヲ給ケン唐人ノ様也。

と書かれているのであるが、ずいぶんと簡略である。ところでこの間の事情を『吾妻鏡』は五月十九日と二十一日の条にそれぞれ記している。

十九日の条

午刻、大夫尉光季の去る十五日の飛脚関東に下著す。申して云ふ、此間、院中に官軍を召聚めらる。仍って前民部少輔親広入道昨日勅喚に応ず。光季右幕下公経、の告を聞くに依りて、障を申すの間、勅勘を蒙る可きの形勢有りと云々。

未刻、右大将の家司主税頭長衡の去る十五日の京都の飛脚下著す。申して云ふ。昨日十四日、幕下幷びに黄門実氏、

を二位法印尊長に仰せて、弓場殿に召籠めらる。十五日の午刻、官軍を遣はして、伊賀廷尉を誅せらる。……

（以下略）

二十一日の条

午刻、一条大夫頼氏、京都より下著し、去る十六日出京すと云々二品亭に到る。（中略）二品、感悦し乍ら、京都の形勢を尋ねらる。頼氏委曲を述ぶ。去月より洛中静ならず。人恐怖を成すの処、十四日の晩景に、親広入道を召し、又右幕下父子を召籠めらる。十五日の朝、官軍競ひ起りて、高陽院殿の門々を警衛す。……（以下略）

この二日の条を読むと、鎌倉には、光季からの飛脚、公経の家司長衡からの飛脚、そして一条頼氏自身の報告と、三つの情報が入っており、それらを総合すると、

十四日晩　親広、院の召しに応じる。
　同　公経・実氏、召籠められる。
十五日朝　軍勢、院の御所高陽院殿を警固する。
　昼　軍勢、伊賀光季を攻め殺す。

という順になる。また光季のよこした飛脚によれば、光季のところには公経から予め知らせがあったので、後鳥羽院の召しに応じなかったと言っているし、また公経は家司の長衡をして幕府に事態を急報させるなど、承久の乱勃発時において一連の活躍をしているのであるが、慈光寺本は公経監禁の事実に触れるにすぎない。その慈光寺本は下巻の巻末に、この公経が内大臣に任ぜられ、その大饗が盛大に行われたことを、当日の楽の演奏者の名前を列記して書き記しているのだが、乱前の公経がほとんど描かれていないだけに、内大臣の大饗が唐突なものになってしまっている。一方、流布本、前田家本は公経の乱前の動きを全面的に『吾妻鏡』に拠って描いているのは、既に指摘のあるとおりである。

すべてが隠密裡に企てられ、潜行しながら進んで行き、歴史の表面にはあらわれない討幕計画の準備段階を、文字によって形象化することは大変むつかしいことであったろう。承久の乱直前の宮廷内部の諸情勢、諸動向を乱勃発という点に向けて展開し構成した最初の作品は慈光寺本である。この慈光寺本は、見て来たように、古態本であるからといって必ずしも事実を正しく語っているとは言えないように思われる。後鳥羽院の討幕決意から西園寺公経父子の監禁までという、きわめて限られた部分の検討からだけでは速断できないが、慈光寺本はその時点の雰囲気を忠実に伝えて、迫真性、臨場感を盛りあげているが、そこにはかなり作者の創作が含まれているようである。細部の正確さや前後の統一などにあまり気を遣っておらず、作品として相当性格を異にする流布本や前田家本を、のちに生み出さざるを得ない要因を内部にはらんでいたと言えようか。

注

（1）例えば、石井進氏『鎌倉幕府』（日本の歴史7　中央公論社　昭40・8）には、「ここで見のがせない今一つの事実がある。意外と思われるかも知れないが、承久の乱の京方には、もとの源氏将軍の関係者がかなりに多いのである。」として、頼朝の妹婿一条能保の子孫の二位法印尊長・一条信能等、頼朝の生母の実家である熱田大宮司家、源氏の一族である大内惟信らの名前を挙げ、「かれら源氏将軍の縁故者・関係者も、ある意味では北条氏執権政治成立の犠牲者であり、これに不満をもったかれらは、倒幕計画の推進者、あるいは京方への参加者となっていったのであった。」とされる。

また、上横手雅敬氏『日本中世政治史研究』（塙書房　昭48）にも同様な指摘がある。

（2）大山喬平氏『鎌倉幕府』（日本の歴史9　小学館　昭49）

『承久記』伊賀光季合戦記事をめぐって

一

『吾妻鏡』の承久三年の記事は、その一月から四月までが極めて簡略である。特に三月にいたっては、わずかに二十二日の条が記されるのみである。その二十二日の条というのは次のごとくである。

丁未、波多野次郎朝定、二品の使として、伊勢大神宮に進発す、是今暁二品の夢想有り、面二丈許の鏡、由比浦の波に浮び、其中に声有りて云ふ、吾は是大神宮なり、天下を鑑るに、世大に濫れて、兵を徴す可し、泰時吾を瑩かさば、太平を得む者《てへり》、仍って殊に信心を凝らす、朝定は祠官の外孫たるの間、故《ことさら》に以て使節に応ずと云々、

（原漢文）

これによれば、北条政子が伊勢大神宮の夢想を得、天下が大いに乱れるが、泰時が大神宮を尊崇あれば太平に帰するであろうというものであった。この記事の真偽の程は分からないが、この後に起こる承久の乱とその帰趨を見通したものであることに間違いない。それにしても伊勢大神宮のお告げのように、「世大に濫れて、兵を徴す可」き出来事は、『吾妻鏡』によれば五月十九日に起こっている。この日、京都守護のため上洛していた伊賀光季からの飛脚が鎌倉へ到着したのである。その飛脚は四日前の十五日に都を発ったもので、その内容は、

此間、院中に官軍を召聚めらる、仍って前民部少輔親広入道昨日勅喚に応ず、光季右幕下公経の告を聞くに依りて、障を申すの間、勅勘を蒙る可きの形勢有りと云々、

というものであった。光季と同様、京都守護として幕府から派遣されていた大江親広入道は後鳥羽院の召しに応じてしまい、ひとり光季は西園寺公経の内報を得ていたので、後鳥羽院のもとへ参上しなかった。しかし光季は召しに応じなかった結果として自分の身に迫り来る危険を感じていたようで、「勅勘を蒙る可きの形勢有り」と言っているのである。

光季の飛脚到来から二時間程後、公経の家司三善長衡の手紙が鎌倉に着いた。それによると、光季が予測したとおり、後鳥羽院は光季追討の軍勢を派遣している。「十五日の午刻、官軍を遣わして、伊賀廷尉を誅せらる」と記すだけで具体的な記述はない。この光季追討が多少なりとも具体的に『吾妻鏡』に記されているのは、五月二十一日の条である。この日、一条大夫頼氏が京都より鎌倉へ下着し、京都の形勢を詳しく語った。この頼氏の話の中で光季追討は次のように語られている。

同日（十五日）、大夫尉惟信、山城守広綱、廷尉胤義、高重等、勅定を奉《うけたまは》り、八百余騎の官軍を引率して、光季の高辻京極の家を襲ひて合戦す、縡火急にして、光季幷びに息男寿王冠者光綱自害し、火を宿盧に放つ、南風烈しく吹き、余烟延いて数十町姉小路東洞院に至る。

以上が『吾妻鏡』に記された光季追討記事のすべてである。

この事件を他の史書・記録等によって見ると、例えば『百錬抄』には、

十五日戊戌、未刻、自二一院一遣二官兵一、被レ討二大夫尉光季一、是陸奥守義時朝臣背二勅命一、乱二天下政一、可レ被二追討一之由有レ議、依レ為二縁者一、先被レ誅二光季一、々々住二高辻北京極西角宅一、午刻合戦、放二火宿館一企二自害一、余焰及二数町一、天下物忩也、

とあって、内容的にはほとんど大差ない。ただ、「縁者たるに依つて、先づ光季誅せらる」と、光季追討の理由に彼が北条義時の縁者であったことが挙げられている点が『吾妻鏡』にはなかったことである。また『北条九代記』には、

今年五月十五日被レ下二義時追討之宣旨一、同日申刻、一院勅二筑後六郎左衛門尉知久一、令レ討二伊賀太郎判官光季一、

と、後鳥羽院が光季追討を命じた武士が筑後六郎左衛門尉知久となっている点と、時刻が申刻となっている点が注意されるが、いずれもその具体的記述において『吾妻鏡』を出てはいない。後鳥羽院の伊賀光季追討事件を最もつぶさに描いているのは、やはり『承久記』の諸本である。

二

後鳥羽院が討幕を思い立ち、実行にうつる時に、最初にたちはだかっていたのが京都守護の伊賀光季と少輔入道親広であった。『承久記』は、後鳥羽院がこの二人の処置を三浦胤義に尋ねるという設定になっている。流布本と前田家本は、その点でほぼ同じ内容である。光季・親広をいかがすべきかの問いに、流布本は、

親広は被レ召ば参候はんず、光季は権大夫に縁者にて候へば、被レ召共参り候はじ、如何様にも先《まづ》両人を被レ召候て、参り候はずは、其時こそ討手をも被二差遣一候へ、

と胤義は答えているのであるが、前田家本の胤義の答えは、

親広入道は弓矢とる者にても候はず、召れてすかしをかせ給て、一方にも指つかはされ候べし、光季は源氏にて候上、義時が小舅にて弓矢とる家にて候へば、召れ候ともよも参候はじ、討手をさし向られ候べしと覚え候、乍レ去先両人めさるべく候か。

となっている。ほとんどかわらないとはいえ、前田家本の胤義は、〝召してすかし置く〟、光季は討手をさし向ける〟のが良い、しかしとりあえず〝両人とも召してみたらどうか〟というものであり、流布本に比べ胤義の光季・親広に対する見方は確信にみちている。ところで慈光寺本であるが、この本には流布本・前田家本に見られたこの設定がない。しかしこの場面に似たものはあって、それは後鳥羽院が光季追討の院宣を発し、この院宣を受けた藤原秀康が胤義を呼んでいろいろ意見を聞いたというものである。その場面、慈光寺本の秀康と胤義の問答は、

（秀康）「伊賀ノ判官光季可レ討由、院宣蒙リタルハ、何日カ可レ討、又和殿ハ彼判官ト若ヨリ一所ニ生立テ、心ノ程ハ知給タルラン、心得バヤ」ト申ケレバ、平判官是ヲ聞テ、「加様ニ打解被レ仰コソ神妙ニ候エ、五月十五日ニ討タルベシ、光季ハヨナ徒立、馬ノ上沙汰ニ及バズ、精兵而《シカモ》打物取テハ又無レ比、心サスガノ男ニテ候ゾ、左右ナク寄テ打ナラバ、容易ハ難二打得一、御所ノ《（ニカ）》召レテ、大庭ニ取籠テ可レ被レ討也、召ニ不レ参ナラバ、果報任セニ寄テ可レ討」トゾ相議シケル、

となっており、光季に対する胤義の認識が最も具体的に述べられている。ここでは光季を御所に召すのは大庭に取り籠めて討ち取るためとなっており、召しに応じない場合は「果報任セニ寄テ可討」というのである。〝果報任セ〟という語から、胤義が光季を攻めた場合にも絶対勝利をおさめることができるとは思っていなかったことが分かるのである。胤義は若い頃より一所に生い育って、光季の武芸の力量も武士としての心ばえも知りぬいての発言であるから、説得力がある。いずれにしても伊賀光季が『承久記』に具体的記述をもって登場するのはここが最初であり、特に慈光寺本では胤義の口をかりて光季が剛の者として印象づけられているのは、この光季追討記事（光季合戦譚）を考える上では注目してよい。

ところでこの光季と並んで登場して来るのが少輔入道親広である。流布本・前田家本はともにこの親広を光季と対照的に〝弓矢とる者でない〟〝召せば来る〟人物として描くのであるが、慈光寺本には親広は登場しない。それ

は流布本・前田家本が親広が召しに応じて院の御所高陽院殿へ出かける記事を載せるところでも同様である。流布本・前田家本では院の御所に召された親広が光季のもとへ使者を遣わしている。流布本では、

　賀陽院殿へ被レ召候間、参候。其へは御使は候ぬか。

という問い合わせになっており、前田家本では、

　三井寺の騒動しづめん為とて、急参べきよし仰下さるゝ間参候。御辺にも御使候けるやらん。

と、後鳥羽院が親広を召した理由づけが具体的になっている。慈光寺本には親広が登場して来ないのであるから、当然この記事は欠いている。しかし、光季に事態の急なることをそれとなく知らせようと図る人物が別に一人描かれるのである。それは佐々木山城守広綱である。

　慈光寺本はそれを五月十四日の晩のこととしており、広綱は後鳥羽院がすでに光季追討の院宣を発したことを知り、これをひそかに知らせようと酒宴を催して光季を招くのである。広綱の「判官殿、今日ハ心静ニ遊ビ玉へ」という言葉と美女の酌に光季は心打解けて、次のように語った。

　此程都ニ武士アマタ有ト承ル。何事故ト難二心得一。過シ夜ノ夢ニ、宣旨ノ御使三人来テ、光季張テ立タル弓ヲ取テ、ツカヲ七ニ切ト見テ候ヘバ、万ヅ心細クアヂキナク候也。今日ノ交遊ハ、思出ニコソ仕ラメトゾ云ケル。

気心の知れた相手に向かって孤立無援の心細さをうちあけた言葉であるが、「此程都ニ武士アマタ有ト承ル。何事故ト難二心得一。」といっている点に多少問題がありそうである。慈光寺本では、光季と広綱のこの会話がなされたのが五月十四日夜、後鳥羽院が討幕のため都に多数の武士を召集したのが四月二十八日のことになっているのであるから、「何事故ト難二心得一」などと半月以上も事態に気付かなかったとは、別稿(1)で論じたとおり彼の任務の上からも考えられない。

　光季のこの言葉を聞いた広綱は、「弓矢取身ハ今日ハ人ノ上、明日ハ身ノ上ト云事」があるから、何とか光季に

追討の命が下っていることを知らせようとする。しかし後の咎めを考え、それとなく伝えるのである。広綱の言葉、

院ハ何事ヲ思食ヤ覧。都中ニ騒事共有ト承ル。此世中ノ習ナレバ、人ノ上ニヤ候覧、身ノ上ニヤ候覧、若事モアラン時ハ憑ミ申ベシ、又憑マセ玉へ。

広綱の真意を光季はしかとは理解しなかったようである。館にもどると白拍子を呼んで宴遊を催す。明けて十五日、院宣が三度光季のもとに来る。ここで「光季ハ心ニサトリ怪シト思テ、左右ナクモ不ㇾ参」、乳母子の治部次郎光高をして内裏・仙洞の様子を偵察にやるのである。この慈光寺本の光季の描き方は、先に三浦胤義の口をかりて「心サスガノ男」と言わしめたところとは程遠い。無援の中で死んで行く光季の孤立の心細さを強調するための虚構があると見るべきであろう。

ところで慈光寺本ではもう一人の京都守護少輔入道大江親広が登場せず、光季にその危機を伝えようとした人物が佐々木山城守広綱となっているのは見て来たとおりであるが、広綱が光季に何故危機を伝えたいと思ったのか、その理由を慈光寺本は、「山城守広綱ト伊賀ノ判官光季トハアヒヤク也ケレバ」と述べているのである。「アヒヤク」とは相役のことと思われるが、広綱と光季がどのような意味で相役であったのか、今のところその確証を得られないのであるが、承久三年五月の時点で、光季と相役ということであれば、京都守護としての少輔入道親広のほうがふさわしいように思われる。『吾妻鏡』によれば、光季は承久元年（建保七年）二月十四日に鎌倉より上洛、親広は同じ二月二十九日の上洛で、着任もほぼ同時、以後追討を受けるまでの二年余を、まさに相役として勤めているからである。

また、どうも慈光寺本は少輔入道親広と佐々木広綱とを混同したと思われるふしもあるのである。それは、後鳥羽院が討幕を思い立ち、城南寺の仏事と称して軍勢を集めた時の名寄せのところに、

……大和国ニハ宇多左衛門尉、伊勢国ニハ加藤左衛門尉、伊予国ニハ河野四郎入道、近江国ニハ佐々木党少輔

入道親広ヲ始トシテ一千余騎、承久三年辛巳四月廿八日、高陽院殿ヘゾ参リケル。

とあって、近江国からは佐々木党の少輔入道親広が召集に応じたとなっている。勿論、系図等を当たっても佐々木に「少輔入道親広」なる人物はおらず、また「佐々木党」と「少輔入道親広」とを分けて解釈してみても、京都守護の親広の事歴とは合わず不自然である。「少輔入道親広」といえば、幕府の要人大江広元の子で民部少輔を勤め、源実朝の死に際し出家入道した親広のほかには、相当する人物を見出し得ないので、やはりここは慈光寺本が佐々木広綱と少輔入道大江親広を混同したものと見なすべきであろう。慈光寺本においても光季と相役の少輔入道親広が登場しない理由も、また流布本・前田家本が広綱が酒宴を開いて光季に危機を伝えようとした話を載せない理由も、このようなところにあったものと考えられる。

しかし、いずれにせよ慈光寺本が他のどの本にもまして佐々木広綱を重く見ていたことは事実で、後述するが光季合戦譚の他の部分でもほかの本に見えない広綱の記事を載せているのである。

三

伊賀光季は、院の御所へ参上すべしとの院宣に従わなかったため討手をさし向けられることになる。その部分を流布本は、

「さては、此事はや知てけり。胤義が申状不違。左《さ》有ば打て」とて、討手を被レ向。承久三年五月十四日の事也。

今日は日暮ぬとて被レ留ぬ。

と記している。何となくすわりの悪い文章で、五月十四日とは討手を向けられた日なのか、日没で翌日に延期された日なのか、ここからだけでは判断に戸惑う文であるが、同じ箇所を前田家本は、十四日のこととしてずっとすっ

きりした文で綴っている。

光季めは、はや心得てけり。早く追討すべし。今日は日暮ぬ、明日向べきよし、胤義申て御所を守護し奉りぬ。

光季も今日は日くれぬ。明日ぞ討手向はんずらんと思ひければ、楯ごもる。

ところが慈光寺本は、

十五日ノ朝ニ成ケレバ、能登守秀康ハ、院宣ニテ伊賀判官ヲ三度マデコソ召タリケレ。

と、十五日の朝のことになっているのである。このように慈光寺本と他の本とでは十四日と十五日の記事内容に多少の相違がある。それを表にして示すと、次のようになる。

	流布本	前田家本	流・前の日付	慈の日付	慈光寺本
1	後鳥羽院、胤義に親広・光季の処置を問う	○	14日	14日	△（秀康、胤義に光季の処置を問う）
2	親広、召しに応じる折、光季に使者を送る	○	14日	14日	△（広綱、光季に事態を知らせんと宴を催す）
3	親広、起請文を書き、院方につく	○	14日	14日	×
4	光季、召しに応ぜず、朝敵となる	○	14日	15日	○
5	×	×	14日	15日	光季、治部次郎を偵察に出す
6	光季、軍評定	○	14日	15日	○
7	光季方の脱走相次ぎ、二十七人残る	○	14日	15日	○
8	光季、寿王に逃がれるよう説く	○	14日	15日	×
9	光季、遊女らに引出物を与え、敵を待つ	○	15日	15日	×
10	討手攻め来る	○	15日	15日	○

○×は記事の有無を、△は近似の記事あることを示す。

この表で分かるとおり、流布本と前田家本は大筋において共通している。光季が後鳥羽院の召しに応じなかったため朝敵になり、館に籠もり軍評定をする。その結果抗戦と決まるがひそかに逃げ出す郎従も多く、わずかな手勢で戦うはめになる。光季は白拍子・遊女を招き最後の酒宴を開く。また光季は十四歳になる寿王を呼び落ち延びるよう説得するのだが、寿王は父と共に戦うことを望む。――これらのことが十四日の夜の出来事として書き込まれるのである。これに対し慈光寺本では、十四日のこととしては、光季が朝敵となったことを知った佐々木広綱が光季にひそかに伝えようと酒宴を催すことと、館にもどった光季が、その夜また白拍子を呼んで宴を開いたという二点が描かれるのみである。

その分だけ慈光寺本では十五日の記事が多くなっている。まず先にも触れたように院の御所へ参上せよとの院宣を光季が三度も拒否したこと、乳母子の治部次郎光高を偵察に出すこと、追討の軍勢が迫ること、光季館内での作戦会議のこと、光季の手勢の混乱と逃亡のことなどが描かれるのである。さてそこで光季が院の御所の動静をさぐるため治部次郎を偵察に出すところであるが、慈光寺本は次のように書いている。

メノトゴノ治部次郎光高ヲ喚テ、「御所ヘ召ニ合テ、都ノ中サハガシト聞ユ、諸国ノ武士モ、其数上リタンナレバ、内裏・仙洞ヘ参テ、外ナガラ事ノ有様見テコヨ」トテ遣シケレバ、治部次郎ハ高陽院殿（ニ脱カ）馳参ケルニ、三条東洞院ニテ打手ノ使一千余騎ニゾ行合タル。治部次郎ハ是ヲ見テ、「アレハ何事ノ武者ゾ」ト問ケレバ、京童部ノ申ケルハ、「アレコソ伊賀判官打ニ寄ル宣旨ヨ」ト云ケレバ、治部次郎是ヲ聞、夢ノ心地シテ大ニ騒ギ、走帰テ判官ヲ出居ノ妻戸ノ口ヘ喚出シ、「君ハハヤ勅勘ヲ蒙リ給ニケリ、打手ノ御使トテ、院ヨリ既ニ一千余騎ノ武者ハヤ間近マイリタリ、縦宣旨・院宣也共能矢一ツアソバセ」トゾ申タル。

治部次郎は院の御所高陽院へ偵察に行く途中、三条東洞院において、討手の勢一千余騎と行き合う。光季の館は高辻京極であるから、三条東洞院は高陽院とのちょうど中間地点に当たる。三条東洞院から光季の館までは距離にして一五〇〇米に足りない程度である。(2) 武装し千騎という集団の行動であったにしても、光季の館に到着するのにさほど時間を要しない。治部次郎が走りもどり、急を知らせてから、戦闘に至るまでのわずかな時間に、光季は遊び者たち（前夜からの酒宴に呼んだのである）に引出物をとらせ、名残りの酒盛をした後、家の子・郎等を一堂にすえて軍評定をするのである。その時の光季の「……此ニテ一騎ニ成ランマデモ、合戦シテ打死センズルゾ。年来ノ情思ハン人々ハ、光季ガ最後ノ供シテ、四手《シデ》ノ山路ヲ送給へ。但名モ惜カラズ命ノ惜カラン殿原ハ、事ノ乱レヌ先ニ何《イヅク》へモ落行給へ。恨マジ」という言葉に、次々に逃亡が続く。見かねた治部次郎が門を閉じてどうやら落ち着くといったていたらくであった。そこで光季は寿王に物具を着せるなど合戦の準備をするのである。これだけのことが、わずかな時間に可能であるか否かは問わず、ここでは慈光寺本が、戦闘が刻々と迫り来る緊迫感を、討手が次第に近づいて来るという距離的な接近の形で描くことにそれなりに成功していることを指摘しておくにとどめよう。

四

追討軍の接近に光季の館にいた八十五騎の郎等達は動揺し、逃げ出す者が続出し、わずかに残る者は二十九騎になってしまったと慈光寺本は書いている。その二十九騎さえも折あらば逃げ出そうとする様子が見えたので、治部次郎は館の門をすべて閉じて、

殿原聞玉へ、君世ニマシマス時ハ、御恩蒙ラント切舞給シ人々ノ面々、心ノ程ノウタテサハ一々次第ニ落ハテ、纔ニ残殿原モ落ントヲボサバ、天へモ上リ地ヲモ破テ落玉へ。門々ハサシツルゾ。此上猶落支度スル者アラバ、只今寄ル敵ニハ目カクマジ。舘ノ内ニテドシ軍始テ、打死セン

と悲痛な叫びをあげている。治部次郎のこの同士軍さえ辞さぬの言葉に館の内はどうやら静まるのであるが、わず

か二十九騎しか残らぬその上に動揺し戦闘意欲を失っているいわば烏合の衆である。流布本や前田家本にも光季の勢が逃亡する場面は描かれる。流布本では、

深行《ふけ》儘に一人落、二人落《ち》、次第々々に落行て、残る輩には、贄田三郎、同四郎……政所太郎、治部次郎、熊王丸を始として、一人当千の輩廿七人ぞ残ける。

とあり、前田家本では、

夜更ければのこり少く落にけり。思ひきりとゞまる者は、郎等に新枝与三郎……大村又太郎、金王丸（ヲ始トシテイ）已上廿七人なり。各〻父母・妻子のわかれも悲しけれども、年来のよしみ、当座の重恩、又未来の恥もかなしければ、骸を九重の土にさらすべしとて、とどまりけり。

といった具合で、残りとどまった者はいずれも覚悟を決めた面々で、主光季とともに死ぬことを望んでいる少数ながら気鋭の手勢である。慈光寺本とはまさに反対である。

慈光寺本は、この合戦における光季を徹底して孤立無援の中に描こうとする姿勢が窺える。それは、以下の戦闘準備の場面、合戦の場面に於いても一貫しているように思う。まず戦闘準備の場面であるが、政所太郎が鎧を差し出すのを見た光季は次のように言うのである。

光季物具ヲシテ軍ヲセバ打勝ベキカ。我等ハ無勢也。寄敵ハ多勢也。物具ヲセデ多勢ニ懸合、能矢一射テ死《シナ》バコソ、名ヲバ後代ニ留ンズレ。

光季は差し出された鎧を着ず、それどころかこの鎧が敵の手に渡らぬようにと寸断して泥中に投げ込んでしまうのである。

この様子を見た治部次郎は、光季に向かって意見を述べる。それは、

落残タル勢ドモ廿九騎ハ候メリ。上両所加テ卅一騎マシマスベシ。此御勢ニテ、只今寄敵ノ中ヲ懸ワリ、高陽

> 院殿ノ大庭ニ引籠、四門ヲ固テ寄手ノ殿原ト手ノキハ戦ヒ、負ヌル物ナラバ、御簾ノ隙ヨリ御殿ニマイリ、十善ノ君ノ御膝ヲ枕トシテ、自害仕覧トゾ申タル。

というものである。包囲の敵中を突破して、院の御所に立て籠もり、後鳥羽院をまき込んで戦おうというのである。それに対する光季の言葉は、

> 治部次郎、政所太郎許ヤサモアラン。残人共ハ門ヲ開ナバ、皆悉ク落行ナン。去バ只コ、ニテ、一騎ニナランマデモ戦テ打死セン。矢数尽ヌル者ナラバ、打物ニテ戦フベシ。其（モ脱カ）叶ハヌ者ナラバ、館ニ火ヲ懸テ、人手ニカ、ラデ自害センズル支度ヲセヨ

というもので、光季が信頼している家臣は、わずかに治部次郎と政所太郎の二名にすぎないことを語らしめているのである。門を開けたら皆逃げ出してしまうであろうと光季は自軍の勢に不信を抱きながら戦わなければならないのである。

慈光寺本は、光季の装束を、

> 判官其日ノ軍ノ装束ハ、寄懸ノ目結ノ小袖ニ、地白ノ帷大口計ニテ、白鞘巻ヲサシ十六サシタル胡簶、三要日サシタル胡簶二腰取寄テ、出居ノ妻戸ニ矢タバ子トキテ立置、滋籐ノ弓三張ハリ立テ、敵ノ寄ルヲ待懸タリ。

と記している。部分的には意不通のところもあるが、光季の軍装束は甲冑をつけないものであることは言うまでもない。流布本・前田家本は、慈光寺本のように光季が甲冑をつけずに戦おうとした理由を述べた記事を載せないのであるが、この場面、流布本は、

> 伊賀判官は、しげ目結の直垂、小袴に、鎧一領前に、大弓はり、矢二腰並べ立て、敵今やと待懸たり。

前田家本は、

> 光季も白き大口にきせなが前に置、弓二張、箭二腰出居の間に居たり。

とあって、いずれも光季の甲冑姿そのものは描いていない。合戦、自害の場面においても光季の鎧姿は全く出て来ないのは、慈光寺本をもとにして流布本、前田家本がなった痕跡であろうか。

五

戦闘が開始される。流布本・前田家本は攻撃する討手の側からこの合戦が叙述されている。例えば流布本は、

一番に黒皮威の鎧著て、葦毛なる馬に乗たる武者一騎、平九郎判官の手の者、信濃国住人志賀五郎とて、真先懸てぞ寄たりける。贄田三郎が放つ矢に、馬の腹射せて退にけり。

といった具合に、以下、岩崎右馬允・岩崎弥清太・高井兵衛太郎・間野左衛門尉時連・三浦胤義・佐々木高重が攻め込み、退却する様子が描かれる。前田家本は、流布本よりも帯刀左衛門・筑後左衛門の二名が余計に登場するが、描き方はほぼ同様である。これに対し慈光寺本は、三浦胤義・草田右馬允・六郎左衛門・佐々木広綱・間野二郎左衛門・鏡ノ左衛門・田野部十郎の人々がこの順に登場して来るが、このうち三浦胤義・佐々木広綱・間野二郎左衛門の三人を重点的に、しかも会話を中心に描いている。その会話というのも、胤義の場合は光季のほうから詞《ことば》戦いを挑んだものであり、間野二郎左衛門に対しても光季から声を懸け戦いをしているのである。広綱からは言葉を懸けられ戦いを挑まれるのであるが、「和殿ハ光季ニハアハヌ敵ゾ、ソコノキ給ヘ」と斥け、子の寿王と戦わせるといったように、慈光寺本の光季合戦譚は他本とは異なり光季の側から描かれているのである。

この合戦譚の中で諸本によって大きな違いを見せているものの一つに光季の子寿王の描き方がある。寿王の登場の部分を諸本で見ると、まず慈光寺本では、光季が鎧を着用せずに戦うことを決意し、矢束ねを解きながら敵を待つ場面で、

判官宣玉ハク、「寿王トク〳〵物具セヨ」ト有ケレバ、生年十四ニ成ガ軍装束ヲゾシケル。小連銭ノ小袖ニ、地白帷、黄ナル大口、萌黄糸威ノ腹巻、錦革ノ小手ヲ差テ、七寸五分ノ腹巻透ヲ差シ、十六サシタル染羽ノ胡簶カキタテ、重籐ノ弓ノ本弭、ウラハズシメテ、紅ノ扇開キ持、内柱ヲ楯ニシテ敵ヲ待懸タリ。

寿王の軍装束である。寿王の言葉は何も記されていないが、胡簶をかき立て、弓の弭を締め、紅の扇を持って柱を楯に敵を待つ様子はあっぱれ若武者である。

これに対し前田家本は、

判官の子寿王冠者とて、十四歳になる有けり。判官、「汝は有とても師《いくさ》すべき身にもあらず、鎌倉へ下り、光季が形見にもみえ奉れ。おさなき程は千葉介の姉のもとにて育て」と云ければ、寿王申けるは「弓矢とる者の子となりて、親のうたるゝを見すてゝ迯る者や候。又千葉介も、おやを見すてゝ迯るものを養育し候べきや。唯御供仕候べし」と云ければ、「さらば寿王に物具させよ」と云ければ、萌黄の小腹巻に小弓、小征矢を負て出たゝせたり。

というように、光季は寿王を落ち延びさせようとする。それに対して寿王はけなげにも父と共に戦うことを望むのである。これが流布本になると記事の量も増える。長文になるので全文の引用は控えるが、光季は前田家本同様寿王を逃がそうとし、寿王は共に戦わんと言う。ここまではほぼ同じであるが、流布本は、ここで寿王の口から母のことを語らせるのである。

「但、今度鎌倉を罷り立候しに、母にて候者、簾の際まで立出て、寿王に『又何比《いつごろ》か』と申候し時に、『御供にて急ぎ罷下り候はんずるぞ』と申て出しは、今思ひ候へば、其が最後にて候けるぞや」

と、寿王は鎌倉を発った時の母との会話を思い出し、「涙をはら〳〵と落」とすのであるが、これを聞いた光季も「寿王が顔をつく〴〵と守り、涙を流」すのである。このように流布本は、寿王を愁嘆を盛りあげる形で登場させている。特に同様の内容でありながら前田家本と流布本とでは、寿王のあつかいは大きな相違がある。これは寿王最期の場面でも全く同じである。前田家本が最も簡略な記述になっている。

寿王丸簾のきはに立たりけるを、判官、「敵にとらるな。光季より先に自害せよ」といはれて、物具ぬぎすて、刀を抜たりけれども、腹を切得ざりけり。「さらば火の中へ飛で入しね」といはれて走入けるに、おそろしくや思ひけむ。二三度走返〳〵しけるを、判官よびよせて、膝にすへ目をふさぎ腹をかききり、火の中へなげ入て、わが身も東へ向て、「南無鎌倉八幡大菩薩、光季唯今大夫殿の命に代りて死に候」と、三度かまくらの方を拝して、西に向て念仏となへ腹を切、火に飛入て寿王が死がいにいだき付て臥にけり。

この部分、流布本ではほぼ同じ展開で描かれるのであるが、前田家本より詳細である。例えば、光季に自害せよと言われた寿王は、

「自害は如何様に仕り候やらん」。「只腹を切れ」とぞ言ければ、則ち腹巻の高紐切て推除け、直垂の紐解丼《くつろ》げて、赤木の柄の刀指たりけるを抜て、柄を取直し、きらん〳〵と仕けるが、流石をさなき故にや、無二左右一不レ得レ切。

といったように具体的に描かれている。腹も切りえず、火の中にも飛び込めない寿王に光季は目の前が真暗になるのである。光季は寿王を呼び寄せ、「左の方に居《すゑ》て、片手をば取組み、片手をば膝に置き、寿王が貌を熟々《つくづく》と守《まも》」って、「親と成り、子と成るも先世の盟《ちぎ》りと乍レ云ひ、是程光季に契《ちぎり》深かりける子は非じ」云々と言葉を懸けるのである。そして最後に「人手に懸じと思ふ程に、我手に係《かけ》んずるぞ、我うらめしと思なよ」と言い含めて、刺し殺し、その「首と質《むく》ろを後ろ様に炎の中へ投入て、二目共不レ見」、自らも腹を切り、火に飛び込んで、寿王の遺体と打ち重なって死んで行く。前田家本がわずかに「判官よびよせて、膝にすへ目をふさぎ腹をかききり、火の中へなげ入て」とだけしか書かないのとは、大変な違いである。流布本がいかに光季の死を親子の悲劇として描こうとしたか

が分かるであろう。その点ではむしろ慈光寺本に近いと言えるかも知れない。しかし慈光寺本では寿王が切腹を試みるところはなく、「自害セヨト有ケレバ、火中へ飛入、三度マデコソ立帰レ」と、自害即火中への飛込みとなっている。これを見た光季は寿王を呼び寄せ、遺言するのである。その内容は、

去年霜月ニ、新院八幡御幸成シ時、大渡ノ橋爪固メテ、御所ノ見参ニ入、カシコキ冠者ノ眼ザシ哉ト、叡感ヲ蒙ブリタリシカバ、光季モ嬉シク覚テ、来ンズル秋、除目ニハ官所望セント思ヒツルニ、今ハ限ノ命コソ心細ケレ。

というものである。幕府御家人で京都守護の光季が我が子に除目で官を望んでいたというところにやや不自然なものを感じるのであるが、この場合、新院とは当然順徳院を指すものであろうが、順徳院が去年（承久二年）の霜月に八幡へ御幸なったという記事はこの慈光寺本以外に見出せないので、やはり慈光寺本の虚構と見做すべきであろう。前田家本・流布本がこの話をとらなかったのもそのような理由によるものであろうか。それはともあれ、光季にとって面目と感じた出来事から半年の後に死を迎える「今ハ限ノ命コソ心細ケレ」と心細さを口にする父に対して、寿王はけなげである。

寿王冠者申ケルハ、「自害ヲヱ仕候ハヌニ、父ノ御手ニカケサセ玉ヘ」

この言葉を聞いた光季は、

判官宣玉ヒケルハ、「命ヲ惜ミ鎌倉へ落行ントゾ云ハント思ツルニ」トテ、横ザマニ懐キ、刀ヲ抜出シ既ニサ、ントシケルガ、流ル、涙ニ目クレ、刀ノ立所更ニ見ヘザリケリ。

慈光寺本では寿王はその賢そうな眼ざしの故に新院の目にとまったり、あるいは自から父に殺してくれと願ったり、どちらかと言えばけなげさ、凛々しさがかえって涙を誘うといった描かれ方であるのに対し、前田家本は全く感情的な叙述を斥けて、事件の展開のみを記し、流布本はその逆で涙を多用し悲劇性を高めることに努めている。これはまた寿王が戦う場面でも事情は同じである。

六

寿王の戦う場面を、初めに最も簡略な前田家本によって挙げておこう。

弥太郎判官高重とて、門の内へおめいてかく。「寿王冠者が烏帽子おやにておはし候へば、恐は候へども矢一進せ候はん」とて放っ矢に、高重が射向の袖にうらかゝせけり。高重引返す。

ここでも例によって前田家本は感情的な辞句を記さず、事実だけを述べている。ここに登場する高重とは、佐々木経高の子の高重である。流布本では、ここに相当する部分が四倍以上にもなっている。特に寿王が高重に向かって言う言葉も、

「人は幾千万寄させ給ひ候へ共、見知ねば恥《はづかし》敷て物も不㆑被㆑申、弥太郎判官殿と承る程に、寿王こそ是に候へ。兼ては、子にせん親に成んと御約束候し、よも御忘れ候はじ。我等も忘不㆑進らせ。給て候し矢をこそ、未だ持て候へ。（恐候へ）共、親の只今打死仕《つかまつり》候最後の供を仕候時、（矢一筋進）らせんと存ずる」

と長々しくなっている。矢を射られた高重は引き退いて、その矢を人々に示して、「（略）云つる言葉の長《おと》なしさ、心中の恥敷さよ。地体は王土に住む身程、悲かりける物非じ」と涙を流して、その日は軍をやめてしまったと記している。

ところで慈光寺本であるが、高重でなく山城守広綱となっているのが流布本・前田家本との大きな相違である。また慈光寺本は、寿王を「広綱ニハ烏帽子子ナガラ聟」の関係にあったとしている。さてその広綱が「昨日マデハ互ノ雑事ノ中ナレドモ、時世ニ随フ事ナレバ、宣旨ヲ蒙テ和殿打ニ寄タル也」云々と攻め寄せて来る。これに対して光季は「和殿ハ光季ニハアハヌ敵ゾ、ソコノキ給へ。軍シテ見セ申サン。和殿ノ判官次郎ト軍シタクバシ給へ」

と、広綱を相手にせず判官次郎（寿王）を呼びに内に入ってしまう。光季に代わって寿王が出て、「元服ノ時給ハリタリシ矢奉レ返トテ、思フ矢束飽マデ引テ放タレバ、舅ノ山城守ノ鎧ノ袖ニ箆中マデコソ射立」てたのである。広綱は門外へ引退き、人々にその矢を見せ、間野次郎左衛門に「弓矢取ノ道心事ハ有ベカラズ」とたしなめられるのである。広綱と高重の違いを除けば、流布本とほぼ同様の展開である。

ところで寿王の烏帽子親あるいは聟にせんと約束していたのが慈光寺本のいうように佐々木山城守広綱であるのか、または流布本・前田家本のように佐々木弥太郎判官高重なのか、これを決定する資料を残念ながら見出だすことができないのであるが、流布本・前田家本が慈光寺本の広綱を高重に改めた理由は、いくつか挙げられるように思う。その一つは前述したように、慈光寺本は少輔入道親広と広綱とを混同した可能性があることである。次に、この合戦で攻めて来た広綱に向かって、「和殿ハ光季ニハアハヌ敵ゾ」と言っているのであるが、佐々木広綱はその経歴からいっても光季に「アハヌ敵」と斥けられるような武士ではない。例えば『尊卑分脈』の注にも、

建保六十十五日吉社　御幸為御後官人供奉、爰山徒従童令刄傷専当法師闘争、彼童逃走万人不討留之処、広綱雖為冠帯祖朝衣自身射留彼犯人之童了、

とあるし、『吾妻鏡』建久二年五月八日の条には父定綱、弟定重らとともに日吉社との紛争で宮主らを殺傷した咎によって隠岐国へ流罪と決まった旨が見えるし、元久二年閏七月二十六日条には、将軍実朝にとって代わろうとした平賀朝雅を在京御家人の一人として攻撃、これを殺している。このほか在京御家人としての活躍に報いるため一村の地頭職を幕府から与えられている(3)。広綱は当時武人として世に認められていた人物と考えられる。従って「アハヌ敵」と光季に斥けられるのは、文官として京都守護に任命された大江親広のほうにこそふさわしいと言えるだろう。ともあれ、慈光寺本のこの場面での広綱の描かれ方に疑問を持った者が、前田家本・流布本のように改めたものであろう。それでは何故親広でなく、高重に改めたのであろうか。これについても残念ながら明確な答えは見出

せない。勿論、事実として寿王の烏帽子親（あるいは舅）が高重であった可能性も十分あるのだが、あるいは『吾妻鏡』によったものではないかとも思われるのである。本章の初めに引用したが、承久三年五月二十一日条に、光季の館を襲った官軍の将帥の名前として載っているのは、「大夫尉惟信、山城守広綱、延尉胤義、高重等」である。文官親広の名はなく、広綱には疑問があったため、高重に改めたとも考えられるのである。ちなみに、広綱と高重の関係は、

秀義─┬─定綱──広綱
　　　└─経高──高重

となっていて、年齢的にもそう大きな隔りがあったようには思われない。

七

ところで、慈光寺本以外で山城守広綱を寿王の舅とし、寿王と一戦を交えたとする本が存在する。既に益田宗氏(4)によってとりあげられたことのある『神明鏡』がそれである。その部分を引用しておこう。

> [1]此時六波羅ハ伊賀光季ト少輔入道親広也。六波羅ヲ召ケルニ親広院参ス。光季ハ度々召ケレ共参ラズ。承久三年五月十五日ニ畿内ノ勢ヲ以、六波羅ヲ責ラルベキ也。光季嫡子ニ寿王丸トテ十三ニ成ケルヲ、父[2]「汝ハ落テ鎌倉ヘ可レ下。我打死スベシ」ト申ケレバ、「武士ノ家ニ生レ、十二余リ、親打死ヲ見捨テ落ト云事ヤ可レ候。家ノ恥辱也。御自害候ハヾ死出山・三途ノ川ノ御供ヲモ可レ仕候」ト申ケレバ、光季泪ニ咽ンデ兎角物不レ申。去ル程ニ大勢押寄テ時ヲ作ル。寿王ハ紫裾濃ノ甲ニ、二尺三寸ノ太刀ヲハキ、十二差タル染羽ノ矢負、重籐小弓ヲ持テ面ノ矢倉ニ走リ上リ、「打手大将ヲバ誰人承バヤ。矢一ツ進ン」ト高声ニ呼リケル。[3]爰ニ佐々木ノ山城守ト云、兼テ舅聟ノ約束有シガ、勅命ニ依一方ノ大将タリ。寿王体今見ケレバ、「山城守是ニ有リ。矢

一」ト云ケレバ、「恐ニハ候」ト云ナガラ、中指取テ打番ヒ能引テ放ツ。山城守ガ射向ノ袖ニ射留タリ。勅命ニ非バ係憂目ヲバ心繕泪ニ咽ケリ。是ヲ始トシテ大勢乱入テ責戦。内ヨリハ政所太郎、贄田右近、左近、切出テ火出テ戦ケル。サテ寿王矢倉ヨリ飛下、父ノ前ニ参畏テ申ケルハ、「早軍ハ是マデニテ候。御腹ヲ召ル可シ」ト申ケレバ、光季ハ自レ元思ヒ定タル事ナレバ、腹十文字ニ掻破。寿王モ御供申ントテ、父ノ死骸ニ打係テ腹ヲ切ル。去間城内ニ有ツル者共、大略討死シケリ。

この『神明鏡』の記述は、いくつかの面白い問題を含んでいる。引用文中に傍線を付した3の部分を見ると、寿王と舅聟の約束を結んでいたのは慈光寺本と同様に佐々木山城守広綱となっていて、いわば改訂以前の古い姿をとどめている。その反面で1に見られるように慈光寺本にはその名を見出すことができない少輔入道親広の名と彼の院参の記事を載せている。同様に2では、戦闘に先立って光季が寿王に落ち行くよう勧め、寿王がそれを拒み父と共に死ぬことを望むという設定は、いずれも慈光寺本にない前田家本・流布本の描き方である。

このように見てくると『神明鏡』のこの記事は、慈光寺本と前田家本・流布本の中間的な姿をとどめていると言えるだろう。勿論、全てが中間的であるというのではない。慈光寺本・前田家本・流布本のいずれにもない『神明鏡』個有の記述も多々見られるからである。例えば、武装した寿王が「面ノ矢倉ニ走り上」って、大声で「打手大将ヲバ誰人承バヤ。矢一ツ進ン」と名乗ったとするところ、また奮戦の甲斐なく敗戦と知るや矢倉より飛んで降り父光季の前へ行き、父に「御腹ヲ召ル可シ」と自害を促し、父の切腹のあと自らも腹を切って父の死骸に打ち重なって死んだとするところなどが『神明鏡』独自のものである。これらは寿王の奮闘ぶりが強調されているところに特色があり、最期の場面などは、『承久記』に描かれた光季と寿王の立場がまさに逆転している。いわば『神明鏡』においては、光季合戦譚が寿王合戦譚に変質しているのである。そしてこの寿王合戦譚はいわゆる御伽草子的世界に一歩近づいているように思う。言い換えれば、軍記としてのリアリズムから逸脱の傾向を見せているのである。

ところで、その萌芽は慈光寺本の中に既に認められる。例えば、館を包囲された光季が治部次郎らに命じて門を開けさせ、敵を庭に入れる場面が慈光寺本にある。平判官胤義を第一陣として三十余騎が門内に打ち入るのであるが、そこを、

判官是ヲ見テ、紅扇ヲ持テ、弓手ノ袂ヲ打ハラヒ、大庭ニ歩下、平判官ノ馬ノ鼻、弓長計《ユンダケバカリ》歩寄テ申ケルハ、「アレハ平判官ノヲハスルカ。（略）」

胤義がこれに答えて「和殿ト胤義トハ、若クヨリ一所ニテソダチタレバ……」と言っているほど親しい光季が、胤義の馬から弓丈ほどの距離でかけている言葉である。光季のこの戦場へのあらわれ方とともに奇異に感ずるのであるが、このあと光季と胤義の言葉のやりとりがあり、最後に、

平判官ハ、ツバノ中差抜出、思フ矢束飽マデ引テゾ放タル。伊賀判官ノ弓手ノ袂ヲ射透テ、後ナル妻戸ノ方立ニ、篦中《ノナカ》過テゾ射立タル。

ということになるのだが、光季はこの時「平判官ノ馬ノ鼻、弓長計歩寄テ」いたのであるから、これまた不自然と言わねばならない。また寿王が舅の山城守広綱と戦うところでも、その名乗りを、

「アレハ山城殿ノヲハスルカ。光綱ヲバ誰トカ御覧ズル。伊賀判官ガ次男判官次郎光綱トハ我事也。生年十四ニ罷成。（略）」

と書いているのであるが、舅に向かってする名乗りとは思えない。むしろ、

いかにしやうじうけたまはれ、我をば誰とかおもふらん。義朝に三男童名はもんじゆご。げんぷくして頼朝とはなにがしが事也。（『舞の本』「頼朝いぶき落」）

といったような、何か語り物の常套句を思い起こさせる。あるいはそのようなものに則った描き方であったかも知

れない。いずれにせよ、慈光寺本の光季合戦譚は『神明鏡』の寿王合戦譚につながって行く可能性をはらんでいたと言えよう。

伊賀光季追討事件は、京都の中で起こった出来事でもあり、また寿王という少年をもまき込んだ事件であったので、都の人々の関心を強くひき、しばしば人の口の端にのぼったことであろう。それが一つの〝譚《はなし》〟としてまとまって行ったであろうことは十分に考えられる。慈光寺本によれば、追討軍が向かっていることを知らぬ光季は治部次郎を偵察に出すが、その途中軍勢と行き会った治部次郎は、京童部にそれが自分達に向けられた軍勢であることを知らされたことになっている。この光季合戦譚の背後には京童部の存在が感じられるのである。

それにしても慈光寺本の光季合戦譚は、その後諸本によってそれぞれ異なった受け取り方がなされて来たものである。事件の展開だけを感情移入を見せずに記す前田家本、より親子の悲劇を強調させた流布本、寿王合戦譚に変容させている『神明鏡』。それぞれの作品として質の違いを、この譚《はなし》から逆に照射できるのではなかろうか。

注

（1）「『承久記』に見る乱直前の後鳥羽院周辺」（「青須我波良」19号　昭54・11。本書所収）

（2）『京都の歴史　第二巻』（東京学芸書林　昭45）別添地図「京都―京童と軍記の世界」により算出。

（3）上横手雅敬氏『日本中世政治史研究』（塙書房　昭48）に「（幕府機構の最中枢部の）複数制の前例は、幕初以来しばしば見えるところである。鎌倉殿御使としての中原久経・近藤国平、京都守護としての伊賀光季・毛利親広はそれである。その場合、多く一方は武人であり、一方は文筆の士であって、とくに京都に派遣されたりする場合、文筆を能くする人物が必須であり。両者が爪牙・耳目の機能を分掌しているといえよう」（三八三頁）とある。

（4）「承久記――回顧と展望――」（「国語と国文学」37－4　昭35・4）。益田氏は「このうち寿王奮戦のくだりは所謂承久記や慈光寺本承久記にも見られるが、それぐ〵異なっていて別種の承久記の存在を推測するに充分である」とされている。

この世の妄念にかかはられて
——後鳥羽院の怨霊——

一

延応元年（一二三九）五月十二日[1]、九条道家が病に伏した。かなりの重病で、二十日には天台座主慈源が仏眼法を、法性寺座主慈賢が五壇法を修すなど、その回復が祈られた。二十三日には鎌倉幕府にもその報が入り、すぐに御占も行われたし、翌日には幕府からの使節が京都に派遣された。しかし六月の初め頃には病も峠を越し、中旬には沐浴できるほどに回復したのであるが、一時は生命が危ぶまれるぐらいの重病であった。

九条道家といえば、源実朝が暗殺されたあと将軍職を継いだ藤原将軍頼経の父である。この病気の前々年、婿の近衛兼経に譲るまで摂政関白を勤め、親幕派として鎌倉の信任厚い西園寺公経とも手を組み、今を時めいていた人物である。

さて、道家が病臥している最中、この病気をめぐって奇妙な出来事があった。その一つは、『春日社恒例臨時神事記』が伝える〝夢想〟である。

于時去月廿一日禅定殿下御悩大事御座之間、伊勢大夫判官行教夢想云、殿中ニヒムツラノ貴童持□、クルシケナル御ケシキニ天御座、誰人哉之由□我ハ春日若宮也、此御所中悪魔乱入□カク、ルシ

キナリト云々。（以下略、傍点筆者）

欠文が多く意味のとりにくい箇所もあるが、行教なる男の見た夢想によれば、道家の大病の原因は御所中に悪魔が乱入しているからだというのである。もっとも、引用を省略した部分を読むと、春日若宮によって「件獄卒成恐怖速退散」ということになるらしいのであるが、悪魔なり獄卒なりがとりついたための大患であった。

その二つめは、『聖一国師年譜』・『東福紀年録』・『沙石集』等が伝える〝託宣〟がそれである。『聖一国師年譜』によれば、五月二十三日、比良山神が家盛の妻なる女性に憑いて、証月上人慶政に託宣を下したといい、その内容を『沙石集』（巻十）は「中古ヨリノ智者学生卜聞ヘシ人共、皆魔道ニアル」由を告げたものというのである。ところが幸いにも、この刑部権大輔家盛の妻にのり移った比良山神（天狗）と慶政上人との間にかわされた問答約五十条が、慶政自身の手によって書きとどめられ、『比良山古人霊託』としてその全容を伝えているのである。

この『比良山古人霊託』によると、道家が病中にあった五月二十三日から同二十八日までの間に、比良山の天狗が伊与法眼泰胤の娘で刑部権大輔家盛の妻となっている二十一歳の女性に、三度もとり憑いて霊託を下し、時には子刻、丑刻にまで及んだという。ところでこの比良山の天狗が言うことには、道家の病の原因は、崇徳院・長厳・十楽院仁慶・大原僧正承円・桜井法円などの霊によるものだというのである。これらの怨霊について、永井義憲氏は「崇徳院の怨霊のはげしかったことは他書にも見えているが、十楽院仁慶は天台座主を望んでいたが道家に排され、怨を含んで命終したことが『明月記』（寛喜元年四月二十三日）に見え、また承円も仁慶と同じく松殿基房の子、九条家に対立する立場の人で嘉禎二年に歿している。法円について管見その怨念の由来をたどり得ないが、承久の変後の僧界における勢力の隆替に関係があったのであろうか(2)」と述べておられる。永井氏が触れておられぬ長厳は、出自不詳ながら後鳥羽院の側近として威勢を張り、熊野三山を支配下に収める等の政治的手腕を振るい、承久の乱においては尊長と共に乱当初より参画、敗戦後捕えられ陸奥に流され、安貞二年（一二二八）七十七歳で死んだ人物(3)で、後述するが『吾妻鏡』・『平戸記』に死後怨霊となったことが記されている人物である。この刑部卿僧正長厳が道家に祟る直接的な理由は詳らかにしえないが、親幕・倒幕の政治的立場の相違によるものであろうか。それはともかく、これら『比良山古人霊託』の語る人々の怨霊こそが、先にあげた行教の夢想に言う「此御所中悪魔乱入」の〝悪魔〟の正体であったかもしれない。

さらに『比良山古人霊託』で怨霊となったとされる人々のうち、特に注目したいのが後鳥羽院（隠岐院）である。その部分以下の如くである。

問。六月中乱二入洛中一、不レ被レ奉レ悩二諸宮諸院一由、或（ハ）説示。之実否如何。
答。彼霊（隠岐院）祈二請熊野（ママ）一事、サモアルラン。
　諸宮諸院、悩セラルトモ、ヨモカナワジ。
　物只少々コソ申アランズラン。

これは、後鳥羽院（隠岐院）の霊が、来月（延応元年六月）中には熊野権現に祈請のため、都に乱入して来るという予言である。この予言を聞いた者はどのような思いをしたであろうか。

この年の二月二十二日、承久の乱以来十八年の配流の果てに、後鳥羽院は隠岐の島で息を引きとっているのである。そして道家が病に冒された三日後の五月十六日、前左衛門尉藤原能茂入道がその遺骨を首に懸け、都にもどって来たばかりであった。そのような時の後鳥羽院御霊の洛中乱入の予言であったのである。

『比良山古人霊託』には、道家の病気と後鳥羽院の怨霊との因果関係は語られておらず、わずかに後鳥羽院側近の長厳の怨霊がその名を連ねているにすぎないのであるが、両者の因果関係を認める風説があるいはあったのであろうか。道家がまだ臥せっている五月二十九日、それまで隠岐院と呼ばれていた後鳥羽院に、顕徳院の諡《おくりな》が奉られた。『百錬抄』は「以二隠岐院一可レ奉レ号二顕徳院一者、依二治承崇徳院例二」と記しているが、「治承崇徳院例」に依るとわざわざことわっているのは、治承元年七月二十九日に、讃岐院の怨霊を慰撫するため崇徳院という諡を奉った例をさすのであり、この例に依ったというのは今回も隠岐院の怨霊慰撫のための諡であったと考えられるのである。洞院公賢の作というから、やや時代はさがるが、『皇代暦』（『歴代皇紀』）には、

　有二法皇諡号事一、顕徳院依崇徳院例、依二入道（道家）摂政病患之時奇特一云々。

とあって、道家の病気と顕徳院の諡号との関係を明言している。また「入道摂政病患之時奇特」については、五月十七日条のところに、

　入道摂政有二不例邪気一云々。有二種々不思議一云々。

とあるから、夢想や託宣などを指しているものと考えてよかろう。

　このように後鳥羽院は、その死後まもなくから怨霊になったと信じられ、畏怖されたのである。

二

　後鳥羽院がその怨念の故に、死後魔界に堕ち、怨霊となって祟りをなしたり、婦女子に憑いて託宣を下したりしたと信じられた期間はかなり長いようである。中でも特に後鳥羽院御霊の存在が強く意識された時期が少なくとも二度あったと思われる。(4)

　勿論、最初は後鳥羽院の死の直後であるが、それに先だって後鳥羽院自身が生前において自己の妄念の深さを述べ、あるいは魔縁となる可能性を自覚していたと考えられる文章を書き残しているのである。それは『後鳥羽院御置文案』として水無瀬宮に伝わるもので、『後鳥羽院御霊託記』にも収められている置文である。

　我ハ法花経にみちひかれまいらせて、生死をハいかにもいてんする也、たゝし百千に一、この世のまうねんに

か〻はられて、まえんともなりたる事あらは、このよのためさはりなす事あらんすらむ、千万に一、我子孫世をとる事あらハ、一かうわかちからと思へし、それは、我身にある善根功徳を、みな悪道に廻向してこそ、さほとの事をはせんする時に、身にと〻まる善根もなくなりて、いよ〳〵悪道にふかくいらむする也、この事の返々かなしきなり、さる事もあらんには、我子孫のよをしらせ給はんハ、又二こと神事仏事ゆめゆめおこなはるまし、た〻我菩提を一かうにとふらはれんそ、なに事にもすきたる御いのりにてあるへき、このやうハ、後白川法皇われにおほせられし事也、それをふかくのいたり、ふかくももちゐす、その事となきいのり物まうてにて、か〻るよになりにき、ましてわかちからをもてよをしらせ給はん君、我菩提のほかの事をおこなはれんは、一こに御みのた〻りとなるへきこと也、たとひ魔縁になりたりとも、なにとなき小事なとは、ゆめ〳〵すましき也、返々まれまれ身にと〻まりたる善根功徳をうしなひて、手をむなしくてあらん事のかなしさハ、なに〻もすきたらんする也、たとへハひんくなるもの〻、をのつからもちたるたからをうしなひて、大事をいとなむかことし、功徳を廻向せてハ、魔縁のならひ、悪事をハえせぬ也、この事のかなしきなり、これも返々よしなくおほゆれは、た〻まうねんをすて〻、生死をいてんとこそ仏にも申とも、せめての事にいひをく也、をハりの時、おほやうハみえんする也、東大寺の大仏くやうに、二たひあひたりし、一日の一切経くやう、すり本の法花経、この三の功徳ハ、いかにも身にそへて、もちたらんする也、これをえんとして、よくとふらは〻、たとひ一たん魔縁になりたりとも、むなしかるましき也、関白以下のさハりをは、ゆめ〳〵なすましき也、わかするといふ事ありとも、もちゐるへからす。

嘉禎三年八月廿五日

ここに付された日付によれば、後鳥羽院の死より二年前に記された置文である。この置文に「この世のまうねんにか〻はられて、まえんともなりたる事あらは……」とあり、後鳥羽院自身がこの世の妄念のため、魔縁となるかも知れないとの怖れを書きとめているのであるが、その「この世のまうねん」とは、後鳥羽院がこの前年の嘉禎二年十月十五日、隠岐の御前に参上した西蓮に与えた勅宣(5)に記された「故宮恋慕之余、遠嶋徒然之間、奉作十一面観音像」の「故宮恋慕」ということでもあったであろう。

しかし後鳥羽院が自分の死後の怨霊化を予測するまでもなく、生霊とでも言うべく、生存中からその怨霊が祟りをなしたと考えられていたようである。それは天福元年（一二三三）九月に後堀河院の中宮、藻壁門院が御産のあと急死し、翌年の文暦元年五月に仲恭先帝が、また同年八月には後堀河上皇が相ついでなくなるという事件で、『五代帝王物語』は、

いかにも子細ある事なり、後鳥羽院の御怨念などの所為にやとぞ申あひける。或人の申侍りしは誠にやありけん、かかる事は虚言のみおほかれば、偏に信ずべきにあらねども書付侍り。

と書き記している。

さて遠く隠岐で「故宮恋慕」の思いに駆られていた後鳥羽院を都に還幸させようとする運動が、勿論なかった訳ではなく、嘉禎元年（一二三五）三月には幕府にその申し込みが行われている。その間の大体の事情は、『明月記』嘉禎元年四月六日、同十六日、五月三日の条等によって知ることができるのである(6)が、幕府の返事は五月十四日条に記されている。

東方書状、家人等一同申二不レ可レ然由之趣一

ということで、この還幸計画は拒否されたのである。後鳥羽院の死の四年前のことである。

以上のことを年表で示してみると、

一二三三（天福元）　九月、藻壁門院崩。

一二三四（文暦元）　五月、仲恭先帝崩。

八月、後堀河上皇崩。
一二三五（嘉禎元）三月、後鳥羽院還京の議幕府に申し入れるも拒否さる。
一二三六（嘉禎二）十月、西蓮隠岐の御前で勅宣を蒙る。
一二三七（嘉禎三）八月、後鳥羽院置文を記す。
一二三九（延応元）二月、後鳥羽院崩。五月、遺骨帰京。顕徳院と謚。

ということになり、死の数年前から後鳥羽院怨霊化を信ぜざるを得ないような一連の動きがあったことがわかる。このような情況の中で後鳥羽院は死んだのであるから、『比良山古人霊託』が記すように、死後三ヶ月を出でず、早くも後鳥羽院御霊の存在が云々されたのも当然なことであった。

三

後鳥羽院の死の翌年、延応二年（七月改元、仁治）は正月から不吉なことが続いた。民部卿平経高は、その日記『平戸記』に詳細に書きとめている。その不吉なことの最初は、

四日己巳、（中略）今夕戌刻彗星見西方、寄坤方光荒《芒カ》五六尺映月、其光荒《芒カ》薄云々、行度・太子《愛カ》速《辺カ》無程入山了、此一両年天変不休、就中去冬已後重変重畳、今及此大変、可畏々々。

と、正月四日夜から現れた彗星である。この彗星のことは、「妖星」「奇星」などとも表現されて、その後ほとんど毎日のように書かれている。そしてこの彗星について、人々が見た夢想もまた数多く記されている。例えば、二十四日の記事に、

一日或人云、美濃国青波加宿遊女長元有夢想、日二出云々、依愚昧之女性、思身之吉凶、京上相逢夢説問之、

夢解答云、是非身事、公家御慎事也云々、仍安堵、于今在京之由聞之、而一昨日不慮聞出彼縁者問之、今朝示送之、事已一定云々、件事承久乱時聞（関カ）東士女有此夢云々、尤可思事也。

又或者云、六波羅武家等為黄衣神人披追捕、武士等迯散之由、即有彼辺仕女之夢想云々、旁以不審々々。

などとある。この記事で気になるのは、青墓宿の遊女の夢想は承久の乱の時、関東の士女が見たものと同じであったということ、また六波羅辺に仕える女の見た夢想が、六波羅の武士が黄色の着衣の神人に追捕されるという、いずれも関東の武士とのかかわりを予測させる夢想である点である。さらにもう一点気になるのは、四日の条にもある「去冬已後重変重畳」ということで、十八日条などにも「去年已後変異重畳、今有此大変」と見えるように、去年（延応元年）あるいは去年の冬から不吉な出来事が度重なっているという見方である。

ところでこの彗星も月末の二十七日になるとさすがに薄らいだとみえ、平経高もその日の日記には、

今夜天顔快晴、妖星猶見、芒事外薄短、

と書いている。これで一段落かと思われたその翌日二十八日、都に北条時房急死の報が入ったのである。

今暁関東飛脚到来六波羅云々、修理権大夫時房朝臣去廿四日俄卒去云々、日来無病気、廿三日心神聊違例之由語之、然而無殊事、仍家中不驚（警カ）固、戌刻増気、廿四日戌刻遂閉眼云々、時房朝臣者、時政息、故義時朝臣舎弟也、於関東如両眼口入世務、承久已後已送廿年、今頓死之条可奇可思。

北条時房といえば、承久の乱では泰時とともに都に攻め上り、乱後も六波羅探題南方として留まり、その後も一貫して幕府の中枢にいた人物である。この時房死去の報に接した平経高は、前の文に続けて次のように記している。

人口云、去年歳暮義村頓死、今年又時房頓死、偏是顕徳院御所為云々、関東中偏以御顕現云々。

其上時房郎等男、称進士右近将監不知交名、去年歳暮有不可説之夢想、是顕徳院・長厳僧正等、時房可被召取之由也、果而有此事云々、彼是不可不思。

此事今日及辰刻漸風聞、世間頗物忩、不知由緒、成不審之処、及午刻遍以披霞、関東漸以衰微歟、可奇々々。

北条時房の急死は、二ヶ月程前の延応元年十二月五日にこれもまた急逝した三浦義村のことを思い起こさせ、この二人の死に共通の意志が働いていると、時の人は考えたのである。周知のように、三浦義村も幕府御家人として承久の乱では大功をあげている武士である。『吾妻鏡』によれば三浦義村は「大中風」が死因だったとしているが、頓死であったことには違いなく、顕徳院（後鳥羽院）の御霊が発動したものと受けとられていたのである。先に彗星の一件で引用した『平戸記』の記事に、「去冬已後重変重畳」という中には、当然義村の死も入っていたことになろう。

また北条時房の死に先だって、時房の郎等進士右近将監某の見た夢想には、顕徳院と並んで長厳僧正の名が見えるが、これは前に触れた『比良山古人霊託』と同様で、顕徳院の怨霊と一対をなすかのように現れ、顕徳院につき従っている。その代表的なものは『吾妻鏡』建長四年（一二五二）正月十二日条に見える記事であろう。それによると伊勢前司の郎等の娘で十三歳になる少女に長厳の霊がとりつき、託宣をなしたというのである。その内容は「承久年中之旨之語申」したのであった。さらに加持祈禱を試みたところ、少女にとりついた長厳は、「隠岐法皇之為御使而、従去比於関東令下向」と答えて、後鳥羽院御霊に従属している長厳の一面を伝えている。それはともかく、幕府の要人北条時房・三浦義村の死をめぐって、それを「顕徳院御所為」と言い、また「関東中偏以御顕現」と鎌倉中に後鳥羽院の怨霊が発動、祟りをなしていると信じられ、語られていたのは注目に値する。

延応二年は不思議なことが連続して起こった年だったようである。正月の彗星、北条時房の死に続いて、二月六日には幕府政所が炎上した。放火の疑いもあったが、この火災をめぐっても、いろいろ風説があった。『平戸記』の二月二十二日条には、大蔵卿菅原為長の縁者で関東にいる者からの手紙の概要を載せている。

其状云、天魔蜂起不可説、未曽有云々、其中連夜有放火事、依此事毎辻置守護人、搦得一人之下手禁固之処、後朝無其体、只有一株付縄云々、依此表事、件守護之儀後午（ママ）、又彼株事秘蔵、然而世間多以風聞、件炎上度々中、去四（六カ）日及大焼亡云々、又六波羅武家同天魔現形云々、不能多注、尤可畏々々、所詮武家偏執世務、已及廿年、此兆也魔滅之瑞相也、勿論々々、

ここには顕徳院とも何とも書かれていないが、この二月二十二日は「今日顕徳院御正日也」とあるとおり、後鳥羽院の祥月命日に当たっているし、「武家偏執世務、已及廿年」とは承久の乱から数えて二十年ということであるから、この日記の筆者平経高は、天魔が鎌倉中に跳梁しているとの便りに、「関東中偏以御顕現」と、後鳥羽院御霊の存在を意識したかも知れない。

また同じ二月二十七日の条には、

伝聞、関東衰弊、放火重畳、武家魔滅、天狗大略現見歟云々、可恐々々、変異夢想旁示云々、京中又如此、就中相模守重時住宅天狗現見、自以談話云々、事非矯飾、尤可畏事也。

と、鎌倉及び京都での天狗の出現を記している。ここにその名を挙げられている相模守重時は、勿論北条重時のことで、義時の子、泰時の弟に当たり、この時六波羅探題として在京している。その重時自身が天狗の出現を語ったというのである。幕府政所の火災は、幕府滅亡の兆しと受けとめられたのである。

延応二年の夏は旱魃に悩まされた。秋に入ってからもほとんど雨が降らず、改元が検討されたり、神泉苑において雨請いがとり行われたりした。この炎旱の続く七月九日、平経高は東寺長者僧正覚教と九条道家が語った話を日記に書きとめた。

件僧正語云、高野奥院有智行之上人、彼上人夢想云、去月廿三日云々、有攀昇高嶺事、而其所貴人等多集、不知誰人之

処、只今又貴人一人有参入、是誰人哉之由問其従、答云、賀茂大明神也、我君御神為御使可被進尼野大明神之故也云々、即問云、我君御神トハ誰ノ御事哉、又答云、伊勢太神宮也、此後我君御神令申賀茂大明神給云、顕徳院被訴申候様、依不慮事赴遠所、是皆前世之宿報也、但遂不見故郷之条深恨也、依之欲損亡天下、可始自炎旱疾飢、然而失天下事、不申請神明者可有其恐、仍所申也云々、其趣頗有謂、仍所被申云々、賀茂大明神奉仰令参尼野給了、相待御帰参欲聞御返事趣之処、或者出来云、コ、ニ候者ハ誰者哉、返々奇怪可追却ト文《（テカ）》被払之間、迯去了、仍遂不聞御返事云々、此事粗又令申入道殿了云々、事趣尤有怖□事欤、炎旱之体、誠有様事也。

又入道殿仰云、或者一日為遊戯向桂河之間、事之最中僧一人俄絶入、其後蘇生、語云、崇徳院之時行云々、有種々仰等云々、於其趣者不言語給云々、凡近日天狗繁昌不可説事也。

ここに書かれている二つの話のうち前者、つまり高野山奥院の智行の上人が見た夢想は、高い嶺に登ったところ、そこに多勢の神々が集まって何事か相談しており、上人は一人の従者に神々の名を尋ね、傍らで聞いていたが遂に見咎められ追い出されたというのである。これは『平家物語』巻五「物怪之沙汰」に出てくる源中納言雅頼の青侍が見た夢の話や『太平記』巻二十七「雲景未来記事」の話によく似ている点も注目されるが、何よりも顕徳院か「前世の宿報ではからずも隠岐へ流されたのはいたしかたないとして、ついに故郷を見ることなく彼の地で没したのは深い恨みである。だから天下を亡ぼそうと思い、手始めに炎旱疾飢を起こそうと思うのだが、それには神々の許しを得ておかねばならない」として訴え出、これを受けた神々も「その趣きには頗る謂れがある」と肯定的に顕徳院の言い分を採りあげている点が注目される。神々の会議の結論は、この上人が追い出されたことによって開かずじまいになってしまったが、この年の大旱魃は顕徳院の仕態と、この話を伝え聞いた人々は考えたに違いない。

また平経高が書きとめた後者の話――入道殿（道家）が語った話では、俄かに絶え入り暫くして蘇生した僧が崇徳院から「種々仰」せを受けて来たといい、この旱魃が一人顕徳院のせいでなく、崇徳院の怨霊も関与していたことを伝えている。そしてこれらの出来事を「凡近日天狗繁昌不可説事也」と、平経高は表現しているのである。彼がこの二つの話を書きとめた七日後、七月十六日には旱魃のため改元が行われた。延応をやめ仁治となったのである。

ところで後鳥羽院をはじめその他の怨霊、天狗等々魔界のものに強い関心を抱き、その託宣、夢想などを丹念に書き付けたのが、平経高で、その日記がいままでしばしば引用して来た『平戸記』であるが、残念なことに、後鳥羽院の死んだ延応元年と死の翌々年仁治二年の記事をそっくり欠いている。従って次に後鳥羽院の名が『平戸記』にあらわれるのは仁治三年（一二四二）の三月二十六日の条である。

晴、貞雲法印入来、言談之間日景徒暮、仍欲参関白殿之処、時刻推移之間、乍思不参。
法印語世事之次、多是顕徳院御事難黙止之子細等也、可怖々々。

貞雲法印との会話の中で後鳥羽院のことが語られているのであるが、前日の二十五日に近衛兼経から引き継いで関白になったばかりの二条良実のところへ参上するのを翌日まわしにしてまで貞雲法印と語りあった「可怖」き「顕徳院御事」の「難黙止之子細」とは、一体どのようなものであるのか、これだけの文章からはその具体的内容を窺い知ることはできないが、平経高にとってはやはり重要なことであったのであろう。あるいは、この年の一月九日、四条天皇が僅か十二歳で急死し、九条道家が皇位継承を幕府に伺うという、平経高をして「抑此事、関東計申之条、雖知末世之至極、可悲々々、十善帝位之運、更非凡夫愚賤之所思」、「憖以凡畢（卑カ）之下愚、計立帝位之条、未曽有事也」（仁治三年正月十九日条）と嘆かしめた事件と関連があろうか。幕府の同意を得て、四条天皇の跡をうけた後嵯峨天皇は、一月二十日践祚、三月十八日即位であった。また『平戸記』の四月二十五日条には、

今日、御即位之由、被差遣山陵使、其間人数如常、其上被相加顕徳院大原、土御門院御廟。

とあることを考え合わせると、三月二十六日の貞雲法印との会話に出た「顕徳院御事」というのも、後鳥羽院がなす祟りを言った可能性が強いように思われる。

仁治三年六月十五日、北条泰時が死んだ。泰時は言うまでもなく義時の子、承久の乱では大将軍として十万余の軍兵を率いて東海道を京へ攻め上り、乱後の処置を叔父の時房とともに指揮、義時なきあとは幕府の執権となり貞永式目の制定など幕府政治を確立した人物である。彼の死について一番詳しいはずの『吾妻鏡』が仁治三年の記事を欠いているので、諸書によるしかないが、泰時は四月頃から体の具合が悪かったらしい。『平戸記』五月十三日条に「去月廿七日有所労、依減今月五日沐浴、而自六日増気、申出家之暇、将軍被許之云々」とあるように、一旦は快方へ向かったが再び悪化、遂に出家を将軍頼経に願い出た。九日に出家、法名を観阿といった。この時家臣五十人が出家をし、翌日には弟の朝時も出家を遂げたという。五月の末になって泰時は本来の病気であった所労の上に赤痢に罹ったという。その最期の様子を『経光卿記抄』は近衛兼経が語ったところとして伝えている。

泰時朝臣入道他界之時、臨終熱気責来、冥火焼然歟、如蒸之間、無相臨之人、極重悪人之故歟、可憐之、治承平相国入滅之時如此、焼払南都両寺之故也、可可《ママ》哀事歟。

高熱に苦悶するありさまは、平清盛の最期を連想させるほどであった。『平戸記』にも、「前後不覚、温気如火、人以不寄付其傍」と記しているから事実であったろう。しかし、この熱病の原因を「極重悪人之故歟」と言っているのは、近衛兼経の意見であろうか。『経光卿記抄』の他のところでは、

故右京権大夫義時朝臣一男、為将軍家後見、秉政柄廿一ヶ年、諸国地頭守護濫妨間事、武士口入事許成敗、猶以一日万機也、而近代朝家重事、一向彼朝臣計申之趣也、性稟廉直、以道理為先、可謂唐堯虞舜之再誕歟、近年以降非《ママ》臣下之昇進、帝位執柄以下緇素官職、遥以東風之吹来有其沙汰、如此事、一向不論親疎、計申道理、

万人仰之、殆無比類、去月依病出家之由風聞之時、万人歎之、而遂以他界云々、朝家之重事也、可驚可歎。

と、泰時の死を悼み、その人物を大層ほめあげている。このようなすぐれた人物が高熱に苦しみ抜いて死んだのである。そこに何者かの意志が働らいていたのではないかと当時の人々が考えたとしても無理からぬところであろう。そういえば、この泰時が病に冒され、死んだ仁治三年の五月から六月にかけては、雨が降り続く冷たい夏であった。平経高は日記に連日雨の様子を書きつけている。六月八日の条には「終日降雨、涼気如冬、上下各着綿衣、未曽有事也、〔又〕五月雨之後、六月霖雨、世間損亡云々」と、最近の天候不順を記している。このような異常気象は六月十九日の条にも書かれている。それは、「近日連日風吹、又有旱魃之気、今年風水旱三災相合、天下愁之云々」というものであるが、この記事の翌日、六月二十日に泰時の死の報が京都に入ったのであった。

泰時死去の報に接した藤原経光はさまざまな感懐を催したようである。先に引用したが、彼は泰時の死を悼み、生前の人柄をほめたたえる一方、次のような感慨を漏らしている。

抑義時朝臣、尼二品《故右府室家》等、六七月之間有事、承久東夷乱入帝都、即六月十四日也、彼是令符合歟、不可説、毎度以六月関東重事出来、尤可恐事也。

泰時の死が六月十五日、北条義時は元仁元年（一二二四）六月十三日、北条政子は嘉禄元年（一二二五）七月十一日に死んでいることと、承久の乱の折、関東の軍勢が都に乱入したのが六月十四日であることに符合するものを感じたのである。関東で何か重大事が起こるのはいつも六月である、これにはきっと理由があるに違いない、もっとも恐るべきことであるというのである。

一方、同じ都の内にいた『平戸記』の筆者平経高は次のように書き記している。

先是丑刻許、雑色男走来告云、今夜子刻許、東脚《号下条兵衛尉》到着六波羅云々、前武州泰時入道去十五日夜已殞命云々、彼辺騒動者、其後旁相尋、事已一定云々、為参殿下遣召僮僕等了、夜曙之後馳参殿下、即出御被仰云、去十日殊減気勧食事、自十一日又更発、十二日又発、自十五日未刻増気、前後不覚、温気如火、人以不寄付其傍、亥刻辛苦悩乱、其気絶了云々、定員申此由云々、将軍御礼進南都了之由、行範此夜半許所参申也、顕徳院御霊顕現、有不可説事等云々、可恐之由被仰、心閑被仰世事、漸及巳始之間、人々多参、其後御参内了。

二条良実の邸で語られたことが記されているのだが、ここでは泰時の死は、はっきり顕徳院の仕態と断定されている。

また六月二十三日の条には、大蔵卿菅原為長との会話が書きとめられている。

心閑談世事、顕徳院御怨念甚深、東辺有不可説事等云々、大僧正御房日来令住彼給被注進御師僧正云々、其外上下之説多聞、長厳僧正又託諸人、可恐可恐。

ここでも顕徳院の怨念の深さと、そのために関東で起こっている不思議な出来事が主な話題であったようだ。さらにまた長厳が多くの人々にとり憑いて託宣を下しているとも言うのである。しかもこれらの話は、関東に住むある僧正がよこした知らせを根拠にしているのだから、全く根も葉もない勝手な想像とは言えない。やはり顕徳院の怨霊の祟りを鎌倉でも京都でも信じ恐れたのである。

四

六月十五日の泰時の死の報が都にもたらされたのは二十日であったが、その六日後の『平戸記』には次のような記述が見える。

今日、殿下御物語云、顕徳院謚号可被改、可奉号後鳥羽云々、此事前内府申行歟、案此事、我朝無例歟、至漢朝者、一両度相存之由、大府卿申之、又御改名之儀太不得其心、何故云々、不叶冥慮者又如何、又二代山陵事、不可有沙汰云々、是又前内府申行歟、其條又不可然歟。

一度奉った顕徳院という諡号を後鳥羽院と改めるというのである。そのような前例の有無が問題にされ、また改名したものの冥慮にかなわなかったらどうなるのかなどと取り沙汰されたが、七月八日、正式に後鳥羽院と改められた。

顕徳院という諡号もその霊を慰めるために奉られた名であった。天皇の諡号、あるいは追号は普通生前の徳行、または在所等によってつけられるのであるから、「顕徳」とはまさにその徳行を賞揚したものである。また『玉英記抄』の延元四年九月八日条の、

先院被奉号後醍醐院云々、代々如此之院、祓用徳字、崇—安—顕—順—等他、今度御号殊勝珍重也、可叶尊霊之叡情歟。

に記されているとおり、後醍醐天皇のように京都の地を離れて死んだ天皇・院には「徳」の字を用いるのが通例であった。崇徳院・安徳天皇・顕徳院・順徳院等、皆然りであった。異土でその生を終えた怨念を鎮めるための「徳」の字であったにもかかわらず、顕徳院の御霊は慰撫されることがなかったのである。

ところで『皇年代略記』には改名の時の宣命の一部が引用されている。

其辞云、顕徳乃尊号諡乎者、秘之天輙申佐須、世俗爾者常仁御在所乎以弖、後鳥羽院止申佐牟者可宜云々、

何故「顕徳」という諡号を秘して輙く申さなかったのか不明であるが、何かいわくがありそうである。また『増鏡』三、藤衣には、

はじめは顕徳院と定め申されたりけれど、おはしましし世の御あらましなりけるとて、仁治の頃ぞ、後鳥羽院とは更に聞えなほされけるとなむ。

と、この改名は生前からの「御あらまし」にのっとったもので、「後鳥羽院」という諡号は後鳥羽院自身の希望を

容れた改名であったというのである。

隠岐院から顕徳院へ、顕徳院から後鳥羽院へという呼称の移りかわりも、後鳥羽院の怨霊のなせる態ということができそうである。

注

（1）『吾妻鏡』延応元年五月二十三日条による。なお『比良山古人霊託』は五月十一日とする。

（2）『閑居友付比良山古人霊託』（古典文庫　昭43）の「解説」。

（3）長厳については、村山修一氏『藤原定家』（人物叢書　吉川弘文館　昭37）一五八～一六二頁に詳しい。

（4）本章では二度目の時期については触れえなかった。

（5）『後鳥羽院御霊託記』（続群書類従・雑部）に所収。なお西蓮とは後鳥羽院の遺骨を都に運んだ藤原能茂入道の法名である。

（6）龍粛氏『鎌倉時代・下』（春秋社　昭32）所収「承久の変の遺響」。なお本章をなすにあたり龍氏上記論文のほか、藤井貞文氏「後鳥羽上皇御意志の成立——怨霊思想の解明の一として——」（「神道宗教」13号　昭31・12）・「後鳥羽上皇御霊の発動」（「神道宗教」32号　昭38・9）を参考にした。

慈光寺本『承久記』の土御門院配流記事をめぐって

――日付の検討から――

一

慈光寺本『承久記』は他の諸本に見られない〝序〟を持っている。その内容は衆生済度のため娑婆世界に出現する三千仏から始まり、いわば仏教的な時間論、歴史観を述べたものであり、それに続いて日本の歴史に触れ、人皇の始めの神武天皇以来承久の乱に至る十二度の「国王兵乱」史を語り、さらに源家三代の命運を語るものである。ここまではいわば承久の乱前史とでも言うべきところで、慈光寺本の本題は北条義時の登場から始まると見てよいであろう。

この〝序〟の部分において、過去荘厳劫の千仏出現という太古の昔から鎌倉三代将軍実朝暗殺の建保七年正月までを、勿論大雑把であり、不正確な点も多いのであるが、一応は年代順に記述しているのである。そこで北条義時の登場以降の承久の乱そのものの叙述がどのようになっているか、慈光寺本の日付を中心に検討してみたい。

まず北条義時の登場の記事は次のようになっている。

爰ニ右京権大夫義時ノ朝臣思様、朝ノ護源氏ハ失終ヌ。誰カハ日本国ヲバ知行スベキ。義時一人シテ、万方ヲナビカシ一天下ヲ取ラン事、誰カハ諍フベキ。

実朝が暗殺された時、義時が心中密かに思ったところを記したものである。その実朝暗殺事件が起こったのは、慈光寺本の日付に従えば「建保七年己卯正月廿日（前田家本等では二十七日）」のことである。そして幕府が京都から将軍を迎えるため相模守時房を派遣したのが「同年夏ノ比」であり、藤原頼経が将軍として東下したのが「建保七年六月十八日」、その「十八日ヨリ廿日マデ、年始元三ノ儀式ヲ始テ御遊アリ」と記されている。前田家本では頼経が京を出発したのが「承久元年（建保七年）六月二十七日（流布本は廿六日）」で、鎌倉到着が「同七月十九日（流布本も同じ）」であったとなっている。

ところで『吾妻鏡』承久元年七月十九日条には、頼経関東下向について次のような記事が見え、日時についても『承久記』諸本と多少のズレを見せている箇所がある。

左大臣道家公の賢息歳二、母は公経卿の女、建保六年正月十六日寅刻誕生関東に下向す。是故前右大将の後室二品禅尼、将軍の旧好を重ずるの故、其後嗣を継がんが為、之を申請ふに依り、去月三日下向有る可きの由宣下せらる。同九日春日社に参る、乗車、殿上人一人、諸太夫三人、侍十人共に在りと云々　同十四日、左府に於て魚味の儀有り。同十七日院参。御馬御剣等を賜はると云々。同廿五日、一条亭より六波羅に渡りて、則ち進発すと云々。今日午剋、鎌倉に入り、右京権大夫義時朝臣の大倉亭墎内の南方に此間新造屋を構ふに著く。

『吾妻鏡』によれば、六月二十五日、頼経は一条邸から六波羅に移り、そこから出発し、七月十九日の午刻に鎌倉入りしたという。慈光寺本とは出発日、到着日とも相違し、前田家本や流布本とでは出発日は異なり、到着日は一致している。前田家本などは後代の手に成るもので、多くの資料を使用したと思われ、慈光寺本の誤りを正している所もあるので、日付の正誤を単に比べても意味はない。それよりも問題は、それぞれ慈光寺本や前田家本等のどのような記事に日付が表記されているか、その正誤にどのような傾向、あるいは意味があるかという点であろう。

そこで、藤原将軍東下記事以降の承久の乱に直接関連ある記述のうち、日付の記されているものを列挙しておこう。慈光寺本と前田家本の会話部分を除く、日付記事をそのまま掲げ、その日付にかかわる記事内容の概略をカッコ内に示した。

慈光寺本	①承久三年辛巳四月廿八日（後鳥羽院、武士を高陽院に召し、討幕を計る） ②（五月）十四日（山城守広綱、伊賀光季を呼び、院の計画を密かに知らせんとする） ③十五日ノ朝（院の軍勢、光季邸を襲撃） ④十五日戌刻（光季の下人、鎌倉へ発つ） ⑤十六日ノ寅時（院宣の使押松、鎌倉へ出発） ⑥十九日ノ申ノ刻（押松鎌倉下着） ⑦同酉ノ時（光季の使、鎌倉下着） ⑧同十九日酉ノ時（三浦胤義の使、鎌倉下着） ⑨廿一日（鎌倉軍発向） ⑩（二十六日）酉ノ時（釈放された押松、京都着）
前田家本	①承久三年五月十四日（院、武士を高陽院に召す） ③十五日午ノ時（院の軍勢、光季邸を襲撃） ⑤十六日ノ卯ノ時（義時追討の院宣、発せられ、押松鎌倉へ発つ） ⑧十九日の未の刻（三浦胤義の使、鎌倉到着） ⑨（二十一日）卯ノ刻（鎌倉の大軍出発） ⑩六月一日の酉ノ刻（押松、京へ戻る） a 六月三日の卯ノ刻（京方武士、出発） b 四日（京方、尾張川に到着） c 六月五日辰ノ刻（鎌倉軍、尾張一の宮で手分け） d 六月六日午ノ刻已前（京方敗退）
その他	

⑪承久三年六月八日ノ暁（京方武士員矢ら院の御所へもどる）
⑫（六月八日）酉時（院、東坂本へ御幸）
⑬六月十四日ノ夜半（京方敗退、山田重貞ら、高陽院へもどる）
⑭十五日ノ辰ノ時（三浦胤義自害）
⑮六月十五日巳時（泰時、六波羅到着）
⑯十七日午時（朝時、六波羅到着）
⑰七月二日（院、押小路の泉殿へ移る）

e五月晦日（北陸道の北条朝時、越後の国府出発）
f六月八日（越中砺並山で京方敗退）
⑪六月八日の暁（京方武士三浦胤義ら院の御所へもどる）
g九日（院、坂本から四辻殿へ還御）
h六月十三日（京方、宇治、勢多に向け出発）
i十三日（鎌倉軍、野路到着）
j十四日（時房、勢多へ到着、合戦）
k同十四日（泰時、宇治到着）
l十四日卯の一点（足利義氏、宇治橋に寄せる）
⑬十五日卯ノ刻（京方敗退。山田重忠ら、四辻殿へもどる）
m十九日巳ノ刻（泰時の大軍、上河原より打立つ）
n其日（不明）の辰ノ刻（中御門宗行斬らる）

宗行処刑・七月十三日（『吾妻鏡』）

⑱四日（四辻殿へ御幸）	⑲七月六日（院を鳥羽殿へ移す旨通達）	
⑲六日（鳥羽殿へ移る）	○八日（院、出家）	
⑳十日（時氏、鳥羽殿へ参上）		
㉑七月十三日（隠岐へ出発）	㉑十三日（隠岐配流を通告）	
㉒十月十日（土御門院、土佐配流）		史実は閏十月十日
㉓廿日（順徳院、佐渡配流）	㉓廿日（順徳院、佐渡配流）	
㉔廿四日（六条宮、但馬配流）	㉔廿四日（六条宮、但馬配流）	
㉕廿五日（冷泉宮、備前小島配流）	㉕廿五日（冷泉宮、備前児島配流）	
㉖承久三年八月十六日（持明院宮、院になる）		
㉗二十三日（御幸始め）		
㉘九月九日ノ夜（大炊殿回禄）		
㉙十月十日（西園寺公経、内大臣に就任）	㉒十月十日（土御門院、土佐国配流）	いずれも閏十月十日
㉚（十一月）二十二日ノ夜（五節）		
㉛十一月一日（後堀河天皇即位）		史実は十二月一日

二

このように比較してみると、慈光寺本と前田家本とではかなり特徴的な傾向があらわれて来る。まず前半の慈光寺本記事に付した①から⑩までの箇所について見てみよう。

討幕の決意を固めた後鳥羽院は公卿僉議を催し、卿二位廉子の進言で具体的討幕計画を立てるため藤原秀康を召す。秀康は幕府の重鎮三浦義村の弟で在京中の胤義を味方に誘おうと酒宴を設ける。胤義は北条義時に恨みを抱く者であったので、すぐこれに応じ、義時追討の具体策を進言する。秀康の報告を受けた院は早速軍評定を開始するのである。その結果、承久三年四月二十八日に城南寺において仏事を執り行うと称し、甲冑を帯した武士を高陽院へ召集することに決したのである。

以上の慈光寺本の展開に比べ、前田家本の展開は単純である。義時の振舞いに憤った院は、内々側近の、しかも義時に恨みを持つ者達に討幕を相談し、賛同を得る。院は秀康に命じて胤義の気持ちを探る。胤義の反幕感情を知って、院は胤義を御所へ召し、すぐ畿内の武士を召集する。城南寺の流鏑馬と称し承久三年五月十四日、高陽院へ武士が参集したとするのである。

慈光寺本では公卿僉議の場で近衛殿藤原基通らは院の実力行使に反対しているのに対し、前田家本では「摂政、関白殿など位をもき人には仰合られず」となっている。また院の近臣藤原秀康の役割も、前田家本では単なる使い走りに堕している。この部分に関する限り、慈光寺本の方が後鳥羽院周辺の動向を具体的かつ詳細に描いていると言えよう。ところでこの事件の日付だが、慈光寺本が四月二十八日、前田家本が五月十四日とあってかなり時間的な差異があるが、慈光寺本でも幕府から派遣された京都守護伊賀光季邸襲撃の日にちは、両本とも共通の五月十五日となっている。慈光寺本では武士の召集から光季襲撃まで半月余の時間があいているのは、やや不自然であるが(1)、四月二十八日には高陽院において百座仁王講が催されており、またその二日前の二十六日には順徳院が高陽院へ御幸され、西園寺公経ら公卿が供奉した事実があるので、これら高陽院での動きを討幕計画と結びつけたものであろうか。

光季邸襲撃の前夜、山城守広綱が光季を招き密かに院の計画を知らせようとした話を慈光寺本は日付を記して載せている（前表②）が、前田家本は親広入道（大江氏、京都守護）が院の召集を受け、光季に問い合わせる話を短く記すのみである。これも広綱は誤りで、親広が正しいと思われるが、話そのものは慈光寺本の方が詳しい。

日付記事の二例を見ただけだが、慈光寺本はその成立が早かったためであろうか、日付や人物に誤りを残しているようである。従って慈光寺本をもとに書き改めた前田家本は『吾妻鏡』・『六代勝事記』等の信頼できる資料が他にある場合、あるいは明らかに慈光寺本が不自然な場合はこれを直し、正誤不明の場合は慈光寺本の記事を採用しなかったものと考えられる。勿論、前田家本執筆段階で正誤を確めようのないものもあったであろうし、作者の意図的な記事の取捨もあったであろうから前田家本が採らなかった慈光寺本の記事が全て正誤不明と断ずるわけには行かないが、前田家本が史実に忠実であろうとする意志は顕著であるから一応こう考えて大きな誤りはあるまい。

さて、前掲対照表の④から⑧にいたる五つの日付記事であるが、これらは院の軍勢が光季邸を襲撃した前後に、都から鎌倉へ立った使者たちに関する日付である。この時、都を発った使者は、光季の下人、院宣の使押松、兄三浦義村の蹶起を促した胤義の使、西園寺公経の使者の四人であった。このうち公経の使者の件は『吾妻鏡』に見えるだけで『承久記』には出てこない。残り三者について、慈光寺本は光季の下人と押松の京都出発の日時と、その光季の下人、押松及び胤義の使者の三名の鎌倉到着の日時を記している。前田家本は押松の出発と胤義の下人の鎌倉到着の日時を記すだけである。流布本は胤義の使者の出発と到着の日時を記すのみ。こうして見ると慈光寺本は後鳥羽院を中心に京都の動きを詳しく編年的に追おうとする姿勢が感じられる。それは伊賀光季邸襲撃事件が慈光寺本に詳しく、前田家本に簡略になっていることとも共通する。

三

次に慈光寺本の日付の第二の特色としてあげられるのは、先に掲げた表の前田家本の欄ａからｆの記事とｈからｌまでの記事に相当する部分に全く日付を持たないことである。この前田家本ａからｄまでの記事は東海道・東山道を攻め上る両軍が合流する尾張国での合戦に付けられた日付であり、またeとfは北陸道から都をめざす軍勢の合戦に付けられた日付である。慈光寺本では第一に北陸道の合戦は描かれていないし、また表に明らかなとおり尾張国での合戦には日付が記されていない。

さらに表の前田家本hからlの項に相当する箇所は記事自体を欠いているので、当然のことながら日付も出てこない。この部分、前田家本では尾張国で敗れた京方が後退を続け、勢多と宇治を固めて最後の防戦を試みるところであるが、慈光寺本は「宇治・勢多両所ノ橋ヲ取破テ、軍場ト定メラル。公卿・殿上人モ、其道ニ叶ヒヌベキヲバ皆差向サセ給フ」とだけ記されていて、具体的な戦闘場面を持たないのである。

以上のように慈光寺本は、承久の乱の最も本格的かつ勝敗を決定づけたという点で最も重要な尾張国の合戦の戦闘描写に全く日付を記さず、北陸道や宇治・勢多の合戦に至っては具体的描写はもとより、合戦があったというその事実を年代記的に記録することさえしないのである。これは合戦に関心がなかったというのではもちろんない。日付の記してある記事のほとんどが京都を舞台としたものである点は、この場合注意してよいことであろう。表の⑥・⑦・⑧のように鎌倉に関するといっても、京都からの使者が鎌倉へ着いた日付であって京都と無縁でない。慈光寺本は京都での出来事については詳しく日付を記し、それ以外の地での出来事には、ほとんど日付を付していないと言って間違いない。このことは慈光寺本作者の生活圏と関係があると思われる。

四

討幕の企てがもろくも潰え去り、勝利の報告を鎌倉で聞いた義時は、後鳥羽院を始め院々宮々の処置、首謀の公家・荷担した武士の処刑を次々と命ずる。そのあたりの記述（表の⑰から㉕）を見ておこう。慈光寺本の本文を引用しながら概略を示すことにする。

去程ニ七月二日⑰、院ハ高陽院殿ヲ出サセ給ヒテ、押少《小カ》路ノ泉殿ヘゾ御幸ナル。同四日⑱、四辻殿ヘ御幸成。サラヌ御方々ニハ、是ヨリ皆我御所々（々脱カ）ヘ帰リ入セ給フ。同六日⑲、四辻殿ヨリシテ、千葉次郎御供ニテ、鳥羽殿ヘコソ御幸ナレ。昔ナガラノ御供ノ人ニハ、大宮中納言実氏、宰相中将信業、左衛門尉能茂許也。同十日⑳ハ武蔵太郎時氏、鳥羽殿ヘコソ参リ給ヘ。

日付に付した数字は、前掲表の通し番号である。承久三年七月二日から始まるこの一連の記事は、後鳥羽院がその身柄を拘束され、高陽院から押小路の泉殿、そこから四辻殿、さらに鳥羽殿へと転々とさせられる姿を描いたところである。その鳥羽殿へ北条時氏が使者として参上、院の配流を告げ出発を促すのである。悲しむ院は伊王右衛門能茂との対面を望み、能茂の出家姿を見て自からも出家を遂げ、その姿を信実に描かせる。

去程ニ七月十三日㉑ニハ、院ヲバ伊藤左衛門請取マイラセ、四方ノ逆輿ニノセマイラセ、伊王左衛門入道御供ニテ、鳥羽殿ヲコソ出サセ給ヘ。（中略）水無瀬殿ヲバ雲ノヨソニ御覧ジテ、明石ヘコソ著セ給ヘ。其ヨリ播磨国ヘ著セ給フ。（中略）十四（日脱カ）計ニゾ出雲国ノ大浜浦ニ著セ給フ。風ヲ待テ隠岐国ヘゾ著マイラスル。

七月十三日に鳥羽殿から出発、隠岐へ赴いた後鳥羽院の様子と配流の行程、隠岐到着後の院と能茂の悲嘆の歌を記して後鳥羽院に関する叙述を終わる。

後鳥羽院に続いて慈光寺本が書き記すのは土御門院のことである。

十月十日㉒、中院ヲバ土佐国畑ト云所ヘ流マイラス。御車寄ニハ大納言定通卿、御供ニハ女房四人、殿上人ニハ少将雅俊・侍従俊平ゾ参リ給ケル。心モ詞モ及バザリシ事ドモナリ。此君ノ御末ノ様見奉ルニ、天照大神、正八幡モ、イカニイタハシク見奉給ケン。

この記事に続くのは順徳院配流の記述である。順徳院の記事は比較的長文であり、配流の様と藤原道家との間に交

わされた長歌が載っている。その順徳院記事の書き出しは、

新院ヲバ佐渡国へ流シ参ラス。廿日[23]ニ国へ移マイラセ給フ。夜中ニ岡崎殿へ入セ給フ。御供ニハ女房二人、男ニハ花山院ノ少将宣経・兵衛佐教経ツケリ。少将宣経病ニ煩ヒ帰リ給ヘバ、イトヾ露打ハラフベキ人モナシ。秋ヤオソキト鳴テ過ル初雁モ、羨シク思召レテ、少将ニ付テ奉セヨト思食ス。

逢坂ト聞モ恨シ中々ニ道シラズトテカヘリキネコン

となっている。問題はこの「廿日」である。この日付は土御門院配流の「十月十日」に続いて出てくるものだから、十月二十日と理解するのが普通であろう。ところが、点線を付した箇所「秋ヤオソキト鳴テ過ル初雁」や、引用は控えたが順徳院と藤原道家の長歌もともに秋のものである。そこで順徳院の佐渡配流の史実を資料に当たってみると、『百錬抄』・『愚管抄』などは七月二十一日、『吾妻鏡』や『六代勝事記』は七月二十日となっており、まさに秋なのである。

さらに、順徳院配流記事に続くのは後鳥羽院の皇子六条宮と冷泉宮の配流記事であり、

廿四日[24]、六条宮ヲバ但馬ノ室ノ朝倉ニ流シマイラス。（以下略）
廿五日[25]、冷泉宮ヲバ備前ノ小島へ流シマイラセケル。（以下略）

とある「廿四日」「廿五日」は、史実的にはいずれも七月のことである。つまり慈光寺本の三上皇配流を中心に日付記事を整理すると、

七月十三日　　後鳥羽院隠岐配流。
十月十日　　土御門院土佐配流。
（七月）二十日　　順徳院佐渡配流。
（七月）二十四日　　六条宮但馬配流。

（七月）二十五日　冷泉宮備前配流。

八月十六日　　持明院宮、院となる。

ということになり、「十月十日」の土御門院土佐配流記事を除いてみれば、以上順徳院、六条宮、冷泉宮の配流記事等は編年的に正しい配列になる。

慈光寺本の日付記事は、それが史実的に正確でない場合もあり、また転写の際の誤字もあったと思われるが(2)、かなり明確に編年性が守られている。その中でこの土御門院土佐配流記事だけは例外で、本文を読む限り七月→十月→八月→九月といったように編年性に混乱をもたらしている。もちろん、三上皇の配流記事をひとまとめにしようとする意図的な操作であることは間違いなく、例えば前田家本にも、表のaからfのところで、

六月三日　京方武士出発。

　四日　同、尾張川到着。

六月五日　鎌倉軍、尾張一の宮で手分け。

六月六日　京方敗退。

と尾張国の合戦を編年的に記述したあと、一転して北陸道の合戦を描く。そのため、日付が遡行して、

五月晦日　北条朝時、越後国府を出発。

六月八日　越中砥並山合戦、京方敗退。

となっている。これも鎌倉軍の進撃と東海・東山両道と北陸道でともに京方が敗退したことをまとめて描く作者の意図によったものであり、少しも珍しいことでない。しかし慈光寺本の土御門院配流記事の日付が、その後の日付記事に大きな影響を与えている点は看過しがたい。

五

このように考えて来ると、この土御門院配流記事が慈光寺本に本来あったものか否かが問題になって来る。この記事について益田宗氏(3)は、

> 慈光寺承久記の成立を承久の乱直後にみる向きが多いのであるがどうであろう。私は同本の「此君（土御門院）ノ御末ノ様見奉ルニ天照大神正八幡モイカニイタハシク見奉給ケン」とある記事を「土御門院の子孫が代々即位するようになったのは、乱後自分一人は同心しなかったからといって都に留まるべきでないと、進んで配所に赴いた土御門院を天照太神正八幡が嘉せられたからである」と理解し、土御門院の皇子後嵯峨天皇（仁治三年即位）皇孫後深草天皇（寛元四年即位）の即位以降にその成立をみるべきだと考える。

と、この記事を慈光寺本の成立年代推定の一つの根拠とされた。さらにこの記事の中に「正八幡」とあり、この八幡は石清水でなく鎌倉八幡大菩薩であるから、天照太神と正八幡に政治的決断を促す慈光寺本の立場は、むしろ武家的であろうとされた。

益田説に対し、この土御門院配流記事の「此君ノ御末ノ様」の「御末」を慈光寺本中における使用例から「子孫」とは解さず、「人間の運命の終局・人生の終り」を意味しているものとして「君ノ御末ノ様見奉ルニ」を「土御門院の御晩年の御有様を拝するに」と理解すべきだとされたのは杉山次子氏(4)である。杉山氏は「天照大神正八幡モイカニイタハシク見奉給ケン」の箇所を、

> 同院（土御門院）の御子孫の繁栄を天照大神正八幡が嘉せられたと、逆説にとらず、院その人の運命の末、即ち末路を両神がいたまれたことであろうと素直にとることが出来る。

と説明された。杉山氏の論のこの部分は益田氏が慈光寺本成立の年代を通説よりかなり後に、鎌倉末期頃かとされたのに対する反論である。

ところで益田氏も杉山氏も慈光寺本を現存の形で成立したものとする点では一致している。これに対し、〝原慈光寺本〟を想定し、後の加筆があるとするのが村上光徳氏(5)である。村上氏は冨倉徳次郎氏(6)の慈光寺本貞応元年～同二年五月成立説を受けて、この時期に原慈光寺本が成立、「其ノ後尊長法印ハ行方シラズ」以下を後人の補筆とされた。尊長法印が捕らわれ斬られたのは、乱後九年目であり、慈光寺本にその記述がある。その一方で土佐に流された土御門院が貞応二年五月に阿波へ移った記事を欠いている等の〝矛盾〟を二段階の成立説で解決されたのである。この村上氏の説を慈光寺本の文学的構想という観点から支持されたのが大津雄一氏(7)である。大津氏は、村上氏の指摘された後人加筆部分を除くと、原慈光寺本の結語部分は、

抑昔ノ伊予守ハ、陸奥ノ貞任、宗任ヲ討ントテハ、十二年コソ攻取ラレケレ。今ノ太上天皇ト右京権太夫義時ト御合戦、纔《ワズカ》ニ三月ガ程ニシテ事切ル、。権太夫ハ天下ヲ打鎮メテ楽ミ栄フ。漢家・本朝ニカ、ル様《タメシ》ハアラジトゾ覚タル。

ということになり、序に長々と書かれている国王兵乱史と呼応させて考える時、慈光寺本の論理的構想や承久の乱に対する見方が明確になって来るとされた。

後人加筆説に反論がないわけではない。杉山氏は村上説に対し、慈光寺本全体を通して語り口に変化がないこと、慈光寺本の成立伝承に関わりがあると思われる宇多源氏の慈光寺家は安嘉門院の院司家であり、慈光寺本の大尾が、

御母シロニヤガテ御姉宮居サセ給フ。今日ヨリハ皇后ノ宮トテ、目出タサモ哀サモ、ツクルコトナキ此世ノアリサマ、大概如ㇾ此。

と邦子内親王の女院立后をことほいでいる点と矛盾しないこと、さらに村上氏が原慈光寺本とされた部分にも乱後

七年目の安貞二年の記事を含んでいること等から、後人加筆説を疑問視された。

六

日付記事を見るかぎり、慈光寺本は京都での出来事を中心に、編年的に事件を描こうとしていると言えるだろう。その中で「十月十日」(史実的には閏十月十日)の日付を持つ土御門院土佐配流記事は例外的存在である。この限られた一事をもって慈光寺本全体の成立を論ずるつもりはない。ただこの記事が、一院(後鳥羽)の隠岐配流と新院(順徳)の佐渡配流の記事の間に、中院の配流記事として後から割り込んで来た可能性は十分あるだろう。

そこでもう一度、土御門院配流記事を見てみたい。この記事の特色はまず極めて短いことである。前後の後鳥羽院・順徳院の配流記事の十分の一にも満たないものであり、そこに書かれていることも、御車寄には大納言定通が当たったこと、御供として女房四人と少将雅俊(正しくは雅具)・侍従俊平が従ったことなどは、『六代勝事記』や『皇代暦』、『吾妻鏡』等に見えることばかりであり、慈光寺本独自のものはない。

次に例の解釈が分かれる部分、

此君ノ御末ノ様見奉ルニ、天照大神・正八幡モ、イカニイタハシク見奉給ケン。

であるが、ここでは「見奉給ケン」の「ケン」に注意してみたい。慈光寺本の中では、大体以下のような使い方がされている。

(一) 舎弟千万若子、果報ヤマサリ玉ヒケン、十三ニテ元服有テ実朝トゾ名ノリ給ケル。次第ノ昇進不レ滞、(中略)程ナク右大臣ニ成玉フ。

(二) 古老・神官・寺僧等、神田・講田倒サレテ歎ク思ヤ積ケン、十善(ノ脱カ)君、忽ニ兵乱ヲ起給ヒ、終ニ流罪セラレ玉ヒケルコソ浅増ケレ。

㈢　去程ニ右大将公経・子息中納言実氏召籠ラセサセ給フ。其謂ハ関東ニ心カハス御疑トゾ承ル。朝ニ恩ヲ蒙、夕ニ死ヲ給ケン唐人ノ様也。

㈣　替リハテヌル御姿、我床シトヤ思召レケン、院ハ信実ヲ召レテ御形ヲ写サセラル。

㈤　坊門大納言ハ、（中略）命計ハ乞請テ、浜名ノ橋ヨリ帰リ給フ。今ハト心安テ出家シテオハセシガ、又イカナル事カ聞ヘケン、後ニハ越後国へ流シ奉リケル。

以上のように、㈢を除きいずれも過去のある出来事・事件（結果）が起こったその原因・理由を推量する場合に用いられている。㈢の場合は単純に過去のことを伝聞したという不確実性を示す用例である。

こう見て来ると土御門院配流記事中の「イカニイタハシク見奉給ケン」は、杉山氏の異論はあっても益田氏の解釈——〝土御門院の子孫が栄えたのは、院の配流を天照大神・正八幡が気の毒だと思ったからである〟とするのも十分なりたつのである。杉山氏の解釈ならば、「イカニイタハシク見奉給ラン」がふさわしいかと思われる。さらに、ここにあがっている神々が天照太神と正八幡であることはこの二神が皇位継承に深い関わりがある神と意識されていた事実がある(8)ので、益田氏の解釈の方が自然だと考えられる。

七

以上のことから、私もまた慈光寺本に後人の加筆を認めるのである。それは原慈光寺本に「其後、尊長法印ハ行方シラズ云々」以下を追加しただけでなく、原慈光寺本自身にも加筆したものと考えている。編年性の崩れはその痕跡なのである。

注

（1）拙稿「『承久記』に見る乱直前の後鳥羽院周辺」（「青須我波良」19　昭54・11　本書所収）
（2）表の㉛後堀河天皇の即位は十二月一日であり、このままでは㉚十一月二十日の五節の記事と日付的には逆転する。
（3）「承久記――回顧と展望――」（「国語と国文学」昭35・4）
（4）「慈光寺本承久記成立私考㈠――四部合戦状本として――」（「軍記と語り物」7　昭45・4）
（5）「慈光寺本承久記の成立年代考」（「駒沢国文」1　昭34・11）
（6）「慈光寺本承久記の意味」（「国語国文」昭18・8）
（7）「慈光寺本『承久記』の特質――その構想を中心として――」（「古典遺産」27　昭52・7）
（8）拙稿「前田家本『承久記』の一側面（下）」（「青須我波良」17　昭53・11　本書所収）

『承久記』と後鳥羽院の怨霊

一

承久の乱の顚末を描いた多くの作品のうち、この乱を真正面に据えて描出しようとした『承久記』には、いくつかの点で不可解なところがある。例えば、四部合戦状本の一つと言われながら、琵琶法師によって語られたことを証明する直接的な記録が見出されず、現存の諸本を見ても語り物であったことを積極的に認めうる痕跡は探せないこと。また『洞院公定日記』など南北朝・室町期の記録には三巻で、その名も『承久物語』であるのに、現存本は江戸期の改作本『承久軍物語』を除いて、いずれも二巻、名も『承久記（承久兵乱記）』であり、三巻の『承久物語』と現存本との関係も不明であること等々である。また現存最古態本とされる慈光寺本『承久記』と後出本の前田家本・流布本『承久記』との差異が著しく、両者がどのような関係にあるのかといった問題も、まだ解明されたとはいえない。そこで本章では慈光寺本と後出本のうちより古いと考えられる前田家本を中心に両書の関係の一面を考察してみたい。

慈光寺本と前田家本・流布本の違いの大きさは、その巻頭から歴然としている。慈光寺本は悠久の昔、仏がこの世に出現したことから説き起こし、本朝の始まりを述べ、承久三年までの日本国の国王十二ヶ度の合戦を語る長文の序を持っているのに対し、前田家本等は第八十二代の天皇後鳥羽の事跡を述べ立てるところから始まるといった具合である。以下、大小多くの違いが随所に見られるのであるがここでは人物のとり上げ方、描き方の相違を見ておこう。その一つとして、慈光寺本で顕著な活躍が描かれていながら、前田家本などではそう大した役割がふりあてられていない人物が何人かいる。武士では西面衆の愛王左衛門翔がその代表的な例であろうか。後鳥羽院方について山田重忠らと最後まで奮闘した姿が慈光寺本に描かれている。翔は嵯峨源氏、渡辺党の武士であるが、『古今著聞集』中の二話に登場する「源三左衛門尉翔」と同一人ならば、弓矢の技量で耳目を驚かせた程の著名な人物であるが、前田家本等にはその名が見えない。

また後鳥羽院の近臣では卿二位兼子や伊王左衛門尉能茂たちが同様で、いずれも慈光寺本と前田家本等とではかなりの違いがある。卿二位は後鳥羽院の乳母として権力を振るった女性であり、慈光寺本では後鳥羽院が討幕を決意し、公卿僉議を催したところ近衛基通らが慎重論を唱えたのに対し、「木ヲ切ニハ、本ヲ断ヌレバ末ノ栄ル事ナシ。義時ヲ打レテ、日本国ヲ思食儘ニ行ハセ玉へ」と一人反論したことになっている。また、院が討幕の成否を占わせたところ凶の卦が出て気おくれがし、決心が鈍りそうになったのを、卿二位は「陰陽師、神ノ御号ヲ借テコソ中候へ。十善ノ君ノ御果報ニ、義時ガ果報ハ対揚スベキ事カハ。且ハ加様ノ事、独ガ耳ニ聞ヘタルダニモ、世ニハ程ナク聞ユ。増シテ一千余騎ガ耳ニ触テン事、隠ス共、隠アルマジ。義時ガ聞候ナン後ハ、弥君ノ御為重ク成候べシ。只疾々思食立候べシ」と占った陰陽師を叱責し、後鳥羽院を激励、実行を促したと描かれている。それが前田家本には卿二位の名前さえ記されず、流布本にはわずかに院の隠岐配流の直前、後鳥羽のもとに馳せ参じ別れを惜しんだと書かれるにすぎない。

また伊王左衛門尉藤原能茂は、歌人としても有名な藤原秀能の子であるが、久保田淳氏(1)が指摘されているとおり慈光寺本では重要な役割を果たす存在である。承久の乱の原因の一つとなった院寵愛の白拍子亀菊が所領問題で坂東の地頭と紛争になった時、院の命令で調査・報告のため現地に派遣されたのが、慈光寺本における能茂の最初の登場である。次いで院方の勢揃いの場面にその名が見えるが、能茂がもっとも活躍するのは敗戦の後である。院が鳥羽殿に幽閉された時、お供をした三人のうちの一人であった。監禁された後鳥羽院の「伊王左衛門能茂、幼ヨリ召ツケ、不便ニ思食レツル者ナリ。今一度見セマイラセヨ」との願いが容れられ、出家の上で対面が許可された話、その能茂の出家姿を見た院が「我モ今ハサマカヘン」と、自ら出家を決意した話、さらに院に従って隠岐まで行き、その地で「ス、鴨ノ身トモ我コソ成ヌラメ波ノ上ニテ世ヲスゴス哉」の歌を詠んだことなどの話を載せている。ところが前田家本では、わずかに院の鳥羽殿幽閉の記事で「御供には中納言種氏、宰相信俊、左衛門尉能茂三人ぞ参りける」とその名が記されるだけである。

この藤原能茂は、久保田氏が詳しく論じておられるように、法名を西蓮といい、隠岐で後鳥羽院がなくなるとその遺骸を荼毘に付し、遺骨を都へ運んで来た人物である。

人物像一つをとってみても、このように大きな違いが慈光寺本と前田家本とにはあるのであるが、何故このような違いが生まれてきたのか。『承久記』における古態本から後出本への道筋は、単純な増補改訂とは言いきれない、さまざまな理由があったものと思われる。それでは前田家本はどのような作られ方をされたのか、従来の研究を踏まえながら考えてみたい。

二

前田家本等の後出本が『平家物語』や『六代勝事記』・『吾妻鏡』などを取り込んで出来上がったことは夙に言われて来たことであるが、兵藤裕己氏(2)によって指摘された『保元物語』との関係は、この問題を考える上で大変重要である。確かに前田家本は、承久の乱を保元の乱との対比の上で意識していることが如実にうかがえる。例えば、宇治・勢多を破って幕府軍が都に乱入して来る様子を描いて、

三公・卿相・北政所・女房局・雲客・青女・官女・青侍・遊女以下に至るまで、声を立ておめきさけび立まよふ。天地開闢より王城洛中のかかる事、いかでか有し。彼ノ保元のむかし、又平家の都を落しも、是ほどには なかりけり。

とか、あるいは後藤基綱が敵方についた父の首を刎ねたことを、

是は保元に、為義を義朝きられたりしに恐ず。それは上古のこと也。先規なかりき。それをこそ末代までのそしりなるに、二の舞したる基綱かなと、万人つまはじきをぞしたりける。

と述べているところ、また配所に赴く後鳥羽院が明石を通った時のことを、

彼保元のむかし、新院の御軍破れて、讃岐国へ遷されさせ給しも、爰を御とをり有けるとこそきけ。御身の上とはしらざりし物をとおぼしめす。それは王位を論じ位を望給ふ御事也。是はされば何事ぞと思召ける。

と書いているところなど、保元の乱での出来事を引用、対比している。このほかにも院方の武士三浦胤義の五人の子供が処刑された記事や土御門院が土佐へ配流される記事の中にも保元の乱を想起した記述が見える。

前田家本が承久の乱を描くにあたって保元の乱を意識していたことは以上のとおりであるが、具体的な描写の仕方などにも『保元物語』の影はあちこちに見出だされる。しかも前田家本と『保元物語』との関係は、兵藤氏が言われるとおり、単に「修辞的ないしは素材的レベルでの交渉にとどまらない」もので、慈光寺本的な古態本をほぼ全面的に構成し直して前田家本的な『承久記』が作られた時に、『保元物語』はその構成面での規範になったと思われる。

この『保元物語』の濃い影は、当然のことながら『承久記』の主人公後鳥羽院の形象の上にも及んでいる。具体

例をあげるなら、敗戦時の後鳥羽院像である。尾張に続いて宇治・勢多の合戦も敗れたとの報告を受けた後鳥羽院が、御所を最後の拠点に抗戦しようと集まって来た武士たちを追い払う場面、

一院、いかに成ぬとも思食れぬ所へ、四人参りければ、弥ゝさわがせ給て、我は武士向はゞ、手を合て命ばかりをば乞んとおぼしめせども、汝等参籠て防戦ならば、中々悪かりなん、何方へも落行候へ、さしもの奉公、空くなしつるこそ不便なれども、今は力及ばず。御所の近隣に在べからすと仰出されければ、各ゝ心のうち、云も中々をろか也。

が、『保元物語』中巻「新院・左大臣殿落ち給ふ事」の、

志は誠にさることなれ共、我身計こそ、縦《たとへ》敵襲来《る》とも、手を合せ、降をこはむに、などか助《け》まいらせざるべき。汝等つきそひては、防戦はむずらん。中々あしかりぬとおぼゆるぞと泣々仰ければ……

という崇徳院の言葉がもとになっていることは明瞭である。もっともこれらの言葉に続く追い払われた武士の対応の仕方は『保元物語』と『承久記』とでは大きく異なり、『保元物語』の武士たちが泣く泣く崇徳院の身を案じながら去って行くのに対し、『承久記』の武士たちは御所の門をたたき、大声で「日本一の不覚人をしらずして、うきしづみつる口おしさよ」とののしっているところに、このエピソードの持つ意味の違いがあるのだが、それは当面の問題でない。いずれにせよ崇徳院と後鳥羽院の言葉に見られる共通性は、『保元物語』の前田家本に与えた影響の大きさを示す好個の例である。一例だけにとどめるが前田家本の後鳥羽院像には、『保元物語』の崇徳院像がその背後にあるのである。それにもかかわらず、『保元物語』の崇徳院像の重要な一面が全く『承久記』には受け継がれなかったのである。それは、配流後その怨念のあまり、ついに「日本国の大魔縁」になった怨霊としての崇徳院の形象である。配所において崇徳院はせめてもの願いであった自筆の大乗経の供養を拒否され、悲憤癒しがたく自ら怨霊となったのであるが、それでは隠岐配流後の後鳥羽院はどうであったのか。

三

承久三年七月、配所の隠岐に赴いた後鳥羽院は、十八年の歳月を孤島で送った後、望郷の念に身を焦がしながら延応元年（一二三九）二月二十二日、その地で生を終えた。しかし、その怨念の発動は院の生前から噂されたようで、天福元年（一二三三）九月、藻壁門院が急死、翌文暦元年五月に仲恭先帝が、八月に後堀河上皇が相次いでなくなったことを、『五代帝王物語』は、

いかにも子細ある事なり。後鳥羽院の御怨念などの所為にやとぞ申あひける。

と伝えている。さらに後鳥羽院自身が死後怨霊になるであろうと思ったのか、死の二年前嘉禎三年八月の「後鳥羽院御置文案」には、

この世のまうねんにかゝはられて、まえんともなりたる事あらば、このよのためさはりなす事あらんずらむ。

と書き留めている。その予言どおり院は死後、たびたび怨霊となって顕現して来るのである。(3) 後鳥羽院がなくなった三ヶ月後の藤原道家の大患も、その年の暮れの三浦義村の頓死も、翌年一月の北条時房の死や仁治三年（一二四二）の北条泰時の死も、すべて後鳥羽院怨霊の祟りと信じられ、畏怖されたのである。藤原道家は藤原将軍頼経の父であり、三浦義村も北条時房・泰時も勿論承久の乱の中心人物であったから、その死は当時の京・鎌倉を震撼させたのである。その上、後鳥羽院はしばしば婦女子にとり憑いて託宣を下したことが、『吾妻鏡』や『平戸記』、『葉黄記』などに見え、その跳梁ぶりを伝えている。

京でも後鳥羽院の遺骨が納められていた大原西林院にかえて、新たに同じ大原に法華堂を造立、仁治二年二月に供養を行い、その霊を慰めている。また京以上に後鳥羽院の怨霊を怖れる幕府は、院自筆の法華経を板木に彫って

百部を摺写し、これを供養したし、宝治元年（一二四七）には一宇の社壇を建てて後鳥羽院の霊を鎌倉へ迎えた。『吾妻鏡』は、

今日、被レ奉レ勧二請後鳥羽院御霊於鶴岡乾山麓一、是為レ奉レ宥二彼怨霊一。

と、これが怨霊慰撫であったことを明示している。

このように人々を恐怖させ、幕府をも動かした後鳥羽院の怨霊が、『承久記』には全く描かれていないのである。『承久記』作者は、後鳥羽院が死後怨霊と化したことを知らなかった、つまり『承久記』の成立が後鳥羽院の死んだ延応元年（一二三九）以前であるならば、怨霊が書かれないのは当然である。私は慈光寺本については、後鳥羽院崩御以前の成立であるため、後鳥羽院の怨霊が書かれなかったのだろうと考えている。慈光寺本の成立年代については、冨倉徳次郎氏(4)・村上光徳氏(5)・杉山次子氏(6)らの考証があり、慈光寺本中の記事で最も時間的にあとのものは寛喜二年（一二三〇）十二月の駿河大夫惟信が捕縛された事件であること、また甲斐宰相中将範茂の子息侍従（範継）が北条泰時によって助命された記事の中に「冥加マシマス侍従殿ニテ、今ニマシマストコソ承ハレ」とあるので、侍従の没年である仁治元年の夏までには成立していたろうと思われ、寛喜二年（一二三〇）から仁治元年（一二四〇）までの十年間に出来上がったというのが定説になっている。しかし慈光寺本には後鳥羽院崩御（延応元年）の記事がないこと等から、慈光寺本の成立を仁治元年より数年さかのぼらせても少しも差し支えないと考えるからである。

これに対し、前田家本は今までの研究で明らかにされて来たように、足利義氏ら足利氏に敬語を用いていたり、その活躍を殊更に強調したりしていること、『梅松論』との関連が考えられること等から、南北朝期か室町の初期に、足利氏に近い立場の者の手に成ったものと考えられている(7)。少なくとも前田家本の作者が後鳥羽院の怨霊を知らなかったとは考えにくく、まして『保元物語』を手本としていたならばなおさらで、ここには故意が働いたと見

る方が自然であろう。

四

前田家本が怨霊としての後鳥羽院をあえて形象しなかった理由は、どのあたりに考えられるであろうか。その手がかりとして『後鳥羽院御霊託記』(8)の冒頭に載っている暦応二年（一三三九）七月十日の託宣をとりあげてみよう。これは後鳥羽院が水無瀬三位家の官女で、この頃少し病気で苦しんでいた女性にとり憑き、その口を借りて伝えた託宣である。引用が長くなるので適宜段落に分けて掲げることにする。

(一) 託曰、保元乱以後、崇徳院御霊平相国仁入天天下於悩須。承久乃後者、国家治乱朕力仁懸礼利。関東滅亡世志事ハ、先帝春宮乃御時、祈願甚深那利志上、大原乃法華堂数部頓写乃経乎被レ送幾。如レ此法楽乃力、朕加日来怨心仁加志故仁成就世志也。仍彼践祚乃日毛二月廿二日也。朕加崩御之日毛二月廿二日也。関東滅亡日毛廿二日也。

承久以後の国家治乱は後鳥羽院の力によるものであり、鎌倉幕府が滅亡したのも後鳥羽院の怨心のしわざであることが述べられている。ここで「先帝」というのは後醍醐天皇をさす。その後醍醐が春宮の時、大原の法華堂に経文を奉納した。そこで後鳥羽は自分の命日に後醍醐を践祚させたというのである。前述のように大原の法華堂は後鳥羽の遺骨を納めたところである。

(二) 又、鎌倉雪下今宮者、宝治元年朕時頼入道仁示告留旨有幾、仍即日仁鶴岡神宮寺乃後仁宝殿乎造立世志間、八幡宮毛同御事奈礼止毛、朕毛又国主多利、他敷地不レ可レ居。別仁可レ奉二建立一幾与志、重託須留仁依天、雪下仁奉レ遷幾、其後、長日護摩、大般若仁王経転読、四季神楽以下、法味不二断絶一須、代々奉レ寄二所領一。而、高時入道時、有二懈怠一志間、宝殿炎上志幾。如レ形造立世志加土毛成レ信無加里志故、元弘二年五月十七日未剋、此地乎遮志其験仁者、宝前乃松無レ風而倒天後、水火両難起天、関東忽滅幾。

ここでは、鎌倉幕府の後鳥羽院御霊に対する崇敬がどのようなものであったかを語っている。『吾妻鏡』にも記されている宝治元年の鎌倉への御霊勧請にも触れ、再度託宣を下して雪下への移築後は篤く祀られたという。雪下の今宮社については『神明鏡』にも記されており、「彼怨念ニヤトテ、雪ノ下ニ今宮ト号、祝奉ル。法皇・順徳院・御持僧長玄法師御身体也」とあるように後鳥羽院のほか、順徳院と長厳法印も祀られていたものである。ところが北条高時が懈怠したため、ついに鎌倉幕府を滅ぼしたのだという。

(三)　爰先朝治天以後、有二懈怠一志故仁、於二祇園社壇一、小女仁託須土雖土毛、奏聞乃人无加利幾。朕加崇乎顕佐牟為仁、隠岐御所仁奉二迎取一利、又於二配国一天肝膽乎摧幾。先非乎悔天祈請有志賀者、幷還幸有幾。抑去元弘三年閏二月廿五日、円心法師京都仁攻入志日、六波羅与利頸四十八懸志。翌日廟院鳴動。俄大雨乎降志天、押流志訖奴。如レ此事仁依天、先津六波羅乎者追落志也。其後還幸乃時、適朕前乎過給仁、祈敬乎致佐須。宝積寺山崎御坐乃時、勅使一度毛不レ被レ立志事者如何仁。佐礼者南山仁奉レ移奴。今者謝申佐留土毛叶辺加羅須。来八月仁者可レ有二其験一。忩此由乎奏聞世与。此事不レ違者、何事毛不レ可レ違礼土志。

後鳥羽院は後醍醐天皇を自分の力で即位させたにもかかわらず、その後、後醍醐が尊崇しなかったので隠岐へ迎え取ったという。勿論討幕計画が発覚し、後醍醐が隠岐に流された元弘二年三月の事件をさすものである。隠岐で先非を悔いたので都へもどしてやったのも後鳥羽の力であったが、その還幸の途中、たまたま〝朕の前〟を通り過ぎながら祈敬しなかったし、山崎の宝積寺に行在所を設けながら勅使の一人も寄こさなかった後醍醐の非礼に憤って、吉野の山奥に追い込んだのだというのである。ここで〝朕の前〟というのは、水無瀬御影堂のことである。言うまでもなく水無瀬の離宮は後鳥羽院の愛着の土地であり、大原の法華堂を作る時も、この水無瀬殿を解体して建てたものである。その後、年代は確定できないが後鳥羽の怨霊の活動が激しくなった仁治年間に幕府の援助で建立され、後鳥羽の俗体・法体二葉の肖像画を祀ったため水無瀬御影堂[9]と呼ばれたのである。この御影堂の前を後醍醐が参拝せず通り過ぎたのに怒った後鳥羽は、吉野に追いやっただけでは腹が癒えなかったのか、「来八月仁者可レ有二其験一」と自己の威力を誇示する予言を行っている。この託宣は暦応二年七月十日になされたことになっているので、「来八月」は勿論暦応二年八月をさす。暦応二年（延元四年）八月十六日、後醍醐天皇は吉野で終命したのである。

　後醍醐が還幸の途次、水無瀬御影堂の前を通過してしまったかどうか確かめるすべはないが、彼が御影堂を無視していなかったことは、蓮華王院領の出雲国加賀荘等を元弘三年十一月十二日に寄せているところからも知られるのである。それはともあれ、後醍醐を吉野へ追いやったのは足利尊氏である。その足利に対して、この託宣はどう述べているであろうか。

(四)　又、朝家仁仕臣下毛、朕加恩力乎忘之間、洛中居所毛不レ安。庄園乃土貢毛不レ入レ手也。将又、入道左馬頭義氏、水無瀬御所仁参天、信成仁対志天述二芳言一、御廟地仁地頭於申退志事、希代忠功也。仍為レ謝二彼恩一、今天下乃権柄乎暫授者也。

足利尊氏の祖、義氏が水無瀬御影堂を尊崇し、地頭を退けたという「希代忠功」によって、後鳥羽院は足利氏に暫く天下の権柄を授けたというのである。つまり後鳥羽院御霊は、この時点で足利氏の守護神的存在に転化したのである。

　これに続いて後鳥羽が「朕者聖徳太子也」と説く一節があるが今は省く。

(五)　百王理乱、今古興亡。併朕加力仁依留。関東広建二禅刹大乗一、朕為二大乗守護神一故。然秋田城介入道覚心、欲レ改二禅刹一土、時兼可レ加二誅罰一土示幾。永仁託宣志天、此地仁無二仏閣一之間、三熱乃苦難レ忍志。仍由良上人乎開山土志天、大興禅寺乎建天、大乗法味乎受土誓幾。仍雖レ及二勅許一、于レ今不二事行一、此事忩属二洞院前右府一、可二奏聞一。彼公忠旨有利。

この段に後鳥羽院がこの託宣で伝えたいことが述べられている。それは水無瀬の地に寺を建立せよというものである。後鳥羽は冥界において「三熱乃苦」を受けており、その苦を免れんため永仁二年に託宣を下したところ、勅許を得たものの現在に至るまで実現していない。速やかに建立するように、「洞院前右府」を通じて奏上せよと要求しているのである。「洞院前右府」とは洞院公賢のことで、この託宣を受けた水無瀬三位家では七月二十一日に洞院家に申し入れ、翌二十二日には光明天皇に奏聞したという。

ところで「永仁託宣」であるが、この永仁二年（一二九四）五月八日の後鳥羽院の託宣も『後鳥羽院御霊託記』に載っており、内容は水無瀬の地に由良上人を開基とした大興禅寺を建てよというものである。その永仁の託宣に続いて、水無瀬殿の跡に伽藍を建立すべしとの永仁四年十二月の院宣が収められているが、この時の約束が守られていないということで、この度の託宣になったのである。

これまで五段に分けて引用して来た暦応二年の託宣は、このあともう少し続くのであるが以下は省略することにする。それにしてもこの託宣には鎌倉幕府の滅亡、建武新政府の崩壊、南北朝の対立、後醍醐天皇崩御、足利幕府の成立までを含み、後鳥羽院の怨念が歴史を動かしたことを語っているのである。これは保元の乱で敗れた崇徳院の怨念が、平治の乱、源平の内乱を引き起こしたと信じられたのに匹敵する。この暦応二年の託宣で注意したいのは、後鳥羽院が足利氏の守護神的存在になっていることである。尊氏を始めとする足利氏及び北朝が、水無瀬御影堂を手厚く遇した例は多くあるが、後醍醐天皇が吉野へ走った建武三年十二月頃、尊氏が御影堂領の知行安堵や狼藉の禁止を行って、御影堂保護にすばやく手を打っていることを挙げるにとどめておこう。

五

ここで前田家本『承久記』にもどって考えてみると、先に述べたように前田家本は南北朝期か室町前期に、足利氏に近い立場の者の手に成ったとされており、私自身もかつてそれを妥当とした[10]のであるが、となるとやはり後鳥羽院の怨霊を知らぬはずはなく、意識的に書かなかったものと思われる。その前田家本は北条義時・泰時の二人をすぐれた人物として描き、特に義時を「権威重くして国郡に仰がれ、心正しくして王位を軽くせず」と理想化しているのだが、それは足利幕府の基本法である『建武式目条々』の、

遠ハ延喜天暦両聖之徳化、近ハ以二義時泰時父子之行状一、為二近代之師一。殊被レ施二万人帰仰之政道一者、可レ為二四海安全之基一乎。

と共通している。足利氏は北条氏を滅ぼした一人であるが、武家政権としては北条氏を継承したのである。

また前田家本の跋文は、

抑〻承久いかなる年号ぞや。玉体こと〴〵く西・北の風に没し、卿相みな東夷の鋒にあたる。天照太神・正八幡の御はからひなり。王法此時かたぶき、東国天下を行べき由緒にてや有つらん。（以下略）

と、この乱を武家政権である東国が天下の政治を執り行うようになった「由緒」として位置づけているのである。いわば前田家本は足利氏の側から書かれた承久の乱史である。それは「尊氏の威徳を賞揚し、彼が政権を掌握することの正当性」[11]を記した『梅松論』とも通い合う質のものである。そのような前田家本であってみれば、承久の乱で活躍した三浦義村や北条時房、まして北条泰時までもとり殺した後鳥羽院の怨霊はタブーであったろう。現実的な政治の上では、足利氏は御影堂を崇敬し、ひたすら後鳥羽院御霊の慰撫を図っているが、筆舌にのせることは憚

られたに違いない。

ところで先に引用した『後鳥羽院御霊託記』の㈤で、後鳥羽が冥界の苦しみから解放されんがため由良上人を開山として大興禅寺を建てよと命じた記事があったが、何故後鳥羽院が「由良上人」と名指ししたのかについては、永仁二年の託宣にその理由が記されている。

抑彼上人乎信敬故者、紀州由良湊仁能茂入道西蓮、建二堂宇一天号二西方寺一、朕加菩提所土須。彼寺仁上人住天、朕仁有二因縁一。仍門葉乎可二守護一幾旨誓幾。

つまり、由良上人と後鳥羽院とは能茂入道西蓮でつながっていたのである。『後鳥羽院御霊託記』には、この西蓮が書き記した「伊王左衛門入道西蓮参二隠岐一於二御前一蒙二勅宣一記」なるものが収められている。これも不可解な記文である。

勅宣云、故宮恋慕之余、遠嶋徒然之間、奉レ作二十一面観音像一、安二置洛中之近辺一。此像則一千日之間、持戒清浄、手自一刀三礼之叡情所レ作レ之也。仏胸之間、自取二我二牙歯一、納レ之。仏左右手、我切二二小指一納レ之。有二深重之御願一也。

と始まるのであるが、深重の願があるにせよ二牙歯、二小指を体内に納めた十一面観音は不気味ですらある。この「深重之御願」とは、末代賢王の時世になったら寺を建立してほしいということと、一天昔に帰することがあったなら我が霊廟を興してほしいということである。この文の末尾は「嘉禎二年甲子十月十五日沙弥西蓮記レ之」となっている。後鳥羽院がなくなる三年前のことである。

この「蒙勅宣記」の中に、「今度下向、殊更神妙々々。龍顔御涙只如レ雨也」とあるから西蓮は隠岐で後鳥羽院にずっと仕えていたのではなく、都と隠岐を往復していたことが分かる。この西蓮が後鳥羽院の遺骨を都へ運ぶのであるが、『一代要記』には延応元年二月二十二日になくなった院の四十九日を終え、四月十二日隠岐から出雲に渡り、五月二日に出雲を出発、十四日水無瀬殿着、十五日大原に入ったと記されている。西蓮はその後紀州の由良へ向かい、後鳥羽院の菩提寺として西方寺を建てたのであろう。この寺に由良上人なる僧が住み、その因縁で後鳥羽院御霊と結びつくのである。

後鳥羽院について隠岐に渡った者は、出羽守藤原清房、内蔵頭藤原清範、施薬院使和気長成、女性では西御方、伊賀局らの名前が分かっているが、その行動がもっともよく伝わっているのは、やはり西蓮、藤原能茂である。能茂は後鳥羽院の生前も死後も一番側近くにいた人物であり、『後鳥羽院御霊託記』等を見る限り後鳥羽院御霊の運搬者あるいは伝承者の一人であったようにも思われてくる。前述したように、この能茂は慈光寺本に詳しく描かれていながら前田家本になると、ほとんどその姿を消してしまうのも、彼があまりにも後鳥羽院御霊と近いところにいたためではなかったろうか。能茂と同様、慈光寺本に描かれ前田家本で消されかかっている卿二位に至っては『比良山古人霊託』の比良山の天狗から「哀（レ）卿ノ二品、落二此道一有（バ）最前指出ナマシ。其罪深シテ此道（ニ）不レ来也」と言われているが、彼女もまた何か魔界につながるものがあったのであろうか。

『保元物語』・『平治物語』・『平家物語』あるいは『太平記』において、いずれも大なり小なり怨霊が登場してくる。一個人の怨念が歴史を動かしうると信じられた時代であれば、それは当然のことであったろう。その中で『承久記』だけは特異である。本章では〝書かない〟うらにも怨霊が存在した可能性を指摘したかったのである。

注

（1）「慈光寺本『承久記』とその周辺」（「文学」昭54・2）

（2）「承久記改竄本系の成立と保元物語」（「軍記と語り物」14　昭53・1）

（3）後鳥羽院の怨霊については、龍粛氏「承久の変の遺響」（『鎌倉時代・下』春秋社　昭和32所収）・藤井貞文氏「後鳥羽上皇御霊の発動」（「神道宗教」32　昭和38・9）・拙稿「この世の妄念にかかはられて——後鳥羽院の怨霊」

（「帝塚山短期大学紀要――人文・社会科学編――」18　昭56・1　本書所収）
（4）「慈光寺本承久記の意味――承久記の成立――」（「国語国文」昭18・8）
（5）「慈光寺本承久記の成立年代考」（「駒沢国文」昭34・11）
（6）「慈光寺本承久記成立私考（一）――四部合戦状本として――」（「軍記と語り物」7　昭45・4）
（7）原井曄氏「前田本承久記の作者の立場と成立年代」（「歴史教育」昭42・12）、拙稿「前田家本『承久記』の一側面（上・下）」（「青須我波良」15、17　昭52・11、昭53・11　本書所収）、大津雄一氏「前田家本『承久記』の「源氏志向」とその意味」（「古典遺産」31　昭55・12）
（8）『後鳥羽院御霊託記』については、龍粛氏「後鳥羽院霊託とその時勢」（「史学雑誌」大11・9）、中村直勝氏『天皇と国史の進展』（『中村直勝著作集　6』淡交社　昭和53所収）に負うところが大きい。
（9）魚澄惣五郎氏「水無瀬御影堂の信仰」（『古社寺の研究』淡交社　昭和53所収）
（10）注（7）の拙稿。
（11）矢代和夫・加美宏両氏校注『梅松論・源威集』（新撰日本古典文庫3　現代思潮社　昭50）解説。

『五代帝王物語』の怪異譚
――後鳥羽院の影――

一

『五代帝王物語』は後堀河院から亀山天皇まで五代の天皇の事蹟とその時代のさまざまな出来事を描いた歴史物語である。作者・成立年代等、不明なことも多いのだが、本文中に順徳院の孫が源姓を賜り彦仁と呼ばれ、正応永仁のころ中将になったという記事があるところから、彦仁が三位中将で死んだ永仁六年（一二九八）以後の著作と考えられている(1)。また写本の中に嘉暦二年（一三二七）書写の奥書を持つものがあるところから、成立の下限は嘉暦二年とされている(2)。作者については「仏教的の因果説や浄土往生の信仰を持した人で恐らく山の入道者(3)」とか「宮廷の諸事件を実際に見聞した公家の一人(4)」といった説もあるが、木藤才蔵氏は臆測と断りながら、本書が文永五年二十三歳で没した近衛基平を深く哀悼しており、その折出家した平少納言輔兼が心縁と称して「ゆゝしき大ひじりに成」った等と記しているところから、作者として平輔兼の子兼有の名をあげておられる(5)。また外村久江氏は両統迭立問題が深刻化した時期に幕府の指針とすべく、皇位継承の成功例としての後嵯峨院を中心に文章博士藤原茂範の子広範が執筆したものと考えられた(6)。作者については、このように諸説があるが、従来『増鏡』の素材という観点からのみ論じられることが多かった本書は、さらに多角的な検討の必要があると思う。本章はこの『五代帝王物語』の一面を探る試みである。なお本章に関連する皇室系図を掲げておく。

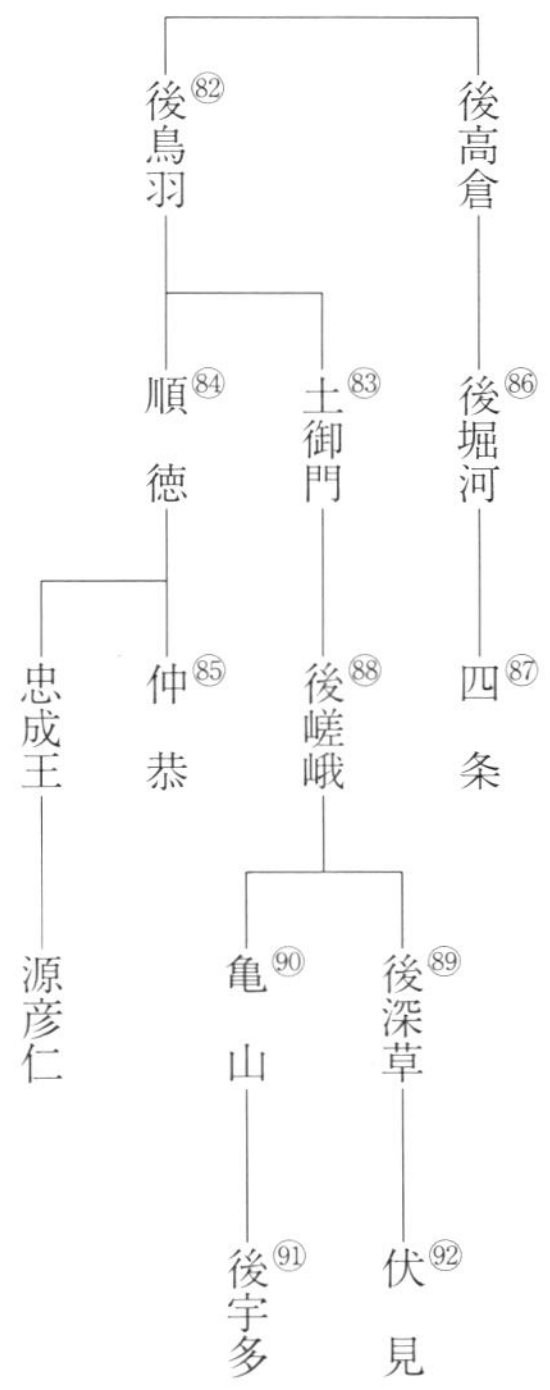

二

『五代帝王物語』は、その書き出しの部分で次のように述べている。

　神代より代々の君の目出き御事共は、国史・世継・家々の記に委く見えて、後鳥羽院の御代まではかくれなくみえ侍めり。承久の事どもは、人咸存知の事なるうへ、委はいたく知侍らず。後堀河院の御時の事、又未生れぬ世の事なれば、いかに僻多侍らめど、聞及に従ひて、をろ〳〵注付はべり。

これによれば、この書の作者は鎌倉時代中期の歴史を描くにあたって、その始発を承久の乱後即位した後堀河院の時代に置いたのであるが、それは後鳥羽院の時代までの歴史は既にいろいろな書物に記されていること、また「承久の事ども」は「人咸存知の事」であって改めて述べる必要がないことが理由であるというのである。しかし、その後堀河院の時代に作者はまだ生まれていなかった。従って作者は自分の聞き及んだことを書き付けたという。巷間語り伝えられた話を書き記して行くやり方も、作者が生まれる前の出来事を叙述する場合、やむをえないことである。しかし、後述するように、『五代帝王物語』のかなりの部分がこのような〝説話〟から成り立っており、これがこの書の歴史叙述の重要な方法であったと思われる。これらの話は、他書にも見えない独自のものも多く、この作品の一つの世界を形成している。そこで最初に作者が「聞及」んだ話にどのような種類のものがあったのか分けて見ておくことにする。

まず最初は、実否は不明ながらある出来事の裏話などを記したもの。例えば、冒頭近くに置かれた後堀河天皇の即位の記事である。承久の乱の敗戦により順徳院の皇子、仲恭天皇が廃帝となり、新たに後鳥羽院の兄後高倉院の皇子、後堀河天皇が即位することになった。その知らせが関東から都にいる後高倉院のもとにもたらされた時の、

後高倉の法皇は、折ふし持仏堂にわたらせ給ひけるが、後世の障となるべし、ふつとかなふまじきと仰有けるを、小白河院（陳子）のいかにかゝる事をば思食さるゝぞ、宮々の御為も旁めでたかるべし、子細あるまじと申勧めまいらせて、御領掌有けり。

という話である。後高倉院は出家していたこともあり、また当の後堀河も十楽院僧正仁慶の弟子であったこともあってか、降って湧いた皇位継承の話を「後世の障」として、きっぱり断ったのであるが、後高倉院妃であり後堀河の母であった小白河院の強い勧めがあって、後堀河即位が成ったというのである。

またその後堀河院の子、四条天皇が十二歳で不慮の死を遂げたあと、後鳥羽院の子ながら承久の乱では父を諌める立場をとった土御門院の子後嵯峨天皇が鎌倉幕府の判断で践祚することになった場面を描いて、

さて関東へ早馬立て、馳下たれば、泰時はおりふし酒宴して遊けるに、かゝる御事と聞いて物はいはず、つい立て障子はたとたてゝ内へ入て、こはいかゞせんずる。泰時運既に極たり。此事を計ひ申さずして京都の御沙汰ならば、散々の事出来ぬべし。計ひ申さんとせば、小量の身あるべき事にもあらず。進退谷まりたりとて、三日三夜寝食を忘れて案けるが、何ともあれ土御門院の御末をこそとは、心中に思ひけれども、所詮神明の御

計ひに任べしとて、若宮社へ参て孔子（籤）を採たりけるに、土御門院の宮ととりたれば、さればこそ愚意の所案相違なしと思ひて、やがて城介義景を使にて、其由を申けるほどに、何の岩屋とかやより義景馳帰りければ、又いかなる勝事の出来たるやらんとて、泰時さはぎけるに、義景申けるは、若すでに京都の御計ひにて、順徳院の宮つかせ給たらばいかがあるべきと申けるを、泰時返々感じて、此事を申落たりける。わ殿をのぼするは加様の事の為也。いみじく問たり。何条子細あるまじ。よしさる事あらばおろしまいらすべしと申含けり。

と述べている。四条天皇急死の報に苦慮する北条泰時が八幡若宮で神意を確かめるため籤を引く話も面白いが、幕府の使者城介義景が途中から引き返して来て、朝廷が順徳院の皇子を皇位継承者として推して来た場合の処置を泰時に尋ねる話は、『増鏡』、『梅松論』、『明恵上人伝記』等が伝える承久の乱の折、進軍中の泰時が戻って来て、後鳥羽院自身が先頭に立って攻めて来た場合の対処の仕方を義時に問い正した話によく似ている。承久の乱の時の義時の答えが、即座に降伏しろというものであったに対し、今回の泰時は順徳院の皇子なら皇位から降ろせと言ったところに堂々たる幕府の優位を主張する泰時の姿を認める指摘があるが(7)、いずれも事実であったか否かは不明である。ただ、四条天皇崩御後の『五代帝王物語』のこの話は、『古今著聞集』好色第十一「後嵯峨天皇某少将の妻を召す事并びに鳴門中将の事」（なよ竹物語）に、

天照太神の御はからひにや侍けん。同十九日関東より城介義景、早打にのぼりて、ひそかに承明門院へまいりて、「御位は阿波院（土御門院）の宮と御さだめ申侍也。公家にはいかゞ御はからひも侍らん」と申て、やがて法性寺殿、一条大相国へも申入てくだりぬ。

と、いささかも動揺していない義景の姿も一方では伝わっているところから、実否の程はいよいよ分からないのであるが、『五代帝王物語』の作者は自らが〝聞き及んだ〟話を書き込むことによって、結果として幕府存在の大きさが浮かび上がっている。

『五代帝王物語』の作者が〝聞き及んで〟書きとめた話の第二は、笑話ともいうべきものである。例えば三条太政入道公房を世の人が「恐しからぬ太政入道」と呼んだことを「おかしくぞ有ける」と評したあと、

此三条の相国禅門は極てしれたる人にて、申べき事ありて今出川の第へわたりたりけるには、乗ながらやり入させて、中門の廊に車よせて、手づから裏無を取出で、、堂上にはきて公卿座に居て対面して帰にけり。傍若無人の振舞おかしかりけり。

と記している。また、後嵯峨天皇即位にまつわる話として、鎌倉の使いが土御門殿を訪れた時のことを、「或人の語り侍りしは」とこれが〝聞き及んだ〟話であることをはっきりさせながら書き記している。荒れはてた土御門殿に武士たちが入って来て、「土御門院の宮（後嵯峨）御位につかせ御座すべきよし申入て退出」すると、

面々に只夢の心地してぞありし。後まで尼にて承明門院に候し弁局と中女房は、さればは是はまことかやとて、あしこここのめんだうに倒れありきける、理に覚えておかしく侍ける。

と、弁局のあわてぶりをユーモラスに描いている。

以上のように、『五代帝王物語』には作者が〝聞き及んだ〟裏話的なもの、あるいは笑話的なものが、作品に具体性を付加させているのだが、しかしこの作品の中で最も多く書きとめられているのは、怪異譚とでもいうべき話である。

三

天福元年（一二三三）九月、後堀河院妃の藻壁門院竴子が難産で苦しんだあげく死んだ。天下諒闇であったが、法勝寺の御八講に御幸があり、その時奇怪な出来事が起こったという。

御車既に阿弥陀堂の御前へ寄たりけるに、藻壁門院の昔の御姿美しげにて、九重塔の第三層とかやにわたらせ給けるを、あれはいかにと思食て、御車寄に摂政のさふらはせ給けるに、あれは見まいらすかと仰ありければ、見まいらせ候と申されけり。余人は見まいらせず。不思議にぞありける。

さらに、この御幸を見物していた人々の中から「あはれつゞきたる諒闇かな」との声がはっきり聞こえた。その言葉どおり後堀河院も翌天福二年八月、藻壁門院のあとを追うようになくなった。「世の吉凶は人を以ていはすなる事も思合せられ」たのであった。それにしても、死んだ藻壁門院が法勝寺の九重塔にその姿をあらわし、しかも院と摂政にしかその姿が見えなかったというのは「不思議」としか言いようのない出来事であった。

このような怪異の例は、『五代帝王物語』の随所に見え、当然のことながら天皇の病気、死に関する記事の中には集中的に記される。『五代帝王物語』には、藻壁門院、後堀河院の死のほかに、四条院の死、亀山天皇の病気、後嵯峨院の病気と死などが描かれているが、これらの記事の中に、奇怪な出来事が記されているのである。以下順に挙げてみると、

・四条天皇の死にまつわるもの

四条天皇はわずか十二歳であった仁治三年正月九日、突然なくなった。死因は「主上あとなくわたらせ給て、近習の人、女房などを倒して笑はせ給はんとて、弘御所に滑石の粉を板敷にぬりをかれたりけるに、主上あしくして御顚倒」されたためであったという。この死因記事も『五代帝王物語』にのみ書かれており、本書に依拠した『増鏡』でも「御悩みの始めも、なべてのすぢにはあらず、あまりいはけたる御遊びより、そこなはれ給ひにけるとぞ」と記すにとどまっている。いわば『五代帝王物語』の〝裏話〟的記事である。さて、四条天皇はこの転倒が原因となり、

やがて御悩つかせ御座して、取あへず御大事に及けり。併、天魔の所為なり。されば禁中にさまぐ〵の物現はしてみえけるとかや。

として、次にあげるような怪異を記している。その一つは、二条烏丸辺に住んでいた野依の姫宮が、四条天皇御不予で世間が騒がしかったころ、二条南の門から外を見ていたところ、辻祭のようににぎやかに囃し立てる声が聞こえてきたので、

　是程の世中にたゞ今、なにわざなれば、斯くはあるぞと恠く御覧じけるに、将に門前を過るを見れば、辻祭の田植と云事の様に、わざと烏帽子ゆひてきたるもの、たまだすきあげて、或はさゝらをすり、鼓をうち、或は拍子を叩きて、うれしや水とはやしかけて、東へ通ける。こはいかに、折ふし不思議のありさまかなと見けるが、東すぎて後は音もせざりけり。天魔のよくあれたりけるならんとぞ覚へし。

というものであり、もう一つは、

　又、四条室町辺なる在家の下﨟の夢に見えけるやうは、ことに空も晴たるに、午時ばかりの日の雲もなくてりたるが、俄に四条室町の大路の溝の中に落入とみえたりける。不思議の夢かなと思ほどに、二三日ありてかゝるあさましき御事はいできにけり。思がけぬ下﨟の夢にも、是ほどの御事を見たりける。ふしぎの事也。

という夢想の話である。

•亀山天皇の病気にまつわるもの

文永七年四月、亀山天皇が病気に罹った。そのころ、内裏であった五条殿には次々と不可解な出来事が起こった。それは、

　或夜は関白の侍ひ給ひけるに、南殿の上に百千の石瓦を高き所より移しをく音の様にしけるが、翌朝にみせられければ、棟の瓦少々落たる外は別事なかりけり。

とか、

　又、中将公秋朝臣、御後を通りけるに、天上の上に舌音のしけるに、虚空に眼ばかりみえけり。

あるいは、

　又、或夕暮に長丈余なる翁の、冠帯を正して、弘御所の辺に見えける。

といった怪異であった。天皇罹患の折でもあり、すぐ祈禱が行われたが、病気もなかなか直らず再発を繰り返した。このことを『五代帝王物語』は、

　大方、御在位の時、御瘧病は延喜（醍醐）、天暦（村上）、寛仁（後一条）、延久（後三条）など例有、皆聖代明時の佳例とも申べきにや。さて〳〵不思議の事侍き。

と評している。

・後嵯峨院の病気と死にまつわるもの

文永九年正月、後嵯峨院は前年からの衰弱が著しくなって、最期を亀山殿で迎えたいという院の希望に添うため、人々の心配の中、十七日に御幸があった。その御幸の途中、

　今日は別勅にて帥中納言経任卿、後騎につかうまつりて、御水瓶なども勤けるに、路にてもきこしめさむ料に、御水瓶に煎物を入て持せられたりけるが、中御門大宮へ御輿かきすへまいらせんとすれば、御煎物心うつくしく一滴もなくうせにけるぞ、誠に不思議に覚侍し。

という出来事が起こって、人々を驚かせたし、また院が病気で苦しんでいたころ、冷泉殿の弘御所でも奇怪なことがあった。

　弘御所に、大臣達のまいりて候ほどの座しきに、こえらかにゆゝしき僧の着座したれば、誰にかと思ひて、たが御まいりと申さふらはんぞと女房の問けれども、返事もなければ、ひがめかと思ひて、又女房をぐして二人してとへども、更にいらへもせで、はてはくらりとうせにけり。不思議にぞ有ける。

このような出来事が続く中、二月十七日みまかったのであった。

これら後嵯峨院病没をめぐる怪異譚は勿論『五代帝王物語』の創作ではなく、実際に取り沙汰されたものであり、それを〝聞き及んだ〟作者が書きとめたものである。後嵯峨院がなくなった文永九年、当時十五歳であった久我雅忠の娘は、のちに『とはずがたり』巻一に院の死の直前に起こった怪異を記している。一つは後深草院の御所で真夜中、大きな波音とともに青白い光が十ほど尾を引いて飛び廻ったもので、公卿たちの言うことには、それは人魂であったという。二つ目は、『五代帝王物語』に記されていたのと同じ出来事で、死期の迫った院が離宮へ御幸なった時の話である。

道にて参るべき御煎じ物を、種成・師成二人して、御前に御水瓶二つにしたため入れて、経任、北面の下﨟のぶともに仰せて持たせられたるを、内野にて参らせんとするに、二つながらつゆばかりもなし。いと不思議なりしことなり。それよりいとど臆せさせ給ひてやらん、御心地も重らせ給ひて見えさせおはします、などぞ聞き参らせし。

というものである。(8)『とはずがたり』の作者二条も「聞き参らせし」と書いているので、この話は宮廷を中心に広く語られたものであろう。

水瓶に入れておいた煎じ薬が一滴も残らず消え失せていたこの奇怪な出来事を、『とはずがたり』も『五代帝王物語』も、ともに「不思議」と評している。確かに不思議な話であることに間違いはないのだが、その目で見直してみると、『五代帝王物語』は先に引用した怪異譚のそこここに「不思議」の語が見出される。さらに引用文以外にも『五代帝王物語』には、「不思議」の語が二ヶ所に出てくる。それは、土御門院の践祚のいきさつが語られた部分で、四条天皇の急死で後嵯峨が即位するに至ったことを述べ、

御占にも後鳥羽院の御末めでたかるべしと占ひ申けるに、承久の事いできて、後堀川院つがせ給けるは、二代帝位につかせ給べき御宿縁あるによりて、纔に廿余年の程保たせ給と雖も、遂には神宮の御計ひ空しからぬ事、

不思議に覚侍り。

と記されている部分と、正嘉三年の春ごろから疫病が大流行、飢饉まで加わったため、正元と改元されたものの社会不安が暫く続いたという記事の中で、その五月二十二日の閑院炎上の原因に触れ、

最勝講の卿装束用途を、行事官が下人あまた私用して、日は近くなるいかにもすべき様なくて火をつけたる。末代の作法力なしと申ながら不思議の事也。

というところに「不思議」の語が見えている。さして長くない『五代帝王物語』の中に、これだけ「不思議」の語が出てくることは、やはり注意しなければならないだろう。

後堀河から亀山に至る五代の歴史を描く『五代帝王物語』は、作者が〝聞き及んだ〟不思議な話をその構想の重要な柱としていると思われる。それは、不思議な話が単にエピソードとして物語に彩りを添える程度のものでなく、前述のように天皇の病気や死、あるいは皇位の継承に関する記述の中に集中して出てくることからもその重要性は明らかであろう。『五代帝王物語』が先行作品として意識したであろう『六代勝事記』の歴史認識の一つの方法が「宝祚長短はかならず政の善悪によれり」という徳治・善政の儒教的政治思想であるのに対し、『五代帝王物語』の方は明確な思想によるのではなく、人知を超えた不可解な力、不思議な現象の積み重ねを描くことが、この書の歴史叙述の一つの方法であったと思われるのである。

四

上述のような「不思議」な怪異現象等の原因、あるいはそれらの現象を引き起こすものを、『五代帝王物語』の作者も、当時の他の人々と同様「天魔」と考えたことは、先に引用した四条天皇急死に関する記事中に「併、天魔

の所為也」「天魔のよくあれたりけるならんとぞ覚へし」などとあるところからも知られる。また大宮院の御所五条殿がたて続けに火災に見舞われたことを記した部分にも「大かた此御所には変化どもの事ども常にありと聞えしかば、遂に久しからず二度ながら夥しき焼亡にて、たゞごとならぬ儀にてありしは、天魔の所為にや侍らん」と「天魔」や「変化」の語があらわれている。そのほか、後堀河院妃の藻壁門院の御産のところに「同年九月に御産とてひしめくほどに、御もののけこはくて、うみかねさせ給ふ」と「もののけ」という言葉も出てくる。

これら「天魔」「変化」「もののけ」が、具体名をもって語られているところが『五代帝王物語』には三ヶ所ある。最初は先にも触れた藻壁門院の死に続く後堀河院の死の記事の中である。

上皇も此御歎の積にや、同二年八月六日、かくれさせ御座す。御年廿三、おしかるべき御齢なり。代々の帝王短祚におはします例のみ多かれども、女院の御事に打続き此事の出来ぬる、いかにも子細ある事也。後鳥羽院の御怨念、十楽院僧正などの所為にやとぞ申あひける。

ここには後鳥羽院と十楽院僧正の名が挙がっている。十楽院僧正仁慶は松殿藤原基房の子で天台座主を懇望していたが、九条道家に反対され恨みを残して死んだ人物である。後堀河院死去の前日文暦元年八月五日の『明月記』には、院の病状の悪化に触れ、

故聚洛院僧正之霊之由、自諸方有一同之説云々。或夢、或巫覡等之詞歟。最後之恨又非無其理。

と後堀河院の死に十楽院（聚洛院）僧正仁慶が深く関わっていたとの「一同之説」があったことを記している。『明月記』には八月十一日の条にも仁慶のことが載っている。さらに『比良山古人霊託』という刑部権大輔家盛の妻に憑いた比良山の天狗と慶政上人との間に交わされた問答を書き留めた本には、

問。藻壁門院生二何所一御哉。
答。来二此道一候也。十楽院僧正グシ給也。

とあって、後堀河院妃藻壁門院の死にも仁慶が関与していた、と少なくとも当時の人々が意識していたことを示している。その意味で『五代帝王物語』のこの条に、十楽院僧正仁慶の名が出るのは自然である。ついでながら、後堀河院病死のころの記録に名が見えるのは、慈円の怨霊である。これも『明月記』の八月十六日条に書かれているもので、

　去十三日、隆承法印房僧、又俄天狗付、吐種々詞云々。吉水霊云々。魔界得時歟。

とある。後堀河院死後七日目のことである。慈円も魔界に堕ちたと信じられ、『比良山古人霊託』にも、

　問。吉水前大僧正御房生二何処一哉。

　答。入二此道一候也。威勢多人也。人皆ヲヂアヘリ。此人皆住二愛太護山一御也。

と書かれている。

後堀河院の死前後の諸資料に見える怨霊は、以上の十楽院僧正仁慶と吉水院大僧正慈円(9)の二人であるが、『五代帝王物語』には十楽院僧正仁慶と後鳥羽院の二人が挙がっている。後堀河院の死は文暦元年（一二三四）の八月、この時後鳥羽院は隠岐島で配流の生活を送っており、その地で死を迎えたのは五年後の延応元年（一二三九）二月であるから、この時点で後鳥羽院怨霊はほとんど云々されなかったのではなかろうか。後年、後鳥羽院怨霊の跳梁が激しくなったころ書かれた『五代帝王物語』は、後堀河院の死に後鳥羽院御霊を付会させたものと考えてよかろうかと思う。これは、それだけ『五代帝王物語』が後鳥羽院の怨霊を意識していたことを示すものといえよう。

次に『五代帝王物語』に後鳥羽院御霊が記されるのは、後嵯峨院五十賀計画の記事の中である。文永四年、四十九になった後嵯峨院は一年繰り上げて五十賀を予定していたところ、西園寺公相が急死したため翌年に持ち越された。ところが翌文永五年、蒙古からの牒状が届き、天下が騒然として五十賀どころではなくなった。失望した後嵯峨は出家してしまうのである。それから二年後、後嵯峨院は父土御門院の菩提を祈るため盛大な法要を催し、人々が目を瞠るほどの華やかさであった。しかし、結局、後嵯峨院の五十賀は行われることがなかったのである。それを、

御賀は後鳥羽院御心にかけさせておはしたりけれども、空しくやみにけり。されば、めざましく思召せば、いかにもあらすまじき由、御詫(ママ)宣有けると聞えしに、げにもさりけるやらん、さらぬ月日は多かるに、異国の事出来て、今少しをまちつけず留られにし。返す返すほいなく侍りき。

と、後鳥羽院自身が行えなかった五十賀を、後嵯峨院にもさせないという後鳥羽の意志が託宣の形で発動したというのである。

後鳥羽院御霊の活動として書かれている三つ目は、これも先述した後嵯峨院の病気と死にまつわる怪異譚に出てくるのである。『とはずがたり』にも載っていた煎じ薬消失事件であるが、この日、御水瓶の役を勤めたのは帥中納言経任卿であった。この一件について、『五代帝王物語』は、

後鳥羽院御所嘉陽院跡中御門西洞院を経任卿給て、花亭を造りたりしかば、常に御幸ありしに、後鳥羽院の御霊、御心とけぬ事にて有けるやらん。

と記している。勿論『とはずがたり』は、後鳥羽院御霊と結びつけていない。

五

『五代帝王物語』において、後鳥羽院は怪異譚と結びつけられ、怨霊の発動として描かれたのは見て来たとおりである。しかし『五代帝王物語』は、怨霊としての後鳥羽だけでなく、後鳥羽院あるいは後鳥羽院の時代を一つの規範として強く意識している。例えば、

○後鳥羽院の御代、さしも目出かりし、引うつし君も臣も構て人の嘲なからばやとふかく被思食ければ、御心許は善政を行はれけり。

○後鳥羽院御位すべらんと思食ける比、……。
○主上は寛元四年正月廿九日、位を春宮に譲まいらせらる。御年四也。四歳にてつかせ給事、後鳥羽、土御門院此佳例なるべし。
○対島守仲朝入道がかたり侍りしは、後鳥羽院の御幸によろづ事の外に超過して侍るよし申き。
○八月の立坊は、光仁天皇、文徳天皇より後鳥羽、富小路殿（後深草）、禅林寺殿（亀山）の御例に至るまで代々の吉例に任す。
○是は後鳥羽院の御逆修の例を守られて、僧衆八人也。

などといった具合である。『五代帝王物語』の最初の天皇後堀河以前の天皇の中で、最も多くその名が出てくるのも、また後鳥羽院である。序文に相当する冒頭部で、後鳥羽院以後の歴史を記すと言いながら、つねに強く意識されていたのが後鳥羽院であるところに、この『五代帝王物語』の性格が見てとれるのである。

ところで『増鏡』が、この『五代帝王物語』を素材の一つとしていることはよく知られたことである。木藤才蔵氏は『五代帝王物語』に比較的詳細に記されている事項を列挙し、『増鏡』が執筆の際参照したと考えられる項目に○印を付して示された[10]。それを掲げると、

○後堀河院の后、交替の次第
※後堀河院の死にまつわる風説（後鳥羽院の御怨念 不思議1）
○道家の権勢
※四条院の死にまつわる秘話（天魔2 不思議3）
　後嵯峨院践祚のいきさつ
※土御門院践祚のいきさつ（不思議1）

建長元年三月廿三日の京都の大火
○大宮院の兄弟のこと
※五条殿のこと（天魔1）
○後嵯峨院の亀山殿造営
○後嵯峨院の仏道修行
正嘉元年三月、後嵯峨院の高野御幸
東二条院の入内と姨入内の先例
※正嘉三年の疫癘流行（不思議1）
山門寺門の対立と延暦寺三井寺の焼亡
宗尊親王の帰京
後嵯峨院五十の賀試楽
蒙古の牒状
後嵯峨院の出家・逆修
近衛基平の死
※五条内裏の怪異（不思議1）
見阿法師のこと
※文永七年、後嵯峨院宸筆八講（後鳥羽院託宣）
中将忠資の出家
文永八年、後嵯峨院の天王寺御幸

※後嵯峨院の病気（後鳥羽院の御霊不思議2）
六波羅合戦
○後嵯峨院の死と遺言

ということであるが、これに私に付した※印が本章で詳しく論じて来た怪異譚であり、事項の下の括弧内の（不思議1）とは、その記事中に「不思議」等の語が何度用いられているか、その回数を示したものである。これを見れば明らかなとおり、『増鏡』は執筆に際して『五代帝王物語』を参照しながらも、その怪異譚は後鳥羽院御霊を含めて全く採用しなかったのである。[11]

『五代帝王物語』は〝五代〟を称しているが、その実、中心となるのは後堀河・四条・後嵯峨の三代である。後深草・亀山両天皇について多くは触れず、両帝に位を譲ったあとの後嵯峨上皇の記述が中心となっている。本書が後嵯峨の死で結ばれるのもそのためである。実質は後堀河・四条・後嵯峨の即位から死までを描くのが『五代帝王物語』なのである。この三代の天皇たちとは、大きな意味で言えば、承久の乱の余波をもろにかぶった天皇たちであった。承久の乱後、後鳥羽院の子息たち、土御門は土佐（のち阿波）に、順徳は佐渡に流され、後鳥羽の孫仲恭天皇は廃され、皇位は後鳥羽の兄後高倉の子孫たちに移ってしまったのである。新たに皇位を継いだ後堀河が二十三歳で頓死、その子四条も十二歳で急死。呪われたように後高倉の系統は絶えてしまったのである。やむなく皇位は後鳥羽の系統にもどることになったが、大方の予想を裏切って順徳の子ではなく、承久の乱の時、後鳥羽に協力しなかった土御門の子後嵯峨が継いだ。『増鏡』は四条が急死したことを「いかにも彼の遠き浦々にて、沈みはてさせ給ひにし御霊どもにや」と語ったし、『保暦間記』は四条のあとを後鳥羽の孫後嵯峨が継承したことを「去テモ此御位ノ事ハ、且ハ隠岐院（後鳥羽）ノ御怨霊ヲモ勇《（有）》メ進セ」るものとして描いている。いずれも後鳥羽が兄後高倉の系統から自分の子孫へ皇位を取りもどしたいとの意志があったとする判断である。しかし『五代帝王物語』は、後鳥羽の孫・土御門の子である後嵯峨の五十賀を遂行させなかったのも、またその死の原因となった病気も後鳥羽の怨念のなせるわざであったとするのである。ここに『五代帝王物語』の一面があらわれているように思う。本書の作者は必ずしも土御門の子孫が皇位を継ぐことを後鳥羽院の本意に叶うものとは見ていなかったのではなかろうか。本書が順徳の子忠成王だけでなく、その子源彦仁やその子供にまで筆が及んでいるのはそのあらわれではないかと思う。いずれにせよ『五代帝王物語』の後鳥羽院御霊をはじめとする怪異譚は、承久の乱後の三代の歴史を記す上で欠かすことのできない重要な意味を持っていたと考えられるのである。

注

（1）坂本太郎氏『日本の修史と史学』（至文堂歴史新書　昭41）
（2）『群書解題』（「五代帝王物語」の項）
（3）坂井衡平氏『新撰国文学通史』（三星社　大15）
（4）注（2）に同じ。
（5）「日本女子大学紀要文学部15」昭41・3。（『中世文学試論』明治書院　昭59所収）
（6）「五代帝王物語考」（『日本文化史研究』昭44）
（7）石井進氏『日本の歴史七（鎌倉幕府）』（中央公論社　昭40）
（8）『増鏡』第八「あすか川」にこの『とはずがたり』の話が引かれている。
（9）『門葉記』には四条天皇急死の時、ある公家に慈円の祟りである旨の夢想があったことが記されている。
（10）注（5）に同じ。
（11）『増鏡』第四「三神山」に四条天皇の死について「かくのみあさましき御事どもの続きぬるは、いかにも、かの遠き浦〳〵にて沈みはてさせ給ひにし御霊どもにやとぞ、世の人もささめきける」とあるが、『五代帝王物語』によるものではない。

大江広元とその子
——軍記における京下り官人——

一

大江広元は、草創期の鎌倉幕府の重臣である。『尊卑分脈』を見ると、父は式部少輔維光、曽祖父に大江匡房を持っている。『江氏家譜』には「実父藤光能卿、依㆓母再嫁㆒中原広季為㆓養子㆒。後大江維光有㆓父子之約㆒為㆑子」と異説が載る旨、『尊卑分脈』は記しているが、編者は「今按、広元者散位従四位上大江朝臣維光之子也。而広季養㆑為㆑子故号㆓中原㆒也。順徳院建保四年七月依㆓其請㆒而勅㆓改中原姓㆒而復㆓本大江姓㆒、故後子孫皆為㆓大江氏㆒」と勘案している。ともあれ、広元は久安四年（一一四八）に生まれ、仁安三年（一一六八）縫殿頭、嘉応二年（一一七〇）権少外記、寿永二年（一一八三）従五位上になった。元暦元年（一一八四）頃、源頼朝の招きをうけて鎌倉へ下った。その年の九月因幡守に任じられ、十月には公文所の別当に補され、以後頼朝の信任を篤くし幕府の中枢を歩き続ける。新田英治氏[1]・安田元久氏[2]の仕事に審らかなので、それによって略述すると、広元は文治元年の守護地頭職設置の進言を皮切りに幕府体制の強化と朝廷との折衝の二面で頼朝の右腕になった。頼朝の死後は北条氏と提携し、建仁三年（一二〇三）の比企能員の乱と二代将軍頼家の修善寺幽閉、平賀朝政をして実朝に代えようとした北条時政・牧氏の隠謀の排除、畠山重忠や宇都宮頼綱の謀叛・追討事件にも関わり、建保元年（一二一三）の和田氏の乱では終始義時と行動を共にし、実朝を守った。実朝暗殺後も義時と手を結び、開府以来最大の難関、承久の乱をもみごとに乗り切った。このように大江広元は鎌倉幕府初期のあらゆる重大事に関与し、その力量を発揮した人物であった。

二

その大江広元が、軍記作品中にどのような形であらわれてくるか、その大体を展望するのが本章の目的である。広元の生年は久安四年であるから、源頼朝が伊豆で兵を挙げた治承四年、広元は三十二歳、頼朝より二歳年少であった。頼朝と広元との最初の接触がいつであったか確定できないが、『吾妻鏡』には元暦元年六月一日、池殿平頼盛が帰洛するに当たり、頼朝の開いた宴で、引出物の砂金を渡す役として「安芸介」の名で広元が初めて登場して来る。しかし、『平家物語』の諸本のうち、延慶本・長門本・南都異本にはその二ヶ月程前の元暦元年四月の出来事として広元が出て来る。一の谷合戦で捕らえられた平重衡が鎌倉へ護送され、頼朝の好意で千手前という女性と酒宴を催す。翌朝、千手が頼朝に昨夜の様子を報告するのであるが、その場面、延慶本『平家物語』五末の「重衡卿千手前と酒盛事」の章から引くと、

大膳大夫広元、其時は因幡守と申けるが広庇に執筆して候けるに、兵衛佐被レ仰けるは「平家は弓矢の方より外は嗜む事は無歟と思たるに、三位終夜琵琶の事柄《カラ》口すさみ優なる物哉」とぞ宣ける。広元閣レ筆て、「平家は代々相伝の才人、此人は当世無双の謌人にて候、彼一門を花に喩候しには、此殿をば牡丹の花に例てこそ候しか」とぞ申ける。

又佐殿宣けるは、「三位の燈暗ては数行虞氏涙と云朗詠をし給つるは何なる事にて有やらん」と。広元申け

るは、「あれは昔、大国に楚の項羽と申ける帝、虞氏と申みめよき后を被寵愛候けり。（中略）此虞氏に別なむ事こそ悲けれとて、終夜歎候ける程に、燈の闇くなるまゝに心細て虞氏涙を流す。夜深るまゝに四面に時を作り候けるなり。是を橘相公が『燈暗数行虞氏涙夜深四面楚歌声』とは作て候也」。

又佐殿千手に問給けるは、「中将終夜琵琶を弾給つるは何と云楽にて有りけるぞ」と宣ければ、「初は五常楽、次に皇麞の急にて候しが、後には廻骨と云楽にて候」と申。広元是聞て、「彼廻骨をば文字にはかばねを廻すと書て候。大国には葬送之時必ず用る楽也。而に中将今生の栄花尽て、只今被レ誅給なむずる事を思給て、彼異朝の例を尋て、葬送の楽を弾れけるこそ哀なれ」と申しければ、佐殿を始奉て聞人涙をぞ流しける。（原文、漢字カタカナ交り文）

ここで広元は三つの点で頼朝に教示を与えている。一つは平家の人々がいかに文化的な水準が高いかということ、二つには重衡が唱えた「燈暗数行虞氏涙」の朗詠のいわれについてであり、三つ目は重衡が弾じた琵琶の曲に託された重衡の心情の解釈である。延慶本・長門本の記述は、多少の異同があるが基本的には同じとみなしてよいであろう。南都異本は三つ目の琵琶の曲について詳しい。

佐殿又琵琶被《ニシ》レ弾楽《ハ》何《ヤラント》　宣《ケレバ》　広元何曲《ソト》　問。千手申《ケルハ》　初《ハ》甘州、次《ニ》皇麞急《ニテ》　候《シカ》　後廻骨《ニテ》　候《シト》　申。廻骨申《トケレハ》　文字《ニハ》　廻《スト》レ骨《ト》読候。異国《ノ》王《ノ》為《シ玉タリケルヲ》二　崩御一、奉《テ》レ葬煙晴《レハ》　奉《ントテ》レ拾レ骨、公卿殿上人《ノ》被《タリケルニ》二　罷向一、颷頓吹来《テ》舎利《ヲ》四方《ヘ》吹払《フ》、皆人亡然立《テ》、或臣自レ腰取《テ》二出横笛一、廻骨一返被《タリケレハ》　レ吹舎利還《テ》二本所《ニ》一被《玉ケルト》　レ拾承候。此楽《ハ》無常《ヲ》覚《ル》楽《ナレハ》　祝《ノ》所《ニハ》　不レ為楽《ニテ》候《ヘトモ》、中将今《ハノ》心中、朗詠《ノモ》節琵琶曲《ノモ》相《テ》レ折哀候《ニトテ》　広元流レ涙。佐殿指《モカニ》　敵《ナレトモ》　哀《ケニ》　被《ケリ》レ思。

諸本によっていささか伝えるところに詳細簡略の差はあるが、いずれも長の鄙住まいの頼朝に対し、都での平家、唐土の故事などその知識で奉仕している広元の姿を認めることができる。もっとも他の諸本には、広元は登場して来ない。『源平盛衰記』は、一番目の平家の文化水準に関する問答はないが、二番目の「四面楚歌」の故事、三番目の「廻骨」の話の二つは延慶本とほぼ同文で記されていながら、頼朝に呼ばれるのは広元でなく、斎院次官親義となっている。これが覚一本など語り本になると、三番目の「廻骨」の話はなくなり、二番目の「四面楚歌」の故事は「たとへばこの朗詠の心は、昔もろこしに……」と地の文と化し、唯一、一番目の〝平家の文化水準〟についての問答だけになっている。しかも頼朝の問いに答えるのは、斎院次官親義である。冨倉徳次郎氏(3)によれば、親義は「親能」が正しく、姓は中原。『玉葉』寿永三年二月一日に「斎院次官親能は（前明法博士広季の子）頼朝の近習者、又雅頼卿の門人也」とあって、『尊卑分脈』には中原広季の子、広元と義兄弟である、という。斎院次官親能と大江広元とが、義理の関係であるにせよ兄弟である点は興味深い。

この話そのものが史実であるか否か確かめるすべもない以上、広元か親能かを詮索することも無意味であろう。しかし、この二人がほぼ同じ圏内で生きた人々であり、「頼朝の近習者」であったことを考えると、この話が幕府成立前の鎌倉における京下り官人の役目の一つを描いたものということはできるだろう。頼朝に近仕した京下り官人たちには広元・親能のほかにも三善康信・二階堂行政・藤原広綱・伊沢家景らがいる。これらの人々は、幕府草創の時期、頼朝を助けて体制の確立に力あった人々であるが、『平家物語』を始めとする軍記作品の中にその姿を見出だすことはできない。わずかに広元・親能が前述の形で現れるにすぎない。

三

大江広元の名は、『平家物語』の中でもう一ヶ所、しかも増補系の一部の本を除いて多くの本に記されているところがある。巻十一の「腰越」で、源義経が書いた〝腰越状〟の宛先に「進上　因幡守殿へ」とあるのがそれである。当時の風習として直接頼朝に宛てるのではなく側近に差し出すものであったにしても、新田氏の言うとおり

「このことは広元が頼朝の側近として信頼され、その意見が頼朝を動かしうると目されていたことを物語って」[4]いると考えてよいだろう。この〝腰越状〟は角川源義氏[5]によって虚構であろうとの疑義が出されている。もしそうであるならば、宛先人が広元になっているのは、単なる形式でなく当時の人々の広元に対するイメージの表象とみなしうることになる。

『吾妻鏡』建久四年八月二日条に参河守範頼が頼朝に謀反の心のない旨、起請文を献じた記事が載っているが、そこでも「此状付二因幡守広元一、進覧之処」云々とあり、また建久五年四月二十一日条にも六代御前が文覚上人の書状を持って下向し、「於二関東一更不レ存二巨悪一」旨を「属二因幡前司広元一申レ之云々」とあって、異心なきことを頼朝に訴える時、広元を介しているのも広元にはとりなす力があると思われていたからであろう。

ところで先にあげた延慶本・長門本・南都異本『平家物語』に見られる広元の①平家一門の文化水準、②「四面楚歌」の故事、③琵琶の曲「廻骨」の逸話の三つの話について少し触れてみたい。①の平家一門の文化水準の高さについては、三十余年を都で過ごした広元であってみれば当然知悉していたことであろう。②③の故事・逸話などいわば文学的知識・素養に関しても、断片的ながら『吾妻鏡』に見出だせる。例えば、実朝将軍の承元四年五月六日には「将軍家渡二御広元朝臣家一、（中略）及二和歌以下御興宴一云々。亭主以二三代集一為二贈物一云々」、建暦二年十一月八日には「於二御所一有二絵合之儀一、（中略）広元朝臣献覧絵者、図二小野小町一期盛衰事一」といった記事があり、彼の文学的素養の一端をかいま見せている。

また頼朝がいかに広元を信任したかは、実朝との比較の上で広元自身が語っている。建保三年九月十日条に「右大将家（頼朝）御時者於レ事有二下問一、当時無二其儀一之間、独断レ腸、不レ及二微言一」とあるのがそれである。「於レ事有二下問一」ほど頼朝が信任した一例として、重衡同様、捕らわれの身を関東にさらした平宗盛下向の時の話をあげることができよう。近日中に都へ連れもどされる宗盛に面謁したものかどうか頼朝が広元に尋ねたのである。広元は「今度儀、不レ可レ似二以前之例一、君者鎮二海内濫刑一、其品已叙二二品一給。彼者過為二朝敵一、無レ位囚人也。御対面之条、還可レ招二軽骨之謗一云々」と答えている（元暦二年六月七日条）。ここで「以前之例」といっているのは、重衡関東下向の時のことである。広元の言葉の中に重衡の事例が出て来ることも興味深い。

『平家物語』における広元は、ほんの少ししか描かれておらず、人物像を云々することもできないが、有能な官吏、都の文化的知識の保有者としての姿、いわば草創期の京下り官人の典型的一面は窺うことができるだろう。

四

広元は頼朝の死後、政治的手腕を振るって幕府の宿老にのし上がって行くのだが、軍記作品にはほとんど描かれていない。『平家物語』に次いで広元の名が見えるのは『承久記』である。

『承久記』において広元が最初にあらわれるのは、実朝暗殺事件のところである。まず最古態本の慈光寺本には、実朝暗殺事件そのものの記述が簡略をきわめており、広元の名は出てこない。流布本によって見てみると、建保七年正月二十七日、右大臣に任じられた実朝が八幡宮で拝賀を行った時のこと、

大膳大夫広元、「加様の時は、御装束の下に為《たら》レ被レ召んに苦しくも候まじ」とて、唐綾威の御著背なが一領進らせたりけるを、文章博士、「何条さる事可レ有」とて留《め》奉る。広元、頻に「昼さて有ばや」と申けるを、仲章「必《ず》秉燭にて仕《る》事なり」とて、戌の時とぞ被レ定ける。

という暗殺直前の場面で登場して来る。この後、実朝は細太刀の柄を車の手形に入れて折ってしまうが、これも仲章が「苦しく候はじ」と添木を当てただけで、儀式を強行する。暗殺の場面、流布本は、

去程に、若宮の石橋の辺に近付せ給ふ時、美僧三人、何くより来共《と》もなく、御後に立添ひ進せけるが、左右な

く頸を打をとし進らす。一太刀は笏にて合せ給ひぬ。次の太刀に切伏られ給ふ。

となっている。

これが前田家本になると、

同廿七日若宮にて御拝賀あらん時、御装束の下にめさるべしとて、大膳大夫広元唐綾威の御腹巻一領したて、進せり。文章博士上古なきことなりとてやめ奉る。頻にひるさてあらばやと申されけるを、かならず秉燭にすることなりとて、戌時若宮へ参り給て、御車より下させ給ふ時、御はかせの鞆、車の手形に入たりけるをしらせ給はで引おらせ給ひぬ。人あさましと見奉るほどに、文章博士くるしく候はじとて、木を結そへて進せたり。（中略）次にいづくよりともなき女房の、中の下馬の橋よりうす絹きたりけるが、二三人ほど走りたりとぞみえし。いつかよりけむ薄絹うちのけ、ほそみの太刀をぬくとぞみえし。大臣殿を切たてまつる。一の太刀を笏にて合させ給ふ。次の太刀に切臥られさせ給ひぬ。広元やとぞ仰られける。

流布本・前田家本はともに広元が拝賀に臨む実朝に鎧を着せようとしたり、昼間行うよう何度も進言したりしたという共通の話を載せている点でほとんど同じである。ただ一ヶ所、切られた実朝が「広元や」と一言叫んだと前田家本が記しているところだけが違っている。この一言が実朝の広元に寄せる親愛の情を示すものと解せるが、ただ広元の言動には奇異の感を抱かせられる。拝賀の場への鎧着用の件、昼間の挙行の件がそれである。先に述べたように、京下り官人として有職の道に長じていた広元らしからぬ言動である。その広元の進言が一つ一つ故実にあわぬとして源仲章に斥けられているのである。仲章は建仁四年正月十二日、実朝の『孝経』読書始めに侍読の役を勤めたが、その日の『吾妻鏡』には「此僧儒依レ無二殊文章一、雖レ無二才名之誉一、好二集書籍一、詳二通百家九流一[6]」と記されており、また『愚管抄』巻六にも「事ノエンドモ有ケレバニヤ、関東ノ将軍ノ師ニナリテ、常ニ下リテ、事ノ外ニ武ノ方ヨリモ文ニ心ヲ入レタリケリ。仲章ハ京ニテハ飛脚ノ沙汰ナドシテ有ケリ。コレガ将軍ヲヤウヤウニ漢家ノ例引テ教ルナド、世ノ人沙汰シケル程ニ、又イカナルコトカ人思ヒタリケリ」と書かれるなど、あまり評判のよい人物ではない。この仲章に抑えられるほど、この時の広元の意見は全く有職故実を無視した無茶な進言であった。この取り乱したともいえる広元の態度は、勿論この後に起こる暗殺を予見したものとして記述されているのだが、増補系の『平家物語』や『吾妻鏡』に見えた広元像とはその隔差があまりにも著しいように思われる。

ところで前田家本『承久記』の実朝暗殺記事部分だけをそっくり『吾妻鏡』によって改変した作品に『承久兵乱記』がある。これによって広元登場箇所を拾ってみると、

> 所謂御出立の期に及びて、先の大膳大夫入道参じて申しけるは、某は成人の後、いまだきう涙の面にうくことを知らず。然るにこんじ昵近申すのところに、落涙禁じがたし、これたゞ事にあらざるなり。事定めて仔細あるべきか。

とあるだけで、鎧着用や昼間挙行の主張等はない。これは前述のように『吾妻鏡』によったもので、建保七年正月二十七日条の、

> 所謂、及二御出立之期一、前大膳大夫入道参進申云、覚阿（広元の法名）成人之後、未レ知三涙之浮二顔面一。而今奉二昵近一之処、落涙難レ禁、是非二直也事一、定可レ有二子細一歟。

をそのまま訓読したものであるが、これらの記事を総合してみると、広元は予感がしたというよりも実朝暗殺計画を事前に知っていたかと疑われる程である。

五

承久三年五月、後鳥羽院が討幕を企て、兵を挙げた。伊賀光季の追討に始まり、緒戦は院方が機先を制して色め

き立った。北条義時も急拠大名を呼び集め体制作りを始める。前田家本『承久記』は、次々と大名を呼び、北条政子が頼朝の恩を説き、団結を求めたとして、

其後、陸奥六郎有時、城ノ入道、佐々木四郎左衛門、武田、小笠原、板東八ヶ国の宗との大名廿三人、かはる〴〵めされて、色々の物を給はる。因幡守広元入道御酌取て御酒を給はる。

と、義時・政子と行動を共にしている広元の姿が描かれる。この記事、流布本等にはないものであるが、広元の役割は積極的なものとはとても言えない。ところが『吾妻鏡』を見ると、五月十九日条には、

晩鐘之程、於二右京兆（義時）館一、相州（時房）、前大膳大夫入道、駿河前司（三浦義村）、城介入道（景盛）等、凝二評儀一。意見区分《マチマチ》、所詮固二関足柄・筥根両方道路一、可二相待一之由云々。大官令覚阿（広元）云、群議之趣、一旦可レ然、但東士不二一揆一者、守レ関渉レ日之条、還可レ為二敗北之因一歟。任二運於天道一早可レ被レ発二遣軍兵於京都一者、右京兆以二両議一申二二品一之処、二品云、不二上洛一者、更難レ敗二官軍一歟。

と、多数意見の迎撃作戦を否定、出撃論を唱え政子が支持したと書かれている。二十一日になると都の様子も伝わって来て、再び慎重論が飛び出る始末であった。ここでもまた、

前大膳大夫入道云、上洛定後、依レ隔レ日、已又異儀出来、令レ待二武蔵国軍勢一之条、猶僻案也。於レ累二日時一者、雖二武蔵国衆一漸廻レ案、定可レ有二変心一也。只今夜中、武州雖二一身一、被レ揚レ鞭者、東士悉可レ如二雲之従レ龍者、京兆、殊甘心。

と、強く自説を展開、義時の支持を得ている。後に触れるように広元自身にとって、後鳥羽院挙兵の報は今までの合戦とは全く違った心境で受けとめたと思われるのだが、彼は一貫して強硬派の立場をとり続けた。いずれにしても『吾妻鏡』に見るような積極的に幕府をリードして行く広元の姿を、『承久記』諸本に窺うことはできない。開戦前の広元について流布本は、

　鎌倉に留まる人々には、大膳大夫入道・宇都宮入道・葛西壹岐入道・隼人入道・信濃民部大輔入道・隠岐次郎左衛門尉、是等也。親上れば子は留まり、子上れば親留まる。父子兄弟引分、上せ留らる丶謀こそ怖しけれ。

と、鎌倉に留められた人々の中に名を連ねるだけである。

六

尾張国の両軍の激突、敗走する院方を追っての宇治・瀬田の合戦と『承久記』の記述は続くが、この間、広元の動静は全く描かれない。広元が再び登場するのは幕府軍圧勝の報が鎌倉にもたらされた場面であり、前田家本は、

　早馬関東に着たりければ、権大夫殿・二位殿・其外大名小名面々に走り出で、軍はいかに、御悦か何とかあると口々に問れけり。軍は御勝利候。三浦平九郎判官・山田次郎・能登守秀康已下みなきられぬ。御文候とて、大なる巻物さし上たれば、大膳大夫入道取あげて、一同にあつとぞ申されける。

早馬での報を人々に取り継ぐのが広元となっているが、この記事は流布本にも『吾妻鏡』にもない。

　勝利の歓喜のうちに鎌倉では乱後処理の評定が始まる。前田家本は、

　評定有べしとて、大名どもみな参けり。一番の鬮は大膳大夫入道とりたりければ、申けるは、院々宮々をば遠国へながし奉るべし。月卿雲客をば、板東へめし下すべしと披露して、道にて皆失はるべし。京都の政は、輒居大将殿御さたたるべし。摂録《ママ》をば近衛殿へ進せらるべしと存候と異見を出す。義時、此義一分も相違なし。此義に同ずと仰ければ、大小名共も可ㇾ然とぞ申しける。

一番籤を引いた広元が意見を陳べ、義時が賛同、これに決定したとの記事である。後鳥羽院隠岐配流や首謀貴族の処刑等が広元の考えに依ったものとされているのである。この記事もまた流布本には載っておらず、『吾妻鏡』に

「相州武州飛脚、今夜丑刻、到二著鎌倉一、合戦無為、天下静謐次第、披二委細書状一。公私喜悦、無二物取レ喩。即時有二卿相雲客罪名以下洛中事之定一。大官令禅門（広元）勘二文治元年沙汰先視一、相二計之一。」と記されているのだが『吾妻鏡』のほうが簡略である。広元の政治的活動について書かれた箇所は見て来たとおり『承久記』では極めて僅かである。しかしこの部分は、いかにも広元らしい言動が『吾妻鏡』より詳しく描かれているのである。北条義時・政子と手を組んで承久の乱を乗り切った政治家大江広元の一面が、どうにかここに記されているのである。

先にも触れたとおり、流布本はこの広元の姿を全く描いていない。流布本が描く広元は実朝暗殺の時と、承久の乱の時、鎌倉に留められた人々の中に広元がいたというその二つだけであって、政治家――幕府のリーダーとしての広元は勿論、京下り官人としての側面も窺うことはできない。それでは最古態本の慈光寺本はどうか。慈光寺本には全く広元は登場せず、その名さえ記されていない。

七

実朝が暗殺された建保七年正月二十七日と翌日にかけて、多くの御家人が出家した。『愚管抄』にはその数七八十人にも及んだと記されており、広元の子供たちも「皆若〳〵トシテ出家シテケリ」と書かれている。『吾妻鏡』には広元の子武蔵守親広・左衛門大夫時広の名が挙がっている。

実朝の死後、半月ほどたった二月十四日、伊賀光季が上洛した。「京都警固」のためと『吾妻鏡』が記しているのは、将軍暗殺を機に動き出す京都の情勢を牽制するためであったと思われる。この光季に遅れること半月、広元の子親広が同じく都に向かった。『吾妻鏡』は「武蔵守親広入道為二京都守護一上洛」と二月二十九日の条に書いている。

承久三年五月、後鳥羽院が討幕を決意した時、京都守護の伊賀光季・大江親広の二人がさし当たっての敵となった。前田家本『承久記』は、後鳥羽院は三浦胤義にこの二人を討つべきか、召し籠めるべきか尋ねたという。

胤義申けるは、親広入道は弓矢とる者にても候はず。召れてすかしをかせ給て、一方にも指つかはされ候べし。光季は源氏にて候上、義時が小舅にて弓矢とる家にて候へば、召れ候ともよも参候はじ。討手をさし向られ候べしと覚え候。乍レ去先両人めさるべく候かと申す。先少輔入道をめさる。やがて参るべきよし申て、御使帰りて後、親広入道、光季がもとへ三井寺の騒動しづめん為とて、急参べきよし仰下さる丶間参候。御辺にも御使候けるやらんと云たりければ、判官いまだ是へは使も候はず。めしに随てこそ参候はめと返事す。親広入道は百余騎にて馳参ず。殿上口にめされて、いかに親広、義時已に朝敵となりたり。鎌倉へ付べきか、御方へ参べきかと仰下されければ、争か宣旨を背奉るべきよし申ければ、さらば誓状を以て申べきよし仰らる。二枚書て君に一枚、北野に一枚進らせけり。此上は一方の大将にたのみ思召よし仰含られけり。

こうして親広は後鳥羽院の側についた。一方、光季は召しに応ぜず、院の遣した軍勢と戦って壮烈な最期をとげた。光季が戦死する前に鎌倉に宛てた飛脚が五月十九日に到着した。その内容は「此間、院中被レ召二聚官軍一。仍前民部少輔親広入道、昨日応二勅喚一。光季依レ聞二右幕下（公経）告一、申レ障之間、有下可レ蒙二勅勘一之形勢上。」というもので、親広が院方に付いたことを一番に報じている。この知らせを受けて長老たちが集められ、評議の席で広元が出撃論を主張したことは前に述べた。

父と子が敵味方に分かれて戦うことになったのである。広元は宿老ということで鎌倉に残り留まった。これを流布本『承久記』は義時の〝人質〟の謀であったと解しているのは、これも先に引用したとおりである。親広がこの乱で、緒戦の伊賀光季追討の軍に加わっていることは前田家本・流布本に見えるが、東西の両軍が激突した尾張の合戦には出陣したのかどうか、前田家本・流布本・慈光寺本の『承久記』諸本にも、『吾妻鏡』にもその名を見出せない。尾張で敗れた院方が最後の抵抗を試みた宇治・瀬田の合戦においては、流布本が能登守秀康・三浦胤義らと供御《くご》の瀬へ向かったとし、『吾妻鏡』は食《じき》の渡を固めたと記しているが、前田家本には出ていない。もっとも前田家本も宇治・瀬田が落ちた記事のところで、「京方能登守・平九郎判官・下総前司・少輔入道、所々の軍に負て都に帰入」とあって、出陣したことは分かる。

敗戦後の親広はどうなったか、流布本は「少輔入道親広、近江関寺より引別れて行けるが、四百余騎に成にける。其も次第々々に落散て、三条河原にては百騎計に成にけり。爰にて夜を明す」とあるが、その後のことについては何も記していない。『吾妻鏡』も六月十四日の条に「親広者、於二関寺辺一零落」とあって、以後その消息を絶つ。前田家本にいたっては先の「軍に負て都に帰入」が最後の記載である。

こうして見てくると、前田家本は広元、親広父子の記述に何かしら意図的なものが感じられてくる。広元の活躍を流布本に比べかなり多く具体的に描く一方で、親広の記述は最少限にとどめていると思われるのである。安田元久氏のいう「広元伝説」(7)の影響を前田家本『承久記』も受けていたといえようか。

ところで最古態本の慈光寺本『承久記』では広元・親広はどのように描かれているかについて触れておくならば、先にも述べたように広元は全く登場しない。また親広も山城守広綱との混同があると思われるが、それについては別章で述べた(8)ので再言はしない。いずれにせよ慈光寺本作者は、あえて無視したとも思えないので、広元に対する知識・情報がなかったものと考えられる。これもまた「広元伝説」が形成される以前であったからであろうか。

八

最後に広元父子のその後であるが、子の親広は乱後自分の所領である出羽国寒河江荘にもどり、父のとりなしもあって処刑を免れたらしい。父広元は承久の乱の四年後、嘉禄元年（一二二五）六月十日、日ごろから患っていた痢病のため没した。七十八歳であった。広元の死の一ヶ月後、七月十一日、北条政子が死んだ。二人の死は一つの時代の終わりを告げる出来事であった。

注

（1）『日本人物史大系　2　中世』の「頼朝をめぐる人々」（朝倉書店　昭34）
（2）『鎌倉幕府　その実力者たち』（人物往来社　昭40）
（3）『平家物語全注釈　中巻』（角川書店　昭42）
（4）注（1）に同じ。
（5）『源義経』（角川新書　昭41）
（6）『明月記』建暦二年九月二十六日条に同文が見える。
（7）注（2）に同じ。安田氏は「『吾妻鏡』には編纂物にありがちな虚飾の文が少なくないが、（略）北条氏に関する称讃の文も多く、とくに将軍以外に北条氏の人々に対しては敬語を用いている。北条氏一門の人々の行動を叙述するときかなりの作為があったであろうことは、すでに定説となっているのである。ところが最近になって、このことはただに北条氏に限らず、大江広元についても言えると考えられはじめた。たしかに『吾妻鏡』編纂時代には、幕府当局者の中に広元の子孫である諸氏が事務官僚としてかなりいたことはいうまでもない。そしてそれらの諸氏族の間に、幕府創立期における広元の役割と功績について一種の「広元伝説」が形成されていたと考えられる」と述べておられる。
（8）「『承久記』伊賀光季合戦記事をめぐって」（「青須我波良」21　昭55・11　本書所収）

慈光寺本『承久記』の合戦叙述

――後人加筆説にふれて――

一

『沙石集』巻九の「芳心アル人ノ事」の条に尾張国の武士山田次郎重忠の話が載っている。その話というのは、重忠の所領のうちに住む山寺法師が罪を犯し、その科料として重忠は以前からほしいと思っていた法師所持の躑躅《つつじ》を譲り受けることで済ませようとした。また命ぜられて取立てに向かった家来の藤兵衛尉某も、本来なら役得として貰えるはずの科料の半分に相当する絹布を与えようとする重忠の申し出を固辞し、躑躅の枝を取ったという、主従ともに優雅な武士であったとするものである。この説話の書き出しに、

　尾州ニ山田二郎源ノ重忠ト云シハ、承久ノ時、君ノ御方ニテ打レシ人ナリ。弓箭ノ道、人ニユルサレ、心モタケク、器量モ人ニ勝レタリケル者也。心ヤサシクシテ、民ノ煩ヲ思ヒ知リ、万ヅ優ナル人ナリケリ。

と、その人物が紹介されている。『沙石集』の作者無住が止住した尾張国木賀崎霊鷲山長母寺は、この山田重忠が母の菩提のために建立した寺であるから[1]、無住が山田重忠をよく知り、かつ好意を抱いていただろうことは容易に想像される。その『沙石集』の説話が伝える山田重忠像は「心ヤサシクシテ」「万ヅ優ナル人」としての側面であるが、「承久ノ時、君ノ御方ニテ打レシ人」であり、「弓箭ノ道、人ニユルサレ、心モタケク、器量モ人ニ勝レタリ

ケル者」であったという武士的側面を最もよく伝えるのは、『承久記』等の軍記作品であろう。

本章はこの山田重忠の慈光寺本『承久記』中の描かれ方を探り、合戦叙述の構造とそこから派生する一・二の問題を考えてみようとするものである。

二

『承久記』諸本中の最古態本である慈光寺本は、山田重忠の名をどういう訳か「重定（貞）」と誤っている。その山田重忠が最初に登場するのは、北条義時討伐を決意した後鳥羽院が承久三年四月二十八日、城南寺の仏事と称して武士達を召集した事件、慈光寺本上巻の記事の中である。

去テ触催ケル趣ハ、来四月廿八日、城南寺ニシテ御仏事アルベシ。守護ノ為ニ甲冑ヲ着シテ、参ラルベシトゾ催ケル。（中略）廻文ニ入輩、能登守秀康・石見前司・若狭前司・伊勢前司・安房守・下野守（中略）尾張国ニハ山田小次郎・三河国ニハ駿川入道・右馬助真平・滋左衛門尉。（以下略）

と、この記事の中に出る「山田小次郎」が重忠であろう。別の箇所で「我ヲバ誰トカ御覧ズル。尾張国住人山田小次郎重貞ゾ」と名乗っているからである。上巻で山田重忠の名が見えるのは、この「廻文」の一ヶ所だけである。彼が活躍するのは、下巻の合戦場面である。そこで次に合戦場面の展開を表にして示しておくことにする。

〈合戦叙述の展開表〉

① 後鳥羽院の命により能登守秀康軍勢の手分けをする。

㈠ 東海道…河内判官秀澄・三浦胤義ら七千騎

㈡ 東山道…蜂屋入道父子ら五千騎
㈢ 北陸道…伊勢前司・石見前司ら七千騎
㈣ 宇治・瀬田・高陽院…残りの人々

② 東海道の大将軍河内判官秀澄、美濃に到着し、軍勢の手分けをする。

(A) 阿井《（河合カ）》波…蜂屋入道
(B) 大井戸…駿河判官・関左衛門・佐野御曹司
(C) 売間瀬…神土殿
(D) 板橋…荻野次郎左衛門・伊豆御曹司
(E) 火御子…打見・御料・寺本殿
(F) 伊義渡…開田・懸桟・上田殿
(G) 大豆戸…能登守（秀康）・平判官（胤義）
(H) 食《（渡カ）》坂…安芸宗左衛門・下条殿・加藤判官
(I) 上瀬…滋原左衛門・翔左衛門
(J) 洲俣…山田殿

③ 鎌倉の軍勢、遠江国橋本に到着。京方玄蕃太郎、ここを通過しようと企て、打田党に討たれる。

④ 山田重忠、鎌倉方遠江井助の尾張国府到着を聞き進撃を提言するが、秀澄に斥けられ偵察を出し、敵の斥候二人を生け捕る。

⑤ 鎌倉勢、尾張に到着。軍勢の手分けをする（ただし、脱文あるか）。

⑥ 鎌倉方の武田・小笠原、尾張川で活躍。

(b) 大井戸…小笠原の郎等荒三郎瀬踏みして、味方の勢を渡す。駿河大夫判官落ちる。
(a) 河合……蜂屋入道、二宮と組み負傷、自害する。子息蜂屋三郎、武田六郎と組み討死する。

⑦ 尾張川を固める京方勢、所々で敗退する。
(c) 鵜沼瀬…神土殿降参し、北条泰時に斬首される。
(d) 板橋……荻野次郎左衛門・伊豆ノ御曹司、落ちる。
(f) 伊義ノ渡…開田・懸桟・上田殿、落ちる。
(e) 火ノ御子…打見ノ御料・寺本殿、討たれる。
(g) 大豆戸ノ渡リ…能登守秀康・平判官胤義、落ちる。
(h) 食渡……安芸宗左衛門・下条殿・加藤判官、一矢も射ず落ちる。
(i) 上瀬……重原・翔左衛門、奮戦ののち落ちる。
(j) 洲俣……河内判官落ちる。

⑧ 六月八日の暁、員矢久季ら尾張から帰洛、敗北を告げる。

⑨ 山田重忠、杭瀬川へ向かい、小玉党と激戦。

⑩ 山田重忠、渡辺翔とともに六月十四日帰洛、院の御所からの退去を命ぜられ嵯峨般若寺山へ落ちる。

三

①から⑩までの展開の中で山田重忠の名が見えるのは太字の数字で示した②・④・⑨・⑩の記事の中である。もっとも②の東海道の大将軍に任じられた河内判官藤原秀澄が美濃に到着後、尾張川を中心に各渡りや浅瀬に軍勢

を分ける場面に出てくる山田重忠は、

　洲俣ヲバ山田殿固メ給へ

と、秀澄の指示の言葉にその名が見えるだけである。

洲俣に配置された山田重忠が、本格的に描かれるのは、④のところである。ところで洲俣は尾張川より西、つまり鎌倉から東海道・東山道の二手に分かれた軍勢が合流集結する尾張川の瀬々を前衛とすれば、後衛に当たる地である。従って京方の大将軍である河内判官藤原秀澄も山田重忠とともにこの洲俣を固めているのである。鎌倉を発って東海道を西上する相模守北条時房・武蔵守北条泰時の七万騎の軍勢が遠江国橋本に到着、同じく東山道の武田信光・小笠原長清率いる五万騎のうち先陣と思われる遠江井助が尾張の国府（稲沢市）にまで近づいているのであった。

　このような情況の中で山田重忠が河内判官秀澄に向かって言った言葉が慈光寺本『承久記』に記されている（展開表の④）。

　其時、洲俣ニオハシケル山田殿、此由聞付テ、河内判官請ジテ宣給フ様、「相模守[2]・山道遠江井助ガ尾張ノ国府ニ著ナルハ。我等山道・海道一万二千騎ヲ、十二ノ木戸ヘ散シタルコソ詮ナケレ。此勢一ニマロゲテ、洲俣ヲ打渡テ、尾張国府ニ押寄テ、遠江井介討取、三河国高瀬・宮道・本野原・音和原ヲ打過テ、橋下ノ宿ニ押寄テ、武蔵并相模守ヲ討取テ、鎌倉ヘ押寄、義時討取テ、谷七郷ニ火ヲ懸テ空ノ霞ト焼上、北陸道ニ打廻リ、式部丞朝時討取、都ニ登テ院ノ御見参ニ入ラン。河内判官殿。」トゾ申サレケル。

山田重忠のこの強硬な出撃論は、上巻の最後に置かれた北条義時の軍勢手分けの場での作戦・指示の言葉に対置されたものといえる。義時は各戦場での心得を「馬ノ腹帯ヲ強クシメテ、敵ハハヤルトモ我ハハヤラズシテ、シラマンニハ手ヲコシテ、手ノ際ノ戦シ給ヘ」「都ニ上リ、五条ヨリ下ニ火ヲ懸テ、謀反ノ衆ヲ責出々々首ヲ切、十善ノ

君ノ見参ニ入ヨ」などと指示したあと、万一敗れた時のことを、

> 足柄・清見ガ関ヲ掘切テ、由比浜ヲ軍場ト誘テ手際（ノ）戦セン。ソレニ戦負ヌルモノナラバ（中略）義時モ谷七郷ニ火ヲカケテ、天下ヲ霞ト焼上、陸奥ニ落下リ、数ノ染物巻八丈・夷ガ隠羽一度モ都へ上セズシテ、一期ガ間知ランニ、サテモ有ナン和殿原。

と言っているが、山田重忠を義時の双方に共通の語句（傍線部）が用いられているのもそうであるが、何よりも京方の人物で作戦を口にしているのは山田重忠ただ一人なのである。ここに慈光寺本『承久記』が山田重忠に与えた役割の一つが見てとれる。(3)

山田重忠の出撃論に対して、河内判官秀澄は鎌倉に向け進撃したならば、東山・北陸両道の軍勢が背後にまわり挟撃されてしまうと反対する。秀澄は「京ヨリ此マデ下ダニ、馬足ノクルシキニ、唯是ニテ何時（ノ）日マデモ待請テ、坂東武者ノ種振ハン、山田殿」と言うのである。この秀澄を慈光寺本は「判官ハ天性臆病武者ナリ」と評する。山田重忠は秀澄の反論を聞き「憎ヒ河内ガ詞哉」と思い、やむなく斥候を出して敵情を見させる。この斥候が敵の斥候二人を生け捕りにして来る。ここでも山田重忠と秀澄とを慈光寺本は対蹠的に描くのである。

> 山田次郎ハ道理有ケル武者ナレバ、中六男ヲバ（其）日ノ大将軍河内判官ニゾ奉ラレケル。判官ハ心ノビタル武者ナレバ、御料食間ニ中六ヲバ早北《ニガ》シテケリ。

秀澄が慈光寺本のいうように東海道の大将軍であったか否か、『吾妻鏡』等によっても確認できないのだが、慈光寺本は「道理有ケル武者」山田重忠を、「天性臆病」な「心ノビタル」「大将軍河内判官」秀澄の上に位置づける。ところが山田重忠と秀澄の対比は慈光寺本独自のものであって、前田家本や流布本にはない。秀澄の名は流布本では洲俣へ向けられた人名として一回出るにすぎず、前田家本でも同じ箇所と処刑された記事に具体的記述をもたず名前が「秀隆」と誤って載るだけである。このような秀澄の扱いの差異がどのあたりに起因するかは不明だが、

『吾妻鏡』承久三年十月十二日条「去月廿五日、今度合戦の張本能登守秀康・河内判官秀澄、南都に隠居するの由、其聞有るに依り、相州の計らひとして、家人等を遣はして、捜し求むるの間、件の両人は逃げ去り訖んぬ。（中略）今月二日、南都より秀康の後見を搦め出す」、同十六日条「去る六日寅剋、河内国に於て、秀康・秀澄等を虜《とら》ふ。是彼の後見の白状に依りてなり。同八日六波羅に到ると云々。天下乱逆の根源、此両人の媒計より起る。重過の当る所、責めて余り有るかと云々」（原漢文）などを見ると、兄秀康とともに秀澄もこの乱で重要な役割をはたしたようである。その秀澄に対置して、慈光寺本は山田重忠を描いているのである。従って「洲俣ニオハシケル山田殿、此由聞付テ、河内判官請ジテ宣給フ様」といったように山田重忠に敬語を用いているのも自然なことである。森野宗明氏が、山田重忠を「彼の動作・存在に関する尊敬表現だけに限っても、二一例の使用例を数えることができる」ほど、慈光寺本では「各場面を通してほぼ斉一に敬語の適用がみられる例外的人物である」(4)とされたが、敬語の面から見ても山田重忠の扱いは特別なのである。

四

北条時房率いる鎌倉方の軍勢は遠江国橋本を発って三河から尾張へ進み、一の宮で尾張川各瀬への軍勢手分けが行われた（展開表⑤）。中でも河合に向かった武田と大井戸の小笠原の一族郎等の活躍はめざましく、これらの瀬を固めていた京方の「山道ノ人々ハ、皆悉落ニケリ」というありさまであった（表⑥）。これをかわきりに、尾張川を守っていた京方の軍勢は次々と攻め落とされ、逃げ出す始末であった（表⑦）。六月八日、員矢久季・筑後太郎左衛門有仲らは都にもどり、尾張での敗北を後鳥羽院に報告する（表⑧）。以上のように慈光寺本の合戦記事は展開して行くのだが、山田重忠の洲俣における戦闘は描かれておらず、わずかに「火出ス計ノ戦シテ、多ノ敵ヲ討取」った旨と、敵の言葉の中に「洲俣ニテ手ノ際ノ戦シツル山田次郎」と記されるに過ぎない。

山田重忠が具体的に描かれるのは京方が総崩れになって敗走する中に、一人踏みとどまって最後の戦いを敢行する場面である（表⑨）。洲俣で合戦した山田重忠が気づいてみると「上ニモ下ニモ人モナシ」のありさまで、彼は「是ニテ討死セントハ思ドモ、我身一人ニ成テ討死シテイカヾセン。杭瀬河コソ山道・海道ノタバネナレバ、其へ向ハン」と思い、三百余騎を連れて杭瀬川までやって来て、小玉党三千騎と戦うことになるのである。山田重忠は勢を十の手に分け、波状攻撃をかけるのだが慈光寺本が描くのは三番手の「大加太郎カケ出テ戦ケリ。分捕シテ山田殿ヘゾ参ケル」までで、その後山田重忠がどうなったかは書かれず、六月十四日の夜半に渡辺翔とともに高陽院へ参上した記事（表⑩）になってしまう。ここに脱文がなく、本来このかたちであったのなら、山田重忠の敗北・逃走を書かなかったことになる。彼が洲俣を退却して杭瀬川に向かったところも「杭瀬河コソ山道・海道ノタバネナレバ、其へ向ハン」と、敗北としては描かれていないこととも重なりあう。

山田重忠が一人残りとどまって奮戦したことは『吾妻鏡』六月六日条に「今晩、武蔵太郎時氏（中略）安保刑部丞実光等、摩免戸（大豆戸）を渡るに、官軍矢を発つに及ばずして敗走す、山田次郎重忠独り残り留まりて、伊佐三郎行政と相戦ひ、是又逐電す」とあって、慈光寺本とは別の合戦譚の存在を窺わせている。因みに前田家本・流布本はこの伊佐三郎行政との戦いを杭瀬川での出来事として描いている。

ともあれ慈光寺本は山田重忠を京方潰滅の中で孤軍奮闘する雄将として、尾張国の合戦のしめくくりにもって来ているのである。慈光寺本は続く宇治・瀬田の合戦記述を持たないのだから、事実上慈光寺本の合戦描写の最後に置かれたことになる。だが、孤軍の悲劇的武将は山田重忠一人ではなかったはずである。『吾妻鏡』六月六日条には、

鏡右衛門尉久綱、此所に留まり、姓名を旗面に註して高岸に立て置き、少輔判官代と合戦す。久綱云ふ、臆病

なる秀康を相副ふるに依って、所存の如く合戦を遂げず、後悔千万と云々。遂に自殺す。旗銘を見て悲涙を拭ふと云々。（原漢文）

近江源氏佐々木流の鏡久綱が無念の死を遂げ、人々の涙を誘った話が載っている。生死は問わず、山田重忠や鏡久綱のように最後まで戦った京方武士も多くいたと思われるのだが、山田重忠だけが慈光寺本に記されるのは、森野氏の言われるように尾張の武士であることによるのであろうか。(5)

さて慈光寺本の山田重忠の最後の記事は、彼が渡辺翔と三浦胤義らと連れ立って院の御所高陽院に参上、御所で討死しようとして、追い払われる場面である（表⑩）。この時、胤義が「口惜マシマシケル君ノ御心哉。カヽリケル君ニカタラハレマイラセテ、謀反ヲ起シケル胤義コソ哀ナレ」と言ったという部分、前田家本・流布本では山田重忠の言葉になっている。御所をあとにした山田重忠の前に紀内殿の勢が現れる。

山田殿カケ出申サレケルハ、「我ヲバ誰トカ御覧ズル。尾張国住人山田小二郎重貞ゾ《ママ》」トナノリテ、手ノ際戦ケル。敵十五騎討取、我身ノ勢モ多討レニケレバ、嵯峨般若寺山ヘゾ落ニケル。

これが慈光寺本の山田重忠に関する最後の記述で、その姿を消して行く。のちに成立した前田家本・流布本が山田重忠をして後鳥羽院を「日本一の不覚人」とののしらせた、後鳥羽院批判者の役は慈光寺本では荷わせられていない。

慈光寺本に描かれた山田重忠像をまとめてみると次のようになるかと思う。その一は、合戦が始まる以前の作戦段階と戦闘終了（京方敗走）の時点に現れることにより、合戦叙述の核になっており、また鎌倉方軍勢の中心である武田・小笠原と対等の比重を持った京方武士の要として描かれていること。二として、河内判官秀澄と対蹠的描写がなされており、これによって武人としての優秀性のみならず戦略的にもすぐれた武将になっている。さらに言うなら京方勝利の可能性を持ちながらつぶされた人物として描く意向が窺われる。(6) それでありながら、のちの諸本で付加される後鳥羽院批判者の役割はまだ持っていない。

五

山田重忠を中心に慈光寺本の合戦叙述を検討してみると、一ヶ所きわめてすわり具合の悪い記述にでくわす。それは前掲の展開表の⑧の部分である。そこでまず⑧の前後の叙述の類型を見ておくことにする。表の②の部分、つまり東海道の大将軍河内判官秀澄が美濃に到着し、京方の軍勢を尾張川・洲俣川の瀬々へ手分けする場面であるが、表に示したとおり(A)の阿井（河合）渡から(J)の洲俣までの十の渡《わたり》とそこへ派遣された人々の名前が列記される。(J)の洲俣には「山田殿」の名しか出てこないが、④で明らかにされるようにここには大将軍河内判官秀澄がいるのである。この秀澄の口から発せられた地名とそこを守る人名が、ほぼ同じ順序で京方敗退の場面に出てくるのである。表の⑥と⑦がそれにあたる。順序に乱れがあるのは、これも表に示したように(b)と(a)、(f)と(e)の二ヶ所である。鎌倉の大軍が尾張川各瀬々の京方の防備を怒濤のように蹴破って行く様を描く叙述は、秀澄による軍勢手分の叙述と呼応しているのである。例えば、軍勢手分の(G)、

大豆戸ヲバ能登守・平判官固メケリ。

は、東方敗退の(g)に、

大豆戸ノ渡リ固メタル能登守秀康・平判官胤義カケ出テ戦フタリ。平判官申ケルハ、「我ヲバ誰トカ御覧ズル。駿河守ガ舎弟胤義平判官トハ我ゾカシ」トテ、向フ敵廿三騎ゾ射流シケル。待請々々多ノ敵討取テ、終ニハシラミテ落ニケリ。

とあるように、記事の長短はあるが、「どこどこヲ固メタル誰々、終ニハシラミテ落ニケリ（討レニケリ）」と敗北

の事実を重ね上げることによって潰滅的打撃を確認させる叙述の方法である。

　ところが軍勢手分けの最後に出てくる(J)洲俣は、

　　洲俣ヲバ山田殿固メ給へ。

とあるのに、京方敗退の(j)では、

　　洲俣固メタル河内判官ハ、夜ベノ戌時ニ落ニケリ。

となっている。前述したように洲俣には河内判官もいたのであるから、これでよいのだが、しかし山田重忠はどこに行ってしまったのか。慈光寺本の軍勢手分の記述と京方敗退の記述との呼応関係というパターンがここでは崩れているのである。そして、これに続く記述が前掲の表⑧の「六月八日の暁、員矢久季ら尾張から帰洛、敗北を告げる」記事なのであるが、実はこの⑧の記事をそっくり除いてしまうと慈光寺本のパターンが崩れることなく、すんなりと続いて行くのである。すなわち表の⑦は⑨と接続させて読むべきものだと考えるのである。その⑨の書き出しは、

　　去ドモ山田殿ハ、火出ス計ノ戦シテ、多ノ敵ヲ討取ト《（ママ）》見給ヘバ、上ニモ下ニモ人モナシ。

というもので、この「去《サレ》ドモ」という逆接の接続詞は、本文のままに読めば（つまり⑧との関連で読むと）その直前の、

　　宇治・勢多両所ノ橋ヲ取破テ、軍場ト定メラル。公卿・殿上人モ、其道ニ叶ヒヌベキヲバ皆差向サセ給フ。

を受けて、山田重忠が「火出ス計ノ戦シテ、多ノ敵ヲ討取」ったのは、宇治・瀬田での合戦になってしまう。これは明らかに不自然である。何故なら「多ノ敵ヲ討取」った山田重忠があたりを見回したところ「上ニモ下ニモ人モナ」かったので、「重定《（ママ）》ハ是ニテ討死セントハ思ドモ、我身一人ニ成テ討死シテイカヾセン。杭瀬河コソ山道・海道ノタバネナレバ、其へ向ハン」と、三百騎を引き連れて「杭瀬河ニ打立」ったと書かれているからである。ここ

を先に述べたように⑧の記事を取り払って⑦の最後とつなげて読めば、

> 洲俣固メタル河内判官ハ、夜ベノ戌時ニ落ニケリ。去ドモ山田殿ハ、火出ス計ノ戦シテ……

となり、〝秀澄は前夜の戌の刻に早々と逃げ出したが、山田重忠は激しい合戦をして〟の意味になって、ここでもまた秀澄と山田重忠が対蹠的に描かれていることになるだけでなく、京方敗退を「落ニケリ」「討レニケリ」と重層的にたたみかけて潰滅的敗北を強く印象づけたその最後に「去ドモ山田殿ハ」と一人踏みとどまる山田重忠の姿が強調されることになる。

六

そこで次に、問題の⑧の記事内容を具体的に見てみよう。その量は約一丁十五行ほどである。その全文を引用しておく。

> 承久三年六月八日ノ暁、員矢四郎左衛門久季・筑後太郎左衛門有仲、各身ニ疵蒙ナガラ院ニ参テ申ケルハ、「坂東武者数ヲシラズ責上ル間、六日洲俣河原ニシテ、纔ニ戦フトイヘドモ、皆落ヌル」由ヲ奏シ申ゾ憑モシゲナキ。院イトゞ騒セ給ヒテ、院ニ宮々（々カ）モ引具シ奉テ、二位法印尊長ノ押小路河原ノ泉ニ入セ給フ。公卿・殿上人若キ老タル皆物具シテ御供ニ候。ゲニゲニ矢一射ン事知ガタシ。去程ニ酉時計東坂本へ御幸ナル。御勢纔ニシテ、千騎トダニ見ヘヌゾ口惜キ。カヽルニ付テハ、唯都ノ騒ナリ。何ナル御計ニカアレバ、又都へ帰リ入セマシマセバ、人ノ気色何トナク、ヨシト云ントスレバ、宇治・勢多両所ノ橋ヲ取破テ、軍場ト定メラル。公卿・殿上人モ、其道ニ叶ヒヌベキヲバ皆差向サセ給フ。

六月六日の洲俣川の敗戦が、八日の朝、都の後鳥羽院のもとにもたらされ、驚いた院は皇子を連れて尊長の邸に入り、のち坂本へ移ったが、思い返して都にもどり宇治・瀬田に軍勢をさし向けたという記事であり、これと内容的にほぼ近いものに『吾妻鏡』の六月八日の条がある。しかしそれよりもさらに近似しているのが『六代勝事記』である。

> 同じき六月八日の暁、糟屋左衛門の尉久季、筑後の左衛門の尉有永、各疵をかうぶりて、洲俣より帰り参りて、雲霞のいくさ、山野にみちて、官軍おびえおそれ、戦ふにたへずして、六日敗れ侍るよし奏すれば、騒ぎののしりて、院々宮々を引具しまゐらせて、尊長法印の押小路河原の家にて、公卿殿上人、鎧を着旗を揚げて、人なみなみに武士の姿をかれども、いかでか征戦の道を知らむ。なかなかいたはしくぞ見えし。やがて東坂本へ御幸ならせ給ふに、御供なる武士、わづかに千人ばかりなり。都の人は上下心をまよはせて、あるにもあらぬに、山王仏法を守る御はかりにや、十日は都へ帰り住ませ給ひぬ。十三日より戦ひて、十四日に真木嶋を渡すに、逃ぐるに道をうしなひて、死ぬる者多し。（傍線筆者）

慈光寺本と「六代勝事記との関係は「ある」とする説と「ない」とする説があるが、参看しているようだ」と杉山次子氏[7]が言われたとおり、傍線を付した共通語句を見れば、両者の関係は直接的なものであると判断してよろしかろう。しかし、〝関係がない〟とする説[8]があるのは、両書に共通の記述・語句が見出せるのが、この部分（前掲表の⑧）だけに限られているからだと思われる。慈光寺本のこの部分にだけ『六代勝事記』との共通性が見られること、詳述してきたように慈光寺本のこの記事がそれまでの合戦叙述・山田重忠像造形のパターンを分断していること、この二点を考え合わせると単に慈光寺本の作者が『六代勝事記』を採用したものとは考えがたい。かつて私は慈光寺本の日付けの配列を検討して、後人の加筆があったのではないかと論じた[9]ことがある。その時に現在の慈光寺本に後の人の筆が加わっているか否かについての諸説をやや詳しく紹介したので再述は避けるが、この部分もやはり後人の加筆になるもので、その折、用いられたのが『六代勝事記』であったと思うのである。従って〝原慈光寺本〟には『六代勝事記』の影響はなかったろうと考えている。

七

以上述べて来たように、この部分が後人の『六代勝事記』による加筆であるならば、何故そのような加筆が必要であったかが次の問題になる。これについては、この記事が挿入された箇所がどこであり、どのような内容の記事であるかという点から推論するよりないようである。そこでまず、尾張・洲俣の敗退以後の事件の展開を『吾妻鏡』等によって年表にしてみると、

六月六日　京方敗走。
七日　鎌倉方、宇治・瀬田の軍勢手分け。
八日　尾張の敗北を院に報告。院の狼狽。坂本へ御幸。
九日　坂本滞在。
十日　院、都へ還御。
十二日　京方軍勢の手分け。山田重忠瀬田へ向かう。
十三日　宇治合戦。
十四日　宇治・瀬田合戦。京方敗退。武士達帰洛、多く誅せらる。

ということになる。慈光寺本の問題の記事（後人加筆部分）は、内容的に六月八日から十二日までの出来事を含んでいる訳である。またこの記事の直前は再三述べたように六月六日の洲俣における河内判官秀澄の敗走（展開表⑦）であり、問題の挿入記事（⑧）のあとに本来は⑦に入るべき山田重忠の小玉党との合戦記事（⑨）へと続き、

山田重忠らが戦いに敗れ帰京する（洲俣・杭瀬からの帰京であるが）記事⑩になるのである。

よく知られているように慈光寺本には宇治・瀬田の合戦の具体的描写は存在しない。瀬田を守った山田重忠は、ここでも敗れ再度都へもどって来たのである。慈光寺本の加筆者は宇治・瀬田で合戦があったことも、山田重忠が敗退したことも知っていたに違いない。しかし慈光寺本にはそのことが書かれてなかった（あるいはその部分が散佚していた）ため、『六代勝事記』によって事件的展開を補おうとしたのではなかろうか。しかし、もともと書かれてあった「杭瀬河」の語を訂正しなかったので、挿入記事がすわりの悪いものになってしまったと思われるのである。

注

（1）日本古典文学大系『沙石集』（岩波書店　昭41）解説。

（2）北条時房のことだが、時房はこの時点では遠江橋本にいる。この記事のあと「去程ニ、海道ノ先陣相模守ハ、橋下の宿ヲ立テ」とあり不審。

（3）前田家本にも山田重忠が自らの意見を具申する描写はあるが、迎撃を主張するなど内容的にはかなりの違いがある。

（4）「『慈光寺本承久記』の武家に対する言語待遇に就いて」（『川瀬博士古稀記念国語国文学論文集』雄松堂書店　昭54）

（5）注（4）に同じ。なお山田重忠については鵜飼都氏「承久の変に於ける尾張武士の行動――山田次郎重忠――」（『郷土文化』124　昭54）がある。

（6）この傾向は前田家本にひき継がれて行くと思われるが、本章では諸本による人物像の相違は触れる余裕がなかった。

（7）「慈光寺本承久記成立私考㈠――四部合戦状本として――」（『軍記と語り物』7　昭45・4）

（8）冨倉徳次郎氏「慈光寺本承久記の意味――承久記の成立――」（『国語国文』昭18・8）

（9）拙稿「慈光寺本『承久記』の土御門院配流記事をめぐって――日付の検討から――」（『青須我波良』28　昭59・12　本書所収）

軍記物語の哀話
――『承久記』の場合――

一

合戦・戦闘を主題とする軍記物語は、いわば男の世界が中心となっている。しかし多くの軍記作品が戦争にまき込まれた女性や子供たちの姿を追っており、初期軍記の『将門記』や『陸奥話記』にも、その萌芽が見られる。その実戦参加者ではなく、むしろ被害者とでも言うべき弱い人々を軍記作者がどのように描いているか、その一端を見ようとするものである。

承久三年（一二二一）五月、後鳥羽院が北条義時を討とうと企だてた承久の乱をめぐっても、さまざまな悲劇が起こった。佐々木広綱の子、勢多伽丸の哀話もその一つである。広綱は西面の武士として院方の武力の中枢となっていた。院方敗北に際し、捕らわれの身となり、七月二日処刑された。『吾妻鏡』はその折のことを、

> 二日、甲申。西面の衆四人、召渡されて梟首す。霜刑の法は、朝議拘らずと云々。謂ゆる四人は、（略）佐々木山城守従五位下源朝臣広綱、江検非違使従五位下行左衛門少尉大江朝臣能範等なり。此輩は皆関東被官の士なり。右大将家の恩を蒙り、数箇の庄園を賜はり預る。右府将軍の挙に依り、五品の位階に達し昇る。縦ひ勅定を重んずと雖も、蓋ぞ精霊の照す所を恥ぢざらんや。忽ち彼の芳躅を忘れ遺塵を払はんと欲す、頗る弓馬の

道に非ざるかの由、人之を嫌ふと云々。（原漢文）

と書き留めている。佐々木山城守広綱も関東御恩の者、幕府側から言えば忘恩の徒、裏切り者としての処刑であった。流布本『承久記』や『尊卑分脈』によれば、広綱を切ったのは弟の信綱であったという。信綱は乱の時は鎌倉方について、宇治川での先陣の功をあげた人物である。

さて広綱の子、勢多伽の悲劇であるが、父の処刑から九日の後に起こった。まず『吾妻鏡』によって事の顚末を見ておくことにする。

十一日、癸巳。相州（時房）以下勧賞を行はる。是院中に参じ、逆徳に順ふ輩の所領なり。今日、山城守広綱の子息の小童勢多伽丸と号すを、仁和寺より六波羅に召出す。是御室道助の御寵童なり。仍つて芝築地の上座真昭を副へられ、武州に申されて云ふ。広綱の重科に於ては、左右する能はずと雖も、此童は、門弟として久しく相馴るるの間、殊に以て不便なり。十余歳の単孤頼《たのみ》無き者、何の悪行有る可き哉。預け置かる可きかの由と云々。其母又周章の余、六波羅に行向ふ。武州御使に相逢ひて云ふ、厳命に優じ奉るに依りて、暫く宥むる所なり。又云ふ、顔色の花麗と悲母の愁緒と、共に以て憐愍に堪ふと云々。仍つて帰参するの処、勢多伽の叔父佐々木四郎右衛門尉信綱之《これ》を欝訴せしむるに依り、更に召返して、信綱に賜はるの間、梟首すと云々。

六波羅に連行された勢多伽は仁和寺の道助法親王の寵童であったため、武蔵守北条泰時に道助が助命を頼んだこと、勢多伽の母親があわてて六波羅へ向かったこと、このため泰時は勢多伽を許したところ、叔父の佐々木信綱が異議を唱えたので身柄を預け、信綱が勢多伽を処刑したこと等々が記されている。『吾妻鏡』は記録という性格上、人々の心情に深く立ち入ることはない。それでも御室道助法親王の「殊に以て不便《ふびん》なり」の言葉や泰時の「憐愍に堪ふ」という感想を載せているのは注目しておいてよいだろう。

二

承久の乱後、間もなく慈光寺本『承久記』が書かれた。慈光寺本は、この勢多伽処刑をどのように描いているであろうか。慈光寺本の勢多伽処刑譚は院方についた武士たちが次々に斬首された記事に続いて、「サテ此人々ノ子ドモ、一々次第ニ召出シテ、同《オナジク》首ヲゾ切給フ。中ニモ勝《スグレ》テ哀《アハレ》ナリケルハ、甲斐宰相中将子息ノ侍従ト、山城守（ノ子息）勢多賀《(ママ)》児ニテゾ留タル」といったように「哀《アハレ》」な話と位置づけられて書き出される。やや長文なので話の要点を摘記する。山城守広綱の子勢多伽は仁和寺の御室のもとにいたが、北条泰時の知るところになり、身柄を渡すよう要求され、拒み切れなくなった御室は「勢多伽ガ母ハ、高雄ニ有《アリ》ト聞《キク》。告《ツゲ》ヨ」と、母に知らせる。母は女房一人を伴って仁和寺に馳せ参じ、女人禁制を特別許されて勢多伽と面会できる。母は我が子に向かい涙ながらに「和児ノヤウニオサナクヨリ、童《ワラハ》ニ物思ハセタル人コソナケレ。一年モガサノ時ト云、山城守ニオクレテ心ノヤミニ迷ヒ、又敵ヲ持玉ヘリケル悲シサヨ。六波羅ニ召出サレ、童ニウキメヲ見セ給ハンヨリハ、同事《オナジ》ナリ、コ、ニテ先《マヅ》、童ヲ失ヒテ和児モ自害セヨ。目ノ前ニテウキ目ミジ」と掻き口説いたので、人々皆もらい泣きをした。名残りを惜しむ児たちに別れ、二人の僧侶に伴われて六波羅へ出発する。御室の伝言は「限アレバ頸ヲバ切トモ、セメテカラ《(骸)》ヲバ返シマイラセヨ。今一度御覧ジテ孝養セント云ベシ」というものであった。母は「勢多伽ガナランヤウ中々《ナカナカ》見ジトハ思ヘドモ、カクテモアラレズシテ、カチハダシニテ六波羅ヘコソ泣々ユケ」という有様で、勢多伽の乗る車の後を追うのであった。泰時は勢多伽の処刑を赦そうと思うのであるが、それは対面した勢多伽の美しさと御室からの伝言、さらには母の姿に心動かされたからであった。泰時は言う、「泰時ガ門ニタタズミ候。尋承リ候ヘバ、勢多伽ノ母ナルヨシ申候。加様《カヤウ》ノ事ナラバサカス《(ママ)》、争《イカ》デカ山城守ノ妻ナドガ、カチハダシニテ泰時ガ門ニ立レ候ベキト、哀ニ覚候ヘバ、旁《カタガタ》免候」。母も二人の伴の僧も泰時に手を合わせて喜び、帰途を急ぐのであった。ところが途中、叔父佐々木信綱と行き逢い、事情を知った信綱は泰時に訴え出る。勢多伽を赦免するなら自害するという信綱の言に、泰時も赦免を撤回せざるを得ない。母はこれを聞いて「今ハ限リト思ケリ。今生ニハ夢幻ナラデハ相見ル事叶マジ。中々見ジト思ナリ。車ヨリ下リテ流ル丶涙ニ道モ見ヘザリケレドモ、泣々宿所ヘゾ帰」って行くのであった。六波羅に召し返された勢多伽のもとへ御室からの使いの者や同輩の児たちが訪ねて来るのであるが、勢多伽は「各帰ラセ給ヘ。御所ヲ今一度見マイラセバヤト思フ心ノ悲シキニ、中々今ハ叶ハヌ物ユヘニ」と泣いて、追い返すのであった。泰時は勢多伽の処刑を誰にさせようか迷う。誰も切ろうと言う者がいないからである。そこで信綱に命じるのであった。信綱は勢多伽に、お前の父広綱が自分に冷く当たったからだ、自分を恨むなと言い置いて、六条河原で勢多伽の首を刎ねた。勢多伽は西に向かい念仏を唱えながら討たれたのである。母はそれでもやはり我が子の最期の様子を見ようと泣く泣くやって来た。勢多伽が殺されたあと、「母ハ尸《カバネ》ニ取リ附キ、声ヲ上《アゲ》テゾオメキケル」その悲痛な姿を見た人たちは、誰れもが涙を流したのであった。以上が慈光寺本『承久記』の語る勢多伽処刑譚である。

見て来たように慈光寺本は、記録である『吾妻鏡』に比べ、やはりあらゆる点で細かくこの悲劇を伝えている。例えば『吾妻鏡』には描かれていない、勢多伽が心配して訪ねて来てくれた友達の児を追い返す話や、念仏を唱えながら斬られる様子などは、勢多伽のけなげな姿を具体的に表現しているし、叔父佐々木信綱がなぜ勢多伽の赦免に反対したのか、その理由も慈光寺本には語られている。このように具体的かつ詳細な記述を持つ慈光寺本の中で、特に強く心打たれるのはやはり勢多伽の母の姿であろう。御室から急を知らされて仁和寺に向かうところから始まって、勢多伽との涙の対面、出頭して行く我が子の車を裸足で追いかける場面、赦免された喜びも束の間、再び処刑と知らされた絶望、それでもなお刑場へ足を運ばざるをえない親心、遺骸にとりすがり泣き叫ぶ悲痛きわまりない姿。以上のように母の姿は始めから終わりまで細々と描写されており、慈光寺本『承久記』の勢多伽処刑譚を構成する核になっているのである。つまり慈光寺本の勢多伽の話は、とりもなおさず勢多伽の母の悲しみの物語なのである。慈光寺本が母の物語としてこの処刑譚を描くということは、勢多伽を処刑した叔父信綱の描き方とも当然かかわって来る。『吾妻鏡』には全く見えなかった信綱に対する批判的言辞が慈光寺本『承久記』にははっきりと出ている。赦免した泰時とその撤回を迫る信綱を評して、「人申ケルハ、「武蔵守仰ラルル趣ハ真中ナリ。四郎左衛門ガ申状、過分放逸ナリ」トゾ傾《カタブケ》申ケル」と、「人」の言葉を借りて信綱を批判しているのである。

先にも述べたとおり、慈光寺本『承久記』は乱後間もなくその原型が造られ、後に一部記事の補訂加筆が行われたものと考えられているが(1)、その慈光寺本にあってこの勢多伽処刑譚と上巻の伊賀光季合戦譚とは(2)、他の記事に比べ長文で、しかも完成度の高いエピソードになっている。伊賀光季合戦譚も都の中の出来事で、寿王冠者という少年の死を描いている点で勢多伽の話と共通するところが多いのだが、いずれも事件直後から都の人士の同情と涙をさそい、語り伝えられて行くうちに次第に話の形を整えて行ったものと考えられる。特に勢多伽の話は、承久の乱を描く慈光寺本『承久記』にとっても事件の主流の話ではなく、いわば傍流説話であるにもかかわらず、他のどの後日譚に比べても詳細で情感のこもった叙述がなされているのは、巷間の話を採り入れたからであると思われる。

勢多伽の事件が、当時の人々の同情をひいた具体的な事例を、他の文献から引用するのはなかなか困難であるが、永井義憲氏が紹介した(3)『楢葉和歌集』巻十一の次の歌はまさに好個の例として挙げることができる。

仁和寺ノ宮ノ御カタハラサラズ、制多迦トキコエシワラハ、承久ノミダレニ父源広綱ガツミニヨリテ、コノ童マデノガレズナリニケリ。玄宗ヲモヒフカ、リシカドモ、楊妃ツヰニ馬嵬ノチリトナリニケルヲ、チカキホドニテ、キ、ミハベリケルガカナシサニヨミ侍ケル。　法橋珍覚

ヒトノヨニ又タグヒナキカナシサヲメノマヘニシモミツルケフカナ

珍覚なる僧は〝近き程にて、聞き見はべりけるが悲しさに〟この歌を詠んだのだから、あるいは仁和寺の僧でもあったのだろう。勢多伽の処刑を〝人の世にまた類ひなき悲しさ〟と表現しているのは、そば近くにいたからというだけでない、この事件を見聞した人々が共通して抱いた感慨であったろう。その後、この話が語り伝えられて行くうちに部分的に変化して行ったであろうと思われる。例えば、『高祖遺文録』(4)に載る「四条金吾殿御返事」の一節、

去承久三年辛巳、五六七ノ三箇月ガ間、京ト夷トノ合戦アリキ。(略) 御室ハ紫宸殿ニシテ、六月八日ヨリ御調伏アリシニ、七日ト申セシニ、同十四日ニイクサニマケ、勢多迦ガ頸キラレ、御室思死ニ死シヌ。

には、勢多伽を失った悲しみで御室道助法親王も死んだとなっている。道助が死んだのは宝治三年正月十五日、高野山でのことであり、勢多伽の死後、二十八年もたってからだから〝思ひ死〟ではあるまい。しかしいずれにもせよ、このような伝承があったことは確実である。

三

事件後かなり早い時期に慈光寺本『承久記』は、ほぼ完成した形で勢多伽処刑譚を収めた。次に『承久記』の後出異本では、この話がどのように扱われているか見ておくことにする。南北朝から室町期の頃に成立したと考えられている前田家本『承久記』は、慈光寺本を全面的に書き換えた本であるが、これには、

上つ方の御歎き類なし。下にも哀のみ多かり。中にも佐々木山城守広綱が子の児、御室に有しが、六はらよりたづね出されて向しに、御室、御覧じをくり給て、

埋木のくちはつべきはとゞまりてわか木の花のちるぞかなしき

泰時見て、幽玄の児なりければ、助け進らせ候と申されければ、母是を聞て、七代武蔵守殿冥加ましませ、命あらん程は祈申べしと、手を合せておがみけるに、みな人、わが子を助るやうに覚え候と悦けり。車にのせて帰る処に、児の伯父《（ママ）》佐々木四郎左衛門信綱、急ぎ馳参て、此児を御助け候はゞ、さしもの奉公空くなして、信綱出家し候べしと支申ければ、信綱は今度宇治川の先陣也、泰時の妹むこ也、旁以さしをきがたき仁なれば、五条富小路に使追付て、かゝる子細ある間、泰時うらむなとて召返しけり。此事を聞て、信綱をにくまぬ者はなかりけり。柳原にて生年十四歳にてきられけり。ためしなしとぞ申ける。

と、極めて簡略に記されるにすぎない。御室の歌とか、信綱と泰時の関係などこの本に至って初めて出て来る記事もあるが、慈光寺本に比べ、御室の嘆き、母の悲しみ、勢多伽のけなげさ等、感情的移入が全くない。前田家本の勢多伽処刑譚は御室や母の悲嘆の方よりも、泰時の温情篤いことを中心に信綱への批判が重きをなしている。前田家本は他の箇所も物語的叙述を簡略化し、一方で歴史的な正確さを期そうとする傾向が強いのであるが、この勢多伽処刑譚も同様である。前田家本のこの記事は慈光寺本よりもむしろ『吾妻鏡』の記録的な叙述に近いと言えるだろう。

さて、流布本系の『承久記』ではどのようになっているであろうか。古活字本によれば、乱後、父の広綱が処刑されたことを知った御室が、穏便な処置を求めて勢多伽を自ら出頭させようと思い、母を説得して六波羅に行かせたことになっている。別れを悲しむ場面などは慈光寺本に近いと思われるが、出発は次のような書かれ方がなされている。

其後、我御身を被《あそばさるる》レ遊と覚しくて、

埋木の朽はつべきは留りて若木の花のちるぞ悲しき

さて大蔵卿法印・勢多伽、一つ車に乗具して遣《やり》出せば、母跡《あと》に歩跣《かちはだ》しにて、泣くともなく倒る共なく慕ひ行く……

古活字本のこの記事は、前田家本同様、御室の和歌を載せており、また慈光寺本同様、車のあとを母が裸足で追いかける描写がある。つまり古活字本は慈光寺本・前田家本両方に固有の記事をともに持っているところに特色があり、また一方では独自の改変も行っているのである。そして全体としては悲しみを強調し、物語的傾向を強めている点で、前田家本とは反対の方向を目指している。しかし慈光寺本と比べてみると、慈光寺本の持っていた〝母の物語〟という性格は極めて薄くなっているといえるだろう。

慈光寺本においてほぼ一つの完成した形を創り出した勢多伽処刑譚は、後出の前田家本、流布本（古活字本）にそれぞれ異なった承け継がれ方をして、必ずしも悲劇性を深めることにはなっていない。ところで最初に述べた『吾妻鏡』と慈光寺本『承久記』の関連をここで再び検討しておきたい。『吾妻鏡』の記事と慈光寺本とでは、記録と物語の違いはあるが、事件展開の基本的叙述はかなりの点で共通している。前述のとおり慈光寺本には母の描写が多く、その点にこそこの本の特色があるのだが、『吾妻鏡』の簡略な記事の中にも母の記述が二ヶ所ある。その一つは、慈光寺本が母の悲嘆・動顛を象徴的に表現した部分、勢多伽の乗る車のあとを泣きながら裸足で追う場面――この場面は流布本にも採り入れられていたのは前述のとおり――に通じる「其母又周章の余、六波羅に行向ふ」の記述と、門外に佇む母を見咎めた泰時が哀れと感じ、処刑免除を決めたと記す慈光寺本の記事に通じる「悲母の愁緒と、共に以て憐愍に堪ふ」という泰時の言葉の二ヶ所である。慈光寺本も『吾妻鏡』も、泰時が勢多伽を許そうと思った理由の一つが、六波羅までついて行った母の悲嘆の様子を憐れんだからであるという点で共通している。この点、前田家本は「泰時見て、幽玄の児なりければ、助け進らせ候と申されければ」、古活字本が「熟々《つくづく》と打まもりて、誠によき児にて候ひけり。君の不便《ふびん》に思召さるゝも御 理《ことはり》に候。さ候はゞ暫く預け進らせ候はん」と、両書とも勢多伽の美貌のみが赦免の理由になっているのと大きく異なっている。

詳細・簡略の違いはあっても慈光寺本『承久記』と『吾妻鏡』とでは、この勢多伽処刑譚に関して言えば同一の話の範囲内と認めてよいであろう。『吾妻鏡』の成立は諸説あるが、大体正応三年（一二九〇）から嘉元二年（一三〇四）の頃[5]、鎌倉時代の終わり頃と考えられている。慈光寺本『承久記』の成立よりは後ということになる。従って『吾妻鏡』はこの勢多伽処刑譚を慈光寺本から採った可能性がある[6]。もっとも『吾妻鏡』では勢多伽に付き添った仁和寺の僧を芝築地の上座真昭一人としているのに対し、慈光寺本は大蔵卿法印と土橋威儀師の二人であったとしている点などに違いがあるので断定する訳にはいかない。また慈光寺本と『吾妻鏡』とが、直接的書承関係を証明できるほどの近似の本文を持っていないので、あるいは別の資料・伝承を『吾妻鏡』が利用している可能性も否定しきれないのである。

四

慈光寺本をはじめ後の前田家本や流布本においても勢多伽にまつわる話はその処刑執行を以て終わる。ところが悲劇はまだ終わらなかったのである。『大日本史料』が引くところの『題跋備考』の「華厳経」[7]に勢多伽の母の話が載っているのである。この華厳経は大変立派なもので、外題は金泥の字で明恵上人の真筆になるものである旨が記されたあと、「相伝云」として、この華厳経書写のいきさつが語られている。それによると承久の乱において多くの武士が敗戦の憂き目にあって死んで行った。その妻や妾たちは夫の死後、明恵上人のもとで出家を遂げ、善妙寺に入った。善妙は『華厳縁起』などに記された新羅出身の女性で、明恵はこの人を祀るため貞応二年（一二二三）にこの寺を建てたのであった[8]。この善妙寺で尼になった者は、明達・性明・真覚・明行・戒光・禅恵・理証・信戒たちであったが、このうちの明達こそが「山城守広綱の妾、而して勢多伽丸の母」なのである。彼女は左衛門少志宗之の娘であった。『三上氏系図』なるものによれば、祖父は宗年、父の宗行《（ママ）》は後鳥羽院の北面の武士であったという。その父は承久三年六月の宇治の合戦に赴き、討死を遂げた。また夫の山城守広綱も斬首、子の勢多伽も処刑されるに至り、彼女は全く身よりを失ってしまった。「将《まさ》に自から桂水に投ぜんとするを人の抑止する所となり、尼僧となる」と書かれているように、勢多伽の母は子をなくした悲しみから桂川に身投げを計ったのであった。しかし人に止められ、明恵上人のもとで出家をした訳である。明恵上人は『梅尾《（ママ）》明恵上人伝記』等に、「承久三年の大乱の時、梅尾《（ママ）》の山中に京方の衆多く隠し置きたる由聞えければ、秋田城介義景、此の山に打ち入りてさがしけり。狼籍の余り何とか思ひけん、大将軍泰時朝臣の前にて沙汰有るべしとて、上人をとらへ奉りて、先に追ひ立てて六波羅へ参りけり」とあるように、京方の落武者を匿ったこともある程だから、明恵はその妻妾たちをも積極的にうけ入れてくれたのだろう。また慈光寺本『承久記』には勢多伽の母は「高雄」に住んでいたとあるところから、地理的にも近かったことがわかる。そのような事情で明恵のもとで尼になった。

　尼になった勢多伽の母は亡き夫と子のため経巻の書写を始めた。そして十二年後、貞永元年七月八日の未の時にこの華厳経の書写が終わったのである。彼女はこの世で果たすべきすべての仕事が終わったと思ったのであろうか、その日、清滝川に身を投じたのである。行年四十七とあるから、勢多伽に先だたれた時は、三十五歳だったことになる。この華厳経の「相伝」には「然れば則ち、その神情を想ふべし」と記されている。また「或霊簿云」として、追善の諷誦文が載っており、それは「一資階老善薦、一磬反哺恩愛、蓋謂為夫為明矣」となっている。

　勢多伽の母について管見に触れたものはこれだけであるが、これも当然人々の強い関心を惹いた出来事であったであろう。しかし彼女の十二年後の自殺については他に資料を見出せない。もちろん慈光寺本を始めとする『承久記』の諸本にも『吾妻鏡』にも記載されていないのである。承久の乱を描くことを目的とした『承久記』が、乱後十二年たった一女性の死を描かないのはある意味で当然と言えるかも知れない。しかし慈光寺本『承久記』は乱後

九年の寛喜二年十二月の事件を、

駿河大夫判官惟信モ、サマヲヤツシ出家シテ比叡山ニ住シケルガ、終ニ六波羅ニ聞付ラレテ召出サレ、西国ヘ流サレニケリ。

と書き留めている。ただこの記事は後人の加筆の可能性がある(9)のでひとまず措くとして、同じ慈光寺本の甲斐宰相中将の子、侍従の記事はこの際検討に値いするだろう。侍従の記事というのは「サテ此人々ノ子ドモ、一々次第ニ召出シテ同《オナジク》首ヲゾ切給フ。中ニモ勝テ哀ナリケルハ、甲斐宰相中将子息ノ侍従ト、山城守（ノ子息）勢多賀兒ニテゾ留タル」として、勢多伽と並んで書かれている話である。十六歳の侍従も謀叛人の子として泰時の前に引き出されるのだが、その眉目の美しさに泰時が処刑を許す話である。慈光寺本は「冥加マシマス侍従殿ニテ、今ニマシマストコソ承ハレ」と結んでいる。この侍従がのちの範継のことで、その死が延応二年（仁治元年、一二四〇）であるところから、杉山次子氏は慈光寺本成立の下限を延応二年とされたのである(10)。この侍従助命譚に続く勢多伽処刑譚が、前述の如くその母の悲しみを描くことに意を注いでいるのだから、母の自殺（貞永元年、一二三二）に筆が及んでもよいのではないか。書かれていないものから結論を出すつもりはないが、原慈光寺本の成立は、あるいは勢多伽の母の自殺よりも以前だったのではないかと私は思っている。

五

『承久記』の典型的な哀話の一つ、勢多伽の処刑譚は、事件が都の中であったことや斬った者が叔父という縁者であったこと、一旦許されたにもかかわらず処刑されたこと、勢多伽を寵愛していたのが乱で敗れた後鳥羽院の子道助法親王であったこと等々が重なって、事件直後から哀れな話として巷間に広く伝えられたものと思われる。その中には『高祖遺文録』が伝えるように、勢多伽という寵童を失った御室の悲しみに重点を置くものもあったであろうし、子どもを殺された母親の悲しみに重点を置くものもあったであろう。慈光寺本は後者の話としてこの事件を描き上げたのである。慈光寺本がこの事件を描いたことによって作品に幅と深みを増したことは言うまでもないことである。

注

（1）拙稿「慈光寺本『承久記』の土御門院配流記事をめぐって――日付の検討から――」（『青須我波良』28　昭59・12　本書所収）他。

（2）伊賀光季の合戦については、「『承久記』伊賀光季合戦記事をめぐって」（『青須我波良』21　昭55・11　本書書所収）で論じた。

（3）永井義憲氏「制多迦丸の父母――楢葉和歌集の一首――」（『日本仏教文学研究』第二集所収　豊島書房　昭42）

（4）『大日本史料』所収。

（5）八代国治氏『吾妻鏡の研究』（明世堂書店　昭18）

（6）杉山次子氏「承久記諸本と吾妻鏡」（『軍記と語り物』11　昭49・10）に「吾妻鏡の承久兵乱関係の記事は、六代勝事記や海道記などの兵乱に言及した諸本を資料に用いたが、慈光寺本承久記もその一つとして引用したもののようである。」とされるように、断定するほどの根拠はなく、可能性の段階に止まる。

（7）注（3）の永井氏論文では「故田中勘兵衛氏蔵華嚴経巻十三外現存三帖」と紹介されている。なお巻十三の奥書には「七月二日巳時書写了」とあり、夫広綱の十三回忌の命日にあたると指摘されている。

（8）久保田淳・山口明穂両氏『明恵上人集』（岩波文庫　昭56）「夢記」注。

（9）村上光徳氏「慈光寺本承久記の成立年代考」（『駒沢国文』1　昭34・11）

（10）「慈光寺本承久記成立私考㈠――四部合戦状として――」（『軍記と語り物』7　昭45・4）

『承久記』の三浦胤義

一

『承久記』に相模国の豪族、三浦一族の記述が多いのは、この承久の乱で三浦胤義が後鳥羽院の側（京方）に、兄の三浦義村が北条氏の側（鎌倉方）にそれぞれ味方して、兄弟が相対するという、いわば登場する武士の中での主要人物達になっていることから当然のことであろう。しかし、貴族中心の『増鏡』や『神皇正統記』に三浦氏が記載されないのはやむをえないとしても、武士の歴史を描き、承久の乱の具体的な記述を持ちながら『神明鏡』『保暦間記』にも、三浦氏の記事は見出せない。

そこで『承久記』の諸本のうち、最も古態を残す慈光寺本『承久記』と後の改竄を経た前田家本『承久記』・流布本『承久記』などを比較して、どのような相違が見られるか、後鳥羽院の側についた三浦胤義を中心に確認しておこう。まず慈光寺本では、北条義時追討を決意した後鳥羽院が公卿僉議を開き、近衛基通や九条道家等を召し、その席上、卿二位の発言に名の出た藤原秀康が呼ばれ、義時討伐の方策を計らうよう命じられる。その秀康の返事は「駿河守義村ガ弟ニ、平判官胤義コソ、此程都ニ上テ候ヱ。胤義ニ此由申合テ、義時討ン事易候」というものであり、義時追討の実行者としての武士の中で、最初に名の挙がった人物として描かれる。

一方、前田家本は、義時に腹を立てた後鳥羽院が「内々仰合せられける人々」の中に、坊門忠信・按察光親等に混ざって初めから「三浦平九郎胤義」の名があり、慈光寺本とは登場の仕方が異なっている。

さて、慈光寺本は、院の依頼を受けた能登守藤原秀康は三浦胤義を自邸に招き、酒盛りしながら、何故胤義が鎌倉を捨てて都にいるのかを尋ねる。胤義の返事は、

神妙也トヨ能登殿。胤義ハ先祖ノ三浦・鎌倉振捨テ都ニ上リ、十善ノ君ニ宮仕マヒラスルハ、心中ニ存事ノ候也。如何ト申セバ胤義ガ妻ヲバ誰トカ思食。鎌倉一ト《（ハカ）》クヤリシ一法執行ガ娘ゾカシ。故左衛門督殿ノ御台所ニ参テ候シガ、若君一人出来サセ給テ候キ。督殿ハ、遠江守時政ニ失ハレサセ給ヌ。若君ハ其子ノ権大夫義時ニ害セラレサセ給ヌ。胤義契ヲ結デ後、日夜ニ袖ヲ絞ルムザンニ候。「男子ノ身也セバ、深山ニ遁世シテ念仏申メレ。後生ヲモ弔マヒラスベキニ、女人ノ身ノ口惜サヨ」ト申シテ、流涙ヲ見ニ付テモ、萬ヅ哀ニ候也。三千大世界ノ中ニ、黄金ヲ積テ候共、命ニカヘバ物ナラジ。勝テ惜キハ人命也。ワリナキ宿世ニ逢ヌレバ、惜命モ惜カラズ。去バ胤義ガ都ニ上テ、院ニ召サレテマイリ、謀反起、鎌倉ニ向テヨキ矢一射テ、夫妻ノ心ヲ慰メバヤト思ツルニ、加様ニ院宣ヲ蒙コソ面目ニ候ヘ。胤義ガ兄駿河守義村ガ許ヘ、文ヲダニ一下ツル物ナラバ、義時打取ランニ易候。其状ニ、「胤義ガ都ニ上リテ、院ニ召レテ謀反ヲコシ、鎌倉ニ向テ好矢一射テ、今日ヨリ長ク鎌倉ヘコソ下リ候マジケレ。去バ昔ヨリ八ケ国ノ大名・高家ハ、弓矢ニ付テ親子ノ奉公ヲ忘レヌ者ナレバ、権太夫ハ大勢ソロヘテ都ヘ上セテ、九重中ヲ七重八重ニ打巻テ、謀反ノ輩責玉ハンズラン。駿河殿ハ権太夫ト一ニテ、三浦ニ九・七・五ニナル子共三人乍、権太夫ノ前ニテ頸切失給ヘ。サヤウニ成ヌル物ナラバ、殿ト権太夫殿、中ハ隔心ナクシテ、諸国ノ武士ハ上トモ、殿ハ上ズシテ、三浦ノ人共勧仰セテ、権太夫ヲ打玉ヘ。打ツル物ナラバ、胤義モ三人ノ子供ニヲクレテ候ハン。其替ニ、殿ト胤義ト二人シテ、日本国ヲ知行セン」ト、文ダニ一下ツル者ナラバ、義時討ンニ易候。加様ノ事ハ延ヌレバ悪候。急ギ軍ノ僉議候ベシ、トゾ申タル。

引用がやや長くなったが、この胤義の言葉の中にいくつか三浦氏を知る手掛りが見受けられる。まず、胤義が後鳥羽院の誘いに乗ったのは、鎌倉即ち北条氏に対する恨みからであって、彼の妻が「鎌倉一トクヤリシ一法執行ガ娘」であったこと、またこの妻はかつて二代将軍頼家の妻であって、頼家の一子を儲けたが北条義時によってその子が殺害されたこと、これらの点が北条氏に対する恨みとなっていることが分かる。そこで慈光寺本のこの記事を検証してみることとする。

最初に彼胤義の妻が、頼家の子を生んでいるか否かを考えてみる。『尊卑分脈』には、頼家の子としては「一萬丸」「公暁」「栄実」「禅暁」「女子」の五人が載っており、この内の「一萬丸」と「公暁」は「母比企判官藤原能貞女」、「栄実」「禅暁」の母は「昌実法橋女」、「女子」の母は「木曾義仲女」となっている。この内、問題になるのは「栄実」「禅暁」の母「昌実法橋女」である。ところが、『吾妻鏡』に「昌実法橋」の名は見えない。一方、慈光寺本の「一法執行」という名は、『承久記』諸本によって多少異同がある。前田家本には、「胤義が当時相具して候女は、故右大将殿の時、一法房と中もの、女也」と書かれ、流布本には「当時、胤義が相具足して候者は、故大将殿の切者、意法坊生観が娘にて候」と記されているのである。頼朝の時代に、切れ者としてもてはやされた「一法（意法）房」とは、成勝寺執行で法橋の一品房昌寛に他ならないだろう。『吾妻鏡』に「昌寛」が登場するのは、治承五年五月二十三日の条が最初である。この日、鎌倉において小御所と厩の作事の奉行を勤めたというものであるが、昌寛はこの後も建久元年・建久六年にも、頼朝上洛のため、六波羅に新邸造営あるいは修理の奉行として都入りをしている。また、奥州平泉の藤原泰衡追討の宣旨を申し受ける使者としても文治五年には上洛している。これらのことからも、彼が頼朝時代にはかなり重用されていたと考えてよかろう。

この一品房昌寛は、真名本『曽我物語』の中でも、「今夜、君の御ために咄き御示現を蒙りて候ふなり。君は足柄山矢倉が嶽に渡らせ給ひ候ひければ、伊保房は銀の瓶子を懐き、実近は御畳を敷き、盛綱は金の折敷に銀の御盃を据ゑ、盛長は銀の銚子に御酒を入れ進せ候ひければ……(1)」と伊豆山に籠もる頼朝が、将来天下を取ることを予言したためでたい夢の告げの中に、安達盛長らとともに出てきており、また『源平闘諍録』一上「藤九郎盛長夢物語」には「一品坊昌寛観音品計教頼朝故号云一品坊也」と、その名の由来が記されている。これら物語の中にも、挙兵当時の頼朝に早くから近仕していた様が伝えられている。以上のことから、『承久記』諸本に見える、頼朝の時代に鎌倉一の威勢を誇った切れ者という性格づけは、あながち間違いとも言い切れず、この昌寛の娘が、二代将軍頼家の妻になる可能性はきわめて高かったと考えられる。以上のことから『尊卑分脈』の「昌実」は「昌寛」の誤伝と見て差し支えあるまい。

さて、慈光寺本『承久記』を始め他の異本も、頼家と一品房昌寛の娘の間に「若君一人」が生まれたとしている。しかし実際は、昌寛の娘が生んだ頼家の子は二人いたらしい。それは『尊卑分脈』に載る栄実と禅暁であるが、栄実について『尊卑分脈』の注は、「若宮別当、童名千手丸、建保七十六自害」と記しているが、建保二年の誤りで、『吾妻鏡』の同年十一月二十五日の条に、

六波羅の飛脚到著す。申して云はく、和田左衛門尉義盛・大学助義清等が余類洛陽に住し、故金吾将軍家の御息禅師と号すをもつて大将軍となし、叛逆を巧むの由その聞えあるによつて、去ぬる十三日、前大膳大夫の在京の家人等、件の旅亭一条の北の辺を襲ふのところ、禅師たちまちに自害す。伴党また逃亡すと云々。(2)

と見え、また『愚管抄』六に、

其後又頼家ガ子ノ、葉上上人ガモトニ法師ニナリテアリケル十四ニナルケルガ、義盛ガ方ニ打モラサレタル者ノアツマリテ、一心ニテ此禅師ヲ取テ打出ントシケル又聞ヘテ、皆ウタレニケリ。十四ニナル禅師ノ自害イカメシクシテケリ。

と、禅師つまり栄実は、三浦氏にとっても極めて重大な意味をもった、一族和田義盛の北条氏に対する反乱軍の残

党に与して討たれたものと伝えている。

次に弟の禅暁は、『尊卑分脈』に「仁、童名善哉、母同栄実、承久二四十一被誅了」とあるが、童名の善哉は実朝暗殺事件の下手人で腹違いの兄にあたる公暁の幼名であり、なんらかの誤伝であろう。禅暁の殺害は『吾妻鏡』には記されていないが、『承久記』の異本の一つ『承久兵乱記』には、

　おなじき御腹にせんきやうとて、童名千歳殿とぞ申しけるは、承久二年四月十一日討たれ給へり。

とあり、また『仁和寺御日次記』の承久二年四月十四日の条には、

　今夜、禅暁阿闍梨故頼家卿息、東山辺に於いて之を誅す。

とあって、京において殺されている。

『承久記』諸本が「若君一人」とすることは、先に触れたとおりであるが、慈光寺本は「若君一人出来サセ給テ候キ。督殿ハ遠江守時政ニ失ハレサセ給ヌ。若君ハ其子ノ権太夫義時ニ害セラレサセ給ヌ」と、「若君」がどのような理由によって殺されたのかは記さず、前田家本は「若公一人儲ケ奉りしを、若公の禅師公の御謀反に同意しつらんとて、義時に誅せられけり」と、禅師公（この場合は公暁を指す）の実朝暗殺に関与した疑いで殺されたとする。いずれにしても「若君一人」が、栄実のことか禅暁のことかは判然としない。しかし、禅暁の死については他にも考えるべき点があるので、さらに後に述べることとする。

二

三浦胤義が一品房昌寛の娘を妻に迎えたことを跡付ける確実な資料は見当たらない。わずかに系図類に見えるものを挙げ得るにすぎない。『佐野本系図』(3)所載の「三浦系図」が胤義の長男胤連の注に「太郎兵衛尉、父一所自殺、

十八才、母意法坊昌寛法橋女初頼家卿妾」とし、次男兼義、三男義有も「母同上」と注記しているのが、管見に入ったものとしては唯一のものである。また『諸家系図纂』所載の「三浦系図」の胤義の項には、「為頼朝卿猶子也」[4]とあって、どのような伝えによるものだろうか、他に見えない説を載せている。胤義が兄義村と違って、結局北条氏に付かなかったのは、頼朝・頼家・実朝の源氏将軍への直接的な帰属度が強かったためと思われるので、この頼朝の猶子説は、胤義の源氏に対する愛着を説明はしてくれるだろう。

三浦胤義について記すものは、『承久記』を除けば、『吾妻鏡』ぐらいである。承久の乱以前の胤義の動きを『吾妻鏡』に見ると、元久二年（一二〇五）六月二十二日、北条時政が畠山重忠を討った「畠山事件」の北条軍の中に、その名が現れるのが最初である。続いて、建暦三年（一二一三）五月二日、三浦の一族和田義盛を、いったんは味方の約束をしながら直前で寝返って討ち、後々非難を浴びた「和田合戦」に、兄義村とともにその名を連ねている。この二つの事件以外の胤義は、たとえば建暦三年正月の将軍実朝鶴岡八幡宮参拝にともなう垸飯の役を勤めたり、同年八月二十日には将軍の新御所移徙の随兵となったというような、将軍の御出に従った記事がほとんどである。その中で建保六年（一二一八）三月、実朝が左近大将に任じられ、その勅使中原重継に鞍馬三疋と砂金百両を遣わす役を胤義が拝命した件は、彼が信任されていたことを窺わせる。

『吾妻鏡』の胤義の記事の内、他と趣を異にしているものは建暦二年十一月五日の、

　丑の刻、御所の辺騒動す。ただし時刻を経ずして静謐す。これ三浦平九郎右衛門尉胤義、女事によつて闘乱を起すの間、かの一族等にはかに馳せ候ずるが故なり。

という「女事」に端を発した胤義の乱闘事件である。その後この事件は発展しなかったらしく、関連する記事は記載されていないので事件の内容は不明としかいいようがないが、『承久記』によれば承久の乱で後鳥羽院の側についたのも、いわば「女事」からで、その意味からも興味深い。

　さて、胤義が承久の乱以前に『吾妻鏡』に登場する最後の記事は、建保六年六月二十七日の将軍実朝の大将拝賀の鶴岡参拝に衛府として伺候した折のものである。この半年後、建保七年正月二十七日、今度は実朝が右大臣拝賀のため鶴岡に参拝、公暁に暗殺されることになるのであるが、その時はどうした訳か胤義は実朝の行列に加わっていない。この時の随兵は「三徳を兼備する者」と定められていた。曰く「譜代の勇士、弓馬の達者、容儀神妙の者」という条件であった。だから「この御拝賀は関東無双の晴の儀にして、ほとほと千載一遇といひつべきか。今度随兵に加へられれば、子孫永く武名を相続せんの条、本懐至極なり」と意識された程のものであった。三浦の一族では三浦小太郎時村が随兵十人の中に選ばれているだけで、義村も随兵はもとより、前駆にも名を連ねていないから、胤義一人が外れたということではなかろう。(5)

　この二年半後、承久の乱で胤義は後鳥羽院側の武将として再び『吾妻鏡』に登場してくるのである。慈光寺本『承久記』には、兄義村の乱開始時の言葉として「平九郎ガ、今年三年都ニキテ」「平判官胤義ガ今年三年京住シテ」とあるが、承久三年から遡って三年とは、建保七年（承久元年）であるから、まさに実朝暗殺事件が胤義を鎌倉の地から離れさせた原因になったと見做してよかろう。この実朝暗殺事件から承久の乱までの間に起こった出来事で、胤義に最も関わりの深いものといえば、将軍決定問題である。実朝は子がなかったから、生前から母政子は継嗣については心配しており、建保六年二月の熊野詣での折にも京都に立ち寄り、後鳥羽院の乳母卿二位兼子と将軍後継者の相談をしている。まして実朝が殺された今、すぐに都に使者が発ち、後鳥羽院の皇子雅成親王・頼仁親王のいずれかを将軍として東下されたい旨申し入れた。使者は藤原行光であったが、院は親王を将軍にすると日本を二分することになると拒絶、行光は空しく鎌倉へ戻った。その時、行光は京都で出家していた禅暁を鎌倉へ伴っている。『光台院御室伝』には、

（承久元年）二月廿六日、前信濃守行光入洛す。閏二月五日、禅暁闍梨（ママ）故頼家卿息を召し具し下向す。

これは親王将軍不成立の場合の幕府側の窮余の策だったと思われる。(6) この時点では禅暁の将軍就任は可能性があったのである。前述したように、二代将軍頼家には四人の男子がいたが、
○建仁三年(一二〇三)九月二日
比企氏の乱により長男一幡丸(六歳)殺害さる。(自害説あり)
○建保二年(一二一四)十一月二十五日
和田氏の乱により三男栄実(十四歳)殺害さる。
○建保七年(一二一九)一月二十七日
実朝暗殺の犯人として次男公暁(二十歳)殺害さる。
と、三人までが殺され、頼朝の弟阿野全成の遺児阿野冠者時元も実朝暗殺事件のひと月ほど後の建保七年二月二十二日、駿河で北条軍に討たれており、僅かに禅暁ひとりが頼朝の血筋を保つ人物として、将軍の有力候補であった。

鎌倉幕府の親王将軍東下の要請を断った後鳥羽院は、三月八日、実朝の弔問を兼て藤原忠綱を関東に遣わし、寵愛の白拍子亀菊に与えた長江・倉橋の荘の地頭改易を要求してきた。『承久記』諸本が乱の原因として記す事件である。これを拒絶した義時は、弟時房に一千騎の軍勢を付けて上洛させ、再度将軍の東下を求めた。この結果、院は摂関家からの将軍擁立は認め、時に二歳の藤原道家の子頼経が将軍と決まった。院が義時に妥協するかたちで将軍が決まった以上は、もう禅暁は不要であり、後々厄介の種にもなりかねない存在でもあった。義時は翌承久二年四月、『仁和寺御日次記』に記されているとおり、京都東山の辺で禅暁を切り捨てた。しかも、幕府が藤原将軍を受け入れた時の状況を、『愚管抄』は、

其御返事ニ、次々ノタヾノ人ハ関白摂政ノ子ナリトモ申サンニシタガフベシナド云タヾノ御詞ノアリケル。コレニトリツキテ、又モトヨリ義村ガ思ヨリテ、コノ上ニハ何カ候マジ。左大臣ノ御子ノ三位ノ少将殿ヲノボリ

テムカヘマイラセ候ナント云ケリ。

と書いて、この幕府側の決断が三浦義村の言によって促されたとしている[7]。

慈光寺本『承久記』には、殺された禅暁の母が後に三浦胤義の妻になり、この妻の嘆きに深く同情して、胤義は後鳥羽院の側に付いたと書かれているのだが、禅暁処刑が『愚管抄』のいうとおり兄義村の言に起因するものであるなら、胤義が院方に走った心情もよく分かる。これら一連の動向を確実に裏付ける資料は少ないものの、胤義の行動をあながち慈光寺本『承久記』の虚構とばかりはいいきれない整合性を持っているものと思う。胤義は実朝暗殺直後に上京し、僧籍にいた禅暁に近付き、源家の血筋を引く禅暁に将軍の期待をかけていたが、北条義時と兄義村のためにその夢も断たれた。禅暁処刑の後はその母を妻として、一年後、後鳥羽院に誘われて立ったものと思われる。慈光寺本によると、兄義村とは以前から仲が悪かったらしく、軍に破れた胤義が最後の決戦で兄に向かって、

アレハ駿河殿ノオハスルカ。ソニテマシマサバ、我ヲバ誰トカ御覧ズル。平〔九郎〕判官胤義ナリ。サテモ鎌倉ニテ世ニモ有ベカリシニ、和殿ノウラメシク当リ給シ口惜サニ、都ニ登リ院ニメサレテ、謀反オコシテ候ナリ。和殿ヲ頼ンデ、此度申合文一紙ヲモ下シケル、胤義思ヘバ口惜ヤ。現在和殿ハ権大夫ガ方人ニテ、和田左衛門ガ媒シテ、伯父ヲ失程ノ人ヲ、今唯人ガマシク、アレニテ自害セント思ツレドモ、和殿ニ現参(ママ)セントテ参テ候ナリ。

と、義村に「ウラメシク当」たられたことと、「伯父（和田義盛は従兄にあたる）」を殺した和田合戦に批判的であることが述べられている。一方、義村も弟の手紙を見て、

恐シノ平九郎ガ、今年三年都ニヰテ云ヲコセタル事ヨ。一年和田左衛門ガ起シタリシ謀反ニハ、遥ニ勝サリタリ。加様ノ事ハ二目共見ジ。

といい、また、北条義時に向かって、

平判官胤義ガ今年三年京住シテ下タル状御覧ゼヨ。一年和田左衛門ガ謀反ノ時、和殿ニ義村ガ中媒シタリトテ余所ノ誹謗ハ有シカドモ、若ヨリ互ニ変改アラジト約束申テ候ヘバ、角モ申候ナリ。……（後鳥羽院の院宣が披露有ツル者ナラバ、和殿ト義村トヲ敵ト思ハヌ者ハヨモアラジ。

といって、北条氏との連帯を強調し、それに刃向かった和田一族の抗戦を「謀反」と決め付けている。義村自身、和田合戦に世間の批判があることは認めているが、慈光寺本は義村を何よりも北条氏と運命共同体的意識の持ち主として描き、胤義と対置している。これは後鳥羽院と義時を対置して描くことに代表されるように慈光寺本の基本構図である。

三

次に、乱における三浦胤義の役割を、慈光寺本『承久記』はどのように位置付けているか、前田家本との比較で見ておきたい。

最初にも述べたとおり、慈光寺本の胤義の登場は能登守藤原秀康が後鳥羽院に推挙したことに始まった。この後、秀康と胤義二人の関係は一貫して秀康優位で展開する。乱に到るまでの段階では秀康が胤義に命じることはあっても、決して対等とはいえない。例示すると、

○去テ秀康ハ院宣蒙リ、三浦判官胤義ヲ請ジ寄セ、軍ノ僉議始ケリ。（京都守護の伊賀光季を討つ計画を立つ）

○十五日ノ朝ニ成ケレバ、能登守秀康ハ院宣ニテ伊賀判官ヲ三度マデコソ召タリケレ。（伊賀光季の動きを確かめる）

○去程ニ能登守ハ御所ニ参、軍ノ次第申上ケレバ、十善ノ君モ御尋有ケリ。（伊賀光季追討成功の報告）

○又十善ノ君ノ宣旨ノ成様ハ、「秀康是ヲ承レ。武田・小笠原・小山左衛門……、此等両三人ガ許ヘハ賺遣ベシ。」トゾ仰下サル。秀康宣旨ヲ蒙テ、按察中納言光親卿ゾ書下サレケル。(義時追討の院宣を主な御家人宛てに出す)

○能登守ノ申サレケルハ、「何ゾノ押松ガ、是程ノ晴ニ南庭ニウツブシタル奇恠サヨ。鎌倉ノ様、起上リテ有ノ儘ニ申セ。押松」トゾ仰ラレケル。(院宣の使者押松が戻り院の御前で鎌倉の様子を尋ねる)

○能登守秀康ハ、此宣旨ヲ蒙リ、手々ヲ汰テ分ラレケリ。(鎌倉の軍勢を防ぐための手分けをする)

といったように「実に重要な局面において、秀康は必ずといってよいほどに登場し」ており、「秀康が軍事の要」(8)として慈光寺本には描かれている。これに対して胤義は、秀康に意見を求められたり、伊賀光季追討の第一陣として差し向けられたりしているが、秀康の麾下に属する扱いである。

一方、前田家本での胤義の扱いを見ると、その登場の最初は秀康が胤義の本心を探るために密談するところであるが、秀康の報告を聞いて後鳥羽院が今度は直々に胤義を御所に呼び出し、

○一院、胤義を小坪にめして、御簾を捲あげさせ給て、密々に直に御物語あり。胤義が申状さきのごとし。頗叡感をすゝめ奉る。

また、伊賀光季をどうするか、院はこれも直々に、

○又胤義をめして、伊賀判官光季・少輔入道親広をば打べきか、又召籠べきかと仰合られけり。

と意見を求めている。さらに不審に思った光季が院の召しに応じないので、

○光季めははや心得てけり。早く追討すべし。今日は日暮ぬ。明日向べきよし胤義申て、御所を守護し奉りぬ。

のように、慈光寺本には見えない胤義と後鳥羽院との直接的なつながりを示す記事が現れてくる。

また、光季を討った後、

○胤義・親広已下、御所へ参り合戦の次第を奏す。

というように、慈光寺本では藤原秀康の行為であったものが、前田家本には胤義にとって代わられている。それだけでなく、「軍事の要」も胤義に移っている。

○（院は）胤義・広綱以下兵共、各存之旨を可申由仰下されけり。

○義時、大にいかりて、いはれなし。今一日も延るならば、三浦平九郎判官を先として討手むかひなんず。

と、後鳥羽院からも義時からも認識される者となっている。勿論、秀康は総奉行として胤義の上にいるから、「六月八日の暁、秀康・胤義已下御所へ参て、……」と出てくることはあるが、その数も少なく役割も軽い。

さらに、慈光寺本には見られないもので、注目しておきたいものとして、

○後白河法皇の御時、……義仲を追討せんとせられしが、木曽憤を含み法住寺殿へ向て攻奉る。御方の軍、一時の内に破られて君も臣も亡び給ひき。今又胤義・広綱が讒により、義時を攻らるべきか。

○二位殿仰られけるは、一院こそ長厳・尊長・長季・胤義等が讒言に付せ給て、義時を討たんとて、先光季うたれて候なれ。

○詞を以て義時申されけるは、……然を尊長・胤義等が讒言に付せましく〳〵て、率爾に宣旨を下され、既に誤りなきに朝敵とまかり成候条、尤不便之至也。

のような記事がある。「讒臣の言」に後鳥羽院が付いたのが乱の原因だとし、その讒臣につねに胤義の名が入っているのである。『吾妻鏡』も承久三年五月十九日の北条政子の演説の中に「而るに今逆臣の讒に依りて、非義の綸旨を下さる。名を惜しむ族は、早く秀康・胤義等を討取り、三代将軍の遺跡を全うすべし」と「逆臣の讒」のことばが出ており、『吾妻鏡』のもとの資料となった『六代勝事記』にも「不忠の讒臣、天のせめをはからず、非義の武芸にほこりて追討の宣旨申くだせり。……恩をしり名をおしまむ人、秀康・胤義をめしとりて、家を失はず名を

たてん事をおもはずや」と、乱の原因を「不忠の讒臣」の所為にし、その中に胤義も入っている表現なのである。『六代勝事記』は乱後、あまり時間を隔てずに書かれたものであるから、慈光寺本と近い頃の成立と考えられる。『六代勝事記』の作者は藤原隆忠かとされており、作者自身は乱の責任を後鳥羽院にあると断じているが(9)、この「不忠の讒臣」の語は、政子の政治的配慮とも考えられ、作者は伝聞を記しているのであろうから、当時の一般的とらえ方を代表しているものと見てよかろう。これに対して、慈光寺本はこの乱を始めからまったく後鳥羽院自身の意志によるもの、後鳥羽院の個性によるものとのとらえ方をしている。逆臣の讒言が乱を引き起こしたなどとは毫も考えておらず、このようなところにも慈光寺本の特色があるのだが、前田家本はこういう慈光寺本の世界を天皇に対する常識的判断によって切り崩しているといえようか。いずれにせよ、前田家本は三浦胤義の存在を慈光寺本に比べ大きなものに仕立てているのである。

四

三浦胤義の記事で慈光寺本に見えず、前田家本にいたって現れるものが二つある。一つは胤義最期の場面である。義村は慈光寺本は、戦い破れ、後鳥羽院から門前払いされた胤義は兄義村を東寺に待ち受け、最後の軍を挑む。義村は「シレ者ニカケ合テ無益ナリ」と相手にしない。胤義も「帝王ニ向マイラセテ軍ニ討勝、世ニアランズル人ヲ討取テハ、親ノ孝養ヲモ誰カハスベキ」と思い諦めて、木島へ落ちる。その後、「木島ニテ十五日ノ辰ノ時ニ、平判官父子自害シテコソ失ニケレ。アハレ武士ナリツル人ヲト、オシマヌ人モ無リケリ」と結び、巻末近くで「駿河次郎ニ仰付テ、木島ヨリ平判官ノ自害ノ首ヲゾ召出ス」と記して、胤義の記事を終える。

これに対し前田家本は流布本とも多少の違いを見せながら、以下のように展開する。

①院に門前払いを食った胤義は、兄義村が通るであろう東寺に籠もり、一族佐原又太郎に攻められ、かなわず落ちる。
②胤義は太郎兵衛を連れて、東山へ落ちるが次郎兵衛は六波羅の蓮華王院で自害した。
③胤義は東山から妻子のいる太秦へ向かうが敵が多く、木島神社の境内に「車の傍に立て、女車のよしにて木造の人丸を」乗せて隠れる。
④そこへ胤義の昔の郎等、藤四郎入道が通りかかり、敵が充満していることや汚名を残すべきでないことを説いて自害を勧める。
⑤胤義は「形見共送り」、兄義村に恨み言を言伝て、太郎兵衛の後を追って切腹し、首を義村の許へ届けさせる。
⑥義村は弟と甥の首を抱えて泣き、僧に弔わせ、妻子を呼んで慰めた。

『吾妻鏡』では承久三年六月十五日条に胤義最期が載る。①の記事は「胤義は東寺の門内に引き籠るのところ、東士次第に入洛し、胤義と三浦・佐原の輩と合戦すること数反にして、両方の郎従多くもつて戦死すと云々」。⑤に当たるのは「申の刻、胤義父子、西山木島において自殺す。廷尉の郎従その首を取り、太秦の宅に持ち向ふ。義村これを尋ね取り、武州の館に送ると云々」。『吾妻鏡』と共通するのは以上の①⑤の二つだけである。②の兵衛次郎のことは、『系図纂要』の胤義の次男「兼義」の注に「二郎兵衛、於六波羅蓮華王院」と記されているのが管見唯一のものである。

③④については『承久記』以外に資料を見出すことはできず、不明な点が多い。③で木島神社に身を潜めた胤義たちが、女車を装うために乗せた「木造の人丸」とはいかなるものなのか。流布本もこの点が不明だったからか、「東山なる所、故畠山六郎最後に、人丸と云者の許へ行て」「父子二人と人丸三人、下簾懸たる女車に乗具して」「社の中に父子隠れ居たり。人丸をば車に乗て置ぬ」と、人丸を人名としている。

④に登場する藤四郎入道は、「高野にこもりたるが、軍をも見、主の行衛をもみんと」上京し、偶然胤義父子に出会う。西山にいる妻子に一目会いたいという胤義に、「妻子のことを心にかけて、女車にて落行を、車より引出されて討れたるといはれさせ給はんこそ、口おしく候へ。昔より三浦一門に疵やは候。入道知識申べし。此社にて御自害候へかし」と説得し、胤義もこれに従う。⑤で胤義は子を先に自害させ、形見を送り、「度々の合戦に、三浦の一族を亡し給ふをこそ、人唇をかへし候しに、胤義一家をさへ亡し給ひ候へば、弥人の申さん所こそ、還て痛はしく候へ。唯今思ひ合せ給はんずらん」の言葉を兄義村に伝えるよう藤四郎入道に言い置く。

高野山の入道が、妻子との再会をはかる敗者に自害を勧める話は、『平家物語』の平維盛と同趣であり、自分を死に追い込む一族の者にその末路を予言するのは、『保元物語』の源為義の子乙若が、長兄義朝に恨み言を言い送った話に似ている。

これらのことは、慈光寺本になく前田家本等に載る胤義関連の二番目の後日譚にも共通する。それは乱後、三浦にいた胤義の子供たちが処刑された話である。慈光寺本の本文は、本章の初めに引用し傍線を付したように、胤義には「三浦ニ九・七・五ニナル子共三人」がいたと明示している。この「三人ノ子供」の命と引き替えに兄義村に義時殺害を勧めたのであるが、軍敗れた後のこの子たちの運命については何ら触れることがない。ところが前田家本では、三浦の矢部の祖母に匿われていた胤義の子供は十一を頭に五人、「権大夫」義時が小川十郎を使者として呼び出すのである。矢部の祖母は十一歳の子を残し、九・七・五・三歳の四人を差し出す。咎められて、祖母は五人とも切られるならば自分を殺せと言い、小川も「げには奉公の駿河守にも母也」と思い、これを許したとしている。

この処刑譚も『保元物語』の「義朝幼少の弟悉く失はるゝ事」に近似しており、むしろその影響下に成ったものと考えられている(10)。三浦胤義の子供たちが処刑されたことを証する資料は、これもまた確実なものはない。ただ胤義の末子として『系図纂要』には「女五人」、『諸家系図纂』には「少子五人」とある。さらに『佐野本系図』には胤義の三男「義有」に「童名豊王丸」とあり、注記に「或系図云、胤義五男在関東、豊王丸十一才、次九才、次七才、次五才、次三才、與其祖母在三浦矢部邑、義村令家士小河十郎殺之、于時祖母匿豊王丸、而不出、余皆被殺、以故独得免、不知其終、今考此説、不審、皆赦免歟、」と記されている。「或系図」がどのようなものであったのか不明だが、十一歳の子の名を「豊王丸」とするのは、『承久記』特に流布本と同じで、あるいは系図より『承久記』のほうが先かもしれない。

以上のように胤義にまつわる後日譚は、いずれも不明な点が多く、『保元物語』や『平家物語』をヒントに創作されたものかとも思われるのだが、前掲⑤の『吾妻鏡』の胤義自害の記事に「廷尉（胤義）の郎従その首を取り、太秦の宅に持ち向ふ」とあって、この「太秦の宅」はやはり胤義の妻子が住む家の可能性がある。『吾妻鏡』はこの記事に続いて、「義村これを尋ね取り」と記しているからである。つまり前田家本のように首は義村の許に届けられていないのである。『吾妻鏡』によれば、尋ね取った首を義村は武蔵守北条泰時に届けている。また⑥の義村が胤義の首を抱えて泣き、手厚く弔って、妻子を呼び寄せたという義村像とはやや趣きを異にする義村がこの『吾妻鏡』の記事から窺える。この点からも、胤義をめぐる後日譚は、『承久記』の創作とばかりはいえない何らかの伝承をもとにしている可能性も捨てきれないのである。

三浦の五人（慈光寺本は二人）の子供たちの処刑譚にしても、話の中心は胤義・義村の母「矢部の尼上」であり、彼女は伊東祐親の娘、曽我兄弟の叔母に当たる女性である。子供を引き取りにきた小河十郎を初め「権大夫」義時の使者としておきながら、矢部では「奉公の駿河守」と義村の家臣とするような矛盾も、言い伝えられた処刑の話と『保元物語』の影響のズレを示したもので、この処刑譚は鎌倉・三浦あたりの巷間流布の話を採用したものかとも思われる。処刑の地、田越川の流れる逗子市に遺跡が残されているのも、この想像を援ける。

前田家本は胤義の後日譚を物語として膨らませようとはしなかった。話の内から当然持ってもよさそうな宗教的色彩もほとんどまとっておらず、また悲劇を訴える叙情性にも関心を払っていない。これは胤義関係記事のみのことでなく、前田家本全般にいえることであり、かつて論じたことがある(11)。したがって前田家本は、たとえ伝承を取り入れるにしても事件的空白を埋める〝事実〟としてしか利用しなかったといえよう。

胤義像を追ってゆくと慈光寺本と前田家本との間の落差は大きい。実戦指揮の侍大将的存在であった慈光寺本から後鳥羽院をそそのかす讒臣へと変化しているのが前田家本である。しかも慈光寺本はその成立時の時代相を反映しているというだけでは済ませえない特殊性を持っており、また前田家本にはその制作の目的に沿った胤義の役割変更が施されていると考えられるのだが、それらの問題はさらに多角的な検討が必要であるので、後日を期すことにしたい。

注

(1)『真名本　曽我物語1』(東洋文庫　平凡社)の読み下し文による。

(2)『全釈　吾妻鏡』(新人物往来社)の読み下し文による。

(3)『佐野本系図』『諸家系図纂』は『大日本史料』第四編之十六所収。

(4)『続群書類従』第六輯上所収の『三浦系図』には「為頼卿猶子也」とあるが、「為頼朝卿猶子也」の誤りか。『系図纂要』は『諸家系図纂』と同じく頼朝の猶子とする。

(5)平泉隆房氏「『吾妻鏡』源実朝暗殺記事について」(「皇学館論叢」23-2　平2・4)に実朝暗殺時の供奉行列次第に義村の名がないことにふれ、「供奉の行列に加わらなくとも直接鶴岡宮で参会した例が『吾妻鏡』建保六年七月八日条に見え(義時の例だが)また同書同年六月二十七日条には、行列に加わらない御家人は宮中(鶴岡宮の中)及び路次を警固した例が明記されている」とあるので、胤義もそのような役を勤めていたものかと思われる。

(6)上横手雅敬氏『鎌倉時代政治史研究』(吉川弘文館　平3)七八頁。

（7）『国史大系』は「義村」を「義時」の誤りかとするが、『愚管抄』には他のところに数ヶ所「義村」の名が出るので、誤りと断じ切れない。

（8）平岡豊氏「藤原秀康について」（「日本歴史」平3・5）

（9）弓削繁氏『内閣文庫蔵六代勝事記』（和泉書院　昭59）解説。

（10）兵藤裕己氏「承久記改竄本系の成立と保元物語」（「軍記と語り物」14　昭53・1）

（11）「軍記物語の哀話——承久記の場合——」（「オルビス」5　平元・4　本書所収）

公武の合戦記
――『承久記』『太平記』――

一　『承久記』

『承久記』の内容

三代将軍源実朝が鎌倉の鶴ケ岡八幡宮参拝の帰りがけ、甥の公暁に暗殺されたのは建保七年（一二一九）正月二十七日のことであった。四月に改元あって承久元年となったこの年、後鳥羽院と執権北条義時の対立が顕著になって来る。例えば、義時が将軍として後鳥羽院の皇子を願い出たところ、院はこれを拒絶、一方、院が義時に摂津国長江・倉橋両庄の地頭改易を命じたのに対し、義時はこれを拒否するといった具合であった。その上この年、院は源頼政の孫で大内守護の源頼茂を殺害、また義時も源頼朝の弟阿野全成の子時元を誅戮している。この二人がそれぞれ実朝なきあとの将軍職に野望を抱いていたからだという。それにしても院も義時も将軍問題に大変敏感だったことが窺われる。その後鳥羽院と義時が武力衝突したのは承久三年（一二二一）の五月であり、いわゆる承久の乱の勃発である。

この乱を描いた軍記『承久記』はどのように叙述しているのであろうか。『承久記』諸本中の最古態本である慈光寺本によって内容を概観しておこう。

後鳥羽院は亀菊という白拍子を寵愛するあまり、長江庄を与えようとした。ところが地頭が言うことを聞かず、義時に命じて地頭を改易しようとしたが義時がこれを拒否したため、院は立腹し討幕を決意した。公卿僉議が開かれ、北条氏に恨みを持つ三浦胤義が呼ばれ計画が進められる。承久三年四月の末、高陽院へ軍勢を召集、幕府派遣の京都守護伊賀光季の館を襲わせる。緒戦に勝った院は鎌倉の有力御家人に宛て義時追討の院宣を出す。院宣の使い押松は、光季の急報で事態を知った幕府の探索を受け生け捕られる。一方、北条政子は諸将の前で演説し、幕府の結束を求める。続いて義時が東海道・東山道・北陸道の三方から進攻する幕府軍十九万騎の手分けを行う。五月二十一日、全軍出発。義時は押松を引き出し、後鳥羽院への院宣の返答を与えて釈放する（以上、上巻）。義時の返事を聞いて院の御所は動揺するが、急ぎ一万九千余の官軍を手分けし出発させる。尾張川・洲俣川の合戦で衆寡敵せず官軍総崩れとなり、一部山田重忠らの活躍はあったものの、京へ逃げ帰る。院の御所へ入ることを拒絶された胤義・重忠らは院を恨みながら戦死して行く。六月十五日北条泰時ら幕府軍が入洛、乱後の処理が行われる。鳥羽殿に拘禁されていた後鳥羽院は隠岐へ、順徳院は佐渡、土御門院は土佐へ流された。首謀の貴族たちも殺害され、荷担した武士やその子供たちも次々と殺された。こういう悲しい出来事が続く反面、後鳥羽院の兄、守貞親王が上皇になり、その皇子後堀河が即位するといううめでたいこともあった（以上、下巻）。

この慈光寺本は構成・記事・文章等、他の前田家本や流布本に比べ異同が多く、その書き出し部分も独特で他本と全く違っている。それは、仏教的世界観・時空観とでも言うべきもので、過去・現在・未来の各三千仏の出現から説き起こし、釈迦に至るまでの気の遠くなるような時間を語り、転じて仏法繁昌の天竺・震旦等に続いて日本に触れ、神代から次々に皇統を記すのである。この壮大な〝歴史〟は、神武天皇以来「去んぬる承久三年までは八十五代の御門《みかど》と承る。その間に国王兵乱、今度まで具して已《すで》に十二ケ度になる」という叙述に結びつけられる。つまり慈光寺本作者は、承久の乱を日本の歴史上第十二番目に起こった「国王兵乱」として捉えているのである。もっとも十二度という数については曖昧で、神武の皇子綏靖の震旦との合戦から始めて、安徳天皇の源平合戦で結ぶ八例をあげるだけである。ともあれ慈光寺本の意図は承久三年の後鳥羽院の戦いを、日本の〝国王兵乱史〟の最後に位置づけることにあったと言えるだろう。

慈光寺本の後鳥羽院像

ではその後鳥羽院はどのように描かれているであろうか。まず言えることは、『新古今集』編纂等に見られる院の文化的側面には全く触れておらず、『古今著聞集』（偸盗第十九）等に描かれているような〝武〟的な面が強調されていることである。

凡そ御心操こそ世間に傾き申しけれ。伏物・越内・水練・早態《はやわざ》・相撲・笠懸《かさがけ》のみならず、朝夕武芸を事として、昼夜に兵具を整へて、兵乱を巧みましましけり。御腹悪しくて、少しも御気色に違ふ者をば、親《まのあた》り乱罪に行はる。大臣・公卿の宿所・山荘を御覧じては、御目留まる所をば召して御所と号せらる。都の中にも六所あり、片田舎にもあまたあり。御遊の余りには、四方の白拍子を召し集め、結番寵愛の族をば、十二殿の上・錦の茵《しとね》に召し上せて、踏み汚させられけるこそ、王法王威も傾きましますらんと覚えてあさましけれ。月卿・雲客相伝の所領をば優ぜられて、神田・講田十所を五所に倒し合せて、白拍子にこそ下し賜べ、古老・神官・寺僧等、神田・講田倒されて歎く思ひや積りけん、十善の君たちまちに兵乱を起こし給ひ、つひに流罪せられ給ひけるこそあさましけれ。

【伏物・越内……笠懸】実態不明のものもあるが、いずれも武芸。【神田・講田】神社の祭礼や寺院の経典講筵の費用にあてるため設けられた税免除の田地。

このように慈光寺本は、後鳥羽院をきわめて手厳しく批判的に描いている。武術を好み、武器を集め、兵乱を企て、恣意・わがままの振舞いが多く、まさに専制君主であったとし、承久の乱の原因もこの院の武断的性格によるものと見ているのである。その結果、敗れて流罪になり、王法王威を地に堕としめてしまったと考えているのである。この見方は、後出本である前田家本・流布本『承久記』にも受け継がれて行く基本姿勢である。

後鳥羽院像の特色のもう一つは、常に北条義時との対比の上で描かれていることである。これも前田家本・流布本に多少形を変えて継承されて行くが、慈光寺本では特に院の義時に対する敵対意識が強く語られている。院が戦いを思い立つ場面も、平家を討った源氏が天下を取るのはまだ許せるが、「義時が仕出したる事も無くて、日本国を心のままに執行して、ややもすれば勅定を違背するこそ奇怪なれ」と思う心が積もったからだと書かれている。また院の乳母卿二位藤原兼子の言葉にも「十善の君の御果報に、義時が果報は対揚すべき事かは」とあるように、慈光寺本は後鳥羽院対義時という対立の構図の中で乱を捉えようとしている。

北条義時の形象

この後鳥羽院の形象は当然義時像にも反映する。一例をあげれば、合戦が勝利に終わった知らせを鎌倉で受けた義時が言った言葉として、慈光寺本は「今は義時思ふ事なし。義時が果報は、王の果報には猶《なほ》まさりまゐらせたりけれ。義時が昔、報行いま一つ足らずして、下臈の報と生れたりける」と記すのは、先の卿二位の言葉に対応しており、明らかに院の敵対者として義時が造型されていることを示している。ところで、慈光寺本作者が好んで用いる「果報」の語からすると、際立って個性的なこの二人が、現世では一方が十善の君（天皇）、一方が下臈の武士という絶対的身分格差のもとに生まれているものの、仏教的見地からすれば、その違いは前世の報行がいま一つ足りなかった程度のものと作者は考えていたようだ。慈光寺本の義時は、後鳥羽院と戦うはめになっても何の苦悩も怖れも感じていない。それどころか毎年二度も三度も数々の献上物を差し上げているのに「この上に何の御不足有ってか、義時御勘気に預り候ふらん」と言わせている。『増鏡』(「新島守」)・『梅松論』(上巻)・『明恵上人伝記』(巻下)などが伝える北条泰時出陣時の天皇に弓引く畏怖感などみじんもない。それは慈光寺本の結語相当部分にも言えることで、

抑〻《そもそも》昔の伊予守は、陸奥の貞任・宗任を討たんとては、十二年にこそ攻め取られけれ。今の太上天皇と右京権大夫義時と御合戦、纔《わづか》に三月が程にして事切るる。権大夫は天下をうち鎮めて楽しみ栄ふ。漢家・本朝にもかかる様《ためし》はあらじとぞ覚えたる。

【伊予守】源頼義。【貞任・宗任】安倍氏。頼義・義家父子のため討たれた。

と記すように、前九年・後三年の役と比べ、承久の乱における後鳥羽院敗退の時間的短さは言っても、天皇が武士に敗れるという驚天動地の出来事に対する作者の感慨は現れて来ない。慈光寺本は後鳥羽院と義時の両者をいわば対等の関係で捉えており、その描き方も個性の衝突とでも言うべく単純化されている。それだけに鮮明に両者の個性とその対立が浮び上がる結果になっていると言えよう。

ところで慈光寺本は、後鳥羽院を〝武〟を好んだがゆえに批判的に描いているが、一方の義時に対する批判の言辞は見られない。そこから直ちに慈光寺本を鎌倉方の立場から書かれたものと決めてかかるわけには行かない。乱前の院周辺の動静や敗北後の貴族の言動がかなり詳しく書かれているだけでなく、主要人物の一人で院方についた三浦胤義の描き方を見ても、幕府内の抗争の中から北条氏が抜け出てくる過程で排斥されて行った人々、二代将軍頼家に従っていたためその死後幕府からはじき出されて行った人々の北条氏に対する怨みが明瞭に述べられていることなどからしても、作者の立場は簡単に推測できない。強いて言うならば客観的立場とでも言うべきであろう。それは慈光寺本が、史実的には問題があるが努めて編年的・年代記的叙述をとろうとしているところからも窺われるのである。

前田家本の性格

慈光寺本は乱後間もなく書かれ、その後加筆されて現在見る形になったのが寛喜二年（一二三〇）から仁治元年（一二四〇）ごろと考えられている。この慈光寺本をもとに書き改められたものが前田家本・流布本である。前田家本と流布本とではその基本的構成はほぼ共通しており、流布本のほうが後出とされているので、ここでは前田家本を中心に慈光寺本からの変貌を追ってみよう。まず前田家本の書き出し部分であるが、慈光寺本と違い「人皇八十二代の御門をば、隠岐法皇とも申し、後鳥羽院とも申しけり」と、事件の中心人物の記述から始まる。続いて院の父祖・略歴を述べ、「御在位十五年が間、芸能二つを学びまします」「賢王聖主の道をも御学びありけり」とはいうものの、譲位後は下賤の男女と交わり、武芸を好み西面の武士を置いたことなど後鳥羽院の院政の様子を記し、すぐに承久の乱の原因に入るのである。その根本原因を「地頭・領家相論のゆえ」と、武家政権の確立に伴って頻繁に起こった土地問題に求め、頼朝以来三代の武家政権確立の歴史を回顧するのである。特に三代将軍実朝の暗殺事件については大変詳しく、一三行で片づける慈光寺本と大差がある。前田家本の作者は、承久の乱を語る時にもっとも重要で直接的な出来事として実朝暗殺を位置づけているのである。事実、この時ほど幕府が動揺した時期はなかったから、院の討幕の唯一の機会であった。前田家本が実朝暗殺事件を重く見るのは、その意味で正しい。以下前田家本は、院の討幕準備を次々と記して行くことになる。

このような前田家本の書き出し部分の展開は、承久の乱の捉え方と深くかかわっていると思われる。それを考えるために結びの文を見ておこう。

抑〻《そもそも》承久いかなる年号ぞや。玉体ことごとく西・北の風に没し、卿相みな東夷の鋒にあたる。天照太神《（ママ）》・正八幡の御計ひなり。王法この時傾き、東国天下を行ふべき由緒にてやありつらん。

と、この乱は皇位継承を司る天照大神・正八幡の御計らいであり、「東国天下を行ふべき由緒」であったとしている。つまり前田家本は、朝廷に代わって幕府が政治を執り行うに至った「由緒」を語ろうとする性格を持った作品と考えられるのである。

前田家本の一側面

このような前田家本に描かれる後鳥羽院と義時に、慈光寺本と違った色彩が加味されるのは当然である。後鳥羽院は合戦以前においては「率土の王土は皆これ朕がはからひなり」等々、天皇権威を過信し幕府の実力を侮った描き方がなされており、敗戦後は「我は武士向はば、手を合せて命ばかりをば乞はん」とあわて騒ぎ、泰時が御所に近づくと乞われもしないのに藤原秀康・三浦胤義等院方武士追討の院宣を出す、取り乱した姿を描く。

これに対し義時は、「権威重くして国郡に仰がれ、心正しくして王位に軽くせず」とか「誤りなきに朝敵とまかりなり候ふ条、もつとも不便《ふびん》の至りなり」といったように終始一貫理想的人物として描かれているのである。

ところで前田家本の成立年代と作者であるが、この本には源氏、特に足利氏に敬称を用いるなど、きわめて好意的、優遇的表現がなされていること、『梅松論』と共通する考え方や辞句を持つこと等々の理由から南北朝時代か室町時代の初期、足利氏に近い立場の者の手に成るものであろうと考えられている。であるとすれば、足利尊氏の政治方針を示した『建武式目条々』に「近クハ義時・泰時父子ノ行状ヲ以テ、近代ノ師ト為ス。殊ニ万人帰仰ノ政道ヲ施サレバ、四海安全ノ基為ルベキカ」とあるように、先代の武家政権の継承を謳い、また自ら後醍醐天皇と対立し、南北朝内乱の立役者となった足利氏からすれば、武家が政権を担うようになった承久の乱を回想して自分たちと同じ立場にあった義時を理想化し、後鳥羽院の横暴を強調するのも自然の勢いであったろう。慈光寺本が全面的に書き改められた裏には、武家政権にとって必要な『承久記』の作成という事情が働いたとも考えられるのである。それにしても前田家本は破綻の少ない構成とより洗練された文章と引き換えに、慈光寺本の持っていた素朴であるが力強い表現を失ってしまったことも否めない事実なのである。

二　『太平記』

『太平記』の内容

承久の乱が足利氏に武家が政治を執り行う根拠を与えたと同様に、後醍醐天皇にも討幕の大義名分を与えた。『太平記』の中には、「承久の宸襟を休めむ」（巻一）といったようにしばしば「承久」の語が見え、『太平記』世界の出発点が承久の乱にあったことを語っている。その『太平記』が描いたのは、後醍醐天皇の鎌倉幕府打倒計画から建武新政の樹立、その崩壊と南北朝の対立、足利幕府の成立とその内部抗争を経て三代将軍義満の登場までの十四世紀前半から実に五十年に及ぶ動乱の時代であり、変革の時代であった。その五十年の歴史を『太平記』は四十巻という長大な作品として書き込んで行ったのである。

さて、その『太平記』の構成を三部に分けるのが普通であるが、内容を見る上でもこの三部構成説は便利である。まず第一部というのは巻一から巻十一までで、後醍醐天皇の討幕決意とその挫折、隠岐配流と楠木正成・足利尊氏らの挙兵によって北条氏が九代執権高時の時代に滅亡するまでの正中・元弘の変を中心とする部分である。第二部は、巻十二から巻二十一までで、建武新政の破綻と足利・赤松らの後醍醐天皇との離反・対立を描き、楠木正成・新田義貞・北畠顕家ら宮方の武将が激しい戦闘の末に討死し、足利氏が擁立した北朝と吉野に逃れた後醍醐天皇の南朝の対決、後醍醐天皇の崩御が記される。第三部は巻二十三（巻二十二は欠巻）から巻四十まで。優位に立った武家方内部の対立が激しくなって来る様子を描く。尊氏の弟直義と執事高師直との確執に尊氏までが加わり深刻な抗争が起こる。世に「観応の擾乱」と呼ばれる幕府内部の内紛である。その間、南朝の楠木正行・新田義興らの動きも活発となり、向背定まらぬ諸勢力の混乱状態が続く。その三十年に及ぶ混沌の中で高師直・足利直義も死に、尊氏もついに世を去る。さらに二代将軍義詮も死に、義満が将軍になり細川頼之が四国から上洛して、その補佐役に就任したところで終わる。

『太平記』の序

この変転きわまりない戦乱の世をねばり強く倦むことなく書き続けた『太平記』作者は、どのようにこの五十年の歴史を見、どんな方法で四十巻にまとめ上げて行ったのであろうか。そこで最初に『太平記』の巻頭に置かれた「序」（原文は漢文）を見ておこう。

蒙竊《ヒソカ》ニ古今ノ変化ヲ探ツテ、安危ノ所由ヲ察《ミ》ルニハ、覆フテ外無キハ天ノ徳ナリ。明君コレニ体《テイ》シテ国家ヲ保ツ。載セテ棄ツルコト無キハ地ノ道ナリ。良臣則《ノット》ツテ社稷ヲ守ル。若《モ》シソノ徳欠クル則《トキン》バ位ニ有リト雖《イヘド》モ持タズ。所謂《イハユル》夏ノ桀ハ南巣ニ走リ、殷ノ紂ハ牧野ニ敗スル。ソノ道違フ則バ威有リト雖モ久シク保タズ。曽テ聴ク、趙高ハ咸陽ニ死シ、禄山ハ鳳翔ニ亡ブ。コレヲ以ツテ前聖慎ンデ法ヲ将来ニ垂ルルコトヲ得タリ。後昆顧テ誡ヲ既往ニ取ラザランヤ。

（『太平記』巻一）

【蒙】自分を謙遜した語。【社稷】国家。【夏ノ桀】中国の夏の国の暴君、安徽省の南巣で死んだ。【殷ノ紂】殷の暴君、河南省牧野で周の武王に殺された。【趙高】秦の始皇帝に仕え、のち叛した逆臣。【禄山】唐の玄宗皇帝に仕え、叛乱を起こした逆臣。【後昆】後世の人々。【既往】過去。

ここには「趙高」や「禄山」などの『平家物語』の序章「祇園精舎」にもその名を載せる人々が登場するが、『平家物語』の仏教的無常観を主とする序とはその基調において異なっている。『太平記』の作者は、「安危ノ所由」（流布本等では「来由《ライイウ》」。国家の安泰と危機の依って来たるところの意）を述べようとしており、明君と良臣が相扶け、その職分を全うしてこそ国家の安泰があるのであって、最高の位にいる「君」に徳が欠けていたならば、その位を保つこともむずかしく、また今を時めいている「臣」が己れの道を踏みはずした時は、間もなく滅んでしまうと言っているのである。いわば儒教的な君臣論が展開されており、善政思想による〝太平〟への希求が述べられているのである。この序に続く巻一の書き出しは、

ここに本朝人皇の始め、神武天皇より九十六代の帝、後醍醐天皇の御宇に武臣相模守平高時と言ふ者ありて、上《かみ》には君の徳に違ひ、下《しも》には臣の礼を失ふ。これより四海大いに乱れて、一日もいまだ安からず。狼煙天を翳《かく》し、鯨波地を動かす。今に至るまで三十余年、一人としていまだ春秋に富めることを得ず。万民手足を措くに所なし。

【狼煙】のろし。【鯨波】鬨の声。【春秋に富めることを得ず】長生きできなかった。

となっていて、序における「君」とは後醍醐天皇のことであり、「臣」とは北条高時を指すことが分かるのである。上《かみ》である後醍醐天皇には君の徳が欠けており、下《しも》の北条高時は臣の礼がなかったために世が乱れたと、『太平記』作者は後醍醐天皇と北条高時の双方に、開巻早々厳しい批判を向けているのである。

後醍醐天皇の造型

『太平記』はその書き出しから後醍醐天皇と北条高時を批判的に描く。それはこれから始まる第一部がこの二人の対立関係を軸に展開して行くことをも意味している。さて北条高時について『太平記』は「行跡甚《はなは》だ軽くして人の嘲りを顧みず、政道正しからずして民の弊《つひ》えを思はず。ただ日夜に逸遊を事として、前烈を地下に辱《しょく》し、朝暮に奇物を翫びて傾廃を生前に致さんとす」と、全面的にその非を糾弾しており、巻五「相模入道田楽を好む事并犬の事」では、その愚昧ぶりを具体的に描写している。

これに対し後醍醐天皇の描き方はやや複雑である。最初、後醍醐天皇は明君・聖主として紹介される。巻一「後醍醐天皇武臣を亡すべき御企ての事」の章では、延喜・天暦の跡を追い、聖人の道を学び、諸道を再興したりしたので「誠に天に受る聖主、地に奉じたる明君なりと、その徳を称し、その化に誇らぬ者は無かりけり」と記し、続いて往来の煩いを憂慮され関所を止め、不作の年には飢人救済に心を砕いた等の善政を描くのであるが、

誠に治世安民の政、もし機巧に付いてこれを見れば、命世亜聖の才とも称じつべし。ただ恨むらくは斉桓覇《せいかん》を行ひ、楚人弓を遺《わす》れしに、叡慮すこしき似たる事を。これ則《すなは》ち草創は一天をあはすと雖も守文は三載を超えざる所以《ゆゑん》なり。

【機巧】才知を発揮すること。【命世亜聖】世に名を得た者と、聖人に次ぐ者。【斉桓覇を行ひ】斉の桓王が武力で国を統治したこと。【楚人弓を遺れし】楚の恭王の故事。弓を忘れた楚王が、探そうとする家臣に、どうせ拾うのは楚の国の人だから探さずともよいと言った。これを聞いて孔子が楚人しか眼中にない楚王の狭量を批判した。【草創は一天をあはす】初めて天下を統一した。【守文】文で国を治め維持して行くこと。【三載】三年。

と、せっかく善政を布きながら、事を武力に訴えるところ、また器量が狭かったところが残念であり、北条氏を滅ぼし天下を統一したものの、新政府を三年と保つことができなかったのは、そのせいであるというのである。後醍醐天皇が覇を行ったというのは、もちろん北条氏打倒の先頭に立ったことを指すのであろう。一方、作者の眼には狭量と映ったであろう性格的な激しさも『太平記』は描いている。巻三「先皇六波羅へ還幸の事」に討幕計画が発覚し、笠置へ逃げたものの捕らわれた後醍醐天皇が、幕府の役人に三種の神器の引き渡しを求められる話が載っている。その時、天皇は「四海に威振ふ逆臣有つて、暫く天下を掌に握る者有りといへども、いまだこの三種の重器をほしいままにして、新帝に渡し奉る例を聞かず」と強い調子で答え、その上、内侍所（神鏡）は笠置に置いて来たので戦場の灰塵となったろう、神璽は山中の木に懸けて来たと言い、宝剣は武士が自分に近づいた時、その上に

伏せて自害するため肌身離さぬのだと言い放つなど、敗れても屈しない剛毅な性格がみごとに描出されている。

第一部世界と楠木正成

さて第一部において、後醍醐天皇の討幕の夢を実現に導く人物として登場して来るのが楠木正成である。再度の討幕計画も幕府の知るところとなり、笠置へ逃れた後醍醐天皇は不思議な夢を見る。紫宸殿の庭かと思われる所に常磐木があり、その南側の席に導かれるというものであった。目覚めた天皇は自ら夢を解き、木の南から楠という武士の存在を知り、楠木正成を召し出すのである。この登場の仕方からして、正成がただ者でないことを『太平記』は語っている。召し出された正成は後醍醐天皇に、どんな苦境に立っても正成一人生きているとお聞きになったら、必ず御運は開けますと断言するのである。実際、後醍醐天皇が幕府に捕らえられ、隠岐に流されたあとも正成は言葉どおり智謀の限りを尽くし、神出鬼没の戦いを繰りひろげて幕府軍を悩まし、次第に戦意を喪失させて行くのである。千早城にたて籠もった正成は、二百万の幕府軍を迎え受けて、

この勢にも恐れず、纔《わづか》に千人に足らぬ小勢にて、誰を憑《たの》み、何を待つとしも無く、城中にこらへて防ぎ戦ひける、楠が心の程こそ不思議なれ。（巻七「千剣破城軍の事」）

とまったく不安のかげりさえ見せぬ確信に満ちた振舞いをするのであるが、それを人間の想像を絶するものとして、「不思議」と評しているのである。『太平記』は正成を、その登場から神秘的要素を持たせて描いているが、その出生も信貴山の毘沙門天の申し子であったと記しており、彼の超人的智謀の理由づけになっている。

正成の神秘的・超人的能力は、巻六「太子未来記の事」に至って、さらに存分に発揮される。元弘二年（一三三二）八月、摂津国渡辺の合戦で幕府軍を破った正成は、天王寺へ参拝し、そこで聖徳太子が書き残した「未来記」という予言の書を見るのである。そこには、

人王九十六代ニ当ツテ、天下一タビ乱レテ主安カラズ。コノ時、東魚来タツテ四海ヲ呑ム。日西天ニ没スルコト三百七十余ケ日、西鳥来タツテ東魚ヲ喰《クラ》フ。ソノ後、海内一ニ帰シ三年、獼猴《ミコウ》ノ如クナル者天下ヲ掠ムルコト二十四年、大凶変ジテ一元ニ帰ス。

と書かれてあった。正成は「東魚来タツテ四海ヲ呑ム」とは北条高時の一類が天下をほしいままにすることを指し、「日西天ニ没スル」とは後醍醐天皇が隠岐に流されたことを言うのであろう、「西鳥来タツテ東魚ヲ喰フ」とはその後幕府を滅ぼす者が現れ、「三百七十余ケ日」とあるから来年の春には天皇が隠岐から還幸され、天下を治めるようになるのだろうと読み解くのである。『太平記』は正成のこの解読を「後に思ひ合はするに、正成が勘《かんが》へたるところ、さらに一つも違はず」と記している。つまり正成を未来をも見通す能力を持った人物として形象しているわけだが、それよりも注意したいのは、正成が読み解いた未来こそが、まさに『太平記』第一部の全てに相当していることである。『太平記』の基本的構想に不思議な力を持つ楠木正成が深くかかわっていると言えるだろう。後醍醐天皇と北条高時の対立を軸に展開する第一部で、正成が果たす役割は宮方の将来的展望を引き出すことと、隠岐に流され身動きのとれない天皇が王政復古の意志と情念を、正成がその実現のための行動を、それぞれに受け持っており、要するに正成は後醍醐天皇の分身的存在と考えられる。その意味で後醍醐天皇と正成は表裏一体の関係にあるのである。

ところで正成が見た「未来記」を少し注意深く読めば、正成が解読しなかった部分、「ソノ後、海内一ニ帰シ三年」以下のところに、後醍醐天皇の親政も三年で破綻し、「獼猴ノ如クナル」足利尊氏が天下を掠め取るものの、二十四年後には再び「一元ニ帰ス」と書かれていることに気づくだろう。これは『太平記』四十巻全体の内容に及ぶものなのだが、正成が後醍醐天皇の新政府樹立のところまでしか解読していないのは、彼が担った役割が天皇の親政実現にあったことを物語っているのだろう。

第二部世界と正成の死

楠木正成を始め、足利尊氏・新田義貞等々の力を得て成った建武の新政の姿を描く巻十二から第二部は始まる。そこに描かれるのは早くも新政府に対する武士たちの不満であり、天皇の寵を得ていた千種忠顕や文観上人たちの目に余る奢侈・僭上のさまである。その上、後醍醐天皇の皇子で親政誕生に力のあった大塔宮護良親王と足利尊氏の対立は深刻化する一方であったし、北条の残党が高時の遺児、相模次郎時行をかついで挙兵するといったように、建武新政は崩壊に向かって急速に動き出した。それらの動きの中で中心的働きをするのが足利尊氏である。尊氏は護良親王を鎌倉に幽閉の後、殺害する。また時行を討ち、その軍功を楯に新田義貞の所領を押領して義貞とも対立する。ここに至って後醍醐天皇は尊氏追討を命ずるのである。第一部での北条高時の役割を引き受けるように、以後、後醍醐天皇と尊氏の対立が描かれるのだが、高時と違うのは、追討の命を蒙った尊氏が恭順の意を表して、なかなか決起せず、「事情を申し上げればお怒りも解けよう。帝に弓を引くことはできない。お許しがなければ出家する」と言っているところである。事実がどうであったかは問わず、後出本の『承久記』に描かれる北条義時の造型と一脈通ずるものがある。その尊氏が後醍醐天皇との対決を思い立ったのは、弟直義の作った偽の綸旨であったという。

尊氏は天皇方の正成・義貞・北畠顕家らとの激しい合戦に敗れて九州へ落ちるが、再び勢力を盛り返し、都へ進攻して来る。延元元年（建武三年・一三三六）五月、湊川での決戦を迎えるのである。この戦いで正成は七百余騎の小勢で直義の五十万騎を追い散らし、直義は家臣薬師寺十郎次郎の援けによって辛くも窮地を脱した程であった。しかし正成も最後は衆寡敵せず、多くの敵に包囲され背後も絶たれそうになる。

楠兄弟、又色も替へず取つて返し、大勢の荒手《あらて》に打つてかかる。大勢は是を見て、「已に前に機力を悩ます小勢の、荒手をも替へず、心の勇猛なるをせきとめ、返し合はするものなり。戦はずして開き合はせて、後へ抜かさず駈け籠《こ》めて、矢種を尽くし人馬の機を尽くさせよ」と定めてければ、正成が兵思ひ切つて駈け入り、馳せ合はすれば駈けちがひ、馳せ開いては引き裹《つつ》む。楠弥《や》猛心《たけごころ》を振ひ、根機を尽くして左に打ちかかり右に取つて返し、前を破り後を払ふ。敵あながちに戦はんとはせねども、思ひ切りたる小勢なれば、抜きちがひ駈け廻りければ、組んで落ち切つて落とすも多かりけり。人馬の息を継がせず三《み》時《とき》計を揉み合ひける。されば其勢次第に減じて、僅かに七十余騎にぞなりにける。

此勢にても猶打ち破つて落つべかりけるを、楠京を出でしより、世間の事今は是迄と思ひ切りければ、一足も引かんとはせず、猶も返し合はせ返し合はせ、所々にて手の定《ぢやう》闘ひて、機已に疲れければ、湊川の北に当つて、在家の一村有りける中へ走り入り、腹を切らむとて甲《よろひ》を脱いで我が身を見れば、斬疵《きりきづ》射疵十一ヶ所までぞ負ひたりける。此外舎弟已下七十余人の者共も、五ヶ所十ヶ所疵被らぬも無かりけり。楠の一族宗徒《むねと》の者共十六人、手の者五十余人、思ひ思ひに並み居て、押膚脱いで念仏申し、一度に腹をぞ切りにける。正成正氏兄弟も已に腹を切りけるが、正成舎弟正氏が顔を打ち見て、「そもそも最後の一念に依つて、善悪の生を得《う》と云へり。九《く》界《かい》の中には何処をば御辺の願ひなる」と問ひければ、正氏打ち笑うて、「七生《しちしやう》までも只同じ人界同じ所に託生《たくしやう》して、遂に朝敵を我が手にかけて亡ぼさばやとこそ存じ候へ」と申しければ、正成世にもこころよげなる顔色にて「罪障はもとより膚《はだへ》に受く。悪念も機縁の催しによる。生死は念力の曳きに順ふ。もつとも願《ねが》ふところなり。いざさらば須臾《しゆゆ》の一生を替へ、たちまちに同生に帰して、この本分を達せむ」と契つて、兄弟手に手を取り組み、差し違へて同じ枕に臥しにけり。

（巻十六「尊氏義貞兵庫湊川合戦、本馬重氏鳥を射る事幷正成討死の事」）

【已に前に……】これまで気力を振るって戦い、疲れ果てたはずの小勢が。【根機】精根。【世間の事】今生のこと。【手の定】精一杯。【宗徒】おもだった者。一族。【最後の一念に依つて】死に臨んで思い詰めた心次第で。【九界の中には……】来世においてはどの境界に生まれたいと思うか。【人界】「九界」の一。天上界でも修羅界でもない人間界への再生を願ったのである。【託生】身を寄せて生きながらえること。【罪障】成仏を妨げる程の重い罪業。【悪念も機縁の催しによる】罪深い考え方をもつに至ったのも我々の宿命である、という程の意か。このあたり神田本などには「罪業深き悪念なれども、我もかやうに思ふなり。いざさらば同じく生を替へてこの本懐を達せん」とある。【生死は念力の曳きに順ふ】一念こめた力によって、生とか死とかの運命もまた動くものだ、の意か。【須臾の一生】短いこの世の生涯。【同生に帰して】ともども一諸に来世に生まれ替わって。

こうして正成は弟正氏（流布本等では正季）と「七生報国」を契って壮烈な死を遂げる。しかしここで討死した正成は以後『太平記』の中で怨霊となって敵の前に出現するのである。第一部において後醍醐天皇の分身的存在であった正成が、第二部ではその神秘的な能力を発揮することなく死んで行ったのは、彼が天皇の分身的存在でありえなくなったことにも起因している。その正成の死を『太平記』は、時の人の言葉として、

　智仁勇の三徳を兼て、死を善道に守り、功を天朝に施す事は、古より今に至つて正成ほどの者はいまだあらず。（中略）遁れぬべきところを遁れずして、兄弟ともに失ひけるこそ、誠に王威武徳を傾くべき端《きざし》なれ。

【死を善道に守り】正しい行いをするため死を省みない。【端】予兆。

と言わせている。この言葉、同じ古態本である神田本などでは「兄弟ともに自害しけるこそ、聖主再び国を失ひ、逆臣横しまに威を振ふべき、その前表なれ」となっている。「王威武徳を傾くべき端」と「聖主再び国を失ひ、逆臣横しまに威を振ふべき、その前表」とでは大変な違いであるが、いずれも正成の死を今後起こる事件の前ぶれ、前兆としている点は同じである。正成は、その登場から死に至るまで物語の展開を引っぱって行く存在であったと言えるだろう。死後の正成はどうか、それは第三部の問題である。

後醍醐天皇崩御

湊川の決戦で正成は死に、新田軍も敗走したとの知らせに後醍醐天皇は比叡山に逃げ込む。山門の衆徒たちは天皇を守って、足利軍と激しい戦闘を繰り返した。そのころ般若院の法印が召し使っていた童にものが憑き、さまざまなことを口走った。童に憑いたのは大八王子権現で、権現が言うことには、自分は当山開基の初めから、わが山の繁昌と朝廷の静謐を心から願って来たが、今は「叡慮の向ふところも富貴栄耀の為にして、利民治世の故に非ず」と、後醍醐天皇が建武新政府樹立後は、自分の奢り楽しみばかりを考え、民を安ずることを忘れた、そのため当山の神々も擁護をやめたのだと言う。さらに続けて、

悲しきかな、今より後、朝儀久しく塗炭に落ちて、公卿大臣蠻夷の奴と成り、国主替る替る帝都を去り、臣は君を殺し、子は父を殺す世に成りぬる事のあさましさよ。大逆の積り却《かへ》つてその身を譴める事なれば、逆臣の猛威を振はん事もまた久しからじ。（巻十七「般若院の童神託の事」）

【塗炭】泥と炭。きたないもの。転じてすたれること。

と、下剋上の世の到来と君を犯す臣もその罰によって久しからずして滅ぶことを予言している。神の託宣という形でこれからの世の動きを語っているのだが、後醍醐天皇の失政を厳しく批判しているのは注目される。

湊川の合戦で大敗を喫した官軍は、一時的に盛り返すことはあっても次第に衰退の一途をたどり、都にいられなくなった後醍醐天皇は吉野へ、義貞は恒良親王を奉じて越前敦賀の金ケ崎城へ向かう。義貞はその地で大変な艱難辛苦を味わうことになる。木目峠では吹雪に襲われ多くの凍死者を出し、金ケ崎籠城の時は食料が尽き、馬はおろか死人の肉まで食べる惨憺たるありさまであった。その義貞も越前藤島の合戦で馬が顚倒し、起き上がろうとするところを眉間に矢を受けてしまう。義貞は自ら首を太刀でかき落とし、深泥の中に埋めて死ぬという、すさまじい最期を遂げるのである。また正成なきあと、後醍醐天皇が義貞と並んで頼みとしていた北畠顕家は、奥州で兵を挙

げ、鎌倉にいた足利義詮を破って勢いをつけ、上洛を志したのであるが、足利の軍勢に敗れ阿倍野に死んだ。股肱の臣を次々に失った後醍醐天皇は、また自らも失意のうちにその生涯を終えるのである。

延元三年（一三三八）八月九日、病に倒れた後醍醐天皇は薬石や祈りのかいもなく日に日に衰弱し、崩御も間近と思われたころ、忠雲僧正が雑念を捨て悟りの道を念ずるよう勧めると、

ただ生々世々の妄執ともなるべきは、朝敵を亡ぼして、四海をして太平ならしめんと思ふ事のみ。朕が早逝の後は、第八の宮、天子の位に即け奉りて、忠臣賢士事をはかり、義貞・義助が忠功を賞して、子孫不義の行無くば、股肱の臣として、天下を鎮撫せしむべし。これを思ふ故に、玉骨は縦《たと》ひ南山の苔に埋まるとも、魂魄は常に北闕の天を望まんと思ふ。若《も》し命を背き、義を軽んぜば、君も継体の君にあらず、臣も忠烈の臣にあらず。

（巻二十一「先帝崩御の事」）

【第八の宮】義良親王。のち後村上天皇。【義助】脇屋義助。義貞の弟。【子孫】義貞・義助の子孫。【南山】吉野山。【北闕】北方に当たる京都の宮城。

との遺言を残して、八月十六日崩御になった。生前の命令で臨終の姿のまま、正座の恰好で北向きに葬られた。まさに「魂魄は常に北闕の天を望まん」との意志を体したのである。天正本や義輝本などでは、「最後の御遺勅なればとて、御終焉の御形を改めず、山鳩色の御衣に御冠をめさせ、後鳥羽院より御伝へありける三菊といふ霊剣を玉体に添へて」葬ったと書かれている。武家政権に恨みを抱く後鳥羽院の怨念をも合わせ持って地下に眠るのである。正成・義貞たちを失い、現実的には吉野山から出ることもできず、将来的見通しのない閉塞した状況の中で、志を果たさず無念の死を遂げた後醍醐天皇も、死後怨霊となって第三部で現れてくるのである。

第三部世界と怨霊

『太平記』第三部は、怨霊や天狗等の悪霊たちが跳梁し、佐々木道誉のようなバサラ大名や高師直のように悪業の限りを尽くす人物が自由狼藉の振舞いをする世界である。それは、第三部の初め巻二十三に象徴的に現れていると思われる。「上皇御願文の事」とそれに続く「土岐御幸に参り向ひ狼藉を致す事」の二章には、前者は後醍醐天皇の怨霊が、後者にはバサラ大名の姿が描かれる。まず前者の後醍醐天皇の怨霊についてであるが、そのころ都で病死する人が多かったという。不審に思っていると吉野の御廟から車輪のような光り物が都へ飛び渡る夢を見る人がいて、これは後醍醐天皇の怨霊のせいだと恐れていたところ、尊氏の弟直義が病に倒れ、さまざまな祈禱の末、どうにか平癒したというものである。後者の土岐頼遠の事件とは、光厳院がある夜伏見殿への御幸の帰り、頼遠に行き合い無礼を受ける。「院の御幸ぞ」と言うと、頼遠は「なに院と言ふか、犬と言ふか。犬ならば射て置け」と、犬追物のように矢を放った事件で、狼藉の至りであった。第三部世界はこの両者がないまぜになって進行して行くのである。

そこで怨霊の問題を少し追ってみよう。巻二十四に「正成天狗と為り剣を乞ふ事」（流布本は巻二十三「大森彦七が事」）という章がある。この章の主人公大森彦七とは尊氏方の武士で湊川合戦で正成を追いつめ自害させた者であった。ある夜、彦七が猿楽を催し、始めようとすると突如黒雲が起こり、大勢の鬼形の者を従えた玉の輿が現れる。その雲の中から楠木正成の声がして、

正成存日の間、様々の謀を廻らして、相模入道の一家を傾けて、先帝の宸襟を休めまゐらせ、天下一統に帰して、聖主の万歳を仰ぐところに、尊氏卿・直義朝臣たちまちに虎狼の心を挿みて、遂に君を傾け奉る。これによつて忠臣義士尸《かばね》を戦場にさらす輩、悉く修羅の眷属となりて、瞋恚《しんい》を含む心やむ時なし。正成彼とともに天下を覆さんと謀る。

【相模入道】北条高時。【先帝の宸襟】後醍醐天皇のお心。【虎狼の心】横しまな心。【瞋恚】憤怒。

そのためには三振りの剣が必要で彦七所持の太刀をよこせと言う。彦七は恐れることなく、その日は追い返すが、数日後、再び正成の怨霊が現れ、太刀を所望する。彦七の問いに正成が答えるには、正成とともに怨霊となった人々は、後醍醐天皇・大塔宮護良親王・新田義貞のほか、保元の乱で死んだ平忠正や、源義経・平教経らであった。正成は自ら「最後の悪念にひかれて」怨霊になったと言い、「天下を覆《くつがへ》」すことがねらいなのだと語っている。そして時々人間界に降って「瞋恚強盛の人に入り替」って、その目的を達するのだと言っている。怨霊化した正成は、もはや大きな目標に向かって神変自在な智謀を働かすのでなく、尊氏・直義に対する怨念を晴らすため天下を乱す存在になっている。

さらに怨霊の暗躍が具体的に描かれているのが巻二十六「大塔宮の亡霊胎内に宿る事」（流布本は巻二十五「宮方の怨霊六本杉に会する事付医師評定の事」）である。仁和寺の六本杉のそばを通りかかった禅僧が雨宿りのため立ち寄った御堂で夜を明かしていたところ、夜中、次々と奇怪な者が飛来した。見ると後醍醐天皇の外戚峯僧正春雅を始め、智教上人・忠円僧正のほか、護良親王たちであった。彼らが相談しあったことは、護良親王が直義の妻の腹に男子として生まれ替わり、春雅は夢窓国師の弟子で直義の政策顧問の妙吉侍者にとり入って直義をそのかす。また直義に近い上杉重能・畠山直宗には智教上人がとりつき、尊氏の側近高師直・師泰兄弟を討つ謀をめぐらせる一方、師直・師泰には忠円僧正がとり入って上杉・畠山を滅亡させよう。そうすれば尊氏・直義は仲違いし、師直も主従の礼を失するようになって天下は大いに乱れて、しばらくは見物にこと欠かない、というものであった。ここでもまた怨霊たちが、陰から驕慢の心を持った者たちを操って戦乱を引き起こすことになっており、直義が妙吉侍者の言を信じた話、師直兄弟が上杉・畠山を滅ぼした事件など、いずれも巻二十七に記されている。したがってこの「大塔宮の亡霊胎内に宿る事」の章は、巻二十七で出来する事件を予告し、さらに「観応の擾乱」と呼ばれる尊氏・直義兄弟の血で血を洗う権力闘争へ発展して行く筋道をあらかじめ示した章となっているのである。

「雲景未来記」と結末

その巻二十七の最後に置かれた章段が「雲景未来記の事同天下怪異の事」である。この章は玄玖本等には載せないところから、後の増補かと考えられているのだが、作者の思想が色濃く現れているとして、よく引用される章であるから、その内容をかいつまんで述べておこう。出羽の山伏の雲景なる者が、天龍寺へ参る途中で一人の山伏と連れになり、誘われるまま愛宕山へ行く。そこには大勢の人々が参集しており、その中の山伏が雲景に話しかけ、二人の問答となる。この山伏は雲景が最近見聞した四条河原の桟敷倒壊事件の真相や妙吉侍者の正体などをよく知っていたので、雲景は不思議な思いで、天下の重大事、未来の安否を尋ねるのである。山伏の答えは、直義と師直の対立は一、二ヶ月のうちに大事に発展する、しかも遠からず双方ともに滅び去る。それは足利が後醍醐天皇を軽んじたので、家人である師直らも直義を蔑《ないがし》ろにするのである。今は下剋上の時代だから、いったんは師直が勝利を収めるが、師直も主君を犯す科《とが》によって滅びる。これが端緒になって南朝と武家の関係が逆転する。しかしそれも一時的なものであって、ここしばらくは武家の運が尽きず、最終的に南朝が天下を取ることはあるまい、というものであった。しかも、雲景がその座の人々の名を尋ねたところ、最上座は淡路廃帝（淳仁天皇）・崇徳院・後鳥羽院・後醍醐天皇等の今は悪魔王の棟梁となられた方々とのことであった。

雲景が聞いた未来の予言は、次々と現実のものとなって生起する。まず師直によって上杉・畠山という味方を殺された直義は、出家して隠退を装い、のちに南朝へ走ってそこで勢力を得、逆に尊氏軍を打ち破り、仇敵高師直兄弟を殺す。尊氏と直義はいったんは和睦をするが、再び対立、今度は尊氏が勝利し、牢獄の中で直義は病死する。毒殺とも噂される。この尊氏・直義兄弟の抗争の間、尊氏の子で二代将軍の義詮は都を守護していたが、無勢なこともあって南朝に和睦を申し入れる。南朝の後村上天皇は和睦を受け入れ、上京の途に着くと見せて都に軍勢を進めた。このため義詮は近江に遁れ、武家と南朝の立場は逆転する。態勢を立て直した義詮は京都を攻撃、南朝は大敗して再び吉野へ逃げもどるのである。ここまでの歴史的展開を『太平記』の上で見ると、巻二十八から巻三十一までに相当する。「雲景未来記の事」の中には、実に四巻分に当たる予言が込められているのである。

さらにまた巻三十四「吉野の御廟神霊の事」の章にも、後醍醐天皇の怨霊が出現して、日野資朝や俊基を呼び出し、南朝の皇后を襲おうとした仁木・細川・畠山たちを正成や新田義興らに命じて討ち取るよう言いつけた話が載っており、それぞれ後の巻々につながって行くのだが、それは改めて述べるまでもなかろう。

このように『太平記』には、未来記という予言の書であったり、怨霊や天狗の言葉であったり、神の託宣や占いであったりするが、いわば〝不思議〟なものがしばしば登場して来る。それは第一部から第三部まで、量の多少はあるが一貫しており、この〝不思議〟が事件を予告し、物語が引き出されるのである。その意味で『太平記』の叙述の方法の一つになっているのは見逃がせないところである。またこの〝不思議〟が次々と生起する混沌に一定の秩序を与えているのであって、年代記的叙述では繋ぎきれない事件間の意味を裏側から説明しているのである。特に第三部に入ると、怨霊・天狗のみならず怪異な現象がさまざまに記され、その一方では土岐頼遠や高師直のような人倫を踏みはずした非道な悪党が活躍するが、悪党の活躍と怨霊の跳梁とは無縁ではない。悪党を背後から操っているのが怨霊だから、まさに両者は裏と表の関係と言えるわけである。

怨霊の働きは天下を覆すこと、乱すことであるから、天下の統一や太平はその目的ではない。だから怨霊の暗躍をいくら追っても作品を完結させることはむずかしい。巻三十五「山名作州発向の事并北野参詣人政道雑談の事」には、武家政治にも南朝にも失望した人々が、因果応報の理にのっとれば下の者が上を討ったその罰で自滅することもあるだろうという結論を導き出しているが、そのようなところにしか太平の夢を見出せないのである。『太平記』は義満の補佐として細川頼之が上洛した、そのわずかな小康状態を「中夏無為の代に成つて、めでたかりし事どもなり」という言葉でかなり強引に終わらせるのである。

執筆参考文献

〈承久記〉
村上光徳氏「慈光寺本承久記の成立年代考」（「駒沢国文」1　昭34・11）
杉山次子氏「慈光寺本承久記成立私考㈠──四部合戦状本として──」（「軍記と語り物」7　昭45・4）
〈太平記〉
長谷川端氏『太平記の研究』汲古書院　昭57
桜井好朗氏『空より参らむ　中世論のために』人文書院　昭58
永積安明氏『太平記』（古典を読む15）岩波書店　昭59
鈴木登美恵氏「太平記構想論序説──巻一の考察──」（「国文」12　昭35・2）
大森北義氏「未来記と軍記──太平記にあらわれた二つの「未来記」について──」（「鹿児島短期大学研究紀要」11　昭48・3）
加美宏氏「南北朝期における楠木正成像──『太平記』享受史のために──」（「甲南女子大学国文学公開講座ノート（昭和53年度）」昭53・11）

三　室町・戦国軍記の論

『赤松盛衰記』の真実

――赤松氏と軍記――

赤松氏と軍記

今日は「赤松盛衰記の真実」という題でお話しいたしますが、私は専門が国文学ですので、歴史学の方のお話とはやや趣きが違うと思います。

私は、赤松関係の軍記には、室町軍記・戦国軍記の特色がよく現れており、ひとつの典型と考えているわけですが、赤松氏を描いた軍記といいますと、大きく次の四つに分けられます。

①　南北朝の内乱を描いたもの…『太平記』

②　嘉吉の乱を描いたもの

第一群…『嘉吉物語』系

第二群…『赤松家嘉吉乱記』系

第三群…『嘉吉記』系

第四群…『赤松記』系

第五群…『赤松之伝』系

第六群…『赤松盛衰記』系
第七群…永井良左衛門本『赤松記』系
③　永禄の変（後南朝）を描いたもの…『上月記』・『赤松再興記』
④　応仁の乱を描いたもの…『応仁別記』・二巻本『応仁記』

今日は嘉吉の乱を中心にお話しいたしますので、②の分類を御覧下さい。これは元都立大学教授の矢代和夫先生の分類をお借りしたものですが、嘉吉の乱を扱った軍記は七つに分けられます。嘉吉の乱関係の軍記類は、非常に多種多様にわたるわけで、ここにあげたものそれぞれにもまた異本がありますので、全体でどのくらいになるか、はっきりとした数はつかめないくらいです。

この分類で注意したいことは、第一群と第二群以下七群までとでは、かなりの違いがあるということ。第一群は『嘉吉物語』系ということで、「続群書類従」に入ってますので簡単に見ることができます。これは「物語」の流れを引くもので、『平家物語』のように物語性の強い軍記。第二群以下は『太平記』のような記録的要素の強い「記」の流れの軍記でして、書き方や内容がずいぶんと違っています。

『赤松盛衰記』の概要

ではまず最初にタイトルに掲げた『赤松盛衰記』という作品はどういう作品なのか、その概観を述べてみたいと思います。

『赤松盛衰記』という本は、残っているのは日本中で三本だけです。

そのひとつは、たつの市立龍野歴史文化資料館所蔵の上下二巻本です。もうひとつは東京の静嘉堂文庫が所蔵するもので、これは上中下の三巻本です。それから東京大学の史料編纂所に静嘉堂文庫本を写したものがあり、以上の三本ですが最後の本はそっくりそのまま写したものですので、実質上は前者の二本と考えていいかと思います。

残っている二本の大きな違いは、上中下の中巻があるかないかということで、龍野本には中巻がなく、静嘉堂文庫の方には中巻があります。これは中巻がない形、上下二巻の龍野本『赤松盛衰記』の方が元の形で、後から中巻をつけ加えたものが静嘉堂文庫の『赤松盛衰記』だろうと考えられています。具体的に内容を比べてみますと、上巻と下巻については静嘉堂文庫本と龍野本はほとんど同じです。

龍野本の上巻の最初は「赤松満祐嘉吉之乱」から始まり、次が「村上源氏赤松家先祖之事」「赤松白幡城主代々記」「赤松家中興」と続いて、後の方には、「天正以前姫路辺郷士之記」とか、「置塩御構指図」などの見取り図のようなものも入っており、内容的には非常に雑多なものがいろいろと入っております。

それに比べて下巻の方は、最初が「赤松家来由《らいゆ》附赤松政則幼稚之事」「一揆之奴原退治之事」「嶽山落城注進之事」とこちらはだいたい年代順の配列になっています。「赤松家来由附赤松政則幼稚之事」には南北朝から嘉吉の乱を経て長禄の御家再興までが書かれており、以下寛正二年、四年、五年、文正元年、応仁元年とだいたい赤松がたどってきた歴史を室町・戦国時代を中心にずっと時代順に書かれています。最後は、「長慶猛威之事」「長慶自身出馬之事」、そして「別所長治之事」「三木城主別所長治之事」という形で終わっています。長慶というのは三好長慶ですが、さらに付録として幾つかの記事、系図が付くという構成です。

こうしてみますと下巻の方は比較的年代順に並んでいて、まさに赤松の歴史が描かれています。特に戦国時代の歴史を中心に、最後は別所の三木落城までを書いて終わっているわけです。それに比べまして上巻は書かれている内容もさまざまで、一章一章、一段一段が独立しているというか、寄せ集めという感じがします。静嘉堂文庫だけにある中巻も同じことで、「赤松嘉吉年間録」を最初に、「村上源氏赤松家先祖之事」と続きますが、これは実は上巻とほとんどダブるわけで、上巻二つ目の「村上源氏赤松家先祖之事」と章段名まで同じです。中巻の後半は赤松諸士の判鑑、花押などをずらっと並べた一覧表のようなものになっていて、どちらかというとこの中巻もいろいろな赤松関係のものを集めたものと見ることができます。

『嘉吉物語』にみる赤松氏の立場

次に『赤松盛衰記』という作品の一部を取り上げて、具体的に見ていきたいと思いますが、その前にさきほどの第一群に属する『嘉吉物語』の内容についてちょっとお話ししたいと思います。なぜかと申しますと、『赤松盛衰記』の上巻には「赤松満祐嘉吉之乱」という、嘉吉の事件を描いた章段が最初に置かれるわけです。静嘉堂文庫の中巻「赤松嘉吉年間録」もまさに嘉吉の乱を描いており、『赤松盛衰記』の上中下三巻ある静嘉堂文庫本では二ヶ所で同じことを繰り返し述べています。さらには下巻最初の「赤松家来由附赤松政則幼稚之事」でも嘉吉の乱について述べていますので、嘉吉の乱に触れているところが三ヶ所もあるわけですね。中巻のない龍野本でも二ヶ所です。実はこの龍野本上巻最初の「赤松満祐嘉吉之乱」と静嘉堂文庫中巻の「赤松嘉吉年間録」では、同じ嘉吉の乱を扱ってもかなり質が違うと考えられます。その質の違いを考えるにあたって、まず第一群の『嘉吉物語』系の描き方から入っていこうというわけです。

嘉吉の乱は、悪御所と呼ばれた足利義教を赤松が暗殺するという事件です。追いつめられた赤松が将軍を家に招き、そこで暗殺をするということですが、『嘉吉物語』で最初に見ていきますのは、その将軍の赤松邸御成《おなり》を受けて出てくる文章です。

「然《しかる》処に有方《ある》より潜に申されけるは、今日将軍の御成は余の儀にあらず」、あるところから密かに赤松に情報が入ってきます。今日将軍が赤松邸に御成になったのは他のことではない、赤松一門をことごとくこの日のうちに退治するという企みがあるんだという噂が入ったわけです。そこで、「赤松家の一門おほきに騒ぎ、中にも赤松左馬助殿一間所に立入」、赤松左馬助は赤松満祐の弟にあたる人物で則繁のことです。この赤松則繁という人物は嘉吉の乱関係軍記の中では別の名前で出てきたり、どうも混同されているところがありますが、ここでは一応、則繁という形で説明しておきます。

則繁が「彦次郎教康御曹司をまねきたまひて言ひけるは」、彦次郎教康は満祐の嫡子です。その教康を招いて言ったことには、「抑《そもそも》赤松の一門、代々朝敵を平げ天下の御用に立、一命を軽んじて名を揚、四海静謐に治事、我々が先祖の忠勲によりてなれば、当御代までもこゝろざしふかき兵とて、御扶持こそ御入なくとも、御退治あるべきとの御たくみは何事ぞや」、赤松が代々朝敵を平らげて天下の御用に立ってきた。当時足利氏としては我々の忠勤の上に成り立っているわけだから、将軍義教も我々に扶持してくれないまでも、退治をするなんてとんでもない話だということですね。

そして、「思ひの外に当手の一門悉く御退治有べきとの御企、いかなる天魔の所行ぞや」、にもかかわらず我々赤松一門を退治しようというのはいったいなんだろう、どんな天魔の所行か。「よしよし後代の例《ため》しに名将軍の御頸を給て、名を末代にとゞめばやと存る也」。それなら受けて立とうではないかと。後代のためしに名将軍の首をたまわって末代に名を残そう。「乍去《さりながら》、それがしが事は庶子の事也」。しかしながら、それがし則繁は庶子である。「万事は貴方の御はからひたるべし」。万事は赤松の嫡子であるあなたの考えることだと。「能々《よくよく》御思案ありて一門にも披露有べし」。嫡子として一家を統率する立場からよくよく思案して一門にその旨披露なさってください、というわけで、つまり叔父が甥に向かって立ち上がるよう説得している場面です。

ここでは赤松がいかに足利家に対して忠勤に励んできたか、それを滅ぼそうとする足利将軍を天魔のしわざと批判的に述べているわけですね。それを受けて御曹司の教康はしばらく返事もできませんが、ついに決断して、「よし力なし。提姿が悪も観音の慈悲と承れば、善悪不二ならずや」、提婆という極悪人の悪も観音の慈悲も悟りを開く因縁となるという意味では同じだ。善悪は別のものでない、「仰《おほせ》にしたがいはべらん」ということで、決起することになります。そして一門の人々を呼び集め談合に入ります。

次は、ついに赤松が将軍の首をとりまして、すぐに追手がかかるかと思ったら追って来るものがいない。そこで満祐らは将軍の首を持ったまま播磨に戻ってまいります。その首を紺地の錦の上におき、畳を何枚も重ねた上に置いて、皆がひざまずき居ずまいを正して首に向かって赤松一門の存念を申し述べるという場面です。

「科《とが》もなき我等が一族を御失ひあり、故もなく当手の若党を切而《きつて》捨てられ、剰《あまつさへ》、某なんどを御退治有べきとの御巧により、現在に其報ひありて我々が若党の手にかゝり給ふ事、併《しかしながら》御先祖の御起請文に赤松たえば我も絶んと七枚遊して八幡と御所様と我等が家とに御置有ながら、いつしか其罰を御忘却おはしまし悪行をおぼしめしたゝせたまふ、神罰ゆへかと存ずる也」と。つまり悪いのは一方的に将軍の方であるということですね。かつて足利尊氏と一緒に戦った時に赤松の軍功に対して起請文をくれた。赤松が絶えるならば我ら足利も絶えようと七枚の起請文に書いて神々に納め、自分と幕府との両方で持った。それにもかかわらずこの赤松を滅ぼそうとしたために、神罰によってこのような結果になったんだということを、義教の首に向かって言うわけです。

さらに義教は地蔵菩薩の化身であって、善にもつよく悪にもすぐれているというようなことを言いまして、最後に「此赤松満祐入道　幷《ならびに》　祐之・教康御曹司程、文武両度の達人、又も有じと聞こへけり」と、結んでいます。

以上の部分だけをみても、『嘉吉物語』に書かれている赤松の立場は、一貫して、やむなく将軍の首を取った、将軍の方が悪いということですね。そして決して将軍個人に恨みがあったり、将軍そのものを否定しているわけではないと。むしろ義教が我々の先祖の軍功をないがしろにしたことによって神罰が下ったのであるという立場から、この嘉吉の乱、将軍暗殺事件を見ているわけです。

この物語系の『嘉吉物語』は、結論めいたことを申しますと、明らかに将軍を下の者が討つ下剋上を赤松の側から弁護し、赤松の正当性を主張している物語と見ることができると思います。『嘉吉物語』については従来の軍記研究でも、赤松側から書かれた赤松擁護、赤松弁護の軍記であるとの位置付けがなされていますが、こうしたいくつかの例からもそれは納得できると思います。

二つの「嘉吉の乱」記事

それでは記的な要素の強い軍記ではいったいどうだろうかということで、先ほどの本来の問題点、『赤松盛衰記』龍野本と静嘉堂文庫本の二つに出てくる嘉吉の乱の記事を比較してみたいと思います。

まず上巻の「赤松満祐嘉吉之乱」では、播磨に戻ってきた後のことをこのように書いています。

「各相談して、先嘉例に任せ書写山・広峯山へ御祈禱申上、則《すなはち》願書を籠られ、其後性具入道（満祐）宗徒の侍を近付て評定しけるは」、播磨に戻ってきた赤松満祐とその一族は、書写、広峯へ願書を奉納いたします。その後、主だった人々を集めて、満祐が言うには、「一門私の計略然らざる義なり。所詮備中国井原の武衛を尊敬して、日の将軍と号し、不日に入洛を遂、一家天下の執権をして国土を掌に握らん事疑ひあるべからず。此義如何と宣へば、諸侍ども心中には門出あしく勿体なしと思へども異議に及ばず、尤もと同ず」と。

赤松一門が将軍を倒して天下を取るというのはこれは具合が悪いので、備中国にいる井原武衛を敬い崇めて、これを担ぎ出そうという計画を立てるわけです。この井原武衛というのは足利尊氏の孫にあたる人物で、足利尊氏の子に直冬というのがいて、これが尊氏とそりが悪く弟の直義の養子になったわけですが、その子供で義尊という人です。これが備中の国にいて、いうならば足利将軍の血筋を引いているわけですね。当時は零落してお坊さんになっていましたが、この義尊を還俗させて、京都に一気に攻め込み赤松一家が天下の執権となって、日本を掌のうちに握る、天下を取るという計画を立てます。このことは単に将軍を暗殺して逃げてきたということではなく、ある意味では赤松が天下を取るという志をあらわにした、天下取りの意志を明確に示したと見ていいだろうと思います。どうだろうと尋ねたところ、諸侍たちは心の中ではこれはまずいと思ったんですが、反対することはできず、尤もですと応じます。

「則、侍百騎計《ばか》りにて、典厩《てんきう》備中国井原へ御迎に下りぬ。御辞退に及ばず、武衛手勢五十騎にて、坂本へ上着し給ふ」、典厩というのは左馬之助則繁のことで、彼が備中国井原へ迎えにまいります。義尊の方も辞退することができず、手勢五十騎で坂本へやってきます。

「寔《まこと》に危ふき事、蜉蝣《かげろふ》の命に異ならずと人申し合り」、蜉蝣ははかないものの代表で、こういうことをして大丈夫だろうか、本当に危うい限りだと人々は言うわけです。「幾程なく御兄弟皆討れさせ給ふ」、結局、義尊、井原の武衛と呼ばれた人が担ぎ出されますが、その後赤松の敗戦によって殺されてしまいます。

上巻の「赤松満祐嘉吉之乱」のこの書き方からしますと、満祐側から積極的にその正当性が主張されているというよりは、自分たちがここまで来た以上天下を取ろう。そのためには将軍の血筋の者を担ぎ出し、自分は執権と称して天下に号令をかけたい、と言ったのに対し、家臣たちはそれを内心危ぶんだり異議をもったけれど口に出せなかった、といった赤松にやや批判的な言辞が述べられているように思います。

それでは中巻は同じ場面をどう書いているか。

中巻の「赤松嘉吉年間録」はこのように書いています。「其時、性具入道座上ニアツテ申サレケル、我年来ノ鬱憤ニ依テ、将軍義教卿ヲ殺シ奉リ、本懐ヲ遂ゲヌレバ六波羅ヨリノ討手攻下ラン事遠カルマジ」、長年の鬱憤で義教を殺した。自分の本懐は遂げたけれども六波羅から討手が下ってくるだろう。「当家ノ浮沈コノ時ニアリ。一門幕下心ヲヒトシウシ、敵ヲ防グノ謀ヲメグラシ、籠城ノ用意スベシ」、敵を迎え撃つために籠城の用意をしろと。「常陸介進出テ申サレケルハ」、常陸介も弟の祐直《すけなお》です。「一族ノ面々忠義ニ心ヲ寄ル事、鉄壁ヨリ堅ケレバ、ヲノヲノ心ヲ合シテ堅固ニ城ヲ守リ、専ラ敵ヲ討防ギナバ、仮令《タトヒ》京都ヨリ討手ノ軍勢孔明張良ガ武勇ヲ尽シ、幾万騎攻メ来ルトモ片時ニ追ヒ散ラシ、勝関ヲ揚ン事、何ノ疑カアラン。急ギ討手ヲ乞フノ書牒ヲツカワシ、寄手ノ勢ヲマツニシクハナシ」、籠城の用意をすべきであるという意見に対し、弟の祐直が進み出て、一族の忠義は鉄壁よりも堅い。心を合わせて堅固にこの城を守れば、敵を追い散らすことだってできる。ついには勝関を揚げることになるだろうと。

同じように満祐が宗徒の人々を呼び集め、今後の方針を演説する場面において、これほどの違いが出てきています。

また、上巻の「赤松満祐嘉吉之乱」にはこういう記事が出てきます。いずれも不可思議な予兆の記事です。

去程に、坂本にはいろいろ奇異なる事どもあるよし、上下胸を冷す計りなり。然る間、藺《い》原《はら》の武衛をば、御所と号し、東坂本定願寺に移し奉る。日夜の酒宴猿楽芸能を尽し、月面白夜は連歌をし、或は詩歌管絃等の遊興なり。武衛・性具笑《ゑ》坪《つぼ》に入て、祝詞せらるゝの所に、書写山より長吏御使として鬚《（ママ）》づら結たる童子来つて、教康と問答して此坂本を立去給へとて、一首歌を詠ず。

此世こそせばくてはてめ西洞院後は御法の船に教康

と云捨てければ、教康の云、汝を見るに俗童にあらず、何人ぞと問ければ、童子の云、我は開山聖人の眷属、乙若とは我事なり。哀なる哉、父子一門、運命三七日の内外なりといふて、かき消す様に失にけり。

こういうような不思議な出来事が書かれています。これは一例ですが、坂本でいろいろな不思議な出来事があった。

そのため上下の者たちは胸を冷やす、肝をつぶすありさまであった。そのうちに藺原の武衛は——先ほどの義尊ですが——この武衛を御所様と名づけて東坂本の定願寺にお移しした。それからというもの日夜酒宴猿楽の芸能を尽くした。月の美しい夜は連歌を、あるいは詩歌管弦の遊びが続いた。

武衛と性具（満祐）は笑坪に入りて、というのはにっこり微笑むことをいいますが、そうして祝いの言葉などをかけ合っていた。そこへ書写山の長吏からの使いということで、鬢《びん》づら（髪型の一種）を結った童子がやってくるわけです。童子は満祐の嫡子教康と問答の末、この坂本を立ち去りたまえと、一首の歌を詠みます。「此世こそせばくてはてめ西洞院後は御法の船に教康」この世をせばめてあげくの果てに死んでいくということでしょう。「西洞院」は赤松の都での屋敷が西洞院にありましたので、赤松を指しています。「後は御法の船に教康」、は船に乗ると教康をかけて使っているわけで、後は仏法によって救われると。仏の力で救われるということは、悪く言えば死を予言したものです。こういう歌を詠んだわけです。

そこで教康が、お前を見るに普通の子供とは思えない。いったい何者かと尋ねますと、童子がいうには我は書写山の開山聖人の眷属で乙若とは私のことだと。哀れ赤松の運命は三七日、つまり二十一日の間で、それを逃れることはないであろうと予言するわけです。そしてかき消すように消えてしまった。

これと同じような部分を中巻の「赤松嘉吉年間録」で捜してみましても、実は出てまいりません。こういった予兆記事、赤松の運命を予言する記事は一切出てきません。

また上巻の「赤松満祐嘉吉之乱」には次のような記事が出てまいります。これはいよいよ戦いに破れていく、そのあたりを描いた部分です。「其後、口々破れて一手に成て、坂本へ落集る諸勢ども申様は、誠に諸口より囲まれ、籠中の鳥、網代の魚の思ひをなす事、無念さよと申ければ、浦上信濃守申けるは、合戦の習ひは勝つも負るも常の事なり。（中略）今暫く人馬を休め、一戦して勝利を得べしと、士卒を勇め相待《あひまつ》所に、其夜放れ牛十疋計り突合けるを、山名金吾寄せたりと取物も取あへず、書写坂本揖東木山城へ引返す。赤松程なる勇将、如斯《かくのごとく》の敵に恐るゝにあらざれども、是も京都にて諸社諸寺にて赤松父子調伏なる故と其比《そのころ》世上に沙汰しけり」、さまざまな口々で破れて、一手に坂本へ集まってまいります。その逃げ戻ってきた者たちがいうにはあちらこちらの口から囲まれて、まるで籠の中の鳥、網代にかかった魚のようだ。残念なことだという記事です。それに対して、その後今暫く人馬を休め、一戦を試みて、勝ちにでようと武士たちを励ますわけです。そうして待っていたところ、その夜に離れ牛が十匹ばかり角を突き立てながらどっとくる。それを山名金吾が攻め寄せてきたと勘違いするわけです。山名金吾は後に応仁の乱で細川勝元と敵味方で戦う山名宗全です。

山名宗全は応仁の乱でもそうですが、細川の代々の敵と言っていいかと思います。ですから他の大名は、この赤松攻めにあまり乗り気でなかったのに、山名だけは赤松を討とうと張り切って攻めてくると書かれています。その山名が寄せたと勘違いするんですね。離れ牛が十匹ばかり角を突き合わせたのを敵の襲撃だと思いこんでしまう。そして城山城《きのやま》に引き返してしまうということです。

その後には、赤松ほどの勇ましい武将がこのような敵を恐れたわけではないけれど、これも京都の諸社諸寺で赤松父子を調伏しているからだ。そのせいで赤松は牛を敵の襲来と勘違いして逃げ出してしまったのだというふうに書かれています。

さらにその後、嫡子教康は武士たちに向かってそれぞれ自分の家へ戻るように指示します。そして自分たち一族は天罰を蒙って自滅するのである。それは覚悟している、もう腹を切るのだといったところ、家来たちは皆泣いたという記事がでてきます。

これが上巻に書かれている記事ですが、そのあたりに相当する記事を中巻の「赤松嘉吉年間録」の中で捜してみると、こういうふうに書いてあります。「去程ニ性具満祐ハ、餝西郡堀ノ城ハ其要害宜シカラズトテ、一族幕下評議ノ上、揖西郡城山ノ城ニ籠ケル。抑《ソモソモ》木山ノ城タルヤ、山高ク谷深フシテイト冷シク、峨々タル長山ハルカニシテ、南北ニ峰ツヾキ、遠境数百里モ眼下ニ是ヲ見下シ、麓ニハ伊保ノ大河流レ、籠城堅固ノ要害ナリ。（中略）一族幕下ノ大小名、都合其勢三万余騎、義ヲ金鉄ニ打守リ、籠城シテ居タリケル」。やはり城に籠もっているのですが、中巻の方には不思議な出来事や赤松が窮地に追いつめられたといった記述がありません。同じ籠城の場面でも、その城がいかに堅固であったか、武士達がいかに勇猛果敢であったか、「一族幕下ノ大小名、都合其勢三万余騎、義ヲ金鉄ニ打守リ」というような、意志の固さを賞賛するような文章で描かれているわけです。

こうしてみますと、同じ『赤松盛衰記』のなかに嘉吉の乱を描いた章段が上巻と中巻に二つありますが、上巻の描き方と中巻の描き方ではこれらの例だけをみても、描き方、捉え方がかなり違うということはお分かりいただけると思います。上巻の「赤松満祐嘉吉之乱」は、必ずしも赤松側の視点一辺倒ではない、ということが言えると思います。様々な不思議な出来事で赤松が追いつめられていく背景には京都方の祈禱というものがあった。その成果が着々と現れてきて、そのために赤松はますます自滅の方向に陥っていくと。このような描き方と、そのようなことを一切書かずにむしろ守っている側の意志の強さ、一族一門の結束の固さだけを強調している中巻とではかなり書き方の差というものがあるとみなしていいと思います。

物語といいますか、話の展開は同じなわけですね。同じでありながら、赤松にとってその運命を予告するような、神の怒りに触れているんだというような表現は、中巻では全くないわけです。

実祐本『赤松記』の意義

それでは次に、この上巻の「赤松満祐嘉吉之乱」に描かれているものに近いものが、最初に掲げた分類の一群から七群までの間にあるかないかを調べてまいります。するとこれに近いものが実はあるわけで、それが第二群です。この第二群と上巻の「赤松満祐嘉吉之乱」の記述、書き方は非常に近いものがあります。

この第二群の系統に属するものとしては、実祐本『赤松記』があります。これは東京の内閣文庫にありますが、書き写されたのが新しいんですね、残念な事に。元は水戸の彰考館、水戸光圀が『大日本史』を編纂するために集めた図書館にあったものを写したと、内閣文庫の方には書かれているんですが、水戸の彰考館にも今はこの本はありません。また、『普光院軍記』というものがあって、普光院といいますのは殺された義教の諡号ですが、これは姫路の英賀神社にあり、それを全部写真に撮らせてもらいまして『室町軍記　赤松盛衰記――研究と資料――』という本に写真版で入れたのですけれど、その『普光院軍記』。あるいは『嘉吉之記』というのがあります。『嘉吉之記』は東京大学の史料編纂所にありますが、もとは姫路にあった本です。所有者の名前が分かっておりまして広峰ツギ本と呼んでおります。残念なことにこれが今はどこにあるのか捜してみましたが結局分かりませんでした。この三本に『赤松家　嘉吉乱記』を加えた計四つの本が第二群に属するわけです。『赤松家　嘉吉乱記』は名古屋の鶴舞図書館に所蔵されている本です。

この第二群の中でも、私が一番古いと思っているのはこの実祐本『赤松記』です。そこで、さきほど申しました『赤松盛衰記』上巻の「赤松満祐嘉吉之乱」と実祐本『赤松記』を比べてみたいと思います。

例の、鬟づらを結った童子が書写山の長吏の使いとして現れた話が、実祐本では詳しく書かれています。「カヽル処ニ、書写山長吏ヨリ御使トシテ鬟ヅラ結タル童子二人来テ伺候ス。是非ヲモ不申出、漸有テ教康問曰」、書写の長吏から使いとして鬘づらを結った童子が訪れます。何も言い出さないので、しばらくしてから教康の方から尋ねていうことが、「抑汝等両人、敵陣ヨリ為二見聞一来歟《か》。不然《しからずは》変化ノ身歟。如何」、いったいお前たち二人は敵陣から見聞きするためにやって来たのかそうでなければ化け物かと。「其事ヲバ不レ入二耳聞一、只サメサメト泣居タリ」。この二人はその事には何も返事をしません。

しばらくして、童子が「夫《ソレ》円教寺は高凰第二建立《ノ》。一条天皇ノ御勅願、遥《カ》六百余廻《ノ》星霜也」と書写山円教寺の縁起を長々と語り出します。そのうえで、「当山ノ麓《ニ》有《ラバ》二合戦一、吾山《ノ》顕密仏法《ノ》滅亡不レ可レ有《ル》レ疑、一門沈《マバ》二奈梨《ニ》一、経《ルトモ》二無量劫《ヲ》一不レ可《ル》レ有《ル》二出期一、願《ハクハ》此在所ヲ立去《リ》給へ。仏法ヲ残《シ》二吾山《ニ》一給へ」と、麓で合戦があったならば、当然その災禍は書写山まで及ぶであろう、仏法が滅亡するのは疑いがない。そうなれば一門も地獄に堕ち、未来永劫地獄から出られないであろう。だからここを立ち去ってくれ、我が山の仏法を残してくれという使いだったわけです。

そこで教康は「汝ヲ見ニ俗童ノ人躰也。何《ノ》有《テ》二通力一、如《ク》レ此《ノ》申《ス》哉」と尋ねます。姿は普通の子と変わりはないが、いったいどんな神通力があってこのようなことを言うのか。すると童子は「如意通アリ」、つまり神通力を持っていると返事します。教康が「如意通トハ如何」と尋ねますと、童子は「語テ聞セ申サン」と通力の話をまた長々としますので、皆はびっくり仰天して、奇特な思いで口をつぐんでしまいます。教康が誰だと尋ねますと、開山聖人の眷属乙若と名乗って消えてしまいます。そこで満祐は「最後ハ坂元城山」になるだろうと覚悟を決めます。

このように実祐本ではこの部分がかなり長く書かれています。先ほどの上巻に出てくる「赤松満祐嘉吉之乱」では、この話から一部の問答、特に宗教的な部分が省略された形で収録されています。寺の由来とか功徳、通力の意味、そういうわかりにくいところが省略されて「赤松満祐嘉吉之乱」に入っていると見ていいと思います。しかし基本的には、このように不思議なものが現れて、赤松の運命を予告するという点では一致しているわけです。

それでは、この実祐本『赤松記』というのはどういう本なのか。まず本の一番最初、内題の下に「此作者不知実祐抜書之」と書かれています。実祐という人が書いたことは書いたんですが、作者ではない。作者が誰かわからない『赤松記』という本があって、それを実祐が抜き書きしたものだということがこれでわかるわけです。

また、この本の末尾についている跋文にも、「右少々抜書也」とあって、再びこの書が抜き書きであることを断っているわけです。続いて「又前後更互也。重言箇之、肝要集之」と、前後が入れ違っていたり、同じことが書かれているところを直し、肝要なところだけを集めたという、抜き書きをする時の方針が示されています。実はその後が、大事なところだと私は思うのですが、其の後に「私云、普光院於二恩賞之地一、何無二不忠一被二召放一乎。十余年之間以二有縁一雖レ被二歎申一、無二御宥免一」と書かれています。「私」とは実祐のことです。「普光院」とは殺された将軍義教ですが、その義教が赤松の恩賞の地を何の不忠もないのに召し上げた。そこで十年以上もゆかりの者を通しておやめいただきたいと嘆願したのですが、一切お許しがなかった。義教は赤松の所領を次々と取り上げたということです。そのために赤松によって殺されます。「定而《サダメテ》可レ為二御後悔一也」、きっと御後悔なさっているであろうと。「御首ハ播州浄土寺送葬之云々。御躰ハ山名葬之。御衣計ハ於二御所一荼毘云々」、以上が跋文です。

ここにはこの本を考える上で、大事な点がいくつかあります。一つは再度「抜書」と断っていることです。実祐は自分で執筆したものではなく、もとの本――原本『赤松記』といってよいかと思います――からの抜き書きであると繰り返し言っているわけです。次に「私云」以下が実祐の言葉ですが、そこでは普光院義教の赤松に対する不当な扱いが書かれ、殺された後、義教も後悔しているだろうと書いているということは、赤松に同情的な書き方がなされていると言えるのではないでしょうか。

この本にはその後にさらに奥付がついており、

十妙上人長吏清浄心院僧正実祐八十五書之
貞享二年秋九月十九日以書写山十地坊蔵本写之
播州広峯社司魚住左近雅範家蔵

と書かれています。貞享二年というのは一六八五年で元禄の直前、江戸時代前半ですが、実祐が抜き書きしたものをさらに他の人が写して、それが今に伝わっているということですが、実祐が八十五歳で抜き書きを作ったというところまでが大事だと思っていただければいいと思います。この本はどこに伝わっていたかといいますと広峯社です。

この本を写した、あるいは抜き書きをした実祐は、書写山円教寺の第百六世の長吏で永正二年（一五〇五）赤松一家衆のひとつである大河内氏に生まれ、八十七歳で没しています。この抜き書きを完成させた天正十七年（一五八九）は死ぬ二年前にあたるわけですが、この実祐は赤松ゆかりの人物であったために、わずかに跋文の中で、赤松に同情的な感想を書き留めたものと考えられます。

では、この実祐の抜き書きした元の本はというと、これは残ってないんですね。残っていればありがたいんですが、まったく残っておりません。実祐が書いた本も残っていなくてそれを更に江戸時代に写したものが内閣文庫に残っているということです。

原本『赤松記』のおもかげ

それでは、このもとの本はどういう立場から書かれたものでしょうか。それを考えるために、実祐本『赤松記』を見ていきましょう。最初は、前にも出た「牛十匹」云々というものです。「其夜、放牛十匹計突合ケルヲ、山名金吾押寄タリトテ、取物モトリアヘズ書写坂元落退レ了《ヲハンヌ》。是モ京都ノ祈禱ノ故云々」、十匹の牛が暴れたのを山名が攻め込んできたと勘違いをして、書写坂元を逃げ出した。それは京都の祈禱のためだというのです。

二つ目は「去程ニ、京都ニハ諸寺諸社へ立願祈禱」が頻りに行われたというのです。東寺でも、仁和寺でも「秘法」が始まり、「雲護院准后ハ、任㆓佳例㆒随願成就吒天法・大威徳法ニテ有㆓調伏㆒云々」と雲護院の准后は大威徳法等を祈ったので、「仍《ヨッテ》書写坂元不㆑及㆑軍、大威徳ノ乗給フ牛、敵陣ヲ破却スト、後日ニ聞タリ」、これらのお祈りが赤松を書写坂元から追い落とし、大威徳がお乗りになった牛が「敵陣」を打ち破ったと言っています。この「敵」とは赤松のことです。

三つ目は、「三十番神へ被レ立二勅使一事、去八月一日也」と、神々に勅使が立ちます。それは「赤松入道父子一門悉《コトゴトク》与力合力之族、可二退治一之旨」というように、赤松一門一族すべてを退治するために立てられた勅使です。

四番目は「爰《ココニ》春日大明神大将軍至二城山一、諸神御出陣云々」ですが、春日大明神が赤松の居城「城山」へ到着した。その他の諸々の神々も赤松退治のために出陣したというのです。さらに「広田大明神ハ幡磨へ諸神ト相共ニ御進発也」と広田神社の神も出発します。それはたまたま祭礼の最中だったのですが、「戻ってくるまで待て」とご託宣を残して播磨へ出発していったというのですから、念が入っています。

最後は、「京方効文ハ、京出ノ時ハ八文字ナリシヲ、引替テ春日ト云字書ケルトカヤ」と、いつの間にか文字が変わっていた不思議も書かれます。

こうなると、神々が赤松退治のために結集したも同然です。ですから、「神軍ノ故ニ所々ノ合戦、京方小勢、赤松ハ大勢ナレドモ毎度ニ打勝シト也」とまで実祐本『赤松記』は言っているのです。実祐は赤松の血の流れを引く人です。その人がこのように、赤松は「神軍」に討たれたなどと書くでしょうか。実祐が抜き書きしたもとの『赤松記』は、赤松氏とは無縁のところで、赤松氏とは関係しない人によって書かれた軍記ではないか。だから実祐は跋文の「私云」として、将軍はひどかったのだ、次々と領地を取り上げたのだということを書き加えずにはいられなかったのだろうと思うのです。

これを踏まえて書かれたと思われる『赤松盛衰記』の上巻は、中巻に比べるとまだ赤松批判をかなり残しているのは前に見たとおりです。その一方で赤松は優れた武将であるという言葉もところどころに入ってきています。

そこでこういうことが考えられるのではないかという見取り図を立ててみますと、まず原本の『赤松記』には赤松側の視点はまったくなかった。むしろ赤松を討つ側の視点から描かれていた。だから神とか仏だとかがたくさん引き合いに出されてくるわけです。

それに対し実祐本『赤松記』では、跋文に赤松氏を弁護する一言がはいっています。さらに実祐本を使って作られた『赤松盛衰記』上巻の「赤松満祐嘉吉之乱」には、神が神罰を与えたとかいうような言葉も残っていて、神罰仏罰記事も載せつつ、一方では赤松批判を緩和させていて、実祐本『赤松氏』よりははるかに赤松寄りになってきている。こういう一連の流れをみることができるのではないかと思います。

そしてさらにその次の段階として、同じ『赤松盛衰記』の中巻があるのではないか。中巻には、赤松が滅亡するという予言記事などは一切なく、赤松に不利なものはすべて省略されているわけです。中巻の「赤松嘉吉年間録」は、そういう意味ではこの一連の流れの中の最後に位置するものではないかと考えます。

そこでもう一度思い出していただきたいのは、これら以外に最初から赤松の側から書かれた軍記があったという事ですね。それが物語系の『嘉吉物語』です。『嘉吉物語』というのは明らかに赤松側から書かれた軍記です。この作品と、逆に赤松と対立する側、反赤松側から書かれたこの『赤松記』という作品が最初にできたのだろうと私は想定しているわけです。

このように立場を変えて同じ戦いを描くという成立の仕方が、いかにも室町軍記らしいと思います。室町軍記というのは、敵味方に分かれて戦えばその両側に自分たちの軍記というのが生まれてくるわけで、それがそれ以前の軍記と大きく違うところです。室町時代の軍記というものの性格が非常に端的に表れているのが、赤松関係の軍記ではないかということを最初に申し上げたのも実はそこなんですね。

赤松氏の〝軍記〟作り

本来ならこの赤松側、反赤松側の二つだけでよかったわけですが、ところがこの反赤松側の軍記を、今度は赤松が次々に自分たちのもののなかに取り込んでいってしまう。そして自分たちの軍記に変えていくという流れがあるわけです。

今度は中巻の検討になるわけですが、赤松を批判するあるいは赤松の滅亡を予言する、それを神罰とするような記事は一切省略され、該当記事がない『赤松盛衰記』中巻「赤松嘉吉年間録」というのはいったいどういう人が書いたのか。その答えは、「赤松嘉吉年間録」の最後にあります。「当家白国氏ハ辱クモ景行天皇ノ皇子稲背入彦命ノ後胤タリト云ヘドモ、宝治二年故アツテ赤松ノ一族トナリ、鞍谷ノ城ニ住ス。伯父土佐守宗定ハ軍功ヲ顕ワシ、城山ノ城ニ於テ生害セラレヌ。後覚ノ為ワガ見聞スル処、十ガ一二カクノゴトクナランカ。時ニ天文四年正月十三日、鞍谷ノ城主白国土佐守宗安、謹デ是ヲ記ス」、と作者が誰であるかを明記しています。白国宗安という人物ですが、白国家も赤松の一族といいますか、私が調べた範囲では幕下のようです。赤松の幕下であれば赤松の立場で書くというのは当然で、そうした理由から赤松氏を弁護し、赤松の正当性を主張し、赤松にとって都合の悪いことはすべて切り捨ててしまったのが、『赤松盛衰記』中巻のこの記事だと思うのです。

おそらく反赤松側から書かれていた原本から始まって、次第次第に赤松側へ取り込んでいってしまう。取り込んで自分たちの軍記に仕立て直していってしまう。そして最終的に出てくるのが、この白国の作った「赤松嘉吉年間録」だろうと思います。それに後から集めたものを合わせて、もともと上下二巻であった『赤松盛衰記』に加えて中巻とした。なぜ『赤松盛衰記』に二つの軍記、嘉吉の乱関係軍記が入っているかということが、これで説明ができるのではないかと思っております。

中巻の「赤松嘉吉年間録」には、著者の先祖である白国氏がどのように活躍したかについても書かれており、例えば白国土佐守という者が大活躍する戦闘場面や、その白国土佐守がいよいよ最後を迎えるにあたって「カネテカク思ヒサダメシ事ナレバ命ノホドヲ何惜ラム」という歌を詠んで、潔く死んでいくといった場面が描かれています。

実祐本『赤松記』や『赤松盛衰記』にみられるように、赤松氏は自分たちの軍記『嘉吉物語』の他に、敵方の軍記までも自分たちの側に取り込み、仕立て直していったことは、以上の話でお分かりいただけたことかと思いますが、実は応仁の乱関係軍記についても同様のことが見られるわけで、『応仁別記』等も別の機会に考えてみたいと思っております。

後期軍記における諸本の様相
――三木合戦関係軍記を中心に――

一

『太平記』以後のいわゆる後期軍記の研究は未開拓の分野が多く、一般論として諸本の成立過程やその分布形態を述べられるところまで行っていないのが現状である。そこで副題に付けたように、三木合戦関係の軍記という限られた範囲に絞ってその成立と諸本の様相の考察を試みたもので、後期軍記―戦国軍記の一例を示すにとどまることを始めにお断りしておきたい。

三木合戦とは、羽柴秀吉が織田信長の命によって、中国の毛利攻略のため播磨一円を平定しようと、毛利に意を通じた別所氏を攻め滅ぼしたもので、その攻略方法から「三木の干殺し」といわれた合戦である。その軍記は、勝った秀吉の側からすると従わざるものを討った「征伐記」であり、敗れた別所からすると「籠城記」「落城記」になるわけで、一つの戦いをめぐって勝者・敗者の両者の軍記が生まれることも、戦国軍記の場合、決して珍しいことではない。

最初に三木合戦の経過に触れておく。信長は敵対する石山本願寺や足利義昭を援助する毛利輝元を討つため、天正五年（一五七七）、秀吉を播磨に派遣し、対毛利の前線基地ともいうべき赤松政範の上月城を落とし、赤松の正統はここに絶えることになる。この上月城の落城を描く軍記が、あとで取り上げる『播州佐用軍記』である。秀吉は陥落させた上月城に毛利に長年反抗している尼子勝久・山中鹿之助を置く。ところが、天正六年二月、秀吉の播磨進攻に協力的であった別所長治が秀吉を裏切る。ここに三木合戦が始まるのであるが、以下その展開を年表として示すと、

天正六年二月二十三日、協力を約していた別所長治、秀吉に叛す。
　三月二十九日、秀吉、播磨三木城を攻める。三木合戦の開始。
　四月三日、三木の属城野口城を攻める。長井四郎左衛門降参す。（野口合戦）
　七月五日、毛利軍、尼子勝久・山中鹿之助の上月城を落とす。
　七月二十日、織田信忠の軍、神吉城を攻め落とす。（神吉ノ城攻）
　八月十日、織田軍、志方城を攻略す。
　十月二十二日、秀吉、平山の合戦に勝利。（天正七年二月五日との説あり）（平山合戦）
　十一月九日、荒木村重、信長に背き、殺さる。
天正七年二月某日、秀吉、丹生山を攻略す。（丹生山夜討淡河軍）
　五月二十六日、淡河弾正の奇略により、秀長軍敗退。（同前）
　九月十日、別所軍、糧道確保のため谷大膳の営を襲い、これを殺す。秀吉、報復のため大村で合戦し、勝利。（大村合戦）
　この頃、秀吉、平井山に陣を取り、兵糧攻めを続ける。（三木ノ城兵粮攻）
天正八年一月十七日、長治兄弟等、自害し、三木城落ちる。（長治友之自害）

となる。なお、カッコ内はその出来事を扱う『別所記』の章段名である。

この足かけ三年にわたる戦いを描く軍記が、勝者秀吉側と敗者別所側の双方から作られており、後期軍記の諸本のあり方を示す一例として興味深く思われるのである。

まず、秀吉の側から描く軍記としては、『播州御征伐之事』（大村由己著。『天正記』の内、『播磨別所記』とも称す）と、それをもとに加筆改作した『別所記事』・『赤松末葉記』などであり、別所の側から描く軍記としては、『別所記』（来野弥一右衛門著。『別所長治記』・『三木落城記』・『三木戦記』・『三木別所家伝』等とも称す）及びそれを加筆改作した作品群『別所軍記』・岩崎本『別所記』・神戸大学本『別所記』等と、『押部新兵衛聞伝之趣』がある。このほか、その一部に三木合戦を描くものとしては、『信長公記』・『武功夜話』・『豊鑑』などがある。

これらの中で、特に重要なものは『播州御征伐之事』と『別所記』の二つで、その中でもより早く成立したと思われるものは、秀吉の御伽衆であった大村由己の『播州御征伐之事』で、その奥書には「于時　天正八歳正月晦日　大村由己誌之」とある。これを信じれば、合戦終息後わずかに十余日での成立となる。この奥書を疑問視する説もある[1]が、『言経卿記』紙背文書から天正十四年には完成していたことが確認される[2]ので、別所関係軍記の中では最も早い成立といえよう。

次に『別所記』は、その奥書から成立の事情は窺えるのであるが、成立年代は特定できない。その奥書を上げておく[3]。

此日記、別所譜代来野弥一右衛門為二軍使一、平山二ノ目ノ合戦半ニ行、敵味方入乱、直ニ敵陣へ掛入、一人切伏首ヲ取シカドモ、残敵六七人ニ被二取籠一、三ケ所手負、既ニ討死スベキ所、中村茂助ト云者助来、以二長刀一敵二人切伏、残ル敵ヲ追払。被レ助二傍輩一帰候ヘドモ、深手ニテ平愈之後歩行不レ叶。其後軍場へ不レ出、三木落城之後、作州側山家ニ知人有テ引籠リ存命也。合戦ノ次第、討死、武勇ノ跡モ、後世ニハ名ヲダニ知人アルマジキヲ歎カシクテ、如レ此綴留ル者也。心アラン人ハ、此日記ヲシルベニ文章ニモ載置給ヘ。

これによると、作者来野弥一右衛門は平山の合戦で負傷し戦線を離脱、三木落城後は美作の知人の許に匿われていたが、後世に三木「合戦ノ次第、討死、武勇ノ跡」が忘れ去られることを嘆き、書き留めたというのである。執筆の動機としては、後述の『播州佐用軍記』など、他の多くの「落城記」「滅亡記」と同様であった。

二

さて、『別所記』の特色の内、ここで問題にしてみたいのは、秀吉の描き方である。来野弥一右衛門は自分の主家を滅ぼした敵将をどのように描いているのであろうか。

1　秀吉思慮深ク世ニ賢キ大将ニテ、当国ノ案内者ヲ召寄、国中ノ絵図ヲサセ、山川嶮難ヲ我モシリ、軍兵ニモシラセ……

2　無㆓思慮㆒ツヨキ計ノ人カナトオモヘバ、如㆑此智謀フカキ人ナリト世ニ誉ト云々。（以上「野口合戦」）

3　近辺丹生ノ山ノ一揆ヲ秀吉賢キ謀ニテ追落ス。（「丹生山夜討淡河軍」）

4　秀吉毎度ノ合戦ニ一度モヲクレヲ不㆓取給㆒、名誉ノ大将ヤト上下ノ、シリ合ニケル。（「三木ノ城兵粮攻」）

会話文の中では「秀吉元来無㆓思慮㆒懸リ武者ト聞ク」のように悪口はあるが、地の文では上記のようにいずれも褒詞ばかりである。それだけでなく、『別所記』は秀吉の失敗を隠し、不名誉を指摘しないように配慮しているようにさえ思える箇所がある。それは、天正六年七月の上月城をめぐる一連の合戦についてである。前述のように、赤松政範を討って落とした上月城に、秀吉は尼子勝久と山中鹿之助を入れ、対毛利の前線基地としたのであるが、秀吉が別所の離反等で播磨平定に手間取っている間に、毛利は反撃に出て上月城を取り巻き、総攻撃を開始した。上月城支援のため援軍派遣の要請を信長にしたところ、却って別所を離反させたのは秀吉の「落度」として強く叱責され、信長の命により上月城の尼子・山中は見殺しにされ落城、以後別所の支城神吉・志方両城の攻撃は織田信忠の指揮に属し、秀吉は前線から外されたのである。この間の事情は『武功夜話』に記されるものの、『播州御征伐之事』や『信長公記』等の信長・秀吉側の軍記に記されないだけでなく、毛利と同盟を結んで戦った別所の側の軍記『別所記』にも秀吉の失敗は書かれないのである。[4] 勿論、作者来野弥一右衛門の負傷以前の出来事であるから、作者の知らぬはずはないと思われる。

『播州御征伐之事』は秀吉の御伽衆の著作であるから、秀吉の「落度」を伏せるのは当然であろう。ところが『信長公記』までもが、上月城落城の一件を隠しているのは何故であろうか。それは『信長公記』が『播州御征伐之事』をもとに、三木合戦の部分を記述していることにも一因があろう。一例を挙げると、

『播州御征伐之事』（内閣文庫本）

長治聞レ之、元来《ヨリ》覚悟之前、我等一類之末《ガ》後此時也。先膝二上置三歳之緑子一、撫二後髪一、一刀《ニテ》指二胸元一、引二寄女《テ》房一、同枕差殺、絹引被置《ク》。友之女房如レ同生害《ス》。長治、友之兄弟手《ニ》取手《ヲ》、広縁《ニ》為レ敷二畳一畳一、左右《ニ》置(直カ)《リ》、各呼出《シ》、不違気色一闇《ニツコト》咲《ヒ》、斯度《ノ》籠《ノ》城相届之志、深レ於海《ヨリモ》高於山《ヨリモ》。何日乎《ノカ》報レ之思無《シ》二其甲斐一、相果事無念無レ極。乍レ去吾等両三人生害《シ》、諸士相扶之条、最後之嘉不レ過レ之。長治被レ切《ケリ》レ腹《ヲ》。三宅肥前治忠入道、首丁《ト》打落《ス》。入道叫曰《デ》、此前預二御恩一輩雖レ多レ之、此時御伴申人無レ之。某懃乍レ生家之歳寄一、更不レ及二出頭一。述懐雖レ余レ身《ニ》、御介錯之人、不レ見レ之。然《レバ》者御伴申《ストテ》、腹十文字《ニ》切割《サキ》、繆《クリ》レ臓《ヲ》死《ス》。頃召使輩《シ》、刀、脇差、衣裳之類《マデ》形見遣《ニ》レ之《ヲ》。見二友之切腹様一、可レ留二名《ヲ》後代一、丈夫《ニ》切《ニケリ》レ腹《ヲ》。

『信長公記』（陽明文庫本）

正月十七日申の刻、別所小三郎は三歳の孩子《ミドリコ》膝の上に置き、涕を推して差殺し、又、女房引寄せ同じ枕に害しけり。別所彦進も同じごとく女房を差殺す。屍算を乱す有様目も当てられず。其後、別所兄弟手に手を取つて

広縁に出で、左右に直り、各を呼出だし、此度の籠城、兵粮事尽きて牛馬を食し、虎口《コグチ》を堅め籠城相届け、志前代未聞の働き、芳恩申し足らず。併我等相果て、諸士を相助け、身の悦びこれに過ぐべからずとて、小三郎腹を切り、三宅肥前入道介錯し、入道云く、此先御高恩に預る人多しといへども、御伴申さんと云ふ人なし。某は慭に家の年寄に生まれながら、更に出頭に及ばず。述懐は身に余るといへども御伴申すなり。三宅肥前入道が働きを見よやとて、腹十文字に切りて臟をくり出し死したり。さて、彦進こし方召使ひ候輩呼双べ太刀・脇差・衣装形見にとらせ、兄の小三郎が腹切りたる脇差を取持ち、又、彦進も丈夫に腹を切る。

このように明らかな影響関係にある。『信長公記』の成立事情の詳細が判明できない現在、この部分の執筆がいつであったか特定できないが、成立の早い『播州御征伐之事』を、同じ織田陣営の太田牛一が借用したものと考えて間違いあるまい。『信長公記』が秀吉の「落度」を描かない理由の一つは、『播州御征伐之事』を下敷きにして三木合戦を筆録したことにあろう。勿論、織田側としては、尼子・山中を見殺しにしたことはあまり触れたくない事件であったろうし、信長死後は秀吉に仕え、『大かうさまくんきのうち』等を記した太田牛一としても、あらためて秀吉の「落度」を書くことは憚られたであろう。

ところで、『別所記』であるが、前述のように秀吉に滅ぼされた別所家家臣が書いたものであるにもかかわらず、秀吉の失態と信長の叱責、前線を外されたこと等を記さないのである。作者がそれを知らなかったことはありえず、秀吉が信長に援軍を求め、信忠が派遣されてきたことは『別所記』にも載っているのである。それどころか、前線を外された秀吉が神吉城攻撃に積極的に参加しているように描かれているのである。その理由の一つは、『別所記』もまた『播州御征伐之事』を下敷きに書かれているという成立の事情にもよるのであろう。両書の関係を示す一例を挙げる。

『播州御征伐之事』

又被レ寄付城、南八幡山、西平田、北《ハ》長屋、東大塚、城《ヘハ》近《サハ》五六町、築地《ノ》高《サ》一丈余、上《ニハ》二重堀《ニ》入レ石《ヲ》、模鴈、舁楯高結《ヒ》、重々築レ柵、川《ノ》面《ニ》伏レ蚍籠《ヲ》、打レ梁杭《ヲ》掻レ揵《シガラミヲ》、橋《ノ》上《ニ》居レ番、巴《ウズ》巻水《ノ》底《マデモ》用二心人之通一、裡《ニハ》大名小名為レ立二宿作之陣屋一、通レ小路《ヲ》辻々《ニ》切レ門、不レ依二昼夜一、撰レ人《ヲ》通《シケリ》。成《ナレバ》二暗夜一町々《ノ》篝火灯明《ハ》唯如二白昼一。秀吉近習之人々分レ六時《ニ》、三十人番屋々々書二付名字一、付城主人《ニ》為レ居二判形一廻《サレタリ》。若《シ》油断之輩《ハ》不レ依二上下一成敗《シ》、重者《ヲバ》懸レ磔、軽者《ヲバ》誅殺《ス》。……扨秀吉《ハ》三人首《ノ》上二京都一備二御実検一、幷御着、志（方脱カ）、魚住之城敗北《シ》、但馬一国属レ一篇《ニ》。此外西国、四国之使札日々到来之旨達二上聞一。云レ武勇《ト》、云レ調略《ト》、無比類之由御感不浅。寔《ニ》弓矢之面目不レ過レ之《ニ》。仍《テ》秀吉移二三木《ノ》城郭一、清レ地《ヲ》疏レ堀《ヲ》改レ家、引二直《シ》此先退散《スル》人民一、呼二出《シ》町人一、門前《ニ》成レ市《ヲ》。当国之大名《ハ》不レ及レ云《ニ》、但州播州之諸侍任二着到之旨可レ有二在城之由、厳重之間、人々構二屋敷一、双二門戸一、不レ経レ日《ヲ》立二数千間之家一。皆人所レ驚二耳目一也。

『別所記』

又付城ヲ漸々ニ付寄、南ハ八幡山、西ハ平田、北ハ長屋、東ハ大塚マデ付寄給フ程、向城ト敵城ノ間僅ニ五六町ナリ。塀ノ高サ一丈余、二重ニ付、其間ニ石ヲ入。掻楯栖籠ヲ高ク上、前ニ逆茂木ヲ引、柵ヲ結、川ノ面ニ大綱ヲ張、乱杭打、大石ヲ入、橋ノ上ニ番ヲ居、改二人ノ通一。後ニハ諸国ノ軍勢、陣屋ヲ作リ並べ、辻々ニ木戸ヲ立、篝ヲ焼セ、夜廻無レ隙廻リケリ。秀吉近習ノ侍ヲ六番ニ分テ、三百人宛役所ニ名字ヲ書付、組頭ニ判形ヲサセテ、少モ無二懈怠一可二相勤一定メ、城中可レ為二食攻一云々。……翌十八日、城ノ中ノ者ドモヲ出シ、悉ク助ラレ候。秀吉三人ノ首京都へ上セ、信長卿ノ実検ニ備へ、播州ニテハコチヤク、志方、魚住、此等ノ城ドモ同時ニ攻伏給フ。其後信長卿ヨリ武勇ト云、調略ト云、無二比類一トノ感状ヲ給。誠ニ弓馬ノ面目何事カ如レ之哉。依秀吉、三木ノ城ニ移、地ヲ清、堀ヲサラへ、今度退散スル人民引直シ、法度ヲ定、当国ノ儀ハ不レ及レ申、但州諸侍着到ノ旨ニ任セ、可二在城一ノ由相触、人々門戸ヲ並、ユ、シカリシ事ドモナリ。

これからも分かるとおり、『別所記』は敵方の資料である『播州御征伐之事』を使って、別所の滅亡を描いているのである。

『別所記』制作の意図については、後でまた考えてみたいが、『別所記』は主家を滅ぼした秀吉を讃える褒詞を用い、秀吉の不都合を記述しないという配慮をしていることは、確認できるだろう。

三

『別所記』・『播州御征伐之事』は上述のような成立の事情と性格をもって作られた作品であるが、それら三木合戦を描く軍記がどのように受け継がれ、書写や改作を重ねていったか、奥書や書き入れ・増補部分等から判断すると以下のように整理できそうである。一、別所の家臣やその子孫が書写したり、増補改作したもの。二、別所の本拠地三木近郷の者が書写、改作したもの。三、『別所記』をもとに改めて三木合戦の顛末を記述するもの。このうちには、三木合戦を客観的に描こうと手を入れているものと、『別所記』をほぼそのまま自己の著作に取り入れているものとがある。

『別所記』を中心に現存の伝本の特色を略述列記しておこう。なお、成立順や書承関係などによる分類ではないことをお断りしておく。また参考として『別所記』以外の三木合戦関係軍記にも触れることにする。

1、別所の家臣及びその子孫が書写・執筆したもの

①　三木市立図書館蔵『別所記』

「四代之先曽祖父小舟太郎太夫申《ト》人、三木城《ニ》楯籠、度々之合戦切抜堅固《ニテ》、天正八年正月十七日、別所小三郎

長治拾弐村百姓被レ成二御助一。四代之孫小舟仁兵衛ト申者、為二後々ノ此一記綴置、末代迄右不レ忘二御恩一、如レ斯奥書仕者也。享保八癸卯年二月中旬　三木郡西這田村住人　小舟氏仁兵衛」

② 卜部家蔵『三木軍記』[5]

本文中に割注多し。割注に「毛利家ヨリ三木之城ニ兵粮運送之儀、西嶋之新城ヨリ送レ之、西嶋卜部太郎兵衛安知、右兵粮運送之役人ユエ、三木落城之後、羽柴筑前ノ守ヨリ被二行レ重科ニ」云々。

③ 『翁草』（神沢杜口著）巻四十二所収『別所記　別所家與織田信長鉾楯之記』

「余が先祖神沢善左衛門治勝は、三宅治忠が聟なり。治忠没期に遺命を諾して、治勝三木を去と云ひ伝ふ。治勝事我家には貞勝と有り。別所安治長治両代に事へ、長臣六人の内其独にて、百三十騎の士大将と有り」云々。

また、長治の墓石の銘を載せ、「此墓表は予祖父の許へ、宝永三戌年六月播州高木郡孫兵衛と申者、別所記と倶に携来るを、爰に写置なり」とある。

④ 高知県立図書館山内文庫蔵『別所記』

「右一巻、播州高木郡孫兵衛持来而見之以有家姓之因縁書写之訖　宝永三丙戌稔六月日」

⑤ 法界寺蔵『無題本　別所記』[6]

別所家臣の「高村二平兵衛」なる人物を書き加えている。人名の脇に「三木方」「秀吉方」の書き入れがある。

⑥ 『播陽万宝智恵袋』所収『播州神吉合戦記』

『別所記』の神吉合戦の章段に籠城中の城内の独自記事を加えたもの。奥書「世に戦記多しといへども誤あり。右の一書予年来是を正し集め、後世に残さむため、走筆ながら自記して永く伝えへん事を思ふのミ。

⑦　正徳二辰年春三月　村上源氏姓魚住左近将監従五位上　七十余歳　往寿述(7)」

参考『押部新兵衛聞伝之趣』

『別所記』とは全く別個に合戦の発端、落城の様子、脱出の様の聞き伝えを記す。

「右之一通は我等乍愚痴、先祖之申伝へ置候趣書記者也。世間におゐてもろもろの智者達の沙汰として別所記と号し、流風仕候よし、拙者儀は未其書を不致一見。……宝永七庚寅年正月日　四代孫　押部新兵衛　生年八十一歳にて書す」

2、別所の遺徳を偲ぶ在地の人々によって書写・執筆されたと思われるもの

①　加古川総合文化センター図書館蔵『播州三木別所記』

「夫以バ別所ノ家ハ遠ク天潢ノ余流ヨリ出テ、其後武臣ニ下テ名ヲ戦場ニ揚《ゲ》リ、終ニ相続シテ加賀守就治、其子大蔵大輔安治、其子小三郎長治ニ至ル。此三代徳ヲ修、民ヲ愛ス。民マタ親ムコト父母ノ如シ。是ニヨツテ天正六年ヨリ同八年マデ三年ノ間、百姓不残一味同心シテ死ヲ守テ籠城ス。忠義凛々トシテ秋霜《ノ》ノ如シ。愛レ人感義心《ヲ》結ブニアラズンバ此ニ至ランヤ。サレドモ運尽ヌレバ、得《ズ》二勝利一。身ヲ殺シテ士民ヲ助ク。哀哉、事ハ来野氏ノ記ニ詳也。既ニ右ノ如シ。天正八年正月十七日、長治切腹、十ケ村ノ名主ノ内、横山三郎左衛門治重、神沢源左衛門治武、両人悲惋ニ不レ堪、秀吉公ニ乞テ、長治等ノ一族ノ尸ヲ生木ト云所ニ葬リ、其地ニ一寺ヲ建テ同心ヲ報ジ菩提ヲ弔イ奉ル。虚空山法界寺ト号ス。毎年七月十七日、施餓鬼ヲ執行シ、年中念仏ヲ勤修ス」云々。

※これと同文のものが、卜部家蔵本・三木図書館旧蔵残欠本等にある。

②　法界寺蔵『別所軍記』

「(秀吉)城門打開キ四方ノ固《ミ》ヲ解キ出シケル。扨従卒又者十二ヶ村之百姓及難《ビ》有涙《ニ》ムセビ入《リ》、従夫法界寺一

代冢山和尚頼《ヲ》、主君長治公及友之殿《ノ》御首《ヲ》乞請ケレバ信長公有二聞《テ》届《ケ》一、従者民百姓《ニ》首《ヲ》被下ケル。依之長治公任二遺命一、高谷宗慶《ヲ》為二守人一、法界寺ノ山葬《ニリ》、助命セラレシ士卒民百姓同志御廟前《ニ》向イ、備二香華一請レ僧《ヲ》供養作善ヲ勤シトナン」

※三巻。増補が著しい。別所方の自害場面には浄土宗の色彩が濃く、法界寺で作成されたものと考えられている。『中国太平記』の引用あり。

③　野田家蔵『別所記』

別所家臣の内輪もめの記事を削除し、別所に同情的な言辞を加えている。

④　参考　内閣文庫蔵『別所記事』（『播州御征伐之事』より派生した作品）(8)

「長治日頃ノ恵ニ懐クノ輩、恩沢ニ報ゼン為、後生追悼菩提善苗ノ為ニ、国民一同ニシテ、少志ヲ以テ生木ニ霊地ヲ撰テ一院ヲ建ント欲ス。管領杉原七郎左衛門尉、同意ニ与ミシテ、世ヲ挙テ奉加シ、塚辺ニ茅屋ヲ建テ院主ヲ需ム。主遠方ヨリ来リ、慶幸ニシテ法挙上人入院セシム。山ハ虚空山ト号シ、寺ハ法界寺ト号ス」

※奥書「于時慶長十有七稔壬子暦　梅雨十一日　尾州清須住泰秀盛安居士　記焉」

3、三木合戦を客観的に描こうとしたもの

①　内閣文庫蔵『別所軍記』・塩竈神社蔵『別所記』(9)

別所方、秀吉方双方の人物批評を省略。

②　神戸大学蔵『別所記』

上月城の攻防、竹中半兵衛の死など増補記事多し（『豊臣秀吉譜』・『羽柴筑前守秀吉公播州下向之事』等による）。その一方で長治・友之等の辞世を省略する。(10)

③　参考　東大図書館蔵『赤松末葉記』（『播州御征伐之事』より派生した作品）
『播州御征伐之事』に甫庵『信長記』から荒木村重の謀叛事件の記事を抜き出し、加えたもの。

4、読み物・稗史的側面を持つもの

①　岩崎家蔵『別所記』
著しい増補がある。群書類従本『別所記』等には描かれない上月城・志方城・高砂城の合戦を詳述。神吉籠城の九十六人の人名列挙。恋愛譚など女性の話が多い。長治自害の場面は詳細。赤松伝来の兵法の記事なし。来野弥一右衛門の「奥書」がない。『太閤記』の影響あり。

②　三木図書館蔵『播州太平記』(11)
著しい増補。岩崎本を更に加筆。『太閤真顕記』『絵本太閤記』を引用、参照している。作者の「評」が多く加えられている。

③　今村家蔵『別所在城伝記略記』
『播州太平記』から順不同で抄出したもの。

以上のように、三木合戦を描く軍記は、『別所記』を中心に、書写・増補・改作を繰り返し次第に数を増やし、多彩になっていったものと思われる。その意味では、来野弥一右衛門の「心アラン人ハ、此日記ヲシルベニ文章ニモ載置給へ」と奥書に書いたことは、願い通りに成就したといえるだろう。しかし、彼が「合戦ノ次第、討死、武勇ノ跡モ、後世ニハ名ヲダニ知人アルマジキヲ歎カシクテ、如レ此綴留ル者也」と言ったとき、果たして自分の著作が播磨の三木を中心とした一地域に残ることだけを願っていたのであろうか。それならば、あれほどまでに秀吉を賞賛する必要がどこにあったのであろうか。

四

『別所記』を考えるとき、ほぼ同じころ、同じ地方で、同じように落城した、その顚末を語るもう一つの軍記『播州佐用軍記』が参考になると思われる。『播州佐用軍記』は三木落城の二年少し前、天正五年冬の上月城落城を描く作品である。播磨の名族赤松政範は毛利に味方して上月城に籠もる。天正五年十月、信長の命を受けて播磨に出陣した秀吉はこれを攻め、十二月、赤松政範は自刃し上月城は落ちた。秀吉はその後に尼子勝久・山中鹿之助を入れたのは先に触れた通りである。上月城は短期間に二度落城しているのであるが、その最初の落城、赤松氏の滅亡を語るのが、この『播州佐用軍記』なのである。

『播州佐用軍記』の序文と跋文には、この軍記が書かれた経緯と目的が示されている。跋文は作者、赤松一族の川嶋正友の手に成るものであるが、序文にはその孫に当たる川嶋好和が明暦元年（一六五五）に記したものと、万治三年（一六六〇）に「川嶋氏末葉」が追加したものの二つが収められている。まず、「川嶋氏末葉」の追加序文によると、この書『播州佐用軍記』のもとは「佐用郡上月城内日記」であるという。上月城落城の二日前、城主赤松政範と一族の高嶋城主高嶋正澄（作者正友の父）が、「籠城抱既今日ニ迫レリ。去バ此日記共滅センコト本意ナケレバ、後日ニ何ヲ以テカ是ヲ正サンヤ。唯云甲斐無フ攻落サレシト云レンモ口惜ベシ」、また「此日記亡滅セバ、凡今度籠城セシ輩万人ニ及ベシ。是皆犬死共餓死セリトモ云レン。此日記世ニ存セバ、義ヲ守リ討死セシ者共、永ク世ニ存セル也(12)」との考えから、幼少であった高嶋正澄の子供達を脱出させ、そのとき、密かに家臣の早瀬・桐山等にこの日記を持ち出させた。書写山に逃げた正澄の子正友は成長した後、早瀬・桐山等の協力を得て「佐用城中ノ日記ニ、間時ノ風説ヲ補テ清書」して出来たものが本書であるという。だから、「此書ニ城外寄手ノ人ノ剛臆ト、諸大将ノ中ニ佳名アル人、及ビ討死セシ輩ノ其名ヲ城中ニテ知ザレバ、不記ト見タリ」とも記している。

この追加序文は、幼少の正友と日記を抱えて上月城を脱出した桐山が子孫に言い伝えた話を載せているものであるが、『別所記』とはまた違った「落城記」成立の仕方が示されて興味深いものがある。

ところで作者川嶋正友（世の聞こえを恐れ川嶋姓を名乗ったという）の記す「跋文」とは、

余聞、信長記将開板而行二于世一焉。則遥到二洛陽書肆一。而潜然以上月之軍記請二増補一也。書肆曰全部書梓已成矣。終不レ許二附録一。而空手而退去也。嗚呼何謂也。余未知二撰者之旨趣一。惟恐有二其戦場之誉一者多不レ載。且勝負亦然乎。尚疑上月軍記太以疎略也。目辺見二聞於戦場一者。当時歴々焉。又何疑哉。余追二従於書肆梓工家一請二信長記草稿一。密書写之有レ日矣。然帰於播州。而後以二上月軍記一追二加シテ于信長記一。而重雖下欲二於開板一有上レ志未成矣。猶俟二後人一而欲レ鏤二于梓行世一者也。一ハ旌二於見聞之誠一。一慰二於亡魂之憤一而已。

于時慶長六年辛丑歳三月

赤松氏号川嶋忠左衛門尉正友於播州書写山筆記之

というものである。この跋文によると、正友は『信長記』の刊行の噂を聞き、播磨から遥々京都へ上り、『信長記』に〝上月の軍記〟を増補してもらおうと頼み込んだのであるが完成を理由に断られる。正友は『信長記』に上月合戦での「戦場之誉」「勝負」など多くは載っていないのではないか、上月合戦自体がはなはだ疎略に扱われているのではないかと疑い、書肆に従い版元へまで出掛けて密かに『信長記』の草稿を写し取る。彼が見た『信長記』には、上月合戦は僅かな記述しかなかった。落城の場面も、

上月城幾重ともなく取囲み、十日計り攻めたる処に、城中に謀叛人あつて、忽ち上月十郎が頸を切つて捧げ来り、残る者共は一命を助けられ候やうにと歎き申すと云へども一人も洩さず悉く討果されけり。

と、極めて簡単である。『信長記』を読んだ正友の落胆は想像に余りある。勿論、ひとり『信長記』だけが簡略な

のではない。追加序文に載る桐山氏末葉の「返状」にも、

　時去リ事古リテ、信長記、及豊臣記、天正軍記、竹中伝記ナド云ヘル書ヲ閲スルニ、佐用合戦ノ次第ヲ他ノ書ニ委不レ記レ之。正友是ヲ嘆息シテ、上月ガ軍記太以疎略也ト書リ。

と、この「跋文」の一節を引用して、上月合戦の扱いの軽さを嘆いている程である。

『信長記』への割り込みを拒否された正友は、諦めきれず、いつか「以二上月軍記一追二加シテ于信長記一」、開板したいとの思いを持ち続けるのであるが、結局、果たされることはなかった。彼が『播州佐用軍記』を執筆したのは、一つには、「見聞之誠」を顕すためであり、もう一つは「亡魂之憤」を慰めるためである。幼かった彼が目の当たり見た戦場のまことの有様を書き留めるのは、まさに紙碑として「一人も漏らさず悉く討果され」た人々の鎮魂ともなるはずである。しかし、正友はその『播州佐用軍記』を、

　二ノ丸ヨリ本丸ノ城内ニ打入、焼残タル矢倉々々打入見ルニ、人一人モナシ。此由秀吉卿エ注進申ケレバ、豊臣秀吉公歓喜々悦ノ眉ヲ開レ、先々山脇ノ本陣エ帰玉。……筑前守秀吉公ハ総軍引倶セラレテ、同十二月下旬、同州姫路エ開陣セラル。府内ヨリ舎弟羽柴小市郎秀長大和大納言五百余騎ニテ迎ニ出ラル。其外府中ニ有合武士ハ申ニ不及、明石、高砂、英賀、別府、志方ニ残居タル武士、或所社務別当寺院ノ僧徒、土民、町人、老若男女ヲ不論、其道三里ガ間、御迎ニ出ケル程ニ、万人ニ功ヲ仰レ、目出タカリケル事ドモ也。

と秀吉祝言で結ぶのである。紙幅の関係で省略するが『播州佐用軍記』は、秀吉に対し常に敬意を払っている。これは『別所記』の秀吉称賛と共通する。

先に「跋文」で見たとおり、正友は『信長記』に〝上月の軍記〟を増補させようとの執念を持っていた。『信長記』にしろ『太閤記』にしろ、勝ち残った側の軍記が出版され、広く読まれる。正友は事実を書き留めるだけでなく、それが多くの人に読まれ、知られることが戦死していった人々への鎮魂と考えたのであろう。彼の出版への執

着は、そのように解釈できる。秀吉祝言・秀吉称賛は、敗者の軍記が、〝正史〟として定着してしまう勝者の軍記に割り込むための、苦い選択ではなかったろうか。『別所記』の奥書には、出版のことは何も書かれていない。しかし、『播州佐用軍記』と共通する『別所記』の性格を考えるとき、弥一右衛門が奥書の最後に「此日記ヲシルベニ文章ニモ載置給へ」と記した真意は、正友の思いと同じであったろう。

五

川嶋正友の願いは、ついに果たされることなく終わった。彼の『播州佐用軍記』も写本を数本残すだけで、さほど広く読まれたとは思われない。それに対し、来野弥一右衛門の『別所記』は、先に分類したように書写され改作された。名前だけ伝わるものを含めると、四十本近くの伝本がある。その上、弥一右衛門が「載置給へ」と願ったように、実際いくつかの通史的軍記の中に取り入れられたのである。『四国軍記』（元禄十四年刊）には「宇野鉄入斎別所軍談事」という章段に、別所の家臣宇野鉄入斎が、落城後、土佐へ行き、長曽我部元親の前で別所の滅亡を語る場面があるが、そこに『別所記』全文が引用され、また宝永八年刊の馬場信意著『中国太平記』も『別所記』全文を引用している。その他、『陰徳太平記』（正徳二年刊）・『中古日本治乱記』等には『別所記』が分割して使われている等、勝者秀吉が作らせた『播州御征伐之事』よりも広く読まれたと思われる。三木合戦と言えば、『別所記』でイメージされるようになったといえるだろう。二つの「落城記」のその後は対照的であった。

注

（1）　染谷光廣氏『秀吉の手紙を読む』（日本放送出版協会　平8）

（2）桑田忠親氏『豊太閤伝記物語の研究』（中文館書店　昭15、『太閤記の研究』と改題再刊　徳間書店　昭40）

（3）『図説三木戦記』（三木文庫編　三木産業株式会社　昭43）所収の「新校別所長治記」による。

（4）拙稿「『武功夜話』に見る「別所謀反」」（山上登志美氏・松林『別所記──研究と資料──』和泉書院　平7）

（5）茨木一成氏『卜部家蔵　三木軍記』（私家版　平元）及び同書「解説」による。

（6）注（4）『別所記──研究と資料──』の翻刻による。なお、加古川総合文化センター図書館蔵『播州三木別所記』、法界寺蔵『別所軍記』、『押部新兵衛聞伝之趣』の引用も同書の翻刻による。

（7）『播陽万宝智恵袋』（臨川書店　昭63）の「解題」に「魚住往寿は長治に仕えた魚住左近大夫吉新の曽孫」とある。

（8）『畿内戦国軍記集』（和泉書院　平元）所収。加美宏氏翻刻による。

（9）山上登志美「『播州御征伐之事』の受容をめぐって──『赤松末葉記』、『三木記』、『別所記』の成立の様相──」（甲南女子大学大学院「論叢」18　平8・3）に「人物の批評を出来る限り削除し、三木合戦そのものを冷静に見つめようとする加筆者の姿勢が感じられる」とある。

（10）中前正志氏「『別所長治記』の転身」（「女子大国文」115　平6・6）に「三木合戦そのものや別所方の立場というものの内部に留まることなく、それから外れて、より周辺へ、あるいは、反対の秀吉方へと、その視野が拡張していく傾向を有している」との指摘がある。

（11）『播州太平記』（松村義臣氏翻刻。三木市文化研究資料第六　三木市教育委員会　昭44）

（12）『播州佐用軍記』は続群書類従所収本に内閣文庫蔵本を校合した本文を用いる。

『別所記』の虚構性

一

戦国軍記『別所記』（群書類従所収本では『別所長治記』と称す）は、天正八年の羽柴秀吉による三木城攻めの顚末を描いた作品であるが、その伝本、異本の多さは戦国軍記の中でも有数のものであると思われる。(1) この作品が持つ特長の一つに、敗者の側から描かれた「落城記」という点があり、そこにこの書の制作意図や作者の実態が窺われるかと思われるのである。

この書は次のような奥書を持っている。

此日記、別所譜代来野弥一右衛門為軍使、平山二ノ目ノ合戦半ニ行、敵味方入乱、直ニ敵陣へ掛入、一人切伏首ヲ取シカドモ、残敵六七人ニ被取籠、三ケ所手負、既ニ討死スベキ所、中村茂助ト云者助来、以長刀敵二人切伏、残ル敵ヲ追払。被助傍輩帰候へドモ、深手ニテ平愈之後歩行不叶。其後軍場へ不出、三木落城之後、作州側山家ニ知人有テ引籠リ存命也。合戦ノ次第、討死、武勇ノ跡モ、後世ニハ名ヲダニ知人アルマジキヲ歎カシクテ、如此綴留ル者也。心アラン人ハ、此日記ヲシルベニ文章ニモ載置給へ。

これによれば、作者は別所家譜代の家臣来野弥一右衛門という者で、平山の二度目の合戦に負傷、傍輩に助けられたものの重傷で、その後は戦場に出ることはなく、落城後は美作の側山家の知人の許に身を寄せていた人物ということになる。平山の戦いとは、『別所記』本文によれば、天正七年二月五日、秀吉が三木攻撃で勝利した戦いのことである。三木城主別所長治は、天正五年十月、織田信長の中国攻略の出兵に対し、その前衛として協力を約束したが、翌天正六年二月、進攻してきた秀吉に従わず、籠城して対抗した。秀吉はこれを攻めるが、三木城は堅固でなかなか攻めきれず、天正八年正月にいたり、兵糧攻めのあげく別所長治を自害させ、やっと攻略したのであった。平山の合戦はその合戦の一部であるが、この奥書にも「平山二ノ目ノ合戦」（他伝本には「二度目ノ合戦」）となっているように、実際には数度に及んだらしく、天正六年十月と天正七年二月と諸書によりその戦闘の日時に相違がある。この戦闘が、それまでの三木属城攻撃から一転して、三木本城攻撃になったいわば本格的な全面戦争の最初であり、激烈な戦いだったようで、その様子は『別所記』や『武功夜話』に描かれている。その合戦の最中、作者来野弥一右衛門は負傷したのである。

来野弥一右衛門の最後の戦いとなった平山の合戦は、三木合戦全体のどこに位置しているか。彼の書いた『別所記』の目次を上げておこう。なお、「目次」は内閣文庫蔵『別所軍記』による。

一　信長卿長治ヲ西国ノ魁首ニ被頼事　附長治逆心之事
二　野口合戦之事
三　神吉城攻之事　附梶原道庵武勇之事　討死
四　平山合戦之事
五　丹生山合戦之事　幷淡河弾正計策之事
六　大村合戦之事　幷淡河討死之事
七　三木城兵糧攻之事

八　別所長治兄弟生害之事

このように見てみると、彼が負傷退場した「平山合戦」は、『別所記』の記事の中で、ちょうど中間に位置し、それ以降に起こった出来事、別所軍が決定的な敗北を喫した「大村合戦」は勿論、主君別所長治等の自害、城明け渡し等の重要な場面に作者は立ち会っていなかったものと思われる。

二

来野弥一右衛門は何故この書を執筆しようとしたのか。奥書によると、それは「合戦ノ次第、討死、武勇ノ跡モ、後世ニハ名ヲダニ知人アルマジキヲ歎カシクテ、如此綴留ル者也」というものであった。しかしながら彼が直接体験した事件は三木合戦の一部である。彼が執筆に当たり——執筆は落城直後ではなく、暫く経ってからと思われるが——先ずしなければならなかったことは、目撃者・実戦者の体験談等の証言を集めることであったろう。それだけでなく、彼は大村由己の『播州御征伐之事』（『天正記』の第一冊、『播磨別所記』・『播州御征伐記』とも称す）をも使っている(2)。その『播州御征伐之事』の奥書には「于時　天正八年正月晦日」とあり、別所長治等の自害から十余日後には書き上げられていたことが知られるのであるが、著者の大村由己は秀吉の御伽衆の一人であるから、当然勝者秀吉の活躍を賛美する目的で作られた軍記である。いわば来野弥一右衛門にとっては敵方の著作である。それを別所一族・家臣の「合戦ノ次第、討死、武勇ノ跡」を書くために用いているのである。これについては別稿（本書所収「後期軍記における諸本の様相——三木合戦関係軍記を中心に——」）を用意しているので、ここではその詳細は省略するが、『別所記』が『播州御征伐之事』を直接引用しているのは、秀吉の三木城包囲の状況と乱後の秀吉の施政を述べたところなどである。

来野弥一右衛門が、三木合戦の真実が後世埋もれてしまうことを無念に思い、『別所記』を執筆しようと思い立ったとき、彼は自分個人の体験を超えた創造の世界に一歩踏み出したといえようか。それは合戦の顚末、原因から結末まで合戦の全体像を描く場合、その全てに立ち会うことは出来ないのだから、彼が負傷退場する以前の部分についても同様であったことは当然である。

さて『別所記』は、別所長治が一旦は織田信長の旗下に属し、その中国攻略の魁を承知したにも拘わらず、後に裏切ったのはいかなる理由があったとしているであろうか。『別所記』は巻頭近く、その理由を次のように説明する。毛利攻略のため、秀吉が信長の侍大将の内から選ばれ、天正六年三月七日、播州加須屋の館に着陣する。そこへ別所長治の叔父山城守吉親（賀相）と家老の三宅治忠の二人が軍評定にやってくる。秀吉に「軍立ノ次第、不日ニ擒敵スル謀計モヤアル」と問われ、三宅治忠は「当家代々定メ置所ハ」云々と別所家の先祖伝来の陰陽五行説・易道による陣の張り方、斥候の出し方を長々と語る。これを聞いた秀吉は、「サヤウニ延々ノ手立ハ対様ノ人数ニテハ可然モアランガ、彼ハ大勢、此方ハ小勢ナリ。……不意ニ責カ、リテ、五度モ三度モ強カ働キヲシテ、敵ニ臆病神ヲ付ネバ急ニ得ルコト勝利難成」として、別所家の兵法を斥ける。なおも反論しようとする三宅に、秀吉は「各ハ先手役ニテ候ヘバ、働等ノ事随分被入精候ヘ。得勝利下知ハ、大将役ニ此方ヨリ差図可申」と憎らしげに言い放ったので、両人は屈辱的な思いをして城に帰り、別所の一族・家老の面々に報告、この対応を評議する。その席上、山城守吉親は「今度秀吉当国ヘ下向シテ、近国他国ニ振威、別所ノ家臣ニ向ヒ無遠慮我意ヲ振舞ノミナラズ、剰我下人ノゴトクニ挨拶シ、国人ニ首ヲ上サセヌヤウニスルコト、心底ヲ察スルニ信長ノ謀計ト存ル」として、傲慢な秀吉の態度の裏には信長の野心があるからであり、「秀吉当国下向ノ内談ヲ思フニ、先長治ニ中国ノ先手ヲサセ、西国於静謐、初ノ変約、往々長治ヲ退治シ、播州ハ秀吉ニ可与行、信長ノ心底如移鏡」とまでの不信感を表明する。長治も信長が信忠や信雄などの子息を寄越さず、秀吉を派遣してきたことに不満を漏らし、「昨今信長ノ取立、漸ク侍ノマネヲスル秀吉ヲ大将ニシテ、長治カレガ先ニテ軍セバ、天下ノ物笑タルベシ。此上ハ初ノ約ヲ変ジテ向後信長ト手切ニ可成。其験ニ先秀吉ト可合戦」と秀吉に戦闘を挑む決意を述べる。このように『別所記』では、先祖伝来の兵法を侮辱された憤りに端を発し、無遠慮で傲慢な秀吉の態度に対する反感と信長に対する不信を別所が秀吉を裏切った理由としているのである。

これに対し、秀吉側から書かれた『播州御征伐之事』では、

抑播磨東八郡之守護別所小三郎長治、対羽柴筑前守秀吉、尋矛楯之濫觴、天正六歳三月之初、秀吉承将軍之御下知、西国為征伐之備下向彼地事、長治一味同心之故也。同月七日、秀吉至于播州国衙布陣。爰ニ有謂長治伯父別所山城守賀相佞人。相語長治曰、秀吉入此地有自由之働。殃終可及身逆戈、従中途帰楯籠於三木城郭。

（抑、播磨東八郡の守護別所小三郎長治、羽柴筑前守秀吉に対して、矛楯の濫觴を尋るに、天正六年三月の初め、秀吉、将軍の御下知を承つて、西国征伐の備へとして、かの地に下向の事、長治一味同心の故なり。同月七日、秀吉播州の国衙に至りて陣を布く。ここに、長治が伯父別所山城守賀相と謂ふ佞人あり。長治に相語りて曰く、秀吉此の地に入りて、自由の働きあり、殃《わざわひ》つひに身に及ぶべしと、戈を逆にして、中途より帰り、三木の城郭に楯籠る。[3]）

と、伯父である「別所山城守賀相と謂ふ佞人」のせいになっており、兵法侮辱の件は勿論、具体的な理由は何も書かれない。

『播州御征伐之事』と同様、秀吉方に与した前野氏の記録『武功夜話』[4]は、

蜂小曰く、「それがし細作の者に聞き及ぶところ、三木の別所は元より付城志方の城、櫛橋処、神吉の城、野口の城長井四郎左衛門、五着の藤兵衛尉等、これ等の輩何れも一連同心、筑前様の不実計り難く候と申し立て、我等欺きの手段に候。去る年信長公三好謀伐の旗印を揚げ、摂州に軍馬を入れ給う、実心は五畿内奪取の方便なり。播州をもって他山の石と為さず。西国の毛利退治の口実なれど、実心は羽柴筑前をして播州奪取の謀事

なり。信長といえども本願寺において和議を需《もとめ》る。毛利と同心和平の儀、元より本意に非ずなりと申し触れ候の次第。斯くなる様体徒らに延引き候いては大事の出来、別所の反覆は明らかに候なり。この旨即刻殿に注進、播州へ帰陣あるべく行《てだて》候事、まずは肝要と存ず次第。」（巻七「播州辰野において別所の事相談の事」）

等、秀吉とその主人である信長に対する不信感が別所離反の原因であったと記しているが[5]、ここでも兵法侮辱の件は現れない。秀吉の側からすれば、別所を侮辱したつもりは毛頭無かったために、『播州御征伐之事』にも『武功夜話』にも兵法の件が載っていないと考えることもできる。しかし、『別所記』以外の別所側（反秀吉・反信長側）の資料を見ても、実はこの兵法侮辱の件は見えないのである。具体例を挙げるなら、『押部新兵衛聞伝之趣』という、別所氏の菩提寺法界寺に伝わる別所家臣三代目の子孫が残した「聞伝」には、

一、天正六年三月三日、秀吉殿三木の城え御越、長治に対面有。右上意の趣として、「此度乍御大儀、西国討手御同心可仕」と被仰ければ、長治兎角の返事出ざりけり。良あつて被仰けるは、「早速畏度候へども、是以一大事の儀候得ば、家来共申聞せ、致相談追而御返事可申達」と被仰、秀吉殿退出被成けり。

長治殿御家来寄合評定之事

一、同三月四日、廻状触たりければ、神吉大膳、野口永井源左衛門、江井ケ嶋、魚住、枝吉明石、福中絹笠、押部弥太郎、はぢ谷五郎、我さきと登城し、其外当坐の役人歴々寄合評定仕ける。中にも神吉の大膳被申けるは、「尤信長公の上意背ニは似たれども、彼秀吉を大将として西国発向不得其意。其上秀吉知略もの、万一路次にて同士討ニ遭申さば、何程か後悔に思召候共、其甲斐有間敷哉」と言ければ、長治殿も同思案にて「然ば同心せまじき」と被仰出けり。

と、秀吉が三木城へ長治を訪問して協力を懇請したこと、それに対して長治は即答を避け、一族家臣と相談の上、結局は秀吉が信用ならずとして同心しなかった経緯が述べられているが、兵法侮辱の件は見えない。

次に、三木合戦直前の播磨上月城落城を描いた『播州佐用軍記』の上巻巻頭「羽柴秀吉卿播磨江下給事」の章では、別所が秀吉を背いたことを播磨の情勢の中で次のように説明している。播磨は八郡を別所が、二郡を小寺が、五郡を上月の赤松蔵人が支配していた。その中で小寺（名は記さず。『武功夜話』では「藤兵衛」）は信長の威勢を聞き、家臣黒田官兵衛高孝（正しくは孝高、後に小寺を称す）の言を容れ、密かに信長に通じてその麾下に属することを約束した。使者として岐阜にやってきた官兵衛を、信長は篤くもてなし、いずれ一廉の大名に取り立ててやろうと労った。官兵衛は一子松千代丸を人質として差し出し、小寺と信長の協定は成り立った。しかし、播磨には毛利に味方するものも多く、小寺は国侍を信長方にまとめきれなかった。一方、三木の別所も先年密かに信長に帰服を申し出ていたので、播磨の調停がなったと信じた信長は、中国攻略のために秀吉を派遣したので、小寺は狼狽して俄に出家し、行方をくらました。そのため小寺の後を官兵衛が引き継ぎ、秀吉を迎えた。このような状況の中で、別所の秀吉離反が起こるのである。『播州佐用軍記』の記述を引用する。

秀吉卿播州下向ノ時、路次ヨリ三木へ使者ヲ立ラレ、府中へ参ランヨトナリ。依之長治幷家臣別所吉親、三宅治忠ヲ倶シテ秀吉卿ノ陣ニ参、一両日逗留シテ病ト称シ、三木ニ帰リ、其後出仕ヲ為ザリキ。

と、一旦は秀吉のもとに出かけたものの、虚病をつかって再びは出仕しなかった。その理由について、『播州佐用軍記』は、

其意趣ヲ聞バ、長治兄弟三人幷家臣三宅治忠ト与別所山城守吉親、同孫右衛門尉重棟、異儀有ガ故也。其濫觴ヲ尋ニ、長治若輩ノ時、彼ノ叔父等ガ計トシテ、毛利ヲ背キ、信長公へ帰服セシ故ニ、国中ノ一族等、近年不通ト成ヌ。長治是ヲ無本意思フ。是一。又此度ノ大将ニハ、信長卿ノ公達ノ御中ニテ有ラント思ヒツルニ不然。是一。今秀吉ヲ大将トシテ此人之先蒐センコト、先祖ニ対シ面目無ケレバ、サテコソ病ト号シ、不出逢。

別所長治が若年であったとき、叔父の吉親・重棟の計らいで信長に服したものの、一族に親毛利派が多く、長治が

孤立したので叔父との仲に亀裂が生じたこと、さらに秀吉の配下に組み入れられるのは不満で、先祖に対し申し訳ないことの二点が理由として挙がっている。ここでもまた、兵法を侮辱された件は見えないのである。

このように、秀吉方から書かれた作品にも、また別所方・反秀吉方から書かれた作品にも兵法侮辱記事はない。勿論、これだけで秀吉が別所の兵法を侮辱した事実がなかったと断ずるわけにはいかないが、ひとり『別所記』だけが、別所家伝来の兵法を長々と弁じ立て、秀吉を裏切った理由としてその兵法が侮辱されたことを挙げている点が特異なのである。別所は播磨の名家赤松の子孫を称し、その矜持は並々ならぬものがある。その兵法を侮辱されたことは、赤松の氏族が蟠踞する播磨にあって、一旦は助勢を約束したものの、後に裏切る理由としては赤松の末裔を称する人々の理解を得られ易かったのではないか。勿論、最大の原因は、別所方から書かれた『押部新兵衛聞伝之趣』や『播州佐用軍記』にも、秀吉方から書かれた『武功夜話』にも共通して見える秀吉に対する不信感、それは秀吉の主人信長に対する不信感でもあるが、この不信感にあったことは言うまでもあるまい。

三

『武功夜話』の三木合戦に関しては、嘗て論じたことがあるので(6)、ここで改めて取り上げることはしないが、『播州佐用軍記』については少し触れておきたい。『播州佐用軍記』は、名家赤松の末裔赤松政範が播磨、美作の境にある上月城に立て籠もり、毛利方の前衛として秀吉の軍勢と戦って滅んだ、天正五年十月から十二月にかけての戦いを描いた「落城記」である。この書には『別所記』に出てこない黒田（小寺）官兵衛が主要な人物として描かれている。前述したとおり信長との交渉や人質の提出、播磨の取りまとめ、下向してきた秀吉の出迎え等で暗躍するのである。しかし播磨国侍の取りまとめには失敗し、官兵衛の主人小寺某は出家、出奔したと記す。『別所記』・

『播州御征伐之事』・『押部新兵衛聞伝之趣』等に見えないこの小寺出奔の記事が『武功夜話』には載っている。

五着の藤兵衛儀、戊寅二月晦日、筑前様加古川の加須屋所へ軍馬を相聚め在陣の時、遂に参らず備前へ逐電、その跡を知らず候なり。右は清助殿語り候の条々誌し置く。（巻七「播州辰野において別所の事相談の事」）

もっとも『武功夜話』では、小寺藤兵衛の逐電は、別所の離反が判明した後のこととなっているのであるが、『播州佐用軍記』は全くの虚説を載せているものとも思われない。

その『播州佐用軍記』は、別所が離反することを決意した後、

三宅ガ計略ニテ、信長卿秀吉へ使者ヲ以申ケルハ、某疱病治セバ姫路へ罷出ベキニテ候。去レバ当国ニテハ、先西播磨之者ヲ攻給ハンカ、然バ佐用大平城ハ第一要害ノ山城ニテ候。其外靡城何レモ節所皆山城也。殊ニ毛利ニ深ク因候得バ、備前ノ宇喜多先ニシテ押合ベシ。毛利モ後詰仕ルベシ。去程ナラバ合戦度々ニ及ベシ。或ハ平場之蒐合、又ハ国堺へ出テ戦ヒ、味方城々へ引籠、士卒ヲ休テ防戦フ事十度二十度モ候ハンカ。然ルニ三木城ハ父ガ時ヨリ大破ニ及ビ、籠城ノ便リ不候。今此間ニ吾城ヲ執繕ヒ申ニテ候ト案内シテ出仕セズトモ聞エザレドモ、始ノ程コソアレ、別所ガ方ヨリ曽テ音信無ケレバ、……

と、別所は信長・秀吉を騙して城の補修をし、籠城の用意を始める。『別所記』にもこれと同じ様な記事がある。

サラバ可有籠城ノ支度。先一応敵ヲ欺カントテ信長へ以使申サルハ、去七日秀吉西国為征伐ノ当国へ下向ス。中国ノ先手ハ長治為案内者、毛利輝元ハ従元就二代領大国候上、隆景元春名将ニテ候へバ、一旦ノ合戦勝負難決。然バ駈引為自由ノ、又ハ軍勢打入テモ諸勢安堵ノタメ居城ノ普請ヲ仕ルト理ヲ云遣シ、信長ハ尤神妙也ト宣フ。

と、『別所記』でも信長を騙して、籠城のために城を補修する記事を載せるのである。『別所記』と『播州佐用軍記』との間に、同一表現など本文的類似はないので、一方が他方を取り込んだものとは思われない。『播州佐用軍

記』については別稿（本書所収「後期軍記における諸本の様相――三木合戦関係軍記を中心に――」）を用意しているので、その成立等についてはそちらに譲るが、見てきたように黒田官兵衛や小寺のことでは『武功夜話』と、籠城のための城補修では『別所記』と内容的に共通する記事を持っているので、播磨にあって聞き知った情報を比較的正確に記述しているものかと思われる。

これに対し『別所記』は、かなり文芸的な潤色が施されており、例えば、中国征討の大将として信長の子信忠か信雄が派遣されるものと思っていたのに、秀吉が大将になって来たことへの不満を描いた箇所を例示しておく。なお本来は一続きの文章であるが、比較の便のため番号を振って示すことにする。

1　凡大将ヲ立ルニハ、其人ヲ撰事第一也。異朝ニモ秦ノ代ヲ傾ントセシ時、陳勝ヲ大将ニテ秦ノ右将軍白起ニ討ル。又項梁ト云者大将ニテ秦ノ左将軍章邯ニ討レヌ。

2　其後古ノ懐王ノ子流浪シテ在ケルヲ取立、号義帝攻寄セ、遂ニ秦ノ代ヲ奪トリシナリ。

3　仮令当座雖有威、氏モナキ人ヲ大将ニシテハ諸人軽ンズル物ナリ。秦ノ章邯四十万ノ兵ヲ卒シテ楚ニ下リシヲ、項羽大将トセズ。楚ノ項伯ハ鴻門ノ会ニテ、既ニ高祖ノ命ヲ助タリシ人ナリ。漢ニ下テ高祖敢テ不用大将。是降人ヲ不用大将所也。

この『別所記』の文章は、『太平記』巻二十七「可立大将事付漢楚立義帝事」に拠っている。『太平記』本文を引用すると、

1　サレバ古モ世ヲ取ントスル人ハ、専ラ大将ヲ撰ビケルニヤ。昔秦ノ始皇ノ世ヲ奪ントテ陣渉ト云ケル者、自ラ大将ノ印ヲ帯テ大沢ヨリ出タリシガ、無程秦ノ右将軍白起ガ為ニ被討ヌ。其後又項梁ト云者、自ラ大将ノ印ヲ帯テ、楚国ヨリ出タリケルモ、秦左将軍章邯ニ被打ニケリ。

2　范増トテ年七十三ニ成ケル老臣、座中ニ進出テ申ケルハ、「（中略）秦ヲ打タントナラバ、如何ニモシテ、楚

ノ懐王ノ子孫ヲ一人取立テ、諸卒皆命ニ随ベシ」トゾ計申ケル。項羽・高祖諸共ニ、此義ゲニモト被思ケレバ、イヅクニカ楚ノ懐王ノ子孫アリト尋求ケルニ、懐王ノ孫ニ孫心ト申ケル人、久ク民間ニ降テ、羊ヲ養ケルヲ尋出テ、義帝ト号シ奉テ、項羽モ高祖モ均ク命ヲ慎ミ随ヒケル。其後ヨリ漢楚ノ軍ハ利アツテ、秦ノ兵所々ニテ打負シカバ、秦ノ世終ニ亡ニケリ。

3　天下未定時、武ヲ以テ世ヲ取ランズルニハ、功アル人ヲ賞シ咎アル人ヲ罰スル間、縦威勢アル者ナレドモ、降人ヲ以テ大将トハセズ。伝聞秦ノ左将軍章邯ハ、四十万騎ノ兵ヲ卒シテ、楚ニ降参シタリシカ共、項羽是ヲ以テ大将ノ印ヲ不与。項伯ハ、鴻門ノ会ニ心ヲ入テ高祖ヲ助タリシカ共、漢ニ下テ後是ニ諸侯ノ国ヲ不授。

ということになる。ただし、『太平記』の本文は3 1 2の順である。『別所記』はこのように『太平記』の本文をそのまま引用するのではなく、極めて要領よく要約しているのである。「長治友之自害」の「楚ノ項羽ガ抜山力モ天運尽ヌレバ終ニ烏江ノ合戦ニマケ、為漢高祖晒骸於戦場。本朝ニハ源義貞武勇トイヘドモ、為尊氏越前ノ足羽ニシテ当流矢。皆是天運無遁所也」なども、『太平記』の記述に拠ったものと見てよかろう。

また、『別所記』の神吉城合戦の梶原道庵の奮戦は『平家物語』巻四「橋合戦」の影響を強く受けて書かれていること等から、作者は『平家物語』や『太平記』といった軍記をよく知っており、作品の中にそれをちりばめて使っていることが分かる。このように『別所記』作者は、単なる三木合戦を体験した武士というだけではなく、かなりの教養と文才があったものと考えられるのであるが、それは「奥書」にあるように、彼が「軍使」であったことにもよるのであろう。軍使の役割を『兵法新論』巻九（内閣文庫蔵本）に拠って見ておくと、

一、使番　此ハ一陣ニ二人ヅヽ、アリテ、他陣ヘ使ヲ勤メ、又敵陣ヘノ使者ニモ行コトアリ。又其陣ノ将ヨリ陣中ノ頭令ヘ命令ヲ伝フル等ノコトヲ主ドル役ナレバ、沈勇敏捷ニシテ粗暴ノコトナク、弁舌分明ニシテ能君ノ意ヲ通ジ、先陣ヘ使ニ行時ハ士衆ヲ励シ、敵ニ使者ニ行時ハ、謙遜ヲ本トシテ敵心ヲ怒ラシメズ、又我威武

ヲ落サズ、然ル《（ママ）》ドモ時アリテハ、孔明ノ呉ニ使シテ呉ノ将令官人ヲ一寸不爛ノ舌頭ヲ以テ屈服セシメタル如キ計ラヒモナスベキ程ノ者ヲ命ズベシ。若敵へ使者ニ行テ機変ノ作略ヲナスベキ人ナキ時ハ、大将副将軍鑑ヨリ其人ヲ選デヤルコトモアルベシ。

と、記されている。味方に対しては勇気を鼓舞する激励を行い、敵に対しては謙虚にして卑屈にならず、しかも時には舌頭で屈服させる程の分明な弁舌を要求される役職であったというのである。

四

『別所記』が三木合戦を描いた他の軍記と異なっているもう一つの点は、そこに収められている文書である。『別所記』には、二通の書状が載っている。一通目は、三木城に籠もり、秀吉の兵糧攻めにあって飢餓の地獄に苦しむ城中の人々を救うため、長治は弟友之と山城守吉親等が自害をする代わり、士卒の命を助けてくれるよう願い出る文書である。友之が書き、近習の侍宇野右衛門佐が浅野弥兵衛へ伝えたもので、

只今申入意趣ハ、去々年以来敵対之事、雖非無其故、今更不能述素意。併時節到来運既極リヌ。何ゾ噬臍哉。長治山城守彦ノ進両三人事、来十七日申ノ剋可切腹相定畢。残士卒雑人已下無科可被刎首之段不便ノ題目也。以憐愍於被助置、今生之悦来世之思出、何事カ如之也。此旨宜被披露者也。

別所小三郎長治

天正八年正月十五日

浅野弥兵衛殿

となっている。

これに対し、『播州御征伐之事』の方は、

只今申入意趣者、去々歳以来被附置敵対之条、連々其理可申分心底之処、不慮内輪之面々替覚悟之間、不及是非。某等両三人之事、来十七日申ノ刻、可切腹相定畢。然至于今相届諸卒、悉可討果事不便之題目也。以御憐愍於被扶置者可畏入者也。仍此等之趣無相違様仰御披露。恐々謹言。

正月十五日　　別所彦進友之
別所山城守賀相
別所小三郎長治

浅野弥兵衛殿
別所孫右衛門尉殿

と多少の違いを見せている。

さらに、『播州御征伐之事』から派生した青山文庫蔵『別所小三郎長治始末記』には、

唯今申入旨趣、三歳被附敵対之条乃刻、可理申心底、不意内輪之面々替覚悟之間、理非断絶之事。雖然諸卒至三歳籠城保堅固畢。非是自働群士手柄絶比類。誠賢人不事二君之謂乎。有功有忠伊等、無賞衣則弓馬之家長捨哉。倫以広大賢慮御哀憐、諸士之命於扶之者、両三人来十七日午刻、可切腹相定畢。此等之趣御披露。恐々謹言。

正月十五日　　別所彦進友之
同　山城賀相
同小三郎長治

浅野弥兵衛尉殿

別所孫右衛門尉殿

として載っている。傍線を付した箇所に相互に違いが見られるが、秀吉側の『播州御征伐之事』（『信長公記』もほぼ同文）が、受け取り手としては文書を改変する必要がないところから、最も現物に近いかと思われる。それに対し、別所側から作られ、改作された『別所記』『播州御征伐之事』は、運命が尽きたことや家臣の無二の忠節に感謝する文言が付け加わっているが、この降伏文書の骨格は同じものと見なしてよかろう。

この降伏状に対する秀吉の返答が『別所記』には載っている。

書礼到来則令披見候。今度籠城ノ始至于今、毎度ノ合戦為一トシテ無不当利、雖失勝利、更不可謂怯。雖然運命難遁。来十七日申ノ剋長治、友之、吉親被致自害、残士卒雑人已下被助申度之由、誠大将愛士之道、前代未聞可謂良将。感其心底、落涙不留。右三人於生害、軍卒赦免之事少モ相違有間敷候。猶従浅野弥兵衛方、委細可申達候。謹言。

羽柴筑前守秀吉

正月十五日

別所小三郎殿

御報

というものであり、『別所記』系統の諸本には多少の相違はあっても、この文書が載っている。しかし、秀吉側の『播州御征伐之事』も『信長公記』も、秀吉が別所の降伏状に感嘆し、「諸士を相助くべきの返答ありて、酒樽二三荷城中へ送り入れられ」（『信長公記』）たと記すだけで、この文書は出てこない。他にこの文書が掲載されているのは、管見の及ぶところでは、内閣文庫蔵『別所記事』だけである。そこでは、

尊墨拝覧畢ヌ。三歳以来諸士之働、感歎銘膽ニ、誠ニ忠臣難シ勝計。殊軍兵苦悩感涙浸袖ヲ。早可被捨逆戈ヲ、

何ゾ偽刎群士之頸ヲ哉。士卒相扶ルコト不可有違心。城州雅丈被遂切腹ヲ、城内不被立狼烟ヲ、敬而三将於ハ御自害ニ者、可任遺戒旨ニ随而青洌十荷肴二種令シメ進献候。此旨所仰披露ヲ候。恐惶謹言。

正月十五日　　羽柴筑前守秀吉

三宅肥前守殿

林右京太夫殿

のような文書になっており、『別所記』のとは文章上の共通性は認められない。秀吉発給の文書は真筆と否とを合わせると何千通から一万通にも及ぶとのこと(7)であり、この別所宛の手紙の存在確認はできていないが、『別所記』・『別所記事』は、ともに別所の側から後になって作られた作品であり、両書に出る異種の秀吉文書は、内容的には士卒を助けるため切腹する別所賛美がその中心であるから、あるいは秀吉発給文書そのものではなく、別所側に立つ作者（改編者）による創作の可能性が強いと思われる。

五

兵法侮辱記事と秀吉返書の二点から『別所記』の虚構の可能性を探ってきたのであるが、前述したように『別所記』は作者来野弥一右衛門の体験を超えた世界を描いている。本来的に虚構が入らなければ成り立たない作品であるのは自明のことである。しかし、その体験を超えた部分があればこそ、この作品が戦国軍記の中でも面白い軍記になっているといえるだろう。弥一右衛門は「奥書」に、「合戦ノ次第、討死、武勇ノ跡モ、後世ニハ名ヲダニ知人アルマジキヲ歎カシクテ、如此綴留ル者也。心アラン人ハ此日記ヲシルベニ文章ニモ載置給へ」と書いたが、彼の願いは叶えられたといってよいだろう。『別所記』自身は開板刊行されなかったが、この「日記」をもとに多くの異本が作られ、また『陰徳太平記』を始めとするいくつもの軍記的通史にそっくり取り入れられ刊行されたのである。現在残っている異本・掲載刊本の数の多さからいって、後世においては勝者秀吉の『播州御征伐之事』よりも広く読まれたものと思われる。三木合戦といえば『別所記』の描いた世界で理解されたのである。

注

（1）『別所記――研究と資料――』（山上登志美と共著　和泉書院　平8）に現存諸本の調査と代表的異本の翻刻を載せた。なお、『押部新兵衛聞伝之趣』の引用は同書所収の翻刻によった。
（2）山上登志美「『播州御征伐之事』の受容をめぐって――『赤松末葉記』、『三木記』、『別所記』の成立の様相――」（甲南女子大学大学院「論叢」18　平8・3）及び同氏「三木合戦関係軍記の展望」（注（1）『別所記――研究と資料――』所収）
（3）読み下し文の引用は桑田忠親氏『太閤史料集』（人物往来社　昭40）所収の本文による。
（4）吉田蒼生雄氏『武功夜話』（新人物往来社　昭62）による。以下の引用も同書による。
（5）別所の謀叛については、拙稿「『武功夜話』に見る「別所謀叛」」（注（1）『別所記――研究と資料――』所収）を参照されたい。
（6）注（5）の拙稿。
（7）桑田忠親氏『太閤秀吉の手紙』（『桑田忠親著作集』5所収　秋田書院　昭54）及び染谷光廣氏『秀吉の手紙を読む』（日本放送出版協会　平8）。なお、桑田氏『太閤書信』（地人書館　昭18）にもこの秀吉の返事は掲載されていない。

神大本『別所記』と『中国兵乱記』

一

豊臣秀吉の中国攻略の一環として戦われた三木城の攻防戦は、秀吉の攻略が兵糧攻めであったことから「三木の干殺し」と言われ、籠城した兵士・民衆の多くが餓死するという凄絶な戦いであった。この三木城の合戦を描く軍記の代表が、敗れた別所の家臣来野弥一右衛門の手に成る『別所記』（『別所長治記』とも称す）と、勝者秀吉の御伽衆大村由己著の『播州御征伐之事』（『天正記』の一冊）である。これらの本が改作増補を経て、多くの異本を作り出していったことは、かつて論じたことがある[1]ので詳細はそちらに譲るが、特に『別所記』は多くの異本を生み出した。その異本は、作者来野弥一右衛門の跋文をそのまま伝える比較的異同の少ない諸本群と、大幅に増補を加えた諸本群とに分けて考えることができる。

ここでは後者の増補本の内、神戸大学人間科学系図書室蔵『別所記』（以下、神大本『別所記』と略す）を中心に、この本の特色や影響の問題を考えてみたい。

二

神大本『別所記』を最初に論じたものは、石田善人氏の『三木市史』各説編三「三木戦記」であろう。石田氏は神大本『別所記』と来野弥一右衛門の『別所記』（神大本と同名のため、以下、群書類従での呼称『別所長治記』と呼ぶ）を比較され、

『別所記』（筆者注、神大本のこと）は『別所長治記』の広本であるようにも受取られるが、後者を前提にして前者の広本が作られたとは必ずしも言えず、むしろ『別所記』の方が古態を存しているように思われるふしもある。

とされ、さらに『別所長治記』にはあって、神大本にない長治たちの辞世の歌を「いかにもわざとらしく、歌そのものに疑問なしとしない。辞世の歌のない方が古態かと考えられる」として、断言されないまでも神大本『別所記』古態、『別所長治記』後出の説を示された。これに反対の意見を発表されたのが、中前正志氏[2]と山上登志美氏[3]である。中前氏は、増補系の諸本のほとんどが『別所長治記』をもとにした後出本であること、神大本『別所記』の増補記事が『豊鑑』や『豊臣秀吉譜』、『本朝通紀』に共通・類似の本文を持つことなどから、本書神大本も『別所長治記』の改作本と見るべきものとされた。山上氏も本書と『播州武名事実記』所収の「羽柴筑前守秀吉公幡（ママ）州下向之事」と近似の本文があるところから、「神大本は直接『羽柴筑前守秀吉公幡（ママ）州下向之事』に拠らないとしても、同書に非常に近い資料を参考にして『別所長治記』が書き漏らした秀吉勢や上月城に関する記事を増補して成ったもの」とされた。

やはり、神大本『別所記』は中前・山上両氏の指摘どおり、『別所長治記』をもとにして成立した増補本の一種

であることは間違いないといえよう。それでは何によって増補されたかを両氏の説をもとに改めて検証しておこう。神大本『別所記』の増補部分の一節を引用して、比較してみる。

Ⅰ　神大本『別所記』

1　三木ニハ両塁ノ没落ヲ聞テ、兵士皆懐恐怖。信忠此競ニ乗テ三木ヲ囲レバ、守計整ラズ防戦難シ。始信忠播州ニ趣ノ時、信長モ継デ兵ヲ発セント欲ス。同輩秀吉ノ殊寵アルヲ猜ミ、武名ヲ成ヲ妬デ信長ヲトヾム。秀吉慍ヲ含トモ甲斐ナシ。秀吉独毛利ノ兵ト相持ス。

2　一日毛利方ノ卒出テ秣ヲ刈処ヲ、秀吉撃テ殺之。毛利方多兵ヲ発シテ追之。秀吉ノ兵尾藤、戸田等共ニ戦テ被創、宮田ハ立処ニ闘歿ス。秀吉甚危所ニ、中村才ヲ揮テ勇懸リ敵ヲ衝立ル。其勇力抜群也。

3　竹中半兵衛重治見之テ、両陣ノ間ニ乗入テ士卒ヲ引纏テ退ケルニ、鋭気当リ難ク兵衆殺サレバ、毛利方モ亦引返ス。斯テ信長閫外ノ責ヲ以、秀吉ニ任ゼラレズ。内ヨリ制シテ頻ニ秀吉ノ軍ヲ収シム。秀吉不能如之何千嘆シテ書写山ニ帰リ、是ヨリ山中鹿之助、孤城単兵固守ルコト不能シテ、毛利家ニ降ル。

4　毛利家ノ将、「山中一旦勢縮テ降伏ストイヘドモ、其志尚秀吉ヲ忘レジ。関雲長ノ曹孟徳ニアルガ如ク、赤兎馬ヲ得バ必馳去テ劉予州ニ従ヘル類ナルベシ」トテ、計テ雖欲殺之、其強力驍勇ヲ怕ル。

5　山中備中ノ河辺川ヲ済（渡カ）ニ及デ、壮士二人ヲ択デ棹郎トス。折シモ雨天ナリケレバ、簑ヲ着テ簑ノ下ニ刀ヲ隠シテ帯タリ。舟已ニ岸ヲ離レタル時、二人棹ヲ水中ニ没ス。其驟ニ二人挟デ斬山中。山中斬レナガラ佩刀ヲ抜テ其一人ヲ斬ヌ。山中常ニ人ニ語テ曰、「我蚣ヲ殺シテ両断トナスニ走ルコト不止。人ハ其頭ヲ刎レバ即死シテ不動。是懟ニ死ト云コトヲ知テ気ヨリ先ニ消滅スル故ナリ。頭縦堕ケリトモ手猶存セバ、刀ヲ抜テ其仇ヲ斬ザルベケンヤ」ト云リ。果シテ如其言。

6　秀吉、信忠ノ所ニ来テ、「上月ノ城陥テ山中斬レタルハ、援兵ナキ故ナリ」ト申セバ、「吾寔ニ前ニ過テリ。

願ハ後ニ可補」トテ、八月、兵ヲ帥テ趣三木、秀吉平山ニ陣ス。

神大本『別所記』「神吉城陥事」の末尾と「平山合戦事」の冒頭部分である。信長から援軍として派遣された信忠が、毛利軍の攻撃に手を焼き、尼子勝久とその臣山中鹿之助が籠もる上月城を見殺しにする場面である。勿論、『別所長治記』には書かれていない記述である。この一連の事件を描くものが、中前・山上両氏の指摘された前掲の諸書である。その中で比較的成立年次の早いとされるものが、竹中半兵衛の三男で秀吉に仕えた重門が寛永八年（一六三一）に著した『豊鑑』である。それを前掲の神大本に付した番号に従って摘記してみる。

Ⅱ　『豊鑑』

1　太郎城介信忠主を大将として、佐久間右衛門、滝川左近などむけられ、信長も出立給はんとありしを、（中略）高倉をば退きたらむにしかじと信長卿にいひをくりしかば、かれらがいふにまかせ、筑前守軍を退べしとありしかば、心えずながら力にをよばず。秀吉功あらんことをねたみ、かくはからひなせるとなり。（中略）秀吉いかにもして軍して、城のおもひをよみがへらせんと心をもみ給ひしかど、大勢陣を堅くすれば我兵ばかりにてはせんかたなかるべし。

2　或時毛利家の軍より野伏をふせて、馬草とる下部を討ぬれば、秀吉の兵ども物の具もしめあへず、をり合て野伏どもを又討けり。毛利家より兵ども又をり来にけり。秀吉の軍に尾藤氏、戸田氏などいふもの先掛疵をかうむり、中村氏敵よく防あへり。宮田氏命を失ひぬ。彼も是も名をあらはし禄給はりけり。

3　かく軍にをよばゞ秀吉の軍あやうからんとはかりしりて、竹中某下知をなしてその日はくれぬ。たゞかひを止引退べしと重々信長卿より使ありしかば、力なく高倉山を退て書写山に帰りぬ。城の中には後責をこそ頼しに、かく退ぬればせんかたなく毛利家に和を請くだりぬ。

4　（なし）

5　後備中国かうべ川にてうしなはれけるとなん。
6　秀吉やがて信忠卿のもとへゆきて、「（中略）鹿之助をすてさせ給ひしは、西国のはてまでも御名をながし給ふくちおしさ、佞臣の心ざし、むかしも今もしかなるにこそとはゞからずいきまくほどなれば、信忠も実さぞな日をうつさず三木へこそはよせめとて、（以下略）」

と、4・5を除けば、文章は違うが内容的には一致する点が多い。特に5の記事はあまりにも短く主語さえも判然としないが、これは引用部分のかなり前に「山中鹿之助」の名があり（主君の尼子勝久の名はない）、「かうべ川」で殺害されたのは鹿之助ということになるが、鹿之助殺害については後述する。

次に『豊臣秀吉譜』を見てみよう。『豊臣秀吉譜』は林羅山が、寛永十八年（一六四一）二月編纂を命ぜられ、翌年二月に子の守勝が完成させたもので、『鎌倉将軍家譜』・『京都将軍家譜』・『織田信長譜』と合わせ、『将軍家譜』と称されるものの一部である。

Ⅲ『豊臣秀吉譜』

1　初メ信忠出京之時、信長モ亦欲ス継テ発セント而モ家臣悉ク猜《ソネミ》秀吉之武名ヲ、抑遏ス信長之発洛ヲ、亦使ム秀吉ヲ退ケ兵ヲ、秀吉不得如之ヲ何スルヲ、
2　一日毛利ガ兵出シ野伏ヲ使殺刈ル馬芻ヲ、秀吉ノ兵殺ス野伏ヲ、毛利ガ兵大ニ出テ而戦フ、秀吉兵尾藤氏戸田氏先シテ登被ル創ヲ、中村氏能ク戦フ、宮田氏戦死ス、秀吉ノ軍殆ンド危シ、
3　竹中半兵衛重治見テ之、指揮シテ兵士ヲ而退ク時ニ、信長ノ使者又来リテ、使ム秀吉ヲ退カ、於テ是ニ秀吉、不シテ得已ヲ而帰ル書写山ニ、故ニ山中鹿ノ助失ヒ援《タスケ》ヲ、力竭テ降リ毛利家《ケ》ニ、
4　（なし）
5　遂ニ被殺サ、

6　秀吉往テ信忠之宅ニ曰、以テ無ヲ援ケ故ニ上月城陥リ鹿ノ助授ク首《べ》ヲ、是レ非ズ公之過謬歟《ビウヤ》、信忠ノ曰、然リ吾レ慙ヅ於吾子ニ、乃シ聚メテ兵、謀ル攻ンコトヲ三木城ヲ、八月信忠赴キ三木城辺ニ使秀吉ヲ屯于《ムロ》平山ニ而信忠帰リ上ル、

以上のように、『豊臣秀吉譜』の4・5は『豊鑑』と同じである。これらの資料を比較してみると、和文的色彩の濃い『豊鑑』と漢文の『豊臣秀吉譜』という表記上の違いはあるものの、この二者は内容的にほぼ同じといってよく、相互に関連のあったものと考えられる。桑田忠親氏は『太閤記』・『豊鑑』をもとにして『豊臣秀吉譜』が成ったものと断じておられるが、(4)現に林羅山は竹中重門に『菅神賛』を書き送るなど二人に交渉があったことが知られており、(5)『太閤記』に載らない播磨の合戦を、『豊臣秀吉譜』は『豊鑑』によって叙述したことは確実と思われる。

三

それでは、神大本『別所記』がもととしたのは、『豊鑑』と『豊臣秀吉譜』のいずれであろうか。それは、その漢文(訓読)的文体と同文的要素から『豊臣秀吉譜』と見なしてよいと考えられる。また、山上氏が指摘された『播陽万宝智恵袋』所収の『播州武名事実記』第十章「羽柴筑前守秀吉公幡州下向之事」は、『豊臣秀吉譜』上巻からの抜粋であるから、(6)同一のものと考えておく。

この部分一ヶ所から結論めいたことを述べるのは性急であり、本来なら他の例を検証しなければならないが、煩雑になり紙幅を要するので、この一例だけに止めておく。しかし神大本『別所記』は『別所長治記』を基本にして、それにない記事は『豊臣秀吉譜』によって増補したもので、さらにⅠ—4・5の部分のように、両書にない独自の記事を加えて成ったと見て間違いなかろう。

そこで神大本『別所記』に固有の4・5の記事であるが、まず4は降人に出た山中鹿之助を「毛利家ノ将」が本

心からの降伏とは思えず、かといって鹿之助の剛勇を恐れて殺しかねたという話を『三国志演義』の曹孟徳（曹操）の故事で譬えたものであり、5はその鹿之助を備中の河辺川で騙し討ちした話と生前の鹿之助の言葉を記したものである。曹孟徳の故事は神大本の作者が知識を披瀝したものであろう。他の部分でも漢籍からの引用・例示は多く、神大本の一つの特徴でもある。5の鹿之助殺害の一件は、諸書に見えているが、神大本の記事はその中でも特異であるように思われる。管見に触れた限り、鹿之助殺害は次のような伝えに分かれる。

(ア) 上月城で奮戦し、戦死したというもの…『武功夜話』。

(イ) 上月城で城兵の命に代わり切腹したというもの…『織田軍記』『絵本太閤記』『真書太閤記』。

(ウ) 降参の後、切腹させたというもの…『身自鏡』。

(エ) 備中国甲部川阿井の渡しで、謀って殺害したというもの…『安西軍策』『安西軍略』『雲州軍話』『山県長茂覚書』『桂岌円覚書』『備前軍記』『雲陽軍実記』『毛利元就記』『陰徳太平記』『芸侯三家誌』『中古日本治乱記』『後太平記』『中国兵乱記』『宇喜多直家軍記』『浦上宇喜多両家記』等。

これらのうち、(イ)の城兵に代わって切腹したというものは、全体に成立の遅い作品が多く、鹿之助を義士に仕立てる傾向があり、『織田軍記』などは一説として(エ)の謀殺説も併載している。最も多くの本が採用しているのが(エ)の阿井の渡しで殺害されたというものである。これには『山県長茂覚書』(寛永二十一年)の「天野元明に仰せ付けられ、あいの渡しにて、討ち果たさるるの事」といった簡略なものから、『中古日本治乱記』・『陰徳太平記』等のように詳細具体的なものまで、さまざまである。

前述のように神大本『別所記』もこの(エ)の分類に入るのであるが、例えば『安西軍策』の「中務元明に被仰付しかば、備中国阿井の渡にて鹿助が家人をば悉先へ渡し、鹿助には後藤柴橋と云者唯二人付置ける。鹿助川端の岩に腰掛居る処を河村新左衛門と云大剛者、時分能きと思ひ、後より丁と切。さすがの鹿助不思寄折なれば、あつと云て下なる河へ飛下る処を、河村続て飛たりけり。福間彦右衛門もあたりに徘徊しけるが、此由を見て飛下、鹿助が頸をぞ取にける」が典型であるが、鹿之助と家来を渡船で分断し、隙を窺って斬殺するというものである。前掲資料I―4項の神大本『別所記』の該当部分では、毛利の武士二人が渡船の船頭に扮し、簑の下に刀を隠し持ち、わざと棹を流して騒ぎを起こし、その紛れに斬りつけたが、鹿之助も一人を斬り殺したとなっており、他に類例を見出だせない。さらに生前の鹿之助が常々言っていたという「頭縦堕ケリトモ手猶存セバ、刀ヲ抜テ其仇ヲ斬ザルベケンヤ」の言葉も、前掲のどの本にも載っていない。

『別所長治記』にも、『豊臣秀吉譜』にも載っていないこの山中鹿之助の話の典拠は不明であるが、あるいはその地に伝わる話を採取したものであろうか。神大本は「神吉城陥事」の章で、梶原道庵なる武士が父の仇討ちを決意したとき、母が止めるのも聞かず決行したという他の本には載らない話を増補している点とも共通するものかと思われる。

四

ところで、この神大本『別所記』と関連があると認められる作品に『中国兵乱記』がある。『中国兵乱記』六巻の作者は、毛利輝元の配下に属した備中国経山城主の中島元行で、全文が「吉備群書集成」に収められている。その跋文は、次のようになっている。

Ⅳ　『中国兵乱記』跋文

此中国一乱記者、備中国賀陽郡前地頭刑部郷経山城主観臓院前大倉署蘭渓行秀居士為二子孫後見一書而以残二其来由一者六巻、誠後之知レ於レ今猶二今之知レ於レ古、雖レ然其文拙也。若落二他人之眼目一摯二笑于千載一者也。子孫憶レ焉矣。

于時元和元年　　二階堂氏蘭渓行秀居士

「吉備群書集成」の解題では、この作者を「元行の時、毛利氏の威を中国に振ふに至り、その部下に属して功あり。天正十年秀吉の征西に当り、高松城主清水宗治を助けて秀吉の大軍に抗し、殊勲を樹てたりき」といい、またこの書を「その記述せる事項は、概して備中の外に出でず。中にも、天正十年に於ける高松役の如きは、最も委曲を尽せるものといふべし」と説明している。

さて、この『中国兵乱記』巻三・四の一部に、三木合戦に関する記事がある。その記述と『別所長治記』・神大本『別所記』とを比較するため一例を上げておく。

Ⅴ　『中国兵乱記』巻三「別所長治毛利家へ降参の事」

天正五年秋播磨国住人別所小三郎長治は、三好御追罰の節織田信長へ心を深く通じ、西国へ御働きの時は可レ成二龍雲水魚思一、領地は依レ功可レ任レ望と被レ語ければ、長治不レ及レ辞、随レ仰同国城主人質を取堅め、播州国人無二異義一候間、御大将御一人長治居城へ被レ下候はゞ、長治先鋒可レ仕由以二使者一信長に達す。依レ之羽柴筑前守秀吉に西国退治の大将被レ命。

Ⅵ　『別所長治記』

信長西国手遣ノ企アルニ依テ先別所ヲ近付、魁ヲ頼ミ度由ヲ被二申送一。播州一国ノ事ハ不レ及レ云、其外賞ハ可レ依レ功云々。長治辞スルニ不レ能、一味同心シテ不レ移二時日一、近辺ノ城主人質ヲトリ、信長へ以二使者一、国人ドモ味方ニ参タリ。此上ハ大将一人可レ給。長治西国ヘノ魁可レ仕ト被二申遣一。信長侍大将ノ内西国退治ノ大将ハ心カサ有テ、勇ニモ謀ニモ達シタル者ハ可レ為二羽柴筑前守一。則被二仰付一。

Ⅶ　神大本『別所記』

別所小三郎長治ハ三好追討ノ時ヨリ信長ニ好ヲ通ズルニ由テ、若西国ノ手引ヲセラレバ、先播摩《ママ》全州ヲ授ベシ。其外ノ領地ハ功ニ依テ望ニ従ン。然ル上ハ竜雲水魚ノ思ヲナスベシト、様々ニカタラワレケレバ、長治辞スルニ不及シテ懇交ヲ結、近城ノ主、一部ノ将ノ人質ヲ取テ信長へ以使者、播州無異議国人皆御味方ニ成ヌル上ハ、大将ヲ一人下サル、於ハ、長治前鋒ヲ可承トゾ申ケル由、茲信長大将ヲ撰ル、ニ、今度西国ノ武士ニ侮ラルマジキ宏量深知アラン者ヲトテ、羽柴筑前守秀吉ニ命ゼラル。

この三者を比べてみれば、傍線部などから『中国兵乱記』に近いのが神大本『別所記』であることは、言うを待たないであろう。一例を上げるに止めるが、他の箇所においても同様である。なお両書の全体的な関係を見るため、『中国兵乱記』の章段を掲げ、神大本に同文・近似の表現がある章段名を対比しておく。

『中国兵乱記』	神大本『別所記』
（巻三）	
難波船軍附大坂城へ粮被籠事	
摂州伊丹城へ従毛利家加勢被籠事	
別所長治毛利家へ降参の事	○秀吉趣中国事
別所重棟羽柴秀吉へ一身附長治へ異見の事	○秀吉趣中国事
羽柴秀吉播州上月城攻給事	
毛利輝元播州へ発向附尼子勝久攻給ふ事	
清水宗治へ禰屋一手鈴木秋山逆心并尼子勝久切腹附山中鹿之助偽て毛利家へ降参の事	
（巻四）	
神吉民部を信忠卿攻給事	○神吉城陥事（ごく一部）
山中鹿之助被誅事	
備中境目城々御仕置摂州荒木持の城々へ加勢を被籠事	○大村合戦之事（ごく一部）

摂州花熊城を池田信輝攻取給事 宇喜多和泉守逆心の事	

この表で明らかなとおり、同文あるいは近似の表現が両書に重なるのは一部である。特に神大本の章段からいえば、三木合戦の緒戦に当たる「野口合戦事」や、激戦だった「平山合戦事」、別所の部分的勝利を描く「丹生山夜戦付淡河謀略事」、三木本城攻撃の「秀吉薄三木城事」がないだけでなく、『別所記』のどの異本でも力を込めて書く別所の滅亡「長治友之自害事」に至っては、『中国兵乱記』は全く触れてさえいないのである。このようなことから、神大本『別所記』と『中国兵乱記』の関係は、『中国兵乱記』がもとになって神大本が成ったとは考えられず、神大本の一部を抜粋・摘記して『中国兵乱記』が成立したものと考えざるを得ない。ここでいう神大本とはもちろん現存の一本だけを指すのではなく、他に同系本があったとすれば、それを含めている。

それでは『中国兵乱記』は神大本『別所記』をどのように使っているのであろうか。『中国兵乱記』の内容に沿って見ておこう。この頃、次第に勢力を伸ばしてきた織田信長に対抗するため、中国の毛利輝元は足利義昭、石山本願寺等反信長勢力を支援していた。その信長勢が播磨に進攻したので、毛利は播磨・備前・備中の国人を糾合してこれに当たらせた。『中国兵乱記』の作者中島大炊助元行も、信長を背いた別所を支援し、信長に味方して上月城に立て籠もる尼子勝久・山中鹿之助ら攻撃のため、毛利の命を受け備中高松の城主清水宗治らと共に播磨へ派遣された。清水の一時帰国などあったが、天正六年五月二十一日、織田信忠・羽柴秀吉軍の上月からの撤退、二十九日、上月城の落城という毛利軍の勝利を得て、中島元行は七月に備中経山城へ戻った。その直後に「播州別所小三郎長治は、羽柴筑前守と日々の迫合以㆓日記㆒御注進仕り、近日御加勢被㆑為㆑下様にと隆景卿へ申越候。摂州国主荒木摂津守村重も、織田上総介信長卿へ有㆑恨て企㆓逆心㆒（中略）毛利家へ被㆑加㆓御下知㆒御加勢被㆑下候様にと御注進」があった。再び播磨へ出陣のところ、備前の宇喜多和泉守直家が信長に意を通じたとのことで、「評議の上、清水長左衛門・中島大炊助に、帰国仕て備前境目備中国城々普代等申付」たため、帰国して宇喜多との戦いに備えた。これ以後、『中国兵乱記』は播磨の情勢に触れることがない。先述の通り、三木城陥落の記事さえなく、備前国内の合戦と秀吉の高松城攻め、清水宗治の自害へと展開して行くのである。藤川宗暢氏[7]が本書を「二階堂中島一族の勇戦ぶりを詳しく述べた「家の軍記」である」と定義されたとおり、本書の関心はあくまでも備中国人層の動向と中島一族に関連する出来事であって、別所について触れているのは、それが中島の戦功を語る上で必要だからであって、それ以上ではない。

五

『中国兵乱記』が神大本『別所記』を取り込んで成ったことは、見てきたとおりであるが、前掲資料Vとして掲げた『中国兵乱記』跋文によれば、「元和元年」に中島元行が「子孫後見」のため、「六巻」にしたためたものという。しかし、寛永十九年（一六四二）に成った『豊臣秀吉譜』を引用している神大本『別所記』を、元和元年（一六一五）完成の『中国兵乱記』が取り込むことはできない。この跋文の年次に誤りか作意があるものと考えられるのであるが、『中国兵乱記』は跋文の後に子孫の「中島昌行」による「朝鮮陣の時小早川隆景渡海の事」「秀俊（秋カ）御家中島元行伏し立退事」「備中平山村又八郎蘇りの事」「大阪（坂カ）御陣の時水野日向守殿御備にて中島宇右衛門働の事」の四章の増補記事がある。あるいは中島元行の跋文は本来のもので、後に中島昌行が加筆した時に神大本『別所記』を参照し、援用したものかとも考えられる。

『中国兵乱記』の本編は、天正十年（一五八二）の高松落城関連の記事で終わっているが、中島昌行の増補記事の中にその後の中島元行の事跡が記されている。それによれば、その後、出家して行秀と名乗った元行は、小早川隆景に属し、隆景の国替えに従って、嫡子治右衛門行義とともに筑前に移り住んだ。隆景は元行の武功を讃え、「御家中若き者ども、毎月三日宛大炊助入道行秀方へ参入申、軍談を承候様にと被㆓仰付㆒候」とある。慶長二年（一五九七）の隆景の死後、元行は小早川の継嗣をめぐって家中の者と対立し、備中に戻ったところ、蟄居を命じられた。その間、子の治右衛門と確執が起こり義絶、孫の宇右衛門を嫡子に立てた。慶長十九年の大坂の陣では、宇右衛門が水野日向守勝成の麾下に属し、備中に戻って恩賞を待っていたところ、毛利秀就に呼び出され、父子で長門国萩へ赴くことになる。秀就は「親大炊助儀当国に致㆓安座㆒候様に被㆓仰付㆒、家中若侍共大炊助宅へ出入仕、古戦場の咄し共承候様にと」厚遇した。このように中島元行は、後年二度に亘て「軍談」「古戦場の咄し」を若侍に語るよう命ぜられている。元行が何時まで生きていたかは不明だが、繰り返し自己の勲功譚を語るうちに、体験を客観化し、『別所記』等を取り入れていった可能性も否定できない。

　それにしても『中国兵乱記』が、神大本『別所記』を使っている点は興味深い。遥かに多くの伝本を持っている『別所長治記』でなく、孤本の神大本『別所記』を利用しているのは偶然性が高いとはいえ、神大本の持つ特殊性も関係しているかと思われる。神大本の特色の一つは、秀吉に対する待遇表現である。『別所長治記』は滅ぼされた別所方からの著述であるにもかかわらず、秀吉に対して「秀吉思慮深ク世ニ賢キ大将ニテ」「智謀フカキ人ナリト世ニ誉」「秀吉賢キ謀ニテ」「名誉ノ大将ヤト上下ノ、シリ合ニケル」のように作者の秀吉に対する褒詞[8]が散見されるが、『別所長治記』を下敷きにしながら、神大本にはこれらが一切見られない。これは「親大炊助中は、先年備中にては秀吉公依㆓御調略㆒流浪仕、（中略）如㆑此の居体に罷成候。優曇花を得㆑待たり。従類を召連罷登り、大阪《（坂カ）》御城中へ矢一筋射込候はゞ、今生に存残ノ事無㆑之」という『中国兵乱記』の反秀吉の立場と通うものがある。また、前述したように神大本は播磨・備中の、いわば地元の伝承を取り込んでいるかと思われる面もある。神大本

『別所記』は三木合戦自体から周辺に視野が拡張しているとの評価もあるが、[9]それは秀吉賛美の方向に向かう岩崎本『別所記』や『播州太平記』とは違う方向である。神大本『別所記』の巻頭には、別筆の次のような書き入れがある。

本書は秀吉中国征伐之時、播州之別所長治を攻めしが、長治之将等三人自殺して、士卒の命を助けたる事柄、恰も清水宗治之高松城に於ける如し。併せて長治之武功談をも記したるものなり。

この書き入れは、神大本『別所記』が『中国兵乱記』に取り入れられていった本質を言い当てているものと思われるのである。

注

（1）拙稿「後期軍記における諸本の様相――三木合戦関係軍記を中心に――」（「軍記と語り物」33　平9・3本書所収）、『別所記――研究と資料――』（山上登志美と共著　和泉書院　平8）に関係軍記の翻刻と解説を付した。
（2）中前正志氏「『別所長治記』の転身」（「女子大国文」115　平6・3）
（3）山上登志美「神戸大学人間科学系図書室蔵『別所記』をめぐって――『別所長治記』から神大本へ――」（「甲南国文」42　平7・3）
（4）桑田忠親氏『太閤記の研究』（徳間書院　昭40）第十三章「江戸時代における太閤伝記の著述と出版」。
（5）堀勇雄氏『林羅山』（人物叢書　吉川弘文館　昭39）第八「修史」。
（6）『豊臣秀吉譜　上』の八丁表八行目から十二丁表十行目までと、割注一ヶ所がないだけで、本文は一致する。なお、大阪府立中之島図書館蔵宝暦四年刊本に拠った。
（7）『戦国軍記事典　群雄割拠篇』（古典遺産の会編　和泉書院　平9）
（8）『別所記』における褒詞の問題は、注（1）の拙稿参照。
（9）注（2）の中前氏論文。

『別所記』拾遺

一

天正八年、西国毛利氏を攻略するため、織田信長の命を受け出陣した羽柴筑前守秀吉は、三木城に籠もる別所長治一族を、足掛け三年にわたる攻撃の末、「兵糧責め」で陥落させた。この、世に「三木の干殺し」と呼ばれる戦闘は、多くの軍記を残した。

現在残されている三木合戦軍記の中で、成立年代がその奥書等で分かるのは、大村由己の『播州御征伐之事』（『天正記』の内、『播磨別所記』・『播州御征伐記』等ともいう）である。それによれば、「于時　天正八年正月晦日」とあって、これが正確なものであるなら、別所滅亡後、わずか十余日にして成ったことになる。大村由己は桑田忠親氏(1)・小高敏郎氏(2)の研究によれば、秀吉の御伽衆の一人であり、『播州御征伐之事』以外にも『柴田退治記』・『紀州御発向記』等の秀吉の軍記を作成したり、あるいはそれをもとに謡曲を作ったりしている、まさに秀吉お抱えの御用作家であるから、その内容も当然の事ながら、秀吉側から描かれた秀吉讃美の作品になっている。

一方、戦いに敗れた別所の側から書かれた軍記が、『別所記』（『別所長治記』等ともいう）で、この作品の奥書によれば、作者は別所家の譜代の家臣、来野弥一右衛門であり、戦場で負傷したため戦線を離脱、三木の落城後も美作の側山家の知人にかくまわれて命長らえた。しかし三木合戦の次第や討死・武勇の跡が忘れられてしまうのを残念に思い、この作品を書いたのだという。

山上登志美氏の研究で明らかなように、(3)この『別所記』は敵方の立場から書かれた『播州御征伐之事』をも取り込んで成立したものであり、「特に秀吉の動静については『播州御征伐之事』に依拠するところが多い」のである。作者来野弥一右衛門は、平山二度目の戦いで負傷し、以後戦場に出ていないのであるから、後日、合戦の次第を記そうと思い立ったとき、たとえ敵方の手によって成ったものであっても資料として利用したのは、ある意味当然のことであった。

さて、この二作品が、それぞれに自ら変貌を遂げたり、あるいは新しい別の作品を生み出していったことも、中前正志氏・(4)山上登志美氏の研究で明らかにされている。大村由己の『播州御征伐之事』は『三木記』・『赤松末葉記』・『別所記事』といった作品を、また『別所記』のほうは、『播州三木別所記』・岩崎本『別所記』・『別所家盛衰記』・『別所在城伝記略書』・神戸大学本『別所記』・『別所軍記』等を生んでいった。

これらは、部分的に増補したもの、大幅に改訂して別の作品に作り直したもの、ほとんど増補も改訂も施さずそのまま別の書物の中に取り込まれたものなどさまざまな形が見られる。そこには『応仁記』以降の戦国軍記に特有な類書の作られ方、戦国軍記の成立の問題も見られるのである。本稿は、これら二本から派生した諸作品の特徴や改訂・増補・改作の様相を見ることによって、その制作や改作の意図を窺おうとするものである。

二

さて、最初に『播州御征伐之事』系に属する諸本であるが、大村由己が『天正記』の第一冊目として書いた『播州御征伐之事』を下敷きにして、新たに記事を増補して書き改めたものを概観しておこう。数の上では多くないが、内容的には諸本間の差は大きい。この系統に属するものには、

①『三木記』（国立公文書館内閣文庫）

②『赤松末葉記』（東京大学附属図書館・静嘉堂文庫・宮内庁書陵部・神宮文庫・慶応大学図書館幸田文庫）

③『別所記事』（『別所記』とも。国立国会図書館・内閣文庫・兵庫県立鳳鳴高校青山文庫・島原松平文庫）

がある。これらについては前記の中前氏・山上氏の論文に詳しいので、そちらに譲り、ここでは今まで触れられたことがない、

④『舟岡山軍記』「播州三木落城事」（続群書類従第20輯上所収、金沢市立玉川図書館加越能文庫）

について、いささか述べておくことにする。

『舟岡山軍記』はその書名からも分かるとおり、三木合戦のみを描く単独の作品ではなく、その最後の章段が「播州三木落城事」となっているのである。しかもこの作品の他の章段が、すべて将軍家あるいは細川家に関わる、室町時代後期の畿内の合戦を描いているのであるが、この章段だけが脈絡無く三木の合戦を取り上げているのである。『舟岡山軍記』は「続群書類従」に収められているが、同名異書が多く、本書の写本として管見に触れたものは金沢市立玉川図書館の加越能文庫本だけである。またどのような成立の仕方をしたのかも不明である。しかし、佐藤陸氏の研究(5)によれば、この『舟岡山軍記』は『足利季世記』の原資料の一つになっているところから、成立はさほど下らないであろうとされている。

この『舟岡山軍記』の「播州三木落城事」は、「天正六年戊寅ノ歳、信長公筑前守秀吉ヲ大将トシ、播州ヲ征伐セシム。菅家（神吉、筆者注以下同じ）ノ城ヲ攻落シ、ソレヨリ別所小三郎長春（長治）ガ楯籠ル三木ノ城へ押寄タリ」と始まり、事件の原因や合戦にいたる背景などを全く書かず、直に戦闘場面から描き出す。この章は「続群書

類従」本でも二頁半ほどの短編であり、足掛け三年にわたる戦いであった三木合戦の内、主に描いているのは「平山合戦」と「丹生山合戦」で、『別所記』などが描く「野口合戦」や「神吉合戦」「大村合戦」は全く描写されていない。いわば三木合戦の一部が記されているに過ぎないのである。個々の違いを見ると、『舟岡山軍記』は「平山合戦」の場面を長治の伯父山城守賀相だけに焦点を当てて描いているところに、『別所記』等との違いがある。その他、例えば、秀吉の異父弟小一郎秀長を「甥小一郎忠秀」と誤っているし、兵糧責めを受けた三木城中を描く中で、他のどの本にも見えない「鎧腹巻ヲ煮テ喰ヘドモ」の描写があること。敗北を覚悟した長治が、「来二十七日」には切腹すると「矢文ヲ射」て秀吉方に知らせたという、その日付も通知の方法も『別所記』・『播州御征伐之事』とは違っている。

　このような相違点を持ちながらも、『舟岡山軍記』は『播州御征伐之事』と一部近い表現が見られるのである。例えば、「平山の合戦」の山城守の描写の中に、

（1）『舟岡山軍記』………山城守モ既ニ危クミヘケレ共、西国一ノ名馬ニ乗レバ、辛キ命ヲタスカリ、
　『播州御征伐之事』…山城、名馬に乗りて逃げ延びたり。

（2）『舟岡山軍記』………三宅弾正ト云家老ノ者アリ、日比ハ懇ニモアヅカラザルガ、
　『播州御征伐之事』…某、愁に家の歳寄に生まれながら、更に出頭に及ばず。

以上の二例の内、（2）は直接的な類似表現ではないが、『播州御征伐之事』に依拠した『三木記』は「某モ当家フダイノ年寄ト云ヒナガラ述懐ノシサイアリ。出頭ニモ不及。アルカイモナクシテ人ガマシキコトナレドモ」とあって、『別所記』では別所山城守賀相とともに秀吉の前で、赤松伝来の兵法を説いている家老三宅治忠が、『舟岡山軍記』と『播州御征伐之事』・『三木記』には別所から疎んじられていたと共通の説明がされているのである。実は『信長公記』にも、「某は愁に家の年寄に生まれながら、更に出頭に及ばず」と、『播州御征伐之事』と同文で書か

れている。『播州御征伐之事』と『信長公記』の前後関係は不明と言わざるを得ないが、このような同じ表現が『信長公記』に見えるのであるが、(1)の山城守の「名馬」のことは『信長公記』には記されていないので、『舟岡山軍記』は『信長公記』ではなく、『播州御征伐之事』に何らかの関係があったものかと思われる。

三

次に『別所記』系統に属する諸本を見ておこう。この系統に属する本は数も多く、殆ど同文の本も少なくないので、異同のある二三の本を取り上げるにとどめたい。分類すると、

① 作者である来野弥一右衛門の跋文を持つもの（以下、来野本と呼ぶ）

② 来野本に増補・改訂を加えたもの

の二種に分けられる。①の来野本は伝本も多く、群書類従本のように、『別所記』・『別所長治記』としての標準的本文を有する諸本を指す。本章ではここに属する諸本は考察の対象とはしない。諸本に関しては拙編著(6)を参照されたい。②に分けられる諸本は、来野本に一行書き加えたものから、大幅な増補を施し、巻数も増えているものまで種々である。

②に分類される諸本の内、内容的にも著しい特色を持つものに法界寺本『別所軍記』がある。この本はその所蔵者である法界寺が増補の場であったらしく、仏教的な加筆が多く見られる。例えば、天正七年二月の平山の合戦で別所方の大将一人、侍三十五人、雑兵七百八十四人が討死したことに触れて、

> 哀平山之戦場ニ残ル物者、両陣討死之死体累々タル計リ也。且無《キ》㆑墓《ハ》武士之身成《ル》ゾカシ。昨日ハ甲冑《ヲ》帯《シ》向㆓戦場《ニ》㆒、分取高名シテ雖㆑得㆑誉、今日《ハ》又為㆑敵討《レ》ヌ。寔《ニ》無㆑定世ノ有様哉。夫法花経《ニ》三界無安猶如㆓火宅㆒、可㆑厭浮世

可レ欣極楽。マシテ況ヤ戦場趣《ニテ》何ノ安キコト有《ン》ヤ。則亦観音経《ニ》モ怖畏軍陣中念観音力衆怨悉退散《ト》有レバ、可レ頼可レ信観音薩埵、可レ慕可レ念西方之教主弥陀如来、自他法界平等利益、十悪五逆罪《ノ》人《モ》一念発起《シ》念仏スレバ、極楽往生無《ト》レ疑誓《ヒ》給ヘバ、難《ガタキ》レ値《ヒ》他力之念仏也。夫元祖上人之示云、従令魚肉鳥獣《ヲ》食《ス》トモ念仏ヲカミマゼテ可レ申、向レ敵弓ヲ引モ念仏《ハ》不レ可レ捨。寔《ニ》無常之殺鬼《ハ》難レ防。弥陀ノ本願コソ悪道《ニ》不レ落。為《ニハ》二後世一一人当千《ニ》勝《レ》タルハ称名念仏也《ト》。死線無量也ト雖、念仏スレバ本願《ニ》乗《ジ》テ来迎更無レ疑。

とあって、世の無常を慨嘆している。しかし、注目しておきたいのはここに書かれているのが一般的な仏教的慨嘆でなく、戦場で闘う武士に関する記述であることである。法然上人の言葉を引用して、殺生を事とする武士が、悪道に落ちることなく極楽往生を遂げるためには、「魚肉鳥獣」を食べる時も念仏を噛み混ぜて食べろ、敵に弓を向けるときも念仏を唱えながら射ろ、と言っているのである。

これは『法然上人絵伝』巻二十六に[7]、

宝治二年九月十五日いさゝか違例の気あり、舎弟淡路守俊基をまねきよせて、「我身は老病あひをかして、すでに終焉にのぞめり、今生の対面今日ばかりなり。汝罪悪深重の人なり。かならず念仏して、おなじく安養の浄刹に参会せしむべし。たとひ鹿・鳥を食すとも、念仏をばかみまぜて申すべし。たとひ敵にむかひて弓をひくとも、念仏をすつる事なかれ」とさまぐ〵に教訓しけり。

とある挿話に近い。上野国の御家人薗田太郎成家は罪悪を恣にしていたが、大番で上洛した際、法然上人に出会って、その教えを深く信奉した。後年、死に臨んで舎弟の俊基に残した遺言が引用部分である。薗田成家の言葉が、法然上人の言葉になってはいるが、両書に付した傍線部はほぼ同文である。『別所軍記』には別所方の自害場面に浄土宗系の記述が頻出することを指摘された中前氏が、「別所家菩提寺であり、浄土宗寺院である法界寺の性格」[8]の反映とされた指摘どおりである。

法界寺圏で作成された軍記であるならば、当然別所に対して同情的である。秀吉の兵糧責めを受けたことを、

嗚呼痛鋪哉。盛衰之世ノ中トハ乍レ言、昨日迄《ハ》東播八郡之太守ト諸国ヱ響キシ御家ナレ共、聊之事ヨリ起レ軍《ヲ》、運命トハ乍レ言、終《ニ》羽柴ガ鉾先《ニ》切狭《メ》ラレ、今ハ如二籠鳥一《ニ》テ、其上毛利之通路難義《ニ》テ次第々《ニ》兵粮尽《キ》、大将《ヲ》始《メ》士卒犬馬至《ニル》迄、唯此頃《ハ》無《ケ》レ糧レバ、三度之食事《モ》一時《ニ》テ済シ給ヱ共、今ハ中々夫モ思フニ不レ任、唯一粒モ有ラバ社、無二是悲（ママ）一数年累代之犬鼠鶏雉ハ申《ニ》及バズ、馬ナゾヲ差殺シ為《シ》レ食《ト》、僅《ニ》命《ヲ》ツナギ給フ。寔《ニ》軍卒ハ力尽《キ》、或ハ塀ノ下狭間ノ陰《カゲニ》テ伏《シ》倒レ、飢死《ス》者《ノ》不レ知レ数。

と記す。戦闘で敵を殺し、兵糧責めに遭って命を繋ぐために「犬鼠鶏雉ハ申《ニ》及バズ、馬ナゾヲ差殺シ為《シ》レ食《ト》」た多くの兵卒や籠城した百姓が犯した殺生の罪を救おうという法界寺関係者の意図が感じられる箇所である。その兵卒や百姓の命に代わって死んでいった城主長治を讃美してやまない。

嗚呼長治公雖《ハ》レ為二若大将一、諸臣《ニ》憐《ミ》深《ク》、民万民ヲ撫育シ加二慈憐一給《イ》、就レ中智勇之大将ナレ共、斯ク数度之戦イニ失レ利、今斯《ク》浅間敷敵《ニ》居城《ヲ》攻囲マレ給フ事、微運《ニ》シテ因縁之令《ム》レ然故トハ乍申、痛鋪御世ノ有様ヤト、聞人涙《ヲ》落サヌハナカリケリ。

と、他のどの本にもない長治の「運命」「微運」に対する同情の言辞を連ねている。特に長治兄弟等の自害に至って、その同情は頂点に達し、叙述は詳細になる。『別所記』では、自害を拒んだ吉親を家臣が討ち取った後、

吉親之首ヲ取テ出シケリ。長治・友之此由ヲ聞給、心閑ニ生害アリケルヲ、三宅治忠後へ参、介錯仕。

としか記されていない場面が、『別所軍記』は、

則首《ヲ》請取《リ》、長治公其趣《ニ》申上《レ》バ、長治公「無《キ》二是悲一事也」ト宣《ヒ》、御涙《ヲ》催《シ》玉《ヒ》、友之殿向《ヒ》給《ヒ》、「此上者最早無《シ》二心掛事一。時剋モ移《レ》バ速《ニ》可レ有二用意一」。互《ニ》御心能《ゲ》ニ敷皮之上座《ニテ》、「ナガハルトヨバレシコトハイツワリヨハタチトミトセノハルヲミステ、」トロズサミ、西ニ向イ合掌シ御念仏唱《エ》玉ヱバ、同《ク》友之殿《モ》御敷皮之上《ニ》座《ヲ》組《ミ》、「我等マデ

カツノ玉《ニ》ハアラネドモ君諸共身《ニ》ヲゾ捨《ケ》ル」ト言捨テ、御互《ニ》目礼《シ》、必未来《ハ》一蓮同生《ト》テ称名数遍唱《エ》給《ヒ》、両《ロ》肌ヌギ、九寸五尺取直シ玉ヒ、御両所一所《ニ》腹《エ》突立給《ヒ》ケレバ、肥前守治忠御後《ニ》廻《リ》、御両方ヲ奉二介錯《シ》一。

と長々と描写し、『別所記』等にも見えない長治・友之の歌を載せている。長治の歌は、地誌『播磨鑑』に下の句が「二十五年の春を見捨てて」として載っているが、友之の歌は何にも見出だせない。しかも友之の歌は「我等マデ」「君諸共二」などの言葉から弟友之の歌というよりも、家臣の者の辞世であるほうがふさわしく、これらの二首の歌は地元である法界寺圏で伝えられたものと考えられる。

以上のように、『別所軍記』はその増補記事の全てが別所氏に対する同情か、その死を悼む気持ちの表れ、あるいは仏教に救いを求める言辞であるところから、その在地的性格は明白である。このほか『別所軍記』には、巻末に「陶潜挽歌之辞《ニ》曰」と「東播八郡総兵別所府君墓表」が置かれ、後者は別所の菩提寺法界寺の境内にある碑文と同じもので、碑が建ったのは延宝六年（一六七八）であるから、この部分が後からの補筆でないなら、成立は十七世紀後半ということになる。

『別所軍記』と同様に、法界寺を強く意識した伝本が他にも存在する。加古川総合文化センター図書館蔵の『播州三木別所記』、卜部家蔵『別所記』、三木市立図書館旧蔵残缺本『別所記』などがそれで、これらの本は巻末に法界寺の縁起ともいうべき由来の記を持っている。ここでは加古川総合センター図書館本で、付加された縁起部分を検討しておこう。

加古川本『播州三木別所記』は、本文末尾と跋文との間に別所氏の遺徳と称え、法界寺の縁起の述べる一文を持っている。そこには、

夫以バ別所ノ家ハ遠ク天潢ノ余流ヨリ出テ、其後武臣ニ下テ名ヲ戦場ニ揚リ、終ニ相続シテ加賀守就治、其子大蔵大輔安治、其子小三郎長治ニ至ル。此三代徳ヲ修、民ヲ受（愛カ）ス。民マタ親ムコト父母ノ如シ。是ニヨツテ天

正六年ヨリ同八年マデ三年ノ間、百姓不残一味同心シテ死ヲ守テ籠城ス。忠義凛々トシテ秋霜ノ如シ。愛人感義心結ブニアラズンバ此ニ至ランヤ。サレドモ運尽ヌレバ得勝利《ズ》。身ヲ殺シテ土民ヲ助ク。哀哉、事ハ来野氏ノ記ニ詳也。

と始まる別所と在地百姓との深い紐帯と、滅亡した別所家への追慕がこめられている。「事ハ来野氏ノ記ニ詳也」とある「来野氏ノ記」とは言うまでもなく来野本『別所記』のことである。するとこの本は、『別所記』でありながら、この部分については『別所記』でないことになる。さらに、続いて、

天正八年正月十七日、長治切腹。十ヶ村ノ名主ノ内、横山三郎左衛門治重、神沢源左衛門治武、両人悲悦《ママ》ニ不堪、秀吉公ニ乞テ、長治等ノ一族ノ尸ヲ生木ト云所ニ葬リ、其地ニ一寺ヲ建テ同心ヲ報ジ菩提ヲ弔イ奉ル。虚《ママ》害山法界寺ト号ス。毎年七月十七日、施餓鬼執行シ、年中念仏ヲ勤修ス。

と、別所長治が法界寺に葬られた経緯を記しているのであるが、横山・神沢の両人が秀吉から遺体を貰い受けて、寺を建立したという。十ヶ村の名主の中から出た二人の報恩の志篤い人物、横山三郎左衛門治重・神沢源左衛門治武の二人の内、神沢氏については、また後に述べる。さて、その後、

慶長六年ノ秋、池田輝政公播州ヲ領シ玉フ。一国不残検地ノ時、横山氏、神沢氏、寺領三十石ノ折紙ヲ申請、其後慶安元年八月十七日、大猷院殿源君御朱印ヲ被下、永代三十石施入レ給フ。誠ニ古ノ良将義士ヲ重ジ給フ。御志難有御政道也。此時於江戸御評定、御僉儀アリテ、別所長治ハ播州半国ノ主ナレバ山号不可有トテ、生木法界寺ト御朱印ニ書レタリ。弥此地尽未来不退転、長治ノ遺徳ヲ称スベキニヤ。棠梨一樹ノ花児山随涙碑ト云ベキカ。感慨ナキニアラズ。

と、池田の播磨入部以降、寺領が保証されたこと、更に大猷院徳川家光の朱印状を受け、菩提寺である法界寺は山号は認められなかったが、別所の名誉が確認されたというのである。

この記事は、先に述べたとおり一部の『別所記』にしか載らず、その内容から考えて、明らかに法界寺を中心とする在地の書き入れである。ところでこの文の最初に、別所就治・安治・長治三代の徳政と撫民を記し、民もまた父母のように領主を慕ったとして、「是ニヨツテ天正六年ヨリ同八年マデ三年ノ間、百姓不残一味同心シテ死ヲ守テ籠城ス」と書かれている。『別所記』を始めとする三木合戦関係軍記を見ても、その殆どは籠城したのは「士卒」となっており、このように民百姓までもが籠城したとは書かれていないのである。しかし、法界寺本『別所軍記』には、

掛シカバ三木ノ町人或ハ十二ケ村百姓、老若男女共三木城遁込。皆別所長治公ノ御憐憫ヲ蒙リ、兵粮ツイヘ多ク、日々ニ糧乏ク……

と、籠城の中に三木城下の町人、十二ヶ村の百姓達、老若男女が皆逃げ込んでいたという。藤木久志氏(9)が、「追い詰められた領主の城はどれも、周りの村や町から避難した人々であふれ、籠城が長引けばひどい飢えに苦しめられ、落城のときを迎えていた。民衆が領主の砦に避難するのは、戦国の至るところで、ほとんど習俗となっていた」といわれているが、三木城もまた同様であった。しかし、それについて触れているのは極めて在地性の強い加古川本『播州三木別所記』の書き入れ部分と法界寺本『別所軍記』なのである。

四

次に、現在は散佚したのか、原本を見ることは出来ないが、江戸時代後期の編纂書に収録されている三木関係軍記が二本ある。そのいずれもが在地的色彩の濃い本であって、興味深い増補を遂げている。

その最初は、『翁草』巻四十二に収められた『別所記』で、『翁草』は副題として「別所家與織田信長鉾楯之記」

と記している。『翁草』は神沢杜口（貞幹）の著で寛政三年（一七九一）に、杜口八十二歳の時、完成している。

さて、この『翁草』に収められた『別所記』は、次のような特色を持っている。その第一は、巻頭近くに簡略な赤松の歴史が記されていることである。『別所記』はどの本でも、別所小三郎長治が村上源氏具平親王の末裔で赤松円心の子孫であることは書かれているが、『翁草』本はそれに続いて円心父子の元弘建武に於ける武功と嘉吉の乱で将軍義教暗殺による家苗断絶、長禄の赤松政則によるお家再興を記すのである。

ついで「平山合戦」記事の最後に、

嗚呼別所の軍立、拙きのみに非ず、唯秀吉の高運に圧るゝ物歟、凡将の位等しければ、勝敗の事も計略且つ時運の可否に依るべし。抜群の将に至ては、其論に非ず、全体の位懸隔する故に、自然に位負するなり。秀吉に於をや、後年日本は物かは、異国迄手に掛給ふ程の古今独歩の将に対して、亡家の長治いかで其鋒先に向んや。

という、他の諸本には全く見られない一文がある。この増補部分は別所が敗北したのは別所の軍が劣っていたからというだけでなく、秀吉の強運によるもので、後年朝鮮半島にまで進攻した秀吉に別所が位負けしたものだというのである。しかしこの一文は『翁草』の編者神沢杜口の筆によるものではあるまい。神沢杜口は自分の意見や考証等を書いた部分は、「私曰」とするか、字面を一字下げて地の文と区別しているのであるが、この文は地の文として書かれているところから、神沢杜口が書写した本にもともと存在したものと思われる。

以上の二ヶ所が『翁草』本の増補部分であるが、他本に比べて記事内容に相違のある部分が別所山城守の描写である。群書類従本など来野本『別所記』が、自害を促された山城守を、

吉親申ケルハ、我等両三人自害シ士卒ヲ助ケン事難心得、為国家可重将、既替士卒ノ命トアリ。依義可軽臣ノ命如何助ケン。然バ城ニ火ヲ掛、将モ士モ共ニ切テ出、討死スルカ腹ヲ切カ、二ノ内ハ不可出トテ既ニ櫓ニ上リ火ヲ掛ントシケル処ニ、山城守ノ手ノ者ドモ云ケルハ、吉親一人ノ覚悟ニテ多ノ人ヲ討果サンヤ。所詮吉親

打参セントテ家人ドモ走寄、吉親之首ヲ取テ出シケリ。

と描いている。これに対し、『翁草』本は、

山城守曰、抑将たる者は、国家の柱石たり。故に将の命に換る士卒は、古今類ひ多し、士の命に換る将は例し少し、然るを長治士卒を愍み、自殺の企有らば、士卒は又其恩儀を感じて、将の命に替る歟、或は将の死に殉ふべき条勿論なるに、長治が慈愍を能き事にして助らんと欲する不義の者共を助けて何かせん、唯城に火をかけ、将も士卒も死を倶にせんと答て、既に櫓に火を放んとするを、山城守が手の者共大に忿て、長治公の仁愛とは、雲泥の違ひ哉、敵将許諾して、相済たる事を今更賀相の我意を以て、釁に成ん事、思ひも不寄。其儀ならば、賀相を打果し参らせんとて、各一統に走寄、是非を云はず、山城を討て出す。

となっており、長治の「斯る義臣」を殺すことを忍びないと思った「大将の寛仁」と比較して、山城守賀相（吉親）の「我意」が強調されている。来野本の山城守が将士一体となって打って出て、討死するか切腹するかと主張したことは全く捨て去られている。山城守賀相を本来の最後まで戦闘を志す武士としてでなく、士卒の命に代わることを潔しとしない未練な人物に描くことによって長治の「仁愛」を強調しているのである。

しかし、この『翁草』本は、来野本の記事を二ヶ所簡略にしたところがある。一ヶ所は秀吉に毛利攻略の戦術を問われ、山城守と三宅治忠の二人が赤松の兵法を延々と述べる箇所であり、もう一つは長治兄弟・妻子が辞世を詠んで自害して果てる箇所である。前者の兵法談義を簡略化したものには、岩崎本『別所記』と法界寺本『別所軍記』があり、後者の辞世歌や自害の詳細を欠くものに神戸大学本があるが、その両方を欠く本は管見に触れた限り一本もない。

このような特色を持つ『翁草』所収の『別所記』であるが、全体的には別所贔屓が濃厚であるのは改めて繰り返すまでもない。著者の神沢杜口が『翁草』に収めた『別所記』は、本来の来野本『別所記』を改訂加筆したもので

あったわけであるが、彼が『別所記』を自著の中に入れた理由は、彼もまた別所氏に遠い縁を持つ者であったからである。前述したとおり、彼の見た『別所記』は世に流布している普通の『別所記』ではなく、長治等の辞世の歌を欠くものであった。そのため、彼は「一本に」として大村由己の『播州御征伐之事』に載る歌を上げているのであるが、そこに、

余が先祖神沢善左衛門治勝は、三宅治忠が壻なり。治忠没期に遺命を諾して、治勝三木を去と云ひ伝ふ。治勝事我家には貞勝と有り。別所安治長治両代に事へ、長臣六人の内其独にて、百三十騎の士大将と有り、此記録に神沢民部神沢又一など、同姓の名は見えたれ共、善左衛門は不見、若くは此両名の内善左衛門前名なる歟、後世其裔にして、其祖先を詳にせず。

と、自分の先祖についての記述がある。これこそが彼の『別所記』に対する関心の源であったのである。自分の先祖に対する関心が、この『別所記』を自著に取り入れさせた動機であったが、この『別所記』は現在、その所在が不明である。しかし、極めて特色のある伝本の存在がこの本によって確認できるのは幸いである。

次にもう一つ『別所記』から作られた特異な本を上げておこう。『播陽万宝智恵袋』巻四十六に収められている『播州神吉合戦記』である。この書は奥書に、

世に戦記多しといへども誤あり、右の一書予年来是を正し集め、後世に残さむため、走筆ながら自記して永く伝へん事を思ふのみ。

正徳二辰年春三月

村上源氏姓魚住左近将監従五位上

七十余歳　住寿述

と記されている。正徳二年（一七一二）に魚住住寿によって制作された軍記である。『播陽万宝智恵袋』解題(10)によ

れば、魚住住寿は江戸時代の初期、播磨国飾東郡（姫路市）広峰神社の社家に生まれ、別所長治に仕えた魚住左近大夫吉新の曽孫にあたる。

さてこの書の特色だが、三木の諸合戦の内、神吉城の攻略のみに焦点を絞っている点にあるといってよいだろう。内容は「播州印南郡神吉城主神吉民部少輔頼定合戦之事」（以下「神吉民部少輔頼定合戦之事」と略す）、「神吉民部系図」、「神吉籠城人数」の三つから成っており、後の二つは文字通り系図と名簿であるが、初めの「神吉民部少輔頼定合戦之事」は一編の軍記である。奥書で作者魚住住寿がいうとおり、世に流布している戦記の誤り（神吉合戦の誤伝）を正すため、彼は多くの資料を集めたのであるが、その中に当然『別所記』も入っていた。「神吉民部少輔頼定合戦之事」の半分ほどは『別所記』と同文である。残りの半分は本書独自の部分であるが、それは神吉城に籠もった民部少輔頼定の家臣等の名前と城内の叙述である。例えば、神吉頼定が寄手の織田信忠に士卒の疲労を癒すため一日の休戦を申し入れたこと、その夜、頼定は弟助一郎・助十郎を藤左衛門頼之に命じて密かに落としたこと等の他、『別所記』では「城主民部ガ同名家ノ子神吉藤大夫一命ヲ助給バ、民部ヲ討テ味方ニ参ベシト云ケレバ、信忠卿子細アルマジト宣フ。何トカタバカリケン、手モナク民部ガ首ヲ持、信忠卿ヘ奉ル」となっているところを、

軍半ナリケル処ニ、城主頼定、同姓家ノ子神吉藤大夫定光、一命ヲ助ケ玉ハヾ民部ガ首取テ渡シ申ベシト、矢文ヲ以通ジケレバ、信忠卿子細有間敷ノ由通ジ申サレケル。皆人是ヲ知ラズゾ有リケル。藤大夫民部ニ申ケルハ、今日ノ軍ノ躰ヲ見ルニ、味方ニ勝利ヲ得ガタシ、一ト先ヅ落玉ヘト、民部申サク、長治エ一命ヲ掛頼レシ上ハ、落人トナリ何国ニカ身ヲ置ン、尤三木ノ城エ引退キ長治ト一処思ヘドモ、秀吉軍配ヲ見ルニ、迚モ味方可勝トハ思ハレズ、一刻モ早ク切腹シテ士卒ノ命ヲ助ケバヤト申サル。藤大夫、尤イミジクモ申サレケル御事カナ、然ラバ切腹候エ、御首ヲ某エタマハリ、如何ナル寺ニモ葬リ、後世菩提ヲ弔ベシト実シヤカニ申ケレバ、如何ヤウニモト仰アリテ、三枝道碩ヲ招テ（中略）頼定今年廿九歳、腹十文字ニ切ケルヲスカサズ首ヲ打落ス。

と、藤大夫の騙しの手口を具体的に叙述する。これらの記述が何によったものかは現在残っている資料からは判然としない。織田信忠の了解を得てのこととするが、織田方の『播州御征伐之事』・『武功夜話』等にはこの件に関する、本書のような詳細な記事はない。三木近辺の在地に語り伝えられたか、書き留められたか、いずれにしても一部に伝わったものを取り入れたものと考えられるのである。

三木近辺の在地の一部に伝わったものとして、幸い『押部新兵衛聞伝之趣』(11)なる書が存在する。『押部新兵衛聞伝之趣』は、三木市東這田の法界寺に所蔵されるもので、合戦の顛末を記した軍記ではなく、三木合戦に参加した先祖の語り伝えた話を全十二の段落からなる一つ書きにまとめたもので、『播州御征伐之事』や『別所記』などとは全く異なる記事を載せている。天正六年三月三日、秀吉が三木城で長治と対面、加勢を頼んだが長治は返事を保留し、翌日一族郎党を集めて評定した結果、これを拒絶したという話、また、長治が自分の死後、北の方が秀吉の好色の犠牲になることを心配したところ、北の方が自害して果てた話、長治の老母を押部弥太郎が密かに城から都へ脱出させた話等々の異伝を載せている。先祖弥太郎の活躍を、四代の子孫新兵衛が八十一歳になって書き留めたもので、宝永七年（一七一〇）の成立であるから、三木落城から百三十年の時間を隔てており、ここに書かれていることが事実であるかどうかは不明であるが、本文中に「世間におゐてもろもろの智者達の沙汰として別所記と号し、流風（流布）仕候よし、拙者儀は未其書を不致一見」とあって、世間で流布している『別所記』とは全く無縁に何代かにわたって語り伝えられた伝承をこの本が書き留めていることは、他にも同様な伝承が存在したことを窺わせる。この本の存在が、後人の単なる創作や捏造でない、『播州神吉合戦記』のもととなった資料の存在を推測させるのである。

五

以上、今まであまり触れることができなかった諸本について、その特色を見てきたが、次に『別所記』が他の長編作品に取り入れられている例を見てみる。それらは通史的な作品がほとんどである。なお、『中国兵乱記』は嘗て述べたことがある[12]ので省略する。

最初に『土佐軍記』を取り上げてみたい。この書は『四国軍記』ともいい、元禄十三年（一七〇〇）、小畑邦器によって書かれたとされる通史的軍記であるが、その巻九はすべて別所の三木合戦に充てられている。巻頭の「宇野鉄入斎別所軍談事」には、

　粤に宇野鉄入斎と云へる者あり、元播州別所の氏族にして、近き比まで小地を領して有りけるが、長治没落の後、知るべあつて土佐に来て居住せり。武勇才智ともに、世に恥かしからぬ程の者なりければ、兼て元親の耳にも入りし故、或時元親召寄せて、三木の城合戦の始終を問はれける。鉄入斎承り、某数ならねども其軍列に有て、本末詳かに見得《けんとく》仕りたる事に候へば、委細に申上ぐ可しとて、席を進め逐一に談《かた》りける。

と、別所の一族であった宇野鉄入斎なる人物に、別所滅亡の顚末を語らせるという趣向になっている。以下、鉄入斎が語る内容は文章的にもほぼ『別所記』そのままである。また、その終わりの部分は、

　鉄入斎委細に始終を語れば、元親つく〴〵と打聞いて、凡そ合戦の勝負は、運に依るとは云ひながら、当時秀吉の軍法皆機に臨み変に応ず。其鉾先に向ふ者有るべからずと感嘆し、鉄入斎に酒を進め、笑談深更に及びぬれば、鉄入斎も御暇給はり席を立ち、元親も常の寝所に入りにけり。

と結んでいる。長曽我部元親の御前で行われた夜話の形を取っているが、作者の創作であろう。この話が『土佐軍

記』に入れられたのは、秀吉の軍法がいかに優れているかを強調したいがためであったと考えられる。

次に『中古日本治乱記[13]』の例を見ることにする。『中古日本治乱記』は秀吉の命を受けた右筆の山中長俊が著したもので、慶長七年（一六〇二）の序と慶長十年の跋文を持つところから、成立は秀吉の死後、間もなくであろうと推測されている。この書の巻五十九から巻六十一に三木合戦のことが描かれている。一部を引用し、『別所記』と比較しておく。

『中古日本治乱記』巻五十九

或《ル》時、別所山城守吉親、三宅治忠等、為二軍評定一、秀吉ノ旅館ニ来ル。秀吉申ケルハ、小三郎長治ハ西国ノ案内可仕之旨、被《ル、》レ申ニ付信長卿名代ニ秀吉下向候也。敵ヲ不日ニ可レ擒《トリコニス》謀《リコト》モヤ候ヘキ。面々ノ異見承《ラン》ト尋ケリ。于レ時三宅申ケルハ、西国発向ノ御先手長治ニ被二仰付一候上ハ一家郎従不レ可レ惜二身命《ヲ》一、況ヤ所存ヲ不レ可レ残《ノコス》。某《ノ》存候ハ今度ノ軍ハ一国一城ノ小迫《セリ》合トハ各別也。輝元ハ既ニ十余州ノ大名、旗下ノ大名ニ武勇之人多レ之。然ハ十死一生ノ合戦五度モ十度モ候ヘシ。然ル上ハ早速ノ功ハ難《ク》レ叶存候。当家数代軍ノ教令相定候次弟、長々敷候ヘトモ御尋ノ上ハ申上候ヘシ。

『別所記』

或時山城守、三宅治忠両人、軍評定ノ為、行秀吉館ケルニ、秀吉曰「長治西国可有案内者宣フニ付、信長公ノ為代官下向ス。各軍立次第不日擒敵スル謀計モヤアル」ト被問ケレバ、三宅申曰「西国発向ノ先手別所家被仰付、我等存ル旨ハ今度御合戦ハ一国一城ノ小ゼリ合トハ各別也。輝元ハ大身也。万死一生合戦五度モ十度モ無テハ叶マジキカ。御手間トラレ候ハント存ル。

この二つを比べてみれば、『中古日本治乱記』のほうがやや詳細になっているが、その記事構成、用語などは両者に共通しており、『別所記』を取り入れる形で『中古日本治乱記』が作られたものと考えてよいだろう。『中古日本治乱記』の序・跋の年記を信ずれば、三木落城から約二十年後のことであり、『別所記』の成立年次は不明だが、三木落城から何年か経っての成立であろうから、『別所記』を自家の作品に取り入れたかなり早い時期のものといえよう。

次に『陰徳太平記』であるが、『岩波日本史辞典』に「戦国・織豊期の軍記。八十一巻。岩国吉川家の家臣香川正矩の遺稿「陰徳記」を、二男景継が太平記にならって潤色し、一六九五（元禄八）完成、一七一二（正徳二）刊行。毛利氏の中国制覇を中心に西国の武家の興亡を描く」と説明されているとおり、『陰徳記』をもとにしている。

その『陰徳太平記』が三木合戦を記すのは、巻五十四の後半からである。章段名を揚げると、以下のとおりである。

巻五十四「羽柴秀吉奉二西国退治一附播州三木城之事」

「野口合戦之事」

巻五十六「神吉城没落事」

巻五十九「播州平山合戦事」

「摂州丹生山夜討附淡河合戦之事」

巻六十二「播州大村合戦」

「三木城没落附長治已下自裁之事」

と飛び飛びに記事が現れる。ところが、『陰徳太平記』のもとになった『陰徳記』には、これら別所関係、三木合戦関係の記事すべてがすっぽりと抜け落ちているのである。つまり、香川正矩の『陰徳記』を、子息の景継が『陰徳太平記』に書き直した時に、三木合戦に至る別所氏の記事を増補したのである。そこで『別所記』の記事と比較してみよう。

『陰徳太平記』巻五十六「神吉城没落事」

然る所に城中より年の比廿八九歳なる男、卯花縅の鎧を著し、兜鍪《かぶと》をば童に持たせ、皆紅の扇を開き敵陣に向ひて当城の大将神吉民部少輔、別所小三郎に頼まれ、今日当城に於て潔く戦死す。敵の大将信忠の目前にて花《はな》麗《やか》なる軍せんを、能きに見物し給へと云ひも敢へず、甲冑思ひ〳〵に裏まれたる軍士二百許り一死賊《しぞく》と成つて懸出で、関際《きど》に扣へたる敵の千余騎を片時の程に一町許り捲り立て、東西にあたり南北に開いて散々に戦ひ、其勢五十騎計りに討ち成され、静々と打入る所を、秀吉下知して付入にせんと、寄手大門の内迄込入る所を、民部門内にて馬より飛んで下り、神吉重代の打物、備前の菊一文字則宗二尺九寸の霜刃、電光の如く振舞し、名乗懸け〳〵此に追詰め彼所に開き合せ、縦横無尽に相戦ひ、門外杳《はるか》に追ひ出す。

『別所記』「神吉ノ城攻」

カヽル所ニ大手ノ矢蔵ノ扉不レ残開カセ、年頃廿八九ノ男、卯ノ花ノ鎧キテ甲ヲバ卸テ童ニ持セ、皆紅ノ扇開テ大音アゲテ名乗ケルハ、当城ノ大将ノ神吉民部少輔ト云者也。別所小三郎ニ頼レ今日於二当城一可二討死一。同ク死スル道ニテモ、天下ノ大将信忠ノ眼前ニテ花ヤカナル軍シテ、剛臆ノ程ミセテ死センコト武士タル者ノ本望ナリ。イデ見参申サント甲ヲ取テ着、シノビノ緒ヲシメナガラ櫓ヨリヲリ、大手ノ城戸開カセ究竟ノ兵二百余騎、前後左右ニ随ヒ、面モフラズ切テ出、大勢ノ中ヘ破テ入、懸ツ返ツ暫ガ程攻戦、木戸際ニ付タル敵千余騎ヲ一町計追靡。味方ヲ見レバ僅ニ五十騎計ニ打ナサレ閑々ト引ケルヲ、秀吉下知シテ爰ゾ得レ利《ヲ》トテ、敵ニ添テ門ノ内ヘ付入ニコミ入ヲ、民部少輔門外ニテ馬ヨリ飛デオリ、神吉重代ノ打物備前菊一文字則宗二尺九寸アリケルヲ右ノ小脇ニ引ソバメ押入、敵ニ走カヽリ、当ルヲ幸ニ打廻ル。大方此切先ニ向フ者不レ被レ討ト云コトナシ。

これもまた両者の記事構成や用語などは共通しており、『陰徳太平記』が『別所記』を下敷きにしていると見做してよいであろう。この一例のみに止めておくが、『陰徳太平記』が『別所記』を利用して、『陰徳記』に欠け落ちている記事、しかも毛利に味方して信長・秀吉と戦い滅んでいった別所の記事を増補したのである。

この外、作品の一部に三木合戦の記事を持っているものに、『織田軍記』（『総見記』ともいう）・『太閤真顕記』・『真書太閤記』・『絵本太閤記』などがある。

まず、貞享二年（一六八五）、遠山信春の著『織田軍記』であるが、この書には合戦の起こりや支城攻略など経過については簡略で、別所長治の降参と一族の自害の場面だけが詳しく記述されている。それはこの『織田軍記』が『別所記』でなく、『播州御征伐之事』に依拠しているからである。自害する別所一族が詠んだ辞世の歌を、『別所記』は長治・友之・治忠の三首載せるのみであるが、『播州御征伐之事』は長治・長治女房・友之・友之女房・山城女房・三宅肥前入道の六人の歌を載せており、『織田軍記』もこの六人の辞世を掲載している点からも、それは言えるであろう。

『太閤真顕記』は安永（一七七二～八一）の頃、大坂上町二丁目の白永堂長衛なる者によって作られたとされる全十二編三百八十巻もある軍談講釈本である。これをもとに改作したのが『真書太閤記』や『絵本太閤記』である。これらに載る三木合戦記事は『別所記』が原点になっているが、直接的に『別所記』を典拠としたとは思われない。先に『陰徳太平記』の箇所で引用した神吉城合戦の場面を『太閤真顕記』[14]がどのように描いているか、引用比較しておこう。

中ニも民部少輔ハ、神吉重代の名剣、備前菊一文字則宗の太刀、弐尺九寸有けるを、電光の如振り廻し、竪横無尽ニ切廻る。其太刀先に向ふ者、堅甲鉄冑も其功なし。或ハ討れ、或は疵を蒙り、敵する者あらざれば、神吉民部少輔大音揚、別所小三郎ニ頼れ、当城に戦死を遂んとて、数ならねども此城の主将神吉民部少輔治時なり。東国名ある者共来つて、我手並の程見よやと呼わり〳〵大ニ勇を振ふて戦ふにぞ、勇気強盛の上方勢、憎

ききやつが振舞かな、討て取らんと大勢一同ニ押寄、神吉民部が小勢を追取巻て討たんとす。（『太閤真顕記』五篇十七）

「神吉重代の打物、備前の菊一文字則宗二尺九寸の霜刃、電光の如く振舞」、「縦横無尽に相戦ひ」などの表現は『陰徳太平記』に極めて近いところから、『太閤真顕記』の三木合戦記事は原典の『別所記』でなく、『陰徳太平記』を使用していると思われる。

『太閤真顕記』を改作し、寛政九年（一七九七）初編刊行の『絵本太閤記』は同じ部分を、

此民部少輔は聞ゆる勇力なりければ、重代の太刀菊一文字則宗、二尺九寸ありけるを、電光の如く打振つて切廻る程こそあれ、此太刀蔭に向ひし者、堅甲鉄冑もその用なく、ばらり〳〵と斬れけり。（『絵本太閤記』二篇十二）

と描いており、民部少輔の活躍は極端に省筆されているが、『太閤真顕記』を下敷きにしていることは言うまでもない。しかし、『太閤真顕記』にはない別所長治らの辞世の歌が、『絵本太閤記』には『織田軍記』同様、長治妻女の辞世など六首の歌を載せている。『絵本太閤記』の三木合戦記事は『太閤真顕記』のみに拠らず、『織田軍記』なども参照したものと思われる。

三木合戦を描いた作品の中でも、特に古いと思われる大村由己の『播州御征伐之事』と太田牛一の『信長公記』の間には共通の本文があるなど、何らかの関連があることは明らかで、奥書を信ずれば『播州御征伐之事』の記述を『信長公記』が用いたことになるが、『信長公記』成立の複雑さと『播州御征伐之事』の奥書の信憑性が不明であるので、前後関係の確定は困難である。また『別所記』が『播州御征伐之事』を利用していることも明白であるが、以後、この二本から次々と異本、増補本、改作本が作られて行く。三木周辺の在地においてその傾向は甚だしく、

特に別所氏の菩提寺である法界寺は『別所記』の伝播の中心であり、増補・改作に深く関わっていたと考えられる。信長・秀吉の伝記や長編の通史的軍記が作られ、軍談講釈が隆盛を見る近世中後期になると、『別所記』・『播州御征伐之事』はその中に組み込まれて行き、次第に原形から遠ざかってしまう。そこには戦国軍記から近世軍書へ移り変わって行く一つの典型を見ることができると思われるのである。

注

（1）桑田忠親氏『太閤記の研究』（徳間書院　昭40）第二章「大村由己の天正記著述」
（2）小高敏郎氏『近世初期文壇の研究』（明治書院　昭39）第二章「秀吉のお伽衆大村由己」
（3）山上登志美氏「『播州御征伐之事』の受容をめぐって――『赤松末葉記』、『三木記』、『別所記』の成立の様相――」（甲南女子大学大学院「論叢」18　平8・3）
（4）中前正志氏「『別所長治記』の転身」（「女子大国文」105号　平6・6）
（5）佐藤陸氏「『足利季世記』の一典拠」（「武蔵野女子大学紀要」26　平2・3）
（6）山上登志美・松林靖明編著『別所記――研究と資料――』（和泉書院　平8）
（7）大橋俊雄氏校訂『法然上人絵伝』上（岩波文庫　平14）
（8）注（4）に同じ。
（9）藤木久志氏『雑兵たちの戦場――中世の傭兵と奴隷狩り――』（朝日新聞社　平7）Ⅲ「戦場の村―村の城」
（10）『播陽万宝智恵袋』下巻（臨川書店　昭63）
（11）注（6）の編著書に所収。
（12）本書所収　拙稿「神大本『別所記』と『中国兵乱記』」（梶原正昭氏編『軍記文学の系譜と展開』汲古書院　平10）
（13）国立公文書館内閣文庫蔵本に拠った。
（14）本文の引用は架蔵本に拠った。

摂津北部の戦国軍記
――軍記の在地化と変容――

一

摂津国北部の戦国時代を描いた軍記に『摂北軍記』(1)というものがある。現在の宝塚市から三田市にかけての武庫川上流の地域をその描く対象にしている、一巻ないし上下二巻の作品である。『三田市史』所収の『摂北軍記』は、

弘治元年の比より、中国あだかもおだやかならず、国々の領主又ハ郷士など所々蜂起し万民ともに安からず。

と、書き出される。弘治元年（一五五五）といえば、東では長尾景虎と武田晴信の川中島の合戦が、西では毛利元就と陶晴賢の厳島の戦いがあった年である。その時期の北摂の状況を述べようとするのである。続いて、

爰に摂津国伊丹有岡の城主村重ハ、かねてより何卒して一国の城主ともならむと志ざし、いろ〳〵謀るところありしが、今度の乱を幸に数多の家臣を集め、同年二月十一日早天より馬具武具にひしめきける。

と、荒木村重が「今度の乱」――何を指しているかは不明――に乗じて、摂津一国の支配をねらって兵を整えたというのである。

しかし、旧版『三田市史』下巻(2)が「摂北軍記などには荒木村重の有馬郡侵入は天文、弘治のころなどとしてあるがこれは誤で弘治年間は荒木村重はまだ池田勝政の家来であった」と指摘するように、この記述は明らかに間違いで

ある。同書は「松原系図」中に松原山城守義富が荒木村重と「天正元年三月」に戦った旨の記載があることから、天正元年（一五七三）の出来事であろうとしている。

『摂北軍記』は荒木村重の北摂侵攻を、巻頭に置く「伊丹有岡の城主村重北の庄合戦の事」の章で、村重の進軍に従う形で記し留める。やや長文になるが引用しておく。

　程なく有岡の城を出立、先つ津の国北の庄を征伐せんとて、手初に小林城主高山清左衛門と合戦に及しが、村重勝利を得、高山降参しける。夫より同国山口丸山の城主、山口五郎左衛門を攻めんとて押寄せけるが、是も同じく降参を乞ふ。依て其勢を合せて千七百余人、同国有馬郡岡場の城主西尾備後守が居城に押寄せ、一時に攻め破り、備後守を討取たり。夫より三田谷筋へ入込けれバ、蓮花寺・金心寺等も降参を乞ふにより是を免るし、同所田中の城主小畑助右衛門を討散し、桑原大浪山の城主左衛門を亡さんと、彼の村重の勢一時に押よせしが、桑原の家臣畑吉太夫・稲葉久三郎等ハ、此度の村重勢勝に乗たる有様なれバ、味方勝利覚束なし、先此度ハ降散（ママ）を乞ひ後世を待ち給へと、主人を諫めけれバ、実にも然るべしとて、早速降参に及けれハ、村重是より其勢二千三百余人四方八面に陣取し、三輪戸熊の城主横道三郎太夫・同藤三郎をも討取り、深田村稲田城主中川佐渡の介等も一戦の後降参す。次に西野上村四ツ塚の城主干貝伊勢守と数日戦ふといへども、伊勢守武勇の大将なれバ、少しも臆せず互にしのぎをけづり、中々敗軍の気色なく、勝に乗たる村重も空しく無念の月日を送りけるが、同年冬十一月十七日有岡の早打来り、父市左衛門病気と申也となれバ、村重おどろき、諸陣へ一先帰城あつて然るべくと申つかわしける。則貴志村を陣払し、阪本の陣に山口・桑原弐人を残しおき、中川・高山・安部・小浜の勢を引連れ、有岡の城へぞ帰りけれバ、是より村重二度北の庄へ出ることなし。

　ここに名前の載る城主たちは、ほとんどが他の資料に見出せない者たちである。集落ごとに割拠していた小土豪たちであり、地侍・郷士である。中谷一正氏は、「戦国期に於ける三田盆地」(3)に「有馬双書に見らるゝ土豪」を列挙している。

山口氏　山口村丸山の城主、弘治の比、五郎左衛門なる者あり。
西尾氏　岡場城主、弘治の比、備後守荒木村重に討たる。
高井氏　西浦の城主、十兵衛松原右近太夫に亡さる。
小畑氏　田中の城主、弘治中、助右衛門なるものあり。
松原氏　草下部村蒲公城、弘治中、右近太夫貞利なるもの之を築く。天正年間秀吉に亡さる。
桑原氏　大浪山の城主、弘治中、左衛門なるものありしも病歿して絶家。
横道氏　三輪村戸熊の城主、弘治中、三郎太夫荒木村重に討たる。
赤松氏　岡山に築城せしも山崎氏の為亡さる（永禄七年）。
中川氏　深田村稲田の城主、弘治中、佐渡介なるものあり。
青野氏　青野村高根山の城主、弘治年中、七兵衛貞政、越中政清あり。山崎左馬之介に亡さる（永禄七年）。
中村氏　井草村鳥山の城主也、広忠入道信斉あり。永禄七年山崎左馬之助に亡さる。
干貝氏　四ッ塚城主也。弘治中、伊勢守なるものあり。

『摂北軍記』は、荒木村重はこれらの土豪たちを次々と下して北上し、山口丸山城、岡場城、田中城と城を落として、遂に西野上の干貝伊勢守が守る四ッ塚城を囲み、数日送ったところで、村重は父市左衛門の病気の報せによって伊丹城に引き返したというのである。村重の父を「市左衛門」（『有馬郡誌』所収本は「重信」）とするが、何に依ったか不明で、『荒木村重史料』（伊丹資料叢書4）所収の十種の系図類にもその名は見出せない。荒木氏自身も『荒木略記』に「荒木一家ハ丹波之牢人にて小身ニ御座候」と記され、『穴織宮拾要記』(4)には「荒木摂津守ハ元来当国栄根村より池田城主筑後守へ草履取ニ出たる弥介也、次第ニ立身して茨木ぬか塚ノ城を責落し池田之城へ取、是より池田城主勝政聟ニして荒木十左衛門ニ成」と書かれているといった具合で、その出自や先祖は判然としない。村重は周知のとおり、池田の家臣であったが、早く織田信長に近づき、天正二年には伊丹親興を討って伊丹城を奪い、有岡城と改めて摂津一国を支配したが、天正六年には信長に反旗を翻し、七年には妻子を残して有岡城を脱出しており、家臣・妻子を見殺しにした「叛逆者」として、芳しからぬ名を残した武将である。

『摂北軍記』の書き出しは、上述のように、合戦の年代も真偽も極めて曖昧なものなのである。(5) 荒木村重を引き合いに出しているのは、村重の摂津統一の過程で引き起こされた北摂の郷士・国侍らの興亡を描くことにこの作品の目的があったためかと思われる。

二

荒木村重の席巻で北摂は戦国の様相を呈してきた。「北津の国ハいまだ領主も定まらず、此辺を征伐して一城の主とも成り、武名を揚ぐべし」と、村重の攻撃を回避した千貝を倒したのは、播磨の名家赤松の一族岩谷の城主赤松兵部少輔氏保の子息たち、赤松藤兵衛吉広と松原右近太夫の家臣となっている畑山美濃守利忠である。勝利した吉広は岡山城（三田市東野上城ヶ岡）を居城とし、忠利は松原の蒲公城に戻る。永禄七年にいたって、「何卒此戦（有馬郡誌本「此乱世」）の時を見合せ切り出し勝利を得、一郡の主とも成り度思ふなり」と赤松討伐を企てたのが、山崎左馬之助恒政であった。山崎は丹波に近い本庄を本拠としており、本書『摂北軍記』では「本庄村の郷士山崎左馬之助」と記される。山崎左馬之助は井ノ草鳥山城を攻め、城主中村広忠は城から脱走した、ついで青野村高根城の青野貞政を討ち、赤松藤兵衛吉広の岡山城を攻める。『摂北軍記』が最も詳しく描くのは、この山崎左馬之助と赤松藤兵衛吉広の戦いである。「山崎勢岡山之城を責る事」「上野が原小川山戦之事」の二章にわたって両軍の死闘が詳述される。

次第に不利になった赤松方は、「赤松藤兵衛とハ水魚の中」の蒲公城主松原右近太夫真則に援軍を乞う。松原山城之助が手勢百余人を率いて攻めて来るが、上野が原の合戦で深手を負った山崎方の幸田半左衛門広利が、「深手ながら立上り、此儘にてハ勝利弥有がたし」と出陣、激戦を制して松原を追い返す。援軍も来ず、赤松は岡山城に籠城することになり、家来を落ち延びさせて、藤兵衛自身は切腹して果てた。永禄七年二月十日のことであった。赤松を討ったことで、その名を上げた山崎のもとに、桑原左衛門など近隣の郷士たちが次々と降伏してくる。勝利を得た山崎は家老車瀬政右衛門を中心に立石に新たに城を築く準備を始めるが、隣接する蓮花寺と悶着が起こり、これが原因で家中不和になってくる。「車瀬も幸田をにくみ家老中不和に成し事も、本ハ此蓮花寺より事をこりし也」と記す。以後の『摂北軍記』は、この家臣同士の対立、お家騒動に筆を費やすのである。

三田谷筋を支配した山崎は旦那寺を金正寺に定めようとし、本尊をめぐって桑原左衛門と衝突した。幸田半左衛門・竹中弥兵衛が桑原に詫びを入れる。その桑原左衛門が永禄八年に病死し、後継がいないため桑原家は断絶した。幸田は桑原家の再興を企てたが、車瀬政右衛門がこれを阻止したので二人の対立が決定的になった。車瀬は暇を乞うて山崎を離れた。その半年後、今度は幸田半左衛門が何者かに闇討ちされた。車瀬が疑われたが、下手人は不明であった。残った竹中弥兵衛は取り立てられ、主家山崎の姓を名乗った。

『摂北軍記』は山崎の家老幸田半左衛門を他の家臣に比して詳しく描く。戦場での活躍だけでなく、諸士からの人望なども描いており、幸田に対しては極めて好意的である。

その後、山崎は織田信長に仕え、近江に所替えをしたが、豊臣秀吉が播州三木の別所長治を退治した時、松原の居城蒲公英城も落城、三田を中心とする北摂は焼け野原になった。山崎左馬之助恒政は生国にもどり、三田に城を築き、千秋万歳を楽しんだ、として終わる。

『摂北軍記』はそこに記載されている記事の真偽も定かでない。年代も矛盾や錯誤があるし、人物も特定できないものがほとんどである。荒木村重と山崎左馬之助が他の資料に見えるくらいで、他の人物はせいぜい郷士・国侍層とその家来で、いわば在地に埋もれた人々であったからである。(6)

『摂北軍記』には、「此乱世の時を見合せ」「かやうの戦国に生まれながら命を惜む事あるべからず」「今乱世の時故、もし敵寄来りなバ」というように、乱世の意識が濃厚である。北摂有馬郡の、しかも三田谷筋という極めて局地的な地域の戦国時代の回想を書き記すには、度重なる戦火が資料を消失させていたため困難であったろう。同様な事情を持つ地に時折見られる『太閤記』や『陰徳太平記』などからの抜粋でなく、不整合ながら自らの地の戦国史を描こうとの試みは、中世の軍記ものを合戦表現の手本として、それなりにその目的を達成している。旧版『三田市史』が「庶民的伝承史料」と呼んだ『摂北軍記』などの軍記が描く「史実」に寄せた人々の関心のあり所を、今に伝えているとは言えるだろう。『摂北軍記』は、最後は山崎家の内紛に収斂されてしまうが、それでも北摂の戦国史を全体的な視野を持って描こうとしている点は注目しておいていい。

三

北摂の支配者となった山崎氏を描く軍記に『山崎記』がある。(7)この作品には、「干貝家由来の事」「松原の系図」など、この地の郷士の家系や先祖について記す章段や「山崎城地見分の事」「長尾山平福寺の由来」などの地誌関係記事の章段を持っているが、最も特徴的なことはそれらの記事の間を縫う形で挿入される「敵討ち」の話である。

この作品も『摂北軍記』同様、書き出しには問題がある。「竹田・細川両人が赤松光助を征伐せんと」播磨国に下った時、加東郡東条の城主小田藤右衛門尉政春も落城の憂き目に遭ったと書き始めるのである。赤松光助（満祐）を竹田（武田信繁）・細川（持常）が征伐するために播磨に下向したのは、嘉吉の乱（嘉吉元年　一四四一）であり、『山崎記』が主題とする時代とは百年以上の開きがある。(8)

『山崎記』と『摂北軍記』の関係であるが、『山崎記』は明らかに『摂北軍記』を本にしている。『山崎記』の「干貝家由来の事」に、

弘治元年卯伊丹有岡の城主荒木吉三郎村重、摂州北の庄を征伐せんと、其勢千五百余人小林城主高山を攻め落し、高山降参しける次に、丸山五郎兵衛を打戦ひ、是も降さんに及びけれバ、北谷筋へ入こみ、北畑助右衛門を打取り、横道を征伐し、桑原左衛門と一戦して打ち勝ち、中川佐渡もこうさんし、此面平山城をせめんと、十重廿重に取まき戦と云へとも、干貝武勇の家臣数多あれハ、落城せす数日を送りける所に、十一月十七日有岡より早打来り、親死去の由なりけれハ、村重早速貴志の庄を陣払ひし、諸軍引つれ有岡へ帰城す。夫より村重此谷筋へ出です。後に武名をあげゝる内、播州より赤松藤兵衛五百人の勢にて小屋山東光寺に陣し、裡手よりひそ〳〵干貝か城へ押寄せ鬨を作り、夜軍さにて無二無三に押しよせ、干貝が城に火をかけ、なんなく干貝を打取り、加茂の庄岡山に城をきづき、勇名を此谷に上けにける。此赤松城落しの様子ハ、前冊に明白也。

と、荒木村重の北摂侵攻を記すが、これは先に引用した『摂北軍記』の記事を簡略にしたものであることは明瞭で、さらに「此赤松城落しの様子ハ、前冊に明白也」の前冊とは『摂北軍記』の「赤松松原摂州を出る事」の「赤松藤兵衛吉広ハ、四百人の勢を引連れ、小屋寺東光寺に陣取して、西野上村四ツ塚の城主干貝と戦ひにおよび、数日送りて終に干貝を討取り、武名此谷に響しける」等の記述を指している。

先に触れたとおり、『山崎記』には、二つの「敵討ち」の話が記される。この作品の特徴的な部分であるので、触れておく。

小田政春の東条城が落城した時、家臣赤松九右衛門由利は娘を連れて逃走した。途中で病気になり苦しんでいた

ところを、浪人山岡八右衛門に介抱される。ところが山岡は赤松九右衛門の鎧・鑓に目がくらみ、九右衛門を切り捨てて奪い取る。娘は土地の百姓の助けで三草城下の粂喜右衛門に奉公する。一方、逃走した山岡は有馬郡の百姓又兵衛の後ろ盾で干貝家に仕官する。天文二十一年（一五五二）、娘は十六になり、父の敵を捜すため暇を乞い、丹後・丹波を巡ったが出会えず、有馬郡で乞食のようになっているのを救われ、百姓又兵衛の息子久五郎の嫁になる。その後、干貝が赤松藤兵衛に攻められた時、干貝の家臣になっていた山岡八右衛門は奮戦し、落命してしまう。久五郎の嫁は自分が探し求めていた山岡が死んだことを知り、「未来のとつさんへ言ひわけなし」と自害する。残された夫の久五郎は妻の死を契機に武士になり岡村久五郎と名乗る。

これが一つめの敵討ち譚である。二つめの敵討ち譚は、山崎がこの地を治めたところから始まる。二つの敵討ち譚を繋ぐ役割を担うのが岡村久五郎である。

山崎左馬助恒政は元亀元年（一五七〇）立岩城を築城し、さらに千正山正福寺の本尊を自らの祈願所の本尊にしようと強引に求める。これがきっかけになって山崎と正福寺が対立した。その仲介に入ったのが岡村久五郎で、その弁舌が認められて山崎家のお抱えとなる。一方、桑原村の百姓九郎兵衛の息子九兵衛は美人の妻をもっていた。その妻を山崎の家臣湊新右衛門が見初め、言い寄るが拒絶される。その湊が墓参りに出掛けた時、父の九郎兵衛が湊に気付かず通り過ぎる。湊は無礼だとして九郎兵衛を切り捨てる。たまたま通り掛かった山崎家の家老幸田半左衛門に、湊は無礼討ちなので見逃すよう頼む。父を殺された九兵衛の深い嘆きに同情した幸田半左衛門は、下手人が湊新右衛門であることを告げ、ただし武士の約束で力を貸せない、隣の松原領に夜抜けして敵討ちの時期を待つよう勧める。天正二年（一五七四）五月、ついにその日が来る。湊が岡村久五郎とともに松原の尻知川へ釣りに出掛けることを九兵衛に伝えると同時に、同行する岡村九兵衛に敵討ちが行われるが手出しせぬよう言い含める。九兵衛はみごと父の敵を討つことができた。加勢しなかった岡村は城主山崎に咎められるが、幸田の取り成しで一件は落着したというのである。

この『山崎記』の主題は山崎家の由来を説くことでも、山崎の戦功を語ることでも、北摂の戦乱を描くことでもない。むしろ詳述される二つの敵討ち譚にあると言えるであろう。山崎左馬之助の北摂支配の過程は事件の背景に過ぎないのである。この作品には近世に入って盛行する敵討ちや敵討ちを題材とする文学・芸能の隆盛と深く結びついているのであろう。きわめて局地的な二つの出来事を結びつける「狂言回し」的な役割を果たす岡村久五郎の存在も興味深いが、この作品でも山崎家の家老幸田半左衛門は好意的に描かれている。本書『山崎記』はより軍記的要素をもった『摂北軍記』を利用して、近世的な敵討ち譚に仕立て直した作品であると言えよう。

四

『山崎記』に続くこの地の軍記的作品が『摂北有馬郡丹北城軍記』である。この作品も『三田市史』第三巻に収められている。内題は「摂州有馬郡蒲公英軍記」となっており、有馬郡日下部村蒲公英城主松原氏の滅亡を描く落城記である。異本として『松原軍記』『天正七年記』と称するものがあり、後者の別称は「摂州有馬郡草下部蒲公英城記」という。(9) この『摂北有馬郡丹北城軍記』（以下、『丹北城軍記』）は『山崎記』を承けて作られた軍記であることは、途中に挿入された記事、

爰に三田桑原村に百姓九兵衛と言ふもの夫婦、山崎新左衛門（『山崎記』は湊新左衛門とする）と言者に親を討れ、段々敵討の願ひを上るといへども、乱世の時節なれバ御聞入なく、口惜く思ふ。夫婦連にて桑原村をいで松原家を頼ミ、松原達三郎殿に奉公致しける事半年斗りなり。是を聞人ミな〳〵哀れに思ひ、九兵衛を諫めて世話をいたし、武げいの達人となしける。敵討の義ハ山崎記に有ゆへ、此書にハきさず。

に、「山崎記に有ゆへ、此書にハきさず」としているところから明らかである。

この『丹北城軍記』の巻頭には八ヶ条の目録が掲げられており、その第一章「松原家由来之事」には蒲公英城主松原筑前守貞友は別所大内之進の甥であることから記す。貞友は弘治三年（一五五七）に死去、奥方は出家して知角院殿といった。子どもが三人あって長男貞利、次男貞秋、三男友久といい、長男の貞利の妻は「大後弾正の娘」であった。ちなみに大後は淡河が正しく、播磨から摂津北西部に威を振るった別所氏の一族である。松原家は君臣和合して、家中安泰であったと書き始める。ただし次章の「丸山城合戦の事附り山口五郎左衛門滅亡之事」の記述を含めて、旧版『三田市史』は「此のあたりは松原氏系図の記事と相違し信をおくことが出来ない」とし、「山口丸山城の山口五良左衛門との戦の有様が戦記物語風に物語られているが、果して史実であったかどうか疑わしい」とされている。この本もまた『摂北軍記』や『山崎記』同様、史実的には信頼するに値いしない伝承か虚構で作られているといえよう。

第一章で松原家の由来を記した後、本書は松原家の家臣山本某が庭の松を切り倒した話が続く。城から見えるこの松を、先代の貞友が愛で、「此松之かる、時ハ、落城致共苦しからず」と願立てをしていたのに山本が切り倒し、それがもとで山本は乱心、刃傷沙汰を起こし、屋敷に籠もって捕り手を相手に大立ち回りをして、ついに討手に殺され、獄門に掛けられる仕儀となった。その三年後、蒲公英城は落城したのである。山本の乱心も、落城もこの「松を切し報ひ」だろうと、因縁話めいた伝えを載せている。

この『丹北城軍記』は『山崎記』同様、軍記的な背景を持っているが、その一つは松原家と丸山城の山口氏との合戦であって、その原因は両家家臣の川釣りでの些細な諍いだったことを記す。怒った松原は三百七十騎の手勢を率いて丸山城を攻める。この戦いで奮戦したのが立花陣右衛門で、松原方では「立花を東国の山本勘介とぞ申ける。女中方迄も立花を鬼神の如しとぞ言ひける也」と記される。この立花陣右衛門とその子立花八郎が『丹北城軍記』

の主要な登場人物といってよい。この山口との合戦で松原の三男右衛門友久が深手を負い、それを案じた母の知角院殿はもともと病弱であった上、この心痛が重なって死去する。その喪中に川釣りの殺生をした藤野将監宣政は追放の身になるが、後に松原滅亡後は右衛門友久を匿い続けた。

さて、『丹北城軍記』がかなり力を込めて描くのが城中の世話的な出来事であるが、その中心は立花八郎をめぐる一連の艶聞譚である。城主松原貞利の奥方は八千代御前といい、召使いの女中たちが大勢侍っている。奥方が中心になっての四方山話で、家中の美男子の噂になり、青木力之介・酒井重五郎・立花八郎の美男比べに話が及び、立花八郎を奥方の前に呼び出すことに決まる。立花八郎は仕方なく御前に出仕する。「奥方も家中の美男ハ是成ト宣し故、女中皆々執心深くぞありける」ということになってしまう。しかし「其後に奥方の御中立にて、竹沢良安が娘を八郎が妻にぞ成」したのであった。立花と竹沢良安の娘八重鶴の結婚の話を中断する形で、その頃の松原を取り巻く状況が記される。それは、天正六年の春になり、松原家と山崎家とが不和を生じ、戦いに及んだことである。『丹北城軍記』は「其後度々合戦有しに、松原家の勝利ハ度々にて、山崎家ハ危ふかりける」と松原が優勢であったが、山崎が織田信長に助勢を求めたため形勢が逆転して松原が負けたというのである。「是則山崎が高運也。松原ハ澱運ニして滅びける」と松原家を贔屓する本書だけの記述があるのは、本書作成の背景が窺われる。

立花八郎と妻八重鶴は夫婦仲も良く暮らしていたが、家中の青木力之助なる者が八重鶴に横恋慕をし、夫立花八郎の殺害を企てる。青木は友人永井勝蔵と立花の闇討ちを試みるが、逆に二人とも斬り殺されてしまう。立花にはお咎めもなかった。家中の事件に続いて再び天正七年の織田信長の摂津進攻に戻り、松原の滅亡が記される。信長は荒木村重を征した後、明智光秀が加勢を求めてきたため、軍勢を丹波に進める途中、北摂を切り従えて行く。郷士たちが次々降参していく中で、松原だけは本家別所に対する義理立てもあって、蒲公英城に籠もり織田軍と一戦を交える。この戦いで立花陣右衛門は信長軍の中川瀬兵衛と壮絶な合戦をして、背後から鑓で突かれ絶命した。息子の立花八郎は先の刃傷沙汰で蟄居していてこの合戦には出ず、妻と備前に逃げ、後に浮田家に仕官した。松原家の次男山城守貞秋も塩川伯耆守に攻め立てられ、家来二人と自害をしようとするが、御殿が炎上するのを見て「いかに両人、罪作るとも思ふとも今壱軍し而冥土の思ひ出にせバやとおもふ、いかに」と三人で大勢の中に突っ込んで行く。散々に戦い、「後へツと懸抜て我身を見れバ、切疵数ヶ所にして、太刀もさゝらの如く成りけれバ、傍に投捨、指添抜持、両人が方を見れバ、早討死して首を敵中に差上たる。山城守ハ今ハ此迄と思ひ、敵の中へ欠（懸）入、伯耆守が家臣長谷川三郎右衛門と言者ト引組で、差違へてぞ果られける」とその凄絶な死を詳細に描く。最後に長男の松原左近太夫貞利の切腹を述べて、全巻を締めくくる。

この『丹北城軍記』もそこに記されている日付が、転写によると思われるが、天正七年を十七年とするなど表記の混乱があり、史実の確認は難しいが、松原の蒲公英城陥落を天正七年三月十五日とし、その日の「朝ハ雨天なりしが、巳刻より晴天になり、寄手大に歓び押寄ける」と具体的である。

また、『信長公記』巻十一の天正六年十二月十一日の信長摂津進攻記事、

所々に御番手の御人数仰付けられ、羽柴筑前に相加へ、佐久間・惟任・筒井順慶、播州へ差遣され、有馬郡の御敵さんだの城へ差向ひ、道場河原・三本松二ヶ所足懸り拵へ、羽柴筑前秀吉人数入置き、是より播州へ相働き、別所居城三木への取出城々へ兵粮・鉄炮・玉薬・普請等申付け帰陣候なり。

とある「道場河原」こそ蒲公英城であり、「さんだ（三田）の城」が攻撃され、別所の籠もる三木城への足掛かりとされた事実を、この作品は踏まえている。

見てきたように『丹北城軍記』は、松原家と丸山城主山口家との抗争と信長の三木城攻めに巻き込まれ、松原家滅亡に至った山崎家との戦いの二つの合戦を中心としている。『信長公記』が数行で片付けている三田への進攻を、在地の立場からそこに起こった家中の出来事を交えて書き留めた軍記であった。

松原家側に立った『丹北城軍記』も、信長に付いた敵である山崎左馬之助を、「此時節ハ善悪の差別なり。只威勢の強につき家の長久お（を）ぞ計りけるとぞ也」と非難しない。それどころか、「伝に曰、山崎左馬の助ハ忠孝全く人にて、□し二而、則天是を助給いしとなり」と賞賛しているのであるが、それは作者の時代観によるものであろう。『丹北城軍記』には「今戦国の時なれバ、盛衰定がたく」「今戦国の時、惜しき勇士を失ひし事よ」「今戦国の世也、小事より大事ニなる事多し」「今又四海乱る、事甚しき時節にて」「乱世の時節なれバ御聞入なく」「女なれ共今戦国の時節なれバ、戦場へも罷こし名ある勇士と討死し、名を天に揚げたし」と、戦国乱世の意識が強い。この意識は『摂北軍記』にも見られたものであった。

ここに取り上げた三つの軍記は、戦国時代を題材にしてはいるが、成立は近世に入ってからであることは言うまでもない。戦国時代の摂津の郷士・国人層は、摂津守護職であった細川氏と被官の関係にあったが、細川家の内部抗争と分裂に巻き込まれ、信長の出現で残ったのは僅かに池田氏・伊丹氏の二氏であった。(10) しかも、荒木村重によって池田氏は天正元年に、伊丹氏は天正二年に滅ぼされた。その後、信長が毛利との対戦を構えた時、別所長治の三木城、丹波の八上城攻略の拠点になった摂津は、軍馬に蹂躙されることになる。識字層が増え、自分の住む土地の歴史に対する関心が高まった近世に戦国時代を題材にした軍記がたくさん制作される。この北摂の地でもいくつかの軍記が作られ、転写され、改作された。しかし、永禄・天正以前に遡ることはほとんどない。たとえ遡っても間違いだらけである。信長の出現がこの地の歴史回顧までも規定したと言えるだろう。それでも戦国軍記を作成するのは、ある意味で魅力的な時代でもあったからに違いない。『山崎記』の内神村の百姓久五郎は妻の死後、「何卒此上ハ我も武士になりたき望にて、大小をこしらへ時節を」待って武士になり、『丹北城軍記』の松原家家臣藤野将監宣政は追放になったあと、「田中村にて百姓と成」った。武士と百姓の間がなかった時代への想いも、これらの在地軍記が作られた根底にあったのであろうか。

注

（1）『摂北軍談』などの異本がある。貴志御霊神社蔵「有馬叢書」第三巻所収本と今井義雄氏所蔵本の校訂本文が『三田市史　第三巻』「古代・中世資料」（三田市　平12）に、また『有馬郡誌』上巻（有馬郡史編纂管理社　昭4）に所蔵不明の本の翻刻が収められており、それぞれに異文を持つ。なお、地名・人名などの表記は全ての作品とも、それぞれ依拠した伝本のままとした。

（2）『三田市史』には現在刊行中のものと、昭和四十年に刊行された上下二巻のものとがある。後者を旧版『三田市史』と表記する。

（3）「兵庫史学」12号（兵庫史学会　昭32・4）

（4）伊丹資料叢書4『荒木村重史料』（伊丹市役所　昭53）所収。

（5）旧版『三田市史』は「北摂軍談には弘治元年の春、荒木吉三郎村重、国主を望み、北ノ庄を征伐小林ノ城主高山清左衛門、田中の城主北畑助右衛門を降参せしめたとあるけれど何の根拠もない事である」とする。

（6）山崎左馬之助については旧版『三田市史』下巻が詳細に考証しているが、『田辺城合戦記』（続々群書類従3所収）に「摂州三田　山崎左馬介宗盛殿」と見えるところから、慶長七年に山崎左馬之助恒政の一族がこの地を領していたことが知られる。

（7）『三田市史』第三巻「古代・中世資料」に「有馬叢書」本が翻刻されている。

（8）『赤松盛衰記』上巻「村上源氏赤松家先祖之事」に「一、同郡（加東郡）東条小田城主依藤山城守光勝、父は太郎左衛門、揖西郡千本谷にて嘉吉の比自害す。豊房と号す。家長に村田氏有」とあり、同書中巻「赤松嘉吉年間録」に「加東郡小田の城主依藤刑部介豊房は前日より白幡の城へ行れけるが、其朝手勢八十騎ばかり打つれ、帰るさの山路にて、城山の煙をみやり、最早城は落て味方敗北せりと覚ゆれば、爰にて腹切て相果んとせられしが、郎等申けるは、此山中にて御腹を召されなば、賊徒の為に侵れんは必定ならん。詮なき御生害にてやあるべき。向に見へし千本村の地蔵堂にて御生害あるならば、六道能化の御引導もむなしかるべからずとみな〳〵いさめければ、刑部介実にもと是に従ひ、地蔵堂に馳入り、腰刀を抜て横腹につゝこみ、其血を以て堂の柱に書をかるゝ辞世の一首に、此堂に立より藤の腹切るは城山の城に煙たつゆへ」とあり、嘉吉の乱の時に小田が滅亡したことは事実である。

（9）『ひょうごの城紀行』上「蒲公英城」（橘川真一氏執筆　のじぎく文庫　神戸新聞総合出版センター　平10）参照。「天正七年記」については、旧版『三田市史』に「兵庫区道場町松原義雄所蔵の近世の写本である」とある。

（10）森田恭二氏『戦国期歴代細川氏の研究』（和泉書院　平6）

四　体験談と軍記

籠城・落城の日記と軍記

一

戦国時代の戦乱を扱った、いわゆる戦国軍記の中には、「日記」という名を持つ軍記がかなりの数見出だされる。『厳島合戦日記』・『岩城攻日記』・『岩劔合戦日記』・『大友合戦日記』・『蒲生陣山木氏日記』・『長久手日記』等々であるが、これらの「日記」と称する軍記がすべて本当の「日記」であるかというと、もちろんそうではない。日記とは名ばかりで、内容的には戦場記であったり、勲功記であったり、場合によっては年代記と呼ぶのが相応しいものもある。作品の名称だけでなく、戦国軍記の中に散見される「日記」の語に着目して、大量に生産された戦国期の軍記の一面を考察するのが本論の目的である。

二

後の論功行賞のために、軍の陣で「日記」が付けられたことは、たとえば、『平家物語』巻九「河原合戦」に、いくさやぶれにければ、鎌倉殿へ飛脚をもて、合戦の次第をしるし申されけるに、鎌倉殿まづ御使に、「佐々木はいかに」と御尋ありければ、「宇治河のまさき候」と申す。日記をひらいて御覧ずれば、「宇治河の先陣、佐々木四郎高綱、二陣梶原源太景季」とこそかかれたれ。（傍点筆者、以下同じ）

とあることからも明瞭である。これについては、美濃部重克氏の詳細な論考があるので[1]、すべてそれに譲るが、戦場に赴く武士にとって、一族の死活を制する功名を保証する合戦日記や合戦注文は、源平合戦のみならず室町・戦国の合戦においても同様に重要なものだったはずである。

天正七年（一五七九）、美作国では宇喜多直家の擡頭に抗して、後藤勝基を中心に郷士が結集して、戦いを挑んだものの敗退した合戦の顚末を描く軍記に『三星軍伝記』[2]がある。その巻五に、

斯て新免伊賀守・安東入道方より此度の軍、勲功の者共の次第、逸々日記に印（ママ）し、新免治部左衛門を以て、太守へ言上しられ（ママ）けるに依て、六月中旬安東源左衛門・上原左京、備府へ召れて、原田が所領を両人に宛行、帰国して旧所へ帰る。

という記事がある。ここに出る日記は、「勲功の者共の次第」を記したもので、これが証拠になって所領が与えられたのであり、いわば本来の形での日記の役割を持ったものと言えるであろう。

日記が事件の経緯を報告する資料として使われた場合もある。『中国兵乱記』[3]四には、

播州別所小三郎長治は、羽柴筑前守と日々の迫合以㆓日記㆒御注進仕り、近日御加勢被㆑為㆑下候様にと隆景卿へ申越候。

と、三木合戦で苦境に立った別所長治が、毛利に援軍を要請するときに日記を添えて、日々の合戦状況を報告した。日記が記す日ごとの動きが何よりの証拠になると考えられたからであろう。

同様に証拠資料として日記が用いられたことが、『上杉三代日記』の中の「上杉謙信日記」にも見出だせる。

一　寛文年中、公方様より、上杉へ仰付けられ、軍日記御尋あり。是に依りて、井上隼人正・清野助次郎二人

共に、慶長十九年三月三日と書印したる日記手写し、公方様へ差上ぐる。須賀五平次・堀内権之進、書置き候日記も、右同前此の如し。

幕府から『本朝通鑑』編纂のため資料の提供を命ぜられた上杉家は、軍日記を提出したという。ところが、この資料をもとに書き上がった『本朝通鑑』は、『甲陽軍鑑』の記事と「合戦勝負の甲乙、月日の違」いがあり、これでは「甲陽軍鑑は偽と罷成り、武田流の軍法は、徒事と罷成るべき由」のクレームがついて、「甲陽軍記（ママ）と、上杉家の軍日記と両書を並べて書き申す」ことになったと、同書は書いている。

実は、この記事は『川中島五箇度合戦之次第』にも見え、その末尾に「此一冊は、須崎（ママ）・堀内書止め候書と、信玄子孫武田主馬頭信光家伝の書と、村上義清が子息源五郎国清書き置き候書と併せて吟味穿鑿を致し、書記し候者なり」とあり、さらに奥書には「右は先年弘文院春斎に被仰付日本通鑑御清選被遊候刻、酒井雅楽頭忠清奉にて上杉家より被差上候一冊なり」とあり、「上杉謙信日記」同様、須賀（崎）五平・堀内権之進の日記をもとに、井上隼人正・清野助次郎が作り、提出したものというのである。ところが、この『川中島五箇度合戦之次第』は史実と合わないことが多く、偽撰であるとする説が有力である。寛文年中、大老酒井忠清に、『本朝通鑑』のための資料提供を求められたとき、上杉氏の一族の者たちが協議して、世上流布していた『甲陽軍鑑』に対抗するために作り出したものだというのである。[4] しかし、上杉家にも家臣たちが記した「軍日記」があったことは、後述する他の例を見ても間違いあるまい。上杉に関する軍記にも、たとえば『春日山日記』[5]首巻の巻頭に、

> 抑此日記ハ春日山大乱ノ節、半紛失シテ残ル所ノ書、僅ニ府城ノ辺村府城ハ春日、山ノ城ナリ何院トカ云シ禅院ニ在シヲ、隅田某名ノ所キレテウツサレス是ヲ見出シ、吾家ニ蔵置所ノ旧記也。春日山騒動ト云ハ、天正六季三月、謙信公逝去シ玉フ後、喜平次景勝ト三郎景虎ト家督ヲ争ヒ、鉾楯ニ及ビ、禍ヒ忽チ国内ニ至リ大ニ動乱ス。

と、御館の乱（天正六年）と呼ばれる謙信死後、養子景虎と景勝の間で起こった家督争いによって多くの日記が焼

失したと記されている。さらに、

此大乱ニ日記々録等ノ類ヒ多ク焼失シ、或ハ紛散ス。此書モ大半ハ失乱シテ、僅ニノコリ留レリ。然レ共考《ルニ》レ之《ヲ》、千ニシテ百ニダニモ不及専要ノ所々正記皆々失セリ。誠ニ可惜哉。隅田大炊助ハ景勝公ニ仕ヘテ老臣ノ其一也。大炊助国政ニアヅカリ、其名近国ニ唱フ。此人ノ庶弟名ノ所切テ見ヱズ、或ハ甥トモイヘリ、何某ト云者仕官ヲ辞シ、隠逸ヲ本意トシ、所々ニ来往ス。或時彼禅院ニ来テ、不慮ニ此書ノ半相存スルヲ見出シ、住持ノ僧ニ所望シテ乞受、吾家ノ秘書ト号シ、書中欠如スル所々ヲ、此何某越国ノ忠臣戦功有レ之シ家々ノ記録・覚書等ヲ縁ニ依テ尋求メ、アラ〳〵補綴シテ、謙信公一世ノ間、其智謀計策神ノ如クナルヲ誦シテ、老齢ノ一楽トス。

この『春日山日記』も大半が紛失していたものを、隅田大炊助の弟が偶然発見し、さらに残存している「家々ノ記録・覚書」を集めて書き直したものだというのである。ここで「家々ノ記録・覚書」と呼ばれているものは「日記」に類するものであろう。同じ『春日山日記』首巻の末尾には、

日記大半紛失スル故ニ、謙信公一世ノ御事百ニシテ十ニダモ不及、我亦カノ末流ヲ汲テ所々ニ徘徊シ、謙信公ノ古記ヲ考ヘ、或ハ群臣ノ中ニ記シ置日記等散然トシテ、コ、カシコニアル物ヲタヅネ、其外他家トイヘドモ、其時代家々ノ記録等ヲモ亦考訂シテ、カケタルヲ補ヒ、カレコレ拾集一部三十巻トス。

と、「群臣ノ中ニ記シ置日記等」と書かれており、同じものが「日記」と呼ばれたり、「覚書」と称されたりしている。このことは、やや時代は降るが文政本『若州記事』[6]の奥書に、

右覚書若狭織田村半太夫祖父記レ之云々。
右宇佐美本を以比校畢。文政元年九月九日

佐柿町奉行宇佐美庸助重行、此記録ヲ写シテ奥書ニ
山東郷佐田村田辺半太夫家之日記也。本書者、空山公御覧、戦国ニ委シク記置、且ハ恙ナク戦国ヲ経、目出

度モノ、自筆、御所望之由被二仰出一、差上候。（略）
亨和三年亥正月

と、同一のものを「覚書」「記録」「日記」といっていることからも、厳密な区別は行われていなかったものと思われる。

三

先に引用した『三星軍伝記』は貞享二年（一六八五）に成ったものであり、戦国時代からは隔たった時点での成立であるが、その序文には、

然るに後藤家の臣に菅原の姓江見幽斎と云ふ人有て、此軍を委く日記に残すを西播において見当り、又後藤家の正流作の府内に埋居る事を聞て尋□て問見るに、幽斎日記に少も違ふ事なし。故に今まさに正して全部五巻として三星軍伝記と号し、（略）我無学短才にして、書につゞる事其罪恐ありといへども、後世において諸士の英名朽果なん事をなげき、又諸霊へ追福の為ともなれかしと願ふて愚書を残す。且名乗等の有無日記の儘成り、後人必ず笑ふ事なかれ。

と記されている。宇喜多によって滅ぼされた後藤氏の家臣江見幽斎の「日記」を手に入れた「藤原の姓某」が、後藤の子孫を美作の国府に尋ね、確認の上、埋もれた「諸士の英名」「諸霊へ追福」のためにこの書を書いたという。作者藤原某は後藤の家臣ではなく、播磨の住人であることから、この本はいわば第三者の著作であるが、落城記・籠城記は直接の家臣が自らの体験を記したものが多いのである。

その一つ『別所記』は天正八年に播磨三木の別所長治が立て籠もる三木城を、羽柴秀吉が攻め落とした合戦を描

くものだが、その跋文には、

此日記、別所普代来野弥一右衛門為軍使、平山二ノ目ノ合戦半ニ行、敵味方入乱。直ニ敵陣へ掛入、一人切伏首ヲ得。残敵六七人ニ被取籠、三ヶ所手負、既ニ討死スベキ所、中村茂介ト云者助来、以長刀敵二人切伏、残ル敵ヲ追払、被助傍輩、帰候ヘドモ、深手ニテ平愈ノ後、歩行不叶。其後軍場へ不出。三木落城ノ後、作州側山家ニ知人有テ存命也。合戦ノ討死武勇ノ跡モ、後世ニハ名ヲダニ知人アルマジキヲ嘆カシクテ、如此綴留ル者也。心アラン人ハ此日記ヲシルベニ文章ニモ載置給ヘ。

とある。この文を信ずれば、作者来野弥一右衛門が戦場で負傷後、戦闘に堪えず、落城後は美作の知人のもとに身を寄せ、これを書き綴ったのだという。ここでこの作品を「日記」と呼んでいることは注目される。この『別所記』の場合は、籠城の日々につけていた日記とはいえないが、次の例のように、籠城中に記された「籠城日記」とでもいうべき日記もあったのである。それは『播州佐用軍記』に見えるもので、同書の序文に、

此書ハ佐用郡上月城内ノ日記也。

と記されている。続いて、「伝云」として、

佐用合戦ニ及テ、於㆓大手本丸㆒高島ト小林ト軍中ノ次第撰之。楢原八兵衛尉・櫛田久蔵、此両人執筆シテ、以日㆓記《ス》之㆒、於搦手二ノ丸㆒早瀬・横山、是ヲ司テ、桐山市進ト広澤入道俊軒、是ヲ執筆矣。

と、この書が大手本丸と搦手二の丸でそれぞれ二人の者、計四人によって「軍中ノ次第」を日記として書き留めたものであるというのである。

然《ニ》上月落城之日、於㆓大広間㆒、政範・正澄・正義列座シテ、件之執筆四人ヲ召、高島申サレケルハ、籠城ノ抱既ニ今日ニ迫レリ。去バ此日記共亡滅セン事本意ナケレバ、後日ニ何ヲ以テカ、是ヲ正サンヤ、唯云甲斐無フ攻落サレシト云レンモ口惜《ヲシカル》ベシ。然バ櫛田・桐山ノ両人ハ、此日記ヲ持チ城ヲ落行テ書写山ニ走リ、密ニ妙

覚院法印ニ謁シ、汝ラガ城内ニテ見聞スル所ト、世ノ風聞ヲ補入、清書シテ是ヲ右衛門ニ与ヨト也。時ニ両人ガ云、今此節ニ臨ンデ退散仕ランコト本意アラズ候。兎ニモ角ニモ御一所ト申ス。政澄聞テ最也。乍去此日記亡滅セバ、凡今度籠城セシ輩万人ニ及ベシ。是皆犬死共餓死セリトモ云レン、此日記世ニ存セバ、義ヲ守リ討死セシ者共永ク世ニ存セル也。物ノ存亡ヲ弁ザル者カナト、気色奮テ申サレケレバ、両人辞スルニ言葉ナク、同十二月十七日ノ黄昏時、祖父市進ト櫛田ノ何某城ヲ忍落、桐山ノ郷、是ハ上月ノ城ヨリ西北ニ当リ、則桐山ガ領地ナリ。両人爰ニ忍居テ、頓テ剃髪シ、後書写山ニ登、一生ヲ行ヒスマシ、終ニ坂本マデモ出デズト承ル。

天正五年十一月、毛利に味方する上月城主赤松政範に対する秀吉の攻撃は苛烈で、『信長公記』巻十に「七日目に城中の者、大将の頸を切り取り持て来り候て、残党の命助けられ候様にと歎き申候を、上月城主の頸、則、安土へ進上致し、信長へ御目に懸けられ、上月に楯籠る残党悉く引出し、備前・美作両国の境目に張付に悉く懸置」と記されるように、城中の残党をすべて処刑した凄惨な戦いであった。その殲滅の前に、城主政範はこの「城中日記」を後世に残すため、櫛田久蔵と桐山市進の筆録者二人を城から脱出させたというのである。「此日記世ニ存セバ、義ヲ守リ討死セシ者共永ク世ニ存セル」からであると考えたからである。その後、日記を携えて城を出た人々が「佐用城中ノ日記ニ間時ノ風説ヲ補テ清書」して出来上がったものが、この『播州佐用軍記』であるという。「伝云」と断っているとおり、ここに書かれていることが事実であった保証はどこにもない。『播州佐用軍記』の本文そのものには歴史的事実と異なることもあり、後の筆が相当加わっているので、当初の城内日記そのものではないが、「平信長記、及豊臣記、天正軍記、竹中傳記ナド云ヘル書ヲ閲《ケミ》スルニ、佐用合戦ノ次第ヲ他ノ書ニ委不記之」と書き漏らされた主家の滅亡を書き残したいという強い思いが、日記から軍記へと変えていったものと思われる。

それでは「籠城日記」の本来の形は、どのようなものであったのであろうか。天文九年（一五四〇）九月、尼子晴久が三万の大軍で毛利元就の籠もる郡山城を攻めた戦いを記す『毛利元就郡山籠城日記』（以下、『郡山籠城日記』

と略す）は、天文十年二月六日の識語を持つ十七ヶ条からなる短い文書である。(7) これは毛利関係軍記の集大成ともいえる『新裁軍記』(8) にも「御家蔵文書（郡山御籠城日記）」として引用されているものであるが、「籠城日記」の典型的なものといえるだろう。その最初の部分を引用しておくと、

天文九年秋、芸州吉田に至て尼子民部少輔発向の次第

一、九月四日、多治比取出に至て罷り立つ国々の事、出雲、伯耆、因幡、備前、美作、備中、備後、石見、安芸半国、此勢打入りの時三万也。

一、同五日、吉田上村え打出で、家少々放火、此日は合戦に及ばず候。

一、六日、太郎丸其外町屋等放火、此時尼子衆先懸の足軽数十人討捕り候。

一、同十二日、後小路放火、此時大田口にて大合戦候。敵には高橋、本城を始として数十人討捕り候。味方には井原の樋爪、渡辺源十郎二人討死。廣修寺縄手、祇薗縄手両口合戦、互に死人なく候。

と日々の出来事を書き留めているところも、まさに日記と呼ぶにふさわしい。本来の「籠城日記」の形を持ったものと見做してよいだろう。この郡山籠城を描く作品は毛利関係の軍記に多くあり、『吉田物語』『陰徳太平記』はもちろん『中国治乱記』『西国太平記』『安西軍策』『毛利元就記』等々枚挙に遑がないほどであるが、それらの中で成立が比較的古いと考えられている『江濃記』(9) と『郡山籠城日記』を比較してみておこう。

『郡山籠城日記』

一、同（正月）十一日、陶五郎、郡山尾つゞき天神尾え陣替。

一、同十三日、敵陣宮崎長尾え元就仕懸け、則ち切崩し、三沢、高尾始として、宗徒者二百余人討捕り、其儘敵陣焼跡に切り居り候。此日陶衆と三塚陣衆合戦候て、陶被官深野平左衛門尉、宮川以下十余人討死、敵には尼子下野守討死。

一、同十三日夜、其まゝ尼子陣退散、敵却口《のきぐち》を送り候。犬ふし山の雪に漕ぎ草臥、石州江《ごう》の川にて、或は船を乗り沈め、或は渡りへ追ひだされ、死に候者、更に其数を知らず候。先年道永天王寺御崩の時、渡辺川においで死に候趣の由申し候。

『江濃記』尼子合戦之事

明ル年正月十一日、陶尾張守一合戦とこゝろざし、天神山へ陣をかへらるゝ。又元就も宮崎と云処へ押寄、責戦ける。大内衆深野平左衛門と云もの、三千余騎にて尼子が陣へ攻上ル。尼子方両所の敵に迷惑して、こはいかにと驚天しければ、下野守申けるは、我等此度種々出勢の儀留申候得者、各臆病者と被レ申候由承り及。然ども其臆病なる下野守は、此敵を追下し見せ申べし。大功なる人々は成がたかるべしと荒言して、荒手にて責上る敵を、唯一散に追散し。大将深野平左衛門を打取て、終に打死してむげり。扨其日天文十年正月十三日、晴久敗軍して出雲へ開陣しけれども、大雪降ければ毛利衆したふに不レ及。此よし京都へきこえければ、則公方御感不斜して、三管領と聞えし畠山右衛門督在氏・細川右京大夫晴元・六角弾正少弼定頼、三人承りにて感書を毛利に給りける。

同じ天文十年正月十一日から十三日にかけての合戦を描く部分であるが、『郡山籠城日記』では「敵には尼子下野守討死」としか書かれない尼子下野守久幸が、『江濃記』では出兵を諫めたため、かえって臆病者といわれてしまい、それを恥として、大内の三千の援兵に突っ込んで討死したという尼子方の話を載せている。またこの日、尼子勢が敗退し、出雲に引き上げたことが京都にまで伝わり、感状が毛利に与えられたことも記している。これに対し『郡山籠城日記』は記述も素朴で筆者の見聞した範囲しか記されていないことなどが『江濃記』と異なっており、それは先に挙げたこの籠城を描く他の多くの軍記とも同様に異なっているのである。

このような籠城の日記、城内日記が存在したことは間違いないと考えられるが、それは『上野国群馬郡箕輪軍記』下に見える「軍記帳面の役人」のような者がつけていたものであろう。

しかし、この時の毛利元就の籠城は、大内の援軍を得て尼子勢を撃退させた、いわば勝利を得た戦いであるから、この日記が残ったのであり、落城した播磨の三木城、上月城、美作の三星城、あるいは炎上した春日山城などとは事情が違っている。これらの中には、たまたま落城寸前に持ち出されたり、残存点在していた日記をもとに、生き残った者が滅んだ主家の名と忠義に死んだ家臣たちの働きを子孫に伝えるために書き進められた軍記である。まさに笹川祥生氏がいう「令名の記録」である。(10)

『播州佐用軍記』には、落城寸前、城内日記の筆録者二人に脱出が命ぜられ、後に上月落城の軍記を記すことになったと書かれているのであるが、同様なことが『清水家之譜』(11)の跋文にも記されている。

右之一冊者、予所二蒐録一也、予嘗事二于宗治・景治父子之間一、有レ年二于茲一、去於二高松之城一宗治截腹之刻、召レ予曰、白井与三左衛門已先レ予試二截腹一畢、我死後妻子之始末託レ誰援二其手一乎、是汝ヲ所レ頼也、汝必可レ遂二其節一ト也、予対曰、此御諚御請難レ申、予御最後之御伴可レ仕其志已定ヌ、此条ヲハ余人ニ可レ被二仰付一ト也、宗治重テ曰、汝志誠神妙也、所二感悦一也、乍レ去予赴二戦場一対レ敵決レ死之砌ナラバ、一人ナリトモ従レ予致レ死事可レ為二忠功一、今城中事急也、為レ君ト云、為レ家ト云、為二秀吉公一所二切腹一也、従レ死者何詮カ有レ之、是故妻子之行末所レ憑也、汝以レ所レ事二于我一、事二景治一致レ身竭レ忠可也、此上ハ力不レ及御請申ヌ、爾来事二景治一、随分竭レ力遂二奉公一畢、故父子之間、前後之事実自所二親歴一也、書レ之為二一冊一、示二後昆一而已、所レ希、父子之忠肝義膽、不レ淪二没渺茫之中一、

于レ時慶長十六年辛亥六月四日　　家臣橋本六左衛門治定

というものであるが、これは天正十年、秀吉が備中高松城を水攻めにし、城主清水宗治を切腹させた高松城の戦いの顚末を描く軍記である。作者橋本治定は清水宗治から妻子の世話を託されて生き残ることとなり、二十六年後、

主家の宗治・景治父子の毛利家への忠功や戦闘・籠城などが忘却の彼方に朽ち果てることを嘆いて書き記したのである。

四

織田信長が中国の毛利攻めを開始し、羽柴秀吉や明智光秀を西国に差し向ける。毛利の勢力範囲の東の端が播磨・摂津・丹波であったため、この地が戦場となった。毛利に味方する丹波の波多野や赤井などは再三織田勢の攻撃を受けることとなる。八上城に波多野秀治・秀尚兄弟が、氷上城には一族の波多野宗長が立て籠もった。明智光秀ら織田の軍勢の前に奮戦空しく両城は落ち、一族が滅亡する様子を描く軍記が『籾井家日記』である。この作品は「日記」と称しているが、十巻もあるもので、本来の城内日記ではない。この『籾井家日記』の巻十「籾井家由来の事」にはこの書の成立に関する記述がある。まず作者であるが、「右日記撰者」として、伊丹孫三郎源政信、籾井五郎右衛門源業重ら七名の名前が載っている。これらの人物の詳細は分からないが、その姓などから、いずれも波多野家に縁の者だろうという[12]。そして「某等」がこの書を残そうとした意図は、波多野家の「御弓矢を末代に伝へて、旗頭宗徒の人々の源平以来の嗜みをも顕はし、又は子々孫々に心付するためなり」としている。そのような目的でこの書の執筆を思い立ったものの、その前に立ち塞がったのは、記録の不在、日記の焼失であった。

元来当国代々の記ども、今度の滅亡に大方焼失しては候。八上御日記、氷上御日記も焼失と申候。教親自記の日記も焼失して是までが運の末と浅ましく候也。綱忠、景光景氏等の記、能勢家の記、別所家の記も、其縦跡を生残る人々に問へ共不定にて候。焼失したるかと覚えて残念の次第は涙を落すばかりなり。

という状況であった。それにしても多くの日記の名が挙がっていることは注目してよい。この中の「八上御日記」

「氷上御日記」はそれぞれの城の城内日記と思われるが、それも焼失し、他の個人がつけていた多くの日記もその存在さえ不明になったというのである。しかも、

国中一同に滅亡なれば、万事取失ひ候ばかりにて、早僅に数年の内にも思ひ合せ難き事が多く候。

と、戦後の混乱の中で、合戦の事実を検証する手だてが急速に失われて行く。

人々の行衛も討死か生のこられたるか、今日迄も落着の知れぬのみなれば、今此一巻を作りても不定なる事も有らんか、重ては又改めて作るべし、先づ一巻をと急ぐ心は一日も延るほど万事は取失ひ易ければの事也。

とにかく早く作らなければとの焦る気持ちを書き記している。そして、この書が題材としたものを、次のように記す。

此一巻を記すに就ては、生のこりたる人に其節の事をば問ひ、又は日記どもの端々の書留たるをかりあつめて、よく見合せ、慥かなる処々を書よせて候。自分に書候処は少しにて候。さるほどに文言も後先そろはぬ処が多かるべき也。（中略）東口は籾井家の持口なれど、それさへ細かにしれぬ事なり。此分の記も中々聞合せばかりにて述らるゝ事にはなけれども、広沢の日記、景光、景氏の自記の端々を心覚えに止めたるもあるを、根組の種にして、其上を聞合せて候、

と、日記の残存したもの、日記の断片的メモと生き残った人たちの証言をもとにしてこの書を作り上げたというのである。依拠すべき多くの日記が焼失していても、ここに書かれてあることは「慥かなる」ことがほとんどで、「自分に書候処」は少しであることを、「少しも某等が私に申す処にはなく候」などと繰り返し強調している。

しかし、それは客観的な記述をしているというのではもちろんない。『籾井家日記』の立場は極めて明瞭である。それは徹底した反信長・反光秀の立場である。信長を評して「兄弟を滅し、家臣を殺し、其後美濃の斎藤、江州の浅井等を、縁の一族までを亡す。神社仏閣までを破滅致さるゝ事限りなし。これ慾心のために仁、義、礼、智、信

を忘れたる大将」といい、光秀を「明智十兵衛と云族姓もしらぬもの」といい、「大将と自慢する明智めさへ、赤裸にて簑笠を着、山裏を乞食して北げのびたる目に逢はせ」と口を窮めて罵っている。

氷上城も落ち、籠城の兵士達の兵糧も尽きて、光秀の和談に従って降伏した波多野秀治は、その後の織田方の約束違反に怒り、自害を試みるが止められる。自刃で深手を負った秀治は、安土に護送される途中死んだ。死に臨んで秀治は、目を荒らかに見開き、「汝等たしかに聞いて、信長、信忠へも光秀にも申し聞かせよ。運命つきて屍を軍門にさらすは大将の法なれば、敵に対して何条遺恨のあるべき。然るに今信長へは恨があるぞ。光秀は重々の怨念候ぞ。今に思ひ知らすべし。某が怨念に年は立せぬぞ」と言い、さらに弟秀尚へは「今生の望み今はなし。早く彼土に至り、波多野一家の悪霊、信長、光秀等を召し取つて思ひ知らせんするぞと申すべし」と遺言し落命する。弟秀尚を始め一族の者も信長の前に引き出され尋問を受けるが、波多野秀基は「やれ汝光秀、慥かに聞いてをけ、死せる屍に生ける志のあるは武士の魂にして波多野一家の者どもが亡魂はよく物を云ふぞ、火にも焼けず、水にも朽ぬぞ、汝らを三年の内には、はたものにも焼殺にもされぬるを覚えて居よ」と言い、波多野公秀は「波多野が運命は今こゝにつきて屍をさらすと雖も、今生後生に思ひ入りて日頃に契り置たる一念ちつとも消ぬぞ。そこな人非人の光秀は申にや及ぶべき、将軍（信長）にも三年の内に慥かに思ひ知らせんぞ。勇士の魂の程を末代にもみせんぞ。この詞をよく聞いてをけ」と、その恨み、怨念が悪霊となって信長・光秀を取り殺すであろうと予言したと記すのである。

この人々の処刑を受けて、『籾井家日記』は「波多野一家の怨霊三年の内に憎き光秀を蹴殺し、非道に弓矢を振舞て候将軍父子に、末代の耻をかゝせて、弓矢の恨みを申すべきとなり」「波多野が一家は怨霊の弓矢を取つてしやれ頭に物を云はせ、大勇の者の一念は死んで死せず。魂魄が軍神となりて鬱憤を散ずる道を末代に伝へ、娑婆の運つきたる大将の弓矢の法を後記に止めて手鑑にさせうずるぞ」と記す。もちろん織田信長が後に明智光秀によっ

て暗殺されたこと、その光秀も山崎で殺害されたことを知っての記述である。それは、巻末近くの本能寺の変を記した箇所に、

信長父子、明智らが亡びたるは、当家怨霊の二度の弓矢たるを見知るべし、又これは山伏坊主の説法の様に思ふ人もあるべけれど、これ格別の理窟なり。名将大器量者の魂魄は、二度の弓矢を取る妙は候也。

と述べて、波多野の怨念の深さを強調する。本書『籾井家日記』の特色の一つは、信長・光秀に対する激しい怨念を子孫に語り継いでいることである。

特色の二つ目は、頻出する「源平以来の弓取り」「当家の御家風」「当家武辺の意地」「当家の武士」「当国者」などの言葉に表れる丹波武士の誇りと波多野家臣の矜持が至るところに書かれていることである。その一方、作者たちが生き残ったことに対する後ろめたさが書き込まれている点も興味深い。

某等外備・間者に往来して、不思議に死場をしらず、生残りて候へば、末代の勇者達がさぞや中条のあるべきは、かゝる死場をはづし腰抜し男が、何条武を知るべきと批判すべし。某等が腰抜しか、生残りたるが証拠にて候が、両波多野家の御弓矢の意地をば邪義を去て目を明けて見らるべし。腰抜かしが申し条をも弓矢の意地合の正道を申すならば、悪心を捨て涙を流すが勇士の本意にて候。其上某等は格別のなり。外にも不慮に生残られて候衆も多く候が、却て討死より大勇の衆も候ぞ。

『籾井家日記』の作者たちは、生き残ってしまった後ろめたさを感じながら、「此頃まで我も人も一言をいふ事もならず、身の置所もなくてあれど、信長、明智亡びられて、漸く一言をも申す。されどもまだ遠慮の事も多ければ、書残す処なり」と、やっとものを言える時代になったことを喜びつつも、事実が急速に埋もれて行く危機感にこの書を書き進めたのである。

生き残った者が、滅んでしまった主家の軍記を書いたものに、『雲陽軍実記』(13)がある。作者河本大八隆政は、二

十歳の時、芸州吉田の合戦で深手を負い、浄安寺の傍らに住み、尼子氏の滅亡を書き続ける。その序に「予不《ル》レ至《ラ》二其戦場《ニ》一之旨趣者、自二親族知音盟友一書二記《シテ》其軍中之興廃存亡実《ノ》跡《ヲ》一而送《ラシム》レ之《ヲ》。則《チ》省《キ》二虚妄浮説《ヲ》一禁《シ》二作為文花《ヲ》一唯以《テ》二正跡《ヲ》一染《メ》二拙墨《ヲ》一曰《フ》二雲陽軍実記《ト》一」とあるように、自らが体験できなかった戦闘の情報は親族・知音・盟友から集めたと言う。河本隆政は「夫《レ》文字《ハ》貫《ク》レ道《ヲ》之器也。無《クシテ》レ器而万物不レ顕《レ》」と同じ序文に書く。文字によるしかない無力感と文字の力を信じての使命感が共存しているのは、『糀井家日記』も同様であろう。

注

（1）美濃部重克氏「戦場の働きの価値化――合戦の日記、聞書き、家伝そして文学――」（『国語と国文学』70-12　平5・12）
（2）『吉備群書集成　三』所収。なお引用文献が「正続群書類従」「戦国史料叢書」の場合は注を省略する。
（3）注（2）に同じ。
（4）『戦国軍記事典　群雄割拠篇』（和泉書院　平9）「川中島五箇度合戦之次第」の項（鈴木孝庸氏執筆）、『上杉史料集　下』（戦国史料叢書　人物往来社　昭42）解題。
（5）新潟大学蔵本による。
（6）『わかさ美浜町誌』美浜の文化　第八巻（美浜町　平16）
（7）『大日本古文書　家わけ第八　毛利家文書之四』・『毛利史料集』（戦国史料叢書　人物往来社　昭41）に翻刻。
（8）『毛利元就軍記考証　新裁軍記』（マツノ書店　平5）
（9）『江濃記』の成立は不明だが、その原初形態のものは、かなり早い時期の成立であろうといわれる。『群書解題』参照。
（10）笹川祥生氏「戦国軍記序説（その一）――令名の記録――」（京都府立大学学術報告「人文」20　昭43・10）
（11）『戦国期中国史料撰』（マツノ書店　昭62）所収
（12）野々口政太郎氏他『糀井家日記』（篠山毎日新聞社　昭6）解題。本文引用も同書。
（13）勝田勝年氏『尼子毛利合戦雲陽軍実記』（新人物往来社　昭53）

夜話と武辺咄

一　戦国武将と夜話《やわ》

戦国時代の戦乱を描く軍記や家伝、逸話集などに「夜話」と称するものがある。『松陰《しょういん》夜話』『武功《ぶこう》夜話』『岩淵《いわぶち》夜話』等々である。それらが本来の意味の夜話ではない場合も多いのであるが、本章では夜話本来の姿を探ってみようと思う。

夜話について、桑田忠親氏はその著『大名と御伽衆』（増補新版　有精堂　昭44）で、『甲陽軍鑑』の二例を引き、ともに「或《ある》夜の事なるに」「或夜」とあることに触れて「以上の二つは夜話である。戦国時代の雑談は、多く夜間に行なわれた。これは、桃山時代、及び江戸時代初世に於いても同様で、何々夜話という記録の題の淵源であろうと思う」と記している。

戦国時代の武将が関わった夜話の例として、『武功雑記《ぶこうざつき》』（史籍集覧続編）上巻に載る蒲生氏郷《がもううじさと》の話は興味深い。

氏郷は惣じて夜話に化け物咄《ばなし》を好まれ候ふ事、また武者咄になりては互いに退屈せぬものと氏郷存ぜられ候ふや。化け物咄より武者話になり移りては、夜白に及び候ふゆへ、とかく蠟燭二挺をかぎりに夜話をやめ、退出候ふ。

これによれば、氏郷は化け物咄を好み、武者咄で興に乗るころには夜明けになることもあったというのである。

氏郷の夜話については、『武功雑記』（史籍集覧本）にも記されている。織田信長死後、氏郷は豊臣秀吉勢として織田信雄《のぶかつ》を南伊勢に攻め、松ヶ崎城に入った。信雄方の木造具康《こづくりともやす》・具政父子は日置城に拠って抗戦した。ある夜、日置の方向に狼煙《のろし》が上がった。「夜話に有り合ひたるもの」たちは、これを見て「すはや日置より働き候ふ」と騒いだ。しかし氏郷は「日置城から敵が出陣したときは狼煙を二筋上げろと命じてある。今のは一筋だから、こちらから攻める好機を知らせる狼煙である。すぐに出陣の用意をせよ」と命じたという。この話は、戦時にあっても氏郷が夜話を催し、しかも臨機に対応できる準備をしていたことを語っている。氏郷の木造合戦は、天正十二年（一五八四）年の七月から十月のことであり、この話もその時期のものと考えられる。

戦国武将でいえば、美濃の斎藤道三も「夜話を好んで鶏《とり》鳴き、漏《ろう》尽くるに及ぶこと多し」（『武将感状記』巻三）とあるように夜話が好きであったというし、また甲斐の武田信玄は、武芸者として名声のあった鹿島伝左衛門を、高禄で召し抱えようとしたところ、老齢を理由に断られたが、強いて呼び出し、「春より秋まで夜々《よなよな》軍物語りせさせて聞かれ、自《みづから》筆とりて是を書き記され」（『常山紀談』巻二）たという。安芸の毛利元就も、石見を攻めきれずにいた頃、赤松家の籌策《ちゅうさく》の臣であった安積宗沢という老人を三顧の礼で招き、「夜話の序《ついで》に」石見攻略の作戦を尋ねて、半年で石見を従えたと『武将感状記』巻二にある。信玄にしても元就にしても、夜話は直接戦闘やその方策に関連するものであり、戦国大名として必要な情報収集手段でもあった。

二　戦国武士にとっての武辺《ぶへん》咄

信長の家臣であった前田利家の夜話は、『亜相公御夜話《あしょうこうおんやわ》』としてまとまって残っているが、利家だけでなく子の利長・利常など代々の藩主の夜話が残されていて、夜話の実態を知るには貴重な資料となっている。その利家の夜話について、関屋政春の『古兵談』に「利家公、常の御夜話、十夜の内、大方九夜は武者物語り、一夜は御鷹咄なり。御相手は村井又兵衛・篠原出羽守・寺西宗与・江守古平左衛門、その外は誰彼、その時々に罷り出で、御咄を承り又は申し上る。長囲炉裏《ながいろり》に焼火を仰せ付けられ、いづれも火にあたりて御物語承り居る」と記されている（能登加賀郷土図書叢刊『御夜話集』下「解題」）。夜話の九割が武者物語で、話相手は村井以下四名、それ以外はその時々によって参加したという。その『亜相公御夜話』下巻に「利家様御近習に、奥野金左衛門・小塚藤十郎・村井勘十郎など子小姓にて、昼夜御奉公申す刻《きざみ》は、御夜咄候ふ時、少しも居眠り候へば、事のほか御叱りなされ候ふ」とある。利家の第四子で第三代加賀藩主の利常の夜話を記した『微妙公御《みみようこうご》直言《じきげん》』にも、「或時、左門・久越へ御咄あそばされ候ふ。信長常に合戦等の事咄され候ふ時分は、枕を持ち、下を叩き出され候ふ。夜に入り、合戦等の咄有レ之《これ》時、側に仕へられ候ふ小姓両人罷り在り候ふ処に、右両人の内、森蘭丸は進み候ひて面白く存ずる躰《てい》に承り候ふ。今一人の者は早やねぶり申すに付いて、心懸けならざる躰と存ぜられ、右に持たれ候ふ枕を面《つら》へ打ち付けられ、己《おのれ》は役に立ち申すまじく候ふ由にて追ひ込め申され候ふ」と、信長が夜話で合戦のことを話すときに居眠りした小姓に枕を投げつけ、その心がけでは役に立つまいと叱った話を記している。『武功雑記』（史籍集覧本）には、伊達政宗が武辺咄の最中にしばしば中座する子息の忠宗を怒り、「武士などと申すものは、武偏（ママ）咄を聞きかかり候ひては、居尿《ゐばり》を垂れ候ふも覚えぬものにて、是非小用仕りたく候はば、そのまま居尿をしてなりとも聞くものにて候ふ」と言ったという話を載せている。武辺咄の間は、たとえどんなに尿意を催しても、座を離れることなど以ての外だというのである。

政宗の言行録『木村右衛門覚書』は、その上巻のほとんどが「ある時の御咄には」という書き出しで始まるので、夜話集と同類のものと思われるが、その三十九話に「競《せ》り合ひ合戦の物語、惣じて武辺咄を聞いて面白がる子は、成人して男道をたしなみ、もの際にて利発に覚えの者になる。結句若死にするなり。（略）さやうの座敷にいかね居眠りなどする子は、見かけもよく、常は思案面して底意軽薄多く、大方臆病者になる」と語ったと記す。

『武功雑記』（史籍集覧本）は、平野長泰が「当代、武辺咄をいづれも聞かれ候ふ体《てい》は、誰はそこにて打死に仕り候ふ、誰はそこにて首を取り候ふ、あるは負けの、勝ちのなどとばかりのことなり。これは悪しき聞きようなり。その軍は何として負けたり、何として勝ちたりと、その勝負の所以を尋ね聞くをこそ武辺物語と申す」と語ったと伝える。ここに武士にとっての武辺咄の重要性が簡潔に語られている。

これらからすると、武将にとって夜話は単なる雑談ではなく、中でも武者咄・武辺咄は実戦を想定したものであり、武士の心がけを養うものであったのである。現に『亜相公御夜話』には、美濃尾州取合の合戦から柳ヶ瀬合戦・末森合戦・浅井朝倉との合戦・長篠合戦など合戦に関する話は多い。『微妙公《みみょうこう》御発語《はつご》』には、

一、中納言様御代には御咄衆とて、古き事ども見聞きたる者四五人、毎夜御夜詰めに罷り出で、四方山《よもやま》の事ども咄し申し候ふ。その内に太閤様の咄し申す時分は、太閤などは類《たぐ》ひなき御生得なりと御意なされ候ふ。信長公の儀咄し申す節は、武勇なる御人と仰せられ候ふ。越後の謙信の儀咄し有レ之節は、余程なる生れ付きと仰せられ候ふ。なほまた信玄の話有レ之節は、小さくて役にたゝぬと御意にて、御頭を度々御振りあそばされ候ふ。

とあって、中納言前田利常は、古いことを見聞きしている者、その中には父利家の下で実際に戦った者もいたであろうが、それらの者を「御咄衆」（御伽衆）として、毎夜、夜話の相手をさせたという。その席では秀吉・信長・謙信・信玄の話が出て、それぞれに人物評があったというのである。まさに群雄割拠のさまざまの争乱が夜話の場で語られたのであろう。

合戦に関わる夜話ということでは、『微妙公御夜話　異本』の次の記事は興味深い。

一、佐々内蔵助家来、北村平次郎と申す者、浪々《ろうろう》の躰《てい》にて越中に罷り有り候ふを、微妙院様（前田利常）聞こし召され、召し出だされ候ふ。この者古き咄を存じ居り申すべく候ふ間、御聞きあそばされ候ふ様に筑前様へ仰せられ候ふ。ある時、金沢にて陽広院様（光高、利常子）御夜話に召し出だされ、咄御聞きあそばされ候ふ。「末森にて大納言様（利家）後詰《ごづめ》あそばされ候ふ時、佐々方より道へ人数を出だし置き、押へ申さず候ふは如何《いかに》」と御尋ねあそばされ候へば、「なるほど人数を出し、後詰の勢を押さへ申す支度に御座《ござ》候ふ間、人数を出だし置き候ふ。その時私儀も使番《つかひばん》相勤め罷り出で居り申し候ふ。その夜は大雨にて御座候ふ。大納言様は浜手御越えなされ候ふを、いづれも聊《いささ》か存じ候はずして、押へ申さず候ふ。佐々方運命天道に尽き、御通りを存じ候はずして、その儀御座なく候ふ。存じ候ふと《（ママ）》なかなか通しは仕るまじ」と申す事にて御座候ひしと申す旨。

末森合戦で前田の敵であった佐々内蔵助の旧家臣北村平次郎なる者が、浪々の身であるのを、古い話を知っているということで、微妙院前田利常が夜話に呼び出し、その時の佐々側がどのような作戦をとったのか聞いたというのである。それだけでなく、

一、陽広院様御前にて、平次郎御咄申し上げ候ふ時分、御前に常々罷り出で、御咄仕り候ふ立花半入と申す者、罷り在り候ひて、「さやうの事申し上げ候ふ儀如何《いかが》、咄の末を折り申す」としかり候へば、陽広院様御意には、半入儀も志津《しづ》ヶ岳にて中川瀬兵衛首級《しるし》をあげ申す者にて候ふ由、御意あそばされ候ふところ、平次郎居直り、半入方へ向ひ、「若き殿様の御前にて麁抹《そまつ》なる事を常に申し上るが、勿躰《もったい》なき事に候ふ。瀬兵衛首級をあげ候ふ者は、近藤無市にて候ふ。さやうの筋なき儀申し上げ候ふ事、沙汰の限り」と申し候へば、半入一言の返答も無レ之候ふ。（略）御咄の時分も罷り出で申さず、それ以後は半入と申す者も無レ之罷りなり候ふ。

と、まだ若かった陽広院の御前にいつも仕えていた立花半入のウソを指摘した話を載せる。半入は賤ヶ嶽合戦で中

川瀬兵衛の首級を挙げたと吹聴していたが、平次郎によって事実を突き付けられ、反論も出来ず、ついには行方をくらましたというのである。このように、戦場における事実を検証する話は、『寛永諸家譜』の松平康安の項にも見出だせる。康安は家康の死後、秀忠に仕えたが、夜詰めの度毎に秀忠の御前に召し出された。その場には真田石見守ほか二名の武田家の旧臣もおり、「御夜話の時、大権現（家康）と武田父子（信玄・勝頼）と合戦の事を語」ったという。この場に召し出された人びとは「その昔、かの戦場にあふて、まのあたり見及びし事なれば、今その事を語るに一言も偽る事な」く、かつて敵・味方として戦った自らの体験を語ったというのである。松平康安は信玄と遠江国二俣城で、勝頼とは高天神で戦っている。

三　夜話の変質

夜話の席で居眠りした小姓を叱り付けた前田利家や織田信長の例は、夜話が教育の場でもあったことを示している。桑田氏は前掲書で、「戦国時代には咄が大いに流行した。その起源は、なんといっても、先陣の際の伽《とぎ》にあったと思われる。陣中の夜警の際に於ける咄の内容の主たるものが武辺咄であったであろうことは、まず想像するに難くない」とされ、「将卒の思想を統一し行為の基準を形づけるものが咄であり、咄によってこれをなすのが最も手っとり速」く有意義であったので、次第に有意義な咄をするために平時においても夜話の機会を作り、さらに通夜でなく、夜間に二三時間、もしくは昼間にも行うようになったとされた。

当然、夜話の内容も時代とともに変わってきたと思われる。大名の夜話が一書にまとめられた比較的初期のものが、『亜相公御夜話』であると思われるが、そこに載っている記事で一番多いのは、もちろん、合戦・武将に関係する武功譚・武辺咄である。それ以外の話として、世間話・教訓・笑話・怪談などであるが、蒲生氏郷が好んだ

「化け物咄」はさほど多くない。戦乱が終息し、天下が一統されたためか、以後の前田家の「夜話集」の性格には多少の変化が見られるようになる。利家の子利常の名を冠する『微妙公御夜話　異本』になると、もちろん武辺咄も多いが、それ以外の咄が増えてくる。たとえば怪談などである。例を上げると、野々村某が夜話に出た帰り、雪の降る夜半に提灯二つが向こうからやって来た。近付いて見ると、提灯ではなく、大きな牛の角から火が出ていたのである。野々村は刀を抜いて斬り掛かったが、牛は頭上を通りすぎていった。供の者も目撃しており、「牛鬼」に間違いないというのである。そのほか、前田一族や家臣の逸話も多いが、武辺咄とはいえないものも増えてくる。次のような話が『懐恵夜話《かいけい》』上巻に載っている。陽広院は将棋好きであった。家臣の谷与右衛門がしばしば相手を務めたが、ある時、谷は将棋に夢中になって、陽広院に出された栗を無意識に食べてしまった。慌てたお付きの者に注意されて気付いた谷は、平身低頭して殿に謝罪した。殿はまったく意に介せず、将棋が終わった後、かえって注意した近習の者を「先ほどのようなことはするな。主従を意識した将棋では意味がないのだ」と叱ったという。これなどは主君の人徳を称賛する話である。

それは伊達政宗の「咄」を書き留めた『木村宇右衛門聞書』や、知恵伊豆《ちえいず》といわれた松平信綱が語った、徳川家康・秀忠・家光らの逸話を右筆《ゆうひつ》が記した『智能抄《ちのうしよう》』も同様な傾向がある。

たとえば『智能抄』に載る話であるが、「家光公、ある時、御夜話の時分、ある人の噂」をお尋ねになった。御咄の衆たちは口々に、その人物がきわめて評判が良く、誰も悪口を言う者がいないほどであると褒めそやした。これを聞いた家光は、世間の半分が褒め、半分がそしる者の中にこそ優れた者がいるものだ、誰もが褒める者は心が弱いか、人に従ってしまうか、人任せにするか、軽薄者か、その場凌ぎの者のどれかである。世間の半分にそしられた者のそしりの内容をしっかり吟味して有能な人物を求めよと仰った。「誠に正しき御吟味、天下をしろしめさる、賢君は、かくこそあるべけれと、御咄の衆感じ申」したと書かれているのも、主君の偉大さを称えた話である。

大道寺友山の『岩淵夜話』（東大史料編纂所本）も、家康を権現様として称賛する立場に立つものであるが、その中から巻三に載る一話を上げておこう。

権現様、駿府に御座なられ候ふ節、御夜話に出でられ候ふ衆中、この間上方より罷り下り候ふ者の物語り仕り候ふは、京都上立売辺りの町屋へ雷落ち候ひて、その家内の者、六七人ほど残らず過ちを仕り、その内二三人ばかりも即座に相果て候ふ由、前々も雷の落ち候ふ義は度々有レ之。その節は人損じの義も有レ之候へども、壱人か二人の事に候ふ。この度はその家内に有り合ひ候ふ程の者どもは、残りなく雷にうたれ候ふに付き、「いかさま何分の罰にても有レ之候ふや」と、□分取り沙汰仕り候ふ由、申し上げ候へば、権現様仰せられ候ふは、「それはその家内の者ども、雷の鳴る音に恐れ、一間なる狭き処へ寄り集り居たる所へ雷が落ち懸り候ふを以て、残らずあやまちを致さるものなり。何の罰にても祟りにても、これなく」との上意にて、御三人の若子様方へ御附け置きあそばされたる面々も召し呼ばれ、向後、雷の強く鳴り候ふ節は、御三人の御子様方を御一所に置き申さず、かく致し候ふ様にと仰せ渡され候ふとなり。

京都の町屋に落雷があり、屋内にいた全員が被災、その内の二三人が死んだという事件で、いわば世間話である。これを聞いた家康の合理的な判断と危険回避の配慮に賛嘆しているのである。

夜話も時代とともに武辺咄中心から、少しずつ世間話や怪談、あるいは教訓的な話や主従の道を説く話などの占める割合が多くなって行ったと思われる。『陽広公《ようこうこう》偉訓』に「陽広公道歌百首」が載っており、「咄の者」と題する歌が五首あるが、その中に、

古きことおぼえていふぞ面白き咄の種は書物なるべし

理づよなる言の葉ばかり言はずとも咄の者はあやを加へよ

という歌がある。陽広公前田光高は、「古きこと」を面白いという一方、咄の者に「あや」を加えて話せという。

夜話がいっそう娯楽に向かって行くことを象徴するような歌といえよう。

　近世初期・前期には、戦国武士の武功譚・功名譚などを集めた『武辺咄聞書』・『明良洪範《めいりょうこうはん》』・『武者物語』・『備前老人物語』などが編まれた。また怪談集として『奇異雑談集《きいぞうだんしゅう》』・『義残後覚《ぎざんこうかく》』・『伽婢子《おとぎぼうこ》』・『百物語』などが作られ、『老人雑話』・『見聞集』・『塵塚《ちりづか》物語』などの世間話・雑話集が書かれた。もちろん互いに互いの性格を含み込み、錯綜させながらではあるが。これら多くの「咄の集」の淵源の一つに夜話があったのではなかろうか。

戦国軍記における体験談
―『伊達日記』と『山口道斎物語』―

一

天正十三年（一五八五）、前年に家督を譲られた伊達政宗は、二本松城主畠山義継を攻めようと準備を整えていた。ところが義継は政宗の大叔父実元とは昵懇であったので、その勧めもあり、伊達に降伏を願い出る。父輝宗の説得もあって政宗もこれを承引、義継は挨拶のために輝宗のもとを訪れる。事件はこの時に起こったのである。

この事件を描くものは多く、寛文二年（一六六二）成立の『会津四家合考』、元禄十一年（一六九八）の『奥羽永慶軍記』、正徳五年（一七一五）以前成立の『藤葉栄衰記』などの他、『仙道記』・『奥陽仙道表鑑』・『中古日本治乱記』等、東北地方の戦国合戦を描いた軍記類にも記されている。『奥羽永慶軍記』(1)によれば、事件は次のようなものであったという。

伊達輝宗に降伏を申し入れた畠山義継に対し、輝宗は畠山領の削減・没収を以て助命する旨を伝える。政宗も父の処置を了承した。この返事を聞いた義継は、

俄に郎等・一族を集め、いひけるは、「今度輝宗父子、大軍を以て我を攻んとするの間、小身にて防ぐ事難ければ、口をしき事ながら、一旦和を乞ふてこそあれ。然るに政宗、我が所領を没収せんとは何事ぞ。今は我、

直々小浜の陣に行て、輝宗父子の心をも伺はん。是非に於て、所領没収せんとならば、命生ても詮なし。謀を廻らし、父子の内一人なりとも刺殺し、自害をせんと思ふなり。冥途の供せんと思ふものは、今度我に随ふべし。左なき者は、爰に止れ。」

と、伊達の出方如何では、差し違えるつもりで、十月六日、伊達の陣へ向かったというのである。

一方、伊達の方では、政宗の提案として、畠山が降伏して幕下になるのなら、所領没収はせず、嫡子国王丸の人質提出で済まそうと決めていたので、訪れた義継に政宗はこれを伝える。義継はたいそう喜んで、翌七日、お礼のため輝宗を訪問する。その時、お供に遅れた中間が、途中でとんでもない話を聞いてしまうのである。

政宗の中間、大肌ぬぎて、三尺余の血さびしたる刀を研て居たり。側にある男、「夫《それ》は何ゆへ俄かに研ぐ。」と問ふ。彼の中間聞て、「今宵二本松を討給ふに依て、其ために此刀を研ぐ。」とぞ答へける。義継が中間よそながら是を聞て、はつと思ひ、急ぎ主に追付き、密に此事を囁きけり。

もともと死を覚悟して伊達の許に来ている義継は、今さら驚く気配もなく、輝宗の前に出るのである。義継は輝宗に慇懃に礼を述べ終わると、暇を乞う。何の疑いも持たない輝宗は、義継を見送りに出る。

義継、「是は」と立帰り、式台《しきだい》するかと見えしが、輝宗の胸元を無手《むづ》と握み、刀を抜て心元に差当て、「誰成《だれなり》とも近付ば刺殺さん。」と、東西を睨て引出す。義継の郎等鹿子畑(ママ)和泉守透《すか》さず輝宗の脇差を奪ひ取り、同高林内膳・大槻中務左右より取付き、輝宗を中に引立たり。荒井九郎といふもの心得て、馬引寄すれば、頓《やが》て輝宗をいだきのせ、義継は其尻輪《しづわ》に打乗り、少しも許さず、刀を首に押当て、「米沢方、近付きなば輝宗を刺殺さん。」と声々に呼《よば》はり、手の者百人余にて押つゝみ、二本松にぞ急ぎける。

伊達の家臣は手を出せず、遠巻きにするしかなかった。子の政宗は、鷹狩で外出中であったが、急を聞き馳せ付ける。

> 政宗追付給へども、近付ば害せんと云ひ、うばはんとするに力なし。とにもかくにも、父を敵の手にかけ、うきめを見せ奉らんよりは我手に懸奉りて、義継諸共に打たんとて、二つ玉の鉄炮にて、「南無八幡大菩薩。」とぞ打にける。其玉あやまたず、義継が後より、父諸共に馬より逆様に打落す。

政宗は自ら「二つ玉の鉄炮」で、義継と父の二人を馬から撃ち落とすのである。後に父輝宗は義継の刀で刺し貫かれたための落命であったと判明するが、政宗の悲嘆は深く、亡骸は米沢に送り、手厚く葬ったのである。『奥羽永慶軍記』が描く伊達輝宗の拉致・殺害事件は以上である。

二

『会津四家合考』は、この事件をやや違った書き方をしている。

伊達の二本松進攻が確実になって、畠山義継は必死にかつての誼を挙げて「斯る旧好を思召出でられ、仰《ぎ》願はくば、此儘御手に属せしめ給へ」と降伏を願う。義継が「色々に申されけれども、政宗父子、一向に同心なく」、「正しくも張本の敵なりし者の、今又、さある中条、一向表裏の妄語なり。所詮此上は、互に弓箭の耀雄に任せ候ふべし」と攻撃の意志を変えない。そこで義継は、輝宗の叔父実元に仲立ちを依頼、所領の献上を申し出て帰属を嘆願した。政宗もついにこれを了承し、実元の子伊達成実を使者として、輝宗・政宗父子と義継の対面の運びとなる。ここまでの展開でも、『奥羽永慶軍記』とは義継の描き方などに違いが見られる。

また、輝政拉致も「僅の空言より起りて、希有の珍事こそ出来りたれ」と書き始める。刀を研いでいる中間に、世の中も鎮まり始めているのに、なぜ刀を研ぐのかと聞かれ、「何心なく戯れ」て、二本松殿を殺すためと答えたのが原因だったとするのである。

結末も少し異なっている。拉致された輝宗を奪還しようと跡を追った政宗は、決意の射撃を命じる。

「阿武隈川をだに一つ越ゆれば、其儘二本松なり。事故なく義継が城へ入れては、何と先非を悔いたりとも甲斐あるまじ。兎角進退谷まりぬれば力なし。父輝宗共に、討進らせよ」と、政宗下知をなし、跡より鉄炮一放し打懸くれば、義継も之を最期と思ひ定めけるに、阿武隈川弘中《ぐちう》の瀬より、七八町隔てたる権現谷地といふ小高き所へ、輝宗を引上げ、続様に刺通して、其死骸に腰を掛けて、腹掻切つて失せにける。

と、輝宗は義継によって刺し殺され、その義継は切腹したとなっている。

さらに『藤葉栄衰記』は、中間が聞いて注進に及んだ「義継暗殺計画」の噂話を全く載せない。始めから義継は輝宗を拉致・殺害する予定だったとする。

義次（継）宣ハ。其ナラバ我レ甲ヲ卸テ降人ニ成テ。照（輝）宗へ出仕シテ兄弟ノ交ヲ成シ。婚姻ノ儀ヲ約シテ。先ヅ事ノ無為ナランズル様ヲ謀リ。我帰ン時ニ。照宗悦ンデ。必ズ送リノ礼ニ可レ被レ立。其時ニ照宗ノ胸ヅクシヲ無手ト取リ。縁ヨリ引落シテ。九寸五分ノ脇指ヲ。照宗ニ指当テ引出サバ。争カ遮リ可レ留トテ。

と、伊達に乗り込み、計画通り実行したとする。義継を連れて二本松へ向かうが、途中で政宗に追い着かれ、政宗が「父一人捨テ。子々孫々迄。伊達ノ御家一族御繁昌セン事。還テ一家ノ忠孝也」と決心して、「親トモニ討捕ヤ者ドモ」と命じて、「伊達衆。一同ニ競掛リ。義次主従ヲ真中ニ取籠。不漏ト掛」るのである。義継にはかねて合図を定め、二本松城から援兵が出撃させることになっていたのだが、どうしたことか援軍が道を間違えたために、命を落とすことになったと記す。

三

このように本によってこの事件は微妙に異なった書かれ方がされている。いずれも後になって編まれた軍記であるから、それはある意味当然ともいえる。事実に近いかと思われるものは、伊達政宗自身が父の拉致事件について語った「咄」を書き留めた『木村宇右衛門覚書』であろう。この書は、老年に至った伊達政宗が小姓の木村宇右衛門可親《よしちか》に語ったことを、その木村が書留めたもので、成立は、「覚書」の記事が寛永十一年（一六三六）の政宗の死で終わらず、慶安五年（一六五二）の十七回忌のことまで記されていることから、慶安五年後をあまり隔てない頃と考えられている。

その政宗の咄に、父輝宗（「てり宗」と記されている）最期の日の有様が語られている。それによれば、「二本松殿（畠山義継）色々申さるゝによつて」、輝宗と会談が持たれることとなる。しかし、政宗は、

我等は部屋住みの事なれば、二本松殿見廻《みまひ》給ふ朝に、うしろの山に猪四つ五つゐたるよし告げ来たる。今日は表に客ありてよき隙なりとて、部屋住みの中間・足軽共猪《しゝ》狩りの用意也。我等も別而《べつして》隙入《ひまいる》事もなければ、出でんとて弓・鑓・鉄炮にて山へ出る。

と、特にすべきこともなかった上、四五頭の猪が裏山に出たというので、弓・鉄炮を持って出掛けたのである。客人が来る時に、武器の用意をしていたので、「二本松殿の供の衆いかさま怪しく思ふ」のも仕方がないことであった。座敷では輝宗と義継が今後の同盟を話し合っていたが、その時、馳走の準備で忙しかった台所で、

俄の事なれば、御台所に膳棚《ぜんたな》四五間縄吊《なはづ》りにてしたるが、縄切れ、盛り並べたる角皿、鉢ぐわらめきて落つるに、人立ち騒ぎたる声、御座敷へ騒がしく聞へければ

と、膳棚の落下で、皿や鉢が大きな音を立てて割れ、大騒ぎになったのである。

この騒ぎを義継が怪しみ、家来衆たちはさらに疑心にかられた。これは疑いなく帰路を襲うために、政宗と家来が武装していたに違いないと思い、義継の家来は「二本松殿に御用あるとて呼び立て、耳つけに何哉《やら》ん申聞かせ」

たのである。もちろん疑惑を耳打ちしたのである。義継は座敷に戻ってすぐに、暇乞いを申し出る。

輝宗公「是はふたかはとしたる御帰かな、さりとては御残《なごり》多き」よし、とめ給へども頻りに出給へば、是非なく御門送りに、広間の玄関まで出給ふて、敷台にて互ひに一礼の時、二本松殿供の衆に目と目を見合、輝宗公をひし〳〵と捕らへ奉り、「近頃御情けなき御仕掛けにて候。二本松まで御供申さん」とて引たて奉る。

不運な偶然が重なって、重大事になってしまったのである。輝宗は埋（朽ヵ）木小姓ともども義継の家来衆に取り囲まれて連れ去られる。政宗も猪狩りから馳せ付けるが、

近ふ寄り候はゞ、其まゝ下にひし〳〵通り刺し殺し申さん覚悟也。皆人近寄りかぬる所に、成実《しげさね》始め馳せ寄りて、何と〳〵とばかり也。

成実は前述のとおり一門の伊達実元の子である。手出しも出来ない状況の中で、囚われの輝宗は次のように言う。

輝宗公御跡を振り返り御覧じ仰らるゝは、「我思わずもかく運尽き、日比の敵にとらるゝこと力なし。我等を庇ひ立てするうちに、二本松領は近付く、川をあなたへ引越されては、自《をのづか》らの人質也。しからば無念の次第也。我をば捨てよ〳〵」と仰られ候へども、さすが一門家老もつ（尤も）共といふ人なく、せんかたなく引立てまゐる。

このままでは人質になってしまい、畠山氏の要求を拒否できなくなる。我を見捨てろと言ったというのであるが、見捨てるわけにもゆかず、躊躇している間に、二本松に近付く。すると二本松から義継の家臣たちが、事情を知って大勢集まってくる。猶予できない状態になった。

成実を始め一門衆みな〳〵我等の馬の前に乗り向かひ、「是非なし、捨て奉る外なし、何といたさん」と申さる。

伊達成実らが政宗の前に来て、決断を求める。政宗もこうなってはしかたがないと攻撃を決断する。その様子を察知して、

其色をみて、二本松衆ひし〳〵とおりゐて、いたはしくも輝宗公を刺し殺し奉る。御腰の物持ちたる小姓、御死骸に抱きつき、刺ゝれて死にけり。

輝宗を殺害し、その遺体にすがりつく小姓も刺殺する。政宗は、「二本松衆一人も漏らさず叩き殺し」、義継をずたずたに斬り殺す。その惨殺死体を「藤にて死骸を貫き集め、縫ひ付け、其所に旗物にかけ」、敵を追い払って輝宗の死骸を取り納めたのだという。

これが事件の当事者政宗が「有時御咄」で語った事件の顚末である。それでは、ここに書かれていることのすべてが、政宗が実際体験したことかといえば、そうではない。この日、政宗は部屋住みの身で、特別「隙入事」もなかったから、裏山の猪を狩りに出掛けている。事件はその間に起こったのであるから、台所で大音を立てて皿・鉢が落ちて割れたことも、父が拉致されたことも、その場では見ていなかった。これらは後になって聞いたことである。しかし事の重大さから、後々その場にいた者、目撃者から詳しく事情を聴取したと考えられる。この『木村宇右衛門覚書』の政宗談話が、事件からずいぶん時が経っているものであるにしても、この事件の事実を伝えたものといえるだろう。

四

この事件を扱った記録の中に、もう一つ、その場にいた者が書き記したとされるものが存在する。それは今まで何回か名前が挙がっている一族でもある、政宗の重臣伊達成実の記したもので、『伊達日記』と呼ばれる記録である。この書は『伊達成実日記』・『伊達成実記』・『成実記』との別称を持ち、『伊達日記』というのも『伊達成実日記』の略称と考えられている。成立はその記事の下限である慶長五年（一六〇〇）十月以後、さほど隔たらないころと推定されている。

その『伊達日記』にこの事件がどのように書かれているか。まず天正十三年十月六日の晩、輝宗が政宗の陣屋を訪れ、義継の侘び言の取り扱いについて相談があった。その結果を義継に伝える使者として、筆者の成実が命じられた。若輩者であることを理由に辞退したが認められず、義継の許へ向かう。義継は所領を召し上げられ、伊達の幕下に属することになれば、家臣が乞食となり不憫である。自分は切腹の覚悟をしている。一度輝宗にお目に掛かりたいというので、成実はそれを伝える。会見が許され、七日、義継は伊達の陣屋に参り、夜遅くまで会談は続いた。翌八日早朝に義継の願いにより、輝宗の陣屋訪問が許された。この間の両者の間に入り、仲介したのは成実である。

供ノ衆ニ高林内膳・鹿子田和泉・大槻中務三人、御座敷へ被二召出一候。和泉参候時、義継へ耳付ニ何ヲカ申候テ座敷ニナヲリ候。輝宗公御下ニ上野（伊達上野守政景、家老）モ我等モ居申候。何モ御雑談モナク御立候。御門送ニ御立候。内ニテ御礼被レ成候。其左右ニハ御内衆居組候ユへ、捕申事モ不レ成候哉。表ノ庭迄御門途ニ御出候ニ、両方竹カラ垣ニテ御脇ヲ可レ通様モ無レ之。ツマリ候所ニテ御礼被レ成候。義継手ヲ地ニ突、今度色々御馳走過分ニ候処ニ、我等ヲ生害可レ被レ成由承候由ニテ、輝宗公ノ御胸ノ召物ヲ左ノ手ニテトラへ、右ニテ脇指御抜候。兼テ申合候哉、義継供ノ衆近居候者共七八人、御後ニ廻リ、上野モ我等モ御先へハ不レ通、御後ニ居申候間ヲ押隔、引立候間、可レ仕様モ無レ之。門ヲ立候へト呼候へ共、立会不レ申候間、御跡ヲシタヒ参候。小浜ヨリ出候衆ハ、武具ニ早打仕候。宮森ヨリ出候衆ハ、武具モ不二着合一、多分スハダニテアキレタル躰ニテ取巻申。高田ト申所迄十里余参候。政宗公ハ御鷹野へ御出被レ成被二聞召一御帰候。二本松衆、半沢源内月館（剱カ）持候。遊佐孫九郎、弓ヲ持候。其外抜刀ニテ輝宗公ヲ取籠参候。然所ニ取巻参候味方ノ内ヨリ鉄炮一ツ打候ニ付、誰下知トモナク、惣勢懸リ、二本松衆五拾人余一人モ不レ残打殺候。輝宗公モ御生害被レ成。

成実は「我等モ居申候」と記すように、その場にいたのである。事態が急転したのは、座敷に通された義継の三人の供の一人、鹿子田和泉が着座の時に、義継に耳打ちしたことからであった。彼が何を義継に伝えたのか、『伊達日記』は何も記していない。

この『伊達日記』を後に増補した『政宗記』には、この時の鹿子田和泉の耳打ちの内容が記されている。それは、

去ば、彼一乱の起を後にきけば、義継七日に小浜へ御坐て政宗へ対面の時、小浜の町にて政宗の小人ども、取宿にて居りけるが、十四五人一宿して遊びけるに、彼者ども心静の折節、面々刀脇差の寝刃《ねたば》をあはせ候はんと、半切に水を入、車座敷に取巻、我も我もと抜連て合せけるを、輝宗の小人共宮森より三四人、小浜へ町用に来りけるが、是を〔見〕て、「如何なれば左程にはいそがしきぞ」と尋ねけるに、「其身どもは知らざるか、明日是にて二本衆を小花斬にするぞ」と、おどけゝるを、二本衆、直者やらん又者なるか、其場へ立合ひ是を聞て、其夜義継宮森へ帰り玉へば、告げる程に、俄かに思立玉ふかと云へり。亦二本松より含んで手立に来りたるかとも唱ふ。含で手立の降参とならば、叶はざる迄でも、政宗をとねらはん、いかさまにも俄ことならんか、と取々様々なり。

と、政宗の小者たちが水の入った半切桶を取り囲み、鈍くなった刀の刃を研いでいた時の冗談から発しているというのである。さらに一説として義継が始めから政宗を狙うため仕組んだものかという噂を挙げている。

ちなみに『政宗記』同様、『伊達日記』を承けて増補した『政宗公軍記』では、『伊達日記』の傍線部の義継のことば「我等ヲ生害可レ被レ成由承候」が「拙者に切腹仰付けらるべき由、承り候」となっていて、もちろん闇討ちの噂などは記されていない。

また、『伊達日記』では引用文中の傍線部分のように、一発の銃声が総攻撃の合図となったと記されているが、『政宗記』では、

二本松衆に道具持たる者は、半沢源内月剣、遊佐孫九郎弓持一人、扨其外は皆抜刀にて、輝宗と義継を中に取巻、二本松へと引のきけれども、伊達の者ども跡を慕ふは不レ叶して、輝宗を生害となす、四十二歳なり。御方の者ども是を見て、鬨の声にて一度に咄とおしかけ、供の士卒は云ふに及ばず、亦者迄も漏さずして五十余人打果す。義継三十三歳にて、互ひに生害し給ふことかなしんでも余あり。

と、窮した伊達勢が輝宗を殺害したことがきっかけで総攻撃にいたったとする。

『政宗記』が誰によって増補されたのかは不明であるが、[2] 成実は正保三年（一六四六）に七十九歳で没しているので、成実自身の改作の可能性も否定できない。

畠山義継による伊達輝宗の拉致・殺害事件は、上述のようにいろいろな作品の中で描かれているが、政宗自身の咄を載せる『木村宇右衛門覚書』を除き、他はすべて伊達成実の『伊達日記』を源流にしていると言っていい。それは事件の現場にいた者の記録であったことによるのであろう。

五

この事件を扱った作品で、触れなければならないものが『山口道斎物語』[3] である。今まで取り上げてきた軍記は、いずれも伊達氏の側から書かれたものか、あるいは東北全体の合戦を記述したものである。ところがこの『山口道斎物語』は、畠山義継に仕えた山口猪之丞という武士が語ったことを書き留めたといわれ、二本松城の落城記である。いわば伊達と敵対した側から書かれた軍記なのである。この書の奥書には、

此編山口道斎といひし侍、元は山口猪之丞と申て、天正年中の頃、奥州二本松の城主、畠山右京大夫義継に奉公し、無双の長命にて百余歳の後病死せり。二本松没落以後、相馬殿に有付、知行二百石取しなり。能く古戦

を覚て常に物語せしを写置なり。秘書なれども記レ之。

とあり、文中にも「天正中より七、八十年に及びても、箕輪館の谷間には、具足の鉄物及骸骨多出けるといふ」という一文があるので、十七世紀中頃の成立かと思われる。

その『山口道斎物語』は輝宗拉致殺害事件をどのように描いているか、『仙台叢書』本で少し詳しく見ておこう。

翌八日早朝、義継、安房守（成実）へ御使にて、「弥〻今日参り、万般の御礼申し度」よし被二仰越一候ふ故、安房守、早速其旨輝宗へ申し上候ふ処、「早々御出で候ふ様」仰被レ遣。折節政宗は近在へ鷹狩に御出に付き、御迎ひに御使両三度立けれ共《ども》御帰りなし。

伊達上野介（政景）其外家老衆、数多宮森へ参り、二本松と和睦の御祝詞申し上げ候。義継も早々宮森へ御出候なり。御供には高橋内膳・鹿子田和泉・大槻中務、三人坐敷へ被二召出一候。和泉坐につかんとする時、義継の侍、何か囁き候。是れは後に知れ候。誠に殃は下より、起るといふ世話おそるべし。

事件当日、和睦のお礼と祝のために輝宗の宮森城に、義継は供を三人連れて訪れる。座敷に着こうとした時、供の鹿子田和泉が義継に耳打ちする。傍線のようにこの内容は、後になって判明する。それは、

義継御供の下郎共、輝宗の厩をのぞき見れば、中間一人、脇差のねたばを合せ居候。傍輩の中間是を見て、「今日は二本松殿和睦に御出、弓矢もなく、上下目出度とて、御坐敷にては御酒宴の由。然るによしなき事を致すものかな」と云ば、「いや其方は知らずや。二本松殿御帰りの時、一人も不レ残、打殺せと密々御触れあれば、我も高名して士にならんと其用意」と答ふるを、義継の下郎共聞て驚き、急ぎ侍衆に告る故、扨は欺れて討れん事無念さよ。鹿子田へ委細を申。鹿子田、其義を義継へ告て、「御分別被レ成候得《え》」と申けるとなり。

輝宗の中間たちが話す闇討ち計画を聞いた家来からの報告であった。鷹狩の政宗を除き、酒宴が始まり、供の三人にも伊達の家老たちにも盃が廻る。

其後、御雑談も無レ之して御立なり。玄関迄無二何心一御送り候ふ処、義継手を地に御つき、「此度、御馳走・御懇意過分至極に存じ候ふ処、唯今我等を生害可レ被レ成と承り候」とて、輝宗の御襟を左手にて御取り、右手にて脇差を御抜持ち、御供の侍七八人御後に廻り候。左右竹柄垣にて狭き故、伊達の宿老始め如何共《いかんとも》可レ為《す》様なく、「門を鎖せ」と呼《叫》び候へ共、早や門外へ出で取巻て行ゆゑ。伊達の臣、皆素肌にて「やれ〱」と言ひ、跡を慕ひあきれたる体なりき。

そして、最後の伊達による一斉攻撃の部分であるが、

小浜より大平村の内、粟の巣といふ所まで小浜より路一里に弱往しに、此所にて伊達方より鉄砲を一度に二放ち打ち候へば、誰が下知ともなく、其儘ばた〱と討ち果し候。義継御供の侍三十六人、雑兵五十余人、不レ残討死し、政宗も早速御跡を慕ひ給ひしが、無二仕方一其夜は高田といふ所に二本松より二十五六町阿武隈川の舟渡なり陣をとられ候。義継の御死骸を小浜の町頭小川の端に、磔に掛られけり。

となっている。

これは大筋において政宗の臣伊達成実著『伊達日記』と同じである。一例を挙げると、義継が輝宗に刀を突き付ける場面、『山口道斎物語』の傍線部と、『伊達日記』の次の記述は一見しただけで、ほぼ同文であることが分かる。

義継手ヲ地ニ突、今度色々御馳走過分ニ候処ニ、我等ヲ生害可レ被レ成由承候由ニテ、輝宗公ノ御胸ノ召物ヲ左ノ手ニテトラヘ、右ニテ脇指御抜候。兼テ申合候哉、義継供ノ衆、近く居候ふ者共七八人、御後ニ廻リ、上野モ我等モ御先へハ不レ通、

『山口道斎物語』は敵方の資料を用いて、この事件を記しているのである。戦国軍記では、これは必ずしも珍しいことではない[4]。しかも『山口道斎物語』の作者は、この事件の場に立ち会っていたわけではないから、落城の顚末を描く上で、情報を敵方の著作に求めるのも、やむを得ないことである。従って二本松城内の情況を描く部分こそ

に、『山口道斎物語』の特色があるといえるだろう。

六

輝宗を殺害した義継が、追跡してきた政宗によって斬殺されたあとの『山口道斎物語』の記事は、二本松城内の描写である。

二本松の留守居は、新城弾正真葊ともいふなりしが、鉄砲二放ちの音聞えければ、「御心許《こころもと》なし。御迎に可レ参。具足着よ」と下知し乗り出せば、皆我先にと高田渡まで駈せ行きしに、向ふより味方の歩行の士一人、大息ついて駈せ来り、「ケ様〳〵にて、御大将をはじめ奉り、一人も不レ残御討死なり。我等は罷り帰り、其段申せと仰せ付られ、遁れ来たる」よしをいふ。弾正驚き、「粟の巣の様子、見て参れ」と申し付けるが、其の者急ぎ川を渡り、高田の山上物見石といふ所へ登りて望めば、算木を乱したる如く討死す。立ち帰て此旨を申しければ、伊達の大軍付け入りにせん事、疑なしとて急ぎ城に立ち戻る。義継の諸臣聞き伝ひ、証人先に立て皆々籠城す。

二本松城では鉄炮の音が二度聞こえたので心配になり、家臣たちが迎えに出る。そこへ御方の徒《かち》武者が一人、義継ら全員討死の報をもたらす。さらに物見を出したところ、死体が散乱していると報告したので、伊達の追撃を受けぬ前に、急ぎ二本松に戻り、義継の嫡子で十二歳になる国王丸を大将に籠城の準備をする。

伊達の軍勢が二本松城に近付いた時、思い掛けない大雪が降る。『山口道斎物語』は、それを畠山家代々に伝わる「御旗」の霊験として説くのであるが、この大雪で伊達軍の進攻は中断される。

其夜、城中にて山口猪之丞、外壱人《ほかひとり》差添ひ、「伊達勢未だ陣所に居り候ふ哉《や》。物見致す様」、弾正被二申付一。両人檋《かんじき》を履いて、粟ケ柵の外まで相越え見候ふ処、敵兵一人も不レ見候ふ間、早々立帰り、其旨申ければ、城中の上

　下悦びけり。

大雪の中、伊達軍の様子を見に出掛けたのが「山口猪之丞」、若き日の山口道斎であり、ここが最初の登場である。

籠城の最中、山口猪之丞が鉄炮足軽に撃ち方の指南をする挿話がある。猪之丞はその頃「貴志の和田流」の鉄炮を稽古していたので、手本として大勢が見守るなか、敵兵を撃つのである。

　鉄砲を持せ来り、「あの伊達勢の中に、黒仕立の武者をねらひ候。何れも見候得《え》」とて、一放はなつに直ちに打倒れけり。

その後、足軽達に撃ち方の指南をしたところ、次々を敵兵を撃ち倒すようになった。その死体を引き取りに来る敵をも二十人までも倒したため、敵は勢を後退させた。その隙に敵の首を取ってこようと、猪之丞を始め城兵が虎口《こぐち》から城外に出る。それを見た敵兵五十人、騎馬二十騎が襲ってくる。

　これはなるまじと、猪之丞も虎口へ退き入らんとせしに、先へ逃退し者共、虎口の挙錠を鎖《とざ》し、可レ入様なき処へ鎗持ち来り候間、難義ながら鎗を取て、門前にこたへ候へば、敵競ひかゝるは、歩行武者ばかりなるが、猪之丞が甲冑を着、鎗を取て扣《ひかへ》たる故、進み兼る内に、鎗持ち味方を招きける故に、門内より錠を開て、虎口に入る事を得たり。其時猪之丞も生きたる心地始てしたり。「一生の内、此度まで両度、小口を鎖れ迷惑したり」と猪之丞語りき。

城に逃げ戻ろうとしたところ、中から錠を差され窮地に陥った話であるが、「猪之丞語りき」とあるように後に道斎が物語った部分である。このように道斎が語った話を収めているところに合戦のリアルな描写が存在する。

二本松の北、小屋城での戦いにおいても、実戦者でなければ表現できないような描写がある。二本松の支城小屋城が伊達の攻撃を受け、苦戦しているとの報せに、騎馬四十騎、徒歩四五百人を加勢として送る。猪之丞もこれに加わった。思いのほか伊達は大軍で、敵対できず小屋城に逃げ込むこととなる。ところが、「田中の道を退きしに、山口猪之丞の乗りたる馬、甚だ草臥れ進むを得ず」、また道の先を見ると「小屋城へ引く味方なるか、細道に塞り、いやまし馬進ま」ない状態であった。そこへ敵が追い着いてくる。

猪之丞もあぐみはてたるに、伊達の歩行士《かちざむらひ》四五人追来り、「敵の馬武者逃すな〱」と声かけたり。猪之丞も爰ぞ大事の場と、味方の歩行の者共へ、無理に乗付け馬の息を吹かけしに、味方の歩行武者草臥はて、黒汗を流せども進み兼るに、又先に小川あり。猶更はかゆかざりしが、其川をば漸く打越したり。

猪之丞が馬、川端へ来れば甚だ進みしゆえ、うれしくおもひしに、川へ入り水を呑、手綱を引立れど口を上げず。敵是を見て「其馬武者打取れ〱」と、声々に呼《よばは》る中、漸々馬引立、是より小屋城へ僅かの道なれば、心安しと城へ入らんとせしが、先へ退きたる者共、木戸を鎖し内へ入るべきやうなき処へ、敵鎗にて進み来る。敵の方へ馬引向け、太刀を抜たるを、城内にて見付、木戸を開き、五十余人打て出るを、敵見て逃し故、城内へなんなく入たりけり。

猪之丞が家人も鎗持一人手明三人、何くよりか来りけん。猪之丞が馬を牽て入ければ、傍輩衆猪之丞に向ひ、「見事なる殿《しんがり》なり。歩行の者共御陰にて無レ恙退せ候」と、一礼を述けるに、「いや、さにあらず。馬の草臥て進まざるなり。如レ此なる時は十騎も二十騎も、引纏て退くべきものなり」と語りき。

人も馬も疲れ果て、人は「黒汗」を流して先に進めず、渇いた馬は敵が迫っても川の水を飲んで動かない。帰城するも再度の締め出し、思いがけず後殿を努めることになって褒められた話である。

またある戦いでは、敵に馬から落とされ「起あがらんとするに、甲の後ろをはつしと打れ、面泥中に入り」、「漸く頭を上げしが、目鼻泥にまみれ、刀の皮柄も泥にて滑り、詮方なき」戦い——まさに泥の中を這いずり回る戦いの様子を、山口猪之丞は語っており、それは実際の体験が語られているものと見て良いだろう。

体験談の中で、猪之丞は味方を殺害したことまでも語る。天正十四年三月中旬、合戦を終え、帰城の途中、伊達の新手が横道より襲いかかってきたため、敗走の憂き目に遭う。味方の一人が敵二人に襲われ、馬は動かず、立ち往生しているのを見つけた猪之丞は、敵の一人を射倒す。その隙に味方は逃げることができた。猪之丞は「腹すき草臥て、大汗流し、かろうじて味方の纏居たる所へ馳付て、始て口のき」ける状態であった。仲間にその話をしているところへ、先ほどの武者が通り掛かる。猪之丞は当然挨拶があると思っていると、その男は素通りする。そこで猪之丞のほうから声を掛けたのであるが、その男はそれにも答えない。面目を失った猪之丞は仕返しを心に期する。後日、「休足のため城外へ出て、一両日逗留し帰る時、山道にて」その男居名與惣兵衛と偶然出会う。「通り違を抜打に首打落し、路より下のから沢へ突落して帰りける」が、誰も猪之丞を疑う者はいなかったと自らの殺人を憚ることなく語る。

『山口道斎物語』の面白さは、このような実体験に基づく記述のリアリティにあると言える。この書の奥書に「能く古戦を覚て常に物語せしを写置なり」とあって、道斎の物語を写し置いたものだというのであるが、先に見たとおり、この『山口道斎物語』は道斎の昔語りだけで成立したものではない。伊達成実の『伊達日記』を取り込むことによって、事件の顛末の俯瞰的・客観的な視野を確保しているのである。

七

しかし道斎の話と『伊達日記』だけで、この『山口道斎物語』が作られたのでないこともまた自明のことである。たとえば、籠城中に起こった箕輪玄蕃らの伊達への内通が発覚した場面などはそのよい例になるであろう。ここに道斎は登場せず、家老の新城弾正が中心の話である。新城は大広間に「城内の面々皆広間へ集り候へ」と皆を招集し、裏切り者箕輪の攻撃を評議する。その緊迫した評議の最中、亡き義継の奥方から侍女が使いとしてやってくる。

か丶る処に奥より挑灯を提て、局被レ参て申さる丶は、「御前より弾正殿へ被レ仰候。急用候ま丶御参候得との御事なり」と申。弾正怒て「是程閙敷《さはがしき》時分に、御呼被レ成候事御無用候」と、荒ら丶かに申ければ、局も手持なげに帰り申候。

緊急事態の中での奥方からの呼び出しに怒りを露わにする新城や、叱られて所在なげに戻る侍女の様子を記し、再び戻って来た侍女が、奥方のたっての呼び出しである旨を伝え、しかたなく新城が席を立つ姿をも描く。奥方の用事が、明日の決戦を控え、自らも死を覚悟し、城中の者に酒を振る舞うことであったのだが、この話などは道斎の語り口とは違うもので、別の情報源から取り入れた話と考えられる。

どの時代であっても、乱や合戦の体験談や目撃談が存在したであろうことは容易に想像できる。この二本松の籠城・落城も地元においては多くの話が語られたであろう。東大史料編纂所に所蔵される「嘉永六年七月日写之」の奥書を持つ『山口道斎物語』は、輝宗殺害事件の記述はあるものの、今まで述べてきた『仙台叢書』所収の一巻本『山口道斎物語』とはまったく別本である[5]。編纂所本『山口道斎物語』に記されたメモに「仙道会津元和八年古老覚書」とあるように、元和八年（一六二二）に二本松・会津・須賀川・田村などの老人に提出させた「覚書」である。道斎が話者である話は存在しないので、なぜ『山口道斎物語』と名付けられたかは不明だが、この書は戦国末期の合戦にまつわるさまざまな話が地元に伝わっていたことの証左にはなるであろう。

注

（1）本章で使用したテキストは以下のとおりである。『奥羽永慶軍記』（戦国史料叢書）、『会津四家合考』（国史叢書）、『藤葉栄衰記』（続群書類従22上）、『伊達日記』（群書類従21、国史叢書）、『政宗公軍記』（国史叢書）、『政宗記』（戦国史料叢書）、『木村宇右衛門覚書』（『伊達政宗言行録』、新人物往来社）、『仙道記』（国史叢書）、『奥陽仙道表鑑』（岩磐史料叢書）、『中古日本治乱記』（国立公文書館内閣文庫蔵本）。なお、『木村宇右衛門覚書』は表記を一部改めた。

（2）『政宗記』については、戦国史料叢書『伊達史料集』の解題に、「『政宗記』の成立年代は、各巻の奥書によって一応知ることができる。巻一・二・四・五・六・七・九は「寛永十三年丙午六月吉日」、巻三・八・十・十一・十二には「寛永十九年壬午六月吉日（または吉辰）」の年月がそれぞれ奥書されている。巻一～巻八のうちで特に異った体裁内容をとらない巻三と巻八が寛永十九年の記述となっている事情については後考に待ちたい。寛永十三年六月は政宗死去の翌月に当るのではあるが、寛永十九年もまた六月であることは偶然であろうか。」とあり、遅くとも寛永十九年（一六四二）以前の成立であるという。

（3）『山口道斎物語』には、一巻本と二巻本の二種類があり、それぞれ『仙台叢書』と『二本松市史』に翻刻がある。二巻本の上巻は、異文を含むものの一巻本全体に相当し、下巻は「二本松称念寺縁起」「伊達記抜書」「畠山系図」など関係資料の雑纂である。

（4）『別所記』などでも滅ぼされた別所家からの著作でありながら、敵方秀吉の軍記『播州御征伐之事』を取り入れている。山上登志美氏「『播州御征伐之事』の受容をめぐって――『赤松末葉記』、『三木記』、『別所記』の成立の様相――」（甲南女子大学大学院「論叢」18　平8・3）

（5）東京大学史料編纂所本『山口道斎物語』が記す輝宗拉致殺害の記事は以下の通りである。

政宗公心の儘に塩ノ松を手に入、則居城にして、御父輝宗公と共に移り居被レ申候。夫より二本松義継公と取合に罷成候。義継公の存念には輝宗公御父子威勢猛く罷成候へば、終には難レ叶候得共、乍去管領の領知を故なく輝宗へ渡し、其家来に可レ成段無念至極なりと歯がみを常々被レ仕候。内室は伊達へ由緒有レ之に付、和談を入、義継御父子の手に付、出仕御礼可レ申と内々被二申入一候得共、政宗公御承引無レ之に付、内室より様々輝宗公へ被二申入一、義継公・輝宗公御対面被レ仕儀事調らる。義継公、能駿馬も不二召連一手廻り計にて小浜へ被レ参候へば、輝宗公御悦の余り、上客の翫にて様々振舞を被レ致て数盃を尽し、義継公御礼を申、玄関迄被レ出候。輝宗公も御見送りに椽迄被レ出候処を、義継公一礼有て振りし、供に参候鹿子田和泉と申者に目くばせ、そのま丶輝宗公の胸ぐらを取、小脇指を抜き突懸け被レ申に、鹿子田同時に後ろより輝宗公の後へ組付、椽より庭へ引下し、めた引めた押に引出申候。輝宗公の近習外様の侍衆あわてふためきたる計にて、取留可レ申手立も無レ之。跡より追ゝはせ付参候。平石村の内栗の巣と申所迄、両人にて引付申候。其日、政宗公は鷹野に被レ出、此悪事を被二聞付一馳付被レ申候へ共、政宗公も手指可レ仕様無レ之、あきれ果被レ申候。二本松へ逢隅（隈カ）川一つ隔候得ば、二本松より勢をくり出し候躰に見へ候得共、さすが手出し仕者も無レ之候。されども事急に成候に付、義継公へ突懸り候に脇指にて輝宗公を突殺し、其刀にて自害被レ仕候。義継公の家来衆下々迄不レ残主の供仕候と声々に呼懸、自害仕候。政宗公は無二是非一直々二本松へ押寄候得共、留守居候新城弾正と申者、城を堅固に持こたへ申候に付、政宗公あきれはて塩ノ松へ引退き申候事。

小浜鳥居町年六十八
藤右衛門
同町　同七十
和泉
同町　同七十
源左衛門

田辺籠城軍記の展開

一

慶長五年（一六〇〇）七月、石田三成は、徳川家康が大名を動員して上杉景勝を追討しようと東進したのを牽制するため、従軍した大名の妻子を大坂城に人質として入城させる。細川忠興の妻ガラシャもその一人であった。ガラシャは大坂入城を拒否して死を選ぶ。これに怒った三成は、忠興の父幽斎の居城である丹後田辺城を攻撃させる。幽斎を始め、籠城した者は武士が五十名ほどと雑兵五百人、一方、三成の命を受け城を囲んだ者は、福知山城主小野木縫殿助等一万五千騎であったという。幽斎の死により古今伝授が断絶することを惜しんだ後陽成天皇の仲介による開城までの六十日間の籠城であった。

この田辺城の籠城戦を描いた軍記の一つに『田辺城合戦記』がある。「続々群書類従」第三「史伝部」に収められているものであるが、内容を簡単に紹介すると、書き出しは「慶長五庚子年七月、上杉中納言景勝卿御謀叛之由、家康様被レ為二聞召一、為二奥州征伐一、御進発可レ被レ遊之旨、被二仰出一」と、家康の東下から始まり、七月十七日のガラシャの自害と幽斎の籠城、七月二十日敵軍の国境乱入、二十一日には敵軍の田辺城包囲完了と敵味方の主だった人々の列挙、城の南方の村「九文明」での両軍の衝突を描く。以下、二十二日、二十三日、二十四日、二十五日、と長短はあっても毎日の戦闘を記す。二十六日は特別の戦闘はなく、この日以降、「敵衆容易に寄兼、自レ是して八月中頃迄はしらみあい、させるせりあいは無レ之候」と膠着状態に入った。そのためか、日にちを付した戦闘記事はなくなり、九月末に忠興が遣わした中住五郎左衛門・小嶋六左衛門の二人が密に城中に忍び入り、忠興の書簡を手渡した話、また城中からは雲龍斎なる法師が抜け出し、忠興に籠城の様子を報告した話を載せる。さらに後陽成天皇が仲裁の労を執ったこと、関ケ原の一戦で石田三成が敗れたため、田辺包囲も解かれ、寄手の大将小野木縫殿助も切腹したことなどが語られる。最後に寄手の武将とその陣所の地名が記されて終わる。

矢代和夫氏は『戦国軍記事典　天下統一篇』[1]の「田辺城合戦記」の解題で、「これ（二十六日）以降は日録の書式は崩れる。その後は石田三成の誅罰、関東方の勝利、寄手の退散、そして忠興以下の関東出陣の面々が帰還して幽斎に対面し、田辺城の戦いの収束が告げられる。しかし、その間の記述は必ずしも明瞭ではない。特に、その戦いの収束の過程についてはわかりにくい」と本書の記述の仕方に不統一があり、本書執筆の意図の不明確さを指摘している。

「続々群書類従」の「例言」（明治四十年九月）には、「田辺城合戦記は、慶長五年大坂の陣に細川幽斎の大坂方の為めに囲まれたる次第を記せるもの、当時家士の覚書なるべし。黒川本に拠りて収む。内閣にも同名の一本あれど、是とは大に趣を異にせり」と記されている。底本の黒川本の現在の所在は不明であるが、この例言において注意されるのは、本書が当時の家士の「覚書」であろうと推察していることと、国立公文書館内閣文庫に同名の本が存在するが、内容的には「大に趣を異に」しているとの指摘であろう。

二

「続々群書類従」の例言は、本書を「家士の覚書」と推測したが、その家士は誰であろうか。本文にそれを特定できる記述は存在するのであろうか。「覚書」については、すでに桑田忠親氏が「覚書は、自己が直接に体験し或いは実見した事柄を自ら筆記したもので、一に、自己の備忘を目的としたかの如く見えて、実は、恩賞もしくは子孫の後栄を予想して、自己の功績を録したもの」と定義している。(2) この定義に従えば、『田辺城合戦記』が覚書であるなら、そこには作者の存在が明確に表現されていると考えてよかろう。

結論を言えば、『田辺城合戦記』には、その存在を強く主張している人物はいない。もちろん個々の合戦で活躍した人物は記されているが、作品全体を通して活躍が描かれている人物も、自己の功績を誇示している人物もいない。また、「我」「我ら」などの自己を表す一人称も使用されていない。覚書が本来持っているはずの基本的な性格を欠いているのである。

次に、「続々群書類従」の例言のもう一つの情報、「内閣にも同名の一本あれど、是とは大に趣を異にせり」を確認してみよう。内閣文庫に蔵されている田辺城合戦の軍記は、『細川幽斎丹後田辺籠城記』という外題を持つ作品である。奥書に「右一冊　元文元年丙辰八月十二日　元明写之／上羽氏藤原一定本ヲ以写之／享和元年辛酉十有一月　於成章館写之　小鑓輔平素輔」とある。内閣文庫本『細川幽斎丹後田辺籠城記』は、内題を「幽斎様丹後田辺御籠城覚書」といい、これが本来の題名であったと考えられる。明らかに「覚書」と記されているのである。さらに、この内閣文庫系統の伝本は熊本県立図書館や甲南女子大学図書館にも所蔵されており、熊本県立図書館本は『北村甚太郎覚書　丹後国田辺御籠城』、甲南女子大学図書館本は『丹後田辺御籠城覚書』という題名を有しており、内容的にもほぼ同類の写本群をなしている。

それでは、「続々群書類従」の例言が「大に趣を異にせり」とした黒川本『田辺城合戦記』と内閣文庫本等の「覚書」との違いはどの程度のものであろうか。以下、「覚書」群の中から甲南女子大学図書館蔵『丹後田辺御籠城覚書』と続々群書本『田辺城合戦記』とを比較して、その構成を見ておくことにする。もちろん熊本県立図書館本『北村甚太郎覚書』、内閣文庫本も同一である。

『丹後田辺御籠城覚書』の構成

1　慶長五年、家康の上杉景勝追討軍発進。忠興の妻（ガラシャ）自害。幽斎、田辺城籠城。敵の大将ら列挙。

2　七月二十日、二十一日、敵軍の田辺城包囲。九文明・二ツ橋の鉄砲戦。

3　同二十二日、大内での大筒攻撃。敵の退却。

4　同二十三日、大橋の戦い、坂井半助の活躍。城下町を焼き払う。

5　同二十四日、日暮れ頃、敵の一斉射撃を受けるも被害なし。

6　同二十五日、敵の一斉攻撃。堀際まで攻め寄せるも、北村甚太郎の活躍で追い払う。敵の武将井門亀右衛門の活躍。

7　同二十六日以後は戦闘小休止。城内では北村甚太郎らによる鉄砲指南。敵、弾よけの竹束設置するも、「いぬき玉」で撃退する。

8　八月中旬、敵軍は石火矢で攻撃。矢倉など損傷するも軽微。

9　「寄手之陣所次第」（敵の陣配置と武将名を列記）

10　関東から忠興の密使、田辺城に到着。城からも包囲をくぐり使者を送る。

11　後陽成天皇・八条宮の使い到来。
12　幽斎の上洛。籠城に功あった北村兄弟への労い。
13　関ケ原の合戦、東軍勝利。北村甚太郎の褒賞、敵将小野木縫殿の切腹。

一方の『田辺城合戦記』は、多少の異文や記事の異同[3]を含みながらも、1から8までは同じ配列・構成である。両書はかなり近似しているといえるであろう。大きく違うのは9「寄手之陣所次第」が、全編の最後に回されていることと、12・13の記事が極めて簡略になって一つにまとめられていることである。

もう一つ両書の根本に関わる違いがある。それは北村甚太郎とその一族の扱いである。たとえば、七月二十一日の戦いの場面であるが、『丹後田辺御籠城覚書』では、城の南大手の先方に九文明という村があり、そこに敵の赤松左兵衛・山崎左馬らが母衣武者を大勢引き連れて示威行為を行った。それを城内から見た妙庵公（幽斎三男、幸隆）が、「あれを打ち払え」と命じたので、三刀屋四郎兵衛・上林勘兵衛・日置善兵衛・北村甚太郎らが「いさつ」という村へ出向き、

　鉄炮放懸申候。上林・日置・加藤は川端の土手の上より立はなしに被打候。我等兄弟は川の瀬は常ゝ案内者なれば、川下より渡り越し候。右より壱町計罷出、兄弟替り〴〵に能積り打申候。いづれも玉行よく、きびしく参り候やらん、はいくわい仕候敵共、皆ゝ村中へ引退申候。其内妙庵公より「いづれ働《者》共働御見届被成候間、引取候へ」との御使として吉山福万と申仁被下候に付、皆ゝ引申候也。妙庵公此由を被仰上、幽斎公御喜悦被成候。其日は暮申候。

という顚末を記す。ここにでる「我等兄弟」というのは、北村甚太郎・甚三郎兄弟である。この日、敵を追い払いに出掛けた人々の中で、第一の高名は地形を熟知していた北村兄弟であったという書き方である。

この場面、『田辺城合戦記』で見てみると、

各素戸口より押出二手に別れ、一手は二つ橋江出張、一手は伊佐津村江出張、夥数鉄炮打発被レ申候、敵方よりも頻と鉄炮打被レ申候、北村勘太郎、北村勘三郎は、大河之川下より越渡り、各より一町余も進み出、兄弟替る替る大筒打発被レ申しに、玉行厳敷、敵方九文明之方江退候、妙庵様より御使として吉山福万被レ参、「急ぎ味方を引纏、御城中江繰入候へ」との御意に付、各御城中江引入被レ申候、

甚太郎を勘太郎と誤ってはいるものの、北村兄弟の活躍は描かれている。しかし、その書き方は「自らの高名を誇示する」といった書き方でないのは明白である。

さらにもう一例挙げておく。関ケ原の合戦も終わり、忠興も幽斎のいる亀山城へ到着する。その時のことを、『丹後田辺御籠城覚書』は、

其時、幽斎様馬場にて越中様・玄蕃様・与一郎様・与十郎様、一所に御対面被成候。我等も御供に参居申候処に、幽斎様御幕之内より少幕御うちあげられて、「甚太郎〳〵」と御呼被成候。則参上申候得ば、間近く召候て、「あれが今度籠城にて肝煎候ひつよ」と、御一門中へ被仰候へば、越中様御意被成候は、「其由関東へ具に聞へ承届申候。若者にて候が、きどく成事」と御前に御前に（ママ）御くわし大なる柿御座候を、越中様三ツ御取被成被下候。忝頂戴仕、罷出申候。其時之様躰、能存知衆も可有之候。

幽斎が子息忠興・興元・孝之ら一族の前で北村甚太郎の功労を讃え、忠興からも菓子を賜ったという話を目撃者の存在を匂わせながら誇らしげに記す。これに対して『田辺城合戦記』は、

忠興様には関ケ原御勝利、石田三成殿被レ誅、大手之晒物等被レ遊二御一覧一之上、大津江御着被レ遊候由注進有レ之、翌朝馬堀江御着、御陣を被レ為レ据、越中守様、与十郎様、玄蕃頭様、与一郎様、御四方様共幽斎様江御対面、万端御物語相済候て、亀山之城可レ被二攻落一、御覚悟之所、忠興様亀山に三日御在陣中、……

と、北村甚太郎の話はなく、傍線部のように「万端御物語相済候」で片付けられている。

ここに挙げた二例だけでなく、二十三日条には「我と半助とは石垣の上より替〱打申」、二十五日条には「我等方え被二仰下一候は」「我等鉄砲にて打倒申候をば、権兵衛見届被申候」「おしへ打せ可レ申候間、北村甚太郎に被二仰付一旨、被二申渡一候」等々、「我」「我等」「北村甚太郎」という具合に、『丹後田辺御籠城覚書』は全編を通して北村甚太郎とその一族の活躍を誇らしげに語っているのであり、まさに北村家の田辺城合戦における功績を宣揚するために書かれた「覚書」なのであり、熊本県立図書館蔵本の名称『北村甚太郎覚書』がそれを端的に表している。

北村甚太郎については、『綿考輯録』に記事が載っている。『綿考輯録』は熊本藩細川家の小野武次郎が五十年の年月を掛けて享和三年（一八〇三）に完成した、細川家の歴史を記した書であるが、その巻五に「御籠城に付而、持口被仰付、其外城内に有之面々名前知候分」として、父北村石見に次いでその名が見える。

一北村甚太郎中比甚右衛門後宮村出雲

石見子也、丹後にて藤孝君・忠興君江御奉公、今度幽斎君御上洛に極候付、藤木伊右衛門・石寺甚助を被下、御籠城之中、万事情（精カ）を出し候段御満足被遊候、いつ方に居候とも疎に被思召間敷との御諚之旨申渡、甚太郎と勘三郎に銘々御書幷金子壱包充被下候、甚太郎御請に、私ハ何方までも御供仕度候、弟勘三郎儀ハ老足之親共江付置、いつくになりとも差置可申と申上候得は、亦々両人を以御満足之旨被仰下候、扨各古屋敷に小屋掛いたし居候所ニ、山崎左馬・赤松左兵衛其外彼是より拘被申渡由、懇ニ申来候も多有之候へとも、若他国江出候ハヽ、重而可申入と返答いたし、幽斎君の御供仕、亀山に参申候、忠興君、福智山に御寄せ被成候時、与十郎殿の御供にて参、御本陣の下に陣取候而、大筒・石火矢等勢を出し打申候忠興君譜詳ニ出、豊前江御供仕候処、香春城を孝之主江御預被成、甚右衛門儀も御附置、御知行百五拾石被下、御鉄炮弐拾挺御預被成、孝之主より宮村出雲と御名乗せ被成候、大坂御陣にも被召連候、孝之主御浪人被成候節、いつれもちり〱に成、出雲ハ東小倉に浪人仕、幸稲留伝授之鉄炮細工にて渡世仕居候処、忠興君より先当分弐拾人扶持被為拝領候、其後いつとなく鉄炮細工家業ニ相成候、寛永八年八月、大塚長庵奉ニ而、忠利君御前ニ被召出、田辺御籠城ニ精を出し申たる儀とも難有御意之上、御羽織被為拝領候、肥後江も被召連、光尚君御代迄相勤、忠利君三回御忌前奉願剃髪仕、宗樹と改候、承応元年病死いたし候、丹後御籠城有増之次第覚書壱冊ニいたし、御城中持口之所々寄手之陳所等迄、子孫為披見とて絵図仕置候を于今伝来致候、出雲子治左衛門、有馬御陣にも御供いたし候、今の次左衛門祖也、

記事の前半は、先述の『丹後田辺御籠城覚書』の構成12の記事と重なるが、後半の傍線部にはこの書の作者が北村甚太郎自身であったことが記されている。覚書一冊と陣所の絵図を書き残したというのである。因みに、この絵図は永青文庫に収められており、池邉義象著『細川幽斎』(4)にも掲載されている。

それでは『田辺城合戦記』はどのような性格を持った軍記なのか。残念ながら、「続々群書類従」の底本となった黒川本の所在が不明であり、同類の伝本も管見には入っていないので明確なことは言えないが、今まで見てきたとおり、『田辺城合戦記』には『丹後田辺御籠城覚書』に顕著であった個人・一家・一族の功名を宣伝する意図がない。桑田氏のいう「恩賞もしくは子孫の後栄を予想して、自己の功績を録」するものとしては書かれていないことから、『田辺城合戦記』の最大の特徴は「覚書」ではないという点にある。

また『田辺城合戦記』は『丹後田辺御籠城覚書』にはない独自記事や挿入逸話があるかといえば、それもないのである。あるのは叙述の詳細簡素の違いと記述順序の先後であって、構成も記事も大差ないのである。ということは、『田辺城合戦記』は『丹後田辺御籠城覚書』の中から北村甚太郎とその一族の功績賞揚部分を削除したものと判断できる。

『田辺城合戦記』のもう一つの特色は、登場する人物に対する敬称である。禁中様、八条様、家康様、幽斎様、

越中守様、玄蕃頭様、上杉中納言景勝卿、毛利中納言輝元卿、石田治部少輔三成殿、小野木縫殿介殿など、天皇、親王と徳川家康および主筋の細川家の人々には「様」、上杉景勝や毛利輝元など大名には家康と敵対した者であっても「卿」、同様に敵である石田三成や包囲軍の大将小野木以下敵の武士には「殿」を付けている。それに対し、味方の者たちはすべて呼び捨てで敬称は用いられていない。

これらのことから、『田辺城合戦記』は、合戦からかなりの時間を経過したあとに、『丹後田辺御籠城覚書』などの「覚書」を用いて、細川家に起こった籠城を客観的に書き直そうとしたもの、つまり北村甚太郎個人の覚書から、細川家の合戦記録に再編を試みたものと考えられるのである。もちろんそれが成功しているかどうかは別問題である。

三

『丹後田辺御籠城覚書』は先述の「構成」のところで見たとおり、1の籠城に至るまでの経緯、2～8の日時を記した合戦日録部分、9の包囲敵軍の配置、10の籠城中の外部との連絡、11の後陽成天皇の調停、12・13の後日談からなっているが、『綿考輯録』がいうように、この覚書が北村甚太郎の著作であると考えて差し支えないが、ただ成立の初めから今見るような形になっていたかは疑問がある。『丹後田辺御籠城覚書』には戦闘が膠着状態になったあとの九月末に、忠興から城中に密使が送られた話を載せる。「構成」の10に相当する部分である。書かれているのは二つのエピソードで、①家康に従っている忠興・孝之から籠城中の幽斎に、中住五郎左衛門と小嶋六左衛門の二人が密使として送られる。しかし包囲軍の警戒が厳しく、城にはなかなか入れなかった。二人は土地を熟知していたので、夜半に「海辺登口」から忍び入り、幽斎に関東の徳川軍の様子などを詳しく伝えた。このことがどうして洩れたのか、陸上海上の警戒はさらに厳重になった。②また、城中に雲龍斎という法師がおり、忠興との連絡のため城を出ようとしたが、敵に咎められ糾問される。雲龍斎は出家はどちらの味方でもないと謀って包囲を通り抜けた。以上の二つの話を載せるのである。これら二つの話は、いずれも北村甚太郎およびその一族には関係のない話である。膠着状態に陥ったなかで、城中に起こった出来事を記すのがこの段の執筆意図と考えられる。

このうち、①の話は『中村甚左衛門田辺御籠城御使者一件』という作品に載っている。『中村甚左衛門田辺御籠城御使者一件』は熊本県立図書館に所蔵されている写本、墨付き五丁の小編である。現存するものは、天保十四年に書写されたものを、明治四十三年に写し、さらに昭和十四年に転写したものであるが、最初の奥書は「右之本ハ私親中村甚左衛門覚書仕置申候」と、中村甚左衛門の子供が書き記したものである。これによれば、この書も「覚書」なのである。この『中村甚左衛門田辺御籠城御使者一件』と『丹後田辺御籠城覚書』と文章も近似している箇所があるので、挙げておく。

『丹後田辺御籠城覚書』

九月末に丹後籠城為御見舞、忠興公・与十郎殿より中住五郎左衛門・小嶋六左衛門と申者両人、関東より御登せ被成候。両使者急ぎ田辺へ着仕候得共、敵番稠敷候故、城へ入可申様無之処に、あごと申所、海辺登口より常に案内は存知つ、夜半時分に忍び入、関東より之御書をあげられ、関東の様子具に書上申候。

『中村甚左衛門田辺御籠城御使者一件』

九月末に丹後御籠城為御見廻、忠興公・与十郎様より中根五郎右衛門・小嶋弐左衛門ト申者両人、関東より御登被成両使者急キ田辺江着仕候得共、敵之番稠敷候故、城江ハ入リ可申様無之。所々海辺北ノ口常々案内は存候也。夜半斗リニ忍び入、関東より之御書を差上、関東之様子審ニ申上候。

それでは『中村甚左衛門田辺御籠城御使者一件』は、どのような意図でこの密使中住（根）・小嶋の話を載せたのであろうか。密使が包囲された城に忍び込んだ出来事は中村甚左衛門が関わってはいないのである。そこで中村甚左衛門はこの覚書でどのような「自己の功績」を記しているかに触れておく必要がある。籠城が続き、このままでは食糧が尽きるおそれがあるという話が出始めたころ、

幽斎公、此事被聞召、思召被レ附候事有レ之。拙者を被レ召、人払ニて密ニ被二仰付一、「然ハ如レ此之小城を大勢ニて囲ミ、謀以城落ん事、旦夕にも有らん。城を出、討死共思ひつれ共、少思ふ事あれバ、其方儀、已前北面之勤ども致候ト聞く、何卒計略を以、城を忍び出、禁内へ参内し、此儀相達しなバ、籠城随一之功なるべし」と、御書を御渡ニ相成候ニ付、早速御請申上、陳所へ帰り、受持候御矢倉頭堅メ之儀、三刀屋・麻生・森宿、此三人へ引渡。夜半斗りニ楯の板をかづき、城之水堀ニ忍び付、水下を尻り、既ニ赤松が出張の前を越候節、怪メられんとせしを運強クして、三町余りの水下を尻り、漸く忍び抜け、直ニ京都へ罷越候処、田辺江勅使可レ被レ立との御事ニ付、拙者直ニ勅使之先払仕、田辺ニ罷帰候。

とあるように、中村甚左衛門は籠城の時、幽斎から命ぜられ、密かに城を出て内裏へ向かい、後陽成天皇の勅使を田辺へ連れてきたのであり、それこそが「随一之功」とされたのである。

中村甚左衛門は自己の功名を書き記すに当たって、単なる城からの脱出ではなく、中住（根）・小嶋の二人が城内に入ったことによって、敵の警戒警備がさらに強化された中で実行しなければならなかったのであり、それがいかに困難であったかを強調するために、中住らの潜入記事を書いたのである。

したがって『中村甚左衛門田辺御籠城御使者一件』は、籠城戦が終わった後の褒賞を、

田辺御帰陳之上、籠城之面々御前へ被二召出一、種々御褒美等被レ下候。幽斎公、拙者を被二召出一候而、忠興公江被レ仰候は、「今度之籠城ニ禁内江使を致候者ハ、此者ニ而候」ト被レ仰候。忠興公被レ仰候は、「右之様子追々委ク承届候。骨を折候」迚、早速御自筆之御歌・御腰物、外ニ御自筆ニ而九曜御紋、子々孫々迄被レ下候旨、拝領させられ、難レ有仕合奉レ存候。重而忠興公拙者江御意被レ成候は、城を出候節、往来共ニ楯之板を持、往

来致候儀、御尋御座候ニ付、拙者申上候は、「右之御使相勤候ニ付、御堀之水下を尻り申候間、見付鉄砲ニ而打申候節之為、往来共ニ持申候。然バ右之板ハ私命代り之板故、大切仕、もち帰り申候」ト申上候得ば、忠興公被ニ聞召一「尤成申分、懸レバ其方為ニは運強キ板也。已後、其方定紋ハ板を付候へ」と被ニ仰聞一候。拙者申上候は、「難レ有仕合ニ奉レ存候。然し私定紋ハ輪之内ニ一之字を付来候間、板は替へ之紋ニ附可レ申」由、申上候得ば、「左様ニ仕候得」と御意御座候ニ付、本紋ハ一ノ字、替之紋ハ板を附申候。其後無程、悴弥市被ニ召出一、百五拾石被レ為ニ拝領一。父子共ニ御奉公申上候事。

傍線を付した「拙者」はもちろん中村甚左衛門である。その彼を、幽斎が忠興に「今度之籠城ニ禁内江使を致候者ハ、此者ニ而候」と紹介し、幽斎によって大勢の前で褒美を拝領し面目を施したことを詳しく記す。〝細川家伝〟ともいうべき『綿考輯録』に、この中村甚左衛門の件は籠城の経緯を記す部分には出て来ない。籠城武士の名簿である「御籠城に付而、持口被仰付、其外城内に有之面々名前知候分」の「中村甚左衛門」の項に、

御籠城には西手支配被ニ仰付一候、

考ニ中村家記ニ、甚左衛門禁裏に忍の御使被ニ仰付一、首尾能相勤候付、難レ有蒙ニ御意一、御筆の物、御腰物、九曜御紋被レ為ニ拝領一候、右之ケ条ハ御上ニも相知居候故、御先御代ニ省候様ニと被ニ仰付一候ニ付、先祖附にハ書出不レ申候得とも、別紙を以支配替りの節は、毎々達置候と有レ之、御先御代とハ霊感院様御代と聞へ申候、右御使之事、古今御伝授一件の事成にや難レ分、

とあって、『中村家記』なる書に記されているという。内容はこの『中村甚左衛門田辺御籠城御使者一件』と同じ密使の件である。この時の功績をお上はご存知であるのに、どういう経緯があったのか公にはされず、別紙によって伝わるという。中村甚左衛門が「禁裏に忍の御使」を命ぜられ、首尾良く成し遂げたことは事実だったようだが、その時の使命が古今伝授の一件であったのかどうかは分明ではないという。

いずれにしても『中村甚左衛門田辺御籠城御使者一件』は、中村甚左衛門が密命を受けて内裏に向かい、無事に使命を全うした功績を宣揚する「覚書」である。決行の困難さを強調するために中住らが城内へ忍び入った出来事を記したのであり、その部分を『丹後田辺御籠城覚書』は使ったのである。それを端的に示している部分として、中村甚左衛門が都から勅使を連れて田辺にもどった箇所を挙げることができるだろう。

『中村甚左衛門田辺御籠城御使者一件』

勅使城中ニ被レ為レ入、幽斎様御対面被レ成、種々御馳走相済、八条様江幽斎様御自筆之事、古今集御伝授之事被レ成候。御短冊に被レ詠候御歌ニ、

古へも今もかわらぬ世の中にこゝろの種を残す言の葉

其後、幽斎様御上洛被レ成候ニ相極り、①拙者儀も御供被二仰付一、罷越候ニ相極り申候。其外追々ニ御供被二仰付一候。

『丹後田辺御籠城覚書』

一　其後、禁中様より為二御勅使一、八条様より大石甚助と申家老、御書を以、籠城へ入被レ申候。幽斎公御対面被レ成、御馳走の後、八条様へ幽斎公御自筆の古今御進上、御短冊被二相添一レ之。其御歌

古しへも今もかわらぬ世の中に心のたねを残す言のは

一　其後、頓て幽斎公御上洛被レ成に相定り申に付、②我等所へ御使者として藤木猪左衛門・石寺甚助以二両使一、被二仰出一候は、今度於二籠城一、万事肝煎申所、御満足被レ成候。何方に罷居申共、おろかにおぼしめされまじとの御諚候旨、具に被レ仰、渡二金子二包一、北村甚太郎・北村勘三郎と御書付被レ成、持せ被レ下、則頂戴仕候。誠忝次第に奉レ存候。其時、我等御請申上候は、甚太郎儀は何国迄も幽斎様御供仕、御奉公可二申上一は、弟勘三郎儀は老足の親共に付置、何国に成共、召置可レ申覚悟御座候。此等之趣、可レ然様に被二仰上一、可二被レ下候一旨、右両人へ申聞候へば、則言上被レ仕、御満足被被(ママ)成候由、重而右両人、又我等処へ被レ下候也。

両者の傍線部を見ると、『中村甚左衛門田辺御籠城御使者一件』の①では、幽斎の上洛が決まり、中村甚左衛門にもお供するよう命ぜられたことを面目として記しているのに対して、『丹後田辺御籠城覚書』は②に見るように、北村甚太郎兄弟のところに、籠城中の働きを労う使者が遣わされたことと、一家の事情を使者を通じて言上して認められたことが記される。『丹後田辺御籠城覚書』が『中村甚左衛門田辺御籠城御使者一件』を取り込んだ際に、中村甚左衛門であったところを北村甚太郎に代えて自家の誉を顕彰しようと意図したのである。

さらに『丹後田辺御籠城覚書』のこの部分が、『綿考輯録』にそのまま使われたのであって、先に引用した「北村甚太郎」の項の一節、「今度幽斎君御上洛に極候付、藤木伊右衛門・石寺甚助を被下、御籠城之中、万事情を出し候段御満足被遊候……」がそれを示している。『綿考輯録』の田辺籠城戦の資料になったものの主要なひとつは『丹後田辺御籠城覚書』（『北村甚太郎覚書』）であった。

四

細川幽斎の田辺城籠城の一件を描く軍記には、もう一つ『三刀谷田辺記』がある。「続群書類従」の合戦部に収められているものである。これまで述べてきた『丹後田辺御籠城覚書』など覚書の類とは内容、表現もかなり異なり、全く異質の作品である。これについても最後に少し触れておくことにする。この『三刀谷田辺記』は『関ケ原大全』（延宝三年〈一六七五〉起稿）にそのほとんどが引用されており、覚書類よりもその内容は広く知られていたと思われる。

『三刀谷田辺記』はこの作品の主人公である三刀谷孝和の父久扶から始まる。久扶は毛利の家臣であったが、天正十六年（一五八八）、上洛の折、家康から徳川に仕えるよう誘われた。久扶の変心を疑った毛利に本領を没収され、その後間もなく不遇のうちに死んだ。その子孝和は安国寺恵瓊のもとで、勇力優れた武士に成長、文禄慶長の役で活躍した。しかし本領を還付されることはなかったので、毛利を去って京都に上り、吉田に住み、吉田兼治と親交を結んだ。この兼治の妻が細川幽斎の娘であった。

秀吉が死去、豊臣の遺臣と徳川家康との対立が激しくなり始めた慶長五年（一六〇〇）秋のころ、安国寺恵瓊に孝和は呼び出され、来るべき家康との決戦に備えて、毛利に味方するよう求められる。その手始めに家康方の細川幽斎の丹後国田辺城を攻めるよう要請される。孝和はうわべでは恵瓊に従いながら、心中は与すまいと決めていた。

その頃、幽斎は古今伝授のため、八条の宮（智仁親王）を迎えに佐方吉右衛門を京へ遣わし、同時に孝和にも八条の宮の警固を依頼した。孝和は佐方に毛利の策動を伝えたいと思ったが、「戦国ノ有様、父子ノ志モ計ガタシ」とためらっていたところ、安国寺恵瓊から孝和に呼び出しが掛かる。そこで孝和は佐方にすべてを語り、八条の宮を都に留め、田辺城を守ることを約束する。

七月十五日、三刀谷孝和は手勢を率いて幽斎の田辺城に着き、幽斎と対面した。幽斎は、石田三成・恵瓊らの田辺城攻撃計画を知らされ仰天する。しかも十七日、忠興の妻ガラシャが自害したとの報せが田辺に入る。城内は大騒動になり、幽斎は籠城を覚悟し、その準備を始める。

寄手は小野木縫殿助（重勝）を大将に七千余人、田辺城の西に陣を取った。孝和は籠城の手配、合戦の準備にも中心的な働きをし、城内の裏切り者を探索するなど「孝和討レ玉ハヾ、此城忽チニ落ヌベシ」と幽斎からも思われる存在になった。籠城の間、孝和はしばしば夜討ちを掛けたので、寄手は攻めあぐんでいたが、七月二十五日、大手・搦手・海の手の三方より総攻撃に打って出る。しかし孝和は町屋に火を放つ奇策で敵を追い返した。この日の激しい戦いで、孝和が討死したという噂さが流れ、幽斎も自害の用意をしていたところに、孝和が現れたので、幽斎は「天未捨玉ハズ」と喜んだ。

孝和の活躍で城は持ち堪えていたが、七月二十六日の夜、幽斎のもとに城内に内通者がいるとの情報が入った。敵が内部分裂を画策するための謀略とも思われたが、孝和は念のためにと疑惑の者たちを集め、密議ができないように部屋の壁などをすべて取り払った。その後は「叛逆ノ企」はなくなった。

八月上旬、幽斎は家伝の歌書を戦火に失うことを惜しみ、内裏や公家に献上した。後陽成天皇がこれに心を痛め、勅使を丹後国に差し下し、幽斎に降伏するよう勧める。幽斎は「今更降参ハ本意ニ非ズ」と拒否したが、前田玄以の仲介で降伏しながらも城を出ず、籠城を続ける。寄手も特に攻めることもなく、八月下旬に至る。その頃、幽斎の子忠興から手紙が届いた。その手紙には家康が天下を治めることは間違いない、間もなく石田と合戦になるであろう、それまで籠城していてほしいというものであった。その後、関ケ原での家康勝利の報がもたらされると、寄手は四方八方に逃げ散った。

幽斎と忠興は孝和の活躍と忠義に深く感謝し、下にも置かない扱いであった。細川家は家康から豊前に領地を賜ったが、孝和はどうしたことか、家康から何の沙汰もなく、細川の家人並の待遇でしかなかった。これを不満に思った孝和は、豊前を去り因幡の山中に籠もった。

内容をやや詳しく追ったのは、この書の特質を明確にする意図からである。この梗概から分かるとおり、本書は三刀谷孝和の個人的な活躍を描くことを主題としている。しかも孝和はもともと細川家の家臣でもなく、いわば義侠心から手勢を率いて自ら参戦し、その智謀と武勇によって幽斎・忠興から深く信任されたというのである。その活躍はいきいきと語られ、息も継がさない面白さで描かれる。例えば、手勢五百数十騎を率いて田辺城に向かう時、孝和は密かに郎等の三刀屋藤兵衛扶村を呼び、故郷に残してきた幼女のもとに戻り、自分が討死したと聞いたら、その子を殺すように命じる場面があり、郎等の反論と孝和の説得がかなり詳しく描かれる。また、城内の動きも詳細で、特に「幽斎ノ家臣麻野吉左衛門」なる人物は卑怯未練な振舞いだけでなく、味方を混乱させ、同士討を画策し、敵との内通を疑わせる人物として、しばしば登場する。そのいちいちを孝和が未然に防ぐのである。いわば疑惑の人物を対置することによって、物語的な面白さを引き出していると言えよう。

麻野吉左衛門は、前述の『丹後田辺御籠城覚書』などにはその名も見えない人物であり、『綿考輯録』の「御籠城に付而、持口被仰付、其外城内に有之面々名前知候分」にも名前は出ない。ただ似た名前としては「麻生吉右衛門」があるが、この人物は「後号二伯耆一」とあり、さらに「豊前・伯耆共に籠城之時は働よく御座候と有」と説明が付いていて、『三刀谷田辺記』の麻野吉左衛門とは異なる人物と考えられ、『三刀谷田辺記』が孝和の存在を引き立たせるために創作した人物の可能性が高い。

『綿考輯録』は、三刀谷孝和が田辺城に入城するに至った経緯を、『関原軍記大成』によって長文で語る。ところが『綿考輯録』は、「三刀谷か田辺へ来りし次第等は虚説とも定かたからんか、猶可考」と記している。つまり『三刀谷田辺記』とそれを基にした『関原軍記大成』の孝和の記事には信を置いていないのである。また、三刀谷孝和の活躍についても、

関原備考に出たるも、大概大成ニ似たる事ニ而、城外ニ而のせり合、甚烈しく、いさきよく書立、三刀谷が事別て委ク、実に過て記したると見へ申候、紛雑なるゆへにこゝに出し不申候

とあるように、三刀谷のことは「別て委ク、実に過て記したる」もので、『三刀谷田辺記』を元とした諸作の孝和の記述を事実と認めていないのである。

それでは、三刀谷孝和の事実とはかけ離れた「おもしろい話」は作られたものであろうか。それを考える手掛かりが、やはり『綿考輯録』にある。それは、

一三刀谷四兵衛後改監物孝和

出雲浪人なりしか幽斎君京ニ御逗留の折ふし、御伽を御尋被成しに、面白く咄仕候由、佐方吉右衛門申上候

而御目見仕候か、御相口にて兵粮のきれを御見継被成候て、廿日ほと過候に、田辺城を可攻との評議有よしを於京都き、付、田辺江知せ奉りし故、御覚悟被成候、其時佐方与左衛門を先として上下廿人はかり引連参りしかハ、篠山五右衛門なとハ、由緒慥ならぬもの余多参候事、不審たてしにより、佐方吉右衛門請人に立候処、殊外働申候、四兵衛弁舌ものなれハ、忠興君も御咄伽になされ、正宗に似たりとて、正宗々々と被仰候、豊前にて弐千五百石被下一ニ弐千石物奉行仕しに、小倉御城普請ニ仕損ひを仕、御暇被下候時、常の者ならは切腹可被仰付候へとも、田辺にて忠節のものゆへ御免被成候由也、其後紀伊中納言殿ニ奉公、孫伴蔵乱心して家断絶、千石領しける由なり、幽斎君より御感状被下候との事なれとも、いまた見当不申候、

これによると、三刀谷孝和は「面白く咄仕」る「御伽」であった。口舌の徒である孝和が、自ら執筆したものか、その語ったところを子孫が書き記したものか不明であるが[5]、この作品の「おもしろさ」は「御咄伽」としての三刀谷孝和の「咄」が元になっていることは間違いあるまい。

注

（1）古典遺産の会編　和泉書院　平23

（2）『御伽衆の研究』（増補新版　有精堂　昭44）

（3）『丹後田辺御籠城覚書』の構成7の「北村甚太郎らによる鉄砲指南」が記されていない等の違いがある。

（4）金港堂　明36。なお『丹後田辺御籠城覚書』に近い『宮村出雲籠城覚書』のほぼ全文が載る。宮村出雲は北村甚太郎の改名。

（5）『三刀谷田辺記』の奥書は「右一冊者、三刀谷伴蔵源扶明、應我之所覓、而贈者也、扶明者我断金之友也、子孫勿忽略斯書也／時元禄元年秋八月既望梅菴主閑鷗居士」とあり、三刀谷扶明が所蔵者か作者かは不明である。

解説

大津雄一

一

一九七四年（昭和四十九）九月、現代思潮社から新撰日本古典文庫の第一巻として、『承久記』が刊行された。校注者は、松林靖明氏である。流布本（元和古活字本）を底本とし、詳細な解説を巻頭に掲げ、頭注と補注を施した、『承久記』の初めての本格的注釈書であった（一九八二年に古典文庫第六十八巻として新訂本が同社から再刊）。さらに、古態本である慈光寺本の翻刻本文も収められた。

もちろんこれ以前にも、一九一一年（明治四十四）には国民文庫に「承久兵乱記」が、一九一五年（大正四）には校註国文叢書に流布本が活字化された。一九一七年には国史研究会の国史叢書に、慈光寺本・前田家本・流布本・「承久軍物語」の四種が収められ、一九二八年（昭和三）には日本古典全集に流布本が収められたが、いずれも戦後は入手し難く、正・続群書類従、史籍集覧といった叢書に収められていたのは、前田家本と『吾妻鏡』によって編纂された「承久兵乱記」や、江戸時代に流布本と『吾妻鏡』によって編纂された「承久軍物語」であった。新撰日本古典文庫本の登場によって、ようやく信頼できる本文と注釈と『承久記』に関する基礎的知識とを容易に得ることができるようになったのである。

二

新撰日本古典文庫『承久記』の刊行後、松林氏は本書「『承久記』の論」に収められた諸論を次々に公表していくのだが、刊行後最初のそれが、物語的には最も整えられた流布本や古態本の慈光寺本ではなく、新撰日本古典文庫には収められなかった前田家本について論じた「前田家本『承久記』の一側面」であることは印象的である。この論において氏は、前田家本の後鳥羽院が他本よりも批判的に描かれていること、一方北条義時は理想的武士の指導者として形象されていること、さらに承久の乱が鎌倉幕府あるいは武家による政治の確立の出発点として認識されていることを指摘する。そしてそれらの特質は、前田家本が、後醍醐天皇と対立し武家支配を継承した足利政権の下で成立したことによると論じる。

松林氏の軍記研究の基本的方法は、諸本を丁寧に読み込んでその差異を明らかにし、差異が生じた背景や原因を究明するというものである。『承久記』を論じる際にも、古態本である慈光寺本と後出本である流布本・前田家本とを対比しつつ論じるのだが、流布本よりも前田家本に言及することの方がはるかに多い。

「『承久記』に見る乱直前の後鳥羽院周辺」では、挙兵前の院方の動向を、三本を比較しつつ分析する。そして、慈光寺本は迫真性・臨場感はあるが事実の正確さや前後の統一感に欠け、それを補って改変したのが流布本や前田家本であり、さらに流布本よりも前田家本の方がより事件の真実味や本質を理解していると指摘する。「『承久記』伊賀光季合戦記事をめぐって」では、事件の展開だけを感情移入せず記す前田家本とより悲劇を強調する流布本とを対照的に把握し、事実を重視する前田家本の特性を指摘する。さらに、「『承久記』と後鳥羽院の怨霊」でも問題にされるのは前田家本である。前田家本が、後鳥羽院の怨霊の発動を知りえる立場にありながらも、後鳥羽院を軍記物語の常識に反してあえて怨霊として形象しなかったのは、承久の乱を自身の政権の由緒として認識する足利政権下で成立した前田家本の立場からして自然であるとする。三浦義村、北条義時・時房といった承久の乱の功労者を取り殺した後鳥羽院の怨霊を登場させることは、前田家本にはできなかったのだと分析する。氏は、前田家本は事実の記録としての性格を強く持ち、足利政権下という南北朝・室町の時代的要請によって改変された本文であると考えている。

もちろん、「慈光寺本『承久記』の土御門院配流記事をめぐって――日付の検討から――」、「慈光寺本『承久記』の合戦叙述――後人加筆説にふれて――」は、古態本とされる慈光寺本にも後の加筆があることを具体的に指摘した貴重な論で、すべてが前田家本についての論であるわけではないが、氏が前田家本に強い興味を抱いていたのは確かである。

三

本書に収められた『承久記』の論で、新撰日本古典文庫刊行以前に唯一公表されたものが、一九六八年（昭和四十三）五月発行の「古典遺産」（十八号）に掲載された、「『承久記』試論――冒頭より実朝暗殺までを中心として――」である。これを読むと、松林氏の前田家本への注目の理由がわかる。この論では、実朝暗殺事件にかかわる記事が、慈光寺本から前田家本・流布本そして「承久兵乱記」へと増補される過程を、歴史意識の強化と史料的正確さの追求の過程としてとらえ、そこに人々が「軍記もの」に要求したものの一端を見ている。さらに、『承久記』諸本に共通する後鳥羽院批判にも注目し、『承久記』の変容には、事実を重視し、批判的精神を発揮する歴史的精神の関与があると考え、それは承久の乱以後の実録性の強い後期軍記にも共通しているのではないかとする。そしてそれゆえ、『保元物語』『平治物語』『平家物語』といった物語性の強い作品の基準で『承久記』を評価することの危うさに言及する。

軍記を物語性と記録性という二項対立で把握し、「記」の系列の軍記も正当に評価されるべきだという考えは、当時の研究の一つの流れであった。新撰日本古典文庫『承久記』には冊子が別添されており、そこには、永積安明氏の「軍記ものの全体像」と、矢代和夫氏（司会）・松林靖明氏・森秀人氏の対談記録が収められている。永積氏の文章では、「軍記もの」には、『保元物語』『平治物語』『平家物語』といった「物語」の系譜と『将門記』『陸奥話記』『承久記』『太平記』『明徳記』といった「記」の系譜があり、後者が圧倒的に多いこと、にもかかわらずそれらは軽視されてきたこと、さらに評価の基準が『平家物語』に置かれていたことが指摘されており、「軍記もの」とは何かという根元的問題を解決するには、総体的に「軍記もの」をとらえ直すことが必要だと述べ、「現に、近来の研究の中には、これまで見捨てられてきた『平家物語』以前の、『太平記』以後の作品群を、ようやく多元的にとらえなおそうとする動きも見られるようになった」と記す。

対談でも、最後に司会者から、『平家物語』的基準で『承久記』を評価することへの問い直しの必要性が強調されている。

四

一九二六年（大正十五）十月に発行された「国語と国文学」（三巻十号）は、軍記物語の特集号であった。斎藤清衛氏は、「戦記物語の時代環境について」という論で、「戦記物語」の類は、『保元物語』『平治物語』『平家物語』『太平記』の四種に限定されると言っている。この認識は、昭和戦前まで変わらない。もちろん他の軍記に関する研究がまったくなかったわけではないが、数としては圧倒的に少ない。戦後の軍記研究の新たな展開としては、この四種以外の軍記へと研究が広がっていったことがある。その先鞭をつけたのは梶原正昭氏である。氏は、当時の研究が『平家物語』に集中する状況の中で、それ以外の軍記の研究の必要性を逸早く認識し、基礎的研究を進めていった。

一九六〇年（昭和三十五）、古典遺産の会は、孔版で『将門記　研究と資料』を刊行する。真福寺本の翻刻と注釈、五編の論文などが収められており、好評を得た（一九六三年に新読書社から再刊）。この当時、『将門記』を読もうとすれば群書類従や大日本史料、あるいは一九二三年（大正十二）に刊行された『武家時代之研究』（大森金五郎　冨山房）所収本文や複製本に頼らざるをえない時代であった。会員五人による共同研究の成果をまとめたものだが、その中心にいたのは梶原氏であった。そして、この成果を土台として、『将門記1・2』を平凡社（東洋文庫　一九七五年・七六年）から刊行している。もう一方の「初期軍記」である『陸奥話記』については、一九六七年（昭和四十二）に笠栄治氏の『陸奥話記校本とその研究』（桜楓社）が刊行されているが、梶原氏も、「翻刻・注釈　陸奥話記」を一九七一年から七三年にかけて「古典遺産」（二十三〜二十五号）に連載し、これをもとに一九八二年に現代思潮社から『陸奥話記』（古典文庫）を刊行している。これも、『陸奥話記』の最初の本格的注釈書であった。

さらに後期軍記については、一九六二年十一月に軍記物談話会（現在の軍記・語り物研究会）で「永享の乱関係軍記」を発表し（「軍記と語り物」〔一号　一九六四年二月〕に掲載）、このときの調査が後期軍記研究の端緒となったという（『軍記文学の系譜と展開』〔汲古書店　一九九八年〕所収「七十年の軌跡」参照）。これも大変に早い。さらに、一九六三年三月発行の「解釈と鑑賞」（二十八巻四号）の「軍記物語事典」では、「中世後期諸軍記」の項目を執筆し、後期軍記（室町軍記・戦国軍記）の文学性の低さを認めつつ、「けれども、軍記ものというジャンルの消長、その文学的特質などを明らかにするためには、いくつかの主要作品の検討にとどまらず、これらの群小軍記に関する巨視的な立場からする研究も劣らず重要だし、研究課題は決して少なくはないはずである」と述べる。永積氏の主張より十年以上早い。

松林氏は、そのような梶原氏の薫陶を受けた。氏の最初の論集である『室町軍記の研究』（和泉書院　一九九五年三月）の「あとがき」には、修士論文に『応仁記』を選んだのは、梶原氏や梶原氏の後輩で研究の同志であった加美宏氏の影響であると記されている。

本書「『平家物語』の世界」に収められた『平家物語』の有名章段の解説を読めば、氏がいかに『平家物語』の世界を深く理解していたかがわかるが、研究対象としてまずは『応仁記』や『承久記』を選択したのは、いわば見捨てられていた軍記を正当に位置付け評価しようとの熱意を、梶原氏らと共有したからに違いない。

だから、松林氏の『承久記』を起点とする視線は、「四部の合戦状」とまとめて称され、その成立もほぼ同じ頃とされる『平家物語』『保元物語』『平治物語』へと向けられるのではなく、『太平記』へそしてその後の室町軍記へと向けられている。「公武の合戦記――『承久記』『太平記』――」で、「朝廷に代わって幕府が政治を執り行うに至った「由緒」を語ろうとする性格を持った作品」として前田家本を規定して位置付け、『太平記』へとつなげようとしていることからもそれはわかる。氏は、『承久記』をその後の軍記の始発点ととらえていたのであろう。同じ後出本の流布本でなく前田家本について積極的に論じるのは、そのような展開において足利政権下に成立した前田家本が要《かなめ》となると考えたからに違いない。そして、前田家本の事実へのこだわりの強さを強調するのも、それこそが室町以降の後期軍記の『平家物語』とは異なる特徴であり、その事実を記録することへの情熱とその達成も、正当に評価されるべきだと考えていたからであろう。

五

松林氏が前田家本『承久記』を論じる際に強調するのは、事実へのこだわりの強さとともに、その改変が足利政権に近いところでなされたということである。そしてそれは、後期軍記が、時代や置かれた環境によって次々と変容されて多くの類書を生み出していく状況と並行的現象であると認識していたと思われる。

松林氏の室町軍記に関する諸論は、氏の前著『室町軍記の研究』に収められており、本書「室町・戦国軍記の論」に収められたのは、赤松氏関係諸軍記にかかわる一編「『赤松盛衰記』の真実——赤松氏と軍記——」だけだが、嘉吉の乱を起こした赤松氏側に立つ物語系の『嘉吉物語』と、反赤松側から描いた『赤松記』の原本がまず成立し、次いで反赤松側の軍記を親赤松側が次々と自分たちの軍記の中に取り込んでいき、最後に『赤松盛衰記』に至る過程を解き明かしている。応仁の乱関係の軍記についても同様なことが見られると言及してもいる。

そして、同様な事態が戦国軍記でも生じていたことを、三木氏の滅亡に関する諸軍記を例として論じる。勝者秀吉側の軍記として大村由己の『播州御征伐之事』が成立し、それをも取り込んで敗者三木氏側の軍記として三木の家臣来野弥一右衛門の『別所記』が誕生し、さらにそれぞれが書写・増補・改作を繰り返して関係諸軍記を生み出し、三木側の『別所記』は『四国軍記』『中国太平記』『陰徳太平記』といった通史に取り込まれていったことを示す。また、摂津北部の諸家の盛衰を記す軍記類も取り上げ、近世に入って在地で成立し、転写され、それぞれの立場から改作されていく過程を論じる。

「体験談と軍記」に収められた諸論では、残された日記類、体験談・目撃談、覚書を使って軍記が書かれ、それぞれの立場から改作される過程が、いくつかの作品を例にあげて具体的に跡付けられている。

戦国軍記に関する諸論は、多くの資料が残っているということもあるのだろうが、具体的に諸軍記の成立と展開の様相が論じられていて見事である。人々が、それは必ずしも真実ではないが、それぞれが信じる事実を後世に伝えようという執念のもとに多くの軍記を生み出していったことが明快に論じられている。

六

後期軍記の研究は、その遅れと数の多さゆえに、個別の基礎的研究に時間が費やされてしまいがちである。もちろんそれは必要なことだが、後期軍記を総体的にあるいは巨視的に把握しようとする試みは少ない。「木を見て森を見ず」というような論文が多い。けれども、松林氏は「森」を見ていたと思う。

氏は、それだけですべてが説明できるわけではないだろうが、少なくとも後期軍記の一つの典型的なありようをすでに把握している。後期軍記は事実を伝えようとの熱意に支えられているが、その事実は時代やそれぞれの属する（属した）コミュニティーにおいて異なり、その結果一つの事件について多様なテキストが派生的に次々と生産されるのであり、その背景には時代が下るにつれての文化的基盤の広がりがあると考えている。

氏の論は、総じて慎重で抑制的であり、軽々しい断言や想定は避けられており、最終的な研究目標を仰々しく語るようなこともない。それゆえ憶測に頼ることになるのだが、氏はさらに進んで、後期軍記の総体的な解析と評価を行うことを考えていたのではなかろうか。松林氏は、古典遺産の会の研究グループである戦国軍記研究会の中心となって、『戦国軍記事典　群雄割拠篇』（和泉書院　一九九七年）、『戦国軍記事典　天下統一篇』（和泉書院　二〇一一年）を刊行した。本書で取り上げられたもののほかにも多くの戦国軍記に関する知見を得ていたはずだ。また近年、近世文学研究の立場からの発言も蓄積されてきている。もう少し時間が与えられていたならば、後期軍記の全体像を示しえたのではないかと思うのである。それが許されなかったことが無念である。

さらに憶測を重ねるならば、松林氏は、新編日本古典文学全集『将門記　陸奥話記　保元物語　平治物語』（小学館　二〇〇二年）において『将門記』と『陸奥話記』を担当しており、「記」の流れを中心として軍記文学史を構築することをも視野に入れていたのではないだろうか。「『承久記』試論――冒頭より実朝暗殺までを中心として――」で示した初志を遂げる準備もあったのではないかと思うのである。

印象的な言葉があった。「籠城・落城の日記と軍記」で、主家波多野氏の滅亡を書き記した『籾井家日記』を取り上げ、生き残った者の後ろめたさを感じながらも事実を今こそ後世に伝えなければならないという危機感に促されてこの書が成立したことを指摘した上で、「文字によるしかない無力感と文字の力を信じての使命感が共存している」と語った言葉である。なぜならそれは、歴史の表層からは消えたとしても自分たちが今・ここに存在し生きているという証として、彼らの信じる事実を何とか書き残したいという彼らの執念を的確に表現している上に、そのような執念を抱いた人々への松林氏の愛惜を強く感じるからである。さらには、かつてそのような人々の営為があった事実を正しく語り伝えなければならないという氏の思いの強さをも感じるからである。そういう使命感に松林氏の研究は支えられていたのではないだろうか。

※

最後に私事を述べることをお許しいただきたい。大学三年の冬、梶原正昭先生に、最近こんな本が出ましたと紹介されたのが、新撰日本古典文庫の『承久記』であった。すぐに読み、卒業論文で『承久記』を扱うことを決めた。それがその後の私の研究の出発点となった。その縁を思うと、今回本書の解説を執筆する機会を得られたことには感慨深いものがある。松林靖明さんの御学恩に感謝しつつ筆を擱く。

遺稿集の出版に寄せて

この度は松林の遺稿集『中世の戦乱と文学』を出版していただきましてありがとうございました。

四月二十日の三回忌に間に合うようにと時間を惜しんで取り組んでくださいました。

古い論文を見つけていただき、編む順序や書名までお考えくださり、大変お世話になりました。殊に校正は大変なお手数だったと存じます。

本当にありがとうございました。

この出版に関わってくださった方々は、ご自分の研究を中止なさって、松林の為に貴重な時間を使ってくださったのですから、本当に主人は幸せだと思います。

本書の出版に際しまして、鈴木孝庸さん山上登志美さんをはじめ多くの方々にご尽力いただきましたことを深く感謝いたします。

また和泉書院の社長廣橋研三様に心よりのお礼を申し上げます。

届きたる夫の遺稿集の校正刷に『平家物語』久々に読む

若き日と変はらず涙し読み返す木曾の最期と知盛の最期

『承久記』は夫の卒論にて子の生《あ》れし年の初めての著書にてありき

吾子産みて間なくの校正に目の痛み夫の初出版に誤字を怖れき

遺稿集の初校刷読みつつ健やかに書きゐし頃の夫の思はる

平成三十年三月二十日

松林　陽子

あとがき

この本の完成にいたる経緯を、記しておきたい。

松林靖明氏は、甲南女子大学学長としての激務と併行し、以前に古典遺産の会編として刊行した『室町軍記総覧』（明治書院）の改訂新版の準備会「室町軍記研究会」の中心でもあった。また、それ以前には『戦国軍記事典』（和泉書院）を完成に導いたのも松林氏であった。共同研究会のリーダーとしての「お力」を存分に発揮されたことに一同敬服している。一方、自身の御研究をいくつかにまとめて世に問うことも、構想なさっていただろうことは察せられた。

御葬儀がひととおりおわった頃、奥様から「遺稿集」を纏めることのお許しをいただいた。出版社は深いつながりのあった和泉書院以外には考えられないと思い、廣橋研三社長にうかがったところ、御快諾を得たのである。なお、お亡くなりになる数年前に、廣橋社長から松林氏に論文集のお勧めがあり、ゆくゆくはその方向でとのお考えであったとのことである。

実務は故人の教え子・山上と故人の後輩・鈴木が、連絡を取り合いながら進めることにした。

基礎となる松林氏の著述目録は、山上作成「松林靖明先生 研究業績一覧」（「甲南国文」第64号。松林靖明先生追悼）を基にして、増補改訂を行った。

この間、「室町軍記研究会」会員（青木晃、大森北義、加美甲多、田口寛、武田昌憲、野中哲照、萩原康正、矢代和夫）および小林保治、長坂成行、大津雄一の諸氏にも点検を依頼し、情報を寄せていただいた。

遺稿集に収める論文は、『室町軍記の研究』に所収のものを除いて配列を考えた。このうち、「研究史的整理・展望」の類もあるまとまりを有している。しかし、一書としての分量・まとまりの観点から、割愛せざるを得なかった。こうして、『平家物語』から始まって、『承久記』、『太平記』、室町軍記、戦国軍記と、いわば日本中世軍記文学史とでも称すべき一書に構成できることが分かったのである。中でも、圧巻と申すべきは、卒論以来長年取り組んで来られた『承久記』に関する御論攷で、おそらく松林氏は、この部分だけの単著をお考えだったのではないかと思われる。そこで、松林氏の御業績の位置付けを「解説」として書いていただくには、親しくおつきあいもあり、『承久記』にも造詣の深い大津雄一氏が適任であろうと判断し、お願いしたところ御即諾をいただいたのは感謝に堪えない。

遺稿集の書名には、「承久記」を入れた方が故人のお気持ちに添うかとも考えたが、ほかの御論とのバランスもあり見送ることとし、奥様に御相談申し上げ、「中世の戦乱と文学」と称することになった。

校正には、松林氏の教え子のうち、髙寺直子、野見山亜沙美、竹内彩の諸氏の応援を得て、山上、鈴木が全体を見た。書式の統一に関しては、和泉書院の御識見によったが、基本的には、松林氏のお書きの形を尊重し、明らかな校正ミスと判断される箇所以外は、手をいれないことにした。

出版は、松林氏の三回忌にあたる平成三十年四月二十日までにと考え、和泉書院にお願いしてきたが、そのことで大変なご苦労をおかけしたと思われる。

廣橋研三社長に、ここにあらためて御礼申しあげる次第である。

平成三十年三月二十日

（山上登志美、鈴木孝庸）

■著者紹介

松林靖明（まつばやし やすあき）

昭和一七年一一月九日　東京都生まれ
昭和四一年　早稲田大学教育学部国語国文学科卒業
昭和四四年　早稲田大学大学院文学研究科日本文学専攻修士課程修了
昭和四七年　早稲田大学大学院文学研究科日本文学専攻博士課程単位取得満期修了
昭和五一年　帝塚山短期大学専任講師
昭和五八年　帝塚山短期大学教授
昭和六二年　甲南女子大学文学部教授
平成二三年　甲南女子大学長
平成二八年四月二〇日　逝去

主要著書

『承久記』（現代思潮社　昭和四九年九月）
『室町軍記総覧』（共著　明治書院　昭和六〇年一二月）
『室町軍記の研究』（和泉書院　平成七年三月）
『室町軍記　赤松盛衰記―研究と資料―』（共著　国書刊行会　平成七年九月）
『別所記―研究と資料―』（共著　和泉書院　平成八年三月）
『戦国軍記事典　群雄割拠篇』（共著　和泉書院　平成九年二月）
新編日本古典文学全集『将門記　陸奥話記　保元物語　平治物語』（共著　小学館　平成一四年九月）
『新訂　承久記』（現代思潮新社　平成一八年九月）
『戦国軍記事典　天下統一篇』（共著　和泉書院　平成二三年一二月）他

研究叢書497

中世の戦乱と文学

二〇一八年四月二〇日初版第一刷発行
（検印省略）

著者　松林靖明
発行者　廣橋研三
印刷所　亜細亜印刷
製本所　渋谷文泉閣
発行所　有限会社　和泉書院
大阪市天王寺区上之宮町七-六
〒五四三-〇〇三七
電話　〇六-六七七一-一四六七
振替　〇〇九七〇-八-一五〇四三

ISBN 978-4-7576-0872-6　C3395

研究叢書

481	堀景山伝考	高橋俊和 著	一八〇〇〇円
482	中世楽書の基礎的研究	神田邦彦 著	一〇〇〇〇円
483	テキストにおける語彙的結束性の計量的研究	山崎誠 著	八五〇〇円
484	節用集と近世出版	佐藤貴裕 著	八〇〇〇円
485	近世初期『万葉集』の研究 北村季吟と藤原惺窩の受容と継承	大石真由香 著	一一〇〇〇円
486	小沢蘆庵自筆 六帖詠藻 本文と研究	蘆庵文庫研究会 編	二六〇〇〇円
487	古代地名の国語学的研究	蜂矢真郷 著	一〇五〇〇円
488	歌のおこない 萬葉集と古代の韻文	影山尚之 著	九〇〇〇円
489	軍記物語の窓 第五集	関西軍記物語研究会 編	一三〇〇〇円
490	平安朝漢文学鉤沈	三木雅博 著	一二五〇〇円

（価格は税別）